KiWi
PAPERBACK
1243

Das Buch

Danny Skinner ist Mitte zwanzig, smart und nicht gerade ein Kostverächter, wenn es um Frauen, Koks und Alkohol geht. Seinen Job als Restaurantinspekteur erledigt er so nebenbei, und eigentlich machen ihm nur zwei Dinge im Leben wirklich zu schaffen: die Tatsache, dass seine Mutter sich beharrlich weigert zu verraten, wer sein Vater ist – und dieser abartige neue Kollege Kibby, dessen penetrante Mittelmäßigkeit Skinner in den Wahnsinn treibt.
Als seine Freundin ihn wegen seiner Saufeskapaden verlässt und der Privatkrieg gegen Kibby zu eskalieren beginnt, erkennt Skinner, dass er niemals zur Ruhe kommen wird, bevor er nicht den Namen seines Erzeugers kennt.
Danny Skinners Suche nach seinem Vater entwickelt sich zu einer rasanten Odyssee voller Leidenschaft und Exzesse, die ihn bis nach San Francisco und wieder zurück nach Edinburgh führt. Eine Familiensaga, die es in sich hat.

Der Autor

Irvine Welsh, geboren 1958 in Edinburgh, lebt vornehmlich in Dublin und Chicago, ist seiner Heimatstadt aber nach wie vor sehr verbunden. Sein erster Roman »Trainspotting« wurde für den Booker Prize nominiert und von Danny Boyle verfilmt. Sein jüngster Roman »Crime« erscheint 2011 auf Deutsch.

Die Übersetzer

Clara Drechsler und Harald Hellmann übersetzen gemeinsam aus dem Englischen, u.a. Werke von Bret Easton Ellis, A. M. Homes, Patti Smith und Nick Hornby.

Weitere Titel bei Kiepenheuer & Witsch

Ecstasy, KiWi 1225, Der Durchblicker, KiWi 1226, The Acid House, KiWi 1224, Drecksau, KiWi 1222, Klebstoff, KiWi 1233, Dann lieber gleich arbeiten. KiWi 1086, Crime, 2011

Irvine Welsh

Die Bettgeschichten der Meisterköche

Roman

Aus dem Englischen von
Clara Drechsler und Harald Hellmann

Kiepenheuer & Witsch

MIX
Papier aus verantwortungsvollen Quellen
FSC® C083411
FSC
www.fsc.org

Verlag Kiepenheuer & Witsch, FSC®-N001512

1. Auflage 2011

Die britische Originalausgabe erschien 2006 unter dem Titel *The Bedroom Secrets of the Master Chefs* bei Jonathan Cape, London
Aus dem Englischen von Clara Drechsler und Harald Hellmann

Umschlaggestaltung: Barbara Thoben, Köln, nach einer Idee von Vintage Publishing, UK
Umschlagmotiv: © ExCuisine – www.fotolia.com
Gesetzt aus der DTL Documenta und der Helvetica
Satz: Pinkuin Satz und Datentechnik, Berlin
Druck und Bindung: CPI – Clausen & Bosse, Leck
ISBN 978-3-462-04376-1

Inhalt

Vorspiel

She Came to Dance, 20. Januar 1980

Wir sind bei The Clash, du Arschloch!, hatte das grünhaarige Mädchen dem Ordner ins Gesicht gebrüllt, der sie in ihren Sitz zurückgeschubst hatte. – Wir sind in nem *Kino*, du Arschloch, hatte er gekontert.

Es *war* ein Kino, das Odeon, und wie es aussah, waren die Ordner entschlossen, jedes Tanzen im Ansatz zu ersticken. Doch nachdem die Vorband aus Edinburgh, Joseph K, ihr Set beendet hatte und der Hauptact die Bühne stürmte und »Clash City Rockers« rausknüppelte, brandete die Menge sofort nach vorne. Das Mädchen mit den grünen Haaren sah sich kurz nach dem Bouncer um, der anderweitig beschäftigt war, und sprang wieder auf. Die Ordner versuchten noch eine Weile, sich gegen die Flut zu stemmen, kapitulierten aber schließlich nach der Hälfte des Sets, zwischen »I Fought the Law« und »(White Man) in Hammersmith Palais«.

Die Menge überließ sich der krachenden Musik; vorne im Saal hüpften sie ekstatisch mit, hinten kletterten sie zum Tanzen auf die Sitze. Das Mädchen mit den grünen Haaren, jetzt genau in der Mitte direkt vor der Bühne, schien höher zu springen als alle anderen, aber vielleicht waren es auch nur ihre Haare und wie das Stroboskoplicht darauf traf – als lodere eine spektakuläre smaragdgrüne Flamme über ihrem Kopf. Ein paar, nur ein paar, rotzten Richtung Band, und sie schrie sie an, sie sollten es lassen, weil er – ihr Held – gerade erst eine Hepatitis überstanden hatte.

Sie war noch nicht oft im Odeon gewesen, zuletzt, um *Apo-*

calypse Now zu sehen, aber das war kein Vergleich mit jetzt, so war es noch nie gewesen, wettete sie. Ein paar Schritte neben ihr tanzte ihre Freundin Tina, als einziges anderes Mädchen so weit vorne, dass sie die Band beinahe riechen konnte.

Sie kippte den letzten Schluck aus der Plastikflasche Irn Bru, die sie mit Snakebite aufgefüllt hatte, zerknüllte sie und ließ sie auf den klebrigen Teppichboden fallen. In Kombination mit dem Amphetamin, das sie früher am Abend genommen hatte, sorgte der Alkohol für ein angenehm prickelndes Grundrauschen. Sie brüllte den Text der Stücke mit, während sie pogte, und steigerte sich in eine trotzige Raserei, bis sie beinahe vergessen konnte, was er ihr am Nachmittag erzählt hatte. Unmittelbar, nachdem sie Sex gehabt hatten, als er so still und distanziert geworden war, und sein magerer, drahtiger Körper auf der Matratze fröstelte.

– Was ist los, Donnie? Was ist?, hatte sie gefragt.

– Ach, alles ist Scheiße, hatte er ausdruckslos erwidert.

Sei doch nicht bescheuert, hatte sie gesagt; alles war super, und heute Abend war endlich das Clash-Konzert, darauf warteten sie schon ewig. Dann drehte er sich zu ihr um, seine Augen waren feucht, und er sah plötzlich aus wie ein Kind. Und dann sagte ihr der Erste und Einzige, mit dem sie je geschlafen hatte, dass er heute schon eine andere gefickt hatte, genau hier, auf dieser Matratze, auf der sie Nacht für Nacht schliefen, auf der sie sich gerade geliebt hatten.

Es hatte nichts bedeutet; es war ein Fehler, hatte er sofort gesagt und bekam es mit der Angst zu tun, als er an ihrer Reaktion die Tragweite seines Fehltritts abzulesen begann. Er war jung und lernte gerade erst gewisse Grenzen kennen – sein emotionales Vokabular war einfach noch nicht so weit. Er hatte es ihr einfach sagen wollen: ihr gegenüber aufrichtig sein wollen.

Sie sah, dass sich seine Lippen bewegten, bekam aber kaum etwas mit von seiner Schönrederei, weil sie schon von ihrem gemeinsamen Matratzenlager aufgestanden war und sich anzog. Dann hatte sie seine Eintrittskarte für das Konzert aus ihrer Tasche genommen und vor seinen Augen zerrissen. Kurz darauf war sie auch schon in der Southern Bar, um wie verabredet die anderen zu treffen, dann weiter zum Odeon, denn die größte

Rock 'n' Roll-Band aller Zeiten war in der Stadt; sie würde sie erleben, er aber nicht, und so wäre der Gerechtigkeit wenigstens in einer Hinsicht Genüge getan.

Ein ziemlich großer Typ mit kurzen dunklen Haaren in Lederjacke, Jeans und Mohairpullover, der neben ihr gepogt hatte, schrie ihr plötzlich etwas ins Ohr, während die Band mit »Complete Control« anfing. Sie konnte nichts verstehen, und es musste auch nicht sein, weil sie ihm auf der Stelle ihre Zunge in den Hals steckte, und seine Arme um sie fühlten sich gut an.

Die zweite Zugabe begann mit dem vergleichsweise selten gespielten »Revolution Rock« und schloss mit einer frenetischen Version von »London's Burning«, umgetitelt in »Edinburgh's Burning«. Und sie brannte mit, zerfloss von dem Speed in ihrem Kopf, der in der eisigen Luft pochte, als sie aus dem Kino kamen. Der Junge wollte zu einer Party nach Canongate und lud sie ein, mitzukommen. Sie sagte ja, sie wollte nicht nach Haus. Mehr noch, sie wollte ihn. Und sie wollte einem gewissen anderen zeigen, dass nicht nur er dieses Spiel spielen konnte.

Während sie durch die kalte Nacht gingen, redete er überschwänglich auf sie ein, offenbar von ihrer grünen Haarpracht fasziniert, und sagte ihr, dass dieser Teil der Stadt früher als Little Ireland bekannt war. Er erklärte, hier hätten sich die irischen Einwanderer angesiedelt, und hier, in diesen Straßen, hätten Burke und Hare die Armen und Mittellosen ermordet, um die medizinische Fakultät mit Leichen zu versorgen. Sie schaute hoch, in sein Gesicht; er hatte kantige Züge, doch seine Augen waren empfindsam, fast feminin. Er zeigte auf die St. Mary's Church und erzählte, als noch niemand an Celtic Glasgow dachte, hätten die Iren in Edinburgh in genau diesen Räumen den Hibernian Football Club gegründet. Er wurde lebhaft, als er die Straße hoch zeigte und ihr erzählte, dass dort oben der berühmteste Anhänger von Hibernian geboren war, James Connolly, der später die Easter Risings in Dublin angeführt und damit schließlich die Befreiung Irlands vom britischen Imperialismus eingeleitet hatte.

Es schien ihm wichtig zu sein, dass sie begriff, dass Connolly Sozialist gewesen war, und kein irischer Nationalist. – Wir in dieser Stadt wissen überhaupt nichts über unsere wahre Identität, sagte er leidenschaftlich, – es ist uns alles aufgezwungen worden.

Aber sie hatte andere Dinge im Kopf als Geschichtsunterricht; er sollte ihr zweiter Liebhaber an diesem Abend werden – doch vor Ablauf der Nacht würde sie es auf drei bringen.

Rezepte

1
Bettgeschichten, 16. Dezember 2003

Danny Skinner stand als Erster auf, ruhelos, ohne geschlafen zu haben. Er fand das bedenklich, denn normalerweise schlief er tief und fest ein, nachdem sie sich geliebt hatten. Geliebt hatten, dachte er, grinste und besann sich anders: Sex gehabt hatten. Er betrachtete Kay Ballantyne, die glücklich eingeschlummert war, das lange, glänzend schwarze Haar über das ganze Kissen ausgebreitet; auf den Lippen immer noch ein Abglanz der Befriedigung, die er ihr verschafft hatte. Eine Welle der Zärtlichkeit stieg in ihm auf. – Uns geliebt haben, sagte er sanft und küsste behutsam ihre Stirn, um sie nicht mit den Stoppeln auf seinem langen, spitzen Kinn zu kratzen.

Er schlüpfte in einen grünen Morgenmantel im Schottenmuster und betastete das eingestickte goldfarbene Wappen auf der Brusttasche. Eine Harfe und die Zahl »1875«. Kay hatte ihn Skinner letztes Jahr zu Weihnachten gekauft. Damals waren sie noch nicht lange zusammen, und als Geschenk erschien er so sprechend. Was hatte er ihr eigentlich geschenkt? Er wusste es nicht mehr: vielleicht einen Fitnessbody.

Skinner ging in die Küche und nahm sich eine Dose Stella Artois aus dem Kühlschrank. Er knackte den Verschluss und schlurfte weiter ins Wohnzimmer, wo er die Fernbedienung aus den Tiefen des mächtigen Sofas befreite und die Sendung *Küchengeschichten der Meisterköche* einschaltete. Es war schon die zweite Staffel dieser beliebten Show. Moderiert wurde sie von einem berühmten Koch, der durch Großbritannien reiste und jeweils Köche vor Ort einlud, ihre Geheimrezepte einer Jury von

Promis und Gastrokritikern vorzusetzen. Das endgültige Urteil war jedoch einzig und allein dem Koch aller Köche, Alan De Fretais, vorbehalten. Der Starkoch hatte kürzlich mit seinem Buch *Bettgeschichten der Meisterköche* eine Kontroverse ausgelöst. In diesem aphrodisischen Kochbuch hatten diverse kulinarische Koryphäen von internationalem Rang jeweils ein Rezept vorgestellt und beschrieben, wie sie es als Mittel der Verführung oder zur Abrundung eines Liebesabenteuers eingesetzt hatten. Das Buch wurde rasch zur Sensation auf dem Buchmarkt und führte für mehrere Wochen die Bestsellerlisten an.

Heute gastierten De Fretais und seine Crew in einem großen Hotel in Royal Deeside. Der Fernsehkoch war ein Riese mit bombastischem, beängstigendem Auftreten, und der Koch, ein ernsthafter junger Mann, ließ sich in der eigenen Küche unverkennbar unterbuttern.

An seinem Lager nippend, registrierte Danny Skinner die nervösen, flackernden Augen und die defensive Körpersprache des Jungkochs und dachte selbstgefällig, dass er diesen einschüchternden Tyrann durchschaut hatte; bei den wenigen Gelegenheiten, bei denen sie miteinander zu tun gehabt hatten, hatte er sich behauptet. Jetzt musste er nur noch abwarten, was aus seinem Bericht wurde.

– Eine Küche muss blitzsauber sein, sauber, sauber und nochmals sauber, zeterte De Fretais und unterstrich seine Worte mit verspielten Kopfnüssen auf den Hinterkopf des unerfahrenen Küchenchefs.

Skinner sah zu, wie sich der junge Koch ergeben fügte, eingeschüchtert durch den Anlass, die Kameras und den feisten Spitzenkoch, der ihn malträtierte und zum armseligen Stichwortgeber degradierte. Bei mir würde er mit dem Scheiß nicht durchkommen, dachte Skinner und führte die Stella-Dose an den Mund. Sie war leer, aber im Kühlschrank wartete noch Nachschub.

2
Küchengeschichten

– De Fretais' Küche ist ein beschissener Saustall, nichts anderes. Der blasse junge Mann gab nicht nach. Seine Garderobe, eine geschmackvolle Zusammenstellung hochwertiger Designerkleidung, war ein unmissverständlicher Hinweis auf Ambitionen weit über seine Stellung und sein Salär hinaus. Obwohl Danny Skinner es gerade mal auf eins fünfundsiebzig brachte, wirkte er oft größer: Seine durchdringenden dunkelbraunen Augen unter fingerdicken schwarzen Brauen verliehen ihm mehr Statur. Sein gewelltes rabenschwarzes Haar trug er mit Seitenscheitel, was ihm ein verwegenes, fast arrogantes Aussehen verlieh; noch betont durch sein kantiges Gesicht und einen Zug um seinen schmallippigen Mund, der selbst dann noch Unbeschwertheit signalisierte, wenn es ihm bitterernst war.

Der untersetzte Mann ihm gegenüber war Ende vierzig. Er hatte ein gerötetes, eckiges Gesicht voller Leberflecken, gekrönt von einer Mähne bernsteinfarbenen zurückgegelten Haars, das an den Schläfen langsam ergraute. Bob Foy war es nicht gewöhnt, dass man ihm gegenüber diesen Ton anschlug. Eine seiner Brauen war ungläubig hochgezogen, doch in dieser Bewegung und dem Ausdruck seiner schlaffen Gesichtszüge war ein Hauch von Interesse, ja, milder Faszination abzulesen, die es Danny Skinner gestattete, fortzufahren. – Ich mache nur meinen Job. Die Küche von diesem Kerl ist eine Schande, erklärte er.

Danny Skinner war vor drei Jahren von einer Stelle als Management Trainee bei der Stadtverwaltung Edinburgh ins Amt für Lebensmittelkontrolle und Verbraucherschutz gewechselt. Für Foys

Verständnis noch ein grüner Junge. – Es geht hier immerhin um Alan De Fretais, Sportsfreund, schnaubte sein Boss.

Die Diskussion fand in einer Scheune von Großraumbüro statt, das von kleinen Trennwänden in einzelne Nischen unterteilt wurde. Licht fiel durch die großen Fenster an der einen Wand, und trotz der Doppelverglasung konnte man den Verkehrslärm der Royal Mile von draußen hören. An den fensterlosen Wänden standen ein paar altmodische Karteischränke aus Metall, ausrangiertes Mobiliar anderer Ämter in der Stadtverwaltung, und ein Fotokopierer, der dem Wartungsmonteur regelmäßig mehr zu tun gab als den Büroangestellten. In einer Ecke fand sich neben einem Kühlschrank und einem Tisch mit abblätterndem Furnier, auf dem eine Teekanne, Wasserkocher und eine Kaffeemaschine standen, ein ständig verschmutztes Waschbecken. Hinten war eine Treppe, die zum Konferenzraum der Abteilung und den Räumen einer anderen Abteilung führte, doch davor war noch unauffällig ein Zwischengeschoss mit zwei kleineren, separaten Büros untergebracht.

Danny Skinner warf einen Blick auf die Leichenbittermienen um sich herum, als Foy den Bericht, den er gerade erst gewissenhaft abgefasst hatte, auf den Schreibtisch klatschte, der zwischen den beiden Männern stand. Er sah, dass die anderen im Raum, Oswald Aitken und Colin McGhee, überall hinschauten, nur nicht zu ihm und Foy. McGhee, ein untersetzter Glasgower mit braunen Haaren in einem etwas spack sitzenden grauen Anzug, tat so, als suche er etwas in dem Aktenberg, der sich auf seinem Schreibtisch türmte. Aitken, ein großer, schwindsüchtig wirkender Mann mit schütterem sandfarbenem Haar und einem faltigen, fast gequält wirkenden Gesicht, warf Skinner einen kurzen, angewiderten Blick zu. Er sah einen großspurigen Jungen, dessen beunruhigend unstete Augen verrieten, dass die Seele dahinter sich unentwegt mit irgendetwas herumschlug. Solche jungen Männer bedeuteten immer Ärger, auf den Aitken, der die Tage bis zu seiner Pensionierung zählte, gut verzichten konnte.

Skinner begriff, dass er mit keinerlei Unterstützung zu rechnen hatte, und entschied sich, die Atmosphäre etwas aufzulockern. – Ich will ja nicht sagen, seine Küche hätte feuchte Wände, aber ich hab in der Mausefalle einen Lachs gefunden, und das arme Vieh hatte auch noch schwere Bronchitis. Ich war drauf und dran, den Tierschutzverein zu rufen!

Aitken schürzte die Lippen, als hätte in der Kirche, in der er als Presbyter tätig war, jemand direkt unter seiner Nase gefurzt. McGhee unterdrückte ein Kichern, doch Foy verzog keine Miene. Dann wandte er seinen Blick von Skinner dem Aufschlag seines karierten Jackets zu und fächelte ein paar Schuppen weg, wobei er sich kurz fragte, ob auch seine Schultern mit dem Zeug bedeckt sein könnten. Er durfte nicht vergessen, Amelia zu sagen, dass sie ein anderes Shampoo kaufen sollte.

Dann schaute Foy Skinner wieder direkt in die Augen. Es war ein prüfender Blick, den Skinner gut kannte, und das nicht nur von seinem Boss. Es war der Blick eines Menschen, der versucht, hinter die Fassade zu blicken, die man ihm zeigt, der das Innerste ausforschen will. Skinner begegnete diesem Blick fest, bis Foy wegschaute, um Aitken und McGhee zuzunicken, die diesen Wink dankbar aufnahmen und verschwanden. Anschließend nahm er den Augenkontakt umso verbissener wieder auf. – Sie haben doch wohl nicht zu tief ins Glas geschaut?

Skinner, der instinktiv spürte, dass Angriff die beste Verteidigung war, nahm eine drohende Haltung ein. Wut blitzte in seinen Augen. – Was zum Teufel wollen Sie damit sagen?, bellte er.

Foy, von seinen Mitarbeitern Unterwürfigkeit gewohnt, war etwas verdattert. – Tut mir leid, ich wollte damit nicht sagen …, begann er, schlug dann jedoch einen komplizenhaften Ton an: – Haben Sie sich vielleicht in der Mittagspause einen genehmigt? Ich meine, es ist ja schließlich Freitagnachmittag!

Als Abteilungsleiter trank Foy normalerweise selbst am Freitag und war eigentlich ab Mittag schon nicht mehr zu sehen. Heute war lediglich einer der Ausnahmefreitage, an denen er demonstrativ herumstolzierte, damit Vorgesetzte wie Untergebene ausgiebig Gelegenheit hatten, ihn beschäftigt und nüchtern zu sehen. Daher war Skinner entspannt genug, um zuzugeben: – Zwei Pints Lager zu meinem Essen im Pub, mehr nicht.

Foy räusperte sich krächzend und legte nach: – Ich hoffe, Sie haben De Fretais' Lokal nicht mit einer Fahne inspiziert, auch nicht mit einer leichten. Der ist es gewohnt, so was bei seinem Personal zu wittern. Und seine Köche auch.

– Ich habe die Inspektion am Dienstagmorgen vorgenommen, Bob, sagte Skinner und betonte: – Sie wissen, dass ich niemals trinke, wenn ich einen Ortstermin habe. Heute Nachmittag hatte ich nur Schreibkram, also habe ich mir zwei Lager genehmigt, gähnte Skinner, – und ich muss zugeben, das zweite war schon zu viel. Aber eine Tasse Pulverkaffee bringt das wieder in Ordnung.

Die dünne Akte aufnehmend, in der sich Skinners Bericht befand, sagte Foy: – Na, Sie kennen ja De Fretais, er gehört zur Lokalprominenz, und das Le Petit Jardin ist sein Vorzeigerestaurant. Zwei Michelinsterne, mein Junge. Wie viele andere Restaurants in England können sich dessen rühmen?

Skinner wollte flüchtig darüber nachdenken, entschied dann aber, dass er es nicht wusste und es ihm scheißegal war. *Ich bin Lebensmittelkontrolleur, nicht das Groupie von irgendeinem verfickten Koch.*

Während er sich auf die Zunge biss, kam Foy um den Schreibtisch herum und legte den Arm um ihn. Obgleich kleiner als sein jüngerer Untergebener, war Foy ein mächtiger Bulle von Mann, dessen Körper sich nicht kampflos dem Alter ergab, daher spürte Skinner deutlich den Druck auf seinen Schultern. – Ich werd mal bei ihm vorbeischauen und ein Wörtchen mit ihm reden, dass er seinen Laden auf Vordermann bringt.

Danny Skinner spürte, wie sich seine Unterlippe vorschob, wie immer, wenn man ihn auflaufen ließ und er ratlos war. Er hatte nur seinen Job gemacht. Er hatte die Wahrheit gesagt. Skinner war kein naiver Dummkopf, er wusste, wie so etwas in der Realpolitik aussah. Einige waren immer gleicher als andere. Aber er würde seinen Hals darauf verwetten, dass einer aus Bangladesch, der ein Letzte-Runde-Curryhouse betrieb, mit einer derart versifften Küche wie der von De Fretais in dieser Stadt nie wieder auch nur ein Ei kochen dürfte. – Na schön, sagte er bitter.

Gut, vielleicht war sein Bericht ein bisschen gepfeffert ausgefallen. Er mochte De Fretais nicht, obwohl der Mann ihn irgendwie seltsam anzog. Sein Exemplar von *Die Bettgeschichten der Meisterköche* war verschämt in einer Mittagspause gekauft worden und steckte gut verborgen in seiner Aktentasche. Ihm fielen wieder die ersten Absätze des Vorworts ein, das er mit großer Abscheu gelesen hatte:

Die klugen Köpfe unter uns wissen seit Langem, dass die einfachsten Fragen oft die wichtigsten sind. Bei jedem neuen Adepten der kulinarischen Künste, der in meinen Bannkreis gelangt, versuche ich, unsere Beziehung mit folgender Frage einzuleiten: Was macht einen Spitzenkoch aus? Die Antworten darauf sind stets aufschlussreich und interessant für mich, denn bei meiner Suche nach kulinarischer Perfektion ist es genau diese Frage, auf die ich immer wieder zurückkomme.

Gewiss muss unser Spitzenkoch ein Kunsthandwerker sein: ein Handwerker, der auch den oft prosaischen Details seines Metiers mit hartnäckiger Gewissenhaftigkeit und Stolz nachgeht. Und sicherlich muss unser Spitzenkoch auch ein Wissenschaftler sein. Aber er ist mehr als nur ein Apotheker oder Lebensmittelchemiker: Er ist ein Alchemist, ein Hexenmeister, ein Künstler, denn seine Mixturen sollen nicht körperliche oder geistige Gebrechen kurieren, sondern der weitaus wundersameren Aufgabe dienen, Geist und Seele zu bereichern.

Unser Vehikel, um dieses Ziel zu erreichen, ist das Essen, schlicht und einfach, aber die Straße, auf der es fährt, sind unsere eigenen menschlichen Sinne ... Deswegen ist und muss der Spitzenkoch, so erkläre ich es meinen oft verwirrten Schülern und nun Ihnen, werter Leser, ein absoluter und vollendeter Sinnenmensch sein.

Er ist bloß ein beschissener Koch, und die meisten von den Fotzen überschätzen sich sowieso maßlos.

Und dann dieser beschissene Führer für Sexfood! Diese fette Sau! Die ganze Chose ist absurd, das wird eine ganze Weile her sein, seit diese Nullnummer das letzte Mal seinen Scheißschwanz ohne die Hilfe eines Spiegels zu Gesicht bekommen hat! Und diese ganzen schlaffen, geschlechtslosen Yuppies fallen auch noch darauf rein, kaufen das zu Tausenden und machen eine fette, reiche, verkommene Fotze noch fetter, reicher und verkommener. Und ich schlepp jetzt auch noch so ein Scheißding mit mir rum!

Foy beobachtete, wie Skinner rot anlief, und zog mit leichtem Unbehagen seinen Arm weg. – Danny, wir dürfen uns zu diesem Zeitpunkt nicht zu weit aus dem Fenster lehnen. Also im Pub kein Getratsche aus erster Hand, wie dreckig die Küche von unserm Freund De Fretais ist, klar?

– Versteht sich von selbst, entgegnete Skinner und versuchte sich seine wachsende Vorfreude, es heute Abend in der Kneipe jedem brühwarm zu erzählen, der es hören wollte, nicht anmerken zu lassen.

– Das ist die richtige Einstellung, Danny. Sie sind ein guter Beamter, und so etwas haben wir bitter nötig. Wir sind nur noch fünf Mann in diesem Bezirk. Foy schüttelte missbilligend den Kopf, aber wurde gleich wieder lebhafter. – Apropos, morgen fängt unser Neuer an, hier der aus Fife.

– Ach ja? Seinen Chef unbeabsichtigt imitierend, zog Skinner fragend die Brauen hoch.

– Aye ... Brian Kibby. Scheint ein anständiger junger Kerl zu sein.

– Na prima, sagte Skinner abwesend; in Gedanken war er schon bei seinem Wochenende. Heute Abend würde er einen heben, die vier Pints zum Essen hatten einen anständigen Bierdurst in ihm geweckt. Den Rest des Wochenendes würde er, bis auf die Zeit beim Fußball, mit Kay verbringen.

Jeder hatte so seine eigenen Vorstellungen davon, wo Edinburgh aufhörte und der Hafen von Leith begann. Offiziell bei der Old Boundary Bar in Pilrig beziehungsweise ab dort, wo die Postleitzahl EH6 lautete. Aber Skinner, der den Walk hinunterging, fühlte sich erst wieder in Leith, wenn er spürte, dass der Boden unter seinen Füßen nicht mehr abschüssig war, ein herrliches Gefühl, als sei sein Körper ein Raumschiff, das nach einer langen Reise durch lebensfeindliche Gefilde wieder daheim landet. Gewöhnlich machte es sich ab Höhe der Balfour Bar bemerkbar.

Auf dem Heimweg beschloss Skinner, bei seiner Mutter vorbeizuschauen, die in einer kleinen Gasse mit Kopfsteinpflaster wohnte, die von der Junction Street abging, gegenüber ihrem Friseurladen. Dort hatte er von klein an gelebt, bis er im vergangenen Sommer ausgezogen war. Er hatte immer eine eigene Wohnung haben wollte, doch nun, da er sie hatte, vermisste er sein Zuhause mehr, als er sich je hatte vorstellen können.

Das alte Mädchen hat Feierabend gemacht und stinkt heftig nach dieser Dauerwellenlotion. Ich hatte vergessen, wie sehr die ganze Bude danach mieft, wie das alles durchdringt. Sie hat immer noch das selbstgemachte Tuschetattoo BEV auf dem Unterarm und macht null Versuche, es zu verstecken, trotz direktem Kundenkontakt in ihrem Dienstleistungsgewerbe. Zugegeben, wir sprechen hier nicht von einer wählerischen Klientel: Zwischen denen und Leuten, die regelmäßig, sagen wir mal, Stammgäste bei Teiggesicht De Fretais sind, liegen Lichtjahre.

Als Kind bin ich quasi in dem Laden aufgewachsen, und jede Schabracke von Stammkundin war praktisch meine Ersatztante oder -oma. Ich wurde wie eine Luxushautcreme zwischen ihre dicken Titten geschmiert. Ein kleiner Junge ohne Daddy, den man bemitleiden, verzärteln, ja, sogar lieben konnte. Gutes altes sonniges Leith: Kein Ort liebt seine Bastarde wie ein Hafenviertel.

Der elektrische Kamin mit seinen glimmenden Plastikkohlen erzeugt eigentlich ordentlich Hitze, doch ihre große blaue, bauschige Perserkatze liegt direkt davor auf dem Kaminvorleger und absorbiert alle Wärme, das egoistische Mistvieh. Der Art-Deco-Kaminsims ist normalerweise der Eyecatcher im Zimmer, doch jetzt verweist ihn ein übergroßer Weihnachtsbaum in der Ecke auf den zweiten Platz. Über dem Kamin hängt das gerahmte Cover von *London Calling*, dem Clash-Album. Mit Edding ist daraufgekritzelt:

To Bev, Edinburgh's No. 1 Punk,
Luv Joe S xxx
20. 1. 80

Das alte Mädchen gibt sich der Illusion hin, eine Kennerin der menschlichen Natur zu sein; sie hat sich eingeredet, dass sie bei ihrer Arbeit in den Menschen lesen kann wie in einer Ausgabe von *Hello!*. Wenn sie reinkommen und ihr erzählen, dass sie dies oder das mit ihren trockenen und splissigen oder strähnigen und fettigen Haaren anstellen wollen, schaut sie ihnen tief in die Augen und fragt: »Biste dir da ganz sicher?« Dann gucken die anderen nervös und machen irgendwelche Alternativvorschläge, bis sie zustimmend nickt und sagt: »Das ist es.« Dann geht sie gut gelaunt ans Werk und gurrt dabei: »Ne, sieht das wieder schick aus« oder »Das steht dir richtig gut, Herzchen«. Und die Leute kommen immer wieder. Wie prahlt das alte Mädchen doch so oft: »Ich kenn die besser als die sich selbst.«

Nicht gern gesehen ist es allerdings, wenn sie diese Haltung gegenüber ihrem einzigen und illegitimen Nachkommen an den Tag legt. Sie sitzt in ihrem Sessel, während ich mich aufs Sofa fallen lasse, mir die Fernbedienung kralle und *Scotland Today* anmache. – Diese Entschädigungsknete, fängt sie an und kneift die Augen unter ihrer dicken Brille zusammen, – ich schätze, die ist mittlerweile komplett übern Tresen gewandert, was?

Das alte Mädchen geht langsam aus dem Leim. Klein und kompakt war sie schon immer, aber jetzt wird ihr Gesicht schwabbeliger. Weil sie immer Schwarz bevorzugt hat, hält sich der schlank machende Effekt für ihren Speck der mittleren Jahre in Grenzen. – Äußerst ungerecht, sage ich, als die Sportergebnisse kommen und ein weiterer Treffer von Riordan ins Netz knallt, – da haben auch ein paar Buchmacher ihren Schnitt gemacht.

Aber sie will mich nur aufziehen. Sie weiß, wie viel die Anzahlung für die Wohnung gekostet hat. Es waren fünfzehn Mille, die ich für den Unfall gekriegt habe, nicht hundertfünfzehn!

– Es ist also alles schon verprasst?, fragt sie und fährt sich durch ihr purpurrotes Haar.

Ich werd mich nicht auf so was mit ihr einlassen. – Um es mit den Worten eines berühmten Fußballers zu sagen: »Ich hab das meiste mit Trinken, Frauen und Pferdewetten durchgebracht. Den Rest habe ich verprasst.«

– Aye, na schön, schnaubt das alte Mädchen, steht auf, stemmt die Hände in die Hüften und imitiert so unfreiwillig die Pose, die Jean-Jacques Burnel auf dem Stranglers-Poster hinter ihr an der Wand einnimmt. – Du bleibst ja wohl zum Abendessen, oder?

Das ist nur selten der kulinarische Genuss, für den sie es hält. – Was haste denn?

– Würstchen.

Ist ja toll. – Rind oder Schwein?

Das alte Mädchen rupft sich die Brille von der Nase, die auf jedem Nasenflügel eine rötliche Delle hinterlässt. Sie müht sich, etwas zu erkennen, und sieht aus, als wäre sie gerade aufgewacht, während sie sich die Gläser an ihrer Bluse putzt. – Willst du jetzt essen oder nicht?

– Aye ... na gut.

– Nich, dass du dir n Zacken aus der Krone brichst, Danny, meint sie, haucht auf ihre Brille und putzt sie wieder. Sie setzt sie auf, geht in die abgeteilte Küche und öffnet den Kühlschrank.

Ich stehe auf, gehe rüber zum Küchenbereich und lehne mich über die Frühstückstheke. – Vielleicht hätte ich mein Geld besser in Sachwerte anlegen sollen. Irgendwas Beliebtes und Dauerhaftes. Ich streck mich und tippe auf ihre Tätowierung, – wie Tätowiertinte.

Sie weicht aus und funkelt mich durch ihre Brille an.

– Komm mir bloß nich so, Bürschen. Und glaub ja nich, du könntest mich ständig anpumpen. Du hast n guten Job: Du kannst deine Rechnung selber bezahlen.

Jedes Mal, wenn ich herkomme, werd ich an die verfickten Rechnungen erinnert. Meine alte Dame hält sich immer noch für einen Punk, aber in Wirklichkeit ist sie durch und durch Kleinunternehmerin.

3
Am Busen der Natur

Dort, wo der Hügel steiler anzusteigen begann, wurde das Farnkraut lichter. Brian Kibby, dessen grob gestrickter, weiter Wollpullover und wasserfester Anorak im Wind flatterten, wischte sich etwas Schweiß von den Brauen unter der Baseballcap, die so fest saß, dass es wehtat. Er atmete tief durch und spürte, wie die kalte Bergluft in seine Lungen drang. Als neue Lebenskraft seinen drahtigen Körper durchströmte, machte er halt und genoss den Blick auf den großen Gebirgszug der Munros und das weite, sanft gewellte Tal, das sich unter ihm erstreckte.

Während er sich so ganz eins mit sich und der Welt fühlte, musste er ein wenig selbstgerecht denken, wie gut und richtig die Entscheidung doch gewesen war, in den Bergwanderverein einzutreten – gemeinsam mit Ian Buchan, dem einzigen Bekannten aus der Schulzeit, mit dem ihn immer noch enge Freundschaft verband. Sie hatten sich durch ein gemeinsames Interesse – Videospiele – kennen gelernt, und jeder von ihnen hatte versucht, den andern für die eigene zweite große Leidenschaft zu gewinnen. Ian war einer der wenigen Menschen, denen es erlaubt gewesen war, einen Fuß auf Brian Kibbys Dachboden zu setzen, wo die heißgeliebte Modelleisenbahn stand, auch wenn Kibby wusste, dass Ian ihr nur wenig Interesse entgegenbrachte. Und obgleich er selbst wiederum Ians *Star Trek*-Besessenheit nur tolerierte, war seine Begeisterung für das Bergwandern echt.

Brian liebte die Wochenenden mit diesen anständigen, herzlichen Burschen, die gemeinsam unter dem Namen Hyp Hykers firmierten. Seinem damals schon kränkelnden Vater war es eine außerordentliche Freude gewesen, dass sein Sohn endlich mehr unter Menschen kam und einen Freund hatte, auch wenn Keith Kibby skeptisch hinsichtlich der sozusagen exklusiven Freundschaft seines Sohnes mit Ian Buchan war, und noch skeptischer, was dessen *Star Trek*-Besessenheit anging. Selbst hoch oben in den kahlen Bergen war Brian Kibby in Gedanken nur selten weit weg vom Gesundheitszustand seines Vaters. Sein Dad war jetzt wirklich schwer krank; wie schwach und zerbrechlich hatte er doch gestern Abend bei seinem Besuch im Krankenhaus gewirkt.

Brian Kibby schmeckte das Salz auf seinen Lippen und setzte nun, da der mühselige Aufstieg über den Pfad bewältigt war, seine Flasche Evian an den Mund. Während er angesichts der größten Mückenwolke, die ihm je begegnet war, ein wenig beklommen hinab ins Tal schaute, spürte er das Mineralwasser wohltuend in seiner ausgedörrten Kehle.

Ganz im Vollgefühl seiner selbst starrte er staunend über die tiefe Schlucht hinweg auf die sich wüst vor ihm auftürmende Bergwelt, ein Panorama untermalt von dem Coldplay-Album *Parachutes,* das auf seinem iPod lief. Er machte das Gerät aus, nahm die Kopfhörer ab und überließ sich einen Moment der Stille der Natur, die nur vom verwehten Gekreisch irgendwelcher Vögel über ihm unterbrochen wurde. Dann verriet ihm das plötzliche Knacken zertretenen Unterholzes, dass jemand in seiner Nähe war. In der Annahme, es handele sich um Ian, sagte er, ohne sich umzudrehen: – Schau dir das bloß an, da freut man sich doch, am Leben zu sein!

– Es ist wundervoll, pflichtete eine weibliche Stimme bei, und sofort wetteiferten Panik und Begeisterung in Kibbys Brust. Noch während er sich umdrehte, merkte er, dass seine Wangen heiß wurden und seine Augen zu tränen begannen. Es war Lucy Moore mit ihren leuchtend blauen Augen und den blondbraunen Locken, die jetzt wild im Wind flatterten, und sie redete mit ihm! – Äh … aye, brachte er heraus, während sich sein Blick auf den scharlachroten Schlitz ihres Munds hefteten.

Lucy schien Kibbys Verlegenheit nicht zu bemerken. Ihre gelassenen, aber durchdringenden Augen glitten über die schneegekrönten Berge über dem Tal und hefteten sich dann an den höchsten Punkt. – Wie gern würde ich da mal raufkraxeln, sagte sie und warf ihm einen verschwörerischen Blick zu.

– Nee ... äh ... mir reicht Bergwandern voll und ganz, erwiderte Kibby schwächlich und bedauerte es sofort, denn er spürte, wie sich ihr diffuses Interesse an ihm sofort verflüchtigte. Schlimmer noch, es wurde von dieser Aura milder Verachtung abgelöst, die er für gewöhnlich bei Mitgliedern des anderen Geschlechts hervorrief. – Aber es ist schon verlockend, das mal auszuprobieren, schob er nach, um sein Ansehen wiederherzustellen.

– Würd ich gerne mal, wiederholte Lucy, nun schon zögerlicher.

Kibby wusste nicht, was er sagen sollte, und stammelte:

– Aye, das wär toll, klare Sache.

Es folgte ein Schweigen von solch abgrundtiefer Peinlichkeit, dass Brian Kibby, der es schweren Herzens geschafft hatte, die Pubertät und das erste Jahr seiner Zwanziger hinter sich zu bringen, ohne ein Mädchen auch nur zu küssen, zweifelsohne lebenslange Jungfräulichkeit billigend in Kauf genommen hätte, um dieser Tortur zu entgehen. Blut flutete in sein Gesicht, in die unkontrolliert blinzelnden Augen schossen Tränen, Rotz rann ihm in einem nicht versiegenden Strom aus der Nase, und seine Kehle trocknete derart aus, dass er wusste, seine Stimme würde beim Versuch zu sprechen krachen wie die trockenen Zweige unter seinen Füßen.

Der tote Punkt wurde erst überwunden, als Lucy entnervt fragte: – Wie spät ist es?

Kibby war so erleichtert, aus seiner Qual erlöst zu werden, dass er in seiner Eile zu antworten mit dem elastischen Bund des Anoraks am Uhrenarmband hängen blieb und den Stoff leicht einriss. – Fa-fast zwei, stotterte er.

– Da gehen wir wohl mal besser zurück zur Hütte zum Essen, überlegte Lucy laut und blickte Kibby fragend an.

– Aye, flötete Kibby vielleicht ein Spur zu schrill, – oder diese Schlingel lassen uns nichts über!

Etwas zerbrach in ihm, als er das mitleidige Lächeln sah, das sie für ihn übrighatte. Denn er kannte diesen Blick von seiner Schwester und deren Freundinnen und von den Mädchen aus dem Büro: Er kannte ihn von jeder jungen Frau aus seinem Bekanntenkreis. Er nahm das rote Baseballcap ab und stopfte sie in seine Tasche, er spürte, wie seine Schläfen pochten.

Die Schieferwände des Steinbruchs waren steil und düster, abweisend wie eine Reihe von Grabsteinen. Von der gegenüberliegenden Seite des neu angelegten Sees betrachtete Danny Skinner die verkümmerten Bäume, die sich auf der Suche nach Licht im unheilvollen Schatten der hohen Felsen nach oben reckten. Es hatte den ganzen Tag über geregnet. Nun hatte es aufgehört, und ein dunstiger Himmel war zurückgeblieben, der eine feuchte, fröstelnde Nacht ankündigte.

Er spürte bereits eine Erkältung in der Brust, noch verschlimmert durch den Schleim, der ihm vom Koksen hartnäckig in den Hals rann. Er sah sich nach den drei zu dünn angezogenen Männern neben sich um. Sie betrachteten mit mordlustigen Augen zwei andere Kerle, die in dem Steinbruch angelten und deren Garderobe der rauen Jahreszeit besser entsprach. Big Rab McKenzie, zwei Meter groß und übergewichtig, kannte er schon seit seiner Schulzeit, er war immer noch sein bester Freund und Saufkumpan. Über Gareth wusste er nicht viel, sie kannten sich erst ein paar Wochen, aber Skinner hatte ihn schon seiner Reputation nach gemocht, bevor sie sich persönlich begegnet waren.

Es war Dempsey, der ihm etwas Bauchschmerzen bereitete. Schon in seinen relativ jungen Jahren hatte Skinner, da er sich in den unterschiedlichsten Kreisen herumtrieb, durchaus einige harte Typen kennen gelernt, sogar den ein oder anderen Psychopathen. Er hatte jedoch festgestellt, dass die sich ab einem gewissen Stadium im Allgemeinen nur noch mit Leuten von gleichem Kaliber abgaben. Dempsey hatte etwas Verzehrendes und Überpräsentes an sich, was in gewissen Konfliktsituationen auf der Straße sicherlich sehr nützlich, hier aber fehl am Platz war. Oder er selbst war hier fehl am Platz, überlegte Skinner.

Sie kannten sich alle vom Fußball, aber die unbespielbar matschigen Plätze hatten den Spielplan im ganzen Land gekippt. Und so sah nun mal ihr Samstagsprogramm aus: Sie rotteten sich zusammen, um sich ein wenig mit harmlosem Sport die Zeit zu vertreiben, gelegentlich ne kleine Klopperei, aber für gewöhnlich nur Rumgepose. Doch was, fragte sich Skinner erneut, hatte er an einem beschissenen, verregneten Samstagabend im Dezember in einem Steinbruch in West Lothian zu suchen?

Die Antwort hieß Kokain. Früher am Tag hatte Dempsey in einem Pub in der City eine Line Koks nach der anderen ausgeteilt, während ihre Posse langsam auf sie vier zusammenschmolz. Dann hatte er einen kleinen Abstecher aufs Land vorgeschlagen. Zu dem Zeitpunkt hatte sich das noch gut angehört, ein Plan, wie man ihn voller Koksverwegenheit in einem warmen Pub in der Stadt fasste. Jetzt, hier draußen, hatte er sich von aufregend über zweifelhaft in einfach nur öde verwandelt. Wie gern wäre Skinner jetzt zu Haus bei Kay.

Er hatte ihr erzählt, weil der Fußball ausfiel, würde er mit ein paar von den Jungs zum Angeln gehen. Das war nicht sehr überzeugend, wenn auch immerhin beinahe wahr. Aber er wusste, dass er jetzt eigentlich bei ihr sein sollte, und deswegen begann er sich Sorgen zu machen. Tröstlicherweise meinte er sich zu erinnern, dass sie was von einer Tanzprobe erzählt hatte, das verschaffte ihm etwas Zeit. Aber beunruhigt war er immer noch, wenn auch vielleicht nicht so sehr, wie die beiden Angelfreunde es zu sein schienen.

– Gut mit Hechten bestückt der Tümpel, erklärte Skinner den Petrijüngern, um die Atmosphäre aufzulockern. – Waren früher nur Flussbarsche drin, darum haben sie mal ein paar Hechte eingeführt, »Darf ich vorstellen, Barsch – Hecht, Hecht – Barsch«, rhabarberte er weiter, ohne lange eine Reaktion abzuwarten, aber er registrierte Dempseys fieses Grinsen, – und diese Fotzen waren erst mal ganz schön barsch mit den Barschen. Kurzer Prozess. Er wandte sich an seine Freunde. – Die Barsche sind so knapp geworden, dass die Leute hier schon was Wasser abgetrunken haben, damit's nach mehr aussieht! Skinners unwillkürliches Grinsen blitzte auf wie eine Sargplakette, als er merkte, dass die angelnden Jungs Schiss bekamen. Er spürte, dass ihnen die Dürftigkeit seiner unterirdischen Bemerkung nicht entgangen war, und fühlte sich kurz herabgesetzt.

Die triste untergehende Sonne wurde von einer weiteren Front verräterischer schwarzer Wolken verdeckt, und ein schmutziger Schatten huschte über den See, was den einen der Angler, den mit den rotbraunen Haaren, sichtbar frösteln ließ. McKenzie, der meinte, darauf irgendwie reagieren zu müssen, trat die Box mit Ausrüstung und Ködern um. Lebende Maden wanden sich im Matsch. – Ach, wie ungeschickt von mir!

Skinner biss die Zähne zusammen und wechselte einen wissenden Blick mit Gareth: Da konnte man sich drauf verlassen, dass McKenzie die eigene Mannschaft mit einem derart abgedroschenen Spruch blamierte, und dann auch noch so peinlich ausgeführt.

– Und? Aus der Ecke hier, Jungs? Ihr gehört zu keinem Mob, oder?, fragte Dempsey die verwirrten Jungs, bevor er auf einen zeigte und schnauzte: – Du da, der mit den roten Haaren! Ich hab gefragt, für welchen verfickten Verein du bist!

– Ich interessier mich nich so für Fußball …, fing der Junge an.

Dempsey schien sich die Aussage ein oder zwei Sekunden durch den Kopf gehen zu lassen und nickte dabei wohlwollend, wie ein Mitglied der besseren Gesellschaft, das einen guten Wein verkostete.

– Hechte sind echt gemeine Viecher, lachte Skinner.

– Süßwasserhaie. Liegt den Biestern im Blut.

– Kennste Dixie aus Bathgate?, blaffte Dempsey den Rothaarigen an; Skinner, der spürte, dass es langsam brenzlig wurde, schien er gar nicht zu hören.

Der Rotschopf schüttelte den Kopf, der andere nickte, aber beide vermieden tunlichst jeden Blickkontakt. – Nur dem Namen nach.

– Wenn ihr die Fotze seht, sagt ihm, Dempsey hat nach ihm gesucht, sagte er unter Betonung seines eigenen Namens und offenbar leicht pikiert, dass die Enthüllung bei den Jungen keine Reaktion hervorrief.

Frustriert kickte Skinner mit dem Außenrist einen Stein auf den Teich und sah mit Befriedigung, dass er noch einmal auf der Wasseroberfläche auftitschte, bevor er mit einem Plumps versank. Sie hatten ein paar Bier und ein bisschen Koks gehabt und sich bequatschen lassen, wegen einer obskuren Vendetta, die Dempsey seit Jahren mit einem alten Kumpel pflegte, an deren Auslöser sich wahrscheinlich beide längst nicht mehr erinnern konnten, nach West Lothian rauszufahren. Sie hatten keine Spur von dem Knaben entdecken können und waren einfach herumspaziert.

Dieses billige Schikanieren war nur Ausdruck des Frusts darüber, dass nichts dabei rausgekommen war. Und doch war es mehr als das, dachte Skinner, es ging auch um die alte Garde gegen den Nachwuchs; ein Kräftemessen zwischen McKenzie und Dempsey, und die unglückseligen Anglerburschen waren zwischen die Linien geraten. – Entschuldigt die Störung, Sportsfreunde, hoffe, die Fische beißen, sagte Skinner fröhlich, während er Gareth zunickte, dann gingen beide weiter. Dass McKenzie und Dempsey zurückblieben, verhieß nichts Gutes.

Gareth zog ein Gesicht. – Die beiden sollten mal in nem netten B&B ausspannen und der griechischen Liebe frönen, um Dampf abzulassen.

Skinner mochte Gareth, aber zog es vor, zu grinsen und sich bedeckt zu halten. – Ein Mann sollte in Frieden seine Angel auswerfen dürfen. Ein menschliches Grundrecht, meinte er albern.

Sie hörten Rumschreierei und Fluchen, marschierten jedoch entschlossen weiter zum Wagen. Etwas später sahen sie im Rückspiegel McKenzie und Dempsey angerannt kommen. – Ham's den Fotzen gezeigt, keuchte Dempsey erregt, als sie auf den Rücksitz kletterten. Er hatte ein angeschwollenes, blaues Auge. McKenzie hatte ein Haifischgrinsen aufgesetzt.

– Hatten die n Handy?, fragte Gareth nervös. – Dann ham wir gleich die verfickte Schmiere am Hals.

– Ist vielleicht n Funkloch hier, sagte Dempsey einfältig, – wegen dem Steinbruch.

Gareth ließ den Motor an und gab Vollgas den Weg hoch zur Hauptstraße und dann Richtung Kincardine Bridge. – Wir fahren über die Dörfer. Und ihr Fotzen setzt euch in Stirling in den Zug, nickte er Richtung Dempsey und McKenzie. Skinner fragte sich, ob er Dempsey wohl verärgert hatte, weil er auf dem Beifahrersitz saß. Bestimmt, vor allem, wo er sich hinten neben Big Rab McKenzie quetschen musste.

– Du bist doch paranoid, du Fotze!, schimpfte Dempsey.

– Leck mich, Dempsey, ich bin nich mit in dieses Drecksloch gefahren, um mir anzusehen, wie ihr euch mit Zivilisten ledert, giftete Gareth zurück.

– Aye, aber –, fing Dempsey an.

– Nichts aber. Ich dachte, du wärst hinter Andy Dickinson her.

Ich war so doof, dass ich dir dabei helfen wollte, weil ich völlig zugekokst war und diesen blöden Hirni nicht abkann. Aber war einer von den Jungs da Andy Dickinson? Nee? Schien mir auch so.

– Die ham ne große Fresse riskiert, zischte Dempsey.

– Die ham *geangelt*, konterte Gareth.

Im Spiegel sah Skinner, dass sich Dempseys glühende Augen in Gareths Hinterkopf bohrten, aber der Fahrer schien nichts mitzubekommen. Derweil erzählte McKenzie begeistert, wie sie die Angelfreunde vermöbelt hatten. Weil er gemerkt hatte, wie die Sache laufen würde, hatte einer von ihnen losgelegt und Dempsey eine saubere Rechte aufs Auge verpasst. – Die Fotze mit den roten Haaren, sagte er mit einer gewissen Schadenfreude. Dann führte er aus, wie er den anderen mit einem Schlag geplättet und dann amüsiert zugeguckt hatte, wie ein kochender Dempsey, fast paralysiert vor Wut und Frust, schließlich die Oberhand über seinen Gegner gewonnen und ihm die Scheiße aus den Knochen gestiefelt hatte.

Dempsey hockte angespannt wie eine Sprungfeder auf dem Rücksitz und musste sich hilflos McKenzies Schilderung anhören. Er war kurz davor gewesen, den Angler kaltzumachen, aber er wusste, dass er kaum etwas tun konnte, um die Erinnerung an diesen ersten Schlag, den Überraschungstreffer der rothaarigen Fotze, aus McKenzies Hirn zu tilgen, auch wenn der Junge letztlich für seinen Mumm und seine Selbstachtung teuer bezahlt hatte. Aber die Story würde sich jetzt in alle Ewigkeit darum drehen, wie dieser läppische Rothaarige im Steinbruch Demps eine verpasst hatte. Der Faustschlag würde immer spektakulärer werden und Dempseys Vergeltungsaktion umso armseliger und irrelevanter aussehen. Ein musterhaftes Anglerlatein; McKenzies begeisterter Gesichtausdruck sprach Bände.

Gareth, der wohl Verständnis für den gedemütigten Dempsey hatte und sich Sorgen um ein Nachspiel machte, gab nach und fuhr alle zurück in die Stadt. Als die Einfamilienhäuschen der Vorstadt von den Mietshäusern der Stadt abgelöst wurden, dachte Skinner, dass er nun eigentlich zu Kay zurück sollte, aber McKenzie hatte vorgeschlagen, noch was trinken zu gehen. Vielleicht einen auf die Schnelle, und dann ab nach Haus.

4
Skegness

In ihrer eigenen sediert-trüben Wahrnehmung war Joyce Kibbys nervöser Blick nur für ein oder zwei Sekunden von der Pfanne mit den Rühreiern abgeirrt und hinüber zu dem gerahmten Foto gewandert. Es stand ganz unverfänglich auf dem kleinen Nippesregal der Einbauküche im Tudorstil, die Joyces Ehemann mit eigenen Händen gebaut hatte.

Es war ein Bild von ihr, Keith und den Kindern in Skegness. Es musste 1989 gewesen sein, und es hatte fast die gesamten vierzehn Tage geregnet. Das Foto hatte der Platzwart auf der Minigolf-Anlage gemacht. Barry hatte er geheißen, erinnerte sie sich. Die meisten Besucher im Haus der Kibbys hätten das Foto für irgendeinen unbedeutenden Familienschnappschuss gehalten, vor allem, weil das Haus voll von solchen Bildern war. Aber für Joyce besaß es eine magische, geradezu transzendentale Qualität.

Für sie war es das eine Bild, in dem der Wesenskern jedes von ihnen perfekt getroffen war: Keith mit seiner hart erarbeiteten Aufgeräumtheit; Caroline mit der militanten Schadenfreude, die sie schon als Kind an den Tag gelegt hatte. Und dann war da Brians Fröhlichkeit; sie hatte immer etwas irgendwie Prekäres gehabt, als könnte sie dunkle Mächte herbeirufen, die sie vernichten würden, wenn man sie zu offen zeigte. Kurz gesagt, überlegte sie sorgenvoll, war er genau wie sie.

Ein Geruch nach Verbranntem stieg ihr in die Nase. – Mist, murmelte Joyce, zog die Pfanne von der heißen Herdplatte und kratzte mit dem hölzernen Löffel an den Eiern herum, damit sie sich nicht betonfest mit dem Pfannenboden verbanden. Diese

Pillen, die ihr Dr. Graigmyre gegeben hatte, damit sie mit Keiths Zustand besser fertig wurde, die machten sie schwerfällig und schusselig.

Wo steckte Caroline bloß?

Joyce Kibby, eine dünne Frau Ende vierzig mit großen, unsteten Augen und ausgeprägter Nase, huschte über die Schieferfliesen des Küchenbodens, steckte den Kopf zur Küchentür hinaus auf den Flur und rief nach oben: – Caroline! Essen!

Oben in ihrem Zimmer stemmte sich Caroline Kibby langsam auf die Ellbogen hoch und strich sich das blonde Haar aus dem Gesicht. Ein riesiges Bild von Robbie Williams grinste sie von der Wand neben ihr an. Sie hatte speziell dieses Bild von ihm schon immer sehr süß und irgendwie rührend gefunden. Heute schmeichelte es Robbie Williams allerdings gar nicht, sondern ließ ihn eher etwas dümmlich aussehen. Als sie die Beine aus dem Bett schwang, konnte sie gerade eine Sekunde lang die Gänsehaut darauf betrachten, da ertönte von unten schon wieder Joyces schrille Stimme. – Caroliiinne!

– Aye. Aye. Aye, flüsterte sie in halblauter Erbitterung ihrem Poster zu.

Caroline stand auf, und während der paar Schritte zur Tür, wo am Haken ihr blauer Morgenmantel hing, spürte sie die Kälte. Sie warf den Mantel über und zog ihn instinktiv vor der Brust zusammen, als sie auf den Flur trat. Ihr Bruder machte sich gerade fertig, er hatte die Badezimmertür offen, damit der Wasserdampf von der Dusche abziehen konnte. Auf dem Spiegel war ein tropfender Davidsstern. Brian hatte bereits den dunkelblauen Anzug an, auf dessen Anschaffung für den neuen Job ihr Dad bestanden hatte. Er stand ihm, ihr Bruder wirkte darin elegant schlank anstatt unnatürlich schmal, wie er normalerweise wahrgenommen wurde. Das gab ihm etwas, fand sie, ihr Bruder war definitiv ein Anzugtyp. – Sehr schick, lächelte sie.

Brian grinste seine Schwester an und entblößte dabei seine großen, weißen Zähne. Schöne Zähne hatte er, dachte Caroline.

Es war ein großer Tag für ihn. Er übernahm eine Stelle in einem größeren Amt als Fife und wurde um mehrere Besoldungsgruppen hochgestuft. Dazu fiel noch ein Teil der Fahrtkosten weg. Jedenfalls war es ein großer Schritt hin zu mehr Verantwortung, und irgendwie, vielleicht wegen seiner müden Augen, kam es Caroline so vor, als sähe man ihm die Belastung ein bisschen an. Aber schließlich standen sie alle zurzeit unter großem Druck. – Nervös?, fragte sie.

– Nee, sagte Brian, räumte dann aber ein: – Na ja, ein bisschen vielleicht.

– Caroline!, Joyces Stimme, schrill und nasal, schallte schon wieder von unten. – Dein Frühstück wird kalt!

Caroline lehnte sich über das Treppengeländer. – Aye! Ich bin nicht taub! Ich komm ja schon, schimpfte sie, und Brian Kibby registrierte nervös, wie sich die Sehnen am Hals seiner Schwester spannten.

Joyce stellte ihr Geraschel unten sofort ein, und Stille stieg wie heißer Dampf aus der Küche empor. Es war, als hätte ein versteckter Scharfschütze gerade den Kopf eines Kameraden in ihrer unmittelbaren Nähe weggepustet.

Brian Kibby starrte seine Schwester missbilligend an, aber Caroline guckte bloß entsprechend zurück und zuckte die Achseln.

– Komm, bitte, Caz …, bettelte er.

– Manchmal geht sie mir einfach auf die Nerven.

– Ich glaube, das ist wegen Dad, sagte Brian und fügte hinzu, – das ist eine schwere Belastung.

Nun meinte sie etwas Bevormundendes und einen gewissen Alleinvertretungsanspruch im Ton ihres Bruders zu hören, und das konnte sie überhaupt nicht leiden. – Das ist es für uns alle, beschied sie ihm brüsk.

Brian war etwas betroffen über den scharfen Ton. Sie hatte sich bisher kaum anmerken lassen, dass ihr die Krankheit ihres Vaters etwas ausmachte. Aber wie sollte es auch sein, schließlich war sie sein Liebling, überlegte er beschämt. In seiner üblichen nachgiebigen Art hielt Kibby seiner Schwester ihre Jugend zugute und sagte sich, so sei sie nun mal. – Und ich glaube, sie ist auch meinetwegen nervös, wo doch mein erster Tag in der neuen Stelle und so …, redete er weiter und beschwor sie erneut: – Versuch bitte, sie nicht so aufzuregen, Caz …

Caroline zuckte unverbindlich die Achseln, als die beiden Kibby-Kinder die Treppe hinunter zur Küche gingen. Brian zog die Stirn kraus, als er den großen Teller mit Rührei, Frühstücksspeck, gebratenen Tomaten und Pilzen auf dem Tisch sah. Seine Mutter machte sich Sorgen, weil er zu dünn war, aber er konnte essen, so viel er wollte, ohne zuzunehmen, und betrachtete das als gottgegebene Stoffwechselerscheinung, die er von seiner Mutter geerbt hatte. – Nachher wirst du froh darüber sein, erklärte ihm Joyce prophylaktisch, als er sich hinsetzte, – du weißt ja nicht, was die in der Behörde für ein Kantinenessen haben. Du hast doch immer gesagt, in Kirkcaldy wär's nicht besonders gewesen, sinnierte sie und wandte sich dann Caroline zu, die sich etwas Ei auf eine Scheibe Toast legte und den Speck zur Seite schob.

Joyce verzog das Gesicht, was Caroline sofort registrierte.

– Ich hab dir doch gesagt, ich esse kein Fleisch, giftete Caroline. – Warum stellst du es mir hin, wenn du weißt, dass ich es nicht esse?

– Es ist doch bloß ein Streifen, sagte Joyce flehentlich.

– Entschuldige mal, hast du nicht gehört, was ich gesagt hab?, fragte Caroline, ihre Mutter scharf anblickend. – Was glaubst du, was die Aussage »ich esse kein Fleisch« beinhaltet?

– Du brauchst Fleisch. Nur eine Scheibe ... Joyce verdrehte die Augen und schaute zu Brian, der sich gerade Butter auf den Toast strich.

– Ich. Esse. Kein. Fleisch, erklärte Caroline zum dritten Mal, nun in einem anderen Tonfall, fast als lachte sie ihre Mutter aus.

– Das ist ja kaum was, empörte sich Joyce. – Schließlich bist du noch im Wachstum.

– Und zwar in die Breite, wenn's nach dir ginge.

– Du bist magersüchtig, das ist dein Problem, meinte Joyce. – Ich hab alles über diesen Fimmel gelesen, den ihr alle heutzutage mit eurem Gewicht habt, und ich ...

– So was kannst du nicht über mich behaupten! Caroline wurde rot vor Zorn. – Damit stempelt man jemanden als psychisch krank ab!

Joyce blickte ihre Tochter mitleidig an. Was wusste sie schon von Kranksein, die freche, kleine Kratzbürste? – Da hängt dein Dad im Krankenhaus am Tropf und kämpft um sein Leben, und er würde alles drum geben, damit du was Anständiges zu essen bekommst ...

Caroline spießte die Speckscheibe mit ihrer Gabel auf und hielt sie ihrer Mutter hin. – Dann iss du es doch für ihn! Sie sprang auf und stürmte die Treppe hoch in ihr Zimmer.

Joyce begann zu weinen, in kleinen, abgehackten Schluchzern: – So eine kleine ... oh ... und dann brach sie abrupt ab, als sei ihr plötzlich eingefallen, dass Brian anwesend war: – Tut mir Leid, Junge, und das auch noch an deinem ersten Tag auf der neuen Stelle. Aber ich versteh das Mädchen einfach nicht mehr, sagte sie, den Blick zur Decke gerichtet. – Sie würde sich nicht so aufführen, wenn dein Dad ...

– Schon gut, ich geh rauf und red mal mit ihr. Sie macht sich doch auch Sorgen, Mum. Wegen Dad. Sie zeigt es nur anders, beruhigte Brian sie.

Joyce holte tief Luft. – Nein, mein Junge, du frühstückst mal schön zu Ende, sonst kommst du noch zu spät, es ist schließlich dein erster Tag. Deine neue Stelle. Es ist einfach nicht fair, einfach nicht fair, sagte sie kopfschüttelnd und überließ es ihm, zu überlegen, auf welche Ungerechtigkeit sie sich bezog.

Brian Kibby war froh, schnell aus dem Haus zu kommen. Obwohl er noch reichlich Zeit hatte, schlang er sein Essen herunter und stülpte sich seine rote Baseballcap auf den Kopf. Sein Elan und seine Aufregung trugen ihn zügig die Featherhall Road hoch zur St John's Road, wo er die Linie 12 näher kommen sah. Er sprintete zur Bushaltestelle, fand glücklicherweise einen Sitzplatz und starrte durch die beschlagene Scheibe auf die kalte, klamme Stadt. Sie krochen im zähen Verkehr am Zoo vorbei, dann weiter bis Western Corner, Roseburn, Haymarket und über die Princes Street, bis er an der Waverley Station ausstieg und durch die Cockburn Street zur Royal Mile ging. Er nahm die rote Baseballcap mit dem aufgestickten Vereinslogo vom Kopf, weil sie nicht zum Anzug passte, und stopfte sie in seine Aktentasche.

Seine hastige Flucht von zu Hause hatte ihn aufgewärmt, doch als er den Bus verließ, machte sich die feuchte morgendliche Kälte bemerkbar. Während er spürte, wie der Sprühregen und der Nebel langsam seine Kleidung durchnässten, musste er daran denken, dass es manchmal so war, als ginge man in eine kalte Sauna, wenn man in Schottland das Haus verließ. Um noch ein wenig Zeit totzuschlagen, schlenderte er ein bisschen über die Royal Mile. Im

Zeitschriftenladen kaufte er sich den *Game Informer* vom laufenden Monat und packte ihn in seine Aktentasche. Dann ging er in eine Seitenstraße und spürte ein Flattern im Bauch, als er eins seiner Lieblingsgeschäfte mit dem altmodischen, handgemalten Schild sah:

A.T. Wilson Hobbies and Pastimes

Brian dachte daran, wie gerne ihn sein Dad wegen seiner häufigen Einkäufe gerade in diesem Laden aufgezogen hatte. »Na, gehst du immer noch in das Spielzeuggeschäft, Junge? Bist du nich n bisschen alt dafür?« Dann lachte Keith Kibby, doch darin schwang oft etwas Höhnisch-Verächtliches mit, und das beschämte seinen Sohn, der seine Anschaffungen von da an lieber verheimlichte.

Die Modelleisenbahn auf dem Dachboden der Kibbys war beeindruckend, auch wenn nicht viele Menschen das Privileg gehabt hatten, sie zu sehen, da Brian kaum jemanden kannte. Als Lokführer hatte Keith Kibby anfangs geglaubt, sein Sohn teile seine Begeisterung für Lokomotiven, später aber enttäuscht erkennen müssen, dass dessen Begeisterung ausschließlich *Modell*eisenbahnen galt. Doch in dem unglückseligen Versuch, ihn in diesem Hobby zu bestärken, hatte sein Vater, ein begeisterter Heimwerker, auf dem Dachboden schon einen Fußboden verlegt, die Aluminiumleiter angebracht und Licht installiert.

Brian Kibby hatte das Geschick seines Vaters für Holzarbeiten geerbt. Keith' Schreinerwerkbank hatte auf der einen Seite des Dachbodens Platz gefunden, bis er zu krank geworden war, um jedes Mal die Leiter hochzusteigen, und in den Gartenschuppen umgezogen war. Seitdem stand der komplette Dachboden der Modelleisenbahnlandschaft von Brian zur Verfügung, abgesehen von ein paar Schränken, in denen altes Spielzeug und Bücher aufbewahrt wurden, und zahllosen Regalen, in denen er seine Gamer-Zeitschriften archivierte.

Nur äußerst selten ging jemand anderer nach dort oben, und so wurde der Dachboden zu Brians Zuflucht, ein Refugium, wenn er in der Schule schikaniert worden war oder über irgendwelche Dinge oder Mädchen nachdenken musste. Zahllos die Abende einsamen, schmählichen Masturbierens, in denen die Mädchen aus seiner Nachbarschaft oder von der Schule nackt oder nur spärlich bekleidet seine überhitzte Phantasie bevölkerten, Mädchen, die er in Wirklichkeit kaum anzuschauen, geschweige denn anzusprechen wagte.

Doch die alles beherrschende Leidenschaft war seine Modelleisenbahn. Auch dafür schämte er sich; das war so völlig ab von allem, was die anderen Jungs gerne machten oder zumindest behaupteten, gerne zu machen, dass die Freude, die sie ihm bereitete, nicht minder schuldgetrübt war als seine Wichsorgien. Infolgedessen wurde er im Kreise seiner Altersgenossen noch vorsichtiger und zurückhaltender und fühlte sich nur wirklich frei, wenn er auf seinem Dachboden war und Herr der Welt, die er selbst erschuf.

Keiths Scherze im Familienkreis, dass er »vom Dachboden vertrieben« worden sei, überspielten weit größere Sorgen, und nicht nur hinsichtlich seiner schwindenden Gesundheit. Er sorgte sich, dass er seinen Sohn mental in den Dachboden eingemauert hatte; dadurch, dass er diesen schüchternen Jungen in seinem Hobby bestärkt hatte, hatte er ihm einen Weg gezeigt, sich abzukapseln.

Als Brian in das Alter kam, in dem er Keiths Ansicht nach zu alt war, noch mit den Eltern in Urlaub zu fahren, fragte der Vater den Sohn, wohin er denn nun in den Ferien wolle.

– Hamburg, hatte Brian enthusiastisch geantwortet.

Keith hatte mit Sorge an den Schmuddelsex der Touristenfalle Reeperbahn denken müssen, doch dann sagte er sich mit einiger Erleichterung, dass dies ja nur einen bei seinem Jungen längst überfälligen Initiationsritus darstellte, und erinnerte sich der eigenen Abenteuer im Rotlichtviertel von Amsterdam. Doch dann gab es ihm innerlich einen Riss, als sein Junge ergänzte: – Dort haben sie die größte Modelleisenbahn der Welt!

Keith wusste aber, dass er selbst es gewesen war, der den Anstoß zu dieser Leidenschaft gegeben hatte. Er hatte seinem Sohn dabei geholfen, die hohen Berge aus Pappmaschee zu formen, die die Züge umkurvten oder durchtunnelten, und war ihm bei den detailreichen Gebäuden zur Hand gegangen. Brians ganzer Stolz war der Bahnhof mit Hotel, für die St Pancras in London Vorbild gewesen war. Es war Teil eines Werkunterrichtprojektes in der Schule gewesen, wo es mehrere Sabotageversuche vonseiten

Andy McGrillens überstanden hatte, eines Schulschlägers, der gerade ihn besonders aufs Korn genommen hatte. Doch nachdem er die Modelle erst einmal sicher nach Hause transportiert hatte, konnte Brian Kibby nichts mehr aufhalten, denn alles andere gründete auf diesen Bauwerken, die er so liebevoll gefertigt hatte.

Heute verfügte Kibbytown, wie er die Stadt gerne nannte, auch noch über ein Fußballstadion, das er um ein Subbuteo-Spielfeld errichtet hatte. Die Gleise führten daran vorbei und erinnerten den Betrachter an Brockville oder Starks Park. Sein jüngstes Projekt war die Errichtung einer architektonisch ambitionierten modernen Tribüne, die die Eisenbahngleise wie eine Brücke überspannen sollte und nach dem Vorbild des Lansdowne Road Stadion in Dublin konzipiert war. Brian überwand hierfür sogar seine Aversion gegen Sport und besuchte mehrere Spiele in Tynecastle und Murrayfield, um sich mit Stadion-Architektur vertraut zu machen.

Keith wirkte immer etwas besorgt, wenn eine neue Konstruktionsphase begann. Er fürchtete, sein Sohn könne die Pappmascheeberge plattmachen, denen er unverhältnismäßig viel Interesse entgegenbrachte, doch Brian baute stets um sie herum. Und wie der Junge baute: Mietshäuser, Hochhäuser, Bungalows, alles was ihm in den Sinn kam, während sich seine Stadt auf dem Dachboden ausbreitete, ein Spiegelbild der Entwicklung, die der Westen von Edinburgh nahm, in dem er aufwuchs.

Nun, als er im morgendlichen Regen auf der Straße stand und ins Schaufenster von Wilson's Hobbies guckte, traf es ihn wie ein Schlag. Er traute seinen Augen nicht – aber da stand sie wirklich! Die elegante rotbraune und schwarze Lok prangte glänzend im Schaufenster, während er mit freudiger Erregung die goldschwarz gehaltene Tafel an ihrer Seite las: CITY OF NOTTINGHAM. Es war eine R2383 BR Princess Class *City of Nottingham*. Aufgrund der starken Nachfrage war sie gleich zur Rarität geworden und schon lange nicht mehr lieferbar.

Wie lange bin ich schon hinter einer von denen her?

Sein Herz begann wild zu pochen, als er auf seine Uhr schaute. Der Laden machte um neun Uhr auf, also in nur fünf Minuten, doch er musste sich bereits um Viertel nach neun bei Mr Foy vorstellen. Die Lok sollte 105 Pfund kosten, und wenn er sie dort ließe, würde sie ihm mit Sicherheit weggeschnappt, bevor er in der Mittagspause wiederkommen konnte. Brian Kibby stürmte über die Straße zum Bankautomaten und hob sein Geld ab, dabei zitterte er die ganze Zeit vor Aufregung und Furcht, ein anderer Modelleisenbahnfan könnte ihm zuvorkommen und das kostbare Schmuckstück kaufen.

Als er zum Laden zurückhastete, sah Kibby Arthur, den alten Ladenbesitzer, zur Tür schlurfen und den Laden aufschließen. Er stolperte hinter ihm her, unfähig, seine Aufregung zu unterdrücken, und musste abrupt innehalten, als der alte Mann sich plötzlich nach der morgendlichen Post bückte. Er sammelte die Briefe und Prospekte auf, wozu er nach Kibbys Dafürhalten unerträglich lange brauchte, und sagte dann verständnisvoll: – Aye, Brian, mein Junge, ich glaub, ich weiß schon, worauf du aus bist.

Kibby schaute noch einmal rasch auf seine Uhr, jetzt doch besorgt, er könnte sich verspäten. Das durfte auf keinen Fall passieren, er konnte doch nicht am ersten Tag auf der Arbeit gleich einen schlechten Eindruck hinterlassen. Es war wichtig, einen guten Start hinzulegen. Sein Dad hatte immer so sehr auf Pünktlichkeit gepocht, dass es für Brian Kibby zur Obsession geworden war. Es war wohl so ein Lokführerding, dachte er.

Der alte Arthur wirkte ein wenig verärgert, dass der junge Mann sofort nach dem Kauf der Lok gegangen und nicht noch zu einen Plausch geblieben war wie sonst. Die jungen Leute haben es immer so eilig, dachte er mit gewisser Enttäuschung, denn von Brian Kibby hatte er bisher geglaubt, dass er anders sei.

Den Karton unterm Arm, sprintete Kibby über die Straße. Nein, er durfte sich nicht verspäten, sagte er sich immer wieder wie in einem erregten Mantra. Heute Abend würde er ins Krankenhaus gehen, und da musste er seinem Dad gerade in die Augen sehen und erzählen können, an seinem ersten Tag sei alles gut gelaufen. Die Uhr an der Tron Kirk verriet ihm, dass er noch ein wenig Zeit hatte, und er begann sich etwas zu entspannen und wieder zu Puste zu kommen.

Vor den City Chambers fanden größere Straßenarbeiten statt. Ständig rissen sie irgendwo auf der Royal Mile das Kopfsteinpflaster auf, überlegte Kibby. Dann erkannte er einen der Arbeiter.

Es war McGrillen, sein alter Peiniger von der Schule, der in einer ärmellose Steppweste einen großen Presslufthammer bediente. Durch die Vibrationen sah man das Spiel der kräftigen Muskeln in seinen Armen. Kibby musste an seine eigenen, mickrigen Bizepse denken, und wie lächerlich es gewesen war, als sein Dad ihm einmal gesagt hatte: – Wenn dir irgendwer in der Schule blöd kommt, gib ihm hiermit, und dabei zur Verdeutlichung Brians schwächliche Faust hochgehalten hatte.

Brian Kibbys Finger krampften sich fester um sein Päckchen.

Als McGrillen aufsah und ihn allmählich erkannte, fühlte er wieder die vertraute alte Angst in sich aufsteigen, die der Anblick seines alten Widersachers in ihm auslöste. Doch während er McGrillen so betrachtete, schien sie sich in eine andere, unbestimmtere Emotion zu verwandeln. Die Verachtung ihm gegenüber flackerte immer noch in den Augen seines alten Plagegeistes, doch diesmal stand Kibby im Anzug vor ihm, während McGrillen Arbeitsklamotten trug, und irgendein Restbestand repressiver bürgerlicher Wertvorstellungen in dessen Seelenlandschaft fühlte sich deklassiert. Und Kibby sah es; er sah, wie vor McGrillens innerem Auge die eigene Zukunft aufzog – beim Aufreißen von Straßen –, während er, Brian Kibby, in Anzug und Krawatte dastand, ein Mann mit Vollmachten und Pflichten, ein städtischer Beamter!

Kibby konnte sich ein kleines Grinsen nicht verkneifen, nach all den Demütigungen auf dem Schulhof, nach den Jahren, in denen er auf dem Weg zum Bäcker oder zur Frittenbude die Straßenseite wechseln musste, hatte er sich nun eine kleine Rache, ein wenig Genugtuung verdient. Dieses kleine, selbstzufriedene Lächeln, es musste dem armen McGrillen wie ein Pflock ins Herz fahren!, dachte er, während er leichtfüßig über den Vorplatz sprang, den Blick sofort wieder abwandte und eine gesucht gleichgültige, geschäftsmäßige Miene aufsetzte, wie einer, der geglaubt hatte, in McGrillen jemanden wiederzuerkennen, was selbstredend ein Irrtum gewesen war!

Von der imposanten Eingangshalle ging Kibby ein mahagonigetäfeltes Treppenhaus hinauf zu den Fahrstühlen im ersten Stock. Als er den Aufzug betrat, sah er einen Mann im Anzug in seinem Alter, eine Idee älter vielleicht. Kibby fand, der Mann sah cool aus, der Anzug wirkte teuer. Und der Mann lächelte und nickte ihm zu, *ihm*, Brian Kibby! Aber warum auch nicht? Jetzt stellte er etwas dar, einen Mitarbeiter der Stadtverwaltung, nicht so ein ungelernter Malocher wie McGrillen.

Leute wie der da würden Existenzen wie Andrew McGrillen nicht mal grüßen!

Dann bemerkte er, dass neben dem Mann noch ein Mädchen stand, und spürte, wie seine Hormone in Sturzbächen ausgeschüttet wurden. Auch sie lächelte ihm zu, ehe sie ein Gespräch mit dem anderen jungen Mann anfing. Wow, dachte Kibby und sah sich satt an ihrem hellbraunen Haar, ihren flinken, großen braunen Augen und vollen Lippen. Was für eine Zuckerschnecke, hechelte er still für sich, und plötzlich durchrauschte ihn ein dermaßener Ekstase-Flash, dass er sekundenlang beinahe den Karton unter seinem Arm vergaß.

Im nächsten Stock stiegen zwei Männer in blauen Overalls zu, und plötzlich erfüllte ein brunziger, sich rasch ausbreitender Pesthauch die enge Kabine, in die sie gequetscht waren. Da hatte jemand einen fahren lassen. Es war grässlich, und der Mann im Anzug fing Kibbys Blick auf, schaute dann die beiden Kerle im Overall an und verzog angeekelt das Gesicht. Die Arbeiter stiegen beim nächsten Halt aus. Der junge Mann im Anzug sagte laut: – Das stinkt ja saumäßig!

Einige Leute grinsten, und die junge Frau lachte. – Danny, wies sie ihn zurecht.

– Im Ernst, Shannon, hörte Kibby den jungen Mann sagen. – Das muss ja nun nicht sein. Auf jeder Etage gibt es Toiletten.

Shannon, dachte Kibby, zu aufgeregt und verwirrt, um sich umzudrehen und zu schauen, ob die beiden auch in seine Richtung mussten. Halt, das war seine große Chance, dachte er. Sie kannten ihn nicht; hier würde er nicht der ängstliche Junge von der Schule sein, oder der stille Lehrling, der verdrießlichen alten Kerlen den Tee machte, wie auf seiner letzten Stelle. Hier würde er endlich zum Erwachsenen werden, selbstbewusst, kontaktfreudig und von allen respektiert. Er holte tief Luft und drehte sich zu diesem Danny und dieser Shannon um. – Entschuldigung ... können Sie mir sagen, wie ich zu Lebensmittelkontrolle und Verbraucherschutz komme? Ich habe einen Termin bei Mr Robert Foy.

– Sie müssen Brian sein, sagte das Mädchen namens Shannon lächelnd, und auch dieser Danny lächelte, wie Kibby begeistert zur Kenntnis nahm.

– Immer uns nach, sagte er.

Kaum da, und schon habe ich mich mit richtig netten Leuten angefreundet!

5
Das tat weh

Das erbarmungslose Presslufthämmern seines Weckers riss Danny Skinner aus der einen Hölle in die nächste. Seine Hand schoss vor und knallte auf den »Aus«-Schalter, doch der Radau hallte in seinem Hirn noch eine Zeit lang nach. Die quälenden Fieberträume waren zwar weg, aber nur gegen die Realität eines kalten, tristen Montagmorgens einer neuen Arbeitswoche eingetauscht werden. Sein schwerer Kopf wurde etwas klarer, als sich im Morgengrauen die Konturen des Zimmers allmählich herausschälten. Panik breitete sich explosionsartig in seiner Brust aus, als er instinktiv neben sich griff und es sein nacktes Bein in die Kälte auf der anderen Seite des Bettes zog.

Nichts.

Kay war nicht zurückgekommen, nicht über Nacht geblieben. Sie blieb oft über Nacht, eigentlich sogar an den meisten Wochenenden. Vielleicht war sie mit ihrer Freundin Kelly etwas trinken gegangen; zwei knackige Mädchen, Tänzerinnen, die einen draufmachen. Der Gedanke gefiel Skinner. Dann stieg ihm ein säuerlicher Geruch in die Nase. Drüben in einer Ecke entdeckte er eine Lache Erbrochenes. Gott sei Dank war sie nur auf den abgezogenen Kiefernholzdielen und hatte den Orientteppich verfehlt, auf dem verschiedene Positionen aus dem Kamasutra dargestellt waren; der hatte ihn in einem Antiquitätengeschäft am Grassmarket einen halben Monatslohn gekostet.

Skinner machte das Radio an und hörte den unbegreiflich fröhlichen DJ unerträglich lange labern, bis endlich ein willkommenes, vertrautes Stück sein Elend geringfügig milderte. Er setzte sich langsam auf und betrachtete seine Kleidung, die über den Boden verstreut war beziehungsweise über seinem Messingbettgestell hing wie ein Schiffbrüchiger auf einem Stück Treibholz. Dann gab er sich morbiden Betrachtungen über die leere Bierflasche und den vollen Aschenbecher neben dem Bett hin. Diese Rückstände wurden wie ein abscheuliches Kunstwerk vom schwachen Licht der frühmorgendlichen Sonne beschienen, das durch die fadenscheinigen Vorhänge drang. Ein kalter Luftzug pfiff durch die gesprungenen, klappernden Fensterrahmen und ließ seinen nackten Oberkörper frösteln.

Wieder abgestürzt letzte Nacht. Das ganze letzte Wochenende. Kein Wunder, dass Kay lieber heimgegangen ist. Skinner, du saudummes Arschloch ... du zu nichts zu gebrauchende Nullnummer ... benimmst dich wie ein Idiot ...

Er dachte daran, dass ihm Kälte früher nie etwas ausgemacht hatte. Nun zehrte sie an seiner Lebenskraft. Ich bin dreiundzwanzig, dachte er in fickriger Verzweiflung, vom Kater angeschlagen. Seine Hand fuhr hoch an die Schläfe, um ein neuralgisches Zwicken wegzumassieren, von dem er den Eindruck hatte, es könne der Vorbote eines Aneurysmas sein, das jeden Moment explodieren und ihn ins nächste Leben blasen konnte.

Es ist scheißkalt in dieser Bude. Kalt und dunkel. Australien oder Kalifornien wird nie was. Es wird nie besser werden.

Manchmal dachte er an den Vater, den er nie kennen gelernt hatte. Er stellte ihn sich gerne irgendwo vor, wo es warm war, etwa in der sogenannten »Neuen Welt«. Dann sah er einen gesunden, braun gebrannten Mann vor sich, grau meliertes Haar vielleicht, dazu eine Familie mit bronzefarbenen Gliedmaßen, jugendlich und blond. Sie würde ihn in ihre Mitte aufnehmen, ein Akt der Wiedergutmachung, der seinem Leben Sinn gäbe.

Kann man vermissen, was man nie gehabt hat?

Letzten Winter war er pleite gewesen und versuchsweise mal zu Haus und nüchtern geblieben. Er hatte rumgesessen, Leonard Cohen gehört, sich mit der Philosophie Schopenhauers vertraut gemacht und skandinavische Lyrik gelesen, die ihm ausgemacht depressiv vorkam, Ausgeburt der quälend langen Winternächte. Sigbjørn Obstfelder, Vertreter der norwegischen Moderne vom Ende des 19. Jahrhunderts, gefiel ihm mit seinen grandiosen morbid-dekadenten Versen besonders gut. Skinners Lieblingsstelle war:

Und der frohe Tag, er geht mit Gesang,
und der Tod, er sät in der Nacht so lang.
Der Tod, er sät.

Manchmal meinte er es an den Gesichtern der alten Knaben in den Pubs von Leith ablesen zu können: Jeder Tropfen Alkohol schien den Sensenmann einen Schritt näher zu bringen und nährte zugleich Träume von Unsterblichkeit.

Aber welch süße Träume!

Ihm fiel wieder ein, wie er einmal seine Freundin am Sonntagnachmittag mit in den Pub geschleift hatte, obwohl sie viel lieber mit ihm herumliegen und fernsehen wollte.

Skinner musste jedoch seinen Kater von Freitagabend und Samstag wegtrinken, darum zerrte er sie praktisch zur Tür raus und beförderte sie den Leith Walk rauf zu Robbies, wo ein paar seiner Kumpels tranken. Dennoch hatte Kay, die einzige Frau, sich dazugesetzt, lächelnd und klaglos, geduldet oder ignoriert von jenen wahnwitzig-wunderbaren Männern, die nichts taten als trinken, trinken, trinken. Es war, als hätten die blutunterlaufenen Augen einiger noch nie eine Frau gesehen, andere mindestens schon eine mehr, als ihnen lieb war. Kay störte sich nicht daran; sie war einfach glücklich, etwas mit dem Jungen zu unternehmen, den sie liebte, egal, wo sie hingingen. Allerdings konnte sie nicht einfach mittrinken. Sie musste auf ihr Gewicht achten, sich fit halten, um tanzen zu können. Sie sagte immer: Du verstehst mich nicht, ich muss mich fit halten. Und er: Aber du *bist* doch schon so fit, Süße.

Skinner war mit jedem Bier lauter und rechthaberischer geworden. Er stritt sich mit seinem Freund Gary Traynor, einem drahtigen jungen Mann mit kurz geschnittenem, blondem Haar und einem herben aber spitzbübischen Gesicht.

– Heute ham die doch keinen anständigen Mob mehr. Wie viel Mann kriegen die schon zusammen?

Traynor zuckte die Achseln, den Ansatz eines Grinsens im Gesicht, und nuckelte an seinem Bier. Alex Shevlane, ein Muckibudentyp mit einem Kopf wie ein Dildo, der aussah, als übertriebe er es mit den Gewichten, kontrollierte verstohlen seinen Bizeps im Wandspiegel, als er die Bierflasche zum Mund führte. – Letztes Mal, als wir da warn, sind die Fotzen gar nicht gekommen. Totale Zeitverschwendung, fauchte er.

– Davon fängst du jedes Mal an, grinste Traynor und klopfte Shevlane herzlich auf den breiten Rücken. – Vergiss es. Oder willste die Fotzen auf Schmerzensgeld verklagen? Wegen entgangener Lebensfreude, weil sie dir dein Wochenende versaut ham, lachte er und deutete mit dem Kopf auf einen gut gekleideten, durchtrieben aussehenden jungen Mann mit verschlagenem Blick, der alleine an der Theke trank. – Dessie Kinghorn, der ist dein Mann!

Skinner drehte sich um und erblickte den einsam dastehenden Des Kinghorn, der ihn mit kalten, bohrenden Augen ansah. Skinner stand auf und ging zu ihm hin, während Traynors Gesicht schadenfroh in die Breite ging.

– Dessie, wie sieht's aus, alter Junge?

Kinghorn musterte ihn, sah sich Skinners Jacke von Aquascutum und die neuen Nike-Turnschuhe an. Nickte bedächtig, abschätzend. – Neu eingekleidet?

Drei Jahre und die Fotze ist immer noch pissig, dachte Skinner. – Aye ... willste n Bier, Alter? Er nickte Richtung Theke.

– Nee, lass mal, ich muss los, sagte Kinghorn, trank sein Glas aus, nickte brüsk und marschierte zum Ausgang.

Als er durch die Tür raus auf die Straße trat, schaute Traynor zu Skinner hinüber, schürzte die Lippen und verdrehte die Augen. Shevlands Grinsen spiegelte das Hai-Motiv auf seinem schwarzweiß gestreiften Pullover. Skinner zuckte die Achseln und hob bittend seine leeren Handflächen. Kay verfolgte das alles und versuchte zu begreifen, was vor sich ging und warum dieser Kerl ihren Freund brüskiert hatte. – Wer war das, Danny?, fragte sie.

– Bloß ein alter Kumpel, Dessie Kinghorn, sagte er. Weil er merkte, dass diese Antwort niemanden am Tisch zufriedenstellte, Kay am allerwenigsten, musste er die alte Geschichte noch mal aufwärmen. – Hab ich dir das nicht erzählt, dass ich in dem Sommer, bevor wir uns kennen gelernt haben, von einem Auto angefahren worden bin? Bein gebrochen, Arm gebrochen, zwei Rippen und Schädelbruch?

– Ja …, sie nickte. Sie dachte nicht gern an solche Verletzungen. Nicht nur bei ihm, ganz allgemein. Sie hatte in Kürze ein wichtiges Vortanzen. Wer konnte sich nach solchen Verletzungen wieder erholen und weitertanzen? Wie lange würde das dauern? Selbst jetzt meinte sie noch manchmal, dass ihr Freund einen unsicheren Gang hatte, vielleicht ein Andenken an den Unfall.

– Okay, ich hab jedenfalls Anspruch auf Schadenersatz geltend gemacht. Dessie arbeitet bei ner Versicherung und hat das für mich erledigt, die entsprechenden Formulare besorgt und mir so einen Fotografen vermittelt.

Kay nickte. – Um Fotos von den Verletzungen zu machen?

– Aye. Gut, ich war ihm dankbar, hab gesagt, ich würd ihm einen dafür ausgeben. Schön, ich krieg also fünfzehn Riesen, hab mich natürlich total gefreut, versteh mich nicht falsch, aber ich hab ja auch sechs Monate nicht arbeiten können, im Streckverband und was weiß ich, brachte Skinner vor. – Und als der Anspruch dann durch war, geh ich hin und will ihm fünfhundert Pfund abgeben. Ich meine, ich hab's zu schätzen gewusst, was er für mich getan hat, aber alle haben mir in den Ohren gelegen, ich soll Schmerzensgeld verlangen, und ich hab das halt über die Versicherung gemacht, für die Dessie arbeitet. So wie ich das gesehen habe, hab ich dem Sack n kleines Geschäft zugeschoben und ihm ne nette kleine Provision angeboten. Und der Scheißkerl will's nicht nehmen. ›Vergiss es‹, sagt der. Und seitdem spielt er den Beleidigten. Skinner nahm einen großen Schluck Bier, als müsse er seine Verbitterung herunterspülen. – Quatscht das Arschloch überall rum, ihm stünde die Hälfte zu. Skinner wandte sich Zustimmung heischend an Traynor, dann Shevlane, Kay und ein paar andere. – Bei McPherson's knöpfe ich mir also die Fotze vor: ›Wennde die Hälfte willst, kannste die haben … wenn ich dir vorher *dein* Bein, *deine* Arme und Rippen brechen und *dir* die Rübe mit nem Baseballschläger einschlagen darf. Denn bloß dann hättest du einen Anspruch auf die Hälfte.‹ Danach war der Scheißer total para, als hätte ich ihn bedroht oder so. Er zeigte auf sich selbst, während er die Augen vor Empörung aufriss. – Ich. *Die* Fotze bedrohen. Also bitte. Das war ja bloß bildlich gemeint!

Kay nickte vorsichtig. – Es ist schrecklich, wenn Freundschaften am Geld zerbrechen.

Traynor zwinkerte Kay zu und klopfte Skinner auf den Rücken. – Liebe und Geld sind das Einzige, worüber es sich zu verkrachen lohnt, was, Kollegen? Er lachte dröhnend.

Zwei Männer, die mit einem kleinen Jungen in einem grünen Carlsberg-Fußballtrikot am Nebentisch saßen, schauten zu ihnen rüber. Die beiden Männer tranken Pints mit Kurzen und der Junge Coca Cola. Skinner warf ihnen einen kalten, abschätzigen Blick zu, und sie schauten rasch weg.

Der Zucker verwandelt sich in Alkohol.

Kay sah das Unangenehme in seinem höhnischen Grinsen, sie kannte die Anzeichen. Der Kerl von der Theke hatte ihn sauer gemacht. Verführerisch flüsterte sie ihm ins Ohr: – Gehen wir doch nach Haus und legen uns zusammen in die Badewanne.

– Wofür zum Teufel hältst du mich? Ich *saufe* bloß wie ein Fisch! Die hat Ideen, zusammen in die Wanne!, hatte Skinner zurückgegeben, laut genug, dass die Runde es mitbekam, doch statt witzig und schäkernd herauszukommen, verzerrte sich das Ganze durch den Alkohol zu einer schroffen Zurechtweisung. Kay schien es, als wolle er seinen Freunden gegenüber klarstellen, wer hier die Hosen anhatte. Die Demütigung schnitt in ihre Brust wie ein Messer, und sie stand auf. – Danny ..., sagte sie ein letztes Mal bittend.

Skinner ließ sich halb aus seiner bleischweren Säuferapathie aufschrecken und sagte beschwichtigend: – Geh du schon mal vor, ich komm nach dem hier nach. Er schwenkte sein halb volles Glas Lager.

Kay machte auf dem Absatz kehrt, verließ die Bar und verzog sich den Leith Walk runter. Sie hatte nur ihre Zeit verschwendet. Sie hätte ins Studio gehen und an der Ballettstange arbeiten sollen, um sich mental und körperlich auf das Vortanzen einzustellen.

– Weiber, meinte Skinner zu seinen Freunden. Einige von ihnen nickten wissend. Die meisten grinsten nur dünn. Es waren hauptsächlich Jüngere vom hiesigen Mob, die sich für Fußballkrawalle interessierten, seit sie neuerdings wieder in Mode gekommen waren. Die meisten zeigten sich von Skinners und Big Rab McKenzies Geschichten über die alten Zeiten mit den CCS-Jungs der ersten Stunde schwer beeindruckt. Sie waren so scharf darauf, noch die Story über ihre Landpartie nach West Lothian mit den Fankurvenlegenden Dempsey und Gareth zu hören, wie Skinner scharf darauf war, die Geschichte zu erzählen, *ohne* dass Kay sie mitbekam. Außerdem wollte er unbedingt diesen Jesusporno, den Traynor für ihn besorgt hatte, *Am Kreuz genagelt*, den sie nicht zu Gesicht bekommen musste.

Eigentlich hatte er schon nach dem letzten Glas nach Hause gehen wollen, doch dann kam Rab McKenzie zur Tür rein, und es wurden noch mehr Geschichten erzählt und noch mehr Bier getrunken. Nein, ein Saufanlass wurde nicht lange hinterfragt.

Bis zum nächsten Morgen.

Dem nächsten Morgen ohne Kay.

Skinner stand langsam auf, duschte und zog sich an. Ironischerweise war er ein ordentlicher, pingeliger Typ, der stundenlang wie besessen seine Wohnung und sich selbst auf Hochglanz brachte, nur um dann beides mit einer für viele einfach unfassbaren Regelmäßigkeit fast vollständig zu zerstören. Er begutachtete das Chaos in seiner Bude und fluchte in wütendem Selbstekel über das Zigarettenbrandloch, das er auf seiner Couch entdeckte. Er musste das Sofakissen umdrehen, aber nein, auf der anderen Seite, wo jemand ein Körnchen Dope hatte durchbrennen lassen, war ein noch schlimmeres.

Fuck, ein Brandloch auf dem Sofa! Grund genug, das Rauchen ein für alle Mal aufzugeben. Und Grund genug, nikotinsüchtige, willensschwache Fotzen beim geringsten Geruch nach Kippen keinen Fuß in die verfickte Wohnung setzen zu lassen!

Die Fernbedienung war mit Bier bespritzt und klebrig. Sie war total verklebt, und er brauchte eine Weile, um sie durch Drücken und Schütteln zum Leben zu erwecken. Auf dem Bildschirm erschien der Moderator des Morgenmagazins. Nach einem erneuten Blick auf den Wecker quälte sich Skinner in seine Bürokleidung und in den Tag. Während er seine blauen Krawatte band und im Spiegel seine Erscheinung prüfte, wuchs sein Selbstvertrauen allmählich, der anstehenden Woche entgegentreten zu können.

Ich seh aus wie ein verfickter Kintopp-Schurke! Wenn ich mir noch einen Schnurrbart wachsen lasse, bin ich Dick Dastardly.

Danny Skinner wusste, dass er, obwohl er relativ neu in seiner

Abteilung war, wegen seiner scharfen Zunge respektiert und gefürchtet wurde, selbst bei einigen der älteren Kollegen und den Vorgesetzten, die schon bei diversen Gelegenheiten mitbekommen hatten, wie gnadenlos er davon Gebrauch machte. Darüber hinaus war er gut in seinem Job: beliebt, gescheit und geschätzt. Dennoch spürte er in letzter Zeit eine wachsende Missbilligung seitens einiger älterer Kollegen, was seinen Alkoholkonsum und seine häufig arrogante, respektlose Haltung betraf.

Aber wie viele von denen sind bloß korrupte Scheißkerle, wie Foy?

Er sprang in den Bus Linie 16 und stieg im Osten der Stadt wieder aus. In der Cockburn Street traf er seine Lieblingskollegin, Shannon McDowall, die durch den Hintereingang ins Amt kam, und zusammen fuhren sie mit dem Lift in den fünften Stock. Auf der Arbeit war sie der einzige Mensch, mit dem Skinner sich wirklich unterhielt und nicht nur Oberflächlichkeiten austauschte, und oft flirteten sie zum Spaß miteinander. Er konnte nicht fassen, wie untadelig Shannon mit ihrem langen braunen Rock, der gelben Bluse und der hellbraunen Strickjacke aussah. Ihre Haare waren hochgesteckt. Das Einzige, was das temperamentvolle, ausgehfreudige Partygirl der Wochenenden erahnen ließ, war ihr selbstzufriedenes Grinsen. – Alles klar, Dan? Schönes Wochenende gehabt?

– Muss wohl, Shan, muss wohl, denn ich kann mich an nichts erinnern, sagte Skinner. – Und selber?

– Yeah, ich und Kevin waren im Joy. Da sind die Funken geflogen, sagte sie anzüglich.

– Schön für dich. Irgendwas zu beichten?

Shannon senkte die Stimme zu einem Flüstern und schaute sich um, während sie sich eine lose Haarsträhne aus dem Gesicht strich. – Bloß eine Pille, aber ich war die ganze Nacht drauf.

Die ganze Nacht drauf, dachte Skinner, sah Shannon von der Seite an und dann, *au ja, am besten auf dir.* Aber er würde Kay nie betrügen, und sowieso, Shannon hatte ja da diesen Freund, Kevin, diese selbstgefällige Fotze mit der bekloppten Frisur. Nein, er würde Kay nie hintergehen, aber es wäre schon toll, Shannon mal die Scheiße aus den Knochen zu ficken, bloß um dieser Fotze

Kevin an den Karren zu pissen, dachte Skinner, um sich sofort dafür zu schämen.

Shannon ist okay, ein Kumpel. Über Freunde darfst du nicht so denken. Das kommt vom Saufen: Das hinterlässt einen Schmierfilm von Geilheit und Verkommenheit auf der Seele. Kombinier das mit Kokain in großen Mengen und über längere Zeit und du landest wahrscheinlich in der Triebtäterdatei. Ich muss verfickt noch mal ...

Er dachte daran, wie er und Kay in diesem Club im West End gewesen waren und dort Shannon und Kevin getroffen hatten. Es hätte ein nettes Vierergrüppchen ergeben sollen, doch aus irgendeinem Grund hatten er und Kevin sich nicht gut verstanden und Shannon und Kay auch nicht, wie er mitbekam. Es war bei keinem so was wie eine Aversion auf den ersten Blick, oberflächlich blieb alles ganz freundlich, aber trotzdem war es unverkennbar.

Ganz unterschiedliche Mädchentypen, dachte Skinner. Kay, das verwöhnte Prinzesschen, war die Jüngste in ihrer Familie mit zwei älteren Brüdern. Als Shannon im Teenageralter war und noch auf der Schule, war ihre Mutter überraschend gestorben und ihr Vater danach zusammengebrochen. Sie hatte ihren kleineren Bruder und ihre Schwester praktisch alleine großziehen müssen. Skinner betrachtete das Profil ihres weich gezeichneten Gesichtes und sah die Kraft und Entschlossenheit in ihren Augen. Sie ertappte ihn, als er sie bewundernd musterte, und schenkte ihm ein entwaffnendes Lächeln, wie ein Sonnenstrahl an einem grauen Tag.

Im ersten Stock schlurfte ein mageres Kerlchen in einem blauen C&A-Anzug nervös in den Aufzug. Etwas an der Verlegenheit des Jungen erregte Skinners Mitleid, und er lächelte ihm zu, bevor er sah, dass Shannon ebenfalls lächelte.

Skinners Magen-Darm-Trakt war vom Curry und Bier des Wochenendes noch in Aufruhr, und gerade, als der Aufzug im nächsten Stock anhielt und zwei Männer in Blaumännern einstiegen, rutschte ihm ein scheußlicher Furz raus, bei dem einem die Brille beschlug, so feucht dahingehaucht wie der Abschiedskuss zweier Liebender. Alle litten schweigend. Als die Arbeiter im nächsten Stock wieder ausstiegen, nutzte Skinner die Gelegenheit und tönte, den Blick auf die weggehenden Malocher gerichtet: – Das stinkt ja saumäßig. Er wusste, wenn es das Furzen betraf, waren alle auf einmal Eton-Absolventen. Männer waren generell verdächtiger als Frauen und Männer in Arbeitskleidung generell verdächtiger als Männer im Anzug. So lauteten nun mal die Regeln.

Danny Skinner und Shannon McDowall steuerten auf ihr Büro zu, als der dünne Knabe in dem Anzug sie ansprach und nach dem Weg fragte. Was ist denn das für ein Hungerhaken, dachte Skinner: nur Haut und Knochen. Von vorne sah er aus, als wäre er von einer Dampfwalze überrollt worden, während er in Seitenansicht einen streichholzdünnen Körper mit etwas überdimensioniertem Schädel präsentierte. Aber er hatte ein recht offenes Gesicht, sommersprossige Haut und hellbraunes Haar.

– Immer uns nach, Skinner lächelte wieder und stellte alle einander vor.

Sie nahmen den Neuen, Brian Kibby hieß er, mit ins Großraumbüro. Foy war noch nicht da, also gaben sie ihm einen Kaffee und machten ihn schon mal mit den Kollegen bekannt. – Wir führen dich noch nicht rum, Brian, weil Bob bestimmt vorhat, dich selbst einzuweisen. Erzähl mal, wie war dein Wochenende?

Brian Kibby begann begeistert zu erzählen. Nach einer Weile merkte Skinner, wie er abschaltete, weil der Kater einsetzte. Er entdeckte das *Game Informer*-Magazin, das der Neue aus seiner Aktentasche geholt hatte, und nahm es in die Hand. Er war kein großer Fan von Computerspielen, aber sein Freund Gary Traynor hatte Unmengen davon und nötigte ihn oft mitzumachen. Er sah die Rezension eines Spiels, das Traynor erwähnt hatte, *Midnight Club 3: Dub Edition*. – Das hier schon mal gespielt?, fragte er Kibby.

– Das ist klasse!, schwärmte Brian, und seine Stimme wurde kieksig. – Ich glaube, ich habe noch kein anderes Spiel gespielt, bei dem man derart den Rausch der Geschwindigkeit erlebt. Und es geht nicht nur ums Rennen: Es legt auch sehr viel Gewicht darauf, wie du deinen Schlitten aufmotzt, man verbringt also viel Zeit in der Werkstatt und schraubt an seinem Schätzchen herum.

– Boah, sagte Skinner lüstern, – am Schätzchen rumschrauben, das klingt, als wär das was für mich!

Kibby wurde knallrot. – Nein, so mein ich das ... das war nicht ...

Shannon schaltete sich ein: – Danny hat nur Spaß gemacht, Brian. Er ist hier der Büroclown, grinste sie.

Brian Kibby nahm seine Lobeshymne über das Spiel wieder auf. Skinners wachsendes Desinteresse wandelte sich zu milder Verachtung, als Kibby, von Shannon genötigt, seinen Karton aufmachte, der peinlicherweise eine Modelleisenbahn enthielt. Wie McGhee gesehen hatte, steckte in seiner Aktentasche zudem noch eine Manchester-United-Mütze. – Du bist also Man-U-Fan, Brian, was?, fragte er Kibby. – Nein, ich steh nicht auf Fußball, aber ich mag Manchester United, weil das der größte Verein auf der Welt ist, also muss man ihn ja unterstützen, quiekte Kibby eifrig und musste an den Familienurlaub in Skegness denken, wo er und sein Dad 1999 das Finale des Europapokals im Hotel gesehen hatten. Damals hatte er diese Kappe gekauft, die wegen der Krankheit des Vaters nun auch einen sentimentalen Wert besaß.

Mein Gott, dachte Skinner, Shannon wird sich schon mit ihm unterhalten. Er entschuldigte sich und ließ sich in seinen Schreibtischstuhl am Fenster fallen.

Dieser Schuppen ist voll von ätzenden, spießigen Arschgeigen, die mich mit ihrem Schöner-Wohnen- und Golfscheißdreck zum Wahnsinn treiben. Gleich kommt auch noch Aitken, die alte Betschwester ...

... und jetzt der Neuzugang, spießig wie sonst was so was von oberspießig ...

Skinner gestand sich seine Enttäuschung ein, insgeheim hatte er sich einen neuen Saufkumpan gewünscht. Er warf einen raschen Blick zu Kibby.

Unkorrumpierbar kreuzbrav. Diese verfickte weinerliche Stimme ...

Die riesigen Kamelaugen leuchteten vor Begeisterung, aber Skinner meinte in flüchtigen Momenten auch hinterlistige Berechnung in ihnen aufflackern zu sehen, vielleicht ein Hinweis auf einen weniger verträglichen Charakterzug bei diesem Kibby.

Als erst Aitken und dann Des Moir, ein unentwegt fröhlicher Mann in mittleren Jahren, nass und dampfend hereinmarschierten, sich Kaffee eingossen und Kibby die Hand schüttelten, schien es Skinner, dass er der Einzige war, der eine gewisse Hinterlist an dem Neuen wahrnahm.

Die Fotze werd ich schön im Auge behalten.

Ein Schwall von Hagelkörnern prasselte gegen die Fenster, die trotz ihrer Größe nur zu bestimmten Tageszeiten hinreichend Licht hereinzulassen schienen. Das lag an der Nähe höherer Gebäude auf der anderen Straßenseite der Royal Mile, dieser schmalen Verkehrsader, die von der Burg zum Palace führte, ein Ort, an dem einst der Souverän residierte und der heute im Wesentlichen eine große Museumslandschaft war.

Skinner stand auf, um zuzusehen, wie die Passanten unten hektisch Schutz suchten. Ein durchnässter Mann, der graue Anzug auf Rücken und Schultern dunkel, das Gesicht gerötet vom Bombardement mit Hagelkörnern, hastete in eine überbaute Gasse, aus der er in ohnmächtiger Wut über diesen tätlichen Angriff des Wetters hinausschaute. Erst als er sich ein Herz fasste, über den Vorhof zu rennen, und sein Gesicht deutlicher auszumachen war, erkannte Skinner Bob Foy.

Erfreut über die Unannehmlichkeit für seinen Vorgesetzten sank Skinner in seinen Stuhl zurück. Wie es seinem Status zukam, hatte er keine Armlehnen. Auf seinem Schreibtisch stand ein Bierkrug mit Ledermanschette, die das schwarzweiße Emblem vom Notts County FC trug, in dem er Bleistifte und Kulis aufbewahrte. Das Licht der Neonröhren an der Decke wurde von dem Papier auf seinem Schreibtisch reflektiert und stach ihm in die Augen; wie sehr wünschte er sich, der Krug wäre mit erfrischendem Lager gefüllt.

Nur ein verficktes Stützbier. Mehr will ich ja gar nicht.

Er nahm sich vor, bis zur Mittagspause durchzuhalten, wenn Dougie Winchester von oben eventuell das gleiche Bedürfnis überkommen würde. Winchester, eingesperrt in sein Dachkämmerchen, einer zum Büro umfunktionierten Besenkammer am Ende einer alten Treppe, war der Schluckspecht vom Dienst in der Stadtverwaltung, für den sie eigens diesen Nulljob erfunden hatten.

Totes Holz, das nur darauf wartete, von irgendeinem abgehackt zu werden, der skrupellos genug war, die Axt zu schwingen. Und der kommt über kurz oder lang, darauf kannst du dich verlassen, Sportsfreund.

Vor seinem inneren Auge sah er schon Winchesters bleiches, mittlerweile praktisch halsloses Gesicht, und die leeren, eingefallenen Augen, das lichter werdende Haar über die beginnende Glatze gekämmt, eine groteske Zurschaustellung von Eitelkeit, auf die wirklich nur so ein alter Scheißer mit klinischer Depression verfallen konnte. Skinner erinnerte sich an eine besonders trostlose Unterhaltung, die er mal in einem Pub freitags nach der Arbeit mit ihm geführt hatte. – Klar, je älter man wird, desto unwichtiger wird einem Sex, hatte Winchester behauptet. Skinner betrachtete ihn in seinem speckigen Anzug und dachte sich, das hätte er nich extra dazusagen müssen. – Aye, die *Idee* von Sex findet man immer noch schön, aber es wird einem alles zu viel. Zu umständlich und anstrengend, mein Junge. Sich schön einen runterholen oder sich von ner leckeren kleinen Nutte mal gepflegt einen lutschen lassen, aye, das ist des alten Mannes Sonnenschein. Verstehste, immer ne Frau befriedigen sollen – viel zu belastend, viel zu umständlich. Meine zweite Frau konnte gar nich genug kriegen. Von diesem ganzen Gerubbel brennen einem nur der Pimmel, der Sack und innen die Oberschenkel. Bringt doch nichts. Bringt es überhaupt nicht.

Danny Skinner wand sich auf seinem harten Bürostuhl, und in ihm zog sich alles zusammen, als er überlegte, wie oft er und Kay sich am letzten Wochende geliebt hatten. Nur einmal, ein heftiger, verschwitzer Katerfick am Samstagmorgen, bar jeder Sinnlichkeit. Halt, da war noch mal eine Nummer im betrunkenen Kopf Samstagnacht gewesen, an die er sich kaum erinnern konnte.

Sie hätte Sex mit einem Athleten verdient, nicht mit einem fertigen Alkoholiker ...

Als er sich wieder aufraffte, sah Skinner Foy, dessen gebeuteltes Gesicht sich zu einem onkelhaften Grinsen entspannte, als er Kibby ansichtig wurde. Er zwinkerte, rieb seine kalten Hände aneinander und nahm den Neuling mit nach oben ins Zwischengeschoss in sein Büro.

Noch so ein verfickter Klon, noch so ein Schleimer, der Foy den Arsch küsst. Noch einer, der Fotzen wie der fetten Sau De Fretais in den Arsch kriecht!

6
Little France

Letzte Nacht hat es geschneit. Es sind ein paar Streuwagen unterwegs, aber eigentlich müsste es nicht sein, es liegt sowieso nur noch Matsch. Bei so einem Wetter muss ich immer dran denken, wie hart es sein muss, auf einem Bauernhof zu arbeiten. Wenn man *Harvest Moon* spielt, kriegt man eine Vorstellung davon. Eine einzige, nie endende Plackerei, und ehe man sich versieht, ist es schon wieder frühmorgens, man muss aufstehen, und alles geht von vorne los. Es ärgert mich, wenn man Bauern im Fernsehen zeigt, wie sie untätig rumstehen oder in den Dorfkneipen Bier trinken. Ich hab mal zu Dad gesagt, »für so was haben die gar keine Zeit«, und er hat mir zugestimmt. So ein Leben würde die meisten Leute umbringen. Wir Stadtmenschen in unseren Büros wissen gar nicht, wie gut wir es haben.

Nö, bei dem Wetter möcht ich nicht draußen sein. Ich chauffiere uns alle in Dads Wagen auf der Umgehungsstraße zu dem neuen Krankenhaus in Little France. Wir sind während der Fahrt bisher alle recht still gewesen. Das macht Mum nervös, und sie sagt irgendetwas über den Schnee oben in den Pentlands, aber Caroline sitzt einfach hinten und liest in ihrem Buch.

– Ob das später wieder anfängt zu schneien?, legt Mum nach. – Sehen für mich nach Schnee aus, die Wolken. Dann spricht sie mich an und sagt: – Tut mir leid, Junge, ich sollte dich nicht ablenken, während du fährst. Caroline, wär ganz nett, wenn du mal was sagen würdest.

Caroline stößt hörbar den Atem aus und legt das Buch in den Schoß. – Ich muss dieses Buch für mein Seminar lesen, Mum, oder soll ich die Uni schmeißen, weil ich die erforderlichen Texte nicht geschafft habe?

– Nein, sagt meine Mum rasch, und man merkt, dass es ihr Leid tut, weil sie weiß, wie viel meinem Dad daran liegt, dass Caroline sich an der Uni gut schlägt.

Weihnachten sollte schön sein; so wie früher, da war es immer die schönste Zeit. Aber jetzt ist alles anders.

Ich muss wirklich gut aufpassen, wen ich heirate. So was darf man nicht übers Knie brechen. Ich habe das Feld auf fünf Kandidatinnen eingegrenzt:

Ann Karen Muffy Elli Celia

Ann ist so lieb und verlässlich, aber ich mag Karen, weil sie unheimlich sympathisch ist. Ich mag Muffy eigentlich auch sehr, aber bei ihr bin ich mir nicht so ganz sicher. Ich glaube, sie ist der Typ Mädchen, den Dad als »unsolide« bezeichnen würde! Elli ist auch irre nett, und obwohl ich Celia nicht ganz ausschließen möchte, denke ich, ich muss sie vielleicht von der Liste streichen.

Wir fahren auf den Parkplatz, und Mum und ich teilen uns den Schirm, denn es regnet nun doch kräftig. Caroline könnte auch mit drunter, wenn sie wollte, doch sie schlägt einfach die Kapuze ihres roten Sweatshirts hoch, verschränkt die Arme vor der Brust, marschiert schnell über den Parkplatz und wartet unter dem Vordach des Haupteingangs.

Mir flattern die Nerven, als ich auf der Station bin und an Dads Bett trete. Bei seinem Anblick steigt etwas Monströses in mir hoch, es ist, als dringe es aus dem Linoleumboden durch die Sohlen meiner Lederhalbschuhe, und für eine Sekunde denke ich, ich werde ohnmächtig. Ich hole tief Luft, aber es übersteigt beinahe meine Kräfte, in sein eingefallenes, altes Gesicht zu schauen. Ich muss mir etwas eingestehen, das ich vorher nicht akzeptieren konnte: Mit meinem Dad geht es schnell zu Ende. Er besteht nur noch aus Haut und Knochen, und ich erkenne jetzt, dass wir alle – ich, Mum und selbst Caz, jeder auf seine Art – uns nur vorgemacht haben, alles würde wieder gut werden.

Ich bin so erschüttert vom Verfall meines Vaters, dass ich erst nach einigen Sekunden überhaupt bemerke, dass ein Mann an seinem Bett steht. Den habe ich noch nie gesehen. Er ist groß, sieht ziemlich ruppig aus, obwohl Dad immer sagt, man dürfe nicht nach dem Äußern urteilen, und da hat er Recht. Der Mann stellt sich nicht vor, und Dad stellt ihn auch nicht vor, er gibt uns nicht die Hand, er nickt uns allen nur zu und geht dann ziemlich überstürzt. Ich glaube, es war ihm peinlich, den Besuch der Familie gestört zu haben, aber es war nett von ihm, dass er gekommen ist.

– Wer war der Mann, Dad?, fragt Caroline. Ich sehe Mum an, dass sie besorgt ist, weil sie den Mann offenbar auch nicht kennt.

– Bloß ein alter Freund, röchelt mein Dad.

– Sicher ein Freund von der Bahn, gurrt meine Mum beruhigend. – Von der Eisenbahn, Keith?

– Der Bahn …, sagt Dad, aber als sei er in Gedanken bei etwas anderem.

– Siehst du, von der Bahn, sagt Mum, jetzt offenbar beruhigt.

– Und wie hieß er noch?, fragt Caroline mit gerunzelter Stirn.

Dad will sprechen, er sieht wirklich aus, als ginge es ihm schlecht, doch Mum schaltet sich ein, packt seine Hand und sagt zu Caz: – Streng deinen Dad nicht so an, Caroline, dann wendet sie sich an Dad und fragt: – Müde?

Es war ungewöhnlich, denn mein Dad hat nicht viele Freunde, er war immer eher ein Familienmensch. Aber es war doch nett von dem Mann, vorbeizukommen.

Als ich spreche, weiß ich, dass ich mich unheimlich anstrenge, es meinem Dad recht zu machen, wie um ihn zu überzeugen, dass ich prima klarkomme … ehe er von uns geht, sozusagen. Aber ich komme nicht klar, so viel weiß ich jetzt schon. Die neue Stelle lässt sich gut an, und alle sind sehr nett, na ja, die meisten von ihnen, obwohl ich mit Bob Foy nicht aneinandergeraten möchte.

Mit wem ich nicht so zurechtkomme, das ist dieser Danny Skinner. Eigentlich komisch, denn am ersten Tag war er richtig nett zu mir, hat mir im Aufzug zugelächelt und mich allen vorgestellt. Aber von da war er immer seltsam, so ein bisschen sarkastisch. Wahrscheinlich kommt das daher, dass ich mich mit Shannon zu gut verstehe, er steht vielleicht auf sie. Ich habe gehört, dass er eine Freundin hat, aber es gibt solche miesen Typen, für die macht das keinen Unterschied, die benutzen Mädchen einfach.

So was liest man ja schon in der Zeitung, von Leuten wie David Beckham. Mädchen behaupten, er hätte was mit ihnen, wo seine Frau gerade ein Kind bekommt. Ich hab David Beckham immer gemocht, deswegen hoffe ich, dass das nicht stimmt und diese Mädchen einfach nur hinter dem Geld her sind.

Ich wüsste zu gern, ob Shannon auf mich steht! Wahrscheinlich nicht, denn sie ist zweieinhalb Jahre älter als ich, aber was ist das schon? Ich weiß, dass sie mich mag.

Ich sehe Caroline an. Ihre Augen verraten, wie unheimlich verkrampft sie ist. Ich weiß, es ist schrecklich, aber sie könnte sich doch mal Mühe geben und lächeln, Dad zuliebe, oder auch nur für Mum. Ich hab Sorge, dass sie in schlechte Gesellschaft geraten könnte. Sie hat es an die Uni von Edinburgh geschafft, aber neulich habe ich sie mit dieser Angela Henderson, die jetzt in der Bäckerei arbeitet, auf der Straße gesehen. Diese Angela ist genau der Typ von Mädchen, die falsche Behauptungen über Leute wie David Beckham in die Welt setzen würden, wenn da Geld für sie drin wäre.

Dads Atem geht flacher und ziemlich angestrengt, er erzählt von der Eisenbahn. Er wirkt ganz durcheinander und verstört. Wahrscheinlich kommt das von den ganzen Medikamenten, die sie ihm geben, aber Mum regt es furchtbar auf. Er schimpft ein bisschen, und ich sehe die Aufregung in seinen Augen, als wollte er unbedingt noch etwas loswerden.

Er winkt mich zu sich und drückt meine Hand mit einer Kraft, die man einem so kranken Menschen gar nicht zutraut.

– Mach nicht die gleichen Fehler wie ich, Junge ...

Meine Mum hört das, schluchzt auf und sagt: – Du hast nie was falsch gemacht, Keith. Nie! Dann wendet sie sich an Caroline und mich und zwingt sich zu einem sonderbaren Lächeln. – Was denn für Fehler? Albern!

Aber mein Dad will meine Hand nicht loslassen. – Bleib ehrlich, Junge ..., sagt er zu mir mit keuchender Stimme, – ... tue recht und scheue niemand ...

– Okay, Dad, sage ich und sitze an seiner Seite, als er meine Hand freigibt und wegdämmert. Eine Krankenschwester kommt und sagt, wir sollten ihn etwas ausruhen lassen. Ich will nicht gehen, ich möchte bleiben, ich habe das Gefühl, dass ich ihn nie wiedersehen werde, wenn ich jetzt gehe.

Aber sie besteht darauf, sie sagt, er hätte keine Beschwerden, er müsse sich nur ausruhen. Ich denke, sie wird es ja wohl wissen.

Auf der Rückfahrt sind wir stiller denn je. Zu Hause gehe ich gleich nach oben, nehme die Stange mit dem Haken und ziehe die Dachbodenluke herunter, sodass sich die Aluminiumleiter ausklappt. Als ich älter wurde, habe ich gemerkt, dass es Dad Kummer machte, dass ich immer noch so oft hier hochging. Er konnte hören, wie ich die Stufenleiter herunterzog, das Einrasten des Aluminiums, das Knarren und Quietschen, wenn ich hochstieg. Ich weiß, dass es ihn ärgerte, auch wenn er selten etwas sagte. Manchmal genügte schon ein Kopfschütteln von ihm, und ich fühlte mich klein. Genau wie draußen und in der Schule. Aber hier oben war ich ungestört von ihnen allen, von McGrillen und dem ganzen Pack. Die hackten auf mir herum, weil ich nicht so war wie sie. Ich war nicht gerade schlagfertig, ich interessierte mich nicht für Fußball oder die Bands, auf die sie standen, oder für Raves und Drogen, und Mädchen gegenüber war ich schüchtern. Und die Mädchen konnten noch grausamer sein: Susan Halcrow, Dionne McInnes, diese Angela Henderson … alle von der Sorte. So billige Flittchen erkenne ich auf eine Meile Entfernung; ich dachte, mich trifft der Schlag, als ich Caroline mit dieser primitiven Schlampe Henderson gesehen hab. Ich weiß, dass diese Mädchen eigentlich nichts dafür können, schuld sind die Familien, aus denen sie kommen.

Aber meine Schwester ist besser als die.

Aber hier oben, in der Stadt, die ich mit Dad gebaut habe, war ich sicher. Selbst vor Dads Missbilligung, seit es so schlimm geworden war, dass er es nicht mehr die Treppe hoch schaffte. Das hier war immer mein Reich, meine Welt, und ich spüre, dass ich sie jetzt mehr brauche denn je.

7
Diese Weihnachten

Die Tage waren zu dünnen Lichtstreifen verkommen, die von trüber Dunkelheit unbarmherzig zusammengedrückt wurden. Nach Schnee sah es nicht aus, aber eine Puderschicht von Raureif glitzerte für Stunden, und die Nacht setzte wieder ein, bevor die stechende Kälte aus der Luft gewichen war.

Heute war das Weihnachtsessen der Abteilung, und Brian Kibbys war wieder fröhlicher gestimmt. Sein Vater hatte eine relativ ruhige Nacht gehabt und wirkte munterer und mehr bei sich als während Brians letztem Besuch. Als er sich für sein Verhalten am Vorabend entschuldigte und ihnen beteuerte, er habe die beste Frau und Familie, die ein Mann sich wünschen könne, strahlte er einen bemerkenswerten inneren Frieden aus.

Das hatte Brians Optimismus teilweise wiederhergestellt. Vielleicht würde sein Vater doch gesund werden, wieder zu Kräften kommen. Vielleicht hatte er zu schwarz gesehen. Jetzt musste er selbst auch stark sein, sich gegen Typen wie Danny Skinner durchsetzen. Skinner, der ihn mit kaum verhohlener Feindseligkeit ansah, als wüsste er alles über ihn.

Der kennt mich nicht. Der weiß rein gar nichts über mich. Ich werd ihm schon zeigen, wer ich bin; ich bin genauso cool wie er oder sonst wer! Ich hab selbst Ahnung von Musik. Ich höre auch Sachen.

So kam ein gut gelaunter Brian Kibby lässig ins Büro spaziert, umschiffte mit einem Schwung seiner schmalen Hüften die Kante von Shannon McDowalls Schreibtisch und nickte ihr im Vorbeigehen zu, was ihm ein nachsichtiges Lächeln einbrachte. Dabei schlug er die ganze Zeit imaginäre Trommelwirbel in die Luft und machte mit dem Mund die dazugehörigen Soundeffekte. Danny Skinner saß am Fenster und beobachtete seinen Auftritt. Der Luftschlagzeuger: Daran sieht man, was er für eine Null ist, dachte er mit unbarmherziger Verachtung.

Kibby spürte Skinners Blick. Er drehte sich um und schickte ein kraftloses Lächeln in seine Richtung, das nur mit einem knappen Nicken erwidert wurde. Was hab ich ihm getan?, fragte sich Brian Kibby besorgt. Und Danny Skinner fragte sich so ziemlich das Gleiche; er war von seiner zunehmend feindseligen Haltung gegenüber dem Neuen nicht minder schockiert als Kibby.

Warum hasse ich Kibby so? Wahrscheinlich weil er so ein memmenhaftes, kleines Muttersöhnchen ist, das jedem in den Arsch kriechen würde, um voranzukommen.

Arsch ... Kay sagt nie Arsch ... Sie sagt immer Po. Aaarsch hört sich breiter an, mehr so nach Sitzfleisch, Po klingt knapp und sexy.

Kays Po ... straff, dabei aber anschmiegsam. Erst wenn man mit seinen Händen diesen Po gestreichelt hat, hat man wirklich gelebt ...

Sofort wuchs ihm ein Katerständer und spannte gegen den Stoff seiner Hose. Skinner stöhnte vor Unbehagen leicht auf, aber dann sah er, wie Foy ins Büro kam, dachte an Weihnachten, und der Ständer ging (eine Erlösung!) so schnell wie er gekommen war.

Als sie mit einer Flotte von Taxis im Ciro's auf der South Side ankamen, riss Bob Foy sofort die Aufgabe an sich, den Wein zu ihrem Essen auszuwählen. Obwohl hie und da unterdrücktes Gegrummel zu vernehmen war, war die Belegschaft im Allgemeinen gerne bereit, ihm diese Marotte durchgehen zu lassen. Es war ein stehender Witz, dass Foy genau der richtige Mann für diese Aufgabe war, da er sich schon die Weinkarte rauf und runter getrunken hatte. Wie man hörte, profitierten diverse Gastronomen aus der City von seiner in Einzelfällen äußerst lax gehandhabten Durchsetzung der Hygienebestimmungen und drückten im Gegenzug gern ihre Dankbarkeit aus.

Foy lehnte sich in seinem Stuhl zurück und nahm die Karte in Augenschein. Sein Mund verzog sich zur schmeckleckerischen

Schnute eines römischen Imperators im Colosseum, der noch nicht entschieden hatte, ob ihm das, was man ihm bot, zusagte oder nicht. – Ich denke mal, ein paar Flaschen von dem Cabernet Sauvignon, erklärte er schließlich mit zufriedener Miene.

– Dieser Kalifornier ist im Allgemeinen ein recht verlässlicher Tropfen.

Aitken nickte das gequält langsam ab, McGhee wie ein begeistertes Hündchen. Sonst rührte sich niemand. Ohrenbetäubendes Schweigen folgte, in dem nur eine abweichende Stimme laut wurde, die von Danny Skinner. – Da kann ich mich nicht anschließen, sagte er bestimmt und schüttelte bedächtig den Kopf.

Es wurde totenstill am Tisch, während Bob Foys Gesicht langsam, aber sicher vor Wut und Demütigung rot anlief, bis er an seiner Rage über diesen Jungspund fast erstickte.

Grade mal fünf Minuten in meiner verdammten Abteilung. Überhaupt das erste Mal, dass der unverschämte kleine Drecksack uns mit seiner Anwesenheit beehrt! Für wen zum Teufel hält der sich?

Bob Foy riss sich zusammen und zwang sich zu einem gönnerhaften Lächeln. – Es ist uns ein lieb gewordener kleiner Brauch ... Foy zögerte kurz und entschloss sich dann, Skinner mit Vornamen anzureden – ... Danny, dass der Abteilungsleiter beim Weihnachtsessen den Wein aussucht, erklärte er und bleckte eine Reihe überkronter Zähne, während er lässig einen Ärmel seines Jacketts aus Harris-Tweed glatt strich und einen nichtexistenten Krümel wegwischte.

Diese »Tradition« hatte Foy höchstpersönlich erfunden und durchgedrückt, doch niemand wagte ihm zu widersprechen, während er sämtliche Gesichter am Tisch scharf ins Auge fasste.

Abgesehen von Danny Skinner. Weit entfernt davon, eingeschüchtert zu sein, war er ganz in seinem Element.

– Schön und gut, Bob, sagte er und imitierte die hochtrabende Art, die Foy an den Tag gelegt hatte, – aber hier handelt es sich um einen geselligen Anlass, und die Hierarchie am Arbeitsplatz hat dabei nichts verloren. Korrigieren Sie mich, wenn ich mich irre, aber teilen wir uns die Rechnung nicht alle zu gleichen Teilen und sollten folglich auch alle die gleichen Rechte haben? Ich beuge mich bereitwillig Ihrem Sachverstand in Weindingen, aber ich trinke nun mal keinen Rotwein. Er schmeckt mir nicht. Ich trinke Weißwein. So einfach ist das. Danny Skinner schwieg einen Moment und sah, dass Foy kurz vor einem Schlaganfall stand. Er wandte sich an den Rest der Gesellschaft und verkündete mit kaltem Grinsen: – Und leckt mich am Arsch, wenn ich andern Leuten den Roten bezahle, während ich auf dem Trockenen sitze!

Als rund um den Tisch die Augenbrauen in unfreiwilligem Einvernehmen hochgingen und in diplomatischem Schweigen der Atem angehalten wurde, geriet Bob Foy in Panik. Noch nie zuvor war er derart herausgefordert worden. Außerdem war Skinner dafür bekannt, wie gut er Leute nachmachen konnte, und Foy hatte sich bei der respektlosen Parodie des Jüngeren in einem unvorteilhaften Licht betrachten dürfen. Seine Stimme wurde laut und schrill, als er auf den Tisch haute. – Na schön. Dann stimmen wir eben ab, quiekte er. – Wer ist gegen den Cabernet Sauvignon?

Niemand rührte sich.

McGhee nickte verbissen, Aitkens schmales Gesicht war eine Grimasse des Widerwillens, und Des Moir, ein weiterer treuer Gefolgsmann Foys in der Abteilung, inspizierte sein Weihnachts-Knallbonbon. Shannon linste hinüber zu einer anderen Gruppe, vom Scottish Parliament, wie es schien, die gerade hereingekommen war und an einen Tisch neben ihnen platziert wurde. Skinner schlug in einer Geste der Verachtung für die schändliche Feigheit seiner Kollegen den Blick zum Himmel. Foy kniff ein Auge halb zu und plusterte sich auf, um das Wort zu erheben.

Bevor er dazu kam, erklang eine verzagt krächzende Stimme: – Danny hat recht. Wir ham alle bezahlt, sagte Brian Kibby mit tränenden Augen, kaum mehr als flüsternd. – Äh … ich mein, das wär nur fair.

– Weißwein wäre mir recht, stimmte Shannon McDowall dankbar mit ein. – Vielleicht ein paar Flaschen Weißen, ein paar von dem Roten, und dann sehen wir mal?, schlug sie Bob Foy vor.

Foy nahm sie und Skinner gar nicht zur Kenntnis. Er starrte Kibby mit giftigem Blick an, haute noch einmal auf den Tisch und sprang auf. – Ach, macht doch, was ihr wollt, sagte er halb polternd, halb fauchend, begleitet von einem breiten, offenen Lächeln, das gar nicht dazu passen wollte. Dann verschwand er im Waschraum, wo er den Papierhandtuchspender von der Wand riss.

SKINNER DIESE FOTZE, UND KIBBY, DER ELENDE KLEINE SCHLEIMSCHEISSER!

Bob Foy griff sich eins der Papierhandtücher von dem Haufen auf dem Fußboden, hielt es unter den Wasserhahn und klatschte es sich in den Nacken. Als er sich wieder zu der nervösen Gruppe am Tisch gesellte, tat er so, als würde er den Weißwein auf der Tafel nicht bemerken.

Kibby war von Foys mühsam bezähmter Aggressivität geschockt.

Was hab ich getan? Bob Foy ... ich hab gedacht, mit dem könnte man auskommen. Ich muss versuchen, mich wieder gut mit ihm zu stellen ...

Foy hielt nicht viel von Skinner, ein Zustand, der durch diesen Zusammenstoß nicht zum Besseren verändert wurde. Wenn er mit seinem eigenen Vorgesetzten, John Cooper, oder mit den gewählten Mitgliedern im Verwaltungsausschuss redete, war er zumeist nicht abgeneigt, den jungen Mann als hoffnungslosen Fall zu diskreditieren. Diese Aktivitäten würde er von nun an noch verstärken.

> Als unverbesserlicher Sinnenmensch war und bin ich der Überzeugung, dass nur ein gutes Essen den Freuden des Liebesakts gleichkommt. Die Felder der Ehre sind für den wahren Genießer, also das Schlafzimmer und die Küche, und auf beiden sollte er Meisterschaft anstreben. Schließlich erfordern sowohl die Kochkunst als auch die Liebeskunst Geduld, die Wahl des richtigen Zeitpunkts und ein gewisses instinktives Gefühl für sein Metier.

Danny Skinner warf das Buch, in dem er gerade gelesen hatte, zu Boden. Alan De Fretais' *Bettgeschichten der Meisterköche.* Er hielt es zwar für den größten Kokolores, den man sich vorstellen konnte, doch einige der Rezepte sahen gut aus. Er nahm sich vor, ein paar von ihnen irgendwann mal auszuprobieren, denn er hatte das Gefühl, er sollte ein wenig gesünder essen.

Im Moment stand er in der Küche und versuchte sich an einem Frühstück für Kay. Als er kurz darauf die Spiegeleier vom Boden der Pfanne zu kratzen versuchte und dabei ein Dotter zerstörte, musste er missmutig eingestehen, dass das Ganze eher was für den Katzenjammer war als eine kulinarische Verführung. Als er die Eier auf zwei kalte Teller klatschte, auf denen bereits Fett von Würstchen, Black Pudding und Bacon dick wie Kerzenwachs erstarrt war, die Tomaten obendrauf festgeklebt, spürte er, wie die tierischen Fette, die in der Luft hingen, seine Poren zusetzten. Kay lag noch fest schlafend im Bett und verarbeitete ihren weitaus moderateren Kater auf eine Weise, wie es ihm nie gelang. Er konnte ihn nicht einfach wegschlafen; er schwitzte, wand und wälzte sich herum, bis er gezwungen war aufzustehen.

Es war ein rauer, aber überraschend sonniger Heiligabend, und morgen erwartete seine Mutter sie zum Weihnachtsessen. Das alte Mädchen mochte Kay, aber Skinner empfand Weihnachten immer als etwas anstrengend.

Heute jedenfalls empfingen die Hibs die Rangers in der Easter Road. Es würde garantiert einen kleineren Krawall geben, und wenn nicht, dann würde er eben dafür sorgen. Geräusche aus dem Schlafzimmer und dann dem Bad hatten ihm verraten, dass Kay inzwischen aufgestanden war. Von dem Essen, das er zubereitet hatte, zeigte sie sich unbeeindruckt; sie quetschte sich auf einen Hocker in seiner offenen Küche und schmierte sich Butter auf eine Scheibe kalten Toast. Warum konnte er das nicht machen, solange er noch warm war? Es kam einem vor, als würde man auf Glasscherben kauen.

– Ich kann diesen Dreck nicht essen, Danny, ich bin Tänzerin. Sie schnitt ein Gesicht. – Man kann nicht von Black Pudding, Würstchen und Bacon leben, wenn man die geringste Hoffnung auf einen Job bei *Cats* haben will.

Skinner zuckte die Achseln und kratzte Butter auf seinen eigenen Toast. – Dieses Lloyd-Webber-Zeugs ist doch gequirlte Scheiße.

– Ist zufällig das, was ich mache, murmelte sie dunkel wie zu sich selbst, während sie ihre scharfen, klaren Augen in ihn bohrte. Sie war schon reizbar aufgewacht und gar nicht begeistert, dass er zum Fußball ging. – Es ist Weihnachten, Danny. Geh meinetwegen zum Spiel, wenn es sein muss, aber komm nicht betrunken wieder, sonst geh ich morgen nicht mit zu deiner Mum.

– Fuck, Kay, es ist Heiligabend! Da werd ich ja wohl noch ein verficktes Bier trinken dürfen!, protestierte Skinner aufgebracht; der Kater machte ihn kribbelig.

Kay schaute kühl von der Frühstückstheke hoch und gab dem, was er ihr anbot, pro forma eine Chance, indem sie ihr Eigelb mit der Kante des Toasts eindrückte. – Das ist es ja grade. Du meinst, du hättest jeden Tag einen Anspruch, was zu trinken.

– Tja, dann geh doch zu deiner eigenen Mutter, pampte Skinner.

– Gute Idee, sagte Kay, stand abrupt auf und nahm ihn beim Wort; sie lief ins Schlafzimmer und stopfte ihre Sachen in ihren Rucksack. In Skinners Herzgegend ballte sich irgendetwas zusammen, aber er würgte es runter wie seinen Black Pudding; erst als die Wohnungstür zuknallte, hatte er das Bedürfnis, Kay nachzulaufen. Ein kaltes Stella aus dem Kühlschrank nahm diesem Impuls die Dringlichkeit, allerdings griff er zum Handy und rief sie an, erreichte aber nur ihre Mailbox. Er sah ihr verschmähtes Frühstück an und kippte es in den Mülleimer.

Skinner beschloss, es später noch einmal bei ihr zu versuchen, wenn sie sich beruhigt hatte und einsehen würde, was für eine zickige Kuh sie gewesen war. Jetzt ging er lieber zum Kühlschrank und nahm sich noch ein Stella Artois. Dann griff er erneut zum Handy und drückte Rab McKenzies Nummer. – Roberto, wo trifft man sich, Sportsfreund?

Das Spiel würde übertragen werden, und dieser Umstand im Verbund mit der allgemeinen Feiertagsstimmung dünnte das Hool-Element auf beiden Seiten aus. Der Mob scannte den ganzen Tag die Kaschemmen in Tolcross nach Rangers-Fans und stierte dabei Stripperinnen an, aber sie fanden nur ein paar versoffene Gesichtsbaracken, die sektiererisches Liedgut und eine alte Nummer von Tina Turner zum Besten gaben. Nachdem sie halbherzig ein paar Zivilistenspießer weggeklatscht hatten, zog man zurück nach Leith und zum Spiel, doch Skinner, McKenzie und ein paar andere verdrückten sich nach zwanzig Minuten genervt und gelangweilt in den Pub, den sie sich als Stützpunkt für vor und nach dem Spiel ausgeguckt hatten.

In der Kneipe rauchte Skinner eine Zigarette, ohne es überhaupt zu merken. Eigentlich hatte er letzte Woche aufgehört, aber bevor er begriff, was er tat, hatte er sich schon ein B&H angesteckt und zwei Züge genommen. – Fotze, sagte er und biss die Zähne zusammen, als ihn ein heftiger Anfall von Selbstekel erfasste.

Die Bierchen liefen gut ein, und Skinner stellte erfreut fest, dass er Pint für Pint mit McKenzie mithielt. Später schlugen Gary Traynor und sein neuster Kumpel, ein stämmiger Kerl, den Skinner vage von einer feindseligen Begegnung aus Jugendtagen her als Andy McGrillen kannte, vor, noch in eine Bar in der Innenstadt zu gehen. Skinner wollte eigentlich bei Kay anrufen, aber unterwegs hatten Alkohol und Kokain ihre Wirkung getan und das Zeitempfinden verzerrt, Stunden zu Blöcken von fünfzehn Minuten verdichtet. – Was war die beste nich so bekannte Zeichentrickfigur aller Zeiten?, fragte Traynor Skinner, während er sich mit der Hand über den kahlen Schädel strich.

Skinner dachte einen Moment darüber nach. Ihm fiel keine ein, also zuckte er die Schultern.

– Ich fand diese niedliche kleine Ente aus *Tom und Jerry* gut, meinte McKenzie.

Skinner und Traynor tauschten ein Blick, beide nicht schlecht beeindruckt, dass der große Mann so sentimental sein konnte. McGrillen, der einen Heidenrespekt vor McKenzie hatte, hielt sich bewusst zurück. Um nicht in süffisantes Grinsen auszubrechen, machte Traynor einen anderen Vorschlag: – Nee, Quatsch, wenn schon, dann Sawtooth aus *Wacky Races*.

– Sawtooth? Wer soll n das sein? So ne Figur kenn ich nich aus *Wacky Races*, meinte McKenzie skeptisch.

– Deswegen ist die Fotze ja nich so bekannt, erklärte Traynor, – das war der Kumpel von Rufus Ruffcut, weißte noch, in diesem Auto aus Holz, mit den Kreissägenrädern. An Dick Dastardly und Muttley, an Penelope Pitstop, Peter Perfect, Professor Pat Pending und den Ant Hill Mob erinnert sich jeder, aber Rufus Ruffcut und Sawtooth ham alle vergessen.

– Aye! Genau! Rufus Ruffcut war doch dieser große Kerl in der Holzfällerjacke und Sawtooth dieses Eichhörnchen, das immer bei ihm im Wagen saß. Jetzt weiß ich wieder, sagte McKenzie.

– Nee-nee, Sawtooth war kein verficktes Eichhörnchen, meinte Traynor kopfschüttelnd. – Das war so n Scheißbiber. Sag's ihnen, Skinner!

– Amerikas steilster Zahn neben Pamela Anderson, ulkte Skinner.

Später, als sie sich den Weg aus der Kneipe bahnten, sah Danny Skinner, wie McGrillen irgendeinen Typen schubste, worauf ein heftiges Handgemenge zwischen beiden folgte. McKenzie und Traynor stürzten sich sofort ins Getümmel, doch irgendetwas veranlasste Skinner, sich im Hintergrund zu halten und zuzusehen, wie seine drei Kumpels es mit fünf anderen aufnahmen. Viel Hilfe brauchten sie dabei nicht, aber Skinner würde auch keine anbieten, nicht für McGrillen.

Danach log er sich eine kaum glaubwürdige Ausrede zusammen, nämlich, er hätte sich im Eingangsbereich mit einem anderen Typen geledert, aber er merkte an ihrer stummen Ablehnung, dass sie so gut wussten wie er, dass er gekniffen hatte. Diese eine Sekunde des Zögerns, der Angst, kann einen den ganzen Ruf kosten, dachte er voller Selbstekel. Aber was war los gewesen? Da war mehr als bloß der Umstand, dass die Keilerei von McGrillen provoziert worden war, den er nicht mochte und den er nicht als einen von ihnen betrachtete.

Eine Sekunde lang konnte ich bloß Kay sehen, meine Mutter, meinen Job, mein Weihnachtsfest, mein ganzes verficktes Leben: wie das alles den Bach runterging. Ich hab ihn in meinen Kopf gelassen, den ganzen Kram des wirklichen Lebens, gegen den wir uns mit Händen und Füßen wehren. Was zum Teufel mach ich ...

Als er nach Haus kam, war von Kay nichts zu sehen. Skinner blieb fast die ganze Nacht wach und trank, bevor er auf dem Sofa in einen unruhigen Schlaf fiel. Nach einem Abstecher aufs Klo fand er seine Orientierung wieder und ins Bett. Als er, wie es ihm vorkam, nach höchstens fünfzehn Minuten, vollständig bekleidet und wie gerädert wieder aufwachte, versuchte er, Kay auf ihrem Handy zu erreichen, hatte aber wieder nur die Mailbox dran. Er tippte eine SMS und hoffte, dass er die Formulierung richtig hinbekam:

K, ruf mich an. Dx

Skinner duschte, zog sich an, trat hinaus auf die Duke Street und ging runter zur Junction Street. – Frohe Weihnachten, mein Junge, sagte eine untersetzte, weißhaarige Frau, als er an ihr vorbeikam. Er erkannte Mrs Carruthers, die im selben Haus wie seine Mutter wohnte.

Obwohl er sich wie eine in der Mikrowelle warm gemachte Leiche fühlte, schaffte Skinner es, ein freundliches: – Danke, auch so, Herzchen, zu krächzen.

Als er zur Wohnung seiner Mutter kam, traf er auf Busby, einen alten Versicherungsvertreter, den er aus vollem Herzen verabscheute und der gerade aus dem Treppenhaus kam.

Dieser Schmierlapp mit seinen O-Beinen und dem widerlich gut gelaunten Gesicht kommt aus dem Treppenhaus meiner Mutter! In dem Haus sind sechs Wohnungen, aber ich weiß schon, wen Busby besucht hat. Was hat dieses widerwärtige kleine Furzgesicht jetzt schon wieder gewollt?

Skinner hasste Busby aus Gründen, die er sich selbst nicht erklären konnte. Er begann in sich hineinzulachen, als er darüber nachdachte, während er in der gemütlichen, kompakten Wohnküche seiner Mutter saß, die zwei Teller Truthahn mit allem Drum und Dran hervorzauberte und auf einen Tisch stellte, den sie extra für diesen Anlass festlich geschmückt hatte.

Seine Mutter hatte offensichtlich ziemlich die Lampe an, denn sie hatte auch für Kay mitgedeckt. Skinner sah zu, wie sie mit ihren geschwollenen Händen, die Finger rosa wie rohe Würstchen, die Teller auf den Tisch knallte. Beverly Skinner hatte vor ihrem Vierzigsten nie Figurprobleme gehabt, doch dann war sie auseinander gegangen bis zur Fettleibigkeit. Sie schob es auf eine zu frühe Gebärmutterentfernung, Skinner hatte eher die Pizzaecken und TV-Dinners im Verdacht, die sie sich ständig reinzog. Sie sagte immer, für einen allein zu kochen lohne sich nicht.

Beverly hatte sich mit dem Essen viel Mühe gegeben und ihr neues Kleid angezogen, wie Skinner bemerkte, auch wenn es schwarz war wie all ihre Kleider. Ihr Missfallen über Kays Abwesenheit hing schwer im Raum.

Bevor sie zurückging, um den Herd abzustellen, zeigte sie auf die Katze, die vor dem Kamin lag. – Lass Cous-Cous nicht aufs Sofa, der haart.

Kaum war sie in die abgetrennte Küche verschwunden, erhob sich der blaue Persianer und streckte sich räkelnd. Dann sprang er neben Skinner aufs Sofa. Er stieg über seine Beine, drehte sich um und wiederholte diese Übung. Skinner zog sein Feuerzeug aus der Tasche und sengte dem Tier das Fell am Bauch an. Es knisterte und stank, und die Katze huschte weg in einen Winkel des Zimmers. Skinner stand auf und stieß eine brennende Kerze auf dem Beistelltisch um, wobei ein wenig Wachs verspritzte.

Beverly kam aus dem Küchenbereich, in den Händen eine Schüssel mit Rosenkohl. Beim Geruch nach verbranntem Fell verzog sie die Nase. – Wo kommt das denn her?

– Die Katze. Er zeigte auf den Beistelltisch. – Das blöde Vieh hat die Kerze umgestoßen.

– Böser Cous-Cous, lässt du das sein!, schimpfte sie mit dem Tier, während sie den Rosenkohl auf den Tisch stellte.

Mutter und Sohn zelebrierten den kompletten lachhaften Weihnachtszinnober wie Knallbonbons aufziehen und sich Papierhüte auf den Kopf setzen. Die hohle, schäbige Trivialität dieser Tradition schien sie zu verhöhnen, denn für beide war der Tag schon jetzt eine verkrampfte Enttäuschung. Skinner mampfte sich unentschlossen durchs Abendessen und versuchte, in den Bond-Film im Fernsehen reinzukommen, sich aber gleichzeitig für die Verbalattacke zu wappnen, die zwangsläufig kommen musste. Als sie kam, war sie anfangs noch verhalten. – Stinkst schon wieder nach Alkohol. Kein Wunder, dass die Kleine stiften gegangen ist, bemerkte Beverly, die Brauen hochgezogen, während sie sich noch ein Glas Chardonnay einschenkte.

– Sie ist nicht stiften gegangen, protestierte Skinner und griff wieder auf seine einstudierte Ausrede zurück. – Ich hab dir doch erzählt, dass es ihrer Mutter nicht gut geht und sie zu ihren Eltern ist, um beim Weihnachtsessen zu helfen. Außerdem kann sie sich über die Festtage nicht so vollstopfen, denn am Jahresanfang hat sie ein wichtiges Vortanzen. *Les Miserables*. Und der Alkohol, den du riechst, der ist von gestern Abend. Bevor ich hier hingekommen bin, hatte ich bloß ein Pint, mehr nicht. Immerhin ist Weihnachten! Ich schufte das ganze Jahr!

Aber Beverly sah ihn nur wütend an. – Für dich spielt das doch gar keine Rolle, welche Zeit im Jahr es ist, du hast doch jedes Wochenende Filmriss, meckerte sie.

Skinner sagte nichts, spürte aber, dass seine Mutter auf Streit aus war und nicht zufrieden sein würde, bis sie ihn hatten.

– Du ... das arme Ding ... ihr kann man kaum vorwerfen, dass sie Weihnachten nicht mit einem versoffenen Loch verbringen will!

Ein Körnchen Zorn entzündete sich in Skinners Brust. – Muss in der Familie liegen, sagte er mit grausamem Lächeln.

Seine Mutter hielt seinem Blick mit ebenso streitbarer Miene stand, so eisig, dass Skinner sich wünschte, er hätte einfach den Mund gehalten. Der Katerkopf, der macht einen reizbar. Er hasste es, herzukommen, wenn er verkatert war. Man kommt dann mit Menschen, die selber keinen haben, einfach nicht zurecht, die sind wie eine feindselige Spezies; dämonische Raubtiere, die einem die Seele rausreißen wollen. Die wittern deine momentane Schwäche, spüren deine Schäbigkeit, dein Anderssein. Und seine Mutter war zu jeder Zeit furchteinflößend. – Was soll das heißen? Beverlys Frage schraubte sich langsam in Skinners Schädel.

Obwohl er selbst fand, er sollte lieber einen Rückzieher machen, hörte sich Skinner unerklärlicherweise sagen: – Mein Dad. Der hat's ja auch nicht lang hier ausgehalten, oder?

Beverlys wütendes Gesicht lief rot an, ein schriller Kontrast zum grünen Krepphütchen auf ihrem Kopf. Es hatte den Anschein, als versuche sie ruhig zu atmen, doch die Aktion schien jeden Sauerstoff aus dem kleinen Zimmer abzusaugen. – Wie oft hab ich dir verboten, jemals über ...

– Ich hab ein Recht darauf, es zu wissen, verfickte Scheiße!, schnauzte Skinner. – Du weißt ja wenigstens, wer Kay ist!

Beverly sah ihren Sohn mit einer Miene an, der Skinner nur blanken Abscheu entnehmen konnte. Als sie antwortete, war es ein leises Zischeln. – Du willst wissen, wer dein Vater ist? Ach ja?

Danny Skinner sah seine Mutter an. Ihr Kopf war zur Seite geneigt. Er begriff, dass, wer immer auch sein Vater war, ihr absoluter, bedingungsloser Hass auf ihn in den vielen Jahren nie auch nur für eine Sekunde nachgelassen hatte. Noch schlimmer war, der Blick sagte ihm, dass er selbst sich ebensolchen Hass zuziehen konnte, wenn er es zu weit trieb. Er wollte sagen, schon gut, vergiss es, essen wir weiter, doch er brachte kein Wort über die Lippen.

– Ich, Beverly deutete energisch auf sich selbst. – Ich bin dein Vater und deine Mutter. Ich hab dafür gesorgt, dass du Essen auf dem Teller hast, und ich hab's gekocht. Ich hab dich zum Fußball und in die Schule gebracht und im Garten mit dir gepöhlt. Ich hab dir deinen Schal gehäkelt und bin mit dir ins Stadion. Ich bin mit dir zur Schule gegangen, als du Ärger hattest. Ich hab ein Geschäft aufgebaut, damit du nicht nackt rumlaufen musst und genug zu beißen hast. Ich hab jedem verlausten Quadratschädel in Leith die Haare gewaschen und geschnitten, damit du die Schule zu Ende machen und einen vernünftigen Job finden konntest. Ich bin jedes Jahr mit dir in Ferien nach Spanien gefahren. Ich hab dich aus dem Scheißknast in der High Street geholt, als du dich in diese blöde Scheiße reingeritten hast, und ich hab deine Strafen bezahlt! Ich! Ich war das! Sonst keiner!

Skinner zwang sich, den Mund zu halten. Denn es stimmte. Und er betrachtete die harte, verbitterte, liebevolle und wunderbare Frau, die ihr ganzes Leben seinem Wohlergehen untergeordnet hatte. Er dachte daran, wie er mit ihr und ihren Freundinnen Trina und Val, seinen Punk-Ersatztanten, aufgewachsen war. Die auf ihn aufgepasst und ihn nie von oben herab behandelt hatten, die seine Meinung geachtet und ihn wie einen Erwachsenen respektiert hatten, obwohl er nur ein kleiner Junge war. Das einzig Schlimme war gewesen, dass sie versucht hatten, ihn mit ihrer Musik zu indoktrinieren. Diese Bands, von denen sie dauernd quatschten, die Rezillos, die Skids, die Old Boys. Aber das war nur eine Kleinigkeit, das Entscheidende war, dass seine Mutter sichergestellt hatte, dass seine Ausgangsposition nicht nur genauso gut, sondern sogar besser war als die der ganzen Kinder mit zwei Elternteilen um ihn herum. Er guckte runter auf das Essen, das Beverly für ihn zubereitet hatte, hielt den Mund und aß.

8
Festivitäten

Dougie Winchester gab mir während meiner ersten Feiertagsperiode im städtischen Dienst ein paar gute Ratschläge. Er erklärte mir, die Zeit zwischen Weihnachten und Neujahr sei die schlimmste Zeit für einen Trinker, um Urlaub zu machen. Und zwar deswegen, weil diese Tage sowieso ein einziges Besäufnis sind und kein Mensch auch nur einen einzigen beschissenen Handschlag tut. Zur Arbeit kommen sowieso nur noch die Trinker; die Familienmenschen hocken zu Hause, und das sind meist die Chefs oder Miesepeter, die was gegen Saufen am Arbeitsplatz haben, man hat also freie Bahn, sich die Kante zu geben.

Die Stimmung erinnert einen an den letzten Schultag: dieses Gefühl, irgendwas würde nun passieren. Damals hingen wir aus unerfindlichen Gründen alle bei meiner Ma im Laden rum – ich, McKenzie, Kinghorn und Traynor, und warteten. Es kam kaum einmal vor, dass irgendetwas Bemerkenswertes vorfiel, aber die Vorfreude war herrlich.

Als ich um halb elf reingestakst komme, ziemlich abgenervt nach einem beschissenen Weihnachtsfest, könnte ich echt ein kleines Weihnachtswunder brauchen. Ich bin schneeblind, und mein Mund fühlt sich an wie der Boden eines Wellensittichkäfigs. Shannon ist auf irgendeinem Meeting, will aber mittags zur Fete vom Wohnungsamt; ich denke, ich brauche vorher ein paar Pints, dann checke ich die auch mal aus. Ich hab nur Alk, Alk und noch mal Alk im Kopf. Ich frag mich, ob Winchester da ist oder ob Rab McKenzie gerade in der Stadt arbeitet. Das einzige Problem ist, dass dieser Hosenscheißer Kibby da ist und an seinem Schreibtisch robotet. Was zum Henker will der denn hier? Wahrscheinlich jeden Arbeitsverweigerer bei Cooper oder Foy anschwärzen!

Kibby gibt eine schöne Dickens-Figur ab, wie er da alleine sitzt und im Licht der Schreibtischlampe arbeitet. Gott sei Dank sind die großen Neonröhren nicht an ... Plötzlich hab ich eine Idee: Ich nehme eine Akte von meinem Schreibtisch und gehe zu ihm hin. Als ich näher komme, sehe ich zu meiner Überraschung, dass Kibby ziemlich fertig aussieht; er wirkt, als würde er jeden Moment in Tränen ausbrechen. Ich lasse mich auf den leeren Stuhl ihm gegenüber sinken. – Alles klar, Brian?

– Jaaa ..., sagt er misstrauisch, und sein Rücken strafft sich, während er sich das Haar an den Seiten flach drückt.

Meine Augen müssen in dem grellen Licht seiner Schreibtischlampe blinzeln. – Nicht freigenommen diese Woche?

– Nein, meinem Dad geht's nicht so gut, und ich muss mir meine Urlaubstage einteilen, sagt er und rümpft die Nase, wahrscheinlich wegen meiner säuerlichen Bierfahne.

– Üble Sache, Meister, murmele ich, lehne mich zurück und denke, der kleine Arsch soll froh sein, dass er einen Vater hat, bevor ich zum Geschäft komme: – Hör mal, Bri, ich bin nächste Woche einige Tage nicht da und hab gehört, dass du ein paar von meinen Folgeterminen wahrnehmen sollst.

Kibby nickt aufmerksam, und ich schieb ihm die Akte rüber.

– Ich dachte, wir gehen das schnell mal durch. Meine handgeschriebenen Notizen sind ein Spiderman-Job. (Ich knicke mein Handgelenk ab und schleudere ein imaginäres Spinnennetz an die Decke.) Kibby glotzt verständnislos, und ich erläutere: – Da denkst du, du spinnst.

– Cool, sagt Kibby in einer Art, dass ich ein Gefühl habe, als hätte ich gerade mit den Fingernägeln über eine Schiefertafel gekratzt, und lehnt sich in seinem Stuhl zurück. Ich wünschte, ich käme drauf, warum die kleine Arschkrampe mir so tierisch auf den Sack geht.

– Ist alles nicht weiter kompliziert, erkläre ich, während ich meine Akte nehme und sie ihm hinhalte.

Er öffnet den Ordner und überfliegt ihn frettchenhaft. Sommersprossen hat er auch noch, der kleine Spast. – Was ist mit dem hier? Er zeigt auf Le Petit Jardin.

– De Fretais. Ein verdammter Saustall, die Küche da, erkläre ich.

Schleimscheißer guckt mich prüfend an. Wenn er sich da blicken lässt, wird die fette Schwuchtel von De Fretais wahrscheinlich versuchen, ihm einen in seinen mageren Kalkarsch zu verlöten. Er wird derjenige sein, der die Inspektion kriegt: eine Rosetten-Inspektion. Ich bezweifle doch ernsthaft, dass unser kleiner Schwachmat hier die Eier hat, De Fretais die Stirn zu bieten, obwohl er ein abartig pflichtbewusster kleiner Lutscher zu sein scheint. – Aber der ist, na ja ... sehr renommiert. Kibby guckt mich gequält an.

– Das weiß ich, Bri, aber man muss die Dinge nun mal beim Namen nennen. Wir sind Profis, und wir stehen im Dienst der Öffentlichkeit und nicht von irgendeinem egoistischen Promikoch. Aber alles geht ja immer noch mal hoch zu Foy, und der muss entscheiden, wie weiterhin verfahren wird.

– Aber wenn ich was zu Kritisches in den Bericht schreibe, steht es da schwarz auf weiß ..., blökt Kibby wie ein bescheuertes Osterlamm. Heilige Scheiße, De Fretais wird die kleine Fotze wahrscheinlich kurz anbraten und mit Minzsauce servieren.

– Deswegen ist bei der Wahrheit zu bleiben die beste Politik. Wenn irgendeine arme Sau eine Lebensmittelvergiftung kriegt, was ausgesprochen wahrscheinlich ist angesichts der Zustände in dieser Budike, und klagt, vergiss nicht, wir leben im Zeitalter der Millionenklagen, doziere ich und male mir die kühnsten Szenarien aus, – wird man an höherer Stelle einen Blick in den Bericht des Inspektors werfen. Wenn sich dein Bericht nicht mit meinem deckt, ist entweder einer von uns ein Lügner, und meiner ist schon gegengezeichnet von Aitken, oder De Fretais hat in den drei Monaten einen Lottojackpot in seine Küche investiert.

Man kann sehen, wie sich die Rädchen bei Kibby drehen; quälend langsam zwar, aber sie drehen sich.

– Ich kann dir sagen, Bri, ich hätt mir fast ins Hemd gemacht, als ich in diesen riesigen verdreckten Suppentopf geguckt hab. Hätte mich nicht gewundert, wenn das Ungeheuer aus der

Schwarzen Lagune da rausgekrochen wär. Ich knöpf mir also den Koch da vor und frag: »Was soll das denn darstellen?« Und der Knabe sagt: »Das ist Eintopf.« Und ich wieder: »Dass das ein Topf ist, seh ich, du Fotze, aber was zum Teufel ist die Scheiße da drin?«

Kibby klempnert sich ein schwächliches Lächeln über das skeptische Sackgesicht. Selbst der rudimentärste Humor ist noch zu hoch für dem seine Matschbirne. Ich steh auf und klapse mir mit der Akte auf den Arsch. – Wenn du Scheiße baust, bin ich am Arsch!, sage ich mit einem kumpelhaften Zwinkern und schmeiße die Akte auf seinen Tisch.

Er hat so was an sich ... irgendwie tut er mir jetzt Leid, der arme kleine Scheißer, er sieht so hilflos aus. Ich sehe einen *Game Informer* auf seinem Schreibtisch. Ich nehme das Heft und blätter es durch. – Wie findest du eigentlich *Psychonauts*?, frage ich. – Soll ziemlich originell sein. Also nicht so der übliche Nerd-Scheiß von wegen Terroristen schnappen oder hübsche Prinzessinnen retten.

– Hab ich noch nich gespielt, sagt Kibby misstrauisch, wird dann aber ein bisschen zugänglicher. – Aber mein Freund Ian hat das. In der Besprechung hat es 8,75 Punkte gekriegt, erwärmt er sich.

– Aye ... schön, erwidere ich unruhig. – Hör mal, ich geh gleich auf ein Gläschen rüber ins Wohnungsamt, da steigt eine kleine Party. Shannon und Des Moir sind auch da. Kommst du mit?

– Nein, ich wollte mir mal ein paar von den Gutachten hier vornehmen, schnieft er.

Du verfickte wichtigtuerische kleine Fotze. Über den werden die sich in den Restaurants freuen – um diese Zeit im Jahr.

Als ich rüber zu meinem Schreibtisch gehe, um McKenzie anzurufen, fragt er: – Meinst du wirklich, ich sollte ... hier bei De Fretais ...

– Bei der Wahrheit bleiben ist immer die beste Politik, grinse ich, lasse mich in meinen Stuhl plumpsen und greife zum Telefon. – Du weißt ja, wie es heißt: Tue recht und scheue niemand.

Während er die Royal Mile runtertrottete, der düstere Himmel spannte sich wie ein Baldachin über die Straßenschlucht, hallten die beiläufigen Bemerkungen von Danny Skinner noch in Brian Kibbys Ohren und hinterließen nachhaltigeren Eindruck, als der, der sie verbrochen hatte, sich gedacht hätte.

Danny hat Recht ... es spielt keine Rolle, ob es eins der besten Restaurants in England oder einer der berühmtesten Köche des Landes ist, die Regeln sind für alle gleich!

Es war immer noch Vormittag, als er zum Petit Jardin kam, wo sie gerade den Mittagstisch vorbereiteten. Eine große Traube von Schlipsträgern hatte sich vor dem Lokal versammelt, als der dunkle Himmel endlich aufriss.

Kibby erkannte gleich, dass er es mit einem Nobelrestaurant zu tun hatte, denn es war selbstbewusst genug, kaum Konzessionen an die Feiertage zu machen. Nur ein bescheidenes Weihnachtsbäumchen in einer Ecke kündete von der Jahreszeit. Als er die gedämpft beleuchteten, in Mahagonitönen und Magnolienweiß gehaltenen Räumlichkeiten betrat und seine Füße in den luxuriösen braunen Teppich sanken, entspannte sich Kibby ein wenig. Der Restaurantbereich war absolut makellos, daher hielt er es für völlig undenkbar, dass die Küche so schlimm sein sollte, wie Skinner behauptet hatte. Bei seiner ersten Inspektionsrunde mit Foy durch diverse Restaurants der City hatte er bestätigt gefunden, was er schon als junger Prüfer in Fife beobachtet hatte: Wenn der Gästebereich erstklassig gepflegt ist, dann genügt auch die Küche in der Regel höchsten Hygienestandards.

Aber für jede Regel gab es eine Ausnahme.

Kibby zeigte seinen Dienstausweis einem desinteressierten Restaurantchef, der mit spitzen Lippen Richtung der Schwingtüren wies. Das Herz rutschte ihm in die Hose, als er hindurchtrat: Er hatte sich zwar auf den Stoß heißer Luft gefasst gemacht, ging aber dennoch unter deren Ansturm beinahe ein, und das Erste, was er sah, war De Fretais höchstpersönlich, der untätig an einer Arbeitsplatte lehnte. Die Gerüche diverser Speisen, die gebraten, gegrillt und gebacken wurden, tanzten in seinen Nüstern, sein Hirn wurde von Sinnesreizen überflutet, während er versuchte, die unzähligen Aromen zu identifizieren. Der massige Chefkoch sah einem Mädchen im Overall zu, das auf den Knien Sachen aus einem Stapel Kisten, die auf einem Karren balancierten, in das unterste Bord eines Regals räumte.

Kibby hörte ihn in dem dröhnenden Tonfall herumkommandieren, den er aus dem Fernsehen kannte, und sah die Selbstverliebtheit in den dunklen Augen und um den schmallippigen Mund des Chefkochs. Für einen kurzen Moment hatte die Pose, die er einnahm, etwas vage Vertrautes, und dann noch diese Witze, diese unflätige Ausdrucksweise …

Brian Kibby näherte sich dem fetten Koch mit Angst und Bangen. Die Küche machte keinen guten Eindruck. De Fretais schien von der Störung wenig begeistert zu sein und musterte Kibby abwesend. – Ach ja, Sie sind also das neue Jüngelchen von der Stadt. Und wie geht's meinem alten Freund Bob Foy so?

– Gut …, tschilpte Kibby beklommen und musste wieder an Foys Wutanfall und Skinners Worte denken. Aber die Küche war schmutzig, und eine schmutzige Küche stellte eine Gefährdung dar. Regel Nummer eins. Darüber konnte er nicht hinwegsehen.

Und sie war sehr schmutzig. Vielleicht nicht ganz so schlimm, wie Skinner es in seinem Bericht dargestellt hatte, aber Teile des Bodens und einige der Arbeitsplatten mussten nicht nur gründlich gescheuert, sondern komplett erneuert werden. Dazu verstellten Kisten und Vorratsdosen Durchgänge, Feuerschutztüren wurden mit Keilen offen gehalten, und ein großer Teil des Personals vernachlässigte schwer seine äußere Erscheinung. De Fretais selbst wirkte verschwitzt und ungepflegt, als käme er gerade aus dem Bett oder dem nächsten Pub.

Ich nehme an, das kommt von den Feiertagen … aber es ist doch immer noch ein Restaurant!

De Fretais war so riesig und grobschlächtig, wie Kibby dünn und zerbrechlich war. Er trat unangenehm dicht an den jungen Mann heran und spielte seine beeindruckende Fülle aus. – Ja, ja, die Lebensmittelüberwachung, was? Ich mein mich doch da an eine ziemlich attraktive Küchenbeguckerin zu erinnern … oh, Verzeihung, amtliche Betriebsstättenprüferin, sagte der fette Riese, und Kibby spürte seinen aromatisierten Atem, während er auf die schwarzen Haare starrte, die aus den Nasenlöchern des Küchenchefs wuchsen. Es war fürchterlich heiß, und sein Nacken brannte, als wäre er an einem Strand in den Tropen. – Wie hieß sie doch gleich …?, sann De Fretais. – Sharon … nein, Shannon.

Genau, Shannon hieß sie. Ist die liebreizende Shannon immer noch bei euch?

– Aye …, krächzte Kibby nervös.

– Die schicken sie gar nicht mehr her … zu schade. Wirklich zu schade. Ist sie eigentlich in festen Händen?

– Weiß nicht …, log Kibby, der sich allein durch die körperliche Nähe dieses Mannes so besudelt fühlte, dass ihm beinahe die Sinne schwanden. Für Kibby sah der Meisterkoch mit seiner birnenförmigen Gestalt wie ein Stehaufmännchen aus, das trotz seines fröhlichen Clownsgesichts nur arrogante, boshafte Aufgeblasenheit verkörperte. Kibby wusste, dass Shannon einen Freund hatte, aber das würde er niemandem auf die Nase binden, schon gar nicht De Fretais.

– Wie auch immer, lassen Sie sich alle Zeit der Welt, sagte der Meisterkoch forsch und fügte mit Blick auf zwei Abräumer, die neben einem Servierwagen herumstanden, hinzu – DENN DAS SCHEINT IN DIESEM SCHEISSHAUS JA DIE ALLGEMEINE GANGART ZU SEIN! HERRSCHAFTEN! VORAN!

Die beiden Männer machten sich hastig an die Arbeit, während Kibby, beflissen seine Checkliste durchgehend, die nicht geleerten Abfallbehälter vermerkte, die Dosen und Kartons mit Vorräten, die die Durchgänge versperrten. Die Küche war unerträglich heiß: Aus den Öfen ballerte eine kräftezehrende Bruthitze. Sooft man es auch erlebte, man wurde immer wieder zwangsweise daran erinnert, dass nichts den Besucher auf Temperatur und Betriebsamkeit einer hektischen Restaurantküche vorbereitete. Es war diese extreme Hitze, die die Arbeit in einer Küche zu einem der härtesten Jobs überhaupt machte. Und dann die ganzen uniformen Leute in ihren Kitteln: Sie hasten herum wie Ameisen und brüllen einander Anweisungen zu. Die ersten Bestellungen waren da, die große Gesellschaft von draußen, Leute vom Scottish Parliament, hatte sich zum Essen hingesetzt.

Plötzlich spürte Kibby, wie kräftige Hände mit schon fast schockierender Intimität nach ihm grapschten. De Fretais hatte sie um die Hüften des jungen Inspektors gelegt. Er begann, ihn in einem irrwitzigen Tanz hierhin und dorthin zu bugsieren, während die Köche zusammensuchten, was sie brauchten, und Kellner vorbeieilten, um Bestellungen entgegenzunehmen; er schubste ihn unter der durchsichtigen Zurschaustellung von Gutmütigkeit mit rippenzermalmender Gewalt hierhin und dorthin.

Und während er diese Zudringlichkeiten erduldete, versuchte Kibby, die Zeichen zu erkennen, versuchte seinen Job zu tun.

Tue recht und scheue niemand.

9
Neujahr

Bei der Party im Wohnungsamt habe ich eine Dummheit gemacht. Es war die übliche Büroparty: ein Großraumbüro, in dem man sich um Mieten, Wohngeld und so was kümmert, der Alkohol fließt in Strömen, ungeübte Trinker, die sich übergeben müssen, Pärchen, die sich für heimliche und bald bereute Momente der Fleischeslust in Abstellkammern verdrücken.

Ich war im Gespräch mit Shannon und maulte ein bisschen über das Leben im Allgemeinen und sie ebenfalls; ich erzählte von Kay, sie von Kevin. Dann hielt irgendeine betrunkene Schnepfe einen Mistelzweig über unseren Kopf. Aus einem flüchtigen Küsschen wurde ein wildes Geknutsche, das den ganzen Abend dauerte, und wir klammerten uns aneinander wie verwaiste Affenbabys, die die Welt um sich herum zusammenstürzen sahen. Bei meiner war es ja wirklich der Fall, und ihr ging es anscheinend nicht anders.

Am nächsten Tag ging ich zu Samuel's im St. Jame's Centre und kaufte einen Verlobungsring mit einem Diamanten. Er kostete mich fast vierhundert Pfund. Ich nahm Kay mit zum Derby ins Tynecastle, und das neue Jahr läuteten wir bei ihrer Mutter ein. Ich hielt mich beim Alkohol zurück – in dem Haus bleibt einem auch kaum etwas anderes übrig. Überall Fotos von Kay; als kleines Mädchen im Ballerinakostüm, als Teenager, in einer Laienaufführung von *Guys and Dolls* die Beine schwingend, das erste richtige Engagement bei einem experimentellen Tanzensemble. Ich sah schattenhaft das Getue der Tanten, der Onkel und der Oma, und wie sie es als den unangestrengten Lebensweg hinnahm, der ihr vorbestimmt war, und ach, wie all die anderen Mädchen auf der Schule sie insgeheim gehasst haben mussten. Diesen schlanken, straffen Körper, das glänzende Haar und die makellos weißen Zähne, ihr uferloses, enthusiastisches Lächeln, die Mach-ich-kann-ich-Einstellung; all die Dinge, die ich einfach deshalb so liebte, weil sie sie mir schenkte. Und dieses Mädchen würde ich heiraten.

Ich gab ihr den Ring aber dann doch nicht. Ich fand, wenn ich vor ihr niederknien würde, sollten es wirklich nur wir zwei allein sein und ich wirklich absolut und total stocknüchtern.

Jetzt ist wieder Business as usual. Kein allmähliches Akklimatisieren nach den Feiertagen; für ein paar von den Fotzen im Büro hat es Weihnachten und Neujahr anscheinend nicht gegeben. Ich hörte zu, wie der alte Wichser Aitken sich darüber ausließ, wie furchtbar er die Feiertage hasst und wie schön es ist, zum Alltag zurückzukehren.

Zum Alltag.

Foy hatte für mein Gutachten eine erneute Begehung angesetzt, in der Annahme, dass Aitken oder einer seiner anderen Arschkriecher es übernehmen würde, die Sache zu schönen. Bei dieser Vorgehensweise, einer Stufe zwei, erübrigte sich die Weiterleitung an die nächsthöhere Instanz, nämlich die humorlose Fotze von Cooper eine Treppe höher.

Und nun kommt Schweinebacke Foy aus seinem Büro geschossen, blind vor Wut, und er wird Kibby, dieses heimtückische kleine Arschgesicht, nicht nur in der Luft zerfetzen, er wird es als abschreckendes Beispiel auch vor unser aller Augen tun. Und das ist nur die gute Nachricht. Die absolute Spitzennachricht ist, dass ich in der ersten Reihe sitze!

Er knallt Kibby den Bericht auf den Schreibtisch, und schon bei dieser Bewegung, noch ehe er überhaupt den Mund aufmacht, kriegt der traurige kleine Fotzenkopf die ersten Zuckungen. Dann blafft Foy: – Was hat dieser Scheiß hier zu bedeuten? Sind Sie sich im Klaren, dass es sich um eine Stufe zwei handelt, die so dieses Büro verlassen wird?, zischt er und stößt seinen Daumen Richtung Decke.

– Aber die Küche war tatsächlich furchtbar verschmutzt, fängt Kibby an, der bescheuerte Zwergspast, und es ist ein Fest, mit anzusehen, wie Foy fast den Herzkasper kriegt, während der alte Hängehoden sich das Hirn zermartert, wie er das mit Fettsack De Fretais wieder hinbiegen soll. Keine Freundschaftspreise mehr im Le Petit Jardin, Vorzugsbehandlung und nur der beste Tisch – vorbei!

– Das ist nicht die Küche von irgendeiner Futterkrippe in Kirkcaldy, Sie Rotzlöffel, tobt Foy mit einer Verachtung, die einem die Haut in Streifen abzieht, während Kibby zusammensinkt und förmlich im Kragen seines Hemds verschwindet. Die Bezeichnung »Rotzlöffel« klingt aus Foys Mund verletzender als jede Verwünschung, die mir bislang zu Ohren gekommen ist. – Das ist die Küche von De Fretais!, brüllt Foy, während Kibby aufsteht, um sich nicht vollkommen überfahren zu lassen, doch er steht nur da und schlottert, rote Flecken im Gesicht und Tränen in den Augen. Foy tritt noch näher an ihn heran, Augen wie ein Hühnerhabicht – und ratet mal, wer wohl das Hühnchen ist. Dem fetten Sack scheint die Sache richtig Spaß zu machen. Seine Stimme senkt sich zu einem Flüstern: – Habt ihr einen Fernseher zu Haus?

Irgendwie versteh ich meine Haltung dazu selbst nicht. Foy ist ein Leuteschinder, ein arroganter, anmaßender Drecksack, und benimmt sich unmöglich. Warum *genieße* ich es dann so?

– Und macht ihr diesen Fernseher auch mal an?, dröhnt er. Ich sehe förmlich den Siegeslorbeer hinter seinen Ohren herausschauen.

– Äh … äh … aye.

Foy senkt die Stimme noch tiefer: – Haben Sie je *Die Küchengeschichten der Meisterköche* gesehen, auf Scottish Television, nach den Nachrichten?

– Aye …

– Dann haben Sie ja auch Mr De Fretais vom *Le Petit Jardin* gesehen, der die Sendung moderiert, sagt Foy einigermaßen moderat.

– Aye …

– Dann, Foy spricht nun langsamer, – werden Sie ja wissen, dass er ein einflussreicher Mann ist, fährt er in übertrieben diplomatischem Tonfall fort und hat Kibby vollkommen eingelullt, der genauso zu nicken anfängt wie Foy, bis ihm Foy unvermittelt ins Gesicht brüllt, – DEM MAN NICHT AN DEN KARREN PISST!

Kibby fährt zurück und fällt noch mehr in sich zusammen, und ich wette, den käsigen Arsch dieses Jungen schüttelt es inwendig schlimmer als einen Wackelpudding im Magen des King. Dann nimmt Kibby sein bisschen Mut zusammen und stottert in einem lächerlichen Versuch, sich zu behaupten: – Aber ... aber ... aber ... Sie haben doch gesagt ... Sie haben ... Ich muss gestehen, dass in diesem Moment etwas mit mir geschieht: Ich bin wütend, aber nicht auf Foy, weil er Kibby zur Sau macht, sondern auf Kibby, weil er sich das bieten lässt.

Ich beschwöre ihn im Stillen: Kibby, hast du denn gar keine Eier? Halt dagegen, du Flasche. Na los, Brian ...

– Was?, höhnt Foy. – Was hab ich gesagt? Ich bekomme Seitenstiche, durch und durch geht mir die Schadenfreude, und mir wird klar, dass ich Kibby, die kleine Fotze, wirklich hasse, dass ich ihn leiden sehen will. Ich hasse ihn aus tiefstem Herzen. Foy ist ein Hampelmann, eine Witzfigur, aber Kibby, dieses kleine Arschloch, hat was Hinterfotziges an sich, irgendwas Linkes; dumm und bemitleidenswert, aye, aber irgendwie ist da auch noch so eine unterschwellige Häme, um das zu kompensieren. Als ich merke, wie inständig ich mir wünsche, Foy möge dieses verfickte Insekt zertreten, bekomme ich selber eine Gänsehaut.

HASS HASS HASS HASS HASS HASS HASS

Ich bekomme nicht mal mehr mit, was gerade gesagt wird; ich sehe nur noch ihre Gesichter. Kibbys dämliche Muppet-Visage, die Augen aufgerissen vor Schock, Foys knallrote Hassmaske, glühend wie ein Klümpchen Haschisch, das sich gerade in seinen Körper fressen und einmal durch seine tweedumhüllte Marks & Spencer-Figur schmelzen will ...

Was für eine Arschgeige. Wie bescheuert darf man sein?

Der Spaß findet erst ein Ende, als Cooper, diese Fotze, der Obermotz persönlich, ins Büro kommt, für Foy das Signal, sich zusammenzureißen. Ein zusammengefalteter Kibby schleicht auf die Toilette, ohne Zweifel, um sich seine doofen Kleinmädchenaugen auszuheulen. Ich hätte fast Lust, hinterherzugehen, um mir anzusehen, wie die kleine Pissnelkenschwuchtel jammert und flennt, aber nein, doch nicht, ich chille erst mal und mache Kaffee. Ich kann mir die Wut nicht erklären, die ich auf ihn habe, oder warum ich seine totale Vernichtung in die Wege geleitet und dann derart genossen habe. Ein Teil von mir schämt sich fürchterlich dafür: die Erbärmlichkeit dahinter, die nackte, brennende, verbotene Befriedigung, die dieser Hass auf ihn mir verschafft.

10
Sex und Tod

In den Tagen nach Neujahr hing ein rußfarbener Großstadthimmel drohend wie ein Haufen Ziegelsteine in einem viel zu dünnen Netz über Edinburghs Bewohnern. Immer wieder sahen die Menschen nach oben und rechneten jeden Moment damit, die Ladung auf den Kopf zu bekommen. Dennoch zeigten sich die meisten Burgh-Boys und -Girls in guter Laune: Sie hatten ihren Kater überwunden, ihre guten Vorsätze noch nicht gebrochen und erfreuten sich an der Welle des Optimismus, die ein neues Jahr mit sich bringt.

Zu den wenigen Ausnahmen zählte Danny Skinner, der mit verpelztem Schädel und ausgetrocknetem Mund in Hörweite eines blendend aufgelegten Brian Kibby einen Bericht schreiben musste. Kibby hatte sich von der Kopfwäsche erholt, die ihm Foy verpasst hatte, und erzählte Shannon McDowell begeistert von seinen jüngsten Abenteuern. – Am Wochenende, berichtete er in seiner hohen, fast mädchenhaften, nasalen Winselstimme, – waren wir oben auf dem Glenshee, erklärte er Shannon, die duldsam mit dem Kopf nickte und kleine Schlückchen Kaffee aus ihrer Pet-Shop-Boys-Tasse trank.

Ein etwas verständigerer Mensch als Kibby hätte vielleicht bemerkt, dass Shannon sich langweilte und sein Gelaber nur notgedrungen ertrug, aber der Umstand, dass er so verknallt in sie war, störte offensichtlich seine Sensoren. In seinem sorgenreichen Leben, bei der Krankheit seines Vaters und den Spannungen in der Familie, waren Shannon, die Videospiele – vor allem *Harvest Moon* –, die Modelleisenbahn und die Hyp Hykers die wenigen Möglichkeiten, auf andere Gedanken zu kommen. Vor allem Shannon und eine ganz bestimmte Hyp Hykerin. – … wir waren ein ganzer Haufen; Kenny, das ist der, der den Club leitet, der ist total lustig, aber auch ganz schön verrückt, gluckste Kibby, – und dann Gerald, der sich unheimlich anstrengt, um nicht abgehängt zu werden, hier verzog er nachsichtig das Gesicht, – wir nennen ihn aber alle bloß Bummelzug. Dann ist da noch Lucy … Kibby wollte sich gerade weiter über das Hauptobjekt seiner Begierde auslassen, als er durch eine barsche Zwischenfrage unterbrochen wurde.

– Diese Ausflüge, die du da immer machst, Brian, diese kleinen Trips aufs Land, unterzog ihn Skinner einer hochnotpeinlichen Befragung, wie er es von Foy gelernt hatte, – ist da auch was Fickbares dabei?

Kibby erröten zu sehen, war Skinners einziges Ziel gewesen, und er wurde nicht enttäuscht. Shannon verdrehte die Augen, murmelte ts, ts! und beschäftigte sich mit ihrem Papierkram.

– Es gehen auch ein paar Mädchen …, begann Brian Kibby zögernd, den Blick auf Shannon gerichtet, die ihn ignorierte und sich über ihre Akten beugte.

– … ab wie Katzenficken, wette ich, schnitt Skinner ihm das Wort ab.

In dem Gefühl, als hätte er Lucy jetzt schon auf eine unbestimmte, aber gravierende Weise diskreditiert, stammelte Kibby: – Äh … Ich weiß nicht … man kann nicht …

Skinner presste die Lippen aufeinander, und sein Gesicht nahm eine unnatürliche Färbung an, wie Kibby fand. – Aber ein paar Fickdosen sind doch dabei, oder?

Shannon McDowall sah erst zu Kibby, dann zu Skinner. Ihr Blick war abweisend. Skinner sah es und machte eine bittende Geste.

– Ein paar nette Mädchen sind auch dabei, sagte Brian Kibby nachdrücklich und hatte für ein paar köstliche Momente das Gefühl, der moralisch Überlegene zu sein.

Skinners Miene war ausdruckslos und ernst. – Schon eine flachgelegt?

Brian Kibby machte ein angewidertes Gesicht und wandte sich ab, aber Skinner sah, dass die erwachsene Fassade, die er aufbaute, nur Kibbys Beschämung über seine Unerfahrenheit verbergen sollte. Shannon McDowall schnalzte wieder missbilligend, schüttelte den Kopf, stand auf und ging zu den Aktenschränken. Colin McGhee grinste rüber und zog die Brauen hoch, womit er Skinner stillschweigend das Publikum gab, das er brauchte, nachdem Shannon weggegangen war.

– Warum so prüde, Bri?, fragte Skinner geradeheraus. – Die Frage ist doch ganz einfach: Schon mal eins von den Mädchen aus diesem Wanderverein flachgelegt?

– Das geht dich überhaupt nichts an!, stieß Kibby hervor und stürmte davon in den Waschraum, an Shannon vorbei, die gerade an ihren Schreibtisch zurückkam.

Skinner meinte zu ihr: – Da schein ich ja einen Nerv getroffen zu haben!

– Sei nicht so verdammt ekelhaft, Danny, sagte Shannon. Brian Kibby konnte einen nerven, aber er war ein netter kleiner Kerl, eben nur ein bisschen unbedarft.

Skinner zwinkerte ihr anzüglich zu, und gegen ihren Willen spürte Shannon ein kurzes, stechendes Verlangen. Diese betrunkene Rumknutscherei bei der Party im Wohnungsamt. Es war im Grunde nichts dabei gewesen, eine Dummheit, die keiner von beiden noch einmal angesprochen hatte, und dennoch musste sie jedes Mal daran denken, wenn er sie auf eine bestimmte Weise ansah. Skinner spürte es ebenfalls, und es beschämte ihn. Er war dumm gewesen. Er liebte Kay, auch wenn die Beziehung wegen der Sache an Weihnachten immer noch ziemlich gespannt war. Kibby jedoch hatte niemanden, überlegte Skinner mit verräterischer Schadenfreude. – Es ist keine Schande, mit einundzwanzig noch Jungfrau zu sein. Für die meisten Menschen jedenfalls, behauptete er großspurig.

Schon im Büro war Skinner unermüdlich, wenn es darum ging, Brian Kibby zu schikanieren, auch wenn er die Schikane geschickt als harmlose Neckerei verkaufte, die eher aufrichtiger, wenn auch herablassender Freundschaft als echter Boshaftigkeit entsprang. Wenn sie aber in der Berufsschule bei ihrer Weiterbildung für das Certificate of Public Health Management waren, trat seine Bösartigkeit unverhüllt zutage. Hier, im Kreise seiner Altersgenossen, kannte der schlagfertige Danny Skinner kein Erbarmen: Er unterbrach, verhöhnte und demütigte Brian Kibby, der wortkarg und im sozialen Umgang unbeholfen war, bei jeder sich bietenden Gelegenheit. Das ging so weit, dass Kibby es an gewissen Orten, besonders während der Mittags- und Teepause in der Kantine, kaum wagte, den Mund aufzumachen, um nicht Skinners Aufmerksamkeit auf sich zu lenken. Die übrigen Kursteilnehmer waren teils bereitwillige Komplizen, teils ahnungslose Stichwortgeber, mehrheitlich aber nur zu gerne bereit, Skinner gewähren zu lassen, um nicht selbst Opfer seiner Sticheleien zu werden.

Skinners Zunge hatte jedoch auch ihre zartere Seite, um die Kibby ihn fast so beneidete, wie er ihre brutalere Seite hasste. Die weiblichen Angestellten im Amt, und noch mehr die Studentinnen im Weiterbildungsseminar, entgingen nur selten Skinners Schmeicheleien. Es schien ihm unmöglich zu sein, ein Mädchen ohne ein Grinsen, ein Zwinkern oder einen Kommentar vorbeigehen zu lassen.

Die Aversion, die Skinner gegen Brian Kibby hegte, war von einer Intensität, die ihn oft selbst entsetzte und bestürzte, und im Laufe der paar Monate ihrer Bekanntschaft permanent gewachsen. Sie hatte einen Grad erreicht, der kaum noch gesteigert werden konnte, fand Skinner. Doch ein Ereignis sollte seine Abscheu tatsächlich noch einmal verstärken.

Der Kay Ballantyne zugedachte Verlobungsring hatte schon ein Loch in Danny Skinners Hosentasche gebrannt. Es war ein unfreundlicher, kalter Samstag, und schneidende Sturmböen von der Nordsee beutelten die Stadt, dennoch brummte die City von Kauflustigen, die den Winterschlussverkauf nutzen wollten.

– Wie wär's mit einem Spaziergang durch den Park?, hatte Skinner seiner Freundin vorgeschlagen. Als sie die Stufen zur Blumenuhr hochstiegen, nun im Winter öd und kahl, grollte ein Basslauf durch die Luft. Irgendwas war am Ross Bandstand los. Sie hörten, wie eine zittrige Stimme erklang, und sahen Grüppchen frischgeschrubbt aussehender Leute in sauberem Antikdenim: Eine Gospelrockband spielte.

– Komm, gehen wir mal gucken, meinte Kay.

– Nee, setzen wir uns doch einen Moment. Skinner wies auf eine freie Parkbank.

– Es ist zu kalt, um sich hinzusetzen, protestierte Kay, hüpfte fröstelnd von einem Fuß auf den anderen und strich sich vom Wind zerzauste Strähnen aus dem Gesicht.

– Nur einen Moment, ich muss dir etwas sagen, bat er.

Neugierig geworden, folgte ihm Kay, und sie setzten sich auf die Bank. Skinner schaute sie reumütig an. – Ich war ein Idiot, ein totales Arschloch. Weihnachten …

– Hör zu, das hatten wir doch schon. Ich möchte da nicht mehr drüber reden. Kay schüttelte den Kopf. – Haken wir das ab. Es ist Samstag und ich –

– Bitte, mein Schatz, hör mir nur eine Sekunde zu, drängte Skinner und holte eine kleine Schachtel aus der Tasche. – Ich liebe dich, Kay. Ich möchte immer mit dir zusammen sein.

Sie schnappte nach Luft, als er das Döschen aufklappen ließ und ein Diamantring sie anfunkelte.

Skinner rutschte von der Parkbank und kniete vor ihr nieder. – Kay, ich möchte, dass du meine Frau wirst. Willst du mich heiraten?

Kay Ballantine war wie vor den Kopf geschlagen. Sie hatte das Gefühl gehabt, er hätte sie satt und wollte Schluss machen – deswegen auch diese ganze Trinkerei. – Danny … ich weiß nicht, was ich sagen soll.

Skinner schaute sie gespannt an. Gott sei Dank war das eine der Reaktionen, die er in seinen unzähligen Probeläufen für diese Situation schon durchgespielt hatte. – Ein Ja würde es schon tun.

– Ja! Aber natürlich doch!, quietschte Kay entzückt und bückte sich, um ihn auf den Mund zu küssen, während er ihr den Ring auf den Finger schob.

Brian Kibby, mit Ian Buchan auf der Princess Street unterwegs, trug seine Lieblings-Baseballcap. Eine wilde Sturmböe riss sie ihm plötzlich vom Kopf und wirbelte sie über das Geländer in den Park. – Meine Kappe! Kibby jagte ihr durch ein Tor und dann einen abschüssigen, gepflasterten Weg hinunter nach.

Zuerst sah er sie nirgendwo, doch dann entdeckte er, dass sie am Fuß des Hügels unter einer der Parkbänke zu liegen gekommen war, auf der ein Mädchen in einer weißen Jacke saß. Brian Kibby näherte sich ihr langsam von hinten und bückte sich, um seine

Mütze aufzuheben. Als er dabei durch die Bohlen der Banklehne sah, starrte er zu ihrem beiderseitigen ungläubigen Erstaunen in die Augen eines knienden Danny Skinner.

Dass sie sich praktisch Nase an Nase wiederfanden, war für beide Männer ein herber Schock.

Nach einem eisigen Moment des Entsetzens sprach Kibby als Erster. – Äh, hi, Danny, sagte er leise. – Da ist meine Mütze, die ist weggeweht worden, stammelte er geistlos, während sich Kay umdrehte. Kibby versuchte den Umstand zu ignorieren, dass Skinner vor einem verblüffend schönen Mädchen kniete. Die weiße Lederjacke, die sie trug, war mit Pelz abgesetzt, dazu trug sie eine Plüschmütze mit Ohrenschützern. Ihre spitzbübische Nase war von der Kälte gerötet, und ihre Augen weiteten sich, als wolle sie ausgleichen, dass sich die von Danny Skinner zu Schlitzen verengt hatten. Skinner tat lächerlicherweise so, als sähe er Brian Kibby nicht. Damit war es vorbei, als Kay ihn knuffte und auf seinen Kollegen zeigte, der nun dastand und die Mütze des Anstoßes an seine Brust presste.

– Oh, hi, Brian ..., sagte Skinner mit dem absoluten Mindestaufgebot an Höflichkeit.

Kay stand auf und zwang Skinner damit, es ihr gleichzutun. Sie legte die Fingerspitzen aneinander und ihren Kopf zur Seite, sah Skinner mit aufforderndem, abwartendem Lächeln an. Dann schaute sie wieder zu Kibby, der ihre betörend weißen Zähne bewunderte, und wie der Wind in ihrem seidig-schwarzen Haar spielte, das unter Mütze und Ohrenwärmern auf ihre Schultern fiel.

Obwohl er glaubte, an den Worten zu ersticken, brachte Skinner hervor: – Äh, das ist Brian. Er arbeitet bei mir auf dem Amt. Dann fügte er rasch hinzu: – Das ist Kay.

Kay lächelte ihn breit an, und Kibby wäre fast im Boden versunken.

Sie ist wunderbar, und sie ist mit Skinner zusammen, wahrscheinlich lieben sie sich, es gibt keine Gerechtigkeit auf dieser Welt ... ein Mädchen wie sie zusammen mit so einem ... wie weiß ihre Zähne sind, wie seidenglatt ihre Haut, wie wunderschön ihr Haar ...

– Hiya, Brian, sagte Kay und nickte seinem Freund Ian zu, der an seiner Seite aufgetaucht war. Dann stupste sie Skinner an, der auf Kibby den Eindruck machte, als könnte er kotzen vor Wut und Ekel, und sagte aufgeregt: – Ich kann nicht anders, Danny, alle sollen es wissen!

Skinner biss die Zähne zusammen, aber das bemerkte Kay nicht. Sie streckte die Hand aus, um Kibby den Ring zu zeigen; den Diamantring, den er ihr in diesem kostbaren, intimen Moment überreicht hatte, der erst Sekunden her und für ihn nun schon gänzlich entwertet war.

Ausgerechnet der! Diese beschissene arschleckende kleine Zangengeburt erfährt als Erster davon, von meiner bekackten Verlobung! Ich – auf den Knien erwischt von diesem verwichsten ... und wer ist eigentlich die andere Fotze da bei ihm ...

– Wir haben uns gerade verlobt!, jubelte Kay, während sich im Hintergrund die weihnachtliche Gospelmusik zu neuen Höhen emporschraubte.

Skinner warf Brian Kibbys Freund einen verstohlenen, verächtlichen Blick zu. Alles, was er sah, waren ein Paar Glupschaugen und ein ausgeprägter Adamsapfel.

Noch so eine Witzfigur!

Danny Skinners stumme Wut vor Augen, begriff Brian Kibby, dass er unbeabsichtigt einen kostbaren Moment gestört hatte. Es war ein Moment, wie er ihn selbst noch nie erlebt hatte, um den er verliebte Pärchen immer beneidet hatte, und er spürte unter Skinners eisigem, psychotischem Blick, dass er diese Grenzverletzung teuer bezahlen würde.

– Meinen Glückwunsch, sagte Kibby so herzlich er konnte, bemüht, sich bei Kay einzuschmeicheln und zugleich bei seinem Erzfeind um Gnade zu ersuchen. Ian nickte mit verlegenem Grinsen, als Skinner so etwas wie: – Hmmmmph, grunzte, wobei er fast an unterdrückter Wut erstickte.

Das Fickgesicht erfährt es als Erster ...

Der schönste und wichtigste Augenblick meines Lebens, und wer ist der Erste, der davon erfährt?

Kibby!

Er wand sich vor Unbehagen, als sie wieder gingen und Kay ihn mit ihrem guten Willen und ihrem Einvernehmen mit sich und der Welt beschämte. – Er scheint ein netter Kerl zu sein, meinte sie, während sie noch einmal den Klunker an ihrer Hand betrachtete.

Skinner beobachtete Kibby, der den gepflasterten Weg zur Princess Street hochtapste und dabei seine Mütze ängstlich im Wind festhielt.

Die Sau muss sterben.

Skinner schwieg. Als sie ihn zu einem Kommentar aufforderte, indem sie ihn mit weiten Augen ansah, stieß er in ungezügeltem Widerwillen hervor: – Ja, ja, der ist ganz nett. Und er sah Kays Blick an, dass sie ihn bei etwas erwischt hatte, etwas Hässlichem, das ihr bislang nicht aufgefallen war, selbst nicht in seinen egoistischsten, betrunkensten Momenten, etwas, das Kibby in ihm zum Vorschein gebracht hatte. Um die Situation und seine Gefühle wieder in den Griff zu bekommen, schlug er vor, auf der Rose Street etwas trinken zu gehen, zur Feier ihrer Verlobung.

Aus einem Glas wurden mehrere, mehr als genug für Kay, doch Skinner war offenkundig nicht gewillt, wieder aufzubrechen. Nun war Kay an der Reihe mit dem Versuch, die Kontrolle über ihr Leben an sich zu reißen, und sie begann Pläne für die gemeinsame Zukunft zu schmieden, wo sie wohnen würden und dergleichen, und war schon bald bei der Einrichtung ihres imaginären Zuhauses.

Obwohl er versuchte, sich zusammenzureißen, wurde Skinner schon bald unruhig, wie meistens, wenn sie auf Kinder zu sprechen kam. Für ihn bedeutete das die ultimative Versklavung, seinen sozialen Tod. Aber es gab da auch noch eine tiefer sitzende Furcht: Er wollte unbedingt herausbekommen, wer sein Vater war, bevor er auch nur daran dachte, selbst Vater zu werden. Sie gerieten in Streit, und Kay war den Tränen nahe, als sie sah, wie ihr Freudentag in einem Meer von Lager und Jack Daniel's unterzugehen drohte. – Warum musst du bloß so viel trinken?, sagte sie vorwurfsvoll. – Deine Mum ist nicht so. Dein Dad ist doch kein … Oder doch?

Skinner fühlte, wie sich etwas kalt in ihn hereinfraß, als würde ein riesiges Insekt sein Herz mit seinen Kauwerkzeugen zerquetschen. Er wusste es nun mal einfach nicht. – Nein, sagte er und schämte sich abgrundtief, weil er es nicht wusste. – Er war ein ganz normaler Kerl, hat nie einen Tropfen angerührt, meinte er, völlig aus der Luft gegriffen. Seine Wut verlagerte sich jetzt auf seine Mutter. Das vaterlose Kind eines Einzelkinds, er und Beverly hatten nur einander, und dennoch wollte sie ihm nichts über seine Herkunft verraten. Sie hatte alle Karten in der Hand, und jedes Mal, wenn er das Thema ansprach, kniff sie.

Ist das denn zu viel verlangt, verfickt noch mal? War es ein dreckiger Vergewaltiger oder Kinderficker oder so was? Was zum Teufel hatte er ihr angetan?

– Ja, dann, fing Kay wieder an und guckte vielsagend auf sein Glas.

Er hatte von seiner Ma erfahren, dass ihr eigener Vater, der an einem Infarkt gestorben war, als Skinner noch klein war, in kein Glas gespuckt hatte. – Mein Großvater war Alkoholiker, verteidigte er sich, – es hat bloß eine Generation übersprungen.

Kay starrte ihn mit offenem Mund an und keuchte: – Mein Gott, ich fasse es nicht, du *brüstest* dich auch noch damit!

– Ich wünschte, ich könnte meinen Dad kennen lernen, sagte Skinner plötzlich todtraurig. Seine Worte schockierten ihn ebenso sehr wie Kay. Er hatte das, von seiner Mutter abgesehen, noch nie jemandem gestanden.

Sie drückte seine Hand, strich ihr Haar hinters Ohr und schmiegte sich an ihn. – Hat deine Mum je gesagt, wer er war?

– Sie hat immer geflachst, es wäre Joe Strummer von The Clash, sagte Skinner mit traurigem Lachen. – Sie hat eine LP mit Autogramm von ihm, ihr kostbarster Besitz. Ich hab in der Schule immer die Hucke vollgekriegt, weil ich erzählt hab, mein Dad wär bei The Clash gewesen, grinste er kläglich bei dieser Erinnerung. – Dann hat sie behauptete, es wären Billy Idol, Jean-Jacques Burnel oder Dave Vanian gewesen; praktisch jeder Punk, der mal in Edinburgh oder Glasgow aufgetreten ist. Das ging so weit, dass ich in den alten Zeitschriften nachgesehen habe, ob ich jemandem ähnlich sehe. Aber da war ich noch klein, und sie verarschte mich bloß. Als Kind war ich so besessen davon, dass ich jeden alten Mann, der mir auf der Straße zulächelte, anstarrte und mich fragte, ob er das wohl war. Ein Wunder, dass mich nicht irgendein alter Kinderschänder gekidnappt hat, sagte er betrübt. – Jetzt will sie gar nicht mehr über ihn reden. Skinner hob sein Glas und nahm einen großen Schluck. Kay sah seinen Adamsapfel hüpfen, während noch mehr Alkohol durch seine Kehle floss. – Alle paar Jahre frage ich sie wieder, und sie geht an die Decke, und wir haben einen Riesenkrach.

Kay strich erneut nervös ihr Haar zurück, sah ihr Glas an und beschloss, es nicht auszutrinken. – Sie muss ihn wirklich hassen.

– Aber es ist irrational, jemanden derart zu hassen … Skinner brach ab, als ihm abrupt Kibbys Gesicht mit den unschuldig-blöden Kamelaugen vor Augen trat, – … Ich meine, nach so langer Zeit noch, murmelte er betreten.

Ich hasse Kibby wirklich. Ich bin genau wie sie. Warum gerade Kibby? Was tut er mir denn Schlimmes?

Würde Kibby doch abhauen, aus meinem Leben verschwinden und sich zurück ins verschissene Fife verpissen oder sonst wohin.

Die Wände waren in einem leuchtenden Gelb gestrichen. Himmelblaue Vorhänge hingen vor den großen Fenstern. Aber die beruhigende Innenausstattung des Zimmers konnte nicht von dem ablenken, was eigentlich den Raum beherrschte: das metallene Krankenhausbett. Ein Fernseher schwebte zur Seite geschwenkt auf einem Gelenkarm, der an der Wand über dem Bett befestigt war. Abgesehen von einem fahrbaren Spind und einer kleinen Waschecke neben der Tür war der Raum unmöbliert.

Im seinem Bett spürte Keith Kibby das Leben langsam und unaufhaltsam aus sich entweichen wie aus einem löchrigen Reifen. Die Kochsalzlösung tropf-tropf-tröpfelte in seine welken Glieder, jeder Tropfen für ihn das kaum hörbare Ticken einer Uhr. Die Bäume draußen waren kahl, verdorrte, dürre Äste; wie seine Arme, dachte er, nur dass sie, im Gegensatz zu denen im Frühjahr, zu neuem Leben erwachen werden. Der letzte Sommer war gut gewesen, erinnerte sich Keith durch den verwirrenden Nebel der Medikation, dann keuchte er, als brauchte er eine Bestätigung: – Ein guter Sommer … Doch das brachte ihn zu einer bitteren Erkenntnis, und er drehte seinen kahlen Schädel, um hadernd an die Zimmerdecke zu starren: – … und ich durfte nur neunundvierzig von den Bastarden erleben …

Francesca Ryan, eine der Stationsschwestern, betrat Keiths

Zimmer, um seinen Puls und Blutdruck zu messen. Während sie ans Werk ging und die Manschette ihres Messgeräts um sein dünnes Handgelenk legte, studierte Keith die Haare in ihrem Gesicht unterhalb der Mundpartie. Ein kleiner Funke glühte in ihm auf, und er dachte, dass sie gar nicht übel aussähe, wenn sie die Haare entfernen lassen würde.

Elektroresektion. Das und ein paar Pfund runter. Aye, dann wäre sie zum Anbeißen.

Ryan konnte es kaum abwarten, von Keith Kibby wieder wegzukommen. Es war nicht seine Krankheit, die sie anekelte, an den nahen Tod war sie gewöhnt, aber er hatte irgendetwas an sich, er dünstete ein wildes Verlangen aus, das sie verstörend fand. Da war ihr der alte Davie Rodgers nebenan lieber, auch wenn er sie immer aufzog, weil sie aus Limerick City war: »Lasst das Mädchen bloß nicht in den OP, wo die ganzen Messer rumliegen, sonst gibt's ein Blutbad!«

Old Davie konnte eine Nervensäge sein, aber bei ihm wusste man, woran man war. Als sie sich von Keith Kibby abwandte, spürte sie seinen Blick in ihrem Rücken.

Als Mr Kibbys Frau, Sohn und Tochter erschienen, war Francesca erleichtert. Sie machten auf sie den Eindruck einer Familie, die zusammenhielt, die den Vater aufrichtig liebte und an seiner Krankheit verzweifelt war. Sie selbst fand ihn nicht im Geringsten liebenswert, aber die Welt war nun mal komisch.

Sie beobachtete, wie die junge Tochter den Vater auf den Kopf küsste. Francesca hatte aufgeschnappt, dass sie im ersten Semester an der Edinburgh University Englisch studierte. Sie ging manchmal zu Partys in der Student Union und überlegte, ob sie Kibbys Tochter irgendwo unterbringen konnte, aber ihr Gesicht, von konventioneller Schönheit, wie Francesca ein wenig neidvoll dachte, kam ihr nicht bekannt vor. Caroline sah, dass die Krankenschwester sie anstarrte, und lächelte knapp zurück. Leicht irritiert verließ Schwester Ryan die Station.

Caroline hatte vorgehabt, am Abend vielleicht in einen Club in der Teviot Road zu gehen, auf die Party irgendeiner Verbindung, bei der eine lokale DJ-Größe auflegen sollte. Doch beim Anblick der Erschöpfung im Gesicht ihres Vaters hätte sie am liebsten losgeheult. Erst als sie Tränen in den Augen ihrer Mutter aufsteigen sah, fand sie sich seltsamerweise in der Lage, die eigenen wütend zu unterdrücken.

Ich bin nicht so wie sie. Ich werde stark bleiben.

Sie bemerkte, dass ihr Bruder stumm geblieben war, aber eine seiner Backen zwischen die Zähne gesaugt hatte, eine nervöse Angewohnheit von ihm, die ihr gut vertraut war. Dann sagte er etwas zu ihrem Vater, etwas, das klang wie: – Wenn du erst mal wieder hier raus bist, werden wir ...

Aber Brian Kibby sollte diesen Satz nie beenden, denn sein Vater hatte einen heftigen Anfall. Die Kibbys riefen nach den Schwestern. Die waren auch sofort zur Stelle, allen voran Francesca Ryan, doch sie konnten nichts tun, während Keith Kibby sich vor ihren Augen herumwarf. In seinem Todeskampf klammerte er sich mit aller Kraft ans Leben und bäumte sich mit fast übernatürlicher Kraft im Bett auf, die Augen getrübt, während die Kibbys lautlos beteten, er möge loslassen und in Frieden aus der Welt scheiden. Dass er so qualvoll, auf gespenstische Weise verendete, machte den unsagbaren Schrecken, den der Tod des Vaters Caroline bereitete, umso schlimmer. Sie hatte erwartet, er würde langsam verlöschen wie die Lampen zu Hause, die er alle mit Dimmer ausgestattet hatte: ein allmähliches Hinüberdämmern in die Dunkelheit. Aber wie er sich so herumwarf, konnte sie förmlich sehen, wie das Leben, das nun in diesem Leib wie eine fremde Kraft wirkte, sich aus seinem brüchigen Käfig zu befreien suchte.

Die Zeit schien stillzustehen, Sekunden sich zu Stunden zu dehnen, während er in ihren Armen dahinstarb. Vor allem Brian hielt seine knochige Bürde, als wolle er versuchen, jeden sich auftuenden Riss zuzuhalten, aus dem die Lebenskraft seines Vaters zu entweichen könnte. Als es vorüber war, war es, als habe Keith von jedem der Kibbys im Raum ein Stückchen mitgenommen. Ein langes Schweigen folgte, ehe Brian, der schmächtige Junge mit den langwimprigen Kuhaugen, seine Mutter und seine Schwester in die Arme schloss.

Caroline nahm den Schweißgeruch ihrer Mutter wahr, übel riechend, widerlich, eigentümlicherweise wie der Leichnam ihres Vaters, und dann den süßen, frischen Aftershavegeruch auf dem Gesicht ihres Bruders.

Es war Brian, der schließlich das Schweigen brach. Caroline schaute auf und sah die Tränen, die über den Pfirsichflaum seiner Wangen liefen. – Nun hat er seinen Frieden, sagte er.

Joyce sah zu ihm auf, erst dumpf, wie ein Mondkalb, dann klarer, suchender. – Seinen Frieden, sagte Brian noch einmal und verstärkte den Griff um seine Mutter.

– Frieden, wiederholte Joyce, von besinnungslosem Schmerz überwältigt.

– Frieden, bestätigte Brian erneut und schaute Caroline an. Sie nickte und überlegte, ob sie nun zu dieser Fete am Abend gehen sollte oder nicht; dann hörte sie, wie ihre Mutter mit leiser, doch gespenstisch aufsässiger Stimme zu beten begann:

> Der Herr ist mein Hirte; mir wird nichts mangeln.
> Er weidet mich auf einer grünen Aue und führet mich zum frischen Wasser …

Als sie hörte, wie ihr Bruder bei »er erquickt meine Seele« mit einstimmte, wusste sie, dass sie heute Abend nicht mit ihnen zu Hause bleiben würde. Sie konnte einfach nicht.

11
Beerdigungen

Der alte Schluckspecht hat zu seiner Zeit ganz schön hinlangen können. Und zwar nicht nur beim Schlucken, ich hab gelegentlich auch miterlebt, wie er anderen Schnapsnasen, die eine Lippe riskiert hatten, zehn verschiedene Sorten von Scheiße aus den Knochen prügelte. Aye, er war ne Zeit lang richtig gemeingefährlich, als er diesen letzten wütenden Schub von Menopausenaggro kriegte, auf das dann unmittelbar der körperliche und geistige Abbau folgte, den das Alter mit sich bringt. Da hat ihn ein Jüngerer, bei dem er frech geworden ist, übel plattgemacht, und nun scheint so ein kaputtes gelbes Licht in seinen Augen. Wer weiß, es könnte innerer Frieden sein, aber wahrscheinlich ist es eher eine fertige Leber. Sammy heißt er, meine ich.

Jetzt kann er bloß noch dem alten Busby mit irgendwelchem Scheiß die Ohren vollsabbeln; die beiden sind immer zusammen hier, in dieser versifften Tränke auf der Duke Street. Nur dass Busby heute nicht da ist, wahrscheinlich verlegt er gerade ein Rohr bei meiner alten Dame …

Also bloß die eine alte Fotze da; Donkey Jacket, Hände wie Klodeckel, Narben, den Keks weich gesoffen, aber man möchte ihm trotzdem nicht in die Quere kommen, denn das Letzte, was bei einem alten Boxer schlappmacht, ist sein Punch. Schlimmer noch, das Vorletzte wahrscheinlich, kurz vor dem Bimmeln, das sie zu den unmöglichsten Zeiten in ihrer Matschbirne hören!

Ich muss an meinen alten Herrn denken, wie ich ihn mir immer ausgemalt habe: sonnengebräunt, markantes Kinn, volles Haar, mit seiner gut erhaltenen und tadellos zurechtgemachten

Frau in einem Vorort in New South Wales oder Südkalifornien, und begreife, dass ich mich mit an Sicherheit grenzender Wahrscheinlichkeit selbst verarscht habe. Viel eher ist er einer von den abgewrackten Säufern in dieser Kneipe hier. Das ist bestimmt der Grund, warum das alte Mädchen ihn so hasst; vermutlich läuft sie dem Arschloch jeden Tag über den Weg, wenn er gerade die Junction Street runter zum Anfang des Walk torkelt und sie dabei vielleicht noch anschnorrt. Womöglich versucht sie ja bloß, mir eine grausame Enttäuschung zu ersparen, und mein Vater ist ein Mensch, von dem, wenn man das Saufen und die Kippen abzieht, nur noch ein großes Nichts übrig bleibt.

Jetzt heißt es ja, das Rauchen soll in Kneipen verboten werden. Wenn man in dieser Bude das Rauchen verbietet, kannst du den Scheißladen auch gleich hinter dir abfackeln, denn wenn du es nicht machst, macht's garantiert der Besitzer, um die Versicherung zu kassieren. Reinkommen wird hier nämlich dann kein Schwanz mehr. Kippen bestimmen diesen Laden mehr als Whisky oder Bier: von den nikotingelben Wänden bis zu dem tuberkulösen, heiseren Röcheln der Stammgäste. Nicht dass gerade viele davon anwesend wären, bloß zwei zahnlose alte Tattergreise beim Dominospielen in einer Ecke und ich und der alte Boxer an der Theke.

– Asklar?, knurrt er mich an. Ich weiß wieder, Sammy, so heißt er.

Peace, Bruder. – Muss, Meister. Und selber?

Die große weiße Hoffnung a. D. zuckt die Schultern, wie soll's schon gehen, und ich denke mir, »Doch so schlimm?«. Ich lad ihn trotzdem zu nem Bier ein, immer schön nett sein zu alten Säcken. Scheiß auf den Ärger mit der Kreditkarte, ein Mann in Lohn und Brot hat seine Verpflichtungen. Er nimmt das Angebot mit einem Minimum an Würde an. Dann fixiert er mich mit zusammengekniffenen Augen: – Bev Skinner, die Friseuse; du bist der ihr Junge, oder?

– Aye.

– Die Skinners ... aye ... Tennant Street, ja, damals ... Jimmy Skinner ... das war dein Großvater ... mütterlicherseits. Dein Vater war der Koch, stimmt doch, oder?

Ich erzittere innerlich und seh die alte Fotze scharf an. – Was?

Sofort ist der alte Knabe auf der Hut, argwöhnisch, weil er denkt, er könnte was gesagt haben, was er besser nicht gesagt hätte. Ich hab diesen Mist früher schon mal gehört. Ich weiß noch, wie mir meine alte Nachbarin, Mrs Bryson, bevor sie völlig balla balla wurde, mal erzählt hat, mein Dad wär Koch gewesen. Ich hatte das so halb ihrer Demenz zugeschrieben. Ich habe Trina und auch Val danach gefragt, aber das alte Mädchen hatte wohl beide präpariert, denn sie behaupteten, sie wüssten nichts. Aber der hier hat was zu erzählen. – Dein alter Herr. War der nich Koch?, wiederholt er argwöhnisch.

– Ham Sie den denn gekannt?

Eine Erinnerung scheint ihm durch den Kopf zu rattern, und seine Augen rasten synchron ein wie die Symbole auf einer Daddelmaschine. Aber den Jackpot wird er nicht ausspucken, denn unser Sammy wird auf einmal ganz verschlagen. – Vielleicht hab ich da ja an wen andern gedacht.

– Und an wen zum Beispiel?, frage ich drohend.

Die alte Fotze zieht die Brauen hoch, und ich kann sehen, wie der Schläger, den ich längst verschieden glaubte, langsam wieder in die Glotzer darunter Einzug hält. – An wen, den du nich kennst.

Ich kann sehen, wohin das hier führen wird, deswegen trinke ich aus. Ich bin doch nicht blöd und leder mich mit so einem alten Arschgesicht in einem Dreckloch wie dem hier. Ob Sieg, Niederlage oder Unentschieden, am Schluss bleibt nur die Demütigung, dass man überhaupt so blöd gewesen ist, sich darauf einzulassen. – Schön, dann bis die Tage, sag ich zu der alten Fotze und spüre, wie er den Blick nicht einen Moment von meinem Hinterkopf wendet, bis ich draußen am Anfang vom Leith Walk im Regen steh.

Ich mache in diversen Kneipen halt und kipp mir auf die Schnelle sechs Pints und drei doppelte JDs hinter die Binde. Der Spritkick trifft mich wie ein Dampfhammer. Als ich zurück in die Wohnung komme, ist Kay da und heult mal wieder. Sie erzählt irgendwas von Tanzen, ihrer Karriere, ihren Zielen, ich hätte dafür kein Verständnis, sie wären mir scheißegal, und will gehen. Alles ist wie in Watte gepackt, wie ein Autounfall, und ich will etwas sagen, doch sie sieht durch mich hindurch, und ich sehe durch einen Alkoholnebel. Wir sind uns kein bisschen nahe, auch wenn wir im Doppelpack durch unsere auseinanderfallenden Leben stolpern.

She came to dance ...

Ihre Gegenwart habe ich nicht spüren können, aber ihre Abwesenheit spüre ich nur zu deutlich. Ich kann nicht alleine hierbleiben, deswegen zisch ich wieder los, vorbei an der Pinte auf der Duke Street, wo ich kurz reinlinse und den großen Brocken sehe, der jetzt in einer nicht existenten Brise schwankt, und den kleinen Busby, der in verbitterter Unzufriedenheit an der Theke hockt.

Am liebsten würd ich da wieder rein und ...

Jetzt geh schon die verfickte Straße rauf ...

Ich weiß gar nicht mehr, wie ich zur Wohnung meiner Ma gekommen bin, sie mir die Tür aufgemacht hat und ich reingegangen bin, ich hör mich nur zu ihr sagen: – Soso, er war also Koch ... mein Dad war ein verfickter Küchenchef ... ein Koch ...

Wir schreien uns an, und ich weiß noch, wie ich immer wieder brülle: – Koch, Koch, Koch ...

Dann sehe ich etwas in ihren Augen, keine Wut, sondern etwas Bissiges und Höhnisches. Ich verstumme, und sie sagt: – Aye, mein Sohn, und wie oft hat er für dich gekocht?

Ich stürme raus und nehm mir vor, nie wieder mit dieser sturköpfigen miesen alten Nutte zu reden, bevor sie mir nicht die verdammte Wahrheit erzählt ...

Als ich dann wieder bei meiner Wohnung bin, die Treppen hoch und in meine Wohnung gehe, sehe ich ihn auf dem Kaminsims und bleibe stocksteif stehen vor Schreck.

Es ist der Ring. Der Ring, den ich Kay geschenkt habe.

Ich bin noch nicht bereit dafür. Ist man dafür je bereit?

Mein Vater, mein armer alter Vater. Er hat nie irgendwem ein Haar gekrümmt, er war so ein grundanständiger Mann. Warum musste es so enden? Warum? Aber jetzt ist es Mums Trauer in ihrer schieren Wucht und Heftigkeit; sie ist ebenso entsetzlich wie der Tod meines Vaters. Ich war auf nichts von beidem vorbereitet, es ist einfach geschehen, und ich habe es nicht verkraftet. Ich weiß nicht, was tun, und Caz will nicht einmal darüber reden, sie sagt kein Wort.

Es nieselt leise, als wir die Kapelle betreten. Ich schaue mich um und stelle fest, dass kaum jemand gekommen ist. Mein Dad war ein Familienmensch, und seine Familie war sehr klein. Er hatte keine älteren Verwandten mehr, daher sind außer uns und ein paar Leuten aus der Kirchengemeinde nur einige Nachbarn und ehemalige Arbeitskollegen von der Bahn da.

Es ist so traurig und macht mich wütend, dass ein so guter Mensch einfach wegstirbt und von so wenigen betrauert wird, während zur Beerdigung von einem Wichtigtuer aus dem Fernsehen wie diesem De Fretais sicher Tausende kämen, um zu weinen und sich gegenseitig zu erzählen, wie toll er angeblich war. Aber es wären Krokodilstränen und nicht dieselbe tiefe Trauer wie bei uns: entsetzliche, stumme Verzweiflung und Lähmung, die Menschen zerreißen kann.

Dads alte Freunde von der Bahn sagen alle das Gleiche über ihn. Er war ein anständiger, besonnener Mann, der zwar herzlich und freundlich war, aber doch weitgehend für sich blieb. Die Männer, die in dem Stellwerk an dem alten Eisenbahnknotenpunkt in Thornton, Fife, gearbeitet haben, erzählen mir von einer Seite meines Vater, die mysteriös für mich ist: ein Mann, der seine freien Stunden mit Lesen und Schreiben verbrachte und ganze Notizbücher vollkritzelte. Das schien, neben seiner Familie, seine große Leidenschaft gewesen zu sein. Als er Lokführer wurde, schien Dad tatsächlich seine Berufung gefunden zu haben. Allein vorne im Lokführerstand auf der Westhighland-Strecke.

Ein ranghöherer Bahnbeamter, ein Mr Garriock, tritt zu uns und sagt zu mir und Mum: – Männer wie Keith gibt es heute nicht mehr. Sie können alle sehr stolz sein, und wirkt dabei aufrichtig bewegt.

Der Gottesdienst ist wunderbar. Ich hatte mir geschworen, ich würde nicht weinen, doch ich kann nicht anders, als Mr Godfrey, der Pfarrer, von meinem Dad spricht, wie gut er ihn über die Gemeindeaktivitäten kannte, was für ein anständiger Mensch er war und was er für die Alten in der Gemeinde getan hat.

Ich warte vor der Kirche, um mich von den Trauergästen zu verabschieden. Ian gibt mir die Hand, bleibt jedoch nicht und kommt auch später nicht mit zu dem kleinen Empfang. Er sieht mich ziemlich merkwürdig an, doch ich vermute, das löst die

Trauer bei fremden Menschen aus, sie wissen nicht, wie sie sich verhalten sollen. Von dem schneidenden, peitschenden Wind ist mein Kopf ganz taub, wie bei Eiscreme-Zahnschmerzen, und ich bin froh, als ich ins Auto komme und zur Feier in das Hotel in der Ferry Road fahren kann.

Die Beerdigungsfeier ist nicht besonders gut besucht, und Mums Einschätzung des Bedarfs an Whisky, Sherry, Würstchen im Schlafrock, Ei-und-Kresse-Sandwiches, Tee und Kuchen scheint eine Idee zu optimistisch gewesen zu sein. Aber Mum meint, was über bleibt, könnte sie immer noch runter zum Altenclub der Kirche bringen. Einer von den Nachbarn, Phil Stewart, erhebt ein Glas Whisky: – Auf abwesende Freunde, sagt er.

Ein paar der Eisenbahner prosten eifrig mit, während Mum knapp lächelt, ihren Tee abstellt und ein Glas Whisky erhebt, das sie nicht zu leeren gedenkt. Dad hätte das verstanden, schließlich war er Abstinenzler.

Ich erhebe mein Glas Orangensaft. Die Eisenbahner hätten sich vielleicht mokiert, hätte ich das bei einer anderen Gelegenheit getan, doch so denken sie wahrscheinlich nur, wie der Vater so der Sohn. Es ist mir unsagbar peinlich, als ich sehe, wie Caroline ein Glas Whisky nimmt und runterkippt, um sich dann direkt einen neuen zu schnappen.

Was zum Teufel fällt ihr ...

Mein Magen ist ohnehin bereits in Aufruhr, und dadurch wird es nur noch schlimmer. Ich eile auf die Toiletten, gehe in eine der Kabinen und sitze dann da mit Verstopfung und Krämpfen. Es ist eine Quälerei, überhaupt Verdauung zu haben. Ken Radden von den Hyp Hykers betont immer, wie wichtig regelmäßiger Stuhlgang für die Gesundheit ist.

Ich muss an die beiden Küken denken, die ich gestern Abend bei *Harvest Moon* ausgebrütet habe. Es ist toll, ein Videospiel zu haben, bei dem man Dinge erschaffen kann und nicht bloß die ganze Zeit abschießt und zerstört. Die Leute von Rockstar North hier und oben in Dundee, die so Sachen wie *Grand Theft Auto* entwickeln, haben so viel Talent, machen aber nur solche destruktiven Spiele. Und *Game Informer* hat dem auch noch eine 10 gegeben. Warum müssen sie ihre Begabung so verschwenden? Wie kommen die damit klar? Wenn ich so etwas könnte, würde ich Spiele wie *Harvest Moon* entwerfen. Aber das haben nur die Japaner so gut drauf; die sind anders als wir hier. Es wäre toll, mal nach Japan zu reisen. Einige der Mädchen dort sehen wirklich super aus, und es heißt, sie sollen nett sein und anständig sein und gäben gute Ehefrauen ab. Und sie sollen westliche Männer mögen.

Das ist mein großes Problem: eine Frau zu finden! Ich habe Celia mittlerweile von meiner Liste gestrichen, doch damit bleiben noch Ann, Muffy, Karen und Elli zur Auswahl.

Muffy …

Ich höre, wie zwei Männer in den Waschraum kommen und anfangen, sich am Pissoir zu erleichtern. Ihr Strahl trommelt auf dem Edelstahl.

– Ein Scheißspiel, das Leben, alter Junge.

– Aye, n Jammer, die Familie so aufgelöst zu sehen.

– Die kleine Blondine, das ist Keith sein Mädchen.

– Aye, n echter Brummer.

– Die kann ganz schön was wegstecken.

– Bei der würd ich auch gerne einen wegstecken!

– He, du, benimm dich. Vergiss nich, wo wir hier sind!

– Ich mein ja bloß …

– Ich kenn dich doch; guck dir wen in deiner eigenen Größenordnung aus, Romeo!

Das widerwärtige Gegacker dieser abstoßenden Kerle macht mir eine Gänsehaut. In angeekeltem, ohnmächtigem Zorn sitze ich auf der kalten Toilette. Diese Kerle können niemals Freunde meines Vaters gewesen sein! Aber es gibt ja so viele von denen, von solchen Männern, die sind überall. Asozialer Abschaum wie McGrillen auf der Schule. Verkommene Schweine wie Danny Skinner, und einer wie der hat so ein traumhaftes Mädchen. Und Shannon findet ihn auch toll, das sieht man. Irgendwer hat sogar erzählt, die beiden hätten auf einer Weihnachtsfeier rumgeknutscht, aber das ist bloß Gerede! Wie können sie nur … wie können Mädchen nur so dumm sein? Wenn die mich nur richtig kennen würden, würden sie mit mir zusammensein wollen … da bin ich ganz sicher …

12
Archangel Tavern

Ein zitternder Danny Skinner starrte auf das Pint Lager vor sich. Es konnte seinem Schmerz, seiner Qual ein Ende machen, doch nein, er würde standhaft bleiben, das schuldete er Kay. Er würde beweisen, dass er widerstehen konnte, indem er jetzt einfach aufstand und die Kneipe verließ. *Sofort.*

Und so stand Skinner auf und marschierte entschlossen aus der Bar. In der Junction Street fuhren Autos und Busse hupend und lärmend vorbei, während Prozac-sedierte Mütter ihm mit den Kinderwagen, die sie roboterhaft vor sich herschoben, die Achillessehnen zu durchtrennen drohten. Er konnte spüren, wie sich die Blicke der Ganoven vor den Wettbüros, Kneipen und Bushaltestellen in ihn bohrten. Alte Frauen – Hexen auf dem Weg zu ihrem Bingospiel –, deren missbilligende Blicke ihn mit einem Fluch zu belegen schienen, wenn sie an ihm vorbeigingen.

Verfickte Penner … da steh ich gar nich drauf … nicht die Spur …

Panik durchfuhr ihn wie ein Blitz. Er blieb abrupt stehen. Das Bier stand bestimmt noch an seinem Platz.

Das Pint goldenen Nektars. In dem Pub, der Sitz noch warm und mit dem Abdruck meiner Arschbacken.

Die Welt sah schon deutlich besser aus, als er das zweite Mal aus der Kneipe kam. Die scharfen Kanten waren verschwunden. Leith war nicht länger von sadistischen, brutalen Psychopathen bevölkert, die es auf ihn abgesehen hatten. Sie waren fort und durch eine fröhliche Gesellschaft bodenständiger Sympathen ersetzt worden.

Jetzt bin ich in der richtigen Verfassung, Kay zu treffen. Ihr zu erklären, was schiefgelaufen ist. Vielleicht sogar, um sie zu verführen. Schön, dass sie herkommt und wir über alles reden können. Aye, ich werd's wiedergutmachen. Ein Glas Rotwein, sie liebt Rotwein. Red, red wine ...

Skinner sprang bei Thresher's rein und kaufte im Gedenken an Bob Foy den teuersten Pinot Noir, den sie dahatten.

Er musste immer noch etwas Zeit totschlagen, bevor Kay kam. Er sah sich eine weitere der unerträglich langweiligen Partien der schottischen Erstliga an, eine einseitige Angelegenheit, hier die Millionäre aus der von Carling-Bier gesponserten Abteilung, die Ranzen gut gefüllt durch jahrelanges Profitieren am religiösen Sektierertum, dort die verarmten Schnürsenkelverkäufer der Gegenmannschaft.

Das Etikett auf der Weinflasche sieht interessant aus. Körperreich. Aromatisch. Voll. Fruchtig. Sieht nach recht gutem Stoff aus, auch wenn ich eigentlich kein Rotweintrinker bin. Ein Gläschen davon kann nicht schaden, nur mal probieren, mal den Geschmack auf der Zunge spüren. Wenn sie dann kommt, empfange ich sie mit einem strahlenden Danny-Skinner-Lächeln und einem weltmännischen: – Ah, die reizende Miss Ballantyne, meine bezaubernde Verlobte. Wie wäre es mit einem Gläschen Wein, mein Herz?

Dann wird Kay mir diesen Blick zuwerfen, der ausdrückt, »Du unverbesserlicher, liebenswerter Halunke, wie könnte ich da Nein sagen?« Aye, und vielleicht gibt sie dann sogar zu, dass sie doch eine kleine Spielverderberin war, ein kleiner Miesepeter. Schließlich ist man nur einmal jung.

Aber als Kay dann die Wohnung betrat, brachte sie eine Reserviertheit und Entschlossenheit mit, die er an ihr noch nie erlebt hatte. Es versetzte ihm tief in seinem Inneren einen Dolchstich, und ihm war klar, dass es vorbei war, noch bevor sie den Mund aufgemacht hatte. Wie aufs Stichwort sagte sie dann auch mit kompromissloser Endgültigkeit: – Es ist vorbei, Danny.

Skinner war am Boden zerstört. Er wünschte, er wäre es nicht, doch so war es. Er spürte, wie in ihm etwas Grundlegendes, etwas Essenzielles erstarb; er spürte tatsächlich, wie es seinem Körper entwich. Es war diese vitale, profunde Energie, ein wesentlicher Bestandteil seines Wesens. Betroffen fragte er sich, ob er sie je zurückgewinnen würde oder ob das Leben nun mal einfach so war: eine beständige Erosion, begleitet von gelegentlichen größeren Einbrüchen. Er war noch viel zu jung, um so etwas zu empfinden. Sein gequälter Aufschrei war so echt, tief und verstörend, dass er ihn und Kay gleichermaßen erschreckte.

Kay brauchte jedes Jota ihrer neu gefundenen Stärke und Entschlossenheit, um nicht zu ihm zu gehen und ihn in den Arm zu nehmen, wie Menschen es nun einmal machen, wenn sie einen geliebten Menschen leiden sehen.

Skinner hatte immer geglaubt, dass er in einer Situation wie dieser niemals betteln würde. Da hatte er sich geirrt, denn ihm entglitt gerade alles. Sein Leben rann ihm durch die Finger, ließ ihn einfach stehen. Das würde er nicht überleben. – Bitte, Herzchen … bitte, Kay. Wir können das doch in Ordnung bringen.

– Was gibt es da in Ordnung zu bringen?, fragte Kay, das Gesicht immer noch ausdruckslos, die Nerven nach all den Enttäuschungen, die er ihr immer wieder bereitet hatte, kauterisiert. – Du bist Alkoholiker. Und weißt du was? Du bist auch noch stolz darauf. In deinem Leben ist nur Platz für diese eine Liebe, Danny, ich bedeute dir gar nichts. Ich bin bloß ein hübsches Mädchen, das sich gut an deiner Seite macht. Sie biss sich nervös auf die Oberlippe. – Du interessierst dich nicht für mich oder meine Karriere oder meine Bedürfnisse. Und ich interessiere mich nicht für ewige Saufereien, Danny. Das ist nicht das, was ich möchte. Ich glaube, du schläfst nicht mal mehr gerne mit mir, denn das Einzige, woran dir liegt, ist Alkohol. Du bist Alkoholiker.

Was für ein Schock, das aus ihrem Munde zu hören. War er tatsächlich Alkoholiker? Wann ist man das? Wenn man ständig trinkt? Wenn man kein Glas stehen lassen kann? Wenn man heimlich trinkt? Wenn man sich schon auf das nächste Glas freut, bevor man das vor sich stehende geleert hat? – Aber … ich … ich brauche dich, Kay …, stammelte er, aber er konnte nicht sagen, wofür. Er konnte nicht sagen: »Ich brauche deine Hilfe, um diese Krankheit zu besiegen«, weil er fand, dass er zwar im Moment viel zu viel trank, aber das hieße ja nicht, dass er zeitlebens viel zu viel trinken würde. Er fühlte sich nicht krank, er fühlte sich nur leer und unvollständig.

– Du brauchst mich nicht. Ich glaube, du brauchst gar nichts, außer dem da. Sie wies mit einem Nicken auf das Glas und die leere Flasche Wein.

Skinner hatte gar nicht mitbekommen, dass er die Flasche geleert hatte. Er wollte doch nur ein kleines Gläschen von diesem körperreichen, vollmundigen Rotwein …

… war er körperreich gewesen? Vollmundig?

Krankhaft.

Wie konnte ich es so weit kommen lassen?

Kay ließ ihn in der Wohnung allein. Er hatte nicht mehr die Kraft, sie am Gehen zu hindern. Er hörte nicht einmal, wie die Wohnungstür hinter ihr ins Schloss fiel; es schien, als sei sie für ihn längst zu einem Phantom geworden.

Vielleicht ändert sie noch ihre Meinung und kommt zurück. Vielleicht auch nicht.

Skinner unterdrückte die Tränen. Selbstmitleid überwältigte ihn; er fühlte sich klein, wie ein Kind, das herumgestoßen wird. Plötzlich wollte er zu Mama; nicht zu der Beverly von heute, sondern zu einer jüngeren, abstrakten Idealfigur, der er sich unterwerfen konnte und die ihn trösten würde. Aber auch die war aus seinem Leben verschwunden, es sei denn, er würde sich ihren Bedingungen fügen und den pflichtbewussten Sohn spielen.

Diese störrische alte Kuh würde nie nachgeben …

Aber er brauchte sie.

Außerdem brauchte er etwas zu trinken, doch er konnte in diesem Zustand nicht aus dem Haus. Er kannte diese Säufergeschichten zur Genüge, diese Litaneien über Verrat und Ungerechtigkeiten, die ihnen von Mutter, vom Vater, vom Freund oder der Partnerin zugefügt worden sind. Im Grunde war es immer das Gleiche: eine verbitterte Ode über den Verlust einer großen Liebe, Freundschaft oder Geldsumme. Und dann folgten die verschiedenen Pläne, die illusorischen Ideen für eine grandiose Zukunft, die man schon bald in die Tat umsetzen würde, aber erst nach dem nächsten Glas natürlich.

Und der frohe Tag, er geht mit Gesang …

Nach einer Weile gleicht der Säufer dann einem riesigen Whiskyglas, das immerzu schwadronierte, die immer gleichen, erbärmlichen Geschichten erzählte, immer und immer wieder.

Alkohol kennt nur diese eine Tonart. Egal, wer von ihm besessen ist, er kann ihm lediglich seine eigene individuelle Stimmlage hinzufügen, bis auch die schließlich von diesem universellen Trinkergeknurre vereinnahmt wird. Und dieses Whiskyglas muss für nichts Verantwortung tragen, es muss nur dasitzen und darauf warten, wieder aufgefüllt zu werden.

Ich werde einer von denen. Ich bin schon einer von denen. Ich muss irgendwas unternehmen. Ich muss was tun …

Ich weiß noch, wie es am Anfang war mit Kay – so unglaublich sinnlich. Ich saugte ihren Duft ein, ich küsste ihre Augen, ihre Ohren, ich küsste sie am ganzen Körper, ich ging völlig darin auf, mit ihr zusammen zu sein …

Und bei anderen Gelegenheiten stieß ich sie einfach beiseite und rollte mich knurrend von ihr weg, dreckig, schwerfällig und mit dickem Kopf vom Trinken, und wollte nichts anderes, als den Rausch wegschlafen, und doch reichte der Schlaf nie dazu aus.

Was bin ich? Ein Geselligkeitstrinker? Aye, aber mehr als das. Ein Exzesstrinker? Auf jeden Fall, wenn ich nicht gerade in Gesellschaft trinke oder ans Trinken denke. Ein Scheißalkoholiker. Aye, genau das bin ich.

Ich bin ein Alki. Ich bin kaum noch mal nüchtern, dieser Zustand ist zwischen betrunken und verkatert irgendwo auf der Strecke geblieben. Verkatert sein heißt nicht, nüchtern zu sein. Verkatert sein ist die Hölle.

Selbstquälerisch zog Skinner die Bilanz seines Lebens und fand zu einigen grundlegenden Fragen, die schon seit einiger Zeit so an ihm fraßen, dass er beinahe aktiv geworden wäre. Erstens: Er hatte nie erfahren, wer sein Vater war. Seine Mutter weigerte sich, mit ihm darüber zu reden. Das Einzige, was er besaß, war der dürftige, aber mehrfach gekommene Hinweis, nun auch noch durch eine seltsame Intuition genährt, dass sein Vater Koch gewesen sein könnte.

Konnte man vermissen, was man nie gehabt hatte?

Ja. Konnte man. Ich hab die andern doch mit ihren Dads beim Fußball gesehen. Mit ihren großen, stolzen Vätern. Angespannt, ernsthaft, Ross Kinghorn mit seinem kleinen Dessie, »Wie viele machst du heute rein, mein Junge? Wie viele?« Bobby Traynor mit seinem Gary mit den vielen Zahnlücken; wie sein Sohn immer ein

Scherzbold. Mein altes Mädchen hat sich ja redlich Mühe gegeben, hat kettenrauchend am Spielfeldrand gestanden und so getan, als würde das Spiel sie interessieren. Aber irgendwas hatte gefehlt. Selbst Big Rab hatte gewusst, wo sein Vater steckt, auch wenn es meistens der Knast in Saughton war.

Weil ihm sein Vater fehlte, folgerte Skinner, fehlten ihm einige grundsätzliche Informationen über sein Leben. Woher stammte er? Was war sein genetisches und kulturelles Erbe? Hatte ihm ein grausames Schicksal den Alkoholismus in die DNA geschrieben? Ist er nur deprimiert, weil ihm die Vater-Sohn-Beziehung fehlt? Und wird alles gut, wenn er erst mal seinen Vater findet?

Wenn ich meinen Vater, wenn ich den verdammten Koch finde, dann kann ich ja sehen, ob er ein Säufer ist, ob ich das von ihm geerbt hab.

Scheiß auf meine Mutter, ich find ihn auch alleine! Der werd ich's zeigen ... Ich werd's ihnen allen zeigen!

Die alte Schachtel hat ne Zeit lang gekellnert, Jahre her, hat sie mir erzählt. Wo zum Henker war das noch?

Es kam Skinner ganz allmählich, wie eine große Welle, die aus seinem Inneren hochzusteigen schien. Er starrte auf den glänzenden Schutzumschlag des Buchs auf seinem Couchtisch: *Die Bettgeschichten der Meisterköche* von Alan De Fretais. Er nahm es auf und las mit rasendem Herzen einen Absatz.

Gregory William Tomlin ist nicht nur einer meiner Lieblingsköche, die Aufrichtigkeit zwingt mich auch zu gestehen, dass er ein enger Freund von mir ist. Ich begegnete Greg erstmals 1978 in – ausgerechnet – der berüchtigten Archangel Tavern in Edinburgh. Wie, werden Sie fragen, landet ein amerikanischer Spitzenkoch und einer der Begründer der kulinarischen Erneuerung Kaliforniens gerade in einem solchen Schuppen?

Die Archangel Tavern ist auch heute noch eine angesehene Adresse für flüssige wie feste Nahrung in Edinburgh. Damals unterstand die Küche dem legendären Bonvivant Sandy Cunningham-Blyth. Der alte Sandy mochte leidenschaftliche junge Köche. Er stellte nicht nur meine Wenigkeit ein, auch einen jungen amerikanischen Rucksacktouristen, der auf »Europatournee« war und während der Blütezeit des Punkrocks auf dem Wege nach Frankreich in Edinburgh mit leeren Taschen hängengeblieben war.

Greg und ich teilten eine ähnliche Weltanschauung und schließlich auch Kassetten, Getränke, Geliebte und hin und wieder sogar Rezepte miteinander!

Skinner spürte, wie ihm mit jedem Herzschlag der Schweiß aus den Poren trat, als er das Buch zurück auf den Couchtisch legte.

Greg Tomlin. Sandy Cunningham-Blyth. Alan Fotzengesicht De Fretais.

Die Archangel Tavern.

Dougie Winchester saß mit einer gequälten Miene an seinem Computer, die schnell zu Ausdruckslosigkeit wechselte, als Skinner den Kopf zur Tür hereinsteckte. Hin und wieder war sein Büro abgeschlossen, und wenn man ihn darauf ansprach, murmelte Winchester mit rotem Gesicht, dass er nur so die erforderliche Ruhe fände, um sich auf das wichtige Projekt konzentrieren zu können, das er in Arbeit habe.

Winchester trug den Rang eines Projektleiters für Sonderaufgaben (Umwelthygiene), obgleich im Amt derzeit keinerlei Sonderaufgaben anstanden. Nach altbekannter Behördenmanier erfand man einfach welche, weil es zu teuer gewesen wäre, ihn zu entlassen. Es war ihm auf seiner vorherigen Stelle gelungen, einen Fünfjahresvertrag herauszuschinden, und er hatte nun nur noch achtzehn Monate vor sich, ehe der auslief. Winchester war durch alle Abteilungen weitergereicht worden, ein Mann, der aus dem Tritt gekommen war und keinerlei Interesse an seiner Arbeit hatte, falls man es so nennen konnte.

Dougie Winchester und Danny Skinner waren ein seltsames Gespann, der eine eigentlich gerade am Beginn seiner beruflichen Laufbahn, der andere, obwohl erst Mitte vierzig, würde höchstwahrscheinlich nach dem Ausscheiden aus der Stadtverwaltung nie wieder Arbeit finden. Sie waren, wie Winchester es einmal formuliert hatte, »Brüder in geistigen Getränken«. Skinner überlegte, dass es irgendwann eine Zeit gegeben haben musste, in der Winchester diese Formulierung noch ironisch eingesetzt hatte und nicht rein deskriptiv.

Winchester verfügte auch noch über andere Qualitäten als die eines Trinkkumpans, und Skinner wollte nun auf seine Kenntnisse der Lokalgeschichte zurückgreifen. Der Ältere war überrascht, als Skinner ein Mittagsbierchen im Archangel vorschlug. Auch wenn es keins ihrer Stammlokale war, es war eine renommierte Adresse in Edinburgh, und Winchester war früher häufig dort gewesen.

Das Archangel lag an der Waverley Station, an einem der Seiteneingänge, und war daher bei Pendlern beliebter als bei Touristen. Eigentlich waren es eher zwei Räumlichkeiten als eine. Die große Kneipe, McTaggart's, war ein spartanischer Pub, in dem es vor allem am Wochenende recht stimmungsvoll und lebhaft zugehen konnte. Daneben, verbunden durch einen Durchgang, in dem auch die Toiletten für beide Lokale lagen, war das eigentliche Archangel. Es verfügte über eine kleinere Bar, die gerne von der Kunstszene frequentiert wurde, und ein Restaurant im ersten Stock, das schon immer für sein gutes Essen bekannt war. Skinner hatte noch nie dort gegessen, aber schon einmal eine Inspektion der untadelig geführten Küche vorgenommen.

Es war der kleinere Schankraum, in den Danny Skinner wollte, zur nicht geringen Bestürzung Winchesters. – Da geh ich nich rein, sagte er kopfschüttelnd, – da gehen doch lauter Schwulibulis hin. Früher wenigstens.

– Aber jetzt bestimmt nicht, doch nicht zur Mittagszeit, sagte Skinner. – Gucken wir mal rein, und wenn's scheiße ist, können wir immer noch nach nebenan.

Winchester war gar nicht so pingelig, wie er tat. Sein einziges Interesse galt dem Trinkquantum, denn er trank mittags gerne seine vier Pints. Das erste kippte er mit zwei, drei großen Schlucken runter, das zweite und dritte wurde in Ruhe getrunken und genossen, mit dem vierten wurde gewöhnlich so verfahren wie mit dem ersten. Nachmittags war die Bürotür des Projektleiters für Sonderaufgaben (Umwelthygiene) in der Regel abgeschlossen.

Die einzigen Gäste in der kleinen Kneipe waren ein Grüppchen von Hausfrauen aus Fife mit ihren Einkaufstaschen und ein paar junge Rucksacktouristen, dennoch wirkte sie bereits gut gefüllt. Der pummelige Barmann hatte ein Retro-Fußballtrikot von St. Johnstone an, auf dem für The Famous Grouse Whisky geworben wurde. Sein blondes Haar trug er nach hinten gegelt; der Typ Mann, dachte Skinner, der einen echten Schlag bei den Frauen gehabt hätte, in den Tagen vor der Verfettungsepidemie. Er bestellte zwei Pints und registrierte, wie Winchester seinem ersten das übliche Verfahren angedeihen ließ. – War das früher einer deiner Stammläden?, fragte er seinen schwer schluckenden Kollegen.

– Aye, sagte Winchester, – alle kamen früher her. Jede Nutte und jedes Kneipenoriginal kamen her. War eine tolle Atmosphäre.

– War das in der Punkära?

Winchester schüttelte energisch den Kopf, das Gesicht missbilligend verzogen. – Ich hab diese Scheiße gehasst. Hat alles musikalische Können zunichte gemacht. Led Zeppelin, die Doors, das waren noch die Richtigen, schwärmte er. – Der Lizard King!

In Winchesters Begeisterung erhaschte Skinner einen flüchtigen Blick auf eine ihm bislang verborgene Seite an seinem Begleiter. Beunruhigt sah er für einen Moment eine jüngere, lebhaftere Seele aufblitzen, aus der Zeit bevor die reduktiven Kräfte Alter und Alkohol ihr Werk getan hatten. – Erinnerst du dich noch an eine Band aus Edinburgh, die The Old Boys hieß?, fragte er Winchester. – Meine Ma stand auf die. Ich glaube, sie hing irgendwie mit denen zusammen.

– Nee ... Winchester schüttelte den Kopf. – Diese ganze Scheiße hat mich nich interessiert. Punk war doch nur Krach, wiederholte er.

Skinners Interesse an seinem Kollegen schwand, und er wandte sich an den Barkeeper. – Ich hab gehört, das Essen soll hier spitze sein.

– Schon immer so gewesen, stimmte der andere zu.

– Aye, nickte Skinner und rückte an die Theke, sich für das Thema erwärmend, – ich les da gerade das Buch von diesem De Fretais, kennen Sie den, den Fernsehkoch?

– Aye, der hat ja ein ganz fragiles Ego, bemerkte der Barkeeper sarkastisch.

Skinner nickte und grinste. – Ja, ein Meister der Bescheidenheit, was? Er hat da dieses Buch über Essen und Sex geschrieben, *Die*

Bettgeschichten der Meisterköche. Da kann man lernen, wie man Perlen bekochen muss, um sie ins Bett zu kriegen.

– Die Drinks, um sie rumzukriegen, sind schon teuer genug, lachte der Barkeeper, – da werd ich doch nicht auch noch für die kochen.

Skinner gluckste zustimmend. – Ich hatte gar nicht gewusst, dass er hier angefangen hat. Er erwähnt da so einen Koch hier von früher, der muss ihm wohl alles beigebracht haben. Hatte noch nie von dem alten Knaben gehört, muss aber eine ziemliche Nummer gewesen sein.

Der Barkeeper verdrehte die Augen, als er sah, dass Winchester sein Glas geleert hatte, und auch Skinner machte mit seinem kurzen Prozess. Er machte die »Noch-eins?«-Geste, auf die Winchester Zustimmung signalisierte, und wandte sich dann wieder Skinner zu. – Sandy Cunningham-Blyth. Der alte Sack bringt mich noch ins Grab, klagte er.

Skinner traute seinen Ohren nicht. – Der arbeitet immer noch hier?

– Schön wär's, dann wär er wenigstens in der Küche. Viel schlimmer: Der kommt zum Trinken her. Der Barkeeper schüttelte den Kopf. – Wenn's nach mir ginge, hätte ich der versoffenen alten Nervensäge schon vor Jahren Hausverbot gegeben, aber für die Geschäftsführung hier gilt er als unantastbar. »Eine Institution im Archangel« nennt ihn der Chef. Der gehört in die Klapse, wenn Sie mich fragen, sagte der Barkeeper, ein Lamento, das er, wie Skinner spürte, schon bei anderen Gelegenheiten angestimmt hatte.

– Der alte Sandy-Boy ist also immer noch Stammgast?

– Der wird heute Abend wieder da sein, so viel ist sicher, es sei denn, die alte Fotze wär unter nen Bus gekommen oder so was. Aber die Hoffnung stirbt zuletzt, meinte der Barkeeper trocken, als eine der Hausfrauen aus Fife rüberkam und eine Runde Gins bestellte.

– Wie sieht er aus?

– Das Gesicht sieht aus, als wär's explodiert und von einer blinden Näherin auf Acid wieder zusammengeflickt worden. Aber keine Sorge, Sie werden ihn schon hören, bevor Sie ihn sehen, warnte der Barkeeper ernst.

Nachdem sie sich ihre vier Pints reingestellt hatten, schlenderten sie zurück ins Büro und wahrten dabei ihr übliches Ritual. Winchester hielt immer am Zeitungskiosk und ließ Skinner allein weitergehen, während er sich die *Evening News* kaufte. Ein paar Minuten später kam er dann nach. Auf diese Weise, hofften sie, würden man sie nicht für Trinkkumpane halten.

Der meiste Tratsch im Amt drehte sich derzeit aber nicht ums Trinken, sondern um die schweren Verluste, die Kibby und Skinner hatten hinnehmen müssen. Wobei es den Menschen deutlich leichter fiel, Mitgefühl mit dem Ersten zu empfinden, was Skinner durchaus nicht entging.

Nachdem Kay abgehauen war, hatte Skinner nicht lange gebraucht, um eine lockere Affäre mit Shannon McDowall anzufangen. Shannon hatte ebenfalls einen Rückschlag in Liebesdingen hinnehmen müssen: Sie hatte ihren Freund Kevin dabei erwischt, wie er mit ihrer besten Freundin bumste. Die neue Beziehung der beiden Kollegen bestand darin, nach der Arbeit einen trinken zu gehen und für den Rest der Nacht wild herumzuknutschen. Obwohl an diesem Punkt immer Schluss war, bekam der eine oder andere es doch mit, sodass es Anlass zu einigem anzüglichen Tratsch auf der Arbeit gab.

An diesem Nachmittag hatte Skinner nach seinen vier Pints mit Winchester entsprechend Nachdurst, und so fanden er und Shannon sich nach der Arbeit zu einem frühen Feierabendbier in der Waterloo Bar wieder. – Tragisch, das mit Brians Vater. Shannon schüttelte den Kopf. – Es macht ihm schlimm zu schaffen.

Skinner blaffte unbeabsichtigt grob. – Wenigstens kannte der Heini seinen Vater. Seine Gehässigkeit ließ sie leicht zurückfahren. Er bemerkte seine Grobheit gegenüber seiner chère amie und zuckte entschuldigend die Achseln. – Tut mir Leid … es ist bloß wegen *meinem* Dad, das könnte jeder hier in der Kneipe sein. Er sah sich die plaudernden Grüppchen von Gästen an, alle in ausgelassener Feierabendlaune. – Meine Mum spricht nie über ihn, sie will mir auch nicht das Geringste über den Sack verraten. Kibby, das kleine Arschloch, rennt rum, als wär er der einzige Mensch auf der Welt, der je hat leiden müssen, und alle machen: »Ooch … armer kleiner Brai-an …«

Er merkte, dass Shannon abzuschätzen versuchte, wie weit

seine Feindseligkeit gegenüber Kibby ging. Er offenbarte damit keine unbedingt einnehmende Charakterseite, doch Shannon empfand noch etwas, das stärker war: Mitgefühl. – Du weißt ja, dass ich meine Mum verloren hab, als ich noch klein war, erklärte sie ihm.

Skinner dachte an seine eigene Mutter und wie es wäre, wenn ihr irgendwas passieren würde. – Ich kann mir gar nicht ausmalen, wie schlimm das wäre. Er schüttelte den Kopf und musste dann an Kibby denken. Was machte der arme kleine Wichser wohl gerade durch?, überlegte er.

– Kurz gesagt, es fühlte sich absolut scheiße an, sagte Shannon gelassen. – Dad kam nicht damit zurecht. Ist zusammengeklappt. Sie nahm einen tiefen Zug von ihrer B&H. Als Skinner die Zigarette aufglühen sah, wollte er auch eine, doch er unterdrückte das Verlangen. – Ich musste mich um meinen jüngeren Bruder und meine Schwester kümmern. Die Uni war also abgehakt, ich brauchte einen Job. Unser Laden zahlt einigermaßen gut, und sie geben einem einen Tag frei, um das Public Health Management Certificate zu machen. Beschissene Küchen zu inspizieren ist vielleicht nicht das, wovon ich geträumt habe, aber ich denke, es ist eine wichtige Aufgabe, also hab ich das Beste draus gemacht. Gerade deswegen habe ich ja so viel Mitgefühl mit Brian, ich weiß, was es bedeutet, so einen Menschen zu verlieren.

– Entschuldige ... mir tut Brian ja auch Leid, sagte Skinner und verspürte seltsamerweise den Wunsch, Kibby wäre bei ihnen, den Wunsch, Kibby zu trösten, ihn *in den Arm zu nehmen*, und dieser Impuls schockierte ihn. – Ich hab das mit Kay bloß noch nicht überwunden, sagte er rasch und stockte dann plötzlich, als er begriff, dass er eben versehentlich, gerade durch das, was er nicht gesagt hatte, eine Beziehung angesprochen hatte, die zu definieren sie sich beide bislang nicht durchgerungen hatten. – Das ist nichts gegen dich, du warst großartig, es ist bloß ...

Ihre Hände fanden einander und verschränkten sich. Skinner hatte oft Grund, darüber nachzudenken, dass ein bisschen Geknutsche manchmal intimer als Ficken sein konnte. Nun hatte es den Anschein, als gäbe es Umstände, in denen bloßes Händehalten durchaus noch stärkere Gefühlsregungen implizieren konnte. Er betrachtete die Ringe an ihren Fingern, dann blickte er in ihre großen, braunen Augen und sah die Traurigkeit darin. Er spürte, wie etwas ihn zu ihr hinzog.

– Danke für den Versuch, Danny, aber das ist gar nicht nötig. Wir leiden beide darunter, verlassen worden zu sein, und trösten einander, haben ein bißchen Spaß und bauen unser schwer angeschlagenes Selbstvertrauen wieder ein bisschen auf. Belassen wir es doch vorläufig dabei, und wenn sich noch mehr ergibt, dann ist es halt so, okay?

– Aye, pflichtete Skinner bei, vielleicht etwas zu eilfertig, dachte er, und das schmale Lächeln, das ihre Lippen umspielte, verriet ihm, dass sie das ähnlich sah. Ja, etwas in ihm sehnte sich immer noch nach diesem Anruf von Kay, auch wenn der Realist in ihm wusste, dass er niemals kommen würde. – Aye, neue Beziehungen nach Trennungen sind immer ein bisschen heikel. Überstürzen wir erst mal nichts, sagte er und dann, als er sich einer etwas peinlichen Pause bewusst wurde: – Du warst ziemlich lange mit Kevin zusammen, oder?

– Drei Jahre.

– Er muss dir fehlen, sagte er und dachte an Kay.

– Das tut er, aber es stimmte schon eine ganze Weile nicht mehr zwischen uns. Das wussten wir beide. Wir konnten es nicht wieder kitten, wir konnten aber auch nicht Schluss machen. In gewisser Weise war es dann eine Erlösung. Ich denke, ich habe ihn schon in den letzten Monaten, die wir zusammen waren, vermisst. Aber wenn ich ehrlich sein soll, vermisse ich Ruth mehr. Sie machte ein verkniffenes Gesicht, und ihre Augen wurden zu bösen Schlitzen, – diese rückgratlose, verlogene Drecksnutte war meine beste Freundin.

Sie hat auf einen Schlag gleich zwei Menschen verloren. Auf einen verfickten Schlag. Ich habe Kay verloren. Ich habe sie geliebt, aber ich konnte sie nicht auf die richtige Weise lieben. Ich werde nie wieder jemanden lieben können, solange ich kein vollständiger Mensch bin. Ich werde nicht vollständig sein, solange ich mich nicht selbst kenne, und das wird so lange der Fall sein, wie ich meinen alten Herrn nicht kenne. Ich muss diesen Dreckskoch finden, und mir ist scheißegal, wie der alte Sack so ist. Lieber noch der als De Fr...

Sie lächelten sich an, und Skinner schlug vor, doch weiterzuziehen in die Archangel Tavern.

– Aber in diesem Laden oben am Walk gibt's zur Happy Hour die Cocktails zum halben Preis, gab Shannon zu bedenken. Seit sie sich von Kevin getrennt hatte, suchte sie ebenfalls eine halbwegs geregelte Möglichkeit, sich abzulenken, was nicht zuletzt den Reiz der Kumpanei mit Skinner ausmachte.

– Warte erst mal, bis du den Schuppen siehst, Shan, super Atmosphäre und ein paar echt schräge Typen, sagte Skinner mit großem Eifer, schon voller Vorfreude auf die Begegnung mit einem gewissen Altkoch.

– Na, dann schauen wir mal rein, sagte sie mit einem Enthusiasmus, den er rührend fand und den er sich von Kay immer gewünscht hatte. Andererseits, überlegte er nicht ohne Bitterkeit, war sie anfangs vielleicht sogar so.

Sie nahmen den Weg durch den Bahnhof und über die Fußgängerbrücke. Skinner überlegte, ob er ihre Hand nehmen oder seinen Arm um sie legen sollte. Nein, dass würde seltsam wirken, wenn sie sich so verhielten, wo sie doch im selben Büro arbeiteten. Die Intimität aus dem Pub war in der kalten Nachtluft verflogen, wie in einem Hollywood-Musical, wo der Held und die Hauptdarstellerin eine kunstvolle Tanz- und Gesangseinlage geben, die sie einander in die Arme führt, nur um die Umarmung dann sofort nervös wieder zu lösen, sobald die Musik zu Ende ist.

Als sie von der Fußgängerbrücke in die Market Street herabstiegen, freute sich Danny Skinner schon richtig auf Sandy Cunningham-Blyth. Er stieß die Milchglastüren der Kneipe auf und ließ Shannon vorgehen.

Ein versoffener alter Scheißkerl. Der Apfel fällt nicht weit vom Stamm …

Obwohl er ihn noch nie gesehen hatte, erkannte Skinner Cunningham-Blyth auf Anhieb. Das, sagte er sich, lag weder an einer eventuellen Familienähnlichkeit noch an der Beschreibung durch den Barkeeper, so zutreffend sie auch gewesen war. In der engen, vollen Lounge saß ein alter Mann ganz für sich – und die einzigen freien Plätze waren die neben ihm. Er murmelte vor sich hin, und die Gäste rechts und links am Rande der Bannmeile um ihn herum hatten ihm demonstrativ den Rücken zugekehrt.

Skinner nickte dem Barkeeper zu. Es war derselbe, mit dem er mittags geredet hatte, nur dass er jetzt ein kariertes Hemd trug. Skinner bestellte sich ein Pint Lager und einen Wodka-Cola.

– Ich nehm einen doppelten Whisky mit Limonade. Shannon zeigte auf den Spender. – Teacher's wär prima.

– Pass bloß auf mit dem Zeug. Das geht voll auf die Prostata.

– Danny, ich *hab* keine Prostata.

– Na, welchen Beweis brauchst du noch?, grinste Skinner breit, während sie die freien Plätze ansteuerten.

Sandy Cunningham-Blyth begrüßte die Neuzugänge mit strahlendem Gesicht, wie ein Landgasthausbesitzer, der lang erwartete Gäste willkommen heißt. Er war ein gedrungener, krumm dasitzender, breitschultriger Mann mit Bart und weißem Haar, das sich oben lichtete und in dünnen, fettigen Strähnen zu einem unmöglichen Pferdeschwanz gebunden auf seinen Rücken fiel. Die wenigen ihm verbliebenen Zähne waren gelbfleckig, und er stank nach schalem Alkohol und Zigarettenrauch. In seinem zerknitterten Hemd, der karierten Holzfällerjacke und der schmutzigen, hellbraunen Cordhose, die er in alte Stiefel gestopft hatte, wirkte er wie ein Mann, dessen Vorstellung von Behaglichkeit es jedem anderen um ihn herum unmöglich machte, etwas Ähnliches zu empfinden. Vor allem aber hatte er, da lag der Barkeeper ganz richtig, dachte Skinner, eine Gesichtsfarbe, die vermuten ließ, dass er sich sein Leben lang allen erdenklichen Ausschweifungen hingegeben hatte. Der alte Koch beäugte Shannon, als sie sich setzte. – Kommen Sie an meine Seite, junge Frau, begrüßte er sie mit unverhohlener Lüsternheit. Shannon wandte sich darauf hochnäsig von ihm ab und tat, als würde sie ihn nicht wahrnehmen, während Skinner nervös auflachte.

– Und wie heißen wir?, blieb Sandy hartnäckig und tippte ihr sanft auf die Schulter, worauf Shannon Skinner einen raschen »Setzen-wir-uns-woandershin«-Blick zuwarf, bevor sie sich ihrem selbst ernannten Gastgeber zuwandte.

– Shannon, sagte sie höflich, aber reserviert, während Skinner seinen Hocker hinter sie zog, um einen Kreis zu bilden, in den sie sich notgedrungen fügen musste.

– Der majestätische Strom des alten Erin, schwärmte Cunningham-Blyth, wobei etwas Speichel auf seinen Bart sabberte, und deklamierte, – »No more he will hear the seagull's cry, over the bubbling Shannon tide ...« Stammt Ihre Familie von der Grünen Insel?

– Nee, sie haben mir den Namen wegen Del Shannon gegeben. Mein Dad war ein großer Fan von dem; er hat in einer Rockabillyband gespielt, erklärte sie mit Stolz.

Sandy Cunningham-Blyth war offenbar von dieser Neuigkeit etwas irritiert und ließ seine breiten Schultern nach vorne sacken. Dann hellte sich seine Miene wieder auf, und er sagte: – Na dann eben, where do you stay, my little runaway?

– Meadowbank, sagte Shannon, die sich mittlerweile ein wenig für den komischen Kerl erwärmte. Schließlich war er nur ein harmloser alter Betrunkener.

Skinner hatte derweilen Sandy Cunningham-Blyth genau in Augenschein genommen.

Runtergekommen, aber vermutlich noch keine sechzig; jung genug, um sich vor vierundzwanzig Jahren meine Mutter vorgenommen und sie geschwängert zu haben. Versoffen wie ein Loch, ganz offensichtlich, und immer noch gut dabei. Wenn er mein Alter sein sollte, kann ich nur hoffen, ich hab seine Konstitution geerbt!

– Ich bin Danny, Skinner streckte seine Hand aus und verspürte einen festen Griff. Er grübelte, ob der zum Mann gehörte oder dem Alkohol zu verdanken war. – Das ist ein interessanter Pub hier, was?, sagte er, einen Blick in die Runde werfend.

– Das war er mal, schnarrte Cunningham-Blyth mit rauer Stimme. – Früher war es ein Lokal, in dem lebenshungrige Menschen aßen, tranken und maßgebliche Fragen diskutierten, fuhr er mit vorwurfsvollem Blick auf die derzeitige Klientel fort. – Heute ist es bloß eine x-beliebige Kneipe.

– Haben Sie damals hier verkehrt?, fragte Skinner.

– Ja, das habe ich, erklärte Sandy Cunningham-Blyth stolz und machte dann große Augen: – Manchmal habe ich hier sogar gearbeitet.

– Hinter der Theke?

– Gütiger Himmel, nein, lachte der alte Chefkoch.

– Im Restaurant?

– Schon wärmer, lockte Cunningham-Blyth.

– Sie sehen mir eher wie ein kreativer Mensch aus ... jemand mit jeder Menge Flair ... ich wette, Sie waren Koch.

Cunningham-Blyth war entzückt. – Das war ich tatsächlich, mein scharfsinniger junger Freund, sagte er, und nun war es an Skinner, der Schmeichelei des älteren Mannes zu erliegen. Sein Lächeln war Cunningham-Blyth Anlass genug, seine Lebensgeschichte zu erzählen. – Ich hatte keine Ausbildung im klassischen Sinne, ich habe es einfach immer schon geliebt zu kochen, Gäste zu bewirten. Ursprünglich hatte ich eine Karriere als Rechtsanwalt im Auge gehabt, da hätte ich mich am Richtertisch statt an der Theke festgehalten, sagte der alte Koch und gestikulierte missbilligend Richtung High Street. – Aber das kotzte mich an. Ich dachte mir, die Stadt braucht nicht noch einen weiteren zweitklassigen Drecksanwalt, aber einen anständigen Koch konnte sie damals bestimmt vertragen!

– Schon komisch, meine Mutter hat hier in den späten Siebzigern gekellnert, sagte Skinner, vorsichtig vorfühlend, als er sah, dass Shannon nun im Gespräch mit einem anderen Pärchen neben ihnen war.

– Ah, jetzt wird's interessant! Das waren tolle Zeiten damals hier. Wie hieß sie denn?

– Beverly. Beverly Skinner.

Sandy Cunningham-Blyth legte die Stirn kraus und sann nach, doch anscheinend konnte er sich wirklich nicht an Beverly erinnern. Er schüttelte den Kopf und seufzte. – Damals wechselten die so oft.

– Sie hatte grüne Haare, ziemlich ungewöhnlich damals. Sie war so eine Art Punk. Na gut, nicht so eine Art, sie war ein Punk.

– Aber ja! Ein prima Mädchen, wenn ich mich recht entsinne, jubilierte der alte Küchenchef, – obwohl man wohl kaum noch von Mädchen reden konnte, denk ich.

– Stimmt, meinte Skinner, während Cunningham-Blyth das Stichwort aufgriff, um sich wieder Geschichten aus der Glanzzeit des Restaurants zuzuwenden. Es war nur so allgemeines Zeug, doch Skinner war bereit, es langsam anzugehen und erst eine Beziehung zu dem Ex-Chefkoch aufzubauen, während die Biere aufmarschierten.

Dann begann Cunningham-Blyth abzubauen. Nachdem er eine Zeit lang zwischen Wach und Weggetreten hin und her driftete, war er zur Sperrstunde hin vollständig komatös. Shannon sagte zu Skinner: – Ich geh nach Haus. Allein, fügte sie hinzu, da sie normalerweise zu dieser Stunde des Abends seine Annäherungsversuche zurückweisen musste.

– Aye, na schön, sagte Skinner. – Ich werd mal sehen, dass ich den alten Knaben in ein Taxi gepackt bekomme.

Shannon war ein wenig enttäuscht, dass sie sich nicht Skinners leidenschaftlicher Avancen hatte erwehren müssen, doch seine Hilfsbereitschaft gegenüber dem alten Trunkenbold ließ ihn in ihrer Achtung steigen.

Skinner hatte es geschafft, Cunningham-Blyth wiederzubeleben, und führte mit ihm nun ein kleines Tänzchen auf, einmal über die Straße und runter zum Bahnhof, wo er ihn dann in einem Taxi verstaute, bevor ihm wieder die Lichter ausgingen. Es war eine Slapsticknummer, deren Hauptdarsteller sich abwechselnd in Schmeicheln, Drohen, Beschwichtigen und Betteln übten. Bevor ihn das Alkoholkoma dahinraffte, hatte es der ehemalige Küchenchef noch geschafft, eine Adresse in der Dublin Street zu bellen. Der anstrengendste Teil war, ihn aus dem Taxi und die Treppe hochzukriegen. Es folgte eine entsetzliche Schlüsselsuche in den Taschen des Küchenveteranen, doch Skinner biss die Zähne zusammen. Das Treppenhaus war ein Albtraum: Cunningham-Blyth war sperrig, zudem verlagerte er jedes Mal sein Gewicht, wenn er halb zur Besinnung kam, um dann wieder in den Stupor seines Vollrauschs zurückzusinken. Einmal glaubte Skinner, sie würden gleich gemeinsam die Stufen herunterstürzen oder noch schlimmer, mit dem Kopf voran übers Geländer gehen.

Nach dem Martyrium, ihn in die Wohnung und ins Bett zu schaffen, beschloss Skinner, Cunningham-Blyths Bleibe zu erkunden. Sie war recht geräumig, ein großer, gut möblierter Salon und eine eindrucksvolle Küche mit Kochinsel. Dieser Raum wurde allerdings nicht häufig benutzt; offene Dosen, herumliegende Takeaway-Packungen und leere Bierdosen zeugten davon, dass Sandys Partys auch nicht mehr so todschick waren wie ehedem.

Hier stinkt's ja saumäßig.

Skinner wollte gerade gehen, da hörte er etwas und ging nachsehen. Unverkennbare Kotzgeräusche, und dann sah er Cunningham-Blyth in die Toilette am Ende des Flurs reihern, die Hose auf den Knöcheln. – Alles okay, Kollege?

– Ja … Cunningham-Blyth wandte sich langsam um und streckte alle viere von sich, den Rücken gegen den Pott gelehnt. Skinner traute seinen Augen nicht. Der alte Küchenchef zuckte wie eine Marionette, und damit der Ähnlichkeiten nicht genug, ihm fehlten auch Genitalien: dort, wo sie eigentlich hätten hängen müssen, war nur ein hässliches, rotgelbes Narbengewebe. Bei genauerer Betrachtung glaubte Skinner einen Hodensack zu erkennen, der etwas beinhalten mochte oder auch nicht, aber eindeutig keinerlei Penis. Aus dieser entzündeten Masse entsprang ein Schlauch, der in einem Plastikbeutel endete, der an einem Gürtel um die Hüfte befestigt war. Vor Skinners Augen füllte sich der Beutel mit einer gelben Flüssigkeit.

Durch seinen besoffenen Tran konnte der Kochveteran Skinners Entsetzen erkennen und begriff sofort dessen Ursache. Gegen den Beutel stupsend lachte er. – Wie oft hab ich das alte Scheißding heute Abend leer machen müssen … aber immerhin hab ich dran gedacht. Manchmal vergess ich es, und dann platzt er auf. Neulich zum Beispiel, da gab es nen ausgesprochen unerfreulichen Zwischenfall …

Skinner war bestürzt. – Was ist Ihnen denn passiert?

Als habe ihn seine Verlegenheit ernüchtert, zog sich Cunningham-Blyth die Hosen hoch und schaffte es irgendwie, sich auf den Rand der Kloschüssel zu setzen, wo sein Hintern dann wacklig thronte. Für einen Moment herrschte Schweigen. Als er wieder zu reden begann, tat er das in abgehacktem, knappen Tonfall. – Als junger Mann in den Sechzigerjahren begann ich mich für Politik zu interessieren. Besonders für den Unabhängigkeitsgedanken. Ich fragte mich, wieso der größte Teil Irlands unabhängig war, während Schottland immer noch unter der Knechtschaft der englischen Krone stand. Ich sah, wie in der New Town aufgrund der schottischen Speichelleckerei alle Straßen nach Mitgliedern des englischen Königshauses benannt waren, während große Söhne Edinburghs, wie etwa der Sozialistenführer James Connolly, gerade mal eine Gedenktafel an einer Mauer unter einer düsteren Brücke bekamen … äh, willst du das wirklich alles hören?

Skinner nickte und drängte ihn fortzufahren.

– Ich verstand mich schon immer aufs Mixen und Rezeptemachen … ich hab immer gern Sachen *zusammengerührt*, könnte man wohl sagen. Jedenfalls entschloss ich mich, ein Zeichen zu setzen und mit einer selbst gebastelten Bombe eins der vielen Symbole des britischen Imperialismus in die Luft zu sprengen, die diese Stadt verunzieren. Ich hatte die Statue des Duke of Wellington im Eastend ins Auge gefasst. Also baute ich eine Rohrbombe. Unglücklicherweise hielt ich den Behälter zwischen den Beinen, während ich ihn mit Sprengstoff füllte. Er ging vorzeitig hoch. Ich verlor meinen Penis und einen meiner Hoden, erzählte er, nun beinahe fröhlich, fand Skinner. – Vermutlich hätte sie dem Iron Duke nicht mal einen Kratzer zugefügt. Cunningham-Blyth schüttelte den Kopf und lächelte resigniert.

– Ich war achtzehn Jahre alt und hatte erst mit einem Mädchen was gehabt, mit einer drallen, jungen Lehrerin von der Grundschule in Aberfeldy. Sie war potthässlich, aber es vergeht kein Tag, an dem ich nicht mit Freude im Herzen an sie denke, und doch, ich spüre sie, die Phantom-Erektion, hart und kräftig wie der Schlagstock eines Bobbys früher. Pass gut auf deinen kleinen Mann auf, mein Junge, sagte der alte Küchenchef traurig, – das ist der beste Freund, den du je haben wirst, und lass dir von keinem was anderes erzählen.

Skinner stand einen Moment wie gelähmt da, dann nickte er Sandy Cunningham-Blyth knapp zu und verließ die Wohnung. Sein Kopf schwirrte, während er die Kopfsteinpflaster der New Town runterhuschte in Richtung des schwarzen, öligen Wassers des Firth of Forth.

Gut, ich komme hinter die Bettgeschichten der Meisterköche, bloß sind es nicht die, nach denen ich suche.

13
Frühjahr

Der Frühling hielt nur zögerlich Einzug in Edinburgh, unschlüssig wie eh und je, ob er bleiben sollte oder nicht. Trotz ihrer traditionell skeptischen Einstellung zu seinem flatterhaften Wesen begrüßten ihn die Edinburgher optimistisch. Und die Belegschaft des Amts für Verbraucherschutz und Lebensmittelüberwachung stellte da keine Ausnahme dar. Man erwartete positive Neuigkeiten über eine Budgetaufstockung, und die Angestellten versammelten sich im Konferenzraum, um von John Cooper zu hören, dass der Etat tatsächlich zum ersten Mal seit fünf Jahren in realen Zahlen wachsen würde. Das bedeutete eine Neustrukturierung, bei der eine Stelle für einen zusätzlichen Sachbereichsleiter geschaffen würde. Irgendwer hatte eine Beförderung zu erwarten.

Obgleich häufig in der Stadtverwaltung gescherzt wurde, dass Cooper eine Beförderung wie eine Degradierung aussehen lassen konnte, wurde die Nachricht von den meisten Anwesenden mit Freude aufgenommen. Skinner blickte zu Bob Foy und sah einen Muskel in dessen Gesicht zucken. Ob das sonst noch jemand sah? Er schaute Aitken an, der in Ruhestand ging, desinteressiert; dann McGhee, der bereits erklärt hatte, er wolle zurück in seine Heimatstadt Glasgow. Dann sah er Kibby, der ernst und konzentriert dasaß. Kibby hatte in letzter Zeit hart daran gearbeitet, sich bei Foy wieder lieb Kind zu machen, und das mit einigem Erfolg, wie Skinner bemerkte. Seine eigenen Beförderungschancen waren schwerer einzuschätzen. Sein Alkoholkonsum war unvermindert heftig, doch er hatte sich durch die Beziehung zu Shannon eingependelt.

Und so fand sich an einem der ersten richtig warmen Abende des Jahres die Abteilungsbelegschaft im Café Royal ein. Bob Foy als ihr Vorgesetzter hatte vorgeschlagen, die guten Nachrichten nach der Arbeit mit einem Bier zu begießen. Aus einem Bier wurden natürlich mehrere, und schon bald waren alle im vornehmen Schankraum mit seiner Eichentäfelung und seinen Marmorfliesen hinreichend angeheitert. Brian Kibby war die rühmliche Ausnahme. Wie es seine Gewohnheit war, hatte er es vorgezogen, die meiste Zeit des Abends bei Mineralwasser zu bleiben.

Skinners Zynismus steigerte sich analog zu seinem Blutalkoholwert. Während er die Mienen seiner Kollegen musterte – fröhlich, lächelnd, optimistisch –, verdüsterten sich seine Gedanken. Alle, stellte er fest, waren ausgelassen, nur Brian Kibby nicht.

Aye, aber motiviert ist er. Wenn es ein Wort gibt, das ihn umschreibt, dann dieses. Das sagten alle von den alten Kollegen: »Aye, motiviert ist er, der Junge.«

Und Skinner spürte, dass Kibby mit seiner Motivation zu seinem härtesten Konkurrenten um den neuen Posten werden würde.

Skinner tat, was er in solchen Situationen meistens tat: Er versuchte, Brian zu etwas Alkoholischem zu nötigen.

– Mineralwasser mit Zitrone ... och wie süß!, lispelte er Brian in Gegenwart von Shannon zu, für die Kibby immer noch eine offenkundig unerwiderte Leidenschaft empfand. Nach langem Ausharren bei den Softdrinks knickte Kibby unter Skinners Triezerei schließlich ein und ließ sich zu zwei Pints Lager breitschlagen. Am Hohn seines Kollegen änderte es nicht viel, doch er dachte, mit einem vollen Pint in der Hand würde er nicht so auffallen.

Hau doch ab, Skinner.

Um dem Mobbing zu entkommen, ging Brian Kibby zur Jukebox und drückte ein paar Titel. Er hoffte, Eindruck bei Shannon machen zu können, denn er wusste von den Nachrichten auf der offiziellen Fansite, dass viele Mädchen auf Coldplay standen.

Im Forum ist eine dabei, die echt toll aussieht, nach ihrem Avatar zu urteilen, aber vielleicht ist sie auch nur selbstverliebt, wenn sie so ein Bild von sich hochlädt. Ist aber nicht so gut wie Lucy oder Shannon.

Als der Titel »Yellow« einsetzte, warf Kibby einen verstohlenen Blick in die Richtung von Shannon McDowall, die gerade über irgendeinen schmutzigen Witz lachte, der natürlich von Skinner kam.

– Welcher Schwachkopf hat den Scheiß denn gedrückt? Skinner verzog das Gesicht und schaute sich um. Als er Kibby erröten sah, verdrehte er in gespielter Verzweiflung die Augen, drehte sich zu Dougie Winchester an der Theke um und brüllte nach neuem Bier.

– Ich find die gar nicht schlecht, meinte Winchester.

– Welche Musik hörst du gern?, fragte Kibby Shannon.

– Alles Mögliche. Meine Lieblingsband ist aber wohl New Order. Wie findest du die?

– Äh ... ich kenn deren Sachen nicht so gut. Wie findest du denn Coldplay?, fragte er zuversichtlich.

– Ganz okay, sagte sie und verzog das Gesicht, – aber das ist mehr so ... Hintergrundmusik. Du weißt schon, Fahrstuhlmusik, Supermarktmusik. Einfach ein bisschen fade und nichtssagend, sagte sie abgelenkt, da Skinner ihr gerade ein Glas reichte.

Das soll wohl heißen, dass sie Leute wie mich fade und nichtssagend findet ... gerade gut genug für den Hintergrund ... anders als Typen wie Skinner ...

Da ihm der Abend nun vermiest war, trank Brian Kibby aus, verabschiedete sich und ging. Zu Hause trank er zwei Glas Wasser und dann mit seiner Mutter ein Horlicks als Schlummertrunk.

Als er zu Bett ging, hatte er Magenkrämpfe, sein Kopf brummte, und er konnte nicht einschlafen. Er konnte an nichts anderes denken als an die Beförderung und den Mann, der sein Hauptrivale darum sein würde.

Danny Skinner.

Anfangs kamen wir ja gut miteinander aus, aber Danny scheint sich für so was wie einen Goldjungen zu halten. Ich war ihm gleichgültig, solange ich mich damit begnügt habe, die zweite Geige zu spielen und mich von ihm als Witzfigur vorführen zu lassen, aber es schmeckt ihm ganz und gar nicht, wenn ich Anerkennung bekomme. Das passt ihm nicht die Spur. Und Skinner hat es mit der Schikaniererei im Büro und bei der Fortbildung zu weit getrieben; er versucht mich einzuschüchtern, mich mit seinen dummen Sprü-

chen zum Gespött zu machen. Jeder weiß doch, dass er das Trinken nicht im Griff hat. Wenn man sich bloß vorstellt, dass Shannon mit dem geht, ausgerechnet mit Skinner. Die ist doch verrückt. Ich hatte sie immer für schlauer gehalten, aber die ist so dumm und lässt sich leicht einwickeln, wie so viele Mädchen.

Obwohl sich Danny Skinner der Gefahr, die Brian Kibby darstellte, vollstens bewusst war, konnte er nicht viel dagegen tun. An einem Abend mitten in der Woche schlich sich ein resignierter Tonfall in seine Stimme, als er in einem Pub in der High Street doch noch ein weiteres Bier von Rab McKenzie akzeptierte.

Ich sollte Nein sagen.

Morgen war seine Präsentation dran, die Vorschläge zur Verbesserung der Verfahrensabläufe, die von vielen im Amt als inoffizielles erstes Bewerbungsgespräch für den neuen Posten gehandelt wurde, da Brian Kibby am darauf folgenden Tag eine ganz ähnliche machen würde. Aye, dachte er, er sollte jetzt Schluss machen und nach Haus gehen; mal richtig schön durchschlafen und morgen dann in Topform sein. Doch seit Kay ihn verlassen hatte, war richtig ausschlafen zur Seltenheit geworden. Es war nicht leicht, in einem leeren Bett zu schlafen. Shannon und er hatten nur zweimal miteinander gebumst. Bei beiden Gelegenheiten hatte sie nach unspektakulären, oberflächlichen, betrunkenen Nummern ein Taxi nach Hause genommen.

Aber nicht nur Kay war aus seinem Leben verschwunden, es gab auch weiterhin keinerlei Kontakt zu Beverly. An einem Nachmittag war er mal am Laden vorbeigegangen und hatte einen Blick auf den stämmigen Leib und den scharlachroten Haarschopf seiner Mutter erhascht, als sie gerade eine weitere Kundin unter die Trockenhaube setzte. Aber nein, sollte sie ruhig warten. Wenn er das nächste Mal mit ihr sprechen würde, dann um zu sehen, wie sie auf zwei simple Wörter reagierte: den Namen seines Vaters.

Er musste wieder an das Buch denken, *Die Bettgeschichten der Meisterköche.*

De Fretais und Tomlin, dieser Amerikaner, das waren die einzigen anderen jungen Köche im Archangel, die erwähnt wurden. Cunningham-Blyth war definitiv von der Liste gestrichen. Und es war doch garantiert nicht diese feiste Fotze von De Fre …

Nein. Unmöglich.

Düster in sein halb volles Glas starrend, konnte sich Skinner in den morgigen Tag versetzen und sah seine zitternde, verunsicherte, schwitzende Gestalt sich unter den Neonröhren winden, während er innerlich vor Cooper und Foy in die Knie ging. *Nicht besser als Kibby,* schimpfte er auf sich selbst und sah zu, wie McKenzie an der Theke Biernachschub holte. *Und noch ein Drecksbier.*

Ja, jede noch so beiläufige Nachfrage würde doppelt so schrill und laut erscheinen und von seinem überhitzten, rasenden Gehirn als hochnotpeinliches Verhör wahrgenommen werden, das ihn als den versoffenen, unfähigen Blender entlarven sollte, für den ihn alle hielten. Paradoxerweise war sowohl die Ursache wie die Lösung für die quälende Gewissheit der Scheußlichkeit des kommenden Tags noch mehr Alkohol. Nach einigen weiteren Pints würde jeder Gedanke an das Böse, das ihm bevorstand, von ihm abfallen. Dann würden sie zu irgendeinem Club stolpern oder mit eilig besorgtem Spritvorrat zu ihm nach Hause, zu McKenzie oder zu irgendwem, dem sie unterwegs über den Weg liefen. Alle Angst würde vergessen sein, bis sie am nächsten Morgen, wenn ihn der Wecker aus der Bewusstlosigkeit riss, noch viel schlimmer zurückkehren würde.

Und Kibby würde auch da sein, als einer der Ersten bei der Teambesprechung zur Verfahrensoptimierung: ausgeruht, enthusiastisch – und vor allem motiviert.

Er wandte sich McKenzie zu und sah recht betrübt das volle Glas an, das sein Freund ihm hinstellte. – Lohnt sich der Aufwand überhaupt, Rab?

– Is doch egal, ob oder ob nich, ist halt dein Job, erwiderte McKenzie, stoisch und ungerührt wie immer. Seelenstriptease und Rab McKenzie passten zusammen wie Springmäuse und Fischfrikadellen.

Und so kippten sich McKenzie und Skinner mit ihrer gewohnten Begeisterung zu, bis Skinner den köstlichen Übergang in die »Scheißegal-Zone« spürte. Gut, Schichtbeginn war schon in ein paar Stunden, aber es hätten auch Lichtjahre sein können. Und was spielte das auch schon für eine Rolle? Er, Danny Skinner, konnte jeden von den zweitklassigen Wichsern in die Tasche stecken. Aye, er würde es diesem arschkriechenden kleinen Scheißer von Kibby schon zeigen. Seine Präsentation stand, na ja, so gut wie, und er würde alle damit umhauen!

Sie starteten eine Kneipentour; eine berauschte Reise mit alkoholschwangeren Freundschaftsbekundungen hier und dem Austausch höhnischer Feindseligkeiten dort. Dann, nach einer wirren Phase ohne Zeitgefühl ein verschwitzter Taumel durch Fieberwelten hinein in Auflösung und Vergessen. Es war genau dieser Zustand, der Skinner oft im Nachhinein, wenn er sich wieder daraus zu befreien begann und in einen leichteren Dämmerzustand fiel, fragen ließ: Ist so der Tod? Wie ein Alkoholkoma?

Wie deklamierte doch der alte Percy so schön:

Welch Wunder ist der Tod,
Tod und sein Bruder Schlaf

Dann ratterte der Wecker los, hämmerte von außen und innen gegen seine Schädeldecke, und Danny Skinner erwachte, beide Strümpfe noch an den Füßen. Während er durch seine verätzte Kehle rasselnd Luft in die Lungen sog und sein verwirrter Verstand die Gegenstände um ihn herum zu identifizieren begann, überkam Skinner eine Woge der Erleichterung: Wenigstens lag er in seinem eigenen Bett.

Dann entdeckte er seinen tiefblauen Armani-Anzug zerknittert auf dem Fußboden, Hose und Jackett. Skinner schwang sich hoch, aber zu rasch. Er begann zu würgen und stürzte Richtung Badezimmer. Der dünne Teppich auf dem Dielenboden rutschte unter seinen Füßen weg, beförderte ihn damit aber nur umso schneller zum großen Porzellangott, vor dem er auf die Knie fiel. Quälendes, kräftezehrendes Erbrechen, das ihm die Seele aus dem Leib zu reißen schien, verflachte schließlich zu einem trockenen Würgen.

Er spülte den grausamen Beweis für die Exzesse des vergangenen Abends in die städtische Kanalisation und versuchte, sich zu sammeln. Mit Blick auf die blauen Kacheln, in deren Muster er neue, geheimere Feinheiten entdeckte, versuchte er, gleichmäßiger zu atmen. Dann stand er schwankend wie ein neugeborenes Kalb auf und öffnete das schmale Milchglasfenster, das auf den Lichtschacht ging. Was war letzte Nacht passiert?, fragte er sich vor dem Rasierspiegel, aus dem ihn seine roten verklebten Augen entgegenstarrten.

NEIN.

Das Wort hallte in seinem Kopf wider. Es hätte ihn nicht überrascht, eine Axt in seinem Schädel vorzufinden, als er seinen Kopf betastete.

NEIN NEIN NEIN.

Manchmal sagen wir nein, wenn wir *nein* hoffen.

McKenzie. Ein schnelles Bier nach dem Büro. Dann die Kneipentour. Dann haben wir Gary Traynor getroffen. Ich hab ihm für das Video mit dem Jesus-Porno gedankt; Am Kreuz genagelt. *Er hat gesagt, er hätte noch so eins für mich, das er mal rüberwachsen lassen würde. Er erzählte mir davon, und wir lachten ... wie hieß es gleich ...* Moses und der brennende Busch! *Aye, genau. So weit, so gut. Dann die Torte. Wirkte ganz okay. Hab ich mich zum Idioten gemacht? Nee ... na ja, schon, aber was soll's, ich seh sie eh nie wieder. Aber halt ...*

O NEIN ...

... dann ... NEIN, NEIN, NEIN, ich glaub es nicht, DAS DARF DOCH NICHT WAHR SEIN ...

NEIN.

NEIN.

Cooper.

Er war auch in dem Pub auf der Mile gestern. Nach der Stadtratssitzung.

NEIN. Mit zwei Ratsmitgliedern. Baird und Milton.

NEIN. Ich bin zu denen hin, hab die Fotzen angequatscht ...

NEIN.

Ich hab sie angesungen.

NEIN.

Ich hab ...

NEIN NEIN NEIN ...

... Ich hab Cooper einen Schmatz gegeben! Auf den Mund! Eine abfällige, höhnische Geste, mit der ich gesagt hab: »Ich bin Danny Skinner, und ich hab keinerlei Respekt vor so nem Wichser wie dir oder deinem Rang oder deinem verfickten Stadtrat.«

Cooper. Da hätte ich der Fotze auch gleich eine reinhauen können.

NEIN.

O Scheiße, bitte, lieber Gott, nicht.

Jetzt wusste Cooper Bescheid: In jenem törichten Moment wurde jedes unvorteilhafte Gerücht, das über Skinner je verbreitet worden war, voll und ganz bestätigt. Jedes bisschen Tratsch, das dem Boss von diesem korrupten Schwanzlutscher Foy ins Ohr geflüstert worden war, all das war in diesen paar Minuten von Wahnwitz spektakulär bestätigt worden. Danny Skinner war nun auf höherer Verwaltungsebene und bei Ratsmitgliedern als unsicherer Kantonist bekannt, als Alkoholiker – als labiler, leichtfertiger junger Mann, dem man keine höhere Position zutrauen konnte, wollte man sich keinen Ärger einhandeln. Ja, er hatte Cooper vorgeführt, dass all das Geläster auf Tatsachen beruhte. Er hatte seine Karriere, sein Leben ruiniert. Das Studium, das College, die Schule. Der geleistete Triebverzicht (und keiner hasste Triebverzicht mehr als Danny Skinner), alles war umsonst gewesen.

NEIN.

Skinner klammerte sich an Strohhalme. Vielleicht war Cooper ja auch betrunken gewesen und konnte sich an nichts erinnern.

NEIN.

Manchmal sagen wir »nein«, wenn wir »ja« hoffen.

Aber nein.

Cooper trank nur selten und niemals, niemals exzessiv.

Er war das große Vorbild für Kibby, diese kleine Lusche, noch mehr als Foy.

John Cooper würde sich an das kleinste Detail ihrer Begegnung mit kriminalistischer Genauigkeit erinnern. Alles würde sorgfältigst vermerkt werden, in irgendeinem Kalender oder sogar in Skinners Personalakte. Denn von nun an stand er auf der Abschussliste. Sie würden ihn an den Rand drängen, ihn aufs Abstellgleis stellen, wo er Neulingen im Amt als bemitleidenswertes Beispiel dafür dienen könnte, wie man seine Karriere *nicht* angehen sollte. Er dachte an Dougie Winchester und die vielen anderen wie ihn, die im Amt als Alkoholiker gebrandmarkt waren; wie sie, nachdem ihre Jugend und damit ihr Elan dahin waren, nur noch jämmerliche Gestalten darstellten, die man verachtete und verhöhnte. Ohne Aussicht auf Beförderung auf einem schlecht bezahlten Posten hocken und ohne große Erwartungen brav vor sich hin arbeiten, nur noch das Ticken der Uhr und die Aussicht auf das nächste Bier im Kopf.

Ich werd ein verfickter Aussätziger sein.

Skinners Nerven lagen blank, und sein überhitztes Hirn schlug Kapriolen. Totale Unterwürfigkeit war seine letzte Hoffnung.

Darauf stehen die. Warum nicht zu Cooper hingehen und das Spielchen mitmachen?

Er ging es im Kopf durch, wie ein Hörspiel.

SKINNER: *Es tut mir schrecklich Leid, John ... ich weiß, ich hab da ein Problem. Es ist schon seit einiger Zeit offenkundig, doch der gestrige Abend hat es gänzlich klargemacht. Wenn man jemanden, zu dem man ... aufschaut, mangelnden Respekt erweist, was sag ich, ihn beleidigt ... nun, kurzum, ich habe beschlossen, mir professionelle Hilfe zu suchen. Ich habe mich heute Morgen mit den Anonymen Alkoholikern in Verbindung gesetzt und werde Dienstag zu meiner ersten Versammlung gehen.*

COOPER: *Ich höre das mit Bedauern, Danny, dass Sie glauben, da ein ernsthaftes Problem zu haben. Aber nehmen Sie sich den gestrigen Abend nicht zu sehr zu Herzen. Es war doch nur ein Spaß, Sie waren etwas überreizt. So was kommt vor. Jeder schlägt mal über die Stränge. Es war doch ganz spaßig, wir haben alle herzhaft gelacht. Aye, Sie sind mir schon eine Nummer, Danny!*

Nein. Den eigenen Part würde er überzeugend ausfüllen können: Schließlich war alles nur ein Spiel, und List und Tücke galten heutzutage als legitime Geschäftspraktiken, aber die Erwiderung war wenig überzeugend. Hatte Cooper das Format oder auch nur die Neigung, den Großmütigen und Humorvollen zu geben?

Unwahrscheinlich.

Cooper wahrte kalte Distanz zu den Speichelleckern, und auch wenn Skinner nicht mit Gewissheit sagen konnte, wie Cooper reagieren würde, konnte er sich doch nicht vorstellen, diese Maske fallen zu sehen.

Schon eher so:

COOPER: Es war für alle Beteiligten sehr peinlich. Ich bin froh, dass Sie dazu stehen, ein Problem zu haben. Ich werde die Personalabteilung informieren, und Sie werden jede uns mögliche Hilfe erhalten. Mutig von Ihnen, dass Sie selber eingestehen et cetera et cetera.

Nein.

Manchmal sagte man nein und meinte auch nein.

Denn egal was Cooper sagen würde, Skinner wusste, dass er selbst niemals fähig wäre, eine derart servile Rolle zu spielen.

Es wäre geheuchelt; das hieße, dem ganzen überfürsorglichen Wischi-Waschi-Scheiß nachzugeben, den sie in diesem scheinheiligen Scheißhaus von Staat kultivieren. All diese eitle, egoistische Unehrlichkeit und Selbstkasteiung. Indem wir uns immer selbst anprangern, nehmen wir anderen das Recht dazu.

Als braver katholischer Junge wusste Skinner noch, dass es die Beichte war, die die Absolution brachte, nicht der Priester. Daran erinnerte er sich deutlicher, als jeder der Priester, mit denen er, zu deren Verdruss, bisher zu tun hatte, es je konnte.

Skinner hielt sich selbst als empfänglichem Zuhörer im Badezimmerspiegel eine leidenschaftliche Ansprache. – Ein neuer Faschismus steht bevor. Und zwar nicht in Gestalt von Skinheads, die mit »Sieg Heil« durch die Fußgängerzonen marschieren; er wird in den Café-Bars und Restaurants von Islington und Notting Hill ausgebrütet.

Nein.

Die Vorstellung, dass jedes Glas Tomatensaft, das man abends beim Ausgehen konsumiert, anerkennendes Lächeln erntet, während jeder wankende Gang zur Theke böse Blicke geheuchelten Mitleids und höhnisches Hab-ich's-nicht-gesagt zur Folge hat, ist mir absolut unerträglich.

Im Schlafzimmer nahm er das Jackett seines Anzugs in Augenschein. Auf den Kragenaufschlägen war Erbrochenes; es war in das feine Armani-Gewebe eingedrungen und hatte es gewellt. Das konnte man nicht abwischen. Nur eine chemische Reinigung konnte (wenn er Glück hatte) die einstige Pracht wiederherstellen. Er würde einen anderen Anzug tragen müssen. Doch der einzige andere, den er besaß, war eine hässliche, billige Zumutung. Nein, da würde er sich lieber mit irgendeinem Jackett und einer Hose begnügen. Im Spiegel nahm er sein Gesicht in Augenschein. Es war ein erbärmlicher Anblick: Eine Reihe eingetrockneter Blutflecken zog sich über eine Seite, als wäre er an einer Wand entlanggeschrammt.

Die Präsentation, er musste noch mal die Präsentation durchsehen.

NEIN NEIN NEIN.

Seine Aktentasche. Sie war weg. Wo hatte er sie liegen lassen? In welchem Pub? Im Pivo, im Black Bull, im Abbotsford, Guildford, im Café Royal, im Waterloo? Dann wurden die Lokalitäten im Hintergrund unscharf, und die Gesichter traten in den Vordergrund: Rab McKenzie, Gary Travnor ... Coop ... vergiss den, wer weiter? ... dieses Mädchen mit den strohblonden Haaren und den schiefen Hasenzähnen, das im Lauf des Abends immer attraktiver wurde. In seinen Taschen war viel Kleingeld, Unmengen Pfundmünzen. Kaum Scheine, aber siebenunddreißig Pfund in Münzen.

Aber seine alte Lederaktentasche ... die Präsentation, die war weg. Irgendeiner der Jungs hatte sie bestimmt in einer Kneipe zur Sicherheit hinter der Theke deponiert. Na sicher. Die meisten würden aber erst um elf aufmachen, und dann war er längst dran. Er würde anrufen und sich krankmelden müssen. Vielleicht könnte er auch später kommen, dachte Skinner, während er im Kopf einen seit Jahrzehnten unbenutzten Karteikasten nach Der-Hund-hat-meine-Hausaufgaben-gefressen-Entschuldigungen durchsuchte.

Dann rief er Rab McKenzie auf dem Handy an, um einen lässigen Tonfall bemüht. – Roberto, alter Knabe, alles im Lack?

McKenzie durchschaute die vorgetäuschte Lässigkeit so leicht, als säße er mit Skinner im selben Raum. – Mann, warst du wieder breit gestern, du beschissenes Weichei. Wolltest mich beim Absinth nass machen. Lass die Finger davon, Alter.

Natürlich, diese verrückten, fieberhaften, halluzinogenen Absinth-Träume.

Panik ergriff Skinner mit eiserner Faust und schüttelte ihn wie eine Stoffpuppe durch. – Meine Aktentasche, Rab. Das Lederteil, das ich gestern beihatte. Hast du die gesehen?

– Puuh, davon weiß ich nichts, heuchelte McKenzie. Sein

hänselnder Tonfall löste bei Skinner zugleich Angst und Erleichterung aus.

– Ist die bei dir?

– Kann schon sein, meinte McKenzie, der offenkundig seinen Spaß hatte, ohne jede Regung.

– Ich war also noch bei dir gestern?

– Aye.

– Her mit dem Ding, ich brauch die dringend, Rab.

– Tja, du weißt ja, wo du mich in ner halben Stunde antriffst, sagte McKenzie herausfordernd.

– Gut, sagte Skinner und legte auf.

Ein abwegiger Gedanke packte ihn, die Idee, dass er es unter gewissen Umständen immer noch hinbiegen konnte.

Skinner zog sich die Strümpfe aus und wankte unter die Dusche. Ja, es konnte alles noch gerettet werden, aber das erforderte einen übermenschlichen Willen, den nur blanke Verzweiflung hervorbringen konnte.

Während er sich den Siffpanzer der letzten Nacht runterschrubbte, spürte er, wie sein Körper in die Gänge kam und neuen Giftmüll zu verarbeiten und auszustoßen begann, dessen Gestank Cooper in die Nase steigen würde. Aye, da könnte sein Boss eine feine Duftnote kosten, während er sich an die Demütigung des Vorabends erinnerte und mit kalter, systematischer Verbitterung überlegte, wie er es Danny Skinner heimzahlen konnte.

McKenzie war Bauelektriker und musste erst nachmittags zur Arbeit, deswegen würde er sich diesen Morgen um halb neun in der Central Bar am Anfang des Leith Walk einfinden. Die Besprechung war um elf, und Skinner musste spätestens um zehn da sein, um noch innerhalb der gleitenden Arbeitszeit anzufangen. Er rechnete sich aus, dass er es haarscharf schaffen konnte. Das Erste, was er sah, als er ins Central kam, war McKenzie, der die Aktentasche hochhielt und damit wackelte. Big Mac tankte bereits Guinness.

Skinner betrachtete mit angeekeltem Neid das Glas schwarzen Nektars, das so verführerisch vor McKenzie auf der frisch polierten Theke thronte. Wie sehr verlangte es ihn nach dem beruhigenden Gefühl des Glases in seiner Hand, dem bitteren Geschmack der Flüssigkeit in seinem Mund, dem angenehmen Völlegefühl in seinem Bauch. Die Central Bar mit ihren freundlichen Sitznischen, der heimeligen Atmosphäre billiger Pracht, die an den einstigen Wohlstand des Viertels erinnerte und seine derzeitige schlichte, unprätentiöse Bodenständigkeit unterstrich. Wie sehr er sie doch liebte, und wie schrecklich, aus diesem warmen Schoß gerissen zu werden, den Hügel hoch zur Royal Mile, zu diesem Hort der Lüge, Heimtücke und Falschheit … *eins* konnte er sich bestimmt gönnen. Nur *ein* Pint, um sein Elend etwas abzufedern. Nur ein Stützbier. Aye, das würde ihn locker machen für seine Präsentation, daher war es nur vernünftig von ihm.

Beim zweiten Pint Guinness spürte Skinner, wie der ganze Alkohol der vergangenen Nacht wieder durch seinen Körper flutete. – Rab, lallte er in umnebelter Besorgnis (noch war es nur Besorgnis, nicht Panik, denn der Alkohol hatte die Dinge wieder ins Lot gerückt), – ich hab gleich diese Besprechung und bin schon wieder total breit …

Wie so oft, wenn dem Helden in der Welt der Schluckbrüder alles egal zu werden begann, war es sein Trinkkumpan, bis zu diesem Moment bloße Nebenfigur des Dramas, der Verantwortungsbewusstsein zeigte. Und so stopfte Big Rab McKenzie Danny Skinner ein Briefchen Kokain in die Hand. – Zum Frischmachen, grinste er.

– Danke, Rab, sagte Skinner mit echter Rührung, – kleines Näschen bringt mich wieder auf Vordermann.

14
Die Präsentation

Sie fand sie kurz nach seinem Tod, als sie zwanghaft durchs Haus wanderte, wie auf der Suche nach Keith … Sie sah sogar auf dem Dachboden nach, steif und vorsichtig kletterte sie die quietschende Metallleiter hoch, beinahe krank vor Angst, denn sie war nicht schwindelfrei.

Deshalb, und weil sie das Gefühl hatte, damit in die Privatsphäre ihres Sohnes einzudringen, ging sie lieber in den Schuppen im Garten. Ihr gefiel es dort, sie genoss den Geruch von Kerosin und Teeröl, der sie an ihren Ehemann erinnerte. Sie wagte sich an die Spinnen und ihre Netze und die Schnecken mit ihren Schleimspuren, denn obwohl sie sich vor diesen Tieren ekelte, durfte man nicht zulassen, dass sie Keiths Lieblingsplatz entweihten. Joyce fand Gefallen an der Ruhe und begriff rasch, warum Keith so gerne mit einem Buch hier gesessen hatte. Manchmal nahm sie eine Tasse Tee mit dorthin und stellte den alten Ölofen an, der eine behagliche, gemütliche Wärme verbreitete, gegen die die trockene Zentralheizungsluft im Haus nicht ankam.

Dort im Schuppen stieß sie auf die Tagebücher, einen dicken Stapel Notizbücher in einer alten Schublade unter der Werkbank, die mit den runden Abdrücken seiner Kaffeetasse übersät war. Sie hatte ein schlechtes Gewissen dabei. Sie behielt sie ganz für sich und hatte das Gefühl, als horte sie gierig einen Schatz, der eigentlich geteilt werden musste.

Joyce hatte die Tagebücher schon viele Male gelesen, seit sie sie gefunden hatte, nahm sie jedoch immer noch voller Vorfreude zur Hand. Und Joyce hielt immer wieder inne, wenn sie darin las; sie sann über jedes noch so harmlose Wort nach, bis ihr der Kopf schwirrte und der Zusammenhang unverständlich wurde. Die Tagebücher, die von 1981 bis 1998 reichten, waren in einer seltsam zarten Handschrift verfasst, die gar nicht wie die seine wirkte. Joyce hatte Mühe, sie zu entziffern, und kaufte sich sogar ein Vergrößerungsglas, obwohl sie Gewissensbisse hatte, als würde sie zudringlich. Doch selbst in seinen banalsten alltäglichen Beobachtungen schien eine glühende Liebe durch, die ihr Verhalten rechtfertigte und ihr letztlich immer großen Trost spendete.

Oft brütete sie stundenlang über den Tagebüchern, und auch diesmal schalt sie sich selbst, als ihr Blick auf den rostigen alten Wecker im Schuppen fiel; sie legte die Tagebücher wieder an ihren Platz und ging zurück ins Haus. Als Joyce oben die schmutzige Wäsche in den Wäschekorb packte, nahm sie einen Geruch wahr, und sie hielt eine Unterhose gegen das Licht. Angeekelt verzog sie das Gesicht, legte die Unterhose zurück in den Korb und sah nicht hin, als sie sie in die Waschmaschine stopfte.

Brian Kibby war mit seinem Wochenende rundum zufrieden. Er hatte mit entschlossener Hingabe an seinen Thesen für Dienstag gearbeitet und freudig gesehen, wie eine in seinen Augen gekonnte und gut durchdachte Präsentation Gestalt annahm. Darüber hinaus hatte er es noch geschafft, zu einer Wochenendwanderung der Hyp Hykers mit nach Nethy Bridge zu kommen, und auf dem Rückweg in die Stadt im Bus neben Lucy Moore gesessen. Obendrein hatten drei seiner *Harvest-Moon*-Hühner Eier gelegt. Doch als er von seinem Ausflug heimkehrte, traf er seine Mutter weinend an, mit einem Stapel Notizbücher auf dem Schoß.

Kibby schluckte schwer. Irgendwie machten diese kleinen schwarzen Notizbücher einen kalten, unheilkündenden Eindruck auf ihn. – Was ist los, Mum?

Seine Mutter schaute zu ihm auf, ein missionarisches Feuer in ihren braunen Augen. Seit dem Tod ihres Mannes hatte sie sich weit ins Schützenloch ihrer religiösen Überzeugung zurückgezogen und zum Kummer von Mr Godfrey, dem Pastor ihrer Gemeinde der Church of Scotland, die wortgläubigen Freikirchler aus ihren Mädchentagen wiederentdeckt. Ihre zwanghafte Hinwendung zum Religiösen reduzierte sich auf die allernotwendigsten Grundbestandteile ihres Glaubens und wurde zugleich immer eklektischer. Beim Einkaufen in der Stadt hatte sie sich kürzlich auf eine hitzige Diskussion mit ein paar Buddhisten eingelassen und sogar begonnen, sich regelmäßig mit einigen jungen Missionaren aus Texas zu treffen. Diese bebrillten, kurz geschorenen jungen Männer in Anzug gehörten der New Church of the Apostles of Christ an und kamen mit ihren Pamphleten, die Joyce mit Begeisterung studierte, zu ihnen nach Haus. Oft fand sie Trost darin, jedoch nicht ganz so viel wie in den Tagebüchern. – Lies das, Brian. Es sind die Tagebücher deines Vaters. Ich habe sie in seinem Schränkchen im Gartenschuppen gefunden. Ich war vorher noch nie da drin ... das wär mir unangenehm gewesen ... es war immer sein Platz. Dann hab ich diese Stimme gehört, als wär er da drin, und ich weiß, es klingt blöd, aber da ging ich rein ...

Obwohl er sah, dass seiner Mutter an dieser Stelle Tränen bittersüßer Wehmut in die Augen traten, schmeckte Brian Kibby die Idee ganz und gar nicht. – Das möchte ich nicht, Mum. Das sind Dads private Sachen ..., sagte er und hatte das Gefühl, als würde man den Sarg seines Vaters aufbrechen.

Doch Joyce blieb hartnäckig, angetrieben von einer Energie und Leidenschaft, die er schon lange nicht mehr an ihr beobachtet hatte. – Lies es, Junge, das ist schon in Ordnung, du wirst sehen. Nur diese Stelle hier. Sie wies auf eine Passage und nötigte seine sich weitenden Augen zum Mitlesen:

> Ich habe mir früher immer Sorgen wegen Brian gemacht; dass ihn seine Hobbys, diese Sache mit den Modelleisenbahnen, von den anderen Jungs in der Schule isolierten und zum Außenseiter machten. Aber mir ist lieber, er beschäftigt sich mit der Modelleisenbahn, als sich mit solchen Gestalten herumzutreiben, wie ich es als Junge getan habe. Es ist toll, dass er in diesem Wanderverein mit anständigen jungen Leuten zusammen ist, raus ins Grüne kommt und Spaß daran hat.
>
> Unser Brian ist ein echtes Arbeitstier. Der Junge wird alles, was er sich vornimmt, durch harte Arbeit erreichen.

Caroline kommt eher nach mir, aber sie hat mehr Grips, als ich je hatte. Ich hoffe nur, sie nutzt ihn auch und bringt es zu was an der Uni. Ich hoffe, sie lernt diese leichtfertige, arrogante Ader zu beherrschen, die mir selbst beinahe zum Verhängnis geworden ist, denn das Mädchen ist mein ganzer Stolz und meine ganze Freude.

Brian Kibby bekam beim Lesen feuchte Augen.

– Siehst du, Junge, wie sehr er dich geliebt hat!, schluchzte Joyce auf; wenn ihr Sohn doch nur die Worte ihres verstorbenen Gatten auch so auffassen würde, wie sie es getan hatte!

Aber die Passage war eindeutig genug. Es stimmte: Dort stand es schwarz auf weiß. – Aye … aye … es ist toll, das zu lesen, beteuerte er.

– Wir sollten sie Caroline zeigen, schlug Joyce vor.

Unbehagen rappelte in Brian Kibbys Brust wie eine Murmel.

– Lieber nicht, Mum, sie hat's im Moment nicht leicht.

– Aber sie könnten sie vielleicht trösten …

– Sie muss sich ganz auf ihr Studium konzentrieren, Mum. Sie darf ihre Zeit nicht mit alten Tagebüchern vergeuden. Warten wir, bis sie sich wieder gefangen und die Prüfungen geschafft hat. Das würde Dad auch wollen!

Joyce Kibby sah die Inbrunst in den Augen ihres Sohnes und gab bereitwillig nach. – Ja … das war ihm so wichtig, stimmte sie zu.

Kibby biss auf die Zähne und genoss seine Durchsetzungskraft. Er würde allen zeigen, aus welchem Holz er geschnitzt war, besonders diesem fiesen Skinner.

Während er im Lift hoch zum Konferenzraum fuhr, ratterte Danny Skinners Herz in einem wilden Rhythmus, als würde ein Kind mit einem Stock ein Eisengitter entlangfahren. Doch, das Kokain war eine prima Idee gewesen: Es hatte seinen Verstand geschärft und sein Selbstbewusstsein wiederhergestellt.

Die Sache mit Cooper war außerhalb der Arbeitszeit passiert und hatte einen Scheißdreck zu bedeuten.

Er würde Cooper voll ins Gesicht sehen, wenn er in den Konferenzraum kam, und wenn der dann was sagen wollte, sollte er ruhig.

Entweder wir regeln die Sache auf dem Dienstweg, du Sackgesicht, oder draußen vor der Tür, Mann gegen Mann. Was darf's also sein, Cooper? Hä? Pardon, was war das? Ich hab dich nich richtig verstanden, Kumpel, was haste da gesagt, du Fotze? Hä? Nichts? Ach ne, dann kommt also »nichts« dabei rum, hä? Aye, dachte ich mir schon.

Die Aufzugtüren schnellten auf, und Danny Skinner marschierte mit steifem Kreuz über den Flur in den Konferenzraum. Beim Hereinkommen prallte er fast vor dem grellen Licht der Neonröhren zurück, das von den beige gehaltenen Wänden reflektiert wurde und sich in sein verstrahltes Hirn bohrte. Der weiße Raum des nahenden Todes, dachte Skinner, doch ohne Furcht, denn das weiße Pulver stand ihm bei.

Leckt mich alle.

Die meisten von der Belegschaft standen um den Servierwagen herum und warteten darauf, sich Kaffee aus der Thermoskanne in ihre Becher schenken zu können. Er hätte auch einen vertragen können, aber er war spät dran, und die Tatsache, dass so viele noch nicht saßen, gab ihm das Heft wieder in die Hand. Daher schenkte Danny Skinner Cooper ein breites Koks-Grinsen, das dieser mit einem langsamen, ausdruckslosen Nicken erwiderte. In eine Sekunde von Coopers Schweigen konnte man glatt Tolstois gesammelte Werke packen, dachte sich Skinner.

– Hallo, Leute, sagte er fröhlich und marschierte zum Overheadprojektor. Er schaltete ihn mit einem Daumenklicken an, während er gleichzeitig seine Aktentasche öffnete. Seine Unterlagen waren nur halb fertig, aber den Rest würde er schon improvisieren.

Aus dem Augenwinkel registrierte er, wie Foy auf seine Uhr schaute.

Cooper erhob sich. – Bitte setzen Sie sich, Herrschaften, sagte er leutselig und fügte dann barsch hinzu: – Sind Sie so weit, Danny?

– Bereit und willig, strahlte Skinner und wartete, bis auch der letzte seiner Kollegen Platz genommen hatte. Er vernahm ein prustendes Lachen und sah Kibby, der sich über eine Bemerkung

Foys kaum einkriegte, wie eine Marionette auf seinem Stuhl herumzappeln.

Die Fotzen reden über mich.

Skinner spürte, wie sich seine Poren öffneten und Blut und Wasser schwitzten wie die Haut eines Opfers unter der Klinge eines Psychokillers. Ungeachtet seines bohrenden Verdachts, dass ihn alle als viktorianische Freakshow betrachteten, begann er gebieterisch: – Der Ruf der Stadt als bedeutendes Touristenzentrum ist in hohem Maße von der Qualität der hiesigen Restaurants und Cafés abhängig. Diese Qualität wiederum ist von der Disziplin und Wachsamkeit unseres Amtes und insbesondere von der Qualität seiner Inspekteure und Kontrollinstanzen …

Er holte seine erste Folie heraus und ließ sie von der statischen Elektrizität des Overheadprojektors ansaugen. Er sah die Verblüffung in den Gesichtern der Anwesenden, drehte sich um und las in großen grünen Buchstaben CCS RULE auf der Bildfläche hinter sich. McKenzie, fluchte er in sich hinein, grinste dann, nahm die Folie herunter und legte die richtige auf, die ein Diagramm der derzeitigen Abläufe des Berichtverfahrens zeigte. – Wir haben Saboteure unter uns, grinste er und erntete von den meisten ebenfalls ein Grinsen. Zufrieden mit sich, weil der Streich seines Freundes ihn nicht hatte aus dem Konzept bringen können, fuhr er fort: – Wie hinlänglich bekannt ist, verfügen wir über erstklassig qualifiziertes Personal. Das Gleiche lässt sich jedoch nicht von einigen unserer doch sehr anachronistischen innerbehördlichen Abläufen sagen. Insbesondere das Meldeverfahren bedarf dringend einer Neuordnung. Daran führt meiner Auffassung nach kein Weg vorbei. Es genügt nicht den Anforderungen meiner eigenen Abteilung, geschweige denn denen des gesamten Amtes, sagte er eindringlich und schwang edelmütig die Hände, um auch die Kollegen aus den anderen beiden Abteilungen miteinzubeziehen.

Zeit, einen Gang raufzuschalten.

– Noch weniger genügt es den Anforderungen der Stadtverwaltung, bellte Skinner schon fast bedrohlich und sah, wie das Gesicht von Foy die knallrote Farbe der Forth Ridge annahm. Es war allgemein bekannt, dass Foy dieses Prozedere vor Jahren ausgearbeitet und sich seitdem mit Händen und Füßen jedweder

Neuerung widersetzt hatte. – Das gegenwärtige Verfahren mit der Zuständigkeit bestimmter Inspektoren für ein festes Gebiet ohne jede Rotation über Jahre hinweg gestattet es, dass sich persönliche Beziehungen zu einzelnen Gastronomen entwickeln und so der Bereitschaft, mal ein Auge zuzudrücken, der Kumpanei und Bestechlichkeit Tür und Tor geöffnet werden.

Während Foy versuchte, sein Zittern unter Kontrolle zu bringen, und Kibby feindselig die Lippen schürzte, schob Skinner die nächste Vorlage auf den Projektor und begann, seine Verbesserungsvorschläge zu erläutern, inklusive Gegenkontrollen und Aufgabenrotation. Doch gegen Ende seiner Show begann er sich unwohlzufühlen, wurde müde und unkonzentriert. Seine Stimme war so leise geworden, dass sie ihn am anderen Ende des Raums kaum noch hören konnten.

– Könntest du etwas lauter sprechen, Danny?, bat Shannon.

Dieser Verrat traf Skinner wie ein Dolchstoß ... Er versuchte, seine Fassung wiederzufinden, war jedoch ganz von dem Gedanken beherrscht, auch Shannon habe sich um die neue Stelle beworben.

Die will mich doch wohl nicht fertigmachen, so ein Aas kann sie doch nicht sein ...

– Tut mir Leid ... äh ... eine leichte Erkältung, sagte er und starrte sie eisig an, bevor er sich wieder an die Runde wandte. – Äh ... ich glaube, das wär's erst mal von meiner Seite. Das jedenfalls ist die vorgeschlagene Verfahrensweise. Ich mache das auch noch als Handout fertig ... irgendwelche Fragen?, nuschelte er und ließ sich in seinen Stuhl fallen.

Ein paar Blicke wurden ausgetauscht, doch das Schweigen währte nicht lange. – Wie viel Mehrkosten wird das neue Verfahren mit sich bringen?, piepste Kibby schrill, in seinem Stuhl vorgebeugt, Skinner mit seinen Glupschaugen fixierend.

Ein einziger sauberer Schlag in deine Hackfresse ... mehr wär gar nicht nötig ...

– Ich habe noch keine genauen Zahlen, sagte Skinner, so angewidert, dass er Kibby gar nicht ansehen konnte, – doch ich rechne nicht mit wesentlichen Mehrkosten.

Skinner las an den skeptischen Gesichtern ab, wie wenig überzeugend seine Antwort gewesen war.

Hätte ich mir doch bloß eine halbe Stunde Zeit mit dem Taschenrechner genommen! Mehr hätte ich nicht gebraucht, um irgendeine schwachsinnige Kosten-Nutzen-Analyse und ein paar Zahlen zu produzieren, die jedem Arsch hier im Raum Sand in die Augen gestreut hätten. Wär ich gestern Abend doch bloß nach Haus gegangen …

Foy zog das eine Augenlid halb zu wie eine Jalousie und das andere hoch. Sein Mund krümmte sich sichelförmig. – Keine relevanten Mehrkosten? Bei all den zusätzlichen Überprüfungen, Kontrollen und Gegenkontrollen? Er schüttelt den Kopf mit einer Bekümmerung, die fast glaubhaft wirkte. – Wir bewegen uns hier in Wolkenkuckucksheim, befand er, immer noch langsam den Kopf schüttelnd.

Bevor Skinner etwas entgegnen konnte, hatte Kibby schon wieder das Wort ergriffen. – Ich glaube nicht, dass ähem irgendjemand ernsthaft behaupten kann, dass die Mehrkosten zu vernachlässigen seien. Aber ähem Danny meint, dass sie ähem ausgeglichen würden durch einen nicht bezifferten Zuwachs an Einnahmen aus dem Tourismus. Nun, ich glaube kaum, dass die Touristen unsere Gastronomie als Brutstätte von Seuchen, Pest und Krankheiten wahrnehmen. Ich glaube ferner, dass wir keinerlei Anlass haben zu glauben, dass ähem Mitarbeiter dieser Abteilung ihre ähem Aufgaben nicht professionell und korrekt wahrnehmen. Wenn wir ähem eine bestehende Praxis ändern wollen, weil die Möglichkeit besteht, dass sie Korruption befördert, dann ähem bräuchten wir vorher stichhaltige Beweise, dass dies tatsächlich der Fall ist. Wenn nicht, dann ähem kostet uns das nicht nur Zeit und Geld, es ähem untergräbt auch die Moral der Mitarbeiter. Also, Danny, lächelte Brian Kibby, – wissen Sie da irgendwas, was wir nicht wissen?

Der Blick, mit dem Skinner Kibby fixierte, war so voll blankem Hass, dass nicht nur der Adressierte, sondern sämtliche Anwesenden erstarrten. Und er hielt diesen Blick. Er saß stumm und kalt da und musterte Brian Kibby, sah ihm bis auf den Grund der Seele, bis Kibby Tränen in die Augen traten, sein Gesicht rot anlief und er den Blick abwenden und auf die Tischplatte richten musste. Skinner starrte ihn weiterhin an und würde damit nicht aufhören, bis irgendwer das Wort ergriff. Wenn sie es darauf anlegten und über Korruption und Schmiergelder reden wollten, er war bereit dazu. Vor seinem inneren Auge sah er schon die ersten Risse in der Büchse der Pandora.

Die Atmosphäre im Raum wurde ausgesprochen unbehaglich. Dann ergriff Colin McGhee das Wort. – Ich denke, wir sollten erst mal die Kosten dieses neuen Verfahrens durchkalkulieren. Wenn es konkrete Hinweise auf korruptes Verhalten gibt, werden wir das gegenwärtige Verfahren im Licht dieser Sachlage überprüfen müssen. Aber wir können nicht aufgrund bloßer Gerüchte und Spekulationen eine bewährte und kostensparende Verfahrensweise ad acta legen.

Brian Kibby wollte zustimmend nicken, doch er vermochte sich nicht zu rühren, da er immer noch Skinners blutgierigen Blick auf sich ruhen spürte. Cooper, der merkte, dass die Besprechung in gefährliche Gewässer abgedriftet war, nutzte das Schweigen, um die Sitzung gereizt für beendet zu erklären. Skinner sammelte hastig seine Unterlagen ein. Als er zum Ausgang eilte, hörte er, wie Foy ihm nachrief: – Wie nennt sich das Aftershave, das Sie da tragen, Danny?

Skinner fuhr zu ihm herum. – Was ist los?

– Nein, nein, echt, gefällt mir, grinste Foy reptilienhaft. – Sehr markant, sehr stark.

– Ich habe ni..., fing Skinner an, brach ab und lächelte. – Tut mir Leid, ich muss einen dringenden Anruf erledigen, sagte er, drehte sich abrupt um und marschierte die Treppe hinunter in Richtung Großraumbüro, das vorlaute Muster der Marmorstufen mit energischen Schritten abstrafend.

An seinem Schreibtisch spürte Skinner, wie die Kokswirkung langsam abflaute und der Alkohol aus seinem Blutkreislauf verschwand; mit ihnen verflüchtigte sich auch sein Allmachtsgefühl. Alles schreckte ihn sofort auf; in jedem Telefonklingeln schien eine Drohung mitzuschwingen. Foys Lachen dröhnte in seinem Kopf, und Kibbys weinerlicher Tonfall zog ihm die zitternde Haut in Streifen vom Rücken. Ein derart mickriger Widersacher, so schwächlich und erbärmlich, wirkte nun wie mit übermenschlichen, teuflischen Kräften beseelt. Einmal, als sich ihre Blicke trafen, stellte Skinner überrascht fest, dass Kibbys Augen nicht ängstlich und feige, sondern aufsässig und verschlagen guckten.

Also arbeitete Danny Skinner, der eine solche Verunsicherung an sich nicht gewöhnt war, emsig vor sich hin und versuchte, indem er sich den Papierkram vornahm, den er über Wochen hatte auflaufen lassen, ein bisschen die Bilanzen zu schönen, Fehler auszubügeln und sich selbst unangreifbar zu machen. Aber ihm fehlte die Konzentration dafür; er fing mit einer Sache an, nur um ihrer gleich wieder überdrüssig zu werden und sich etwas anderes vorzunehmen, bis er schließlich in einem Meer der Verzweiflung zu ertrinken drohte, weil sein Schreibtisch unter einem Berg nur halb erledigter Aufgaben verschwand.

Als sich das Büro gegen fünf zu leeren begann, entspannte Skinner sich ein wenig und hing seinen Gedanken nach, bis er sich fast zu schläfrig fühlte, um nach Haus zu gehen. Als um sechs das Telefon schrillte, hob er ab. Es musste ein privater Anruf sein, da bis auf ihn alle schon weg waren.

– Du machst Überstunden, sagte McKenzie anklagend und fragte dann lockend, – Lust auf ein schnelles Bierchen?, als wollte er bei Skinner etwas wiedergutmachen.

– Aye …, zögerte Skinner mit schlechtem Gewissen. Aber er *hatte* Lust auf ein Bier. Es gab tausend Gründe, es zu lassen und nach Haus zu gehen, doch sie verblassten alle gegen die drei Gründe, die dafür sprachen, dass er einen trinken ging: Er hatte Feierabend, er hatte siebenunddreißig Pfund in Münzen in den Taschen, und er hatte den Tatterich und *wollte* ein Bier.

Im Pub hatte Rab McKenzie bereits eine strategisch günstige Position an der Theke eingenommen und erinnerte Skinner an einen Kapitän, der auf der Brücke seines Schiffs steht. Als McKenzie sich an den Barkeeper wandte und ein Löwenbräu für Skinner bestellte, war es, als gäbe er das Kommando »Volle Fahrt voraus«.

Das Glas war schnell leer, und während Skinner die nächste Runde bestellte, schaltete seine Rationalisierungsmaschinerie auf Hochtouren.

Egal, was diese Arschkrampen, die bloß ihre eigene Existenz rechtfertigen wollen, in ihren Lifestylekolumnen verzapfen, dass man die und die Art von Mann sein sollte, dass man Verantwortung gegenüber seiner Frau, seinen Kindern, seiner Firma, gegenüber Gott, Vaterland oder der Regierung habe, je nach Coleur, nicht einer von denen kann mir weismachen, dass Kibby kein verfickter Wichser ist und ich nicht total genial bin. Und wenn sie mir Verantwortungs-Mann beim nächsten Frühjahrsputz als Neuen-Mann-der-Tat-Mann oder Renaissance-Mann oder Hau-auf-den Tisch-Mann wieder unterjubeln wollen, im wahren Leben ist er unabänderlich ein verfickter lahmer Ödsack wie Kibby.

Das sind alles dämliche Kontrollfreaks und Schleimscheißer, und jeder von denen will dir nur weismachen, dass du die oder jene Verpflichtung hast. Und Kibby, oh, der ist ja sooo pflichtbewusst.

Eine phantastische Idee bemächtigte sich Skinners: Wäre es nicht genial, wenn Kibby seine gesamten Kater ausbaden müsste? Wenn er, Skinner, sich auf wüsteste und rücksichtsloseste Art den irdischen Genüssen hingeben könnte und dieses adrette, rosige Muttersöhnchen, dieser Wichser von Kibby, die Konsequenzen tragen müsste?

Wenn das nicht phantastisch wäre! Kibby. Mein Gott, wie ist mir der zuwider. Wie sehr ich diese kleine Arschwarze von Milchbubi verachte. Ich hasse ihn. HASS HASS HASS HASS HASS HASS HASS HASS HASS HASS HASS

Mit seinem Lager dasitzend, erlebte Skinner, wie diese müßigen, halb betrunkenen Grübeleien mit einem Wimpernschlag in eine wüste Hasspredigt umschlugen, deren Intensität und Wildheit ihm durch Mark und Bein ging.

ICH HASSE HASSE HASSE HASSE KIBBY DIESE FOTZE SOLL SEIN ARSCH IN DER HÖLLE BRENNEN!

Das Licht schien aus dem niedrigen Schankraum zu weichen und in seinen Kopf zu strömen wie Wasser in einen Gulli, als würde es von seinem gierigen Gehirn und seinen Neuronen absorbiert. Dann sah er Kibbys Gesicht vor sich aufscheinen: den harmlosen, lächelnden »netten Jungen«, den sie auf der Arbeit alle so mochten. Für einen Sekundenbruchteil wurde es von seinem eigenen verschlagenen Gesicht überblendet. Und dann sah er es wieder zu dem des hinterfotzigen feigen kleinen Bastards werden, das für ihn Kibbys wahres Gesicht war.

Die Leute lassen sich gern in den Arsch kriechen, und dabei merken sie nicht …

Sein Atem setzte aus, und um ihn herum tanzten ihre Gesichter: Cooper, Foy …

Scheiße, das ist das Delirium …

Plötzlich verdunkelte sich die ganze Kneipe um einige Grade und alles schien sich in einer bizarren Verlangsamung abzuspielen. Er konnte niemanden erkennen, alle waren nur noch pulsierende, an- und abschwellende Schatten, bis er die normalerweise schwerfällige Gestalt von Rab McKenzie leichtfüßig wie einen Balletttänzer durch das Meer von Silhouetten herannahen sah, in den Händen Bier und Kurze balancierend. Skinners Herz krampfte sich derart brutal zusammen, dass er für eine Sekunde glaubte, er hätte einen Herzinfarkt.

VERDAMMTE SCHEI …

– Und ab geht die Luzie, Skinny. Hier, hau die mal weg, dröhnte McKenzie, während er die Gläser mit einer halben Pirouette auf dem Tisch abstellte.

Der Schweiß lief Skinner in Strömen runter, und er rang nach Luft, während das Licht wieder heller und der Raum wieder normal wurde. Ein Herzinfarkt. Ein Schlaganfall. Irgendwas ging mit ihm vor … ihm blieb die Luft weg …

O GOTT ICH … ICH …

– Du siehst aus, als wollteste schlappmachen, Alter, spottete McKenzie. – Was ist los? Ist dir die Schlagzahl zu hoch?

Danny Skinner rang verzweifelt nach Luft, während ihm McKenzie auf den Rücken schlug. Skinner hob die Hand ans Gesicht, um seinem Freund Einhalt zu gebieten. McKenzie sah seinen schwitzenden, rot angelaufenen Kumpel betroffen an, doch dann, als seine Besorgnis ihren Höhepunkt zu erreichen schien, spürte Skinner, wie in ihm ein Damm brach und er plötzlich wieder richtig Luft bekam. Er schaute zur Decke, bevor er den Blick senkte und Big Rab ansah. – War nur mir so, oder ist die Beleuchtung vorhin was schwächer geworden?

– Aye, irgend so eine beschissene Stromschwankung oder so. Alles klar mit dir?

– Aye …

Irgendeine Stromschwankung.

Skinner schaute McKenzie an, Big Rab McKenzie, seinen besten Kumpel, der Trauzeuge bei seiner Hochzeit geworden wäre und immer sein bester Saufkumpan war. So viel er auch trank, mit Big Rab konnte er nie ganz mithalten. Nie kam er an die Mengen heran, die Rab konsumierte, an sein stoisches, beharrliches Wegstellen der Pints, an die ungeheuren Mengen Kokain, die er sniefte, die Skinner jedes Mal, wenn sie gemeinsam zur Toilette gingen, um sein Herz fürchten ließen, das wild in seiner Brust tanzte wie die Erbse in der Pfeife eines übereifrigen Schiedsrichters.

Doch irgendetwas Seltsames, Anormales geschah gerade, denn diesmal war es Skinner, der einen Energieschub erlebte, vielleicht war es diese Empfindung von Unsterblichkeit, die Alkoholiker erfuhren, diese von der Sterblichkeit des Fleisches nicht angekränkelte Überzeugung, dass nichts, wirklich nichts ihnen etwas anhaben kann. Skinner hatte dieses Gefühl schon oft erlebt, doch noch nie in dieser Intensität. Er würde sich von dieser Welle einfach mitreißen lassen. Er kippte sich den Jack Daniel's runter. – Na los, McKenzie, du Schwuchtel, sehn wir doch mal, wer hier mit wem nicht mithalten kann!

Kochen

15
Unbekanntes Virus

Es war das erste Mal, dass er die Küken draußen gelassen hatte. Es hatte geregnet, die Zaunpfähle waren verrottet und die wilden Hunde eingedrungen. Jetzt waren keine Küken mehr da.

Er war unkonzentriert. Ihm war schwindlig: schwindlig und übel. Das riesige, grellbunte *Star Trek: The Final Frontier*-Plakat an der Wand, ein Geschenk von Ian, auf dem zu sehen war, wie die Enterprise gerade aus einem schwarzen Loch hervorschoss, pochte und pulsierte, klimperte auf seinen bloß liegenden Nerven.

Er erhob sich zitternd von seinem fahrbaren Computertisch und wankte zurück ins Bett. Als er schwitzend und mit seiner Übelkeit kämpfend unter der Decke lag, hörte er draußen die Schritte seiner Mutter, die die Treppe heraufkam.

Joyce Kibby schleppte müde ein Silbereffekt-Teetablett die Treppe hoch. Es war beinahe zu schwer für ihre dünnen Arme, beladen mit einem großen Teller Rührei, Bacon und Tomate und einem kleineren mit einem gewaltigen Stapel Toast, dazu noch ein Kännchen Tee. Sie bugsierte es ins Schlafzimmer ihres Sohnes und war bestürzt, wie mitgenommen er heute aussah.

– Hab dir was zum Frühstück gebracht, Junge. Du lieber Gott, du siehst wirklich nicht gut aus. Na ja, du weißt ja, wie es heißt: Eine Erkältung muss man füttern, Fieber muss man aushungern, oder war's umgekehrt? Na, schaden kann es jedenfalls nicht, erklärte sie und setzte das Tablett vorsichtig am Fuß seines Betts ab.

Brian Kibby brachte ein gequältes, skeptisches Lächeln zustande. – Danke, Mum. Mir fehlt nichts, machte er sich selbst Mut. Er würde keinen Bissen runterkriegen. Ihm war schrecklich elend, sein Kopf hämmerte, und seine Gedärme brodelten wie ein Vulkan. Er versuchte immer, vor dem Frühstück wenigstens drei *Harvest Moons* durchzuspielen, doch an diesem Morgen hatte er kaum zwei geschafft und alle Küken verloren.

Wie konnte ich nur so dumm sein?

– Es muss dieses Virus sein, das gerade umgeht, meinte Joyce, während Brian sich aufsetzte, seine Kissen aufschüttelte und sich dagegen lehnte. Schon diese minimale Kraftanstrengung brachte ihn ins Schwitzen. Sein Mund war trocken, und Arme und Beine waren kraftlos und schmerzten.

– Ich fühle mich schrecklich. Ich hab das Gefühl, als würde mein Kopf gleich explodieren.

Aber Brian Kibby hatte auch Schuldgefühle. Danny Skinner war gestern bei der Präsentation offenkundig nicht in guter Verfassung gewesen, aber alle hatten das aufs Trinken zurückgeführt, obwohl Skinner sagte, er hätte sich eine Erkältung oder ein Virus eingefangen.

Und ich bin auf ihn los, obwohl es ihm nicht gut ging. Dabei heißt es doch, im Zweifel für den Angeklagten. Jetzt bekomme ich die Quittung dafür, schalt sich Kibby.

Skinner hat mir sein Virus vermacht.

– Ich rufe an und sage, dass du krank bist, Junge, schlug Joyce vor, während sie die Vorhänge aufzog.

Kibby saß vor Schreck sofort senkrecht im Bett. – Nein! Das geht nicht! Heute ist meine Präsentation. Ich muss hingehen!

Joyce schüttelte steif den Kopf. – Du bist nicht in der Verfassung, zur Arbeit zu gehen, Junge. Schau dich nur an, wie du schwitzt und zitterst. Sie werden das schon verstehen; du meldest dich doch sonst nie krank. Wann hast du schon mal krankgefeiert? Davon hat doch keiner was, Brian, davon hat keiner was.

Brian Kibby meldete sich tatsächlich nie krank. Und er würde jetzt auch nicht damit anfangen. Er quälte sich etwas von seinem Frühstück rein, duschte lauwarm und zog sich dann kraftlos an. Als er nach unten kam, saß Caroline am Küchentisch und packte bei seinem Eintreten schnell ihre Bücher in ihre Tasche. – Mum sagte, du würdest heute zu Hause bleiben, meinte sie.

– Das geht nicht, ich habe eine Prä…, seine Augen registrierten, womit sie beschäftigt war. – Sitzt du immer noch an dem Essay von gestern Abend?

Sie strich sich die schulterlangen, blonden Haare aus dem Gesicht. – Nur noch ein paar kleine Änderungen, sagte sie.

– Caroline…, lamentierte Brian Kibby, – du hättest ihn gestern Abend schon fertig haben müssen. Du hast doch versprochen, ihn fertig zu machen, bevor du zu dieser Angela gehst!

Carolines lackierte Fingernägel knibbelten an dem Streets-Aufkleber auf ihrer Tasche. Sie sah zu ihm auf, und ihre gezupften, dünnen Augenbrauen hoben sich frostig. – Versprochen? Ich hab niemandem irgendwas versprochen, wenn ich mich recht entsinne. Sie schüttelte den Kopf und wiederholte. – Ich erinnere mich nicht, dir irgendwas versprochen zu haben.

– Aber es geht doch um dein Studium!, hielt Kibby seiner Schwester jammernd vor. Er fragte sich, warum er sich trotz Krankheit zur Arbeit quälte, während sie nur ihre Zeit und ihr Talent vergeudete. – Diese Angela, aus der wird doch nie was. Lass dich von der nich mit runterziehen. So Fälle kenn ich genug!

Caroline und Brian Kibby standen sich nahe und stritten nur selten. Er konnte etwas nervig sein, aber normalerweise ließ seine Schwester sich das gefallen. Wenn sie bissig wurde, dann gegenüber ihrer Mutter, nie gegenüber ihrem Bruder. Aber Caroline spürte die Nachwirkungen der Drinks von gestern Abend in Buster Browns Nachtclub und war von der offenbar neu entdeckten Entschlossenheit ihres Bruders, sie unter ein drakonisches Studienregime zu zwingen, nicht sehr angetan. – Du bist nicht mein Dad, Brian. Vergiss das nicht, sagte sie beinahe drohend.

Brian Kibby schaute seine Schwester an, sah, wie ihre Augen feucht wurden, und spürte den gemeinsamen Schmerz über ihren Verlust. Enger Körperkontakt lag ihnen nicht, und seit Beginn der Pubertät hatte es kaum noch Berührungen zwischen ihnen gegeben. Nun jedoch legte er gerührt einen zitternden, geschwächten Arm um sie. – Es tut mir Leid … ich wollte nicht …

– *Mir* tut es Leid…, schniefte Caroline unglücklich, – ich weiß, du willst nur mein Bestes…

– Ich sag's doch nur, weil er das auch gern gewollt hätte, krächzte

Brian, die Tränen unterdrückend, während er den Arm von ihren Schultern rutschen und kraftlos herabhängen ließ, – aber du bist jetzt eine erwachsene Frau und kannst tun und lassen, was du willst. Ich habe kein Recht …, schluckte er. – Dad wäre wirklich stolz auf dich, weißt du das?, fragte Brian mit schlechtem Gewissen, denn er dachte daran, was in den Tagebüchern stand, die er und Joyce Caroline vorzuenthalten beschlossen hatten.

Caroline Kibby gab ihrem Bruder einen Kuss auf die Wange. Er hatte im Gesicht immer noch diesen daunenweichen Flaum, wie ein Pfirsich, dachte sie. – Auf dich wäre er stolz, denn ich bin's auch. Du bist der beste Bruder, den man haben kann.

– Und du bist die beste Schwester, brach es fast wie ein Schrei aus Brian heraus. Durch diese schrille, weinerliche Erwiderung hätte er in ihren Augen beinahe den Moment verdorben, doch sie konnte den unguten Impuls, ein abfälliges Gesicht zu schneiden, noch in ein Lächeln umbiegen.

Beide verzweifelt entschlossen, dem ungewohnten und unguten Strudel von Emotion zu entkommen, in dem sie seit dem Tod ihres Vaters gefangen waren, beruhigten sich Brian und Caroline wieder und verabschiedeten sich von Joyce, die zurück nach unten gekommen war, nachdem sie die Betten gemacht hatte. Dann machten sie sich auf den Weg ins Büro, beziehungsweise zur Edinburgh University.

Kibby wurde wie ein Held empfangen, als er ins Büro kam, registrierte Danny Skinner verbittert. – Brian sieht schrecklich aus, als hätte er die Grippe, meinte Shannon McDowall. Skinner nickte und unterdrückte den Verdacht, dass es, als er gestern kam, wohl geheißen hätte: »Danny sieht schrecklich aus, als hätte er die Grippe oder Gott weiß was …«

Dieser entscheidende kleine Zusatz. Solche Bemerkungen entschieden darüber, ob man einen guten oder schlechten Ruf im Büro hat. Um Kibbys Ruf zu schädigen, wäre aber schon einiges vonnöten. Bei dem gilt immer, im Zweifel für den Angeklagten.

Aber Danny Skinner hatte das unerklärliche Gefühl, die Zeit sei womöglich auf seiner Seite. Er fühlte sich überraschend fit, vor allem, wenn man das Gelage von gestern Abend bedachte. Vielleicht wurde er langsam wie Big Rab McKenzie, überlegte er, und wurde immun gegen Alkohol und Drogen.

Ich bin bereit, Kibby. Komm schon, Bürschchen, zeig mal, was du so auf der Pfanne hast!

Die Kolleginnen und Kollegen gingen in den Konferenzraum und nahmen Platz, um sich Brian Kibbys Präsentation anzuhören. Als der seine Unterlagen zur Hand nahm, grinste Skinner ihn an, huschte zu ihm rüber und flüsterte: – Gleich kriegst du dein Fett weg, du Fotze.

Nur ein oder zwei Leute bemerkten das nervöse Beben, das Kibby kurz durchlief.

Kein Blumentopf für dich zu gewinnen, du Fotzengesicht!

Alle waren gespannt auf Kibbys Präsentation. Bob Foy klopfte ihm ermutigend auf den Rücken, was Kibby, wie Skinner schadenfroh bemerkte, fast aus der Haut fahren ließ. Kibby war bei Weitem kein überzeugender Vortragsredner, doch das machte er durch seine überaus detaillierten und akribischen Folien wett, auf die er zurückgreifen konnte, wenn er ins Schleudern geriet. Genauer gesagt, er hätte es wettmachen können, hätten seine zitternden Hände nicht einen Becher Kaffee umgestoßen und sie komplett versaut. Seine anschließenden Versuche, den Kaffee aufzuwischen, richteten nur noch mehr Unheil an. Aitken eilte ihm zu Hilfe, übernahm das Abtrocknen und drängte ihn fortzufahren.

Der erste Streich!

Danny Skinner saß da und sah vergnügt zu, wie Brian Kibby sich selbst in die Scheiße ritt.

– Entschuldigen Sie ... ich ... ich, äh, fühl mich nicht so besonders heute ... irgendein Virus ...

– Aye, meinte Skinner laut, – davon scheinen so einige unterwegs zu sein.

– Ja, ich fühl mich in letzter Zeit auch nicht ganz auf der Höhe, versuchte Oswald Aitken hilfsbereit, Skinners Häme die Spitze zu nehmen.

Während Kibby sich durch eine schmerzhaft peinliche Präsentation quälte, hielten sich fast alle mit Nachfragen zurück, nur einer nicht. Danny Skinner spielte mit Brian Kibby, seine scheinbar harmlosen Fragen galten einem Detail, das seinem stammelnden, zitternden Gegner partout nicht einfallen wollte. Skinner kräuselte grausam die Lippen wie ein Schnösel, der nicht zu seiner Zufriedenheit bedient wurde, aber die Peinlichkeit nicht noch erhöhen will, indem er eine Szene macht. Darüber hinaus hatte er detaillierte Aufstellungen mit den Zahlen herumgehen lassen, die er am Vortag nicht parat gehabt hatte, womit Kibbys Präsentation bereits sabotiert war, bevor sie überhaupt begonnen hatte.

Bob Foy saß in stummem Zorn da, doch Skinner merkte, dass seine Wut sich weniger gegen ihn als gegen Kibby richtete, weil dieser seinem Vorschlag, beim Status quo zu bleiben, einen solchen Bärendienst erwies.

Es war Skinner, der die Besprechung de facto beendete, indem er Kibbys Befürwortung des gegenwärtigen Meldesystems attackierte. – De facto besteht dein Vorschlag also darin, gar nichts zu tun, Brian. Alles beim Alten zu lassen, sagte er, indem er Foys müde Betrübnis vom Vortag bis zur Parodie imitierte, was abgesehen vom Chef jeder mitbekam. Shannon, die schon im Pub in den Genuss seiner Darbietungen gekommen war, hatte Mühe, ein Kichern zu unterdrücken, als Skinner diese Sache mit den Augen machte. – Man könnte ja meinen, hier antanzen zu müssen, um sich etwas anzuhören, was man auch in einer E-Mail hätte rumschicken können, sei nicht die sinnvollste Nutzung der Arbeitszeit, schnöselte Skinner mit wachsender Arroganz, – verstehst du das etwa unter der bewährten Effizienz dieser Behörde, die dir angeblich so am Herzen liegt?, grinste er kalt, ohne den Blick von Kibbys Gesicht zu wenden.

Brian Kibby war sprachlos. Ihm fiel keine Entgegnung ein. Sein Schädel brummte, und seine Beine waren wie Pudding. Er sah sich in der Runde seiner unruhigen Kollegen um wie ein Kaninchen im Scheinwerferlicht eines herannahenden Autos.

Der zweite Streich!

– Wenn etwas nicht kaputt ist, sollte man es nicht reparieren …, begann er schwächlich, während ihm die Stimme in der Kehle zu einem Krächzen erstarb.

Colin McGhee wandte sich mit verständnislosem Gesicht an Skinner und mit dem gleichen fragenden Ausdruck an Kibby, eine Geste, die sich wie ein Buschfeuer um den Tisch herum ausbreitete.

– Entschuldige, Brian, unterbrach Skinner, – ich kann dich nicht verstehen. Könntest du etwas lauter sprechen?

– Wenn etwas nicht …, lispelte Kibby widerspenstig, doch er konnte den Satz nicht beenden, weil bockig aus seiner Magengrube etwas nach oben stieg. Er versuchte sich die Hand vor den Mund zu halten, und indem er sich rasch abwandte, erreichte er es gerade noch, dass ein Großteil des Erbrochenen in einem Papierkorb landete, auch wenn einiges auf den Tisch und von dort an den Ärmel von Coopers Anzug spritzte.

Der dritte Streich – und aus!

Shannon und Colin McGhee eilten Kibby zu Hilfe, während Foy müde den Kopf schüttelte.

– Scheint, als hätte das geheimnisvolle Virus wieder zugeschlagen, meinte Skinner trocken, während Kibby auf entwürdigende Weise Berge von Rührei, Bacon und Tomaten in den Eimer reiherte und Cooper angewidert mit einem Taschentuch an seinem Ärmel herumputzte.

Danny Skinner stand auf und verließ den Konferenzraum wie reingewaschen; den leidenden Kibby und seine aufgeregt diskutierenden Kollegen ließ er zurück. Bei aller Begeisterung und Hochstimmung fiel es ihm schwer, zu begreifen, was passiert war.

Was zum Teufel ist da drin vorgegangen?

Das konnte nur ein Zufall sein. Kibby hat offensichtlich eine Grippe oder einen anderen schweren Infekt, während ich in letzter Zeit so viel getrunken hab, dass meine Alkoholtoleranz Spitzenwerte erreicht hat. Das ist verdammt beunruhigend; es könnte das letzte Aufbäumen eines Alkoholikers sein, ein letzter Allmachtsschub, ehe der finstere Abstieg beginnt.

Aber … Kibby war total im Arsch! Absolut fertig und verkatert. Es waren genau die Symptome von jemandem, der schlimm versackt ist!

Nee … Ich red mir hier nur was ein.

Der Nachmittag flog für ihn nur so dahin, und gegen Feierabend stellte er mit Erstaunen fest, dass sein Schreibtisch leer gearbeitet war. Völlig konsterniert schaute er auf dem Nachhauseweg kurz in ein paar seiner Lieblingskneipen auf dem Leith Walk vorbei: im Old Salt, im Windsor, bei Robbie's, in der Lorne Bar und im Central.

An diesem Abend blieb er zu Hause lange auf und killte eine

Flasche Jack Daniel's mit einem Liter abgestandener Pepsi, während er auf Channel 4 *Zwei glorreiche Halunken* guckte. Doch irgendetwas ließ ihm bei aller Zufriedenheit keine Ruhe. Skinner wollte Gewissheit haben. Er zündete eine Zigarette an und drückte sie nach einem Moment des Zögerns auf seine Wange. Ihm entfuhr ein gellender Schmerzensschrei. Tränen traten ihm in die Augen. Der Selbstekel brannte schlimmer als die Zigarette.

Wie konnte ich bloß so saudumm sein? Wahrscheinlich hab ich Idiot mich jetzt selbst fürs Leben gezeichnet.

Den Rest des Films verfolgte er in tiefer Depression und fasste sich dabei gelegentlich an die Brandwunde auf seiner Wange.

Schließlich ging Skinner zu Bett und rechnete mit dem unruhigen, anstrengenden Schlaf, der ihn normalerweise erwartete, wenn er betrunken war. Doch er schlief gut, tief und fest und erwachte am nächsten Morgen erfrischt. Im Badezimmer schaute er sich im Rasierspiegel sein Gesicht an. Irgendetwas stimmte da nicht. Es fehlte irgendetwas. Ihn erfasste eine so große Aufregung, dass er sich auf den Toilettensitz setzen musste, weil er ohnmächtig zu werden fürchtete. In seinem Kopf überschlugen sich die Gedanken.

Wenn es nur nicht so furchtbar wehtäte. Brian Kibby zuckte zusammen, als Joyce Jod auf die hässliche Wunde auf der Wange ihres Jungen tupfte. – Das sieht aber böse aus, sagte sie. – Du musst doch wissen, was du da angestellt hast. Das sieht aus wie eine Brandwunde oder ein entzündeter Insektenstich …

Es war ein scheußlicher, schmutziger Schmerz, und es machte ihm Sorgen, dass er gar nicht bemerkt hatte, wie er sich das zugezogen hatte. Es schien einfach über Nacht gekommen zu sein. Von dem Brennen war er wach geworden; er hatte das Licht angemacht und auf der Jagd nach irgendeinem exotischen, vielbeinigen Eindringling überall mit einer zusammengerollten Ausgabe von *Which Computer* herumgefuchtelt, in seinem Kleiderschrank, hinter den Vorhängen. Er hatte kein Glück gehabt.

– Ich wünschte, das wüsste ich, quengelte er trostlos.

– Du siehst schrecklich aus, Junge, sagte Joyce und schüttelte traurig den Kopf, – ich bin sicher, du brütest da irgendwas aus. Du solltest besser zum Arzt gehen.

Brian Kibby musste einräumen, dass es ihm wirklich dreckig ging, war aber nicht gewillt, dem Getue seiner Mutter nachzugeben, denn seiner Erfahrung nach fühlte er sich dann nur noch elender. Ihre gluckenhafte Art war oft Anlass zu Unstimmigkeiten zwischen ihr und seinem Vater gewesen. Nachdem Keith jetzt von ihnen gegangen war, war Brian der Mann im Haus und wollte zumindest versuchen, sich auch so zu verhalten.

– Mir fehlt nichts, das ist nur irgendein Frühlingsbazillus, jetzt wo das Wetter milder wird. So was kommt vor, sagte er munter, fühlte sich aber weitaus schwächer und elender, als er sich anmerken ließ.

Momentan spielten sich so viele aufregende Dinge in seinem Leben ab, und er hatte das Gefühl, unmöglich gerade jetzt krank werden zu können. Am Freitag trafen sich die Hyp Hykers im McDonald's in Meadowbank, der sich zu einem ihrer regelmäßigen Treffpunkte entwickelt hatte. Kibby gönnte sich gelegentlich die verbotenen Freuden eines Big Macs, obwohl er wusste, dass der mit seinem ganzen Zucker, Salz, Fett und den tausend Zusatzstoffen nicht gut für ihn war. Außerdem hatten er und Lucy sich tollerweise verabredet, danach noch rüber ins Sport Centre zu gehen und eine Runde Badminton zu spielen.

Da werden sie im Club ganz schön Augen machen!

Er fühlte sich mies, doch sein Kopf schwirrte schon von der verfrühten und womöglich auch lächerliche Annahme, sie seien bereits ein richtiges Paar. Vielleicht würde er sie sogar einladen, nach dem Spiel drüben im Golden Gates noch ein Glas zu trinken, auch wenn er sich höchstwahrscheinlich mit O-Saft und Limo begnügen würde.

Ian hatte gestern Abend angerufen, um ihn an die *Star Trek*-Convention in Newcastle zu erinnern, zu der sie am Samstag wollten.

Aye, es scheint ja ein ereignisreiches Wochenende zu werden!

Die Frage seiner Brautwahl blieb knifflig. Er beschloss, Hilfe auf der *Harvest Moon*-Chatseite im Internet zu suchen. Wie so viele Spieler favorisierte er Ann. Er musste zwar zugeben, dass sie ihm in der N64-Version irgendwie besser gefiel als in BTN, aber sie war nicht nur hübsch, sondern auch loyal und beständig.

Eine gute Ehefrau. Ein Aktivposten.

Aber dennoch ging ihm Muffy einfach nicht aus dem Kopf. Er war froh, als er sah, dass Jenni Ninja online war. Sie (er nahm an, dass es sich um eine »sie« handelte) war sehr verständig und kannte das Spiel in- und auswendig, wodurch sie extrem hohe Punktzahlen einfuhr.

05-03-2004, 7.58am
Über-Priest
King of the Cool
Hi Jenni-Babe, rätsele immer noch über meine Zukünftige. Knifflige Frage. Scheint auf ein Duell der Superbräute rauszulaufen, Ann gegen Muffy, obwohl Karen und Elli noch immer im Rennen sind. Irgendeinen Ratschlag?

05-03-2004, 8.06am
Jenni Ninja
Eine göttliche Göttin
Yeah, ich muss zugeben, dass ich für Ann und Muffy gestimmt hab, sie sind meine All-Time-Favourites. Karen und Celia fand ich mal gut, aber jetzt nicht mehr. Viel Glück bei deiner Entscheidung, Über-Priest. Ich hoffe, es klappt für dich.

Sie hat sofort geantwortet. Und sie hat mich verstanden. Aber wer ist Jenni Ninja? Sie hört sich echt cool und sexy an, aber vielleicht ist sie ja lesbisch. Von wegen andere Mädchen heiraten wollen und so. Aber es ist ja nur ein Spiel! Vielleicht sollte ich zurückschreiben und fragen, wo sie wohnt. Aber vielleicht wirke ich dann wie ein Stalker.

05-03-2004, 8.21am
Über-Priest
King of the Cool
Danke für den Ratschlag, Jenni-Babe. Es ist eine schwierige Entscheidung, aber der King of the Cool in seinem Palast der Liebe wird deine weisen Worte nicht vergessen.

Ich muss über meinen Text grinsen, doch dann brennt und sticht irgendetwas auf meiner Wange. Ich würde gerne warten, ob Jenni

Ninja noch etwas antwortet, aber ich muss los und ich fühle mich scheußlich. Ich gehe aus dem Netz, dann schließe ich Harvest Moon *und mache den Monitor aus. In meinem Spiegelbild sehe ich den hässlichen Fleck auf meiner Wange. Mir brummt der Schädel, und ich fühle mich krank und dreckig, innerlich dreckig. Irgendwas stimmt hier nicht.*

Und so schleppte sich Brian Kibby auf wackligen Beinen zur Arbeit. Im Büro fühlte er sich sehr unwohl. Danny Skinner war bereits vor ihm da, und das kam praktisch nie vor. Darüber hinaus schien Skinner erfreut, ihn zu sehen, und irritierte Kibby, weil er sein Gesicht und die Stelle mit dem Insektenstich nicht aus den Augen ließ. – Sieht ja böse aus, Bri, was ist das?

– Als ob dich das interessiert!, fauchte Kibby, ganz untypisch gereizt. Es war diese Grippe, sie ließ seinen Mund austrocknen, seinen Schädel pochen, verseuchte seine Eingeweide und schredderte seine Nervenenden.

Skinner nahm wie kapitulierend die Hände hoch und sagte:

– Entschuldige, dass ich was gesagt hab, wofür ihm ein mitfühlendes Kopfnicken von Colin McGhee und dann noch eins von Shannon zuteilwurde, auch wenn er es dann ein wenig übertrieb, indem er hinzufügte: – Da ist wohl jemand mit dem falschen Fuß aufgestanden!

Brian Kibby machte sich zu seinen Betriebsinspektionen auf, um sich zu beschäftigen. Auf dem Weg zu den Objekten las er alles, was er über die Stadtverwaltung und deren Abläufe in die Finger bekommen hatte, dazu noch alte Ausschussprotokolle und Artikel über das öffentliche Gesundheitswesen. Er würde bestens vorbereitet in diese Befragung gehen.

Ich muss die Beförderung einfach kriegen.

Vor einem italienischen Restaurant lächelte ihn ein Mädchen, das ein Plastikleibchen mit dem Logo der Krebshilfe trug, auffordernd an. Er hätte nicht stehen bleiben sollen, doch vor ihrem Blick gab es kein Entrinnen.

Sie scheint ein richtig süßes Mädchen zu sein, ein richtig netter Mensch.

Sheryl Hamilton hatte die Nase voll. Sie kam sich wie eine Prostituierte vor, die den ganzen Tag lang Männer ansprach. Diejenigen, die stehen blieben, waren entweder schmierige Anzugtypen oder totale Opfer wie der Typ jetzt. Sie dachte mittlerweile schon wie eine Nutte, überlegte sie, während sie ihren Spruch runterrasselte. Kibby erfuhr die tröstliche Kunde, dass die meisten Krebsarten vermeidbar oder aber behandelbar waren und permanent neue Durchbrüche in der medizinischen Forschung erzielt wurden. Allerdings, fuhr Sheryl mit ernster Stimme fort, seien Spendengelder dringend vonnöten, um dauerhafte Fortschritte zu erzielen.

Kibby unterschrieb pflichtschuldigst auf der gepunkteten Linie, und das Wissen, etwas Sinnvolles und Hilfreiches zu tun, gab ihm Auftrieb. Er dachte daran, das Mädchen zu fragen, ob sie mal einen Kaffee mit ihm trinken würde, doch sie war mit ihrer Aufmerksamkeit sofort bei einem anderen, und er hatte den Moment verpasst.

Im Laufe des Tages begann er sich etwas besser zu fühlen. Bei der Teepause am Nachmittag saß er direkt neben Shannon und bewunderte ihre Nägel, die rot lackiert waren, als hätte sie sich zum Ausgehen fertig gemacht und nicht fürs Büro. Sie las in einer Boulevardillustrierten, und Danny Skinner war natürlich zur Stelle, um sie deswegen aufzuziehen.

– Es ist nur ein harmloses Vergnügen für Kulturbanausen, Danny. Ich meine, das ist keine Publikation, die die Welt verändern wird.

– Das hat sie schon. Zum Schlechteren, sagte Skinner, ein wenig betroffen, weil er sich anhörte wie seine Mutter.

Shannon rollte die Illustrierte zusammen und schlug spielerisch damit nach Skinner, bevor sie sie auf den Schreibtisch warf. Skinner war etwas nervös wegen ihres intimen Umgangs in aller Öffentlichkeit. Er entdeckte den Federballschläger, der aus Kibbys Sporttasche ragte.

– Badminton, Bri?

– Ja …, sagte Kibby misstrauisch, dann fragte er, – … Spielst du auch?

– Zu vital für mich. Ich geh heut Abend raus, mir einen brennen, grinste er.

Als ob mich das interessieren würde, dachte Kibby und griff sich Shannons Illustrierte.

Er sah, dass diese amerikanischen Zwillinge, die Olsens, auf dem Cover waren. Sie erzählten etwas über ihren in Kürze anlaufenden Film. Er sollte für sie »den nächsten Schritt« darstellen, darin schienen sich die beiden Mädchen, ihr Managementteam und der Verfasser des Artikels einig zu sein. Er fand die beiden richtig süß.

Diese Mädchen sind wunderhübsch. Ich könnte mich nicht entscheiden, welche besser ist. Sie sehen tatsächlich *identisch aus.*

Skinner entging Kibbys Interesse nicht. – Da wartet doch jeder Perversling seit Ewigkeiten drauf, dass die endlich in die Pubertät kommen, sagte er im Plauderton, worauf Kibby verlegen die Seite umblätterte. – Das ist dieses Zwillingsding. Man will beide bumsen, nur um zu sehen, ob eine anders ist als die andere, stimmt's, Bri?

– Verzieh dich, fuhr Kibby ihn an, obwohl er leicht aus der Fassung gebracht war.

– Komm schon, sagte Skinner, der bemerkte, dass Shannons Interesse erwacht war, – das musst du doch wissen wollen. Eineiige Zwillinge, in derselben Familie aufgewachsen, die immer die gleichen Sachen gemacht und die gleichen Rollen im Fernsehen gespielt haben ... ob sich ihre sexuellen Vorlieben dann unterscheiden?

– Ich werde mich an dieser Unterhaltung nicht beteiligen, sagte Kibby arrogant.

– Shannon?

– Wer weiß? Hat einer der Jungs von Bros einen größeren Schwanz als der andere?, meinte sie, griff nach dem Telefon und rief eine ihrer Freundinnen an, ohne zu bemerken, dass ihre dahingeworfene Bemerkung, die sich Skinner nun durch den Kopf gehen zu lassen schien, Brian Kibby das Blut in den Adern gefrieren ließ.

Er hat sie auf sein Niveau heruntergezogen. Sie umgedreht. Niemals lasse ich den in die Nähe von Menschen wie Lucy, niemals. Er ist ein dreckiges, verkommenes Schwein!

16
Unendliche Weiten

Brian Kibby lag die ganze Nacht wach und war bis auf die Knochen durchgeschwitzt. Fieber schüttelte seinen angeschlagenen Körper, und sein malträtierter Geist wurde von Delirien überflutet, die ihn um seinen Verstand fürchten ließen. Alles, was er sehen konnte, war das grausame, höhnische Gesicht dieses psychotischen Mobbers Danny Skinner.

Warum hasst Danny Skinner mich so?

Auf der Schule war Kibby hinreichend sensibel, schüchtern und unsicher gewesen, um die Aufmerksamkeit aggressiver Jungs wie Andrew McGrillen zu erregen, die instinktiv die Witterung eines Schulhofopfers aufnahmen. Aber selbst an der Schule hatte er es nie mit jemandem wie Skinner zu tun gehabt. So gnadenlos, so zielstrebig in seinem kontrollierten, intriganten Hass auf ihn. Doch gleichzeitig verfügte dieser Quälgeist über eine Intelligenz und Persönlichkeit, die nahelegten, dass er eigentlich über einem derartigen Verhalten stehen müsste. Dieser Aspekt verwirrte Kibby am meisten.

Was gibt er sich mit mir ab?

Am Samstagmorgen war Brian Kibby in noch schlechterer Verfassung als am Morgen des Vortags. Er stöhnte, quälte sich aus dem Bett und fuhr in die Stadt, wo er sich mit Ian in der Waverley Station traf. Ian war in Hochstimmung, die Freunde klatschten sich ab wie immer, und Ian zückte neckisch seinen iPod.

– iPod auf Betäubung?, fragte Kibby, worauf Ian, wie es zwischen ihnen eingespielt war, entgegnete: – Nein, Alter, iPod auf Töten! Maroon 5, Coldplay, U2 …, zählte er begeistert auf.

– Pack noch Keane und Travis dazu, und ab geht die Luzie, erwiderte Kibby lahm, während er sein eigenes Gerät hochhielt und damit wackelte. Selbst dieses normalerweise mitreißende Ritual war an diesem Tag nichts als anstrengend. Kibby entschuldigte sich mit seiner Erkältung und verfrachtete seinen müden, schwitzenden Körper in den Zug. Normalerweise bereiteten ihm Zugreisen viel Vergnügen, doch diesmal saß er nur zusammengekrümmt auf seinem Platz und brach in Schweiß aus, als er versuchte, die Zeitung zu lesen.

Ian schwärmte derweil von der Bedeutung von *Star Trek* als beflügelnde, idealistische Zukunftsvision, von einer Welt ohne Nationalstaaten, ohne Geldverkehr und ohne Rassismus, in der alle Lebensformen gleichermaßen geachtet wurden. Er liebte die Conventions und die Menschen, die sie dort trafen, ihre Mit-Trekkies.

Kibby hörte mit dünnem, gequältem Lächeln zu und nickte gelegentlich müde. Sein Freund war offenbar blind für seine Qualen, was ihn zunehmend verbitterte. Zwei Paracetamol halfen ein wenig, aber er fühlte sich immer noch scheußlich. Der Zug ratterte durch einen Tunnel, was in seinem Kopf klang wie die Special-Effects-Geräusche für eine Salve von Raumtorpedos. Kibby zitterte und war froh, als er in Newcastle wieder aussteigen konnte.

Im Hotel wurde sofort die PlayStation angeschlossen, die Ian mitgebracht hatte. Sein Freund lud *Brothers in Arms: Road to Hill 30*.

– Das hier wird dir gefallen, Bri, im *Game Informer* hat es eine 8,5 gekriegt ...

Kibby, der mit einem Glas Wasser aus dem Badezimmer kam, nickte und spülte zwei Paracetamol herunter. – 8,5. Nicht übel, krächzte er, als er sich aufs Bett setzte.

– Ich finde ja, es hätte mindestens eine 9 verdient, vielleicht sogar 9,5. Es basiert auf der echten, unzensierten Geschichte der Invasion in der Normandie, und ich bin schon auf Sniper-Level. Willst du mal versuchen?

– Die Grafiken sehen etwas verwaschen aus, meinte Kibby und ließ sich zurück aufs Bett fallen.

– Okay. Ian stand auf. – Ich merk schon, du willst direkt zum Hauptgeschäft kommen. Dann mal los!

Kibby raffte sich widerwillig auf und zog seine Jacke an.

Im National Gene Centre herrschte gespannte Vorfreude. Die Beleuchtung war gedimmt, und aus einer eindrucksvollen Anlage dröhnte elektronische Musik. Plötzlich flammten Laserstrahlen auf, Stroboskoplicht pulsierte langsam, und dann erfüllte die Stimme von William Shatner den Saal:

»Space: The final frontier
These are the voyages of the Starship Enterprise
Its 5 year mission
To explore strange new worlds
To seek out new life and new civilizations
To boldly go where no man has gone before.«

– Ist ja schon ein bisschen sexistisch, fand Ian, als sie die Halle betraten. – Sie hätten das Patrick-Stewart-Intro nehmen sollen. Da heißt es, »where no *one* has gone before«, nicht »where no man«.

Es ging das Gerücht um, der Schauspieler DeForest Kelley, der in der Originalserie Dr. »Pille« McCoy gespielt hat, sei im Lande, und falls das stimmte, stünden die Chancen nicht schlecht, dass er hier auftreten würde. Während sie sich einen Weg durch die Menge bahnten und die zahllosen Händler- und SciFi-Club-Stände checkten, meinte Ian zu Kibby: – Es wäre toll, mal mit Pille reden zu können. Ich wüsste gerne, was er wirklich von Nimoy *als Mensch* hält.

Sie drängten sich vor zur Bühne, von der ein Moderator als Borg verkleidet das Publikum begrüßte. – Nun aber viel Vergnügen, forderte er auf, – und nicht vergessen: Widerstand ist zwecklos!

Kibby fühlte sich in der hektischen Menge unbehaglich, und das verstärkte sich noch, als er verspürte, wie etwas über seinen Allerwertesten strich.

Das ist doch eine Hand!

Er fuhr herum und starrte in ein lüsternes Grinsen. Es gehörte zu einem mittelalten Mann mit dunkelblondem Haar, das an den Schläfen ergraute, und einem großen Zapata-Schnurrbart. Er war sonnenstudiogebräunt und trug ein T-Shirt, das im Scheinwerferlicht so elektrisch kaltweiß leuchtete wie seine Zähne. Es trug den Aufdruck: BEAM ME UP.

Als Brian Kibby sich wieder umdrehte, hörte er, wie Ian sagte: – Mit DeForest Kelley war es also doch nichts, Chuck Fanon ist da, der hat ein klingonisches Besatzungsmitglied in einer Folge von *Deep Space Nine* gespielt!

Schon wieder!

Aber aus der flüchtigen Berührung war jetzt eindeutiges Betatschen geworden. Ganz tief in Kibbys Innerem machte etwas ploink wie ein gezupftes Gummiband. Eigentlich müsste er sich jetzt umdrehen und dem Kerl eine reinhauen oder ihm sagen, er soll sich verpissen. Aber Brian Kibby schlug niemanden, fluchte nicht und machte in der Öffentlichkeit keine Szenen. Aus Gründen, die er selbst nicht kannte, war er ein Mensch, der Schikanen und Erniedrigungen stets stumm erduldete. So machte er nur ein klägliches: – Tz tz und eilte nach draußen Richtung Hotel. Als Ian Buchan sich umdrehte, sah er gerade noch, wie Brian Kibby sich auf seiner kleinmütigen Flucht durch die Menge drängte. Er wollte gerade hinterher, da sah er, dass seinem Freund dieser schmierige Typ folgte, der sich immer auf den Conventions herumtrieb und als Perverser bekannt war. Er zögerte und fragte sich, was da wohl vorging.

Mit gesenktem Kopf, den Kragen hochgeschlagen, um sich im kalten, schneidenden Wind eine Zigarette anzuzünden, überquerte Danny Skinner mit ein paar seiner Kumpels die Brücke und freute sich schon auf den Windschatten im bebauten Teil der Straße. Die drohenden Wolken, die über ihm wallten und wirbelten, kamen immer näher wie ein gegnerischer Mob, der sich einiges Ungute vorgenommen hatte. Dann wirbelte ihm ein Windstoß Schmutz ins Auge. – Scheiße, fluchte er, als er mit einem entgegenkommenden Mädchen zusammenstieß: übergewichtig, angesäuert und kopfschüttelnd. Eine Chipstüte tanzte vor seinen Augen; ihre tuntigen, flatternden Bewegungen und grelle Aufmachung schienen über sein Missgeschick zu spotten.

Ein Wort auf einem Plakat über ihm, pechschwarz auf weißem Hintergrund, gewann Konturen, als seine tränenden Augen den Schmutz auswuschen: CONTACT.

– Mann, bin ich froh, wenn wir endlich in dem Scheißstadion sind, meinte er genervt zu McKenzie, als sie sich den Drehkreuzen näherten.

– Aye, ich erst mal, meinte McKenzie und schlug seine großen, frierenden Pranken gegeneinander.

Skinner wechselte einen raschen Blick mit Gareth, in dem die heimliche Frage lag, wie ein Mensch von Big Rabs Umfang überhaupt erwarten konnte, durch die Drehkreuze zu passen. Irgendwo hatte Skinner gelesen, dass die Dinger in England seit den Fünfzigern um mehr als 30 Zentimeter verbreitert worden waren. In dem Artikel hatte es auch geheißen, dass es damit immer noch nicht getan war und mehr und mehr gesunde Menschen die Eingänge für Behinderte nehmen mussten.

Aber bei ihm passte immer noch ein Pie rein.

– Ich dachte, du hättest das sein lassen, Skinny? Gary Traynor wies mit einem Kopfnicken auf seine Zigarette.

– Ach, was soll's, grinste er. – Meiner Meinung nach sind die sogar gesund. Ich glaube, Passivrauchen ist der eigentliche Killer.

Von der baufälligen Osttribüne beziehungsweise »Hütte« oder »Kuhstall«, wie die Fans sie treffender nannten, präsentierte sich die Südtribüne mit den Gästen als Kaleidoskop nur unscharf zu erkennender Gesichter. Traynor wünschte sich, er hätte seine Kontaktlinsen eingesetzt. Aus dieser Entfernung Leute aus Aberdeen auszumachen, war unmöglich. Wie so oft stach ein fetter Kerl aus der Menge heraus und setzte sich damit gegen eine Glatze und einen Rothaarigen in seiner Nähe durch. Ein »Fette Sau – fette Sau – fette Sau«-Gesang wurde von dem fettleibigen Hool aus Aberdeen mit einem formvollendeten Hofknicks beantwortet, worauf die Hirnis mit Aufheulen, die Psychopathen mit geübten Hassfratzen und die smarten Jungs mit anerkennendem Grinsen reagierten.

Der Wind änderte plötzlich seine Richtung und peitschte der Menge einen Schwall Regen ins Gesicht. Als dünnes Riff eines Klingeltons erklang »The Boys are Back in Town«, worauf McKenzie sein Handy aufschnappen ließ. Skinner ließ sich nichts anmerken, wusste aber gleich, dass es Rabs Kokain-Kontakt war, und gestattete sich das innerliche »Ja!«, das auf ein solches parapsychologisches Golden Goal folgte.

Skinner schaute sich im Kreis seiner Freunde um, die sich in einen größeren Mob eingeordnet hatten. Heute waren ziemlich viele zusammengekommen. Er war so heiß auf ein bisschen ernsthafteren Feindkontakt wie schon lange nicht mehr. Für nach dem Spiel war ein Treffpunkt arrangiert worden, am Ende der East London Street, und die Jungs wollten sich in kleinen Grüppchen dort hinbewegen.

Als die Hibs-Leute etwa zehn Minuten vor dem Schlusspfiff im Aufbruch waren, starteten die aus Aberdeen einen Überraschungsangriff. Statt über die Bothwell Street Bridge zu gehen, hatten sie es irgendwie geschafft, hinten um die Südtribüne herumzulaufen und die noch verbliebenen Hibs zu stellen.

Der Großteil des Hibs-Mobs hatte den Kuhstall längst verlassen und war unterwegs zum vereinbarten Treffpunkt, doch es waren noch ein paar Nachzügler da, zu denen auch Skinner zählte, und diese sahen überrascht, wie die Truppe aus Aberdeen durch Horden entsetzter Kuttenträger und Normalos auf sie zustürmte.

Jetzt geht's looos ...

Skinner spürte, wie sich sein Herzschlag beschleunigte, als das Adrenalin durch seinen Körper schoss. Von der Polizei war weit und breit nichts zu sehen, als der Mob aus Aberdeen vorpreschte. Jetzt geht's zur Sache, dachte er aufgeregt, und das in einer Größenordnung fast wie in den Siebzigern und Achtzigern. Überall um ihn herum. Eine Klopperei wie in alten Zeiten, eine, auf die sie sich jahrelang vorbereitet hatten, die aber aufgrund der Ritualisierung der Gewalt infolge der Polizei- und Ordnerpräsenz selten wirklich, sondern meistens bloß in den Zeitungsberichten stattfand. Und Skinner hielt nicht nur die Stellung, er stürmte sogar direkt in die aus Aberdeen rein und teilte Schläge aus.

Ruck, zuck ist die Fresse dick, ihr stinkenden Schafficker ...

Einem stiergroßen Bauerntrottel in einer schwarzen Stone-Island-Jacke ausweichend, fand sich Skinner im schnellen und enthusiastischen Schlagabtausch mit einem zähnefletschenden Totenschädel mit verschlagenen Augen wieder, der eine rote Paul & Shark trug. Er beschloss, in korrekter Straßenschlägerpositur am Mann zu bleiben, doch sein Gegner traf ihn als Erster mit einer harten Rechten unter der Nase, die ihm die Tränen in die Augen trieb und benommen machte, daher drosch Skinner schon bald wie ein Amateur blind um sich.

Drecksau ...

Als er einen satten Treffer aufs Auge und noch einen aufs Kinn einstecken musste, taumelte er zurück und nahm flüchtig eine fade Straßenlampe wahr, die vor einem düsteren Abendhimmel glomm. Erst da begriff er, dass er tatsächlich zu Boden gegangen war. Weil er seine Beine nicht spürte, schwante ihm, dass er wohl nicht gleich wieder hochkommen konnte, und rollte sich in Embryostellung zusammen. Es würde ja nicht sein Ende sein, ein anderer würde es abkriegen. Genau, Kibby würde leiden, denn er, Danny Skinner, war nun unbesiegbar. Es war unbegreiflicher Wahnsinn, aber er verfügte über diese Macht!

Jetzt mach, Aberdeen, hau rein, Mann!

Nachdem er ein paar Tritte mit schwerem Schuhwerk eingesteckt hatte, rief so ein Spielverderber: – Lasst den, der hat genug!

Verpiss dich ... du blöder Hund ...

Das Trommelfeuer der Schläge ließ nach und hörte dann ganz auf, als Polizeisirenen zu hören waren.

Kibby schuldet einem von den Schaffickern einen Drink oder vielmehr der Schmiere. Trotzdem, hab ganz schön was abgekriegt ...

Eine Weile dachte er, sie hätten ihm ein Messer reingerammt. Einige der Treffer waren zu jäh und heftig gewesen, um bloß von Fäusten oder Stiefeln herzurühren, aber als ihn die Sanitäter hochhoben, entdeckte er nirgendwo Blut. Noch ehe sie seinen paralysierten Körper in den Krankenwagen verfrachten konnten, zerrten ihn zwei Polizisten von den protestierenden Sanitätern weg, legten ihm Handschellen an und warfen ihn hinten in einen Van, wo sie eine Handschelle wieder öffneten und an einer Stange befestigten, die durch den ganzen Frachtraum lief. Das Lacoste-Shirt – reiner Schwachsinn, dachte er benommen und doppelt sehend, während er stumm in der Bullenwanne hockte. Die betäubende Wirkung des Adrenalins schwand, denn er begann zu spüren, wie sein Schädel brummte und seine Seiten wehtaten. Neben ihm saß sein Kontrahent aus Aberdeen. – Alles klar?, fragte der Knabe, der beim Anblick des zerschundenen Skinner leicht schuldbewusst dreinsah, und bot ihm eine Zigarette an.

Sein benommener, malträtierter Gegner griff nur zu gerne zu. – Kein schlechter Auftritt von euch Jungs, muss man euch lassen, sagte er anerkennend.

– Ey, du hast ganz schön was eingesteckt.

– Ach ja, Berufsrisiko, Alter. Egal, wir aus Leith sind zäh wie Leder, grinste er trotz seiner grausam süßen Schmerzen.

Ich hoffe für einen gewissen Jemand, das gilt auch für Leute aus Featherhall.

Skinner beäugte die Jacke des anderen und meinte, – Schickes Teil. Neue Kollektion von Paul & Shark?, fragte er, auf die Brust des Mannes deutend.

– Aye, hab ich mir in London geholt, strahlte der Aberdonian. Skinner versuchte, das Lächeln zu erwidern, aber das Gesicht tat ihm zu weh. Doch das würde ja nicht so bleiben, dachte er frohen Mutes.

Jedenfalls nicht, was meine Wenigkeit betrifft.

Es hatte Ian Buchan beunruhigt, dass Brian Kibby so früh zurück ins Hotel gegangen war. Er rätselte, was seinen Freund dazu veranlasst haben mochte; vielleicht hätte er mit ihm gehen sollen. Aber da war ja auch noch dieser komische Kerl hinterhergeschlichen, was hatte das zu bedeuten? Wäre es denkbar, dass … Brian schwul war? Bestimmt nicht, er hatte doch immer Interesse an Mädchen bekundet, an dieser Lucy zum Beispiel. Und dieses Mädchen bei ihm auf der Arbeit, von dem er immer erzählte. Aber wer weiß, vielleicht …

Ian war auf dem Rückweg zum Hotel, aber nicht in der Laune, schon hoch aufs Zimmer zu gehen. Brian war erwachsen, was er tat oder ließ, war allein seine Sache. Er blieb an der Flusspromenade stehen, sah zu, wie das Mondlicht auf dem Tyne glitzerte, und registrierte die neue Eventgastronomie, die sich mit Chrom und Glas am Ufer breitmachte.

Brian hatte ja vielleicht diesen Kerl bei sich!

Er saß die halbe Nacht mit ein paar anderen Trekkies an der Hotelbar herum und unterhielt sich über frühere Conventions.

Später machten sie auf einem der Zimmer weiter, und Ian wachte irgendwann vollständig bekleidet neben einem Trekkie auf, den er kaum kannte.

In einem Zimmer einen Stock über ihm ließ die anbrechende Morgendämmerung gerade ein fahles Licht durch die Vorhänge sickern. Brian Kibby versuchte, seinen dröhnenden Schädel vom Kissen zu heben, doch sein Körper knurrte ihn dafür nur böse an. Entsetzt erinnerte er sich der Ereignisse des gestrigen Tages. Der unheimliche Typ, der ihn betatscht hat. Es war ihm so schon schrecklich genug gegangen, aber dann auch noch diese Belästigung und Erniedrigung, er war zurück zum Hotel gelaufen und hatte noch nicht einmal Ian Bescheid gesagt. Und nun war Ians Bett leer, war gar nicht benutzt worden.

Der unheimliche Typ hatte sogar versucht, ihm zu folgen, und widerliche Sachen gesagt, irgendwas über Sex gefaselt. Er erschauderte, als er sich die Worte des Perversen ins Gedächtnis rief: »Ich will dir den Arsch aufreißen. So lange bis du quiekst.«

– LASSEN SIE MICH IN RUHE!, hatte Brian Kibby ihn angekreischt, war in Tränen ausgebrochen und davongelaufen, während sich zu seinem Entsetzen und seiner Beschämung alle, die gerade den Saal betraten oder verließen, zu dem schnurrbarttragenden Perversen umsahen.

Dann war Kibby mit bloß liegenden Nerven ins Hotel zurück und hatte sich gefragt, was nur mit ihm los war. Unter der Bettdecke hatte er sich zu einer Kugel zusammengerollt. Statt in einen erholsamen Schlaf zu sinken, hatte er aber bloß wie gelähmt dagelegen und das Gefühl gehabt, von einem Auto überfahren worden zu sein. Sein Mund und seine Kehle waren völlig ausgedörrt, so als habe er Wüstensand geschluckt. Er versuchte, etwas Speichel zu sammeln, aber schaffte es lediglich, sich die Zunge unter den Gaumen zu kleben. Nun lag er in der kratzenden trockenen Hitze, die ihm direkt durch Kehle und Brustkorb zu fahren schien, würgend da. Er griff nach dem Wasserglas neben seinem Bett, doch er hatte vergessen, es aufzufüllen. Weil er so erschlagen war und ihm alles wehtat, wollte er sich nicht so einfach zum Sklaven seines Durstes machen, doch dann bekam er einen furchtbaren Hustenanfall, der ihm die Tränen in die Augen trieb, und er war gezwungen, zur Minibar zu taumeln und sich etwas Mineralwasser zu nehmen. Seine Beine, sein Rücken und sein Kopf schmerzten unerträglich.

Seine Lippen waren seltsam taub und geschwollen: Als er schlückchenweise das Wasser trank, lief es ihm auf die Brust und den Schlafanzug.

Die frühen Morgenstunden verstrichen ebenso quälend langsam wie die schlaflosen, qualvollen Nachtstunden. Kibbys geschwollene Augen taten weh und juckten vom Phantomsand der Schlaflosigkeit. Er lag auf seinem schweißgetränkten Bett und blinzelte wie ein gestrandeter Delphin.

Als er von draußen ein Klopfen hörte, rappelte er sich auf und hatte dabei das Gefühl, als würde ein Tambourzug auf seinen Beinen und Armen, seinem Rücken und seinem Kopf zum Appell trommeln. Als er zaghaft die Tür öffnete, sah er Ians Gesicht, auf dem sich Entsetzen malte.

Statt wegen seiner Beteiligung an den Ausschreitungen nach dem Aberdeen-Spiel belangt zu werden, wurde Danny Skinner, weil er so übel zusammengeschlagen worden war, vom Dienststellenleiter direkt zur Unfallstation weitergeschickt, während die beiden Beamten, die ihn den Sanitätern entrissen hatten, eine Standpauke bekamen. Man wollte ihn über Nacht zur Beobachtung dabehalten. Auf der Unfallstation sprach Skinner mit einem Reporter von der *Sunday Mail*, der unter den Verwundeten auf Informationssuche war. Es war ein junger Kerl mit sich bereits lichtendem Haar und schrecklichen Aknenarben. Er tat Skinner Leid. Der Reporter stellte einen Kassettenrekorder vor ihm auf und fragte: – Darf ich?, als wollte er um Erlaubnis bitten, sich eine Zigarette anzuzünden.

Skinner tischte ihm die Story auf, dass er gerade, als er das Stadion hatte verlassen wollen, hinterrücks von Schlägern aus Aberdeen attackiert worden sei. Das Glück war auf seiner Seite, denn das einzige beweiskräftige Filmmaterial von CCTV, das seine Beteiligung an der Auseinandersetzung dokumentierte, zeigte bloß, wie er zusammengekrümmt dalag und verschiedene Tatbeteiligte auf ihn eintraten. Er erzählte ausführlich, während der Reporter mit ernstem, doch unpersönlichem Interesse zuhörte.

In der Nacht bekam er Schmerzmittel, die keinerlei Wirkung auf die Körperteile zu haben schienen, die ihm so schrecklich wehtaten. Einmal musste er auf die Toilette, aber jede Bewegung war eine Qual. Er lag still da, bis er schließlich in einen ruhigen Schlaf fiel. Als er früh am Morgen wach wurde, sprang er aus dem Bett, leerte seine Blase und betrachtete sich im Spiegel.

Nicht eine Schramme!

Aus Unmut über die schlechte Figur, die er bei der Schlägerei gemacht hatte, ging er in Kampfstellung und übte eine Weile Schattenboxen. Dann zog er sich an und entließ sich selbst, etwas verlegen wegen der nicht vorhandenen Kampfspuren in seinem Gesicht. – Der Doktor wird Sie noch sehen wollen, bevor Sie gehen, sagte die verblüffte Krankenschwester, sah erneut auf das Krankenblatt und versuchte, diesen Skinner mit dem Skinner in Einklang zu bringen, den ihre Kollegen gestern aufgenommen hatten.

Sie ging den diensthabenden Arzt suchen, doch als sie wiederkam, war Skinner bereits verschwunden.

Als er an diesem Sonntagmorgen nach Haus kam, hörte er, wie das Telefon dreimal klingelte, doch noch rechtzeitig aufhörte, bevor sich der AB einschaltete. In der Hoffnung, es sei Kay gewesen, die sich wegen seiner Verletzungen Sorgen machte, checkte er die verpassten Anrufe, doch es war die Nummer seiner Mutter, die im Display aufleuchtete. Sie musste in der *Mail* über ihn gelesen haben. Er spielte mit dem Gedanken, sie anzurufen, doch sein Stolz gewann die Oberhand. Er sagte sich, wenn sie sich wirklich so große Sorgen machte, würde sie es noch mal versuchen.

– Na los, Bummelzug, grinste Ken Radden einen blau und grün geschlagenen Brian Kibby an, der schnaufend und japsend hinter den Rest der Truppe auf dem West-Highland-Weg zurückgefallen war. – Wenn wir die Hütte nicht vor Einbruch der Dunkelheit erreichen …, sagte er ominös und fügte hinzu, – … das müsstest du doch am besten wissen.

Das hatte Ken noch nie zu ihm gesagt. Es war ihr privater Spruch, den sie oft anbrachten, um andere unterschwellig ihren Tadel spüren zu lassen, weil sie das Team zurückwarfen. Und dann auch noch »Bummelzug«, die Standardbezeichnung der Hyp Hykers für jemanden, der den Anforderungen nicht genügt.

Nun schämte sich Brian Kibby für sein früheres verächtliches

Schnauben, wenn Gerald – immer war es Fat Gerald – sie aufgehalten hatte. Wie begierig er gewesen war, Gerald mit vordergründig freundlichen Zurufen zu piesacken, wenn Lucy in Hörweite war:

– Na los, Ged! Du packst das, Junge! Ist nicht mehr weit!

Und dann Lucy: Es hatte sich nichts zwischen ihnen abgespielt, als Schokolade untereinander zu tauschen. Diesmal hatte er eine Yorkie gehabt und sie eine Bourneville Bitter. Er sah, wie sie ein Stück voraus versuchte, auf ihn zu warten, es dann aber aufgeben musste, als er noch weiter zurückfiel. Er sah ihren orangefarbenen Rucksack aus seiner Reichweite verschwinden. Ein Hyp Hyker mit blauem Bartschatten namens Angus Heatherhill, mit dem Kibby noch nie geredet hatte, zog mit ihm gleich. Heatherhill hatte einen wilden Schopf ungebärdiger schwarzer Haare, unter dem gelegentlich ein Paar dunkler und stählerner Augen sichtbar wurde.

Kibbys Herz wurde bleischwer, eine weitere Traglast für seinen Körper, und schien ein paar Zentimeter in seiner Brust abzusacken. Es stimmte einfach nichts mehr. Er verstand es nicht. Jeden Morgen wachte er auf und fühlte sich so furchtbar. Und in was für einer Verfassung er jetzt war …

Außerdem hatte Ian sich nicht gemeldet. Auf der Rückfahrt im Zug war er so komisch gewesen, nachdem Kibby ganz grün und blau aufgewacht war, weil ihm irgendwas zugestoßen war, das, wie er seitdem ängstlich postuliert hatte, alles Mögliche sein konnte, von einer schweren allergischen Reaktion bis hin zu der bizarren Möglichkeit, dass er schlafgewandelt und irgendeine Treppe heruntergefallen war. Seine Mutter glaubte ihm auch nicht, genau wie Ian. Sie glaubte, er sei verprügelt worden. Sie hatte ihn nicht mal zu den Hyp Hykers gehen lassen wollen!

Während er zusah, wie Lucys Rückenansicht immer kleiner wurde und Heatherhill neben ihr wild mit den Armen ruderte, dachte Kibby an ihre zarten, spitzen Gesichtszüge, akzentuiert von dieser Brille mit dem dünnen Goldrand, die sie mitunter anstelle ihrer Kontaktlinsen trug.

Er malte sich oft aus, wie es wäre, Lucys fester Freund zu sein. Bei diesen Geschichtchen fand er in häuslichen Alltagsszenen fast ebenso viel Befriedigung wie in ausgewachsenen Masturbationsszenarien. In einer seiner Lieblingsphantasien saß Lucy neben ihm im Auto, Dads altem Capri, auf dem Beifahrersitz, und Joyce und Caroline saßen hinten.

Mum würde Lucy lieben, aber Caroline und sie wären richtig gute Freundinnen, wie Schwestern, aber nachts wär ich dann allein mit Lucy in unserer eigenen Wohnung, wir würden uns küssen und ... aber jetzt genug damit!

Kibby riss sich aus seinem noch unausgereiften Tagtraum und starrte in den dunkler werdenden Himmel.

Gott, ich bereue es, dass ich so viel an mir herumspiele, denn ich weiß, das soll man nicht. Wenn ich eine Freundin hätte, würde ich sie gut behandeln, und es gäbe gar keinen Anlass ...

Kibby rang erneut um Atem, als er nach vorne blickte und sah, wie die anderen am Horizont immer kleiner wurden. Doch irgendjemand war stehen geblieben. Er stolperte auf seinen schmerzenden Beinen vorwärts. Es war Lucy! Ihr Alabastergesicht schien sich zu öffnen, als er mit unsicheren Schritten näher kam. Ein Schatten von Besorgnis – oder war es wieder Mitleid – schien sich über ihr sprödes Lächeln zu legen, während Kibby spürte, wie ihm die Beine versagten. Entweder wurden sie mit jedem Schritt kürzer, oder sie versanken im Sumpf. Nein, der durchweichte Boden raste auf *ihn* zu, und das Letzte, was er vor dem Aufschlag sah, waren Lucys Lippen, die ein perfektes »O« formten.

Er stand gut gelaunt an der Bushaltestelle, wartete, dass eins der rotbraunen Fahrzeuge der Lothian ihn den Leith Walk hoch mitnahm, und unterhielt derweil die andern Wartenden mit fröhlichem Geplauder. Die Sonntagsblätter hatten den Krawall an der Easter Road bereits kurz gemeldet, aber die Montagsausgaben waren nun voll davon. Er hatte es schon in den *Daily Record* geschafft, wo er als Daniel Skinner, städtischer Beamter und unschuldiges Opfer der samstäglichen Ausschreitungen, dargestellt wurde.

Ein Bus der Linie 19 hielt, und er sah Mandy, die Auszubildende im Laden seiner Mutter, aussteigen, die ihn ordentlich überrascht ansah. – Danny! Geht's dir gut? Ich mein ... es stand doch in der Zeitung, du hättest ernsthafte Kopfverletzungen!

– Ich hatte schon immer nen Dickschädel, lachte er und fügte hinzu, – nee, war ein Glück, dass es nur mein Kopf gewesen ist. Er klopfte sich mit den Fingerknöcheln an den Schädel, ziemlich hart, und fragte sich, ob Kibby das jetzt wohl zu spüren bekam. – Die Zeitungen übertreiben doch immer, steht doch nur Mist drin.

Im Amt sammelte Skinner Schleimerpunkte, weil er in zuversichtlicher Verfassung am Arbeitsplatz erschien und mit keinem Wort über seine Blessuren klagte – und seltsamerweise sah man seinem Gesicht auch gar nichts an. Er hinkte zwar leicht, doch es war Dougie Winchester, dem aufgefallen war, dass sich das nach ein paar Bierchen in der Mittagspause wie durch ein Wunder gelegt hatte.

Brian Kibby hingegen war nicht aufgetaucht, er hatte sich krankgemeldet. Das war ausgesprochen ungewöhnlich für ihn.

Beverly Skinners prüfende Finger arbeiteten den Conditioner in Jessie Thomsons stahlwolleartiges Haar. Die Produktinformation auf der Flasche sprach von angeblich kräftigenden »Fruchtölen«, und seltsamerweise schien tatsächlich eine Art Vitalisierung stattzufinden, als sie die Spülung in die Kopfhaut der älteren Dame einmassierte. Der Ausdruck in Jessies Augen und Mund wurde lebhafter. – Klar, das mit den Eierstockzysten liegt bei Geraldine in der Familie. Hatte ihre Schwester auch. Kennste doch, die Martina. Die mit dem Jungen, der gestorben ist, der mit dem Motorradunfall. Lebensgefährlich, die Dinger. Schlimme Sache, war n netter Junge. Wie soll man nach so was nur weiterleben? Meine beiden, gut, die sind keine Engel, aber wenn denen was passieren tät …

Die Kundin wollte sie aus der Reserve locken, wollte, dass Beverly etwas über Dannys schlimmes Erlebnis erzählte. Sie müsste eigentlich mal hingehen und nach ihm sehen. Die Krawalle beim Fußball hatten ihr das ganze Wochenende keine Ruhe gelassen.

Seit Jahren lieg ich dem kleinen Scheißer wegen seinem Fußballschwachsinn in den Ohren …

Er ist alles, was ich hab. Mein Kleiner. Er war kein schlechter Junge. Er war …

Mandy Stevenson kam hereingeschneit, das Haar an den Kopf

geklatscht und die Schultern ihres beigen Mantels dunkel von einem plötzlichen Regenschauer. – Sorry, bin n bisschen spät dran, Bev. Hab deinen Danny auf dem Walk getroffen.

– Wie ... wie ging es ihm?

– Er stieg gerade in den Bus zur Arbeit, grinste Mandy. – Sah in Ordnung aus, Sie kennen ihn ja, immer n Witz parat.

– Aye, und ob ich das kenne, meinte Beverly nachdenklich. Dieser egoistische kleine Drecksack; da macht man sich wegen einem Scheiß solche Sorgen, dachte sie und massierte noch mehr Conditioner in Jessies dankbare Locken. – Das wird dir *wirklich* gut stehen, Herzchen, sagte sie drohend, da Jessie Thomson mit gereiztem Blick schlagartig verstummt war.

Brian Kibby neigte seit Langem zur Hypochondrie. Als er noch zur Schule ging, war er häufiger Gast beim Arzt: Ein Attest, mit dem man für eine Weile den Schulhofschikanen entgehen konnte, war ein kostbares Gut. Doch seit er erwachsen war, scheute er den Besuch bei seinem Hausarzt und fehlte nie auf der Arbeit. Jede eventuelle Erkrankung verursachte nun im Allgemeinen kaum mehr als eine gewohnheitsmäßige Wehleidigkeit, und sein Standardsatz »Ich glaube, ich brüte da irgendwas aus« war nur dazu gedacht, ihm ein bisschen weibliche Beachtung einzubringen. Aber jetzt, wo er echte Beschwerden hatte, und noch dazu undiagnostizierte, hatte er Angst, am Ende verrückt zu werden.

Doch am Montagmorgen bewogen ihn das Drängen seiner Mutter, seine Prellungen und grässlichen Schmerzen, ganz zu schweigen von seinem peinlichen Kollaps beim Wandern, schließlich doch dazu, Dr. Phillip Craigmyre, ihren Hausarzt, in seiner Praxis in Corstorphine aufzusuchen. – Hör mal, Junge ... begann seine Mutter verlegen, – denk dran, frische Unterwäsche anzuziehen ... du gehst schließlich zum Arzt.

– Wie ...?, Kibby wurde knallrot. – Natürlich ziehe ich frische Unterwäsche an ... Das tu ich immer!

– Es ist ja nur, weil ich da was gefunden hab ... so Jungenszeug ... als ich deine Unterhosen in die Wäsche getan hab, sagte Joyce nervös, – du weißt schon, diese Flecken, die Jungen manchmal machen ...

Kibbys Wangen brannten, und er senkte beschämt den Kopf.

Sie hatte das schon einmal ihm gegenüber erwähnt, aber das war lange her, noch während seiner Pubertät.

– Ich weiß, es kann manchmal schwierig sein, Brian, aber es ist sündhaft und kann sehr schwächen, mehr sag ich ja gar nicht. Denk immer dran, seufzte sie mit frommem Augenaufschlag zur Zimmerdecke, – der Herr sieht alles.

Kibby wollte etwas erwidern, schwieg aber dann lieber. Zu allem Unglück bestand Joyce auch noch darauf, mitzukommen, und war nur mit Mühe zu bewegen, draußen zu warten, während der Arzt ihn gründlich untersuchte. Weil er Dr. Craigmyre schon so lange kannte, fasste Kibby sich räuspernd ein Herz und fragte: – Doktor, könnte das vielleicht davon kommen, dass ich … äh … mich manchmal … da unten anfasse?

Craigmyre, ein habichtnasiger Mann mit silbernem, kurz geschorenem Haar, der eine geschäftige Energie um sich verbreitete, fasste Kibby scharf ins Auge. – Beziehen Sie sich damit auf Masturbation?

– Aye … ich mein nur, weil Mum sagt, das wäre sehr ungesund, und ich …

Craigmyre schüttelte den Kopf und schnarrte ihn an: – Ich denke, wir haben es hier mit etwas Gravierenderem zu tun als mit gewöhnlicher Masturbation, bevor er dann Blut-, Urin- und Stuhlproben nahm, wobei Kibby so verstört war, dass sein Körper eine Weile brauchte, bis er seine Ausscheidungen hergab.

Als er fertig war, bat Dr. Craigmyre auch Brians besorgte Mutter ins Sprechzimmer. Er beschrieb gewissenhaft alle Symptome und meinte dann gelassen: – Wir haben es hier zweifellos mit Missbrauch irgendeiner Art zu tun.

– Was meinen Sie damit?, fragte Joyce.

– Sehen Sie sich Ihren Sohn doch an, Mrs Kibby, er ist grün und blau geschlagen.

– Aber er hatte keine Schlägerei … er hält sich aus jedem Ärger raus, brachte sie empört vor.

– Ich hab mich doch gar nicht … ich war nicht …, begann Kibby zu jammern.

Doch Craigmyre ließ sich nicht beeindrucken; er nahm sein Stethoskop ab und legte es auf seinen Schreibtisch.

– Tatsächlich entspricht hier alles den üblichen Folgeschäden nach exzessivem Alkoholkonsum. Er schüttelte den Kopf. – Diese Art von Verletzungen sieht man in den Notaufnahmen der Krankenhäuser an jedem Wochenende. Das kommt davon, wenn man sich betrunken auf der Straße rumprügelt, erklärte er, während Brian Kibby und seine Mutter fassungslos zuhörten. – Und diese Verletzung auf der Wange sieht aus wie von einer Zigarette, wie selbst beigebracht in einem Anfall volltrunkener Depression. Sie haben mir erzählt, dass Sie kürzlich Ihren Vater verloren haben ...

– Aye, aber ich trinke nicht!, protestierte Kibby.

– Dennoch behauptet Ihr Sohn, nicht zu trinken und am Wochenende keinen Alkohol konsumiert zu haben, meinte Craigmyre mit höhnischem Unterton, während Joyce fassungslos dabeistand. – Ich muss Ihnen leider sagen, dass es eine sehr ernste Sache ist, wenn Brian ein Alkoholproblem hat, und es nutzt weder ihm noch sonst jemandem, wenn man versucht, es zu verheimlichen.

Jetzt wurde der arme Junge auch noch als Alkoholiker abgestempelt, der den Tatsachen nicht ins Auge sehen wollte, obwohl er unter Tränen schwor, nicht zu trinken! Was für ein Arzt ist das überhaupt?, fragte sich Joyce kochend vor Wut. – Aber er trinkt doch gar nicht! Er war dieses Wochenende bei einer *Star Trek*-Convention!, beschwor sie den Arzt und schaute dann ihren Sohn prüfend an. – Das stimmt doch, oder?

– Aye! Aye! Mit Ian! Wir waren die ganze Zeit zusammen! Der kann dir sagen, dass ich kein einziges Glas getrunken hab!, heulte Kibby vor Empörung über diese Ungerechtigkeit. Sein Gesicht wurde rot, und der Schweiß rann ihm aus allen Poren. – Ich war ein bisschen eher wieder im Hotel, weil mir irgendwie schlecht war ... aber ich hab keinen Schluck Alkohol getrunken!

– Wäre schön, wenn ich dafür konkrete Beweise hätte, sagte Craigmyre. Er hatte schon Heerscharen von Alkoholikern gesehen; einige von ihnen dachten sich die wildesten Geschichten aus, um ihr Alkoholproblem zu verschleiern.

– Die besorg ich Ihnen schon, fauchte Joyce. – Besten Dank, fügte sie hochnäsig hinzu und steuerte in Richtung Tür. – Komm, Brian, und Kibby trottete schniefend und rotzend hinter seiner Mutter her wie ein geprügelter Hund.

Erst gegen Ende der Woche fühlte er sich wieder kräftig genug, um zur Arbeit zu gehen; die blauen Flecken und Schwellungen waren immer noch deutlich zu sehen. Doch je mehr er über sein seltsames Leiden sprach, desto selbstmitleidiger wirkte er. Zumindest blieb ihm Skinners Spott erspart: Sein Erzfeind hatte sich zwei Tage freigenommen, um sich auf das Auswahlgespräch nächste Woche vorzubereiten.

Am Wochenende blieb Kibby die meiste Zeit über zu Hause, um sich für sein eigenes Gespräch zu schonen. Abgesehen davon brachte er gerade genug Energie auf, die Metallleiter zu seiner geliebten Modelleisenbahn hinaufzusteigen. Dort sah er eine Weile zu, wie der City of Nottingham seine Runden drehte, und stellte sich die Passagiere darin vor. In seiner Phantasie sah er sich und Lucy in einem Luxusabteil. Lucy trug ein viktorianisches Kleid mit einem engen Korsett, das ihre Brüste betonte. Im richtigen Leben hatte er ihren Busen heimlich taxiert und für eher klein befunden, doch für seine Phantasien hatte er ihn deutlich vergrößert. Jetzt, wo der Zug in die West Highlands unterwegs war – nicht durch Europa à la Orient Express –, zog Kibby die Jalousien herunter und begann an den Schnüren des Kostüms zu ziehen und ihre Brüste daraus zu befreien.

Craigmyre hielt es ja offenbar für unschädlich ...

– Halt ein, Brian ... wir dürfen doch nicht ... protestierte Lucy, furchtsam, aber dennoch in zarter Erregung.

– Zu spät, Baby, das kann ich nicht, und das willst du auch gar nicht, ich weiß es ...

Aber das darf ich nicht ... es ist Sünde ... ich muss aufhören ...

Es war zu spät. Kibby keuchte hohl, als sein Sperma in das Taschentuch spritzte, und sank dann, von dieser Anstrengung noch mehr entkräftet, der Länge nach auf den Dielenboden.

Es tut mir leid, Gott. Ich werde versuchen, brav zu sein. Bitte straf mich nicht noch mehr ...

17
Das Auswahlgespräch

In seinem Büro im Zwischengeschoss erhob sich Bob Foy ruckartig aus seinem Ledersessel und studierte den Sasco-Jahresplaner an der Wand. Er war minutiös geführt: Das kodierte System verschiedenfarbiger Symbole war genau eingehalten und verriet eine gut aufgestellte und organisierte Behörde. Doch wie die meisten solcher Pläne bildete er eher einen frommen Wunsch als die Realität ab. Foy setzte eine Leichenbittermiene auf. Die Dinge waren im Wandel, und das schmeckte ihm nicht. Die Auswahlgespräche für die neu geschaffene Stelle eines Sachbereichsleiters würden nicht nur von ihm und Cooper geführt werden, sondern auch von Vertretern des Ausschusses für Lebensmittelkontrolle und Verbraucherschutz, allerdings war Foy der Ansicht, dass keiner der Kandidaten etwas taugte.

Andererseits …

Danny Skinner hatte sich in den Tagen nach Brian Kibbys Pannenauftritt deutlich verändert. Er hatte schwer an sich gearbeitet und erschien morgens nun immer außergewöhnlich motiviert und pünktlich. Kibby dagegen, sein ursprünglicher Favorit, hatte komplett abgebaut. Jetzt, wo Aitken in den Ruhestand ging und McGhee endlich seine Versetzung nach Glasgow bekommen würde, entschied es sich zwischen Skinner, Kibby und »der Tussi«, wie Foy Shannon McDowall für gewöhnlich bezeichnete.

Shannon war als Erste dran. Sie präsentierte sich sachkundig und belesen. Allerdings wusste sie nicht, dass Foy und Cooper sich alle Mühe gegeben hatten, das Anforderungsprofil so hinzubiegen, dass ihre Fähigkeiten als weniger profilrelevant eingestuft wurden, und bereits eine Liste mit Argumenten erstellt hatten, warum sie für den Posten ungeeignet war.

Danny Skinner machte Eindruck auf den Ausschuss. Er war gut gekleidet, hinreichend auf Zack und intelligent, aber vor allem auch respektvoll – und er achtete darauf, nicht zu sehr mit seiner Klugheit zu glänzen. Entscheidend aber war, dass er den Eindruck eines fleißigen Angestellten erweckte und sich erfolgreich als Prototyp eines Sachbereichsleiters verkaufte.

Weit weniger überzeugend präsentierte sich Brian Kibby, dessen Interview ein Albtraum war. Die Kommission schnappte unisono nach Luft, als sie sein lädiertes Gesicht zu sehen bekam. Er war verschwitzt und zappelig und seine Stimme, wenn überhaupt zu vernehmen, ein schrilles, gespenstisches Zischeln. Kibby wirkte nicht wie ein gewöhnlicher Versager – er war ein verzweifeltes, schäbiges menschliches Wrack, das mitten in irgendeiner persönlichen Krise steckte.

Während ihr Kollege die Tortur der Befragung durchlitt, tranken Skinner und Shannon im Büro einen Kaffee. – Natürlich will ich die Stelle, aber wenn ich sie nicht kriege, dann hoffe ich, du kriegst sie, erklärte ihr Skinner. Und das meinte er aufrichtig.

– Danke, Danny; das Gleiche gilt für mich, erwiderte Shannon, allerdings nicht ganz so aufrichtig. Sie wussten alle beide, dass sie es war, die sie eigentlich verdient hatte.

Sie hat mehr Erfahrung als wir beide zusammen. Sie ist fähig und überall gut gelitten.

Doch als Skinner Foy und Cooper ins Büro kommen sah, kurz nachdem ein am Boden zerstörter Brian Kibby erschienen und auf seinen Stuhl gesackt war, dachte er fast betrübt, Pech, dass sie eine Frau ist.

Es dauerte einige Tage, bis die Entscheidung über die Beförderung bekannt gegeben wurde. Foy fand, Le Petit Jardin sei der richtige Rahmen für eine kleine Feier. – Ich bin kein Sexist, erklärte er Skinner, – aber ich weiß von einigen Männern hier, dass sie es sind, vor deren Gesinnung musste ich Shannon doch in Schutz nehmen. Es gibt einige, die nie unter einem weiblichen Chef arbeiten würden. Es wäre nicht fair, ihr den Job zu geben, und ich möchte auch keine Zwistigkeiten in der Abteilung. Und was die

Gastronomie anbelangt ... glauben Sie etwa, jemand wie unser Freund De Fretais hier würde eine Frau ernst nehmen? Er senkte seine Stimme: – Der hätte die Hände unter ihrem Rock und ihren Schlüpfer runtergezogen, bevor sie »Betriebsstättenprüfung« sagen könnte.

– Hmm, machte Skinner unverbindlich nickend. Der persönliche Sieg war zwar süß, schmerzte aber ein wenig wegen seiner Beziehung zu Shannon. In letzter Zeit häuften sich ihre Sexeinlagen, oft gegen besseres Wissen beider Seiten. Die treibende Kraft war zumeist Skinner gewesen: Irgendwie war er die ganze Zeit so energiegeladen, so verdammt geil. Bis jetzt wenigstens.

Es hatte sie schwer geschockt, dass er den Job bekommen hatte, aber es war ihr gelungen, ihm mit einer Freundlichkeit zu gratulieren, die zusammen mit seinem schlechten Gewissen bewirkte, dass er sich ziemlich klein und mies vorkam.

Foy rückte dicht an ihn heran, und Skinner realisierte, wie sehr das Wesen mancher Männer doch von ihrem Aftershave bestimmt wurde. – Und Sie kennen ja die Weiber, die eignen sich nicht für den Außendienst. Die sind einfach auf die falschen Dinge konditioniert. »Oh, das ist aber eine hübsche Tischdecke, die Sie da haben« oder »Was für reizende Vorhänge« und so ein Quatsch. Ganz egal wie die Scheißküche aussieht!

Skinner spürte plötzlich, wie ihm das Blut in den Adern stockte, als die Küchentür aufflog und die stämmige, beschürzte Gestalt von Alan De Fretais in den Speisesaal rauschte und auf sie zusteuerte. In Panik stand Skinner rasch auf und eilte schnurstracks zur Toilette. – Ein menschliches Bedürfnis, grinste er Foy bei seiner überstürzten Flucht zu.

Im Gehen warf er einen Blick zurück und sah den Sternekoch im Gespräch mit dem Amtsleiter. Auf der Toilette pisste Skinner ausgiebig und machte sich Gedanken über den Unsinn von Affären im Büro. Du fickst mit ihr, und du hast ihr die Stelle weggeschnappt, lamentierte er, als er sich im Spiegel betrachtete. Dann musste er an Kibby denken und fragte sich laut: – Und was nehme ich ihm weg?

Was fühle ich wirklich? Scheiße, wer bin ich? Was würde mein Alter sagen, würde er mich kritisieren oder mein Verhalten gutheißen?

De Fretais. Der würde es gut finden. Da bin ich mir sicher.

Was für eine Vorstellung!

Old Sandy war sein Mentor. Kein Wunder, dass die bedauernswerte alte Fotze säuft wie ein Loch! Er ist jetzt aus dem Rennen, aber De Fretais ist ein Weiberheld, das weiß jeder. Er ist vielleicht nicht der schlanke, durchtrainierte und sonnengebräunte alte Herr, den ich mir vorgestellt hab, aber er ist Trinker und er hat Erfolg.

Als er zurück ins Restaurant kam und wieder Platz genommen hatte, stellte er erleichtert fest, dass De Fretais nirgends zu sehen war und stattdessen eine Flasche Cuvée Brut dastand. – Oh, das ist ein Geschenk unseres lieben Freunds zu diesem frohen Anlass. Foy zog anerkennend eine Braue hoch.

Skinner kippte fröhlich den Champagner und erinnerte sich einer Passage aus *Bettgeschichten der Meisterköche*:

> ... Das brachte mich auf einen Gedanken, den ich mit meinem Verleger beim Essen diskutieren wollte. Wir feierten mit mehreren Flaschen Champagner Krug 2000 den Umstand, dass mein Buch *Kulinarische Suche: Im Kopf eines Meisterkochs* in England die Marke der 200 000 verkauften Exemplare überschritten hatte. Meine alkoholbeflügelte Hypothese lautete, dass der Genussmensch sowohl von seiner natürlichen Veranlagung her als auch durch Übung und tägliche Praxis ein gewisses Maß an Wissen und Kunstfertigkeit auf seinem Gebiet erwirbt, das er weitergeben kann. Die meisten Köche (oder Meisterköche, wie ich meine Standesgenossen lieber zu nennen pflege) sind von Natur aus Genussmenschen. Wenn wir uns also für Liebe, Sex und zwischenmenschliche Beziehungen interessieren (und wer von uns tut das nicht?), was läge dann näher, als sich in Fragen sexueller Natur an meine geschätzten Kollegen zu wenden?

Als der Maestro das nächste Mal erschien, brachte er eine Flasche erlesenen Burgunder mit. Das und die Wirkung des Champagners konnten Skinners Ekel etwas mildern. – Gut gemacht, Mr Skinner, sagte De Fretais feierlich, ein schmales, abschätzendes Lächeln auf den Lippen.

Skinner starrte ihn für einige Sekunden an. Als sich ihre Blicke trafen, geriet er in einen seltsamen Gefühlsmorast: Er fühlte sich durch die Nähe des großen Mannes zugleich angezogen und abgestoßen.

Dieser Fettsack mein Vater? Vergiss es. Niemals!

– Herzlichen Dank, sagte er.

– Nichts zu danken, sagte De Fretais überheblich. – Nun, ich muss Sie jetzt leider verlassen, Gentlemen; es zieht mich ins sonnige Spanien.

– Urlaub?, fragte Foy.

– Leider nein, Dreharbeiten fürs Fernsehen. Aber am achtundzwanzigsten werde ich wieder hier sein, denn ich gebe eine kleine Geburtstagsparty. Vielleicht hätten Sie beide ja Zeit zu kommen?

Foy und Skinner nickten dem Spitzenkoch zustimmend zu.

War De Fretais als junger Mann genau wie ich nur eine halbe Portion und ist in mittleren Jahren dann plötzlich in die Breite gegangen? Das kann ich mir nicht vorstellen!

Er hatte De Fretais eigentlich nach dem Archangel fragen wollen, nach Sandy Cunningham-Blyth, nach dem amerikanischen Koch, diesem Tomlin, so hieß er, mit dem er zusammen gelernt hatte, und vor allem nach Beverly. Aber nun zeigte der Alkohol Wirkung, und er wollte in erster Linie feiern. Warum auch nicht? Er hatte einen guten Grund, und den Preis würde ja Kibby zahlen!

Dieses verrückte Arrangement wird nicht ewig währen; die natürliche Ordnung wird sich bestimmt bald wiederherstellen. Ich sollte es genießen, solange es dauert. Soll diese schmierige kleine Ratte dafür büßen!

Foy wandte sich an Skinner und kicherte, die Weinflasche besitzergreifend an sich drückend: – Sie wollen ja sicherlich keinen Rotwein, oder, Danny?

Skinner schob sein Glas über das weiße Tischtuch.

– Vielleicht wird es ja Zeit, nicht mehr ganz so prinzipientreu zu sein, grinste er.

Am darauffolgenden Samstagmorgen pochte Ken Radden an die Tür des Kibby'schen Haushalts. Joyce machte auf und sah, über Raddens Schulter schauend, etwas verwirrt in eine Schar von

Gesichtern, die sie aus einem Minibus anstarrten. – Guten Morgen ... äh ... Brian ist gerade ...

Ihr Sohn erschien an ihrer Seite. Sein Gesicht war immer noch verquollen, seine Augen blutunterlaufen.

– Gestern einen netten Abend gehabt?, fragte Radden und rümpfte die Nase angesichts der Essens- und Reinigungsmittelgerüche, die ihm aus dem Haus entgegenwehten.

– Nee ... nein ... ich war ... ich bin zu Haus geblieben ... protestierte Kibby, dem ganz flau wurde, als er den Minibus sah, – es ist irgendein Virus. Ich war schon beim Arzt ...

Natürlich ... der Ausflug nach Glenshee ... wie konnte ich den nur vergessen?

– Stimmt, das war er, bestätigte Joyce vielleicht etwas zu eilfertig.

– Es ist irgendeine Art Grippe, jammerte Kibby. – Ich kann heute nicht mit, sagte er und sah mit mutloser Verzweiflung, dass der nassforsche Angus Heatherhill neben Lucy saß.

– Na schön, sagte Radden schneidend, – wir sehen dich dann, wenn's dir besser geht.

Aber ›besser‹ schien in weiter Ferne zu liegen. Im Laufe der folgenden Wochen ertrug Brian Kibby eine endlose Odyssee zu diversen Fachärzten und von Untersuchung zu Untersuchung. Heraus kamen unterschiedlichste, spekulative Diagnosen, bei denen Kibby mit zunehmender Ratlosigkeit praktisch alles Mögliche von Morbus Crohn über obskure Krebsarten und verschiedenste Stoffwechselstörungen und Virusinfektionen bis hin zu Schizophrenie attestiert wurde. Tatsächlich waren die Ärzte einfach überfragt.

Obgleich es mit Kibbys Gesundheit rapide bergab ging, kapitulierte er nicht vor seinem rätselhaften Zustand. Trotz völliger Erschöpfung ging er regelmäßig ins nächste Fitnessstudio und trainierte hart, um Kraft und Ausdauer aufzubauen. Und sein Körper veränderte sich tatsächlich: Während er Gewichte stemmte, bemerkten die anderen eine Gewichtszunahme an seiner schmalen Gestalt. Bei einem viel zu dünnen Kerl wie ihm war das anfangs eine willkommene Entwicklung, doch es zeigte sich rasch, dass er nicht an Muskelmasse zulegte, sondern lediglich einen Bauch bekam und Fett ansetzte.

In den Tagebüchern seines Vaters las er inzwischen genauso besessen wie seine Mutter, allerdings eher im Geheimen. Manchmal warnte er sie, sie solle sie nicht offen herumliegen lassen, damit Caroline sie nicht fände. Seine Schwester trank und war dann so verdrießlich, wie er es im nüchternen Zustand war. Seine Erkrankung hatte ihn egoistisch gemacht, überlegte er. Er sah doch, was in Caroline vorging.

Es klingelte an der Haustür, und er trottete hin, um zu öffnen, nur um zwei Jungen zu sehen, die ihn auslachten und dann wegrannten.

Blöde kleine ...

Brian Kibby widmete sich wieder mit stiller Freude den interessanten Tagebüchern seines Vaters. Sie bestätigten aber nicht nur Keith Kibbys Liebe zu seiner Familie, sondern enthielten auch Gedanken über diverse Romane, die er gelesen hatte, und zeigten Brian damit eine Seite seines Vaters, die er gar nicht gekannt hatte. Keith schien besonders von Büchern wie Oscar Wildes *Bildnis des Dorian Gray* und *Dr Jekyll und Mr Hyde* von Robert Louis Stevenson beindruckt gewesen zu sein. Und doch konnte Brian, selbst nie ein großer Bücherfreund, sich nicht erinnern, den Vater im Haus jemals etwas anderes lesen gesehen zu haben als die Tageszeitung. Aus irgendeinem Grunde hatte er seine Leidenschaft zur Literatur lieber für sich behalten.

Brian Kibby versuchte, sich in die Romane zu vertiefen, doch sein Schädel dröhnte, und er brachte die Konzentration nicht auf. Sie erschienen ihm trocken und langweilig, und er landete schließlich doch wieder bei seinen Computerspielen. Er hörte auf, ins Fitnessstudio zu gehen, das war einfach zu anstrengend.

Eines Abends saß er japsend im Sessel und schaute sich mit seiner Mutter *Coronation Street* an. Jedes pfeifende Luftholen ihres Sohns zerrte an Joyce' Nerven. Sie blickte Brian mit überstrapaziertem Mitgefühl an. – Du würdest es mir doch sagen, wenn du trinkst, oder?

– Ich hab's dir doch gesagt, stöhnte er verzweifelt, – dass ich nicht trinke! Wann sollte ich auch? Ich bin den ganzen Tag im Büro, ich war bei tausend Ärzten und hab mich untersuchen lassen ... wann hätte ich denn Gelegenheit zum Trinken gehabt?

– Tut mir leid, Junge, sagte Joyce mit wachsender Besorgnis, denn sie hatte ihre Tochter in letzter Zeit tatsächlich schon mehrfach betrunken erlebt, – ich will ja nur, dass du weißt, dass du dich mir anvertrauen kannst …

– Das weiß ich doch, Mum, sagte Kibby dankbar und meinte dann nachdenklich: – Weißt du, diese Amerikaner, die hier öfter vorbeikommen … diese Missionare …

– Elder Clinton und Elder Allen von der New Church of the Apostles of Christ aus Texas … lächelte Joyce. – Ich sag ihnen immer, mich würden sie nie bekehren, aber es sind zwei so reizende junge Männer.

– Die dürfen doch keinen Alkohol trinken oder … äh … was mit Mädchen anfangen, oder?

– Sie dürfen keinen Alkohol trinken, und das andere ist verboten, solange sie nicht verheiratet sind, sagte Joyce wehmütig. Sie hielt das *Book of the Modern Testament* für Blödsinn und seine Verfasser für Häretiker und falsche Propheten, war aber beeindruckt von der moralischen Integrität seiner Anhänger.

– Es sind ja junge Männer … die, äh, müssen doch Bedürfnisse haben.

– Die haben sie sicherlich, sagte Joyce, – aber deswegen hat uns Gott ja den Glauben gegeben, Brian. Es würde wahrscheinlich helfen, wenn du häufiger in die Kirche gingest.

Das war nicht das, was er hatte hören wollen.

Kurz darauf saß Kibby mit einem Salatteller in der Bürokantine und sann über sein neues Dilemma nach. Er verspürte Heißhunger, besonders auf zuckerhaltige und fettreiche Lebensmittel, versuchte dieses Verlangen jedoch zu unterdrücken, denn sein Bauch quoll ihm schon unangenehm über den Hosenbund. – Ich begreife einfach nicht, wieso ich so zunehme, klagte er. Shannon McDowall versuchte ihn zu trösten und meinte, er sei jetzt einfach in dem Alter. Kibby sah mit neidisch-fassungslosem Blick zu, wie ein tadellos aussehender Danny Skinner sein Essen herunterschlang. Sein alter Kontrahent war in letzter Zeit freundlicher ihm gegenüber gewesen, zumindest im persönlichen Umgang. – Das ist doch ungerecht, du nimmst anscheinend nie zu, dabei isst du wie ein Pferd und trinkst wie ein Fisch.

– Schneller Stoffwechsel, grinste Skinner fröhlich und sah rüber zur Kantinentheke. – Ich glaube, ich vertrag noch eine Portion von diesem klebrigen Karamellpudding. Da konnte ich noch nie widerstehen!

18
Rick's Bar

Ann würde es verstehen … aber Muffy, die hat so etwas an sich, dachte Kibby schwer atmend, während er seinen digitalen Farmer in den Futtermittelladen schickte. Die Hühner brauchten Körner. Auch wenn seine Augen vor dem Laptop tränten und brannten, solange er sich in *Harvest Moon* vertiefte, vergaß er beinahe seine Schmerzen. Sie waren so heftig, dass er es nicht wagte, längere Spielpausen einzulegen. Er scheute sie nicht nur aus pragmatischen, sondern auch aus abscheulich triebhaften Beweggründen, weil er gern mit Muffy allein war …

Ich muss aber aufpassen, Mum hat diese Amerikaner unten, und ich bin hier nicht auf dem Dachboden …

Nun, da er eine ansprechende Herde an Tieren beisammen und etwas Geld auf der Bank hatte, musste er sich mit der Frage einer Ehefrau befassen. Er plauderte häufig mit Muffy, die in den Fanforen zu diesem Spiel viele begeisterte Verehrer hatte.

12-05-2004, 7.15pm
HN #1 Lover
Top Man
Muffy ist spitze. Sie ist süß und sieht toll aus. Im ersten Spiel habe ich Ann geheiratet, weil sie mir ein dunkelrotes Herz gegeben hat, aber wenn ich an Muffy denke … wow, Mann, ist die scharf!

Aber es gab auch kritische Stimmen, die dieses Mädchen anders sahen:

12-5-2004, 7.52
Nijitsu Master
Registered User
Ich mag Muffy nicht, weil sie zu kokett ist. Also wirklich, die nennt dich sexy. Das ist irgendwie abartig.

Der Junge versteht das einfach nicht, sie wär fantastisch ... so toll ... aber das ist bescheuert ... es ist ja nur ein Spiel. Aber sie ist eine Zuckerschnecke, eine schöne, blutjunge Japanerin ... es wär toll, sie zu küssen und sie zu ficken, ihr zu zeigen, wie ein weißer englischer Junge ficken kann ... sie in ihre enge japanische Muschi fickt, ihre süße pelzige kleine Fickdose ... denn wenn sie einmal einen weißen Schwanz erlebt hat, will sie nie wieder was anderes ... halt ... stop ... nein ... tut mir leid, Gott ... verzeih mir ...

Während Kibby massives Herzrasen bekam, ertönte das durchdringende Schrillen der Türklingel und ging ihm durch Mark und Bein. Doch in alle Furcht mischte sich auch süße Hoffnung.

Wer ist das wohl? Doch nicht etwa Lu ...

Joyce machte auf. Es war Fat Gerald, der – vorgeblich aus freundschaftlicher Sorge – letzte Woche bei den Kibbys angerufen und sich nach Brians Gesundheit erkundigt hatte. Joyce fand es nett, dass die Hyp Hykers sich so rührend kümmerten, wo ihr Junge doch so krank war. Sie führte den Besucher ins Wohnzimmer und machte ihn mit den beiden Texanern im Anzug, mit Bürstenhaarschnitt und Pferdegebiss bekannt, die ihre Köpfe synchron herumschwenkten und sein Eintreffen registrierten. Dann brachte sie ihn nach oben und kündete ihn überschwänglich an: – Du hast Besuch von deinem Wanderverein.

Kibby hatte wirklich zuerst gehofft, dann in Anbetracht seiner Verfassung gefürchtet, es wäre Lucy. Ian hätte es auch getan, doch als Fat Gerald hinter Joyce durch die Tür trat, konnte er nur mit Mühe seine Enttäuschung verbergen.

Der übergewichtige Bergwanderer ließ sich in den Rattansessel ihm gegenüber fallen, bevor Kibby reagieren konnte. – Hi, Bri, sagte Gerald unverbindlich kühl.

Brian entdeckte konzentrierte Bösartigkeit in den Kuhaugen

seines Besuchers und wusste, dass ihm Unerfreuliches bevorstand. – Hi, Ged …, keuchte er unterwürfig.

Joyce war in der Küche verschwunden und kehrte nun mit zwei Gläsern Orangensaft zurück, den sie jetzt immer im Haus hatte, weil die beiden Texaner ihn gern tranken. Dazu noch ein Teller mit einem Sortiment von Keksen. Sie ging auf Zehenspitzen, als wäre Brians Schlafzimmer ein Minenfeld, und stellte das Tablett ans Fußende von seinem Bett. Gerald ließ das Tablett nicht aus den Augen und erstellte im Geiste ein Inventar von dem, was darauf stand.

– Hoffe, du bist bald wieder auf dem Damm, Bri, sagte Gerald und schnappte sich einen Keks. – Du verpasst echt was, erklärte er mit unverhohlener Häme und erzählte Brian von einer Disco, in der sie in Glenshee gewesen wären. Nicht ohne Schadenfreude, wie Kibby fand, berichtete er ihm, dass Angus Heatherhill Lucy die ganze Zeit auf dem Weg hin und auf dem Weg zurück im Bus abgeknutscht hatte. – Die beiden scheinen was miteinander zu haben, sagte er mit einer Hinterhältigkeit, die Kibbys ohnehin angeschlagener Psyche einen weiteren Tiefschlag versetzte.

Ged … ist … so … ein … fettes …

Doch er fühlte sich zu mies, um darauf zu reagieren; offenbar war das Schicksal ihm gegenüber mit Torturen ebenso großzügig wie seine Mutter mit den Keksen auf ihrem Teetablett; doch die wurden wenigstens von seinem Hyp-Hyker-Kollegen fleißig reduziert. In Gedanken bei der traurigen Unausweichlichkeit der Entwicklung, hockte er Gerald einfach mit matter Leidensmiene gegenüber.

Fettes … fettes … fettes …

– Kommst du zum Zeltlager in Nethy Bridge?, fragte Gerald.

– Vielleicht, wenn's mir besser geht, meinte Kibby wütend.

Du bist fett, und eines Tages werd ich dich umbringen … deinen ekelhaften Körper von einer Klippe stoßen und zusehen, wie du wie ein Stein herunterfällst und auf den spitzen Felsen unten zerplatzt … oh, Gott, nein, was denke ich da? Verzeih mir, Ged, ich bin nicht ich selbst …

Fat Gerald betrachtete die kränkelnde Kreatur vor sich, während er sich immer mehr Kekse in den Mund stopfte und der Zuckerflash ihn kurzzeitig aus der Depression riss, die seine Essgewohnheiten auf längere Sicht bewirkten, und er gab sich vergnügt seiner boshaften Verachtung hin. Rache wurde kalt genossen, und die untertourige, doch immer deutlich spürbare Feindseligkeit, die ihm Kibby über Jahre hinweg entgegengebracht hatte, gab ihm allen Grund dazu. Alles, woran Fat Gerald denken konnte, war, dass Bri weder cool noch smart noch erfolgreich war, im Gegenteil – ein Verlierer, der jetzt alles zurückkriegte.

Irgendwann haute Gerald endlich ab, zur gleichen Zeit wie die Amerikaner, hörte Kibby. Er glaubte, nun könne er sich vielleicht wieder *Harvest Moon* widmen, doch Joyce kam hoch in sein Zimmer und reichte ihm eine Broschüre. – Das ist von Elder Allen und Elder Clinton ... sie meinten, ihnen hätte es sehr geholfen.

Kibby sah sie vor Wut kochend an, als er das Traktat in seinen zitternden Händen hielt. Es trug den Titel »Sieg über die Masturbation«, erschienen in der Reihe ›Praktische Lebenshilfe‹ der New Church of the Apostles of Christ. – Du hast über mich geredet ... darüber, dass ich *masturbiere*? Mit Fremden ... mit *amerikanischen* Fremden?

– Nein! Natürlich nicht! Ich hab ihnen nicht verraten, dass es um dich geht! Ich hab gesagt, ich hätte einen jungen Neffen, der viel an sich herumspielt. Lies das, Junge, drängte ihn die Mutter mit glühenden Augen, – das ist voll mit guten, praktischen Ratschlägen.

Kibby ließ die Broschüre auf seinen Computertisch fallen. Er wartete, bis sie das Zimmer verlassen hatte, dann nahm er das Heft wieder auf und begann zu lesen:

> Wir wissen, dass unser Leib ein Tempel Gottes ist, den wir rein erhalten müssen, damit der Heilige Geist darin Einzug halten kann. Masturbation ist eine sündhafte Angewohnheit. Obwohl sie keine körperlichen Schäden bewirkt, solange sie nicht exzessiv betrieben wird, so beraubt sie uns doch des wahren Geistes und erzeugt Schuldgefühle und emotionale Belastung. Sie ist selbstsüchtig und dient in keiner Weise der dem Menschen gegebenen Zeugungskraft zur Erfüllung des göttlichen Plans. Sie entfernt den Menschen von Gott und der göttlichen Vorsehung.
>
> Doch fürchte dich nicht, denn auch du kannst geheilt wer-

den. Schon viele wurden es vor dir, Männer wie Frauen, und auch du wirst es werden, wenn du dazu entschlossen bist. Diese Entschlossenheit ist bereits der erste Schritt. Sie ist das Fundament. Du musst selbst beschließen, mit diesem Tun aufzuhören, und sobald du den festen Entschluss gefasst hast, ist das Problem schon ein viel kleineres geworden.

Aber es muss mehr sein als nur vage Hoffnung oder der Wunsch dazu, mehr als die bloße Einsicht, dass es schädlich für dich ist. Es muss ein fester WILLE sein. Wenn du wahrhaftig an Heilung glaubst, wirst du die Kraft besitzen, jede schädliche Versuchung von dir zu weisen und zu widerstehen. Hast du einmal diesen Entschluss gefasst, dann halte dich an die folgenden praktischen Richtlinien:

Ein Wegweiser zur Selbstbeherrschung:

1. Berühre niemals intime Bereiche deines Körpers (außer zum Zweck der normalen Körperpflege).
2. Verbringe so wenig Zeit wie möglich allein. Suche dir gute Gesellschaft und bleibe in dieser Gesellschaft.
3. Wenn du Umgang mit anderen Personen hast, die dein Problem teilen, BEENDE DIESE FREUNDSCHAFT. Glaube nicht daran, dass ihr gemeinsam dieses Laster besiegen könnt, das werdet ihr nie. Diese Versuchung muss gänzlich aus deinem Denken gelöscht werden, und das kann nicht geschehen, wenn du Umgang mit Menschen hast, die der gleichen Schwäche erlegen sind.
4. Im Badezimmer bewundere nicht deinen Körper im Spiegel und bleibe nicht länger als fünf oder sechs Minuten dort – nur lang genug, um dich wieder abzutrocknen und anzukleiden, DANN GEH SOFORT HINAUS und in ein Zimmer, in dem sich noch andere Familienglieder aufhalten.
5. Kleide dich im Bett stets so, dass du keinen leichten Zugang zu intimen Körperbereichen findest.
6. Wenn die Versuchung zu groß erscheint, VERLASSE DAS BETT, GEH IN DIE KÜCHE, UND MACH DIR ETWAS ZU ESSEN. Selbst wenn es mitten in der Nacht ist und

du keinen Hunger verspürst. Mach dir keine Gedanken darüber, dass du zu dick werden könntest, dieser Rat hat zum Ziel, dass du ÜBER ETWAS ANDERES NACHDENKST.

7. Lies niemals pornographische oder sexuell erregende Literatur.
8. Hege stets gesunde, anständige Gedanken. Lies gute Bücher, religiöse Traktate, die Heilige Schrift und Predigten: Mache es dir zur Gewohnheit, täglich wenigstens ein Kapitel aus der Bibel zu lesen.
9. Bete, jedoch nicht wegen deines Problems, denn dies würde nur dazu führen, dass du noch häufiger daran denkst. Bete um Glauben und Verständnis, aber ERWÄHNE DAS PROBLEM NIEMALS GEGENÜBER ANDEREN, DENN DANN MUSST DU WEITER DARAN DENKEN.
10. Treibe viel Sport.
11. Wenn die Versuchung groß ist, rufe laut STOPP und rezitiere eine vorher ausgesuchte Bibelstelle oder singe eine kraftgebende Hymne.
12. Fertige dir auf einem kleinen Karton einen Taschenkalender für jeden Monat an. Trage ihn stets bei dir, aber zeige ihn niemandem. Wenn dich deine Selbstbeherrschung einmal verlässt, markiere diesen Tag schwarz im Kalender. So schaffst du eine deutliche visuelle Aufforderung zur Selbstbeherrschung, die du zur Hand nehmen kannst, wenn du erneut in Versuchung zu geraten drohst.
13. Versuche es mit Aversionstherapie: Denke an widerliche Dinge, die alles Angenehme überblenden. Stelle dir zum Beispiel vor, du müsstest in einer Wanne voller Maden baden und vielleicht einige davon essen.
14. Manchmal hilft es, nachts im Bett irgendeinen Gegenstand, zum Beispiel eine Bibel, fest in der Hand zu halten.
15. In besonders schweren Fällen kann es nötig werden, eine Hand am Bettgestell festzubinden, damit die Gewohnheit unterbunden wird, im Zustand des Halbschlafs zu masturbieren.

16. Bewahre dir eine positive innere Einstellung. Satan gibt niemals auf, und du solltest es auch nicht. Du kannst in diesem Kampf obsiegen!

Die beiden jungen Mädchen in kurzen Sommerkleidern streckten ihre sonnenstudiogebräunten Gliedmaßen im fahlen Schein der Straßenbeleuchtung aus dem Taxi auf die Lothian Road. Skinner, der gerade vor dem Shakespeare selbst aus einem Taxi stieg und den Fahrer bezahlte, erhaschte einen Blick auf den weißen Slip eines der Mädchen, das gerade aus dem Wagen rutschte. Er fing mit anzüglichem Grinsen ihren Blick auf und wurde dafür mit einem Zucken des Mundwinkels belohnt.

Ist das ein Muschiaufgebot ... Ich sollte den kleinen Fickdosen hinterher ... nee ... runter ins Slutland, dann vielleicht zur Rose Street. Am Schluss dann George Street. Da geht's total zur Sache dieser Tage.

Aber heute Abend hatte er eine wichtige Verabredung einzuhalten.

Rick's Bar war eine Kellerkneipe, die durch eine Reportage von Condé Nast, in der sie als einer der coolsten und schickesten Läden im UK bezeichnet wurde, landesweite Berühmtheit erlangt hatte. Von diesem Schicksalsschlag hatte sie sich nie richtig erholt, erfreute sich aber immer noch einer gewissen Beliebtheit bei einigen hiesigen Fußballspielern und den Mädchen, die ihnen nachliefen, und ebenso bei manchen schottischen Medientypen, die auf sämtliche Hypes reinfielen, die sie nicht selbst angezettelt hatten.

Für diesen Abend hatte Alan De Fretais für einen kleinen Umtrunk zur Feier seines Geburtstags in die Bar geladen. Danny Skinner, hocherfreut, auf der Gästeliste zu stehen, war der einzige Vertreter der Stadtverwaltung, da Bob Foy für eine Woche zum Golfen an der Algarve war.

Er hatte viel über De Fretais nachgedacht und dessen Rückkehr aus Spanien ungeduldig erwartet.

Wir haben eine entscheidende Gemeinsamkeit: eine instinktive Abneigung gegen Kibby. Sollte dieser Koch tatsächlich mein Erzeuger sein?

Skinner spürte, wie ihm das Blut stockte und sein Herz zu rasen begann, als De Fretais ihn eintreten sah und sofort zu sich herwinkte. Es muss wohl dieser Fettsack sein, dachte er mit einem gewissen fröhlichen Widerwillen, als er durch die Bar dorthin ging, wo sich das Geburtstagskind samt Anhang breitgemacht hatte.

– Mr Daniel Skinner, Stadtverwaltung Edinburgh, kündigte ihn der Koch seinem ergebenen Gefolge theatralisch an. Skinner quittierte die Anwesenheit der versammelten Herrschaften mit einem kleinen Kopfwackeln und einem Wimpernzucken.

– Hi, Alan, danke für die Einladung. Ich lese gerade Ihr Buch.

– Und, gefällt's Ihnen?, erkundigte sich De Fretais.

– O ja ... sehr ... komischer Zufall, neulich bin ich doch dem alten Knaben begegnet, über den Sie schreiben, dem alten Sandy. Der trinkt immer noch im Archangel.

– Soso, tut er das, sagte De Fretais frostig und meinte dann reserviert, – ein hervorragender Koch und ein echtes Original. Der Mann hatte eine bemerkenswerte Gabe zum Kochen. Hätte es weit bringen können, aber, tja, Sie haben ja vermutlich gesehen, in welcher Verfassung er ist. De Fretais sah sich besorgt im Raum um. – Er ist doch heute nicht hier, oder?

– Nein, das glaube ich nicht.

– Gut. Ich verdanke ihm viel, woran er mich auch nie zu erinnern vergisst. Aber es kommt leider immer irgendwann ein Zeitpunkt, an dem man sich von Alkoholikern lösen muss. Es ist immer dasselbe.

Skinner fühlte sich plötzlich etwas unwohl unter dem prüfenden Blick des Kochs. Ob De Fretais etwas über sein Trinkverhalten wusste? *Sich von Alkoholikern lösen*. Das erschien ihm doch zu einfach.

Skinners Unbehagen spürend, führte er aus: – Leider ist das die Geißel der Gastronomie, die viele Köche irgendwann zu spüren bekommen.

Skinner deutete mit einem Nicken auf das Glas Wein in De Fretais' Hand. – Hat Sie aber noch nicht vom Trinken abgehalten.

– Für eine Weile schon, behauptete De Fretais und rang sich ein knappes Grinsen ab. Seine Haut war gebräunt. Skinner fragte sich, ob die Bräune aus Spanien stammte oder von der Sonnenbank. – Ich hatte ein Alkoholproblem und habe dann jahrelang kein Glas angerührt. Irgendwann merkte ich, dass ich kontrolliert trinken konnte. Das Problem war gar nicht der Alkohol, sagte er mit einem Grinsen und nahm ein Schlückchen Wein, – es war die Selbstsucht. Alkohol ist die Medizin des Egomanen.

– Aber Egomanen sind wir doch wohl alle, sagte Skinner in einem Anflug von Panik. – Ich meine, Sie sind doch ... Ich meine, Sie sind doch ... na ja, Sie sind doch kein Mensch, dem es an Selbstwertgefühl mangelt!

– Oh, aber das hat mit Selbstbezogenheit nichts zu tun. Die Sache ist sehr viel komplizierter. De Fretais schüttelte den Kopf. – Selbst der größte Egozentriker muss nicht jede Kleinigkeit einzig und allein auf sich beziehen, während es durchaus vorkommt, dass ein äußerst zurückhaltender, schüchterner oder einfach rundum netter Mensch genau dieser Wahrnehmung erliegen kann, fuhr er fort, während sein Blick über die Anwesenden im Raum schweifte. – Uns mag der traurige, von Selbsthass zerfressene Alkoholiker mehr leidtun als der aufgeblasene, der glaubt, dass alle Menschen außer ihm verrückt geworden seien, doch im großen Ganzen sind sie nur zwei Seiten einer Medaille.

Skinner nickte nachdenklich, sammelte sich dann wieder und meinte: – Ich muss gestehen, am meisten haben mich an Ihrem Buch die Stellen interessiert, wo's ums Bumsen geht.

Er sah zu, wie De Fretais herzhaft lachte, ihn dann mit neuem Interesse ansah und die Augenbrauen hob, um Skinner zum Weitersprechen zu ermutigen.

– Wissen Sie, alles, was mit der Archangel Tavern zu tun hat, hat mich interessiert. Das muss eine aufregende Zeit gewesen sein damals. Anthony Bourdain hat mal über die Auswirkungen von Punk auf die kulinarische Entwicklung in den USA geschrieben, aber bei Ihnen habe ich so was zum ersten Mal über Großbritannien gelesen. Erinnern Sie sich noch an Bev Skinner? Sie hat damals da gekellnert. Meine Mutter, fügte er hinzu.

De Fretais lächelte und nickte, seine Miene verriet jedoch nichts. Skinner schloss daraus, dass wenn ihn mit seiner Mutter irgendwann etwas gefühlsmäßig verbunden hatte, das lange vorbei sein musste. Es gab weder Anzeichen für Animosität noch für Zuneigung. – O ja, an die erinnere ich mich. Sie hing immer mit dieser Band von hier rum, den Old Boys. Waren gar nicht schlecht, wenn ich mich recht erinnere, sind aber nie so bekannt geworden, wie sie es verdient gehabt hätten.

– Aye ... Wes Pilton, der Sänger, der hatte gar keine üble Stimme, log Skinner. Mit den Old Boys hatte ihn seine Mutter immer wieder mal genervt.

– Und, wie geht's Ihrer Mutter?

– Oh, danke, gut. Tut immer noch so, als hätte es nach Punkrock nie wieder Musik gegeben.

– Ich hatte Punk ziemlich schnell satt. So für sechs Monate war das ja ganz interessant, aber wenn man danach nicht die Nase voll davon hatte, musste man schon ein bisschen unterbelichtet sein, sagte er und schien dann zu zögern, als sei ihm gerade erst der Gedanke gekommen, Bev Skinner könnte immer noch Hardcorepunk sein. – Aber grüßen Sie Ihre Mutter herzlich von mir. Das waren schöne Zeiten damals.

– Sie war doch nicht ... äh ... Sie beide haben doch nicht? ... Sie wissen schon, grinste Skinner und versuchte, so harmlos wie möglich zu erscheinen, obwohl nun kleine Funken banger Erwartung in seiner Brust glommen.

– Was könnten Sie *damit* bloß meinen, Mr Skinner?, fragte De Fretais und rollte scherzhaft die Augen.

– Na ja, Sie haben einen gewissen Ruf ... durch das Buch, und ich hab mich bloß gefragt ... Skinner grinste komplizenhaft.

– Hand aufs Herz, nein, sagte De Fretais und schien es aufrichtig zu meinen. – Vermutlich nicht, weil ich nicht gewollt hätte. Selbst unter der ganzen unvorteilhaften Schminke und den schrägen Klamotten war Ihre Mum ein echter Hingucker, soweit ich mich entsinne. Aber sie hatte nur Augen für so einen anderen Kerl. Aus irgendeinem Grund gab es da viel Heimlichtuerei, aber ich glaube, es war ein anderer Koch. Höchstwahrscheinlich mein Ami-Kumpel, Greg Tomlin. Überbezahlt, überviril und in Übersee, lachte De Fretais, dann sah er Skinner an und meinte: – Ihre Mutter hatte keine Augen für andere Männer, sie war besessen von diesem Kerl. Ja, für sie gab es definitiv nur einen Mann. Aber Sie scheinen mir etwas abenteuerlustiger veranlagt zu sein.

– Ich probiere alles mal aus, wenn's gut ist, auch gern öfter, scherzte Skinner.

– Ein Mann nach meinem Geschmack, sagte De Fretais, sah

sich um und senkte dann seine Stimme. – Einige von uns gehen später noch in einen kleinen Privatclub. Eine Party *in extremis situ*, alles ist erlaubt. Interessiert?

– Aber immer. Sagen Sie Bescheid, wenn's losgeht, erklärte Skinner eifrig.

Weiß der Henker, was mich da erwartet, aber ich habe ja Kibby, der die Folgen zu spüren bekommt.

Die Heuschrecken aus den Schnorrerkreisen der Stadt hatten bald ihre Arbeit getan und alles verputzt, was De Fretais hatte springen lassen. Es war offenkundig, dass kaum jemand bleiben wollte, um selbst ein paar Runden zu geben. Der Champagner war zwar nicht besonders, aber er war zumindest gratis, und Skinner hatte Geschmack daran gefunden.

Eine Frau in mittleren Jahren, in einen Kunstpelz gehüllt, erschien und warf die Hände zur Decke. – Alan! Darling, dieses Buch von dir ist phantastisch. Ich hab das Spargel-Rezept am alten Conrad ausprobiert, und es war besser als Viagra! Ich wollte dir aus ganzem Herzen danken, aber dann dachte ich, ein Stückchen tiefer würde dem Anlass vielleicht eher entsprechen.

– Stets gerne zu Diensten, Eilidh, grinste De Fretais und küsste die Frau auf beide Wangen.

Skinner fand die Gespräche ermüdend. Das blieb De Fretais' Anhang nicht verborgen, und man hielt als Reaktion darauf Distanz zu ihm. Aber es wurmte sie offenbar genauso wie ihn, dass die Freigetränke ausgegangen waren. Kurz darauf gab De Fretais ihm ein Zeichen, und sie gingen zum Ausgang. Sie stiegen die Stufen zur Straße hoch, wo zwei Taxis warteten. Skinner folgte De Fretais, zwei weiteren Männern und einer Frau in eins von ihnen. Einer der Männer war Asiate. Er war klein und trug eine teuer aussehende Wildlederjacke. Die Frau, die Skinner auf Mitte dreißig schätzte, war gut gekleidet, ein schickes Kostüm, Prada, wie Skinner vermutete.

Das Make-up ist ein bisschen üppig, aber für ihr Alter hat sie sich gut gehalten. Nur die Zusammensetzung find ich nicht so vorteilhaft, vier Kerle und nur eine Braut. Sagt bloß, wir sollen alle bei der Ollen anstehen?

Der andere Mann hatte Skinner interessiert beäugt. Er war dunkelhaarig, hatte hagere Gesichtszüge und hervorquellende

Augen, die nicht recht zum Rest passen wollten. Zusammen mit seinen dünnen, zusammengepressten Lippen verliehen sie ihm etwas permanent Pikiertes. Er und De Fretais diskutierten über kulinarische Themen, während das Taxi über das Kopfsteinpflaster der New Town schaukelte.

– Ich bin bereit, mich in dieser Frage deiner Sachkenntnis zu beugen, Alan, aber man sollte doch glauben, die Franzosen …

– Hat alles seinen Ursprung bei den Griechen und Römern, ging De Fretais dazwischen. – Man kommt immer wieder auf die drei maßgeblichen kulinarischen Traditionen zurück: China, Rom und Griechenland. Die Griechen und Römer haben unsere westlichen Essgewohnheiten begründet, das Zeremoniell und das Festmahl, die Spiele. Die Vorstellung, dass man sich keinen sinnlichen Genuss versagen soll, sagte er, sich Skinner zuwendend, den nun ein etwas ungutes Gefühl beschlich.

Sie betraten ein Haus mit Souterrain, nachdem De Fretais geklingelt und seinen Namen in die Gegensprechanlage geblafft hatte. Ein großer, braun gebrannter Mann empfing sie. Er hatte harte braune Augen und kurzes, krauses braunes Haar, das an den Schläfen grau wurde. – Alan, Roger … du hast Freunde mitgebracht … schnurrte er und musterte Skinner von Kopf bis Fuß.

– Graeme …, schön, dich zu sehen, strahlte De Fretais. – Du kennst ja Anwar.

Der Asiate streckte die Hand aus, und der Mann namens Graeme schüttelte sie.

– Das hier ist Clarissa. Und das ist Danny.

Graeme ergriff die Hand der Frau und küsste sie auf beide Wangen, bevor er Skinner mit festem Griff die Hand schüttelte. In seinem Blick lag etwas Hartes und Rücksichtsloses, und Skinner spürte die Kraft hinter dem Händedruck. Obwohl nicht mehr ganz jung, schien er körperlich gut in Form zu sein. Skinner war etwas beunruhigt und musste aus irgendeinem Grund wieder an Kibby denken.

De Fretais und Graeme führten sie in einen großen Raum. Er hatte hohe Decken mit eindrucksvollen Stuckleisten, war weiß gestrichen und nur sparsam möbliert; außerdem sah er einen Marmorkamin und einen prunkvollen Kronleuchter aus Kristall. Auf einem langen Eichentisch standen Servierplatten mit Speisen; Räucherlachs, Hühnergeschnetzeltes, Reis, diverse Salate, Antipasti et cetera. Interessiert entdeckte Skinner auf silbernen Servierplatten in Betten aus zerstoßenem Eis auch Austern, die er noch nie gegessen hatte. Noch interessanter waren die beträchtlichen Vorräte an Champagner, der auch schon in bereitstehenden Sektflöten perlte. Jenseits des Tischs befanden sich nur noch ein großer Matratzenbereich mit einem purpurfarbenen Überwurf, mehrere Kissen und ein Liegesofa. – Wir müssen uns leider selbst bedienen, sagte Graeme volltönend, was sich niemand zweimal sagen ließ. Skinner kostete zum ersten Mal eine Auster und bekam von De Fretais erklärt, wie er sie essen musste. Langsam ließ er sie sich durch die Kehle gleiten. – Ich glaube ... das schmeckt mir, sagte er zögernd.

– Erinnert es Sie an etwas?, gurrte De Fretais.

Skinner grinste verhalten, dann fiel ihm wieder dieser andere Koch ein, den De Fretais im Zusammenhang mit seiner Mutter erwähnt hatte. – Dieser Amerikaner, von dem das eine Rezept da stammt, ich glaub, das mit dem Schokoladendessert, ist der wohlauf?

– Greg. Ja, er ist Küchenchef und Mitbesitzer eines sehr renommierten Fresstempels in San Francisco. Leider auch so einer von uns, der seine Seele ans Fernsehen und den Buchmarkt verkauft hat.

Vom Alkohol mittlerweile kühner geworden, wollte Skinner sich genauer nach Greg Tomlin erkundigen, doch Graeme kam mit einem Teller herüber. – *Escargots*?

– Schnecken? Na, ich weiß nicht. Skinner verzog skeptisch das Gesicht.

– Dann wird es Zeit, dass Sie sie versuchen, sagte Graeme kalt.

Skinner zuckte die Achseln und spießte eine auf. Er tunkte sie noch einmal gut in die Knoblauchsauce, bevor er sie aß. Sie sah aus wie ein Pilz und schmeckte auch nicht viel anders, fand er. Das zweite Taxi traf ein; darin saßen zwei Männer und drei junge Frauen, die nicht bei dem Umtrunk gewesen waren und die Skinner als Prostituierte einschätzte.

– Wie stehen Sie zur nationalen Frage, Mr Skinner?, fragte Roger ihn in einem Akzent, in dem Skinner wenig Schottisches ausmachen konnte.

– Ich finde, uns Schotten ist die Vereinigung doch ganz gut bekommen, sagte er, denn er glaubte, in einem Privatetablissement in New Town, bestimmt eine Hochburg unionistischer Sympathien, wäre er damit auf der sicheren Seite. – Wir jammern allen vor, wir wären die letzte Kolonie des British Empire, aber was die Entwicklung der Sklaverei, was Rassismus und Ku Klux Klan anbelangt, haben wir darin gar keine so unbedeutende Rolle gespielt.

– Ich denke, die Dinge liegen doch etwas komplizierter, höhnte Clarissa und kehrte ihm den Rücken.

Graeme, der sich immer noch in seiner Nähe herumdrückte, sagte mit kaltem Lächeln: – Tja, Ansichten, die hier nicht auf viel Gegenliebe stoßen dürften.

Skinner hatte plötzlich das Bedürfnis, eines der Mädchen darauf anzusprechen, ob sie in dieser Frage irgendeine Meinung hatte. Er versuchte, das eine von ihnen, das eine enge blaue Bluse trug und sich von einem der Männer den nackten Arm tätscheln ließ, auf sich aufmerksam zu machen, aber da pirschte sich Roger an ihn heran. – Wie alt sind Sie, Mr Skinner?

– Fünfundzwanzig, sagte Skinner, der sich auf einen arroganten Spruch einstellte und dachte, ein paar hinzugelogene Jahre würden den Schlag etwas abpuffern.

– Hmmm, machte Roger skeptisch.

Clarissa wandte sich ihnen zu und sagte an Roger gerichtet: – Haben Sie Gregors Artikel im letzten *Modern Edina Bulletin* gelesen? Ich denke, damit hat er ein für alle Mal aufgeräumt mit einigen dieser absurden Gemeinplätze, sagte sie mit kurzem Seitenblick auf Skinner, – die so dahergeredet werden.

– Och, jetzt hat sie's mir aber gegeben, grinste Skinner unbekümmert und marschierte ostentativ zum Tisch, wo er sein Glas mit Champagner nachfüllte. Wie man in den Wald hineinruft, so schallt es heraus, dachte er zufrieden.

Auf De Fretais' Anregung hin machten sie es sich auf den Kissen bequem, wo Graeme eine Flasche mit einer klaren blassbläulichen Flüssigkeit hervorzauberte und eine sorgfältig abgemessene Menge in Skinners Champagner träufelte. – Da Sie zum ersten Mal hier sind, schlage ich ein wenig hiervon zur Entspannung vor, sagte er mit einem Lächeln, doch Skinner spürte immer noch die eisige Kälte in seinem Blick.

Nach nur sekundenlangem Zögern nahm er einen Schluck. Der Champagner hatte sich nicht verfärbt oder in Geruch oder Geschmack verändert, und auch die Blasen stiegen weiter auf.

Scheiße, ein Glück, dass es Kibby gibt.

Das Zeug entspannte ihn tatsächlich. Er fühlte, wie seine Muskeln schwer wurden, und war froh, dass ihm Graeme und Roger aus seiner Jacke halfen. Eine leichte Übelkeit überkam ihn, gefolgt von einem plötzlichen Hunger, ehe ihm jedes Realitätsgefühl abhandenkam und er von den Kissen auf den Boden purzelte, ohne so recht mitzubekommen, dass Roger ihn heruntergezogen hatte.

Dieses erdrückende Gefühl in meiner Brust, als käme meine Atmung zum Erliegen. Ich weiß noch, wie mir mal einer von seinem Großvater erzählt hat, der in einer eisernen Lunge lag, genauso komm ich mir jetzt vor. Ich müsste Angst haben, reagieren, aber das ist alles so friedvoll, und mein Kopf sagt mir, es sei völlig sinnlos, Angst zu haben: Was kommt, das kommt ... Das wäre eine schöne Art zu sterben, einfach hinübergleiten ...

Er wehrte sich nicht, auch wenn er zwischendurch die Illusion hatte, er könnte es, als seine Gürtelschnalle geöffnet und seine Hose und Unterhose auf die Knöchel gezogen und dann weggerissen wurden. Er spürte, dass man seine Beine spreizte, als wären es Lappen von totem Fleisch. Sein Gesicht steckte in dem dicken, plüschartigen Teppich, was ihm das Atmen noch schwerer machte.

Aus seiner verschwommenen Sicht vom Boden aus sah er Lichtstreifen unter der Tür hereinfallen. Dann fühlte er ein schweres Gewicht auf sich lasten, dann bewegte sich etwas, und dann schoss ein Schmerz in seinen Anus wie ein Messer. Irgendwer war auf ihm, nein, in ihm sogar. Er meinte, es sei vielleicht Graeme, aber es konnte ebenso gut Roger sein. Er konnte die Zähne des Mannes neben seinem Ohr knirschen hören; es war, als hätte der Typ Schmerzen, weil er selbst penetriert wurde; vielleicht war es ja so. Dann spürte er trotz der Droge, wie der Mann richtig in ihn eindrang, so gewaltsam, dass es ihm die Tränen in die Augen trieb und ihn zu zerreißen drohte. Er hörte Schmähungen, bei denen ihm hätte schlecht werden müssen: – Du miese kleine nordbritische Ratte, ich fick doch in deinen stinkenden

Englandliebchen-Arsch, du verblödeter, ignoranter Stricher … aber durch die Droge klangen sie alle wie das süße Schlaflied einer liebenden Mutter.

Nachdem der Mann fertig war, löste ihn ein anderer ab. Er bekam undeutlich mit, dass Anwar einem Weiteren aus der Gruppe die gleiche Behandlung angedeihen ließ, war es Roger oder Graeme oder war noch jemand sonst in den Raum gekommen? De Fretais hatte den Rock von dieser Clarissa hochgeschoben, und sein Hinterkopf ging zwischen ihren Beinen auf und ab, wobei sie Skinner eindringlich, aber auch verächtlich anstarrte. Zwei der Mädchen, die er für Prostituierte hielt, spielten aneinander herum, angefeuert von Männerstimmen, die wie Radiosender auf einer langen Autofahrt mal zu ihm durchdrangen und mal nicht.

Dann war er eingeschlafen, und als er wieder wach wurde, fand er sich allein im Raum wieder. Er zog seine Unterhose und Hose an, schlüpfte in seine Schuhe und schlurfte zur Tür hinaus. Jeder Schritt war eine Tortur, denn ein reißender, sengender Schmerz brannte sich von seinem Arschloch in seinen Unterleib. Skinner weinte vor Wut und Schmerz, als er sich nach Hause schleppte. Dort angekommen, tastete er mit einem Finger an seinem Rektum und zog ihn blutig zurück.

Er fühlte sich dumm, benutzt und geschändet, bis ihm wieder sein seltsamer Heilschlaf einfiel. Ob der zu seiner Besserung beitragen konnte? Er lag von jammervollen, zuckenden Krämpfen geschüttelt da, bis der Schlaf ihn endlich umfing.

Als er erwachte, fühlte er sich wie ein neuer Mensch. Er betastete mit dem Finger sein Rektum. Keine Spur von Blut, weder frisches noch eingetrocknetes. Es war, als wäre nie etwas geschehen.

Es war, als wäre es jemand anderem passiert.

Sie selbst war nie besonders gesund gewesen. Sie war eine nervöse Frau, anfällig für Virusinfektionen, und ihre blasse, fast durchsichtige Haut hatte oft einen Stich ins Grünliche. Von gewissen Gerüchen wurde ihr sofort übel, und vor öffentlichen Toiletten ekelte es sie besonders. Fast schien es, als entwickele sie ihre häufigen Krankheiten als Solidaritätsbekundung, zuerst mit ihrem Gatten, dann mit ihrem Sohn. Egal wie oft sie sich das

Haar wusch, es war immer entweder dünn und fettig oder trocken und brüchig.

Sie wusste, dass Keith Trinker gewesen war, bevor er sie kennen gelernt hatte. Über die Anonymen Alkoholiker hatte er zur Kirche gefunden und über die Kirche zu ihr. Als seine Krankheit schlimmer wurde, hatte Joyce angenommen, der frühere exzessive Alkoholkonsum hätte seine inneren Organe geschädigt, aber das, was nun mit Brian vorging, ließ sie das Hinscheiden ihres Mannes überdenken.

Joyce liebte ihre Kinder heiß und innig, war sich aber bewusst, dass diese, nachdem Keith nicht mehr war, ihr Bemuttern weniger geduldig hinnehmen würden. Sie wusste, dass sie oft ihre Ängste auf sie projizierte, und kämpfte sehr darum, diesem für sie natürlichen Impuls nicht nachzugeben. Besonders in Caroline erkannte Joyce die Kraft ihres verstorbenen Mannes wieder, und sie wollte das Mädchen nicht durch ihre eigene Schwäche herunterziehen oder belasten. Dennoch, in letzter Zeit war Caroline mehrfach übernächtigt und nach Alkohol riechend nach Haus gekommen; Joyce hatte das bemerkt, konnte es aber nicht ganz verstehen. Sie hatte sich im Geiste notiert, dieses Thema einmal anzusprechen, doch wie so viele ihrer zerebralen Memos an sich selbst war es in einem Nebel der Verzweiflung verloren gegangen.

Ihr Leben war immer von Angst bestimmt gewesen. Sie war in Lewis als Mitglied der Schottischen Freikirche aufgewachsen, wo man ihr Gottesfurcht im wahrsten Sinne des Wortes eingebläut hatte. Der Schöpfer war für sie in erster Linie ein strafender, und wenn einem Schlimmes widerfuhr, machte man sich erst einmal Gedanken, wodurch man seinen Zorn erregt hatte. Weil niemand sonst da war, den man für Brians Zustand verantwortlich machen konnte, nahm Joyce die Schuld auf sich. Sie befürchtete, sie habe ihn verdorben und irgendwie sein Immunsystem geschwächt, weil sie ihn so in Watte gepackt hatte. Ihre einzigen anderen Strategien neben dieser Selbstgeißelung bestanden darin, auf die Fachärzte zu hören und zu beten.

Obwohl sie immer noch nicht klüger waren, was die Ursache und mögliche Therapien für Brians Leiden betraf, gelangten die Ärzte, die seinen Zustand beobachteten, doch zu einer gewissen Übereinstimmung. Es schien – ganz einfach ausgedrückt –, als würde Brian von innen her verfaulen. Gehirn, Kehle, Brust, Lunge, Herz, Nieren, Leber, Bauchspeicheldrüse, Darm hatten begonnen, sich aufgrund einer permanenten Überlastung zu zersetzen. Doch die genaue Ursache lag weiterhin im Dunkeln.

Ihr Verhältnis zu Elder Allen und Elder Clinton (es wirkte so seltsam, junge Männer derart zu bezeichnen) hatte sich ein wenig abgekühlt, und die beiden kamen ungeachtet der gigantischen Mahlzeiten, die sie ihnen vorsetzte und die von beiden sehr geschätzt wurden, nicht mehr so häufig. Es hatte sie irritiert, dass Joyce versucht hatte, ihnen Schriften der Schottischen Freikirche aufzudrängen, in denen das *Book of the modern Testament* als teuflische Häresie bezeichnet wurde, als Verkündigung falscher Propheten. Ihr religiöser Eifer beunruhigte die jungen Missionare, denn schließlich waren sie ja gekommen, andere zu bekehren, nicht um selbst bekehrt zu werden.

Oben in seinem Schlafzimmer versuchte Brian, sich an die Ratschläge der Masturbationsbroschüre zu halten. Aber als er sich die Gedanken an Lucy austreiben wollte, indem er *Harvest Moon* spielte, begegnete er im Dorf Muffy und sein Mund wurde ganz trocken.

Sie ist doch nur eine virtuelle Figur ... sie ist nur eine Computergrafik ... es ist bloß ein Spiel ...

Joyce hatte keinen Schlaf finden können und war deshalb hinunter in die Küche gegangen, um etwas zu essen zu machen. Während sie im Geiste religiöse Fragen wälzend ihre Schottische Graupensuppe zubereitete, hatte Brian oben eine grausame Attacke. Schlaflos an seinem Computer hockend, hatte er Muffys Charme widerstanden und war mit einem Spiel schon halb durch. Er hatte vom Regen zerstörte Zäune repariert und Weizen geerntet, als plötzlich eine seltsame Benommenheit über ihn kam. Dann schien sich plötzlich sein Innerstes schmerzhaft zusammenzukrampfen; er fiel vom Stuhl und schlug auf den Boden, hilflos schreiend über den weiß glühenden Schmerz, der ihn mit brutaler Gewalt durchfuhr.

19
Dukes of Hazzard

Es war ein strahlender, warmer Morgen, trotz des frischen Winds, der von der Nordsee hereinkam. Skinner hüpfte vergnügt den Leith Walk hoch und grüßte jeden, mit dem er Blickkontakt hatte, mit jovialem Nicken, Bekannte wie Unbekannte. Seine Euphorie verstärkte sich noch, als er ins Büro kam und Kibby mit elender Miene an die Wand gelehnt dastehen sah.

Dem hängt der Arsch in Fransen!

– Brian, Skinner grinste, – wir sollten mal eben deine Inspektionsberichte durchgehen, sagte er fröhlich, zwei harte Plastikstühle heranziehend, die neben Kibbys Schreibtisch standen. – Setz dich.

Kibby schlurfte heran, setzte sich aber nicht. Skinner wies mit dem Kopf auf den Stuhl. – Was ist? Machen die Hämorrhoiden Ärger?

– Nee, ich …

– Hattest du Besuch durch die Hintertür oder so was?

– Leck mich, fauchte Kibby und wankte zu den Toiletten.

Skinner verdrehte die Augen und nahm eine Akte zur Hand. Nachdenklich wandte er sich Shannon zu und fragte: – Meinst du, Brian Kibby ist schwul?

– Nein, er ist nur ein bisschen schüchtern. Sei nicht immer so scheußlich zu ihm, Danny, gab sie zurück. Bei ihr machte sich mehr als bei Skinner die Tristesse einer Beziehung bemerkbar, die keine Zukunft hatte. Er schien in letzter Zeit nur noch Sex zu wollen und, soweit sie gehört hatte, nicht nur von ihr.

– Ich finde, mit einundzwanzig in Edinburgh noch Jungfrau

zu sein ist so ziemlich das Lächerlichste, was ich mir vorstellen kann. Die Leute verlieren hier ihre Unschuld schneller als in jeder anderen Stadt der westlichen Hemisphäre … abgesehen vielleicht von San Francisco.

Shannon schaute ihn skeptisch an. – Ist das statistisch belegt?

– Alles ist statistisch belegt, meinte Skinner und fuhr sich mit dem Fingernagel zwischen zwei Zähnen entlang, um einen Essensrest zu entfernen. Er spürt ihr Verlangen, weiß, dass sie heute Abend höchstwahrscheinlich ficken werden. Shannon weiß das auch und schaut ihn an, erneut an der Sinnlosigkeit des Ganzen verzweifelnd. Diese Fickfreundschaft verlor langsam ihren Reiz.

Wie er mich anschaut …, schreckte Shannon zurück und starrte ihn dann hart an. *Irgendwas ist neuerdings anders an ihm.* Vielleicht machte es die Beförderung, er wirkte wie berauscht von seiner Macht. Und sie musste widerwillig eingestehen, dass das, so unschön es auch war, eine gewisse Faszination auf sie ausübte. Doch bei aller Anziehungskraft hatte seine Nähe etwas Korrumpierendes.

– Was ist?, fragte Skinner und zuckte die Achseln, als Shannon aufstand und den Raum verließ.

Mädchen können ja so kompliziert sein.

Obwohl berauscht von seiner Macht über Kibby, hatte Skinner dennoch das Gefühl, dass sein Leben nicht so weitergehen konnte wie derzeit. Es war schon pervers, welche Bedeutung sein Lieblingsfeind für ihn gewonnen hatte. Dieser seltsame Hexenfluch, er hielt ihn nur auf, hinderte ihn daran, das zu erkennen, worin er seine eigentliche Bestimmung zu sehen begann.

Er fragte sich, wie es wohl wäre, in San Francisco zu leben, wo es nicht so kalt wird, wo immer gemäßigtes Klima herrscht, die Temperatur nie unter 10 Grad Celsius fällt. Ihm klangen die Zeilen aus De Fretais' *Bettgeschichten der Meisterköche* in den Ohren, Greg Tomlin, überbezahlt, übermäßig viel Sexappeal, in Übersee. Tomlin lebte nun in San Francisco. Konnte dieser amerikanische Küchenchef sein Vater sein? Skinner dachte an seine immer schon starke Affinität zu den USA. Das Land der Freiheit; wo dein Akzent keine Rolle spielte. Aber er nahm an, dass es im

Grunde jeder so empfand; man wuchs damit auf, Kino, Fernsehen, Fast-Food-Ketten. Kulturimperialismus. Und andererseits kein Wunder, dass sie immer verhasster wurden: so dumm, so selbstsüchtig, so unsensibel – das forderte ja förmlich dazu auf, verabscheut zu werden. Greg Tomlin, wie mochte der wohl sein? War er der große, schlanke, braun gebrannte Mann mit der neuen jungen Familie, der seinen lang vermissten Sohn an seine Brust drücken würde?

Würde ich ihn verachten? Würden wir wunderbar miteinander auskommen?

Danny Skinner sprang gut gelaunt in den Waschraum und urinierte. Beim Händewaschen summte er fröhlich den Text zu einem Stück von R. Kelly:

It's the freakin weekend baby,
I'm gonna have me some fun
Gimmie some of that toot-toot
Gimmie some of that beep-beep

Er wusste, wer in der verriegelten WC-Kabine war. Brian Kibby hockte in entsetztem Schweigen auf dem Klo, die Arschbacken auf der Schüssel gespreizt, das Gesicht verzerrt von den Schmerzen, die rasiermesserscharf in seinem Innersten wüteten. Kibby hatte gerade überlegt, wie er sich davon abhalten konnte, seinen Penis anzufassen, als Skinner hereinkam und ihm unabsichtlich zur Hilfe kam, denn bei seinem Gesang erstarb jede sexuelle Regung. Aber das verstärkte nur noch seine Schmerzen, sein Elend und seine Schande.

Hilf mir, Gott, bitte gib mir Kraft ...

Skinner grinste die verschlossene Kabinentür an. Er hörte einen plötzlichen Regenschauer an das Milchglasfenster prasseln und wünschte sich, er wäre in San Francisco.

Gott, wäre ich doch jetzt in Schottland. Bei diesen Bildern fällt mir alles wieder ein. Edinburgh, was für eine Stadt! Hatte die Art von Klima, bei dem es einem nichts ausmachte, wenn man in einer Küche oder einer Bar eingesperrt war. Nicht wie dieser freakige Scheiß hier: Die Santa-Ana-Winde haben gewütet, und die Temperatur ist auf über dreißig Grad hochgeschossen. In Südkalifornien sieht es noch schlimmer aus. Ich frage mich, was die ganzen rechten, konservativen Säcke davon halten, dass ihre Häuser niederbrennen. Vielleicht ist Judgment Day, und sie werden dafür bestraft, dass sie Arnie gewählt haben. Bei so vielen Christen und so wenig Löwen, da müssen sie eben Feuer nehmen.

Aber es ist kein Küchenwetter, alles andere als das. Ich wäre lieber am Strand als zu arbeiten. Den ganzen Tag. Jeden Tag. Aber sobald ich dem Laden den Rücken kehre, wartet schon so eine abtrünnige Diva von Koch darauf, mein Seafood-Risotto für sich zu reklamieren. Heute muss ich früh in dem Irrenhaus sein, der Klempner kommt, um in einer der Spülen den Abfluss frei zu machen.

Ich schaue ihn noch einmal rasch durch, den Stoß alter Fotos aus Schottland damals, die ich kürzlich wiedergefunden habe – besser gesagt Paul, als er sein Zeug aussortierte. Das muss so '79 oder vielleicht '80 gewesen sein. Ihre Haare, lächerlich, dass man das damals so verrückt gefunden hat, und dann dieses feixende Grinsen. Er in diesem albernen Hausmeisteroverall. Und Alan, ich schwöre, man kann es schon sehen, dieses Fett-Gen, das nur darauf wartet, ihn explodieren zu lassen, selbst damals schon. Der kann sich wirklich nicht beklagen, ein klarer Fall von Abschaum, der nach oben schwimmt. Ich frag mich, was die anderen wohl machen.

Andere Zeiten. Alte Fotos machen mich immer melancholisch. Ich stecke sie zurück in den Umschlag und lege ihn auf den kleinen Tisch neben der Haustür. Ich gehe raus, die paar Stufen vor unserem Haus runter auf die Straße, und schaue die Castro Street hoch. Ich beschließe, zu Fuß zur Arbeit zu gehen.

Ich spaziere also über die Castro, durch dieses seltsame Getto, wo all die Landeier sich angesiedelt haben, als sie nach dem Zweiten Weltkrieg aus der Navy entlassen wurden. Nachdem sie sich einmal an die Knackärsche hier gewöhnt hatten, war kein Gedanke mehr daran, nach Haus zurückzukehren, irgendeine dicke Gebärmaschine zu heiraten und den Rest seiner Tage in sexueller Frustration auf einer Farm im Mittelwesten zu vergeuden. Nein, diese Stunde der Ausschiffung und Demobilisierung war in Wirklichkeit unsere Stunde der Einschiffung und Mobilisierung. Das hier war die erste wahre Boystown.

Die alte Bar lockt mich zwar, aber ich gehe daran vorbei, kürze ab zur Fillmore, dann die Haight hoch. Mir wird klar, dass ich sie selbst nach so vielen Jahren noch hinreißend finde, diese herrliche alte Stadt, gegründet auf Gold und am Leben erhalten durch Microchips. Darum wundere ich mich, dass ich die alte Bar habe links liegen lassen. Früher hab ich immer reingeschaut, um schnell was zu trinken oder einfach nur den neusten Tratsch aufzuschnappen.

Wahrscheinlich liegt es daran, dass mir der Castro District von heute, mit seinen schwulen Klempnern, Reinigungen, Metzgern und Schreinereien, so redundant erscheint: nichts als ein weiteres ödes Beispiel dafür, dass unsere Gesellschaft unbedingt alles sexualisieren muss; dass wir Schwulen die Heterowelt zum Schlechteren verändert haben. Wenn wir doch nur einsehen würden, dass das Reparieren einer Spüle keine homo- oder heterosexuelle Handlung ist, sondern etwas Asexuelles. Etwas äußerst Asexuelles.

Der junge Klempner, der mich im Restaurant erwartet, ist dafür ein leuchtendes Beispiel. Seine Verkörperung dieses Inbegriffs schwuler Ikonographie ist so perfekt, dass er wie einer dieser Androiden aus *I, Robot* rüberkommt.

– Was *genau* wird in dieser Spüle heruntergespült, Mr Tomlin?, lispelt er, beschmiert mit vergammelten Essensresten in einer Lache von stinkendem Wasser.

– Das hier ist eine Küche, erkläre ich ihm. Genau das. Kein Strand, nur eine dreckige, stinkende, brüllend heiße Küche.

Schlotternd, schniefend, rülpsend und in der makellosen Küche herumfurzend, quälte sich Brian Kibby mit seinem Notizbuch durch die Betriebsbegehung. Er war so von seinem eigenen Elend in Anspruch genommen, dass er gar nicht merkte, welchen Eindruck er hinterließ. Maurice Le Grand, der Küchendirektor des Bistro Rue St Lazare, war empört, als er der zerzausten, übel riechenden Gestalt ansichtig wurde, die gekommen war, *sein* Restaurant zu inspizieren. Das sollte doch wohl ein Witz sein. Wie konnten sie es wagen, ihn derart zu brüskieren?

Le Grand rief unverzüglich Bob Foy an, der daraufhin Skinner als Beisitzer zu einem auf der Stelle anberaumten Mitarbeitergespräch mit Brian Kibby bat.

Für Danny Skinner war es ein Hochgenuss, als Brian Kibby beschämt ins Büro gekrochen kam. – Setzen Sie sich, wies Foy ihn barsch an und schnippte ihm dann über den Schreibtisch ein Blatt Papier zu. Es war eine eingereichte Beschwerde. Kibby las mit zitternden Händen.

– Was ist das, Brian?

– Ich ... ich ..., stammelte Kibby.

– Es ist ein Beschwerdeformular. Von Le Grand. Hat Sie als verlottert bezeichnet. Als beleidigenden Anblick, sagte Foy und zog eine Braue hoch. – Müssen wir uns um Sie Sorgen machen, Brian? Er musterte verächtlich Kibbys armselige Erscheinung, bevor er die eigene Frage mit Bestimmtheit beantwortete. – Ich befürchte – schon.

Kibby wollte etwas sagen, aber sein Gehirn hatte abgeschaltet. Zum ersten Mal schienen ihm die Flecken auf seinem Hemd und auf der Hose seines viel zu engen blauen Anzugs aufzufallen.

Was passiert mit mir?

– Hör mal, sagte Skinner und senkte die Stimme, – ist irgendwas nicht in Ordnung?

– Es ist nur diese Krankheit ...

– Macht dir vielleicht irgendwas Kummer, zu Hause vielleicht?

– Nein! Ich ... mir ging's in letzter Zeit nur nicht gut ... ich ..., Kibby zögerte. Skinner und Foy hatten Winchester abgeschossen, Skinners alten Mittrinker. Sie konnten ihm das Leben schwer machen. – Es tut mir Leid ...

– Reißen Sie sich zusammen, sagte Foy mit leisem, unterdrücktem Zorn. – Sie lassen unsere Abteilung ziemlich dumm dastehen, Brian, und das lassen wir uns nicht bieten.

– Ich ... ich ...

– Habe ich mich unmissverständlich ausgedrückt?

Das Gefühl, vom Schicksal ungerecht behandelt zu werden, gab Kibby irgendwie die Kraft, Foy in die Augen zu sehen und zu sagen: – Absolut unmissverständlich.

Ich lasse die anderen hängen. Ich habe meinen Job in letzter Zeit nicht gut gemacht. Ich muss gepflegter aussehen. Ich fühle mich einfach nur so elend …

– Gut, grinste Foy kalt.

Kibby sah Skinner an; er hatte bemerkt, dass dieser Foy mit leichtem Widerwillen betrachtet hatte. – Hör zu, Brian, betrachte das einfach als informelle kleine Unterhaltung, sagte er, – ganz inoffiziell, wenn du so willst.

Tränen glitzerten in Brian Kibbys Augen, und perverserweise kam in ihm solche Dankbarkeit gegenüber Skinner auf, dass er sich selbst anwiderte und zugleich den Wunsch verspürte, einen Hilfeschrei an Skinner, Danny Skinner, zu richten. – Danke, stieß er hervor, ehe er sich entschuldigte und dann in seine Schutzburg, die Toilette, flüchtete.

Und wie war das heute mit Kibby? Scheiße, der Typ ist ja das geborene Opfer. Wie kann man sich schuldig fühlen, wenn man einem Opfer das gibt, wonach es sich im Leben am meisten sehnt? – Schikane und, wenn man noch großmütiger sein will, Märtyrertum. Wenn du es nicht machst, machen es die drei Parzen. Die Parzen irren sich nur selten. Die Ausnahmen kann ein Schreiner an den Fingern einer Hand abzählen.

Aus De Fretais und meiner Mutter könnte ich die wahre Geschichte bestimmt rausholen. Aber ich denke, es ist Tomlin, den die Parzen mir vorherbestimmt haben. Ich habe mein Leben lang daran geglaubt, dass mein Schicksal irgendwo anders liegt; und zwar in Kalifornien, wie ich jetzt denke.

Was hält mich hier denn? Das mit Shannon wird immer abartiger. Das gestern Nacht war eher eine Schlägerei als Ficken. Wir küssten uns auf der Couch, aber auf so eine aggressive, fiese Art, und dann befahl sie mir fast, mich auszuziehen. Sie fing an, mir einen zu blasen, hat ihn aber mit den Zähnen bearbeitet, reingebissen, das tat verdammt weh, und sie wusste es. Ich packte ein Büschel ihrer Haare, aber um sie von meinem Ding *wegzuziehen*. Ihre Augen waren böse, gemeine Schlitze, und ich hab ihr die Bluse heruntergerissen, dass zwei Knöpfe absprangen. Ich dachte mir, die will es auf die harte Tour, und hab angefangen ihre Titten zu kneten. Sie hat nach Luft geschnappt, das Gesicht verzerrt und mir auf die Unterlippe gebissen, bis wir beiden den metallischen Geschmack von Blut im Mund hatten. Ich habe ihr die Jeans und den Slip runtergezerrt und ihr grob die Finger in die Fotze gesteckt. Sie packte brutal meinen Schwanz, und ihre scharfen Fingernägel haben mich gekratzt, als sie die Vorhaut so ruckartig und heftig rauf- und runterschob, dass das Vorhautbändchen schmerzhaft einriss. Fast schon in Notwehr hab ich ihr Handgelenk gepackt und auf die Couch gedrückt, dann hab ich meinen höllisch brennenden Schwanz in sie reingestoßen. Shannon packte meinen Hinterkopf, rammte ihre Stirn gegen mein Nasenbein und stieß und rubbelte so fest dagegen, dass mir Tränen in die Augen schossen und ich überzeugt war, sie würd mir die Nase brechen. Ich hab sie so hart und unermüdlich gefickt, wie ich konnte, und einen ihrer Nippel wie in einem Schraubstock brutal zwischen Zeigefinger und Daumen zusammengedrückt. Dann hat sie mir ihre Fingernägel über den Rücken gekrallt und mich aggressiv weggestoßen, während sie sich unter mir herauswand. Sie hat mir gesagt, ich soll mich umdrehen, und als sie auf mich draufsteigt, schreit sie: – ICH BIN OBEN; ICH BIN DIR ÜBER, SKINNER, DU FOTZE, und fickt mich, aber eigentlich fickt sie sich bloß selbst zu einem verbitterten Orgasmus. Als sie fertig ist, reißt sie sich von mir los, als wären wir zwei Streifen Klettband, und ich muss mir selber einen runterholen, bis ich komme; meine Suppe spritzt überall aufs Sofa und ein bisschen was davon auf ihren Oberschenkel, was sie verächtlich mit einem Kissen wegwischt. Und das Schlimmste an der Scheiße ist, dass sie so tut, als wär es das Normalste auf der Welt. Zieht sich ungerührt ihre Klamotten an und geht. Und dann sehen wir uns am nächsten Morgen in dem verfickten Scheißbüro wieder, und alles ist, als wäre nichts geschehen.

Ich suche die ganze Zeit unauffällig bei Kibby nach Spuren, nach den Kratzern und Bissen, von denen ich weiß, dass ich sie an ihm finden werde.

Es ist schon echt verrückt mit Shannon und mir, aber als Freunde kann man uns kaum noch bezeichnen! Jedes Mal, wenn sie in den Raum kommt, summe ich dieses Stück von den Dandy Warhols vor mich hin:

A long time ago we used to be friends
But I haven't thought of you lately at all

If ever again a greeting I send to you
Short and sweet is all I intend
A-aah – a-aah – a-aah – a-aah …

Jetzt sitzt sie eingeschnappt mit mir in Leiths angegammeltem Super-Pub The Grapes. Ist eingerichtet wie eine Flughafenbar, allerdings für Leute, die keine Höhenflüge zu erwarten haben. Massive Holztische, viel Glas und Chrom. Die Stühle und der Fußboden sehen aus, als hätten sie bereits einiges abgekriegt, und die Luft ist blau verqualmt und zum Schneiden dick. Die Bekleidung der anwesenden Klientel, schäbiger Billig-Kaufhaus-Plunder, verrät fast so viel wie die Preise, die mit Kreide auf diverse Tafeln gepinselt sind und Spülwasser-Lager für 1.49 Pfund das Pint und Stella für 1.90 anpreisen. Ich steh an der Theke und trinke Bulmers Cider und Jack Daniel's, während sich Shannon an Bushmills hält. Um sie aufzuheitern, lasse ich mich in die Karaokeliste eintragen. Da sehe ich eine vertraute Gestalt zur Theke gehen, und der Blitz soll mich beim Scheißen treffen, wenn das nicht mein alter Kumpel Dessie Kinghorn ist. Ich nicke der Fotze zu, und er erwidert den Gruß mit einem flüchtigen, knapp bemessenen Nicken. – Dessie!, brüll ich zu ihm rüber. – Alles klar? Dann schiebe ich Shannon auf ihn zu.

– Muss, muss, sagt er, während er und Shannon sich betreten zunicken.

Ich wende mich an Shannon. – Das hier ist Dessie Kinghorn, ein alter Kumpel von mir. Shannon ist … eine Kollegin, lache ich, und sie guckt mich wütend an. – Ich schätze, Dessie ist auch irgendwie ein alter Kollege. Er repräsentiert den informierten, modebewussten Flügel der Bewegung, sage ich und mustere ihn dabei von Kopf bis Fuß, seine schäbige, alte Jeans und sein stinkendes T-Shirt, das aussieht, als hätte es deutlich zu lange in einem verwahrlosten, feuchtheißen Barrio in Rio an seinem Rücken geklebt. Ein jämmerlicher Anblick, klamottentechnisch.

– Verpiss dich, Skinner, faucht er.

– Sei doch nicht so, Desmondo, trink ein Bier mit uns. Ich wende mich an die Bedienung. – Ein Pint von eurem besten Lager für meinen alten Kumpel Dessie Kinghorn! Nimm das Stella oder Carlsberg Export. Nur vom Feinsten für Dessie-Boy! Ich wende mich wieder meinem alten Kumpel zu. – Machst du immer noch in Versicherungen, Des?

Mir war vorher nie bewusst geworden, wie böse diese Augen sind, aber jetzt seh ich es, denn Kinghorn starrt mich mit blankem Hass an. Sein Mund steht offen, diese Wachkomafresse, die Debilos gerne aufsetzen, bevor sie anfangen loszuprügeln. – Ich bin letztes Jahr freigestellt worden. Aber ich will kein Bier von dir. Von dir will ich gar nix!

– Komisch, Des, ich hab in der Stadtverwaltung gerade ne schöne Beförderung gekriegt, stimmt's, Shannon? Sie starrt mich genauso giftig an wie Dessie. – Gute Kohle. Aber du kennst mich ja, Alter, hab jeden Penny bitter nötig. Kostspieliger Geschmack. Ich streiche über das Revers meines neuen Jacketts von CP Company. – Ein wahrer Fluch.

– Verpiss dich. Ich sag's nur einmal. Dessies Augen werden schmal. – Wenn du nich mit deiner Schnalle hier wärst …

Ich will Dessie gerade wegen dieser doch recht sexistischen Äußerung aufziehen, da hält der kleine Kerl, der die Karaoke-Show abzieht, eine Karte hoch und ruft: – Danny Skinner!

– Muss kurz weg, aber bleib hier, bin gleich wieder da, grinse ich, springe auf die kleine Bühne und nehme von dem Knaben das Mikrophon entgegen. – Ich bin Danny Skinner, rufe ich und mache so ein paar alte Knaben und ein paar jüngere Typen und Mädchen an den Tischen in der Nähe auf mich aufmerksam, – und dieses Stück widme ich meinem alten Kumpel Dessie Kinghorn, der im Moment ne kleine Pechsträhne hat. Ich zwinkere Des zu, der mittlerweile aussieht, als stünde er am Rande eines Herzinfarkts, und stimme »Something Beautiful« an.

– *You can't manufacture a miracle, the silence was pi-ra-ful that day … a love is getting too cynical …* Ich wende mich Shannon zu, deren Gesichtsausdruck mittlerweile so giftig ist, dass ich sie zuerst gar nicht erkenne, – *… passion's just physical these days … but get no sign, love ain't kind, every night you admit defeat … and cry yourself blind …* Ich gucke Dessie an, drehe meine leere Handfläche nach oben und schmettere den Refrain so tuntig-seelenvoll, wie ich nur kann, – *If you can't wake up in the morning, cause your bed lies vacant at night … if you're lost,* ich zeige auf Dessie, – *… hurt,* erneut, – *tired and lonely can't control it try as* *you might ... may you find that love that won't leave you, may you find at the end of the ay, you won't be lost, hurt, tired and lonely, somethin beautiful will come your way ...*

Da rastet Dessie aus und stürmt auf die Bühne. Ich halte das Mikro weiter umklammert, nehme aber boxermäßig die Fäuste hoch und decke mein Gesicht. Er landet ein paar ganz gute Treffer, einen seitlich auf den Unterkiefer, durchbricht meine Deckung, wie damals in der Kindheit bei unserem Sparring bei Leith Victoria, aber ich lasse das Mikro nicht los. – *The DJ said on the ra ...* Die Lautsprecher verstummen, weil der Karaoke-Junge den Saft abgedreht hat. Ich lasse das Mikro los, und es fällt auf den Boden. Ich trete einen Schritt zurück und strecke in einer Geste unschuldigen Protests die Arme in die Luft, als Dessie versucht, mir einen Tritt zu verpassen, mich verfehlt, sich wie ein Idiot vorkommt und brüllt: – Du bist der letzte Dreck, Skinner! Dann fährt er herum, drängt sich an dem Karaokefritzen vorbei und legt einen dramatischen Abgang hin.

Ich zeige den verdutzten Gästen ein entschuldigendes Schulterzucken, hebe das Mikrophon auf und reiche es dem verwirrt dreinschauenden Jungen. Shannon kommt zu mir und sagt, – Du bist so ein ödes Arschgesicht, ich geh nach Hause, und kaum gesagt, verlässt sie tatsächlich die Kneipe! Noch so eine Diva! Tja, dann leck mich doch. Ich gehe wieder zur Theke und leere die Gläser, angefangen mit dem unberührten Pint, das ich für Dessie Kinghorn bestellt hatte.

A long time ago we used to be friends
But I haven't thought of you lately at all
If ever again a greeting I send to you
Short and sweet is all I intend
A-aah – a-aah – a-aah – a-aah ...

Kurz darauf flirte ich schon mit dem Mädchen hinter der Theke, in dem absolut 100-prozentigen Wissen, dass ich sie später ficken werde. Sie trägt ein schwarzes Top und schwarze Leggings. Vielleicht nicht direkt fett, aber definitiv ziemlich drall, mit Speckröllchen aus kaltem, wabbelndem Bierfett, die zwischen ihren Klamotten herausquillen. Erstaunlich, dass Frauen gerne ein bisschen Bauchlappen zeigen, es als sexuellen Köder einsetzen, Babyspeck für Kinderficker. Trotzdem beschuldigt keiner diese Pummelchen, Pädophilen-Chic zu kultivieren, das kriegen nur die dünnen, anorexischen Mädchen zu hören. Sie trinkt aus einem großen Glas Coke, zweiundzwanzig Stück Zucker pro Glas.

Come on now, sugar
Bring it on, bring it on, yeah
Just remember me when
You're good to go ...

Komisch, aber ich hoffe, dass ich sie ehrlich lieben kann, wenn auch nur für einen Tag. – Hömma, mache ich sie grinsend auf mich aufmerksam. – Schon mal Liebe gemacht?

Liebe ...

– Jaaa ..., sagt sie und sieht mich mit dem gleichen leeren, seelenlosen Raubtierblick an, mit dem ich sie höchstwahrscheinlich taxiere. Will nur mal ihren Kamin gefegt kriegen, vielleicht ist ihr Freund irgendwo auf ner Ölbohrinsel oder im Knast oder auf Sauftour.

Aber jetzt gibt's kein Zurück mehr. – Und willst es noch mal probieren?, frage ich.

– Kann schon sein, sagt sie, und ich frage, wann sie Feierabend hat, trinke noch ein Pint und warte, bis sie Schicht macht und ihren Mantel holt, dann gehen wir zu mir.

Sie hat nichts mit meiner Scheiße zu tun, aber Scheiß drauf, wir sind alle keine Heiligen, und Sündenböcke sind immer willkommen.

Kaum dass wir zur Sache kommen, wünsche ich mir schon, irgendwo anders, mit jemand anderem zusammen zu sein. Aber ihr Gesicht wird bereits rot, eine von den Bräuten, bei denen man das Vorspiel aufs Minimum beschränken kann, denn wenn man nur lang genug fickt, kommen sie auch so. Es ist als würde man den Leviathan rammeln: ein gottverdammter Krieg aller gegen alle, ein Zermürbungsfick. Schließlich kommt's ihr, und ich schieß meine Ladung ab und bin, bis auf ein klein bisschen Selbstgefälligkeit, von dem Erlebnis gänzlich unbeeindruckt.

Es war schlechter Sex, aber nicht so schlecht wie der gestern mit Shannon. Denn da hätte ich wirklich lieber mit ihr geredet, Scrabble gespielt oder ferngesehen. Warum? Weil wir beide einen Freund nötiger haben als einen Fickpartner.

Kay …

Bei uns war es ein Tanz, so war es wirklich.

Ich sehe mir das Mädchen unter mir an und weiß, dass sie für mich niemals eine Freundin sein könnte. Ihr Japsen, als sie kam, klang wie höhnisches Lachen, so leer und sinnlos, wie ich mich innerlich fühle.

Ich hab nicht nur ihren Namen vergessen, ich weiß nicht mal, ob ich sie überhaupt danach gefragt hab oder ob sie sich die Mühe gemacht hat, ihn mir zu sagen.

Höchstwahrscheinlich nicht.

20
Schwarze Kreuze

Noch mehr Küken sind geschlüpft. Trotz eines weiteren Anfalls in der Nacht war Kibby an diesem Morgen früh aufgestanden und hatte eine Schicht *Harvest Moon* eingelegt. Er war zufrieden mit sich, weil es ihm gelungen war, allen Mädchen aus dem Weg zu gehen, vor allem Muffy. Es war eine mörderische Stunde gewesen, in der er sich auf die Hühnerzucht, die Aussaat und Ernte von Getreide und das Ausbessern von Zäunen konzentriert hatte. Denn darum ging es bei *Harvest Moon* eigentlich, es war nicht als geschmacklose Wichsvorlage gedacht. Er zog den kleinen Kalender aus der Schreibtischschublade. Kein schwarzes Kreuz am gestrigen Tag.

Es war ein klarer, nasskalter Morgen, und Brian Kibby wagte sich nach draußen und stieg langsam und mühevoll den Clerminston Hill hinauf. Er holte unter großer Anstrengung tief Luft durch seine schmatzenden Nebenhöhlen und versuchte seine steif gewordenen Lungen mit Sauerstoff zu füllen. Aber die Anstrengung lohnte sich, als er sich am frischwürzigen Sauerstoff berauschte. Das Atmen fiel jedoch schwer, und aus irgendeinem Grund tat ihm der Kiefer fürchterlich weh.

Die Tage wurden schon wieder länger: erst sieben Uhr sechsundvierzig auf seiner Uhr, und schon trennte ein dünner Streifen Blau die Sonne von der Erde. Der Himmel lief nach oben in gelb-blauer Tönung aus, davor bauschten sich einige weiße Schäfchenwolken.

Kibby empfand einen plötzlichen Triumph, für einen Augenblick den Schmerzen seines sterblichen Fleischs enthoben, als er auf dem Gipfel des Hügels stand. In der einen Richtung konnte er gerade eben noch das kalte metallische Silber des Firth erkennen und dahinter die Küste von Fife. Er zwang noch mehr Luft in seine lädierten Lungen, drehte sich um und betrachtete die Pentland Hills, auf denen immer noch Schnee lag.

Ich darf nicht an Shannon denken oder an Lucy oder Muffy. Muffy ist bloß Teil eines Computerspiels. Ich bin stärker als diese Triebe. Ich kann sie besiegen. Auch heute keine schwarzen Kreuze.

Zufrieden mit seiner Kraftanstrengung wanderte er langsam hinunter nach Corstorphine und ging, wo er gerade so gut unterwegs war, in die Arztpraxis am Fuß des Hügels.

Ein Pint Löwenbrau und ein großes Glas Jack Daniel's-Cola standen vor Skinner, der mit Befriedigung dachte: Ich bin noch vor Big Rab McKenzie im Pub! Aber nur um Haaresbreite, denn schon schwang die Tür der Pivo Bar auf, und der Große kam hereingetrottet. Ganz entgegen seiner Art steuerte Big Rab nicht direkt die Theke an, sondern kam an Skinners Tisch.

– Aus und vorbei, erklärte ihm McKenzie nüchtern.

– Was?, fragte Skinner, den der schneidende Klang in McKenzies Stimme hatte zusammenfahren lassen.

Aus und vorbei? Was war aus und vorbei? Was quatschte er da?

– Der Tablettenaugust. Ich war beim Doc. Wegen der Schmerzen ... Er rieb sich die Seite und klopfte sich auf die Brust. Skinner hatte nur am Rande mitgekriegt, dass McKenzie in letzter Zeit irgendwas über Schmerzen gemurmelt hatte. – Der Junge sagt, wennse weitertrinken, sindse tot.

– Was wissen die Fotzen schon?, grinste Skinner hämisch, hob sein Glas Whisky, sah seinen Freund an und hoffte darauf, dass er ihm Recht geben würde.

McKenzie schüttelte den Kopf. – Nee, das is aus und vorbei, wiederholte er mit der ernsten Endgültigkeit eines Priesters, der die Sterbesakramente erteilt. Einen kurzen Moment sahen sie einander stumm an.

Fuck, was ist denn das da für ein Scheiß in McKenzies Augen? Ist das Angst? Hass?

Dann sagte Skinner etwas, das für ihn selbst so unfassbar

schlappschwänzig klang, dass es ihm kaum über die Lippen wollte: – Setz dich, bleib auf ne Pepsi oder so ...

McKenzie starrte ihn so hart an, als wollte Skinner ihn verarschen, und bei der gegenwärtigen Konfusion in seinem Leben fragte sich Skinner, ob ein Teil von ihm es tatsächlich tat. – Man sieht sich, sagte Big Rab McKenzie, wandte sich zum Ausgang und ließ Skinner allein an seinem Tisch zurück.

– Ruf mal an, rief Skinner ihm nach. McKenzie drehte sich halb um und knurrte irgendwas, bevor er zur Tür weiterging.

Er wusste natürlich, dass McKenzie ihn niemals anrufen würde. Warum sollte er? Skinner nahm mittlerweile Abstand von ihrer samstäglichen Aggropackung. Abgesehen davon hatten sie während der acht Jahre ihrer Erwachsenenfreundschaft nur dann kein Glas Bier vor sich gehabt, wenn gerade eine Line Koks dagelegen hatte oder sie auf einer harten Pille waren.

Big Rab wird am Ende noch das Kiffen anfangen müssen. Sein Leben umkrempeln!

Skinner dachte an den schweren, teigigen Körper seines Freunds und fuhr sich zur Beruhigung mit einem Finger über die eigene straffe, faltenlose Haut. Er hatte lange darüber nachgegrübelt, ob sein eigener Vater Alkoholiker war oder nicht. Eigentlich war es unvermeidlich, Köche kippen sich gerne einen, wie De Fretais schon gesagt hatte. Dieser alte Saftsack Sandy tat es jedenfalls, auch wenn Skinner annahm, dass es Grund genug zum Komasaufen war, wenn man sein Glockenspiel mit einem großen Knall über halb New Town verteilt hatte. Er fragte sich, wie es der Amerikaner, Greg Tomlin, wohl mit dem Trinken hielt.

Ich auf Kneipentour mit meinem alten Herrn. Das wäre vielleicht eine Nummer. Eine echtes Duell der Giganten. Anfragen von McKenzie zwecklos! Armer Rab, kann mit den großen Jungs nicht mehr in den Ring steigen. Wer hätte das geahnt?

Skinner kippte einen großen Schluck von seinem Bier, stellte sich den doppelten JD mit Pepsi in den Magen, lehnte sich zurück und fing an zu lachen. Dann merkte er, dass er nicht mehr aufhören konnte. Seine Füße trampelten einen lauten Trommelwirbel auf den Laminatboden der Kneipe, während ihn die anderen Gäste mit wachsender Beunruhigung ansahen, aber er bekam überhaupt nicht mit, was für ein Spektakel er bot.

21
Muffy

Caroline durchstieß die türkisfarbene Wasseroberfläche des Schwimmbeckens und riss sich das nasse, triefende Haar aus dem Gesicht. Während sie tief Luft holte, sah sie sich kurz in dem weißen, gähnend leeren Inneren des Hallenbads um. Kaum etwas hatte sich verändert, seit ihr Vater sie als kleines Mädchen mit hergenommen hatte: Noch immer beherrschte die große elektronische Anzeigetafel über der Tribüne mit ihren orangen Zuschauersitzen eine Wand, und auch das angrenzende Springerbecken war noch da.

Für einen kurzen Moment meinte sie sogar, die Gegenwart ihres Vaters zu spüren. Sie hatte seinen Phantomgeruch in der Nase, dieses leicht Muffig-Wohlige, das von ihm ausging und das sie für immer mit Maskulinität assoziieren würde. Sie sah sich nach den anderen Schwimmern um, doch der Eindruck, er sei in der Nähe, schwand aus ihrem Bewusstsein, so wie man aus einem Traum erwacht.

Sie erinnerte sich, wie sie Schwimmen gelernt hatte: seine großen Hände stets zur Stelle, um ihre zögernden Fortschritte abzusichern. Das war immer ihre gemeinsame Zeit gewesen, und Caroline hatte nie vergessen, wie aufgehoben sie sich in seinem Griff gefühlt hatte. Dabei waren es hässliche Hände gewesen, die sie hielten, beinahe schon Klauen: an den Fingern die Haut zu einem pergamentenen Gelb und entzündeten Rot vernarbt, in den Gelenken steif, von einem Unfall bei der Arbeit, über den er niemals sprach.

Sie erinnerte sich an sein pechschwarzes Haar, das er immer

in der Mitte scheitelte, um das »V« der wachsenden Geheimratsecken zu verbergen, bis sie sich schließlich mit dem »O« auf seinem Hinterkopf zusammenzuschließen drohten, da gab er es auf und legte sich einen pflegeleichten Bürstenhaarschnitt zu. Da war dieser Desperate-Dan-Bartschatten, der die Aura von Stärke, die ihn umgab, noch unterstrich. Sie hatte das ganze Haus erfüllt und war erst im Verlauf seiner Krankheit schwächer geworden. Jetzt, nachdem er tot war, war sie mit ihm gestorben.

Anfangs fand sie in diesen Erinnerungen an ihn keinen Halt, sie schienen das Gefühl des Verlustes nur zu vertiefen. Es war, als hätte man ihr das Rückgrat herausgerissen. In ihrer Mutlosigkeit hatte sie mehr als sonst getrunken. Aber das hatte ihre Unsicherheit und Orientierungslosigkeit nur verstärkt – besonders, wenn es so weit ging, dass sie morgens in fremden Betten neben fast Fremden aufwachte und sich an kaum etwas erinnerte.

Als sie mehr und mehr begriff, dass sie das, was sie brauchte, nur in sich selbst finden konnte, nicht in der Umarmung eines Partners oder im Alkohol, begann sie wieder Kraft zu schöpfen. *Ich komme auf meinen Vater, das haben mir alle immer gesagt,* begann ihr Mantra. Was hat er mir mitgegeben?, fragte sie sich. Also ließ sie das exzessive Trinken sein und ging wieder ins Royal Commonwealth Bad.

Jetzt schwamm sie wieder. Ihr gefiel es hier: das Wasser, die Freiheit und das Losgelöstsein. Es schien sie ihrem Vater näherzubringen, denn das war ihr gemeinsames Ding gewesen, da weder Brian noch Joyce gerne schwammen. Und die Tränen, die ihr übers Gesicht liefen, konnten im Chlorwasser des Beckens aufgehen, und ihr todunglückliches Schluchzen ging über ins das Schnaufen der Kraftanstrengung, wenn sie durchs Wasser pflügte, bis ihr Arme und Beine wehtaten.

Und wie ihr Körper wurde auch ihre Moral gestärkt.

Brian Kibby spürte jedes Schwanken und Rucken des rüttelnden Busses; von dem abgestandenen Geruch nach altem Leder, Diesel und kaltem Schweiß wurde ihm flau. Für viele war es normale, alltägliche Routine, doch für seinen geschwächten, zunehmend unförmiger werdenden Körper und seine gemarterte Psyche war es zweimal täglich eine Dosis Hölle.

Murrayfield und das Rugbystadion waren schon vorbei, dann kamen Western Corner und der Zoo. Sein Zuhause lag am anderen Ende von Corstorphine. Er war ganz in Gedanken verloren gewesen und merkte nun, dass er nicht mehr genug Zeit hatte, den Ausgang zu erreichen; sein Körper war einfach nicht mehr in der Lage, sich schnell zu bewegen. Japsend quälte sich der junge Mann langsam und zum Unmut der übrigen Fahrgäste Richtung Tür.

Als er den Ausgang schließlich erreichte, hatten sich die Türen bereits wieder geschlossen, und der Bus fuhr an. Er konnte nicht einmal »Stopp« rufen, denn er wollte keine Aufmerksamkeit auf sein verquollenes, fleckiges, zerfallenes Gesicht mit den eingesunkenen, schwarzen Augen ziehen, auf seine vornübergebeugte Gestalt oder sein extremes Schwitzen und Geschnaufe. An der nächsten Haltestelle, Glasgow Street, kletterte er mit Mühe aus dem Bus, füllte unter Qualen seine schmerzenden, eingeschrumpften Lungen und eierte dann, mit eingezogenem Kopf und frierend, im bitteren Licht der aufgehenden Sonne durch den Park nach Haus.

Sie würde jetzt Suppe aufgesetzt haben, seine Mutter. *Iss einen Teller Suppe, Junge, das bringt dich wieder auf die Beine.* Joyce Kibbys Vertrauen in die heilsamen Kräfte ihrer schottischen Graupensuppe blieb trotz aller gegenteiligen Beweise ungebrochen. Wie die Anhänger der Christlichen Wissenschaft mit ihren heilenden Gebeten musste Joyce Kibby nur unerschütterlich an ihr Gebräu glauben. Wie eine Hexe über den Topf in der Küche gebeugt und mit leicht veränderten Zutaten experimentierend, hoffte Joyce auf die richtige Rezeptur zu stoßen, die ihren angeschlagenen Sohn vollständig kurieren würde. Aber sie scheute sich auch nicht, das ein oder andere Gebet unter die Mixtur zu rühren.

Brian Kibby kannte den zwanghaften Fimmel seiner Mutter nur zu gut. Aber vielleicht funktionierte es ja wirklich, dachte er hoffnungsvoll, während er zu der fahlen Sonne hochsah. Als er plötzlich aus dem Windschatten des Klubhauses trat, rang er im stürmischen Wind, der durch den South Gyle Park peitschte, nach Atem. Er schmerzte ihm in den tränenden Augen und presste die Luft, die er ausatmen wollte, zurück in seine eingefallenen, erschöpften Lungen, sodass er sich gezwungen sah, dem Wind den Rücken zuzudrehen, um überhaupt atmen können. Wie mit den großen Händen eines Metzgermeisters, der ein Stück Fleisch in Pergamentpapier schlägt, klatschte der Wind ihm seinen langen Mantel um den Leib.

– Vielleicht wirkt sie ja, schluchzte er laut in einem aufgebrachten Zustand zwischen Hoffen und Bangen, während der grausame Wind auf seine Ohren trommelte. Er schien eine Ewigkeit zu brauchen, bis er endlich ihr Haus erreichte, aber als er angekommen war, setzte Joyce ihn in Keiths alten Sessel und stellte ihm ein Tablett mit einer Schale heißer Suppe auf den Schoß.

Er zwang sich, die Suppe zu essen, und nickte dann im Sessel für eine Weile ein. Als er wieder aufwachte, hatte er das Gefühl, Caroline sei hereingekommen, und tatsächlich, dort stand ihre Sporttasche auf dem Boden. Während er noch versuchte, richtig wach zu werden, fragte er Joyce, die sich gerade den Abspann der *EastEnders* ansah: – War Caroline hier?

– Aye, du hast doch mit ihr geredet, Dummerchen! Ich glaube, du warst gerade aus dem Tiefschlaf aufgewacht.

– Hab ich …?

– Aye. Joyce lächelte stoisch. Brian hatte im Schlaf geredet, beunruhigendes Zeug gemurmelt, seltsames Kauderwelsch. – Aber ein Schläfchen ist genau das Richtige für dich, sagte sie schnell, – Du hast doch erzählt, du hättest in letzter Zeit nicht gut geschlafen.

– Ist Caroline oben und lernt?

– Nein, sie ist gerade weg zu einer Freundin.

– Wieder zu dieser Angela, wette ich.

– Weiß ich nicht, meinte Joyce kopfschüttelnd. – Ich wollte mir gerade dieses Video ansehen, das ich uns ausgeliehen hab. Ist was Japanisches oder Chinesisches, *Tiger & Dragon*. Alle schwärmen davon.

Kibby hatte noch nie von diesem Film gehört, und er dachte daran, wie gut er sich in letzter Zeit gehalten hatte, keine schwarzen Kreuze seit mehreren Tagen. Doch dann wurden die beiden weiblichen Hauptfiguren des Films eingeführt, und kurz darauf fühlte sich Kibbys Gehirn in seinem Schädel an wie ein Stück Fleisch in einem brodelnden Schmortopf.

Muffy ...

Er blickte nach unten und musste sehen, wie sich eine Erektion unter dem Stoff seiner Hose abzeichnete.

Keine schwarzen Kreuze mehr ... vermeide es, allein zu sein, denk an die Broschüre ... ich darf nicht nach oben gehen ...

– Der ist richtig gut, murmelte Joyce, doch obwohl ihr der Film gefiel, übermannte sie bald Müdigkeit, und sie nickte ein, wie sie es vor dem Fernseher häufig tat. Bald war sie in ein gleichmäßiges, lautes und krächzendes Schnarchen verfallen.

Kibby starrte die Erektion an, die sich frech vor ihm aufrichtete und ihn herausforderte.

Mum ist weggetreten, diese kleine Schnecke sieht so geil aus ... wenn ich nur vorn ein bißchen reibe ... du willst es doch auch, du kleine Schlam ...

– STOPP!, schrie Kibby entsetzt.

Joyce fuhr erschrocken hoch, mit wogendem Busen und aufgerissenen Augen. – Wa ... was ist los, Brian?

Kibby stand nach Atem ringend auf. – Ich geh rauf ins Bett, verkündete er.

– Gucken wir uns nicht zusammen den Film zu Ende an, Junge?

– Der ist blöd. Dummes Zeug, meinte Kibby verächtlich, auf dem Weg hinaus.

Joyce hatte das Gefühl, sie könnte es ihm nie recht machen. – Aber es ist doch Kung-Fu, Junge. Ich hab den nur ausgeliehen, weil es Kung-Fu ist.

– An Wänden hochlaufen und so was, winselte Kibby, – alles Quatsch, während er die Treppe hochtrottete.

Im Bett fand er keine Ruhe. Der Computer schien ihn zu drängen, komm, mach mich an, doch er wusste, wer ihn im Cyberspace erwartete. Aber alles war besser, als hier einfach nur unter Qualen herumzuliegen.

Muffy ...

Im Dunkeln daliegend, versuchte Kibby an profane Inspektionsprotokolle zu denken, doch sobald er sich ein Restaurant vorstellte, war da auch eine Kellnerin in kurzem Rock, die wie Lucy aussah und sich über einen Tisch beugte ...

Der Herr ist mein Hirte ...

… oder in einem Chinarestaurant, das Mädchen aus dem Video, das wie Muffy aussah …

… ich werde nicht … Foy … Foy … Foys Büro im Zwischengeschoss …

… aber in Foys Büro saß Shannon, sie sah ihn an, sie knöpfte ihre Bluse auf. – Ich war unaufmerksam, Brian, ich habe mich zwar von Danny inspizieren lassen, aber dich hätte ich beinah vergessen …

– STOPP!

Er hob die Decke hoch und starrte auf den Fahnenmast seiner Erektion. Warum sah sie so stramm und robust aus, während der Rest von ihm so hinfällig war, so schlaff und krank? Um sich zu sammeln, atmete er langsam ein und aus. Er hörte Joyce zu Bett gehen und dann Caroline, die noch mal ins Bad ging, bevor sie sich auch schlafen legte.

Keine schwarzen Kreuze … keine schwarzen Kreuze …

Die Minuten zogen sich endlos, und der Schlaf wollte nicht kommen. Bilder von nackten japanischen Mädchen drängten hartnäckig in seine Gedanken.

Muff …

Er erinnerte sich an einen Ratschlag aus der Broschüre: Mach dir einen Imbiss, selbst wenn du keinen Hunger verspürst. Es half nicht, er musste aufstehen und sich die Graupensuppe warm machen. Er war pappsatt, aber er zwang sich zum Essen. Doch als er wieder in seinem Schlafzimmer war, fand er trotzdem keinen Schlaf. Er versuchte es mit weiteren Gebeten, doch das Herz hämmerte in seiner Brust, als er merkte, dass sein Schwanz schon wieder hart wurde.

Ich darf ihn nicht anfassen … aber sie möchten es gerne, Lucy, Shannon … die Japanerinnen. Sie wollen gefickt werden, aber warum wollen sie nicht mit mir gehen … was stimmt mit denen nicht? Aber hier drin, in meinem Kopf, kann ich sie dazu zwingen, mich zu wollen, aber das ist falsch, das ist absolut falsch, es ist böse, Shannon ist meine Freundin, Lucy ist ein nettes Mädchen … Muffy ist eine virtuelle Figur … die Japanerinnen sind Schauspielerinnen, sie spielen nur eine Rolle … ob der Regisseur sie wohl … nein …

Er warf das Oberbett von sich und stand erneut auf. Er nahm

eine alte Krawatte aus seinem Kleiderschrank und band damit seine rechte Hand an den Bettpfosten. Dann legte er die linke Hand oben auf die Bettdecke und betete stumm um Kraft.

Am nächsten Morgen saß Brian Kibby wie ein Häufchen Elend an seinem Büroschreibtisch und rieb sich das Handgelenk, an dem sich eine rote Druckstelle wie ein Armband abzeichnete. Er hatte es viel zu fest angebunden und die Blutzufuhr unterbrochen.

Das war total dumm und gefährlich ... Ich hätte meine Hand verlieren können!

Danny Skinner betrat das Großraumbüro durch die Glastür, die es mit dem Treppenhaus verband. Seiner Aufgabe entsprechend, ging er den Turnusplan für die anstehende Sommerurlaubsperiode durch. Er wusste nicht mehr, wie viel Bier er gestern Abend getrunken hatte, doch Kibbys keuchendes Atmen und sein stummes, verschwitztes Dahocken verrieten ihm, dass es so einige gewesen sein mussten. – Du machst dich in ein paar Wochen von der Platte, Brian?, fragte er beiläufig.

– Aye, antwortete Kibby unterwürfig und versuchte einen Krampf im Kiefer zu unterdrücken.

– Und, wo fährst du so hin? Irgendwas Exotisches?

– Weiß noch nicht, murmelte Kibby. In Wirklichkeit wusste er, dass er zu einer *Star Trek*-Convention fahren würde, diesmal nach Birmingham, aber er wollte nicht, dass seine Arbeitskollegen, vor allem Skinner, wussten, was er trieb. Er war ohnehin schon die Zielscheibe ihres Spotts, dachte er, als er mit zitternden Händen die Volvic-Flasche ergriff und an seine trockenen, aufgesprungenen Lippen führte. Ian hatte nicht angerufen, nicht mal die Nachrichten beantwortet, die er ihm auf dem Handy hinterlassen hatte. Er hatte ihn ewig nicht gesehen, seit Newcastle eigentlich. Er war sicher, dass er ihn bei der Convention in Birmingham treffen würde, dann konnten sie ja Versäumtes nachholen.

Aber hier und jetzt fühlte er sich absolut erbärmlich. Das war das Grausame an dieser Krankheit, die kurzen Phasen, in denen es einem besser ging und man Hoffnung schöpfte, und dann das ...

Im Krankenhaus machten sie weitere Untersuchungen. Sie bemühten wieder mal dieselben schwammigen Umschreibungen:

diverse unidentifizierte und bekannte Krankheiten, depressive, psychosomatische Erkrankung, ein geheimnisvolles Virus. Die Unterstellung, er sei Alkoholiker und weigere sich nur, es einzusehen, kam nie ganz vom Tisch, doch für ihn war das alles Unsinn, denn sie waren jetzt kein Stück weiter als am Anfang.

Er hatte wie besessen im Internet recherchiert und von alternativen Behandlungsmethoden über obskure Religionen bis hin zu Entführungen durch Außerirdische alles in Erwägung gezogen, das irgendeine Erklärung für seinen Zustand enthalten könnte. Während er mit einem Dröhnen in den Ohren und zitternden Händen verstohlen an seinem Schreibtisch hockte, hörte er Skinners raue Stimme ordinär durchs Büro brüllen: – ICH LASSES DIESN SOMMER MAL WIEDER AUF IBIZA RICHTICH KRACHN! Als Kibby sich umdrehte, sah er, dass Skinner ihn direkt anstarrte, fast als drohte er ihm. Er klickte schnell den Internet Explorer weg und nahm einen Inspektionsbericht zur Hand.

In der Mittagspause machte er einen seiner üblichen Besuche in der National Library auf der George IV Bridge. Hier versuchte er außerhalb der Arbeitszeit auf eigene Faust, das Unerklärliche zu erklären, mit unermüdlicher, zwanghafter Paranoia.

Als er Zeitungsseiten auf Microfiche durchsah, stach ihm etwas ins Auge. In einem Artikel war von einer Frau namens Mary McClintock die Rede, die mit siebzehn Katzen in einem gammeligen Caravan am Stadtrand von Tranent gewohnt hatte, bis sich die Behörden einschalteten und sie in eine Anlage für betreutes Wohnen unterbrachten. Mary bezeichnete sich selbst als »weiße Hexe« und wurde von vielen als Expertin für Zaubersprüche betrachtet. Mehr Ermutigung brauchte Kibby nicht; er besorgte sich über eine Bekannte von Shannon, die bei Scotsman Publications in Holyrood arbeitete, eine Telefonnummer.

Nach der Arbeit machte er sich mit einem Bus der Eastern Scottish vom St Andrew's Square auf nach Tranent. Er fand die Wohnanlage ohne große Mühe. Mary McClintock entpuppte sich als grotesk übergewichtig, aber ihre Augen waren flink und lebhaft und passten nicht so recht zu ihrem schweren, trägen Körper und ihrem Puddinggesicht. Sie schien mehrere Schichten Kleidung übereinanderzutragen, fror aber anscheinend immer noch, dabei war es in dem Gebäude so heiß, dass er schwitzte, obwohl er seine Jacke ausgezogen hatte.

Mary ließ ihn Platz nehmen und sein Problem darlegen. – Für mich hört sich das an, als hätt Sie einer mit nem Fluch belegt, erklärte sie dann ernsthaft.

Kibby wollte eigentlich verächtlich schnauben, doch er beherrschte sich. Schließlich hatte man ihm ja bisher auch keine rationale Erklärung geben können. – Aber wieso soll ich verflucht worden sein?, fragte er ratlos. – ... das ist doch Unsinn ...

– Wenn das Unsinn ist, wollen Sie ja sicher nichts weiter von mir hören, sagte sie mit einem gebieterischen Kopfwackeln.

– Ich kann bezahlen, falls Sie das wollen, winselte Kibby unglücklich.

Mary starrte ihn empört an. – *Ja klar* musst du bezahlen, aber es ist kein Geld, was ich will, Jungchen, davon hab ich nix mehr in meinem Alter, erklärte sie, wobei sie lüstern ihren Mund verzog.

Irgendwie wurde Kibby plötzlich wirklich sehr sehr kalt.

– Was ... äh ... ich ...

– Du sagst, du warst schlank, bevor du krank geworden bist ...

– Aye ...

– Nur Pimmel und Knochen, wette ich. Lieg ich damit richtig?

– Was ...?, japste Kibby, und seine Hände umklammerten die Armlehnen des Sessels.

– Hast du n hübschen Schwanz, Jungchen? Nen hübsch dicken? Denn für den hätt ich n schönes Plätzchen, erklärte Mary unverblümt. – Dann geb ich dir ne gründliche Beratung.

Kibby stand auf und ging zur Tür. – Ich glaube, äh, ich bin hier, äh, wohl am falschen Ort, tut mir leid, sagte er und verließ in panischer Hast die Wohnung.

Als er die Eingangshalle erreichte, hörte er noch hinter sich ihre Stimme: – Du bistn ganz Versauter, das seh ich doch!

Er stürzte aus der Haustür und wollte nichts wie weg von den regennassen Straßen von Tranent.

Ein Fall für die Klapsmühle! Die muss dement sein!

Es regnete in Strömen, als er sich in das überfüllte Wartehäuschen an der Bushaltestelle quetschte. Der Bus kam nach kurzer Zeit, aber Brian war zu kaputt und mit den Nerven runter, um sich durch das Menschenknäuel durch zum Bus zu drängen. So trottete er lieber niedergeschlagen in den prasselnden Regen raus und hielt ein Taxi an, das länger brauchte, als er gedacht hatte, um den Bus zu überholen, damit er einsteigen und zurück nach Edinburgh fahren konnte.

Zu Hause aß er seinen Nachmittagsimbiss und saß dann in kläglichem Schweigen vor dem Fernseher, während Joyce ihm von ihrem Tag erzählte. Es war schrecklich. Er fühlte sich elend und zittrig, er hatte hämmernde Kopfschmerzen, die mal von der einen, mal von der anderen Schläfe auszugehen schienen, und bekam schwer Luft. Seine Nerven waren gespannt wie Klaviersaiten. Wenn er sich einigermaßen erholt hatte, würde er nach oben gehen, *Harvest Moon* spielen. Aber das war ja so riskant …

Muffy … Ich will sie unbedingt ficken … nein nein nein, na wenigstens ist sie nicht real wie Lucy und … und dann diese widerliche alte Hexe heute … das ist so gemein … bitte nicht …

Aber einfach ein bisschen Fernsehen wär schön, ein bisschen Fernsehen in vollkommenem Schweigen. … Konnte seine Mutter nicht einmal still sein? Warum hörte sie nie auf zu reden?

Und Joyce erzählte weiter. Ihr Gerede bohrte sich in seinen Schädel und wurde zu einem weiteren Folterinstrument für seine zermürbte Seele.

– … bloß ein paar Schallplattengutscheine für Carolines Geburtstag. Ich habe einen reizenden Sweater gesehen, der ihr bestimmt toll stehen würde, aber sie kauft sich ihre Sachen ja lieber selbst, da kann sie ein echtes Prinzesschen sein, wenn man versucht, ihr was zum Anziehen zu kaufen … was meinst du, Brian?

– Aye …

– … oder vielleicht lieber Büchergutscheine statt Plattengutscheine. Sie hat ohnehin schon genug CDs, und Bücher wärn auch viel nützlicher für sie bei ihrem Studium … dein Vater hat immer gerne gelesen. Also, was meinst du, Brian, Büchergutscheine oder Plattengutscheine, sag ehrlich!

– Das ist mir schnuppe! Lass mich in Ruhe fernsehen! Bitte!, brüllte Kibby.

Joyce duckte sich und schaute ihn an wie das letzte Hundebaby eines Wurfs im Schaufenster einer Tierhandlung. Kibbys Wut verflog, als er den Kummer in den Augen seiner Mutter sah.

Das betretene Schweigen wurde durch ein schrilles Klingeln

beendet, das Brian Kibby fast aus der Haut fahren ließ. Auch Joyce erschrak. Dann stand sie auf, froh über die Unterbrechung, um zur Tür zu gehen. Als sie zurückkam, brachte sie eine Gestalt in Sweatshirt und Parka mit. Es war Ian.

Er ist gekommen, um sich wegen Birmingham abzusprechen.

– Hört mal, sagte Joyce, – ich spring mal schnell die Straße runter und schau bei Elspeth und ihrem neuen Baby rein. Ihr zwei habt euch sicher viel zu erzählen.

– Prima, sagte Kibby und warf seiner Mutter einen entschuldigenden Blick wegen seines Ausbruchs vorhin zu.

– Ach ja, ich find, das mit dem Büchergutschein ist eine gute Idee, Mum.

– Gut, Junge, sagte Joyce, von grenzenloser Liebe überflutet. Der Ärmste war krank, und sie musste immerzu reden. Na ja, jetzt war ja Ian hier und würde den Jungen ein bisschen aufheitern.

Ian und Brian sahen sich steif und nervös an, bis sie hörten, wie nach der Wohnzimmertür auch die Haustür ins Schloss fiel.

– Ian ... ich ..., begann Kibby.

Ian brachte ihn mit einer Handbewegung zum Schweigen. – Hör erst mal mir zu, Brian. Hör dir bitte erst mal an, was ich zu sagen hab.

Er war so eindringlich und ernst, dass Brian Kibby nur zustimmend nicken konnte.

– Wenn man hier aufwächst, in einer Stadt wie dieser ... in einem Land wie Schottland ... das ist für Menschen wie uns nicht leicht.

Kibby dachte an die langen Jahre als Außenseiter auf der Schule. Ignoriert, gemieden oder, schlimmer noch, verspottet und schikaniert. Er nickte in abwartender Zustimmung.

– Das macht es schwer, sich Dinge einzugestehen. Als ich dich da unten in Newcastle sah, wie du mit diesem schmierigen Kerl weggegangen bist ... und dann später im Hotel, am nächsten Morgen, du warst ganz zerschlagen ...

Kibby wollte etwas sagen, doch seine trockene Kehle versagte ihm den Dienst.

– ... Da dachte ich, warum hat Kibby es nötig, mit so jemandem mitzugehen? Mit so einem miesen Typen, der ihn nicht respektiert und ihn auch noch schlägt?

Kibby schauderte fasziniert. Seine Zähne begannen zu klappern. – Aber ... ich ...

– ... wo doch ganz in seiner Nähe jemand ist, der ihn liebt, der ihn schon immer geliebt hat ... Ian rutschte auf seinem Stuhl nach vorn, und Kibby spürte, wie ihm das Blut aus dem Gesicht wich. – Es ist wahr, Brian, ich hab so lange darüber nachgedacht und mich damit gequält ... Ich liebe dich, Brian ... da, jetzt ist es raus, stieß Ian hervor und blickte zur Decke. – Die Himmel haben sich nicht aufgetan, ich bin nicht von einem Blitz erschlagen worden. Ich habe dich schon immer geliebt. Ich hab aber nie gewusst, dass du wie ich bist ... immer hast du von Mädchen wie Lucy geschwärmt ... Mein Gott, jedes Mal, wenn du den Namen dieser Schlampe ausgesprochen hast, war das, als hättest du mir einen Nagel ins Herz geschlagen ... wenn du mir doch nur was gesagt hättest! Es gab gar keinen Anlass für so eine ausgeklügelte Tarnung, für ein Leben mit der Lüge!

– Nein! Du irrst dich!, protestierte Kibby. – Da war ...

– Halt, Brian, keine Lügen mehr. Siehst du es denn nicht? Jahrelang sind wir an der Schule von Typen wie McGrillen als »Schwuchteln« oder »Homos« beschimpft worden und haben uns nicht gewehrt! Was können die uns jetzt noch tun? Was können die sagen oder tun, was sie nicht schon getan haben? Wir könnten uns zusammen eine Wohnung nehmen ...

– Nein!, quiekte Kibby.

– Meinst du, ich mache mir Gedanken wegen deiner Krankheit? Wir finden schon einen Weg. Ich werd mich um dich kümmern!, beschwor ihn Ian.

– Du bist verrückt! Ich bin nicht schwul! Bestimmt nicht!

– Klassischer Fall von Selbstbetrug! Ian drehte seine Handflächen nach oben und schüttelte bekümmert den Kopf. Für Kibby sah das Rucken seines Adamsapfel monströs aus – ein Alien, das im Begriff war, aus seiner Kehle herauszuplatzen. – Ich weiß, deine Mum hat es unheimlich mit der Kirche, und einige Elemente des Christentums sind schwulenfeindlich, doch in der Bibel findet man viele ganz anders lautende Passagen ...

Kibby blieb nichts anderes übrig, als seinem aufgeregten Freund fest in die Augen zu blicken und ruhig zu sagen: – Pass auf, ich möchte nicht mit dir zusammen sein ... auf so eine Art ...

Ian spürte, wie ihm mit einem Schlag der Wind aus den Segeln genommen war. Er hockte einen Moment da und musste es verdauen. Als dann die Verbitterung über die Zurückweisung einsetzte, musterte er Kibby von Kopf bis Fuß mit vernichtendem Blick. – Du stehst also nicht auf mich, was? Für wen zum Teufel hältst du dich denn? Du stehst nicht auf mich? Er sprang wütend auf und zeigte auf den Spiegel über dem Kamin. – Guck doch mal da rein, Fettarsch. Schau da rein und sieh dich mal an! Ich hätte dir nen Gefallen getan! Ich find schon allein raus, rümpfte er verbittert die Nase und machte auf dem Absatz kehrt. Schockiert und zerrüttet hörte Kibby erst die eine, dann die andere Tür zuknallen.

Shannon hat ihr Haar zurückgebunden. Damit sieht sie streng, aber nicht unattraktiv aus. Ich frage sie, ob sie Lust hat, nach der Arbeit was trinken zu gehen. Sie sagt, sie hätte noch einen Inspektionsbericht zu machen, würde mich aber um halb sechs im Café Royal treffen. Ich habe mich entschlossen, ihr zu erzählen, dass ich vermute, mein alter Herr könnte ein amerikanischer Koch sein, der in Kalifornien lebt.

Es ist schon fast sechs, als sie kommt, und anstatt sich zu mir auf die Bank zu setzen, nimmt sie den Stuhl gegenüber. Sie macht keinerlei Anstalten, ihre Jacke auszuziehen. – Was möchtest du trinken?, frage ich nervös.

– Nichts. Ich will nach Haus. Allein. Es ist aus zwischen uns, Danny, sagt sie mit diesem gleichgültigen, aber konzentrierten, festen Blick, den Leute immer aufsetzen, wenn sie Schluss machen. Langsam gewöhne ich mich dran.

Ich nicke verstehend, trotzdem kommt mir vor Zorn über die Zurückweisung die Galle hoch und verätzt mir die Brust und die Speiseröhre wie billiger, harter Fusel.

– Es hat seinen Zweck erfüllt, für mich jedenfalls, und ich vermute, für dich auch, sagt sie. – Es wird Zeit, nach vorne zu sehen.

Der Ansturm von Emotionen erdrückt mich beinahe. Sie hat recht, aber ich brauche einfach ... irgendwen. Muss das sein, dass Mädchen immer am schönsten, am begehrenswertesten aussehen, wenn sie mich gerade zum Teufel schicken? Ich spüre, dass meine Augen feucht werden. – Du hast Recht, sage ich, schiebe meine Hand über ihre und drücke sie leicht. – Du bist ein ganz tolles Mädchen, einer der besten Menschen, die ich je kennen gelernt habe, sage ich ihr vollkommen aufrichtig, – es kam für uns beide nur zur falschen Zeit, räume ich ein. – Ich weiß, das sagt man in solchen Situationen immer, ohne es wirklich zu meinen, aber ich würde mich wirklich freuen, wenn wir Freunde bleiben könnten, und damit meine ich: richtige Freunde.

– Ist doch klar, sagt sie, jetzt selbst etwas wehmütig unter einer leicht enttäuschten Miene. Man kann es verstehen: Derjenige, der Schluss macht, hat sich seelisch darauf eingestellt, dir den Laufpass zu geben, und im Kopf schon seinen Text zurechtgelegt. Da ist die Anwesenheit des anderen an sich schon eine Zumutung, selbst wenn er kaum den Mund aufmacht. Sie wischt sich über die Augen, steht auf und küsst mich auf die Wange.

– Nicht doch noch ein letztes Glas?, frage ich. Es kommt etwas verzweifelt heraus, aber ich muss einfach mit irgendwem über diesen Ami-Koch reden.

– Es geht nicht, Danny, sagt sie traurig, aber mit entschlossenem Kopfschütteln. – Ich seh dich morgen bei der Arbeit. Bye.

Ihre Absätze klackern auf den Marmorfliesen, als sie durch die Bar geht.

Bevor ich noch mehr trinke, werd ich lieber aufbrechen und meine Mutter besuchen. Ich werde sie nach den Köchen fragen, mit denen sie gearbeitet hat, ein paar Namen fallen lassen und sehen, wie sie reagiert. Ich kippe mein Pint runter und gehe zu Fuß den Walk entlang. Als ich das Gefühl bekomme, an der nächsten Kneipe vielleicht nicht mehr vorbeigehen zu können, steige ich in einen Bus der Linie 16.

Ich mach bei mir zu Haus Zwischenstation und gucke noch mal in De Fretais' Buch.

> Material für dieses Buch zusammenzutragen war nicht so unkompliziert, wie man hätte annehmen sollen. Als ich meine Kollegen darum bat, mich in ihre geheimsten Fertigkeiten einzuweihen, und zwar nicht nur in der Kochkunst, sondern auch der Liebeskunst, bei Sex und Verführung,

entstand eine verständliche Unruhe in ihren Reihen. Viele vermuteten einfach einen Witz: De Fretais mal wieder mit seinem abseitigen Humor. Eher biedere Gemüter waren schockiert und taten mich als publicitygeilen Spinner ab, dem nur daran gelegen war, mit Schweinereien die Auflage hochzutreiben.

Doch es finden sich noch einige unerschrockene Freigeister in meinem Metier, die mir bereitwillig ihre Kunstgriffe anvertrauten, wofür ich noch einmal meinen tief empfundenen Dank aussprechen möchte. Das Schlafzimmer des Meisterkochs muss wie seine Küche sein: ein Ort, an dem Träume fabriziert werden, wo bei sorgfältiger Beachtung von Reihenfolge und Timing je nach Inspiration, exquisite Köstlichkeiten und sinnliche Offenbarungen entstehen werden.

Scheiße, ist der Kerl von sich eingenommen. Nicht selbstverliebt, sagt der da!

Als ich bei meiner Mutter ankomme, steht die Wohnungstür offen. Ich gehe durch die enge Diele über den indischen Teppich, den ich immer bewundert habe. Sie ist im Küchenbereich und Busby ist auch da. Er sitzt an der Frühstückstheke, und seine Knollennase und seine Bäckchen sind vom Whisky gerötet. Die Katze funkelt mich von seinem Schoß an. Seine Ich-geh-hier-ein-und-aus-Arroganz bröckelt mit meinem Erscheinen, und er faltet irgendwelche Papiere zusammen und packt sie in eine abgenutzte Aktentasche. – Hallo, mein Junge, sagt er ängstlich, fast unterwürfig.

Ich starre mein altes Mädchen vorwurfsvoll an, und sie lehnt sich mit dem Hintern an die Arbeitsplatte der Küche und starrt zurück: spöttisch und nuttig, während sie den Rauch einer Zigarette ausstößt. Neben ihr steht ein Glas Whisky. Im Radio läuft »Rag Doll«.

Was läuft hier für ein Scheiß? Wann hat der alte Schleimscheißer denn zum letzten Mal einem ne Versicherung angedreht?

– Oh, hal-lo, Fremder, sagt meine Mutter abfällig zu mir. Als wüsste sie, dass sie gewonnen hat, weil ich zu ihr gekommen bin, und sie schwelgt darin.

Irgendwas an ihrem Verhalten gibt dem alten Klinkenputzer Auftrieb. Ein Funkeln tritt in seine Augen, und seine Lippen zucken frech, als er seine Zigarette zum Mund führt. Die Katze starrt mich weiter in feierlicher, ungerührter Verachtung an. Die drei scheinen sich gegen mich verschworen zu haben.

– Ich sehe, du bist beschäftigt. Ich komm noch mal vorbei, wenn du n bisschen präsentabler bist, sage ich, und beim Gehen höre ich meine Mutter hinter mir sagen: – Tja, dann auf Wiedersehen, Fremder ... und beide lachen; sie heiser, er schnaufend melodiös wie ein altes Akkordeon; das Lachen folgt mir auf dem Weg aus der Wohnung und die Treppe runter.

Ich trete auf die Straße und gehe übers Kopfsteinpflaster auf dem kürzesten Weg zum Water of Leith. Ich muss eine Weile ziellos gelaufen sein, bis ich bewusst wahrnehme, dass ich über die abschüssige Restalrig Road Richtung Canton's Bar auf der Duke Street gehe. Die Dunkelheit setzt ein, und kalter Wind streicht mir übers Gesicht.

Die beschissene Kuh, diese eklige, beschissene, fette Sau; ich geh extra hin, um mit ihr zu reden, und sie hat diesen Schleimscheißer da sitzen ...

Hallo, mein Junge.

Aber das sagten ja alle. Busby hat es auch immer zu mir gesagt.

Im Pub bestell ich mir ein Bier, bevor mir auffällt, dass die Kneipe seit gestern nicht mal sauber gemacht worden ist. Der Barmann erzählt mir, dass hier letzten Abend einer abgestochen wurde und die Polizei es als versuchten Mord behandelt. – Wir haben gerade erst das Okay für's Aufmachen gekriegt, sagt er. – Ham keine Zeit gehabt, noch sauber zu machen. Spurensicherung und so.

Die widerlichen Rückstände der jüngsten alkoholgeschwängerten, gewalttätigen Vergangenheit dieser Bierschwemme deprimieren mich. Der ekelerregende Geruch nach Erbrochenem setzt sich in meiner Nase fest, dazu der Gestank von kaltem Zigarettenrauch und Alkohol, der alles durchdringt. Sie haben offenbar gerade erst aufgemacht: Die Aschenbecher sind nicht geleert, und auf den Tischen türmen sich noch die Gläser vom Vorabend. Ein altes Mädchen bearbeitet das Schottenkaro des Teppichbodens mit einem Mopp und Teppichreiniger. Vor der Jukebox ist er schwarz von Blut. Ich überlege, dass ich besser gehen sollte, doch der Barmann gibt mir ein Bier, also setze ich mich in eine Ecke und verfluche mein Schicksal.

Zurückweisung.

Kay, Shannon, meine alte Dame, Kinghorn, sogar McKenzie. Scheint, als hätte der abwesende Vater da einen Trend losgetreten. Und wäre es nicht der ultimative beschissene Schlag in die Magengrube, wenn gar nicht der athletische Kalifornier mein Vater wäre, sondern der fiese kleine Busby?

Hallo, mein Junge.

Wenn ich es mit Kibby machen kann, muss es auch bei diesem kleinen Schleimer klappen. Ich hab ihn schon immer gehasst. Ich konzentriere jetzt meinen ganzen Hass auf Busby.

BUSBY.

ICH HASSE DIESE WEHLEIDIGE VERSCHLAGENE KLEINE FOTZE.

ICH HAB DIE MACHT, DIE KLEINE RATTE ZU VERNICHTEN.

HASS BUSBY

HASS BUSBY

HASS HASS HASS …

HASS BUSBY

HASS BUSBY

HASS HASS HASS …

Dieses gehässige Mantra sage ich auf, bis ich nicht mehr kann und mein Schädel dröhnt. Ein paar alte Knacker kommen in die Kneipe, bemerken, wie konzentriert ich ins Leere starre, und nicken sich zu, nachdem sie über die Schulter einen Blick auf mich geworfen haben. – Guck dir den Bekloppten an, lacht einer.

Doch sosehr ich mich anstrenge, es tut sich nichts; kein geheimnisvoller alchemistischer Prozess geht vonstatten. Aber auch nicht eine Spur von irgendwas wie dem schockartigen, schwindelerregenden Gefühl, gefolgt von dem Energieschub, das mich überkam, als ich Kibby mit dem Fluch belegt hab. Jetzt komm ich mir nur blöd und unsicher vor und merke, wie man mich von der Theke aus anstarrt.

Ich kann trotz allem für Busby einfach nicht den gleichen Hass aufbringen. Liegt es daran, dass er es ist? Ist das mein Dad, diese Kreatur? Kann ich mein eigen Fleisch und Blut nicht vernichten?

Aber was hat es dann mit dieser Kibby-Fixierung auf sich? Was ist *er* für mich?

22
Brummie/Balearen

Die Dunkelheit wurde von dem perlmuttweißen Lächeln erhellt, das Mary-Kate und Ashley Olsen auf der Leinwand des Multiplex aufblitzen ließen. Brian fand das Filmerlebnis rundum hinreißend, und es richtete ihn tatsächlich wieder auf. *A New York Minute* war der beste Film, den er seit Langem gesehen hatte. Das war der richtige Weg für die Zwillinge, fand er. Allerdings machte er sich Sorgen wegen der Bilder von ihnen, die sich gerade in sein Hirn eingebrannt hatten. Heute Nacht stand ihm eine schwere Prüfung bevor. Seit zwölf Tagen hatte er schon kein schwarzes Kreuz mehr machen müssen. Er hielt sich so tapfer.

Auf dem Heimweg blieb er am Zeitschriftenladen stehen und blätterte eine Illustrierte durch, auf deren Titel die Olsen-Mädchen waren. Er las mit Entsetzen, dass eine der beiden mit einer schweren Essstörung zu kämpfen hatte. Zu Hause fühlte er sich gedrängt, ihrer Mutter in einem Brief Mut zuzusprechen.

Liebe Mrs Olsen,
ich habe mit großer Betroffenheit von der Krankheit Ihrer Tochter gelesen und hoffe aufrichtig, dass Mary-Kate ihre gesundheitlichen Probleme rasch überwindet. Ich bin ein Einundzwanzigjähriger aus Edinburgh, der sich selbst vor Kurzem eine schwere, seltene Erkrankung zugezogen hat, welche die Ärzte und die medizinische Fachwelt bislang noch vor ein Rätsel stellt.

Der Film *A New York Minute*, den ich heute im Kino gesehen habe, hat mir sehr viel Freude bereitet; bitte richten Sie beiden

Mädchen meine besten Wünsche für ihren weiteren Lebensweg aus. Ich hoffe, dass wir Ashley und Mary-Kate bald wieder gemeinsam auf der Kinoleinwand wiedersehen dürfen.

Ich schreibe ohne jeden Hintergedanken, und dieser Brief ist gewiss kein Bettelbrief. Ihre Töchter haben mir einfach sehr viel gegeben, und ich möchte nur, dass Sie es wissen.

Mit freundlichen Grüßen

Brian Kibby

Er schickte den Brief an das Magazin und hoffte, dort würde man ihn weiterleiten.

Durch das Fortschreiten seiner Krankheit zunehmend körperlich geschwächt, hatte Kibby seine Ausflüge mit den Hyp Hykers eingestellt. Die Sommerparty jedoch war immer ein großes Ereignis in ihrem Vereinsleben. Obwohl er genau wusste, wie man ihn wahrnehmen würde, und ungeachtet seiner zunehmenden Gebrechlichkeit, beschloss er teilzunehmen.

Es war Ken Raddens Idee gewesen, für die Party die Veranstaltungsräume des Zoologischen Gartens in Corstorphine zu mieten. – Jedem Tierchen sein Pläsierchen, hatte er gescherzt. Dass der Veranstaltungsort so in der Nähe war, kam Kibby entgegen. Er ging im Schneckentempo die Hauptstraße entlang, die Last seines schmerzenden, erschöpften Körpers bei jedem Schritt spürend. Und dann noch seine Nerven, diese zerrütteten, blank liegenden Nerven. Sie nahmen jeden, der ihm begegnete, als feindliche Macht wahr, die harmlosesten Menschen erschienen ihm als ein McGrillen oder Skinner.

Als er auf der Party eintraf, spürte er das Unbehagen, das er auslöste. Paranoia brach sich in ihm Bahn; er fragte sich, was sie von ihm dachten, und machte viel Wind darum, dass er keinen Alkohol trank.

Trotz seines ostentativen Getues mit der Pepsi und dem Orangensaft wurde er die meiste Zeit entweder beharrlich ignoriert oder mitleidig angestarrt. Diejenigen, die sich mit ihm abgaben, fühlten sich immer nur kurze Zeit in der Unterhaltung wohl und nahmen schnell Reißaus, wenn ihnen ein passenderer Gesprächspartner ins Auge fiel. Er war allen peinlich, und er spürte es überdeutlich.

Ich dachte immer, das wären meine Freunde. Die Hyp Hykers. Dieser verrückte Haufen.

Dann sah er Lucy. Sie trug ein grünes Kleid.

Sie ist besser als Mary-Kate oder Ashley ... oder so schön wie ...

Sie sah so hinreißend aus, aber er konnte sie nicht ansprechen: nicht als das tonnenförmige, keuchende, triefäugige Wrack, das er inzwischen geworden war. Aber sie entdeckte ihn und sah Kibby nachdenklich an, doch das Wiedererkennen zeichnete sich erst ganz allmählich in ihrem Gesicht ab. Dann kam sie vorsichtig näher und fragte zögernd: – Na, wie geht's denn so?

Das war ja eine Frage ... sie ist nicht sicher, ob ich es bin. Sie kann mich nicht mal erkennen!

Brian Kibby rang sich ein trauriges Lächeln ab. – Ich ... äh ... ich glaube, es geht aufwärts, aber langsam, sagte er, fast aufstöhnend über die feige Lüge. Dann fuhr er hoffnungsvoll fort: – Vielleicht gehn wir ja doch noch mal Badminton spielen, wenn es mir wieder besser geht ...

– Gerne, rang sich Lucy ein Lächeln ab und wäre am liebsten im Erdboden versunken. Der Gedanke, dass sie ihn mal nett gefunden, sogar ein bisschen auf ihn gestanden hatte, erschien ihr völlig absurd. Die Rettung nahte in Gestalt von Angus Heatherhill, der über die Tanzfläche herbeigeeilt kam, sich den Pony aus der Stirn strich und fragte: – Hey, Lucy, wollen wir tanzen?

– Gerne, Angus. Entschuldige uns, Brian, sagte sie und ließ Kibby mit seinem frischen Orangensaft dastehen, der ihm wie Gift schmeckte.

Er sah ihnen eine Weile zu, erst beim Tanzen, dann in einer Ecke des Saals.

Er betatscht sie überall. Und ihr gefällt das auch noch. Es ist, als würde sie mich verspotten!

Sie ist genau wie all die anderen!

Kibby schlich unglücklich nach draußen und wanderte in die Nacht hinaus. Auf dem Weg zum Hauptausgang des Zoos durchschnitt plötzlich ein gellender Schrei seine ohnehin schon strapazierten Nerven. Er glaubte, das Herz würde ihm in der Brust zerspringen. Dann folgte eine Kakophonie von Kreischlauten. Gewaltiges, blutgieriges Knurren hob hinter ihm an. Die Gerüche waren penetrant, als er den Weg entlang und durch die Zoopforten nach draußen hastete. Er war so schnell zu Hause, wie es sein hinfälliger Körper und ein langsames Taxi zuließen.

Am nächsten Morgen raffte sich Kibby ungeachtet aller Qualen auf und stieg in den Zug zu der Convention nach Birmingham. Er hatte das Ticket schon im Voraus gebucht und war entschlossen, Ian entgegenzutreten, der mit Sicherheit dort sein würde, und ihm alles zu erklären. Aber als er ankam, fühlte er sich zu schwach, um das Veranstaltungszentrum zu besuchen; abgesehen von einem langsamen, kurzatmigen Spaziergang entlang des Kanals blieb er in seinem Hotelzimmer und sah fern. Er konnte unmöglich Ian oder sonst irgendwem in diesem Zustand gegenübertreten. Er musste am nächsten Tag gleich wieder nach Hause fahren. Und als er dann abends stöhnend in seinem Bett in Edinburgh lag, entdeckte Brian Kibby noch etwas Neues. Er hatte auf einmal überall seltsame Flecken, wie er sie noch nie zuvor gesehen hatte.

Dr Graigmyre, von Joyce Kibby alarmiert, traute seinen Augen nicht. – Birmingham, sagten Sie?, fragte er ungläubig den flachliegenden Kibby, der nur mit einem schwachen Stöhnen bejahte. – Ich frag nur, weil … das sieht für mich wie Moskitostiche aus!

Moskitostiche!

Und dann sah Dr Graigmyre noch etwas Seltsames, als er Brian Kibby betrachtete. Auf der Wange seines Patienten schwoll ein kleines Blutgefäß plötzlich an und platzte vor seinen Augen. Kibby spürte das als kleinen Stich, und es zuckte in seinem Gesicht.

Der Sektkorken knallte, Danny Skinner setzte die schäumende Flasche an den Hals und spülte die beiden Ecstasypillen runter, von denen sein Mund und seine Kehle trocken wurden. Die Menge um ihn herum auf der Tanzfläche johlte, als er die Flasche weiterreichte.

Bislang hatte sich Skinner so richtig Ibiza gegeben, zumindest dem äußeren Anschein nach. Er ließ es jeden Abend krachen und tagsüber am Strand genauso. Aber in den frühen Morgenstunden in einem Club namens Space wurde Danny Skinner aus sich selbst nicht ganz schlau. Wie kam es, dass er, obwohl Fatboy Slim die Meute Feiernder in einen Zustand wilder Entfesselung knüppelte und hämmerte, an Nerds im Parka denken musste? Und wie kam es, dass er, obwohl von MDMA durchpulst in einem Meer von Umarmungen und Lächeln und purstem Partyhedonismus, ja, purer Liebe treibend, an den Kanälen und in den Nebenstraßen von Birmingham herumstrich? Und absolut unbegreiflich war ihm, wieso er, obwohl er die Hand in dem Seidenhöschen und auf der festen Pobacke einer atemberaubenden Schönheit aus Surrey namens Melanie hatte, die ihren geschmeidigen Körper um ihn schlängelte und mit langsamen rhythmischen Stößen gegen seinen Unterleib stupste, ihre heißen Lippen auf seinen Mund gepresst, wie kam es also, dass er ausgerechnet an …

Nein.

Doch.

Er dachte an Brian Kibby und was ihm in diesem Augenblick widerfuhr!

Skinner fuhr zusammen, nahezu blind für die Schönheit um sich herum, als er die grausame Wahrheit erkannte: Er vermisste Kibby immer, sobald sie für länger als ein paar Tage voneinander getrennt waren, er brauchte die morbide Gewissheit darüber, wie es seinem Erzfeind ging.

Zwar würde Kibby alle, in ihrer Unaufrichtigkeit sofort durchschaubaren Erkundigungen Skinners nach seiner Gesundheit abblocken, aber er würde sich mit Sicherheit aus reiner Verzweiflung jemandem anvertrauen. Und wer sollte das sein, wenn nicht Shannon McDowall, zu der Skinner immer noch ein gutes, wenn auch nicht länger sexuelles Verhältnis hatte. Und Skinner würde sie natürlich schadenfroh aushorchen.

Ja, Skinner dachte an Brian, an die Auswirkungen seiner Anstrengungen. Er war wie ein Künstler, der nicht sehen konnte, was seine Pinselstriche auf der Leinwand hinterließen. Was mochte dieser Marathon-LSD-Trip bei Kibby angerichtet haben? Was war mit den ganzen schmuddeligen 60-Prozent-Abführmittel-Lines? Oder dem unbekümmerten, unverantwortlichen Vermischen von Traube und Korn? Was mit Wodka flaschenweise bei Manumission oder dem Crackrauchen auf dieser Jacht; diese schauerliche Alufolie musste doch Verheerungen in den geschwächten Lungen seines alten Gegners angerichtet haben.

Ein Wochenende Warten war genug, gerade richtig, um sich voller Vorfreude die fertige Erscheinung oder eben das Nichterscheinen Kibbys am Montagmorgen auszumalen – diese wunderbaren Montagmorgen waren wahrlich die schönste Zeit der Woche für Skinner. Eine Woche war zu ertragen. Aber zwei Wochen? Da drehte er durch. Er brauchte Gewissheit.

Im Unterschied zu praktisch jedem anderen Urlauber, der diesen Sommer auf dieser Trauminsel verbrachte, konnte es Danny Skinner kaum erwarten, wieder nach Haus zu kommen.

23
High Concept

Sie wirkte geistesabwesend, bedrückt sogar, als sie sich einen Weg durch die volle Bar bahnte. Doch als sie ihn dann sah und er auf den Platz neben sich in der Ecke wies, war Kay Ballantyne verblüfft, wie gut ihr Exverlobter aussah. – Und du kommst auch noch gerade von Ibiza zurück, sagte sie schwer beeindruckt und fragte sich dann, ob es jetzt jemand anderen in seinem Leben gab. Sie kam sich wie eine Versagerin vor und dachte: Warum konnte er das nicht für mich tun?

Kay sah gestresst aus, dachte Skinner mit kühler Distanziertheit. Um ihre Augen waren neue, tiefere Falten. Er musste daran denken, wie er sie zum ersten Mal gesehen hatte, auf der Kirmes auf den Leith Links. Ihr langes schwarzes, glänzendes Haar, die rote Nylonbomberjacke, aber vor allem ihr verschmitztes Lächeln, die weißen Zähne und ihre bezaubernden dunklen Augen.

Nein. Stimmt nicht. Es war vor allem ihr Arsch in dieser hautengen blauen CK-Jeans gewesen, als sie das Luftgewehr hob und auf die Ziele schoss. Wie sich ihre festen Pobacken in der Jeans bewegten, wenn sie ihr Gewicht verlagerte. Der Arsch einer Tänzerin, das Mädchen von der Balletttruppe.

Als er jetzt neben ihr im Pivo saß, fast zwei Jahre nachdem er ihr auf dieser Kirmes begegnet war, spürte er den verzweifelten Drang, diesen Arsch noch einmal zu sehen. Der Wunsch war so übermächtig, dass Skinner langwierige Winkelzüge anstellte, um sie dazu zu bewegen, ihre lange braune Jacke auszuziehen.

– Zieh doch die Jacke aus, Kay... forderte er sie lächelnd auf, doch Kay hörte gar nicht zu. Sie redete drauflos, dass es mit Ronnie nicht funktioniert hätte, dass er am Boden zerstört war, als sie das Baby verloren hatten, und sie selbst genauso, aber jetzt würde sie sich aufraffen, ihr Leben wieder selbst in die Hand nehmen, sie fange einen neuen Job an, wenn auch nur als Kellnerin.

Leben in den Griff ... wer ist scheiß noch mal Ronnie? Ein Baby verloren ...?

– Zieh doch deine Jacke aus, ist heiß hier drin, drängte Skinner, jetzt mit einem seltsamen Schnaufen.

– Geht schon, sagte sie und lächelte ihn an, auf eine Art, die ihn beschämte und demütigte. Er dachte unwillkürlich, wie schön sie immer noch war. Und etwas rührte sich in seiner Seele, weil ihre Geschichte ihn bewegte.

Bitte zieh diese Jacke aus ...

Bitte geh zur Toilette ...

Damit ich deinen Po begutachten kann, nach Anzeichen schauen kann, ob er schon hängt, ob er zusammenfällt, damit ich anhand deines Verfalls meine eigene Sterblichkeit ermessen kann, so wie ich es mit allem um mich herum mache ... was die Worte des großen Dichters ins Gedächtnis ruft:

Die Blüte, die so reich geschmückt,
Wird oft zu früh die Beute
Des Sturmes, eh vom Herbst geknickt
Sein Hauch sie welk zerstreute.

Aber dann begann Kay zu weinen. Nur die Andeutung einer Träne, ihre Hand fuhr sofort zum Auge. Für ein paar qualvolle Sekunden wollte Danny Skinner die Uhr zurückdrehen, damit er der Mann sein konnte, ihre Hand zu nehmen, die eigene Hand an ihr Gesicht zu führen und diese dicke Träne wegzuwischen. Aber bei aller Traurigkeit begriff er doch, dass er nicht länger dieser Mann war, niemals wieder sein konnte. Dann stand Kay abrupt auf. – Tut mir Leid ... ich muss gehen ... ich muss gehen, wiederholte sie und war schon auf dem Weg zur Tür.

Danny Skinner überlegte, dass er ihr nachgehen sollte, versuchen, sie zu trösten, aber er nickte nur traurig und sah zu, wie sie sich abwandte und ging. Er guckte auf ihren Arsch, aber er war nach wie vor von ihrer Jacke verdeckt. Er hätte ihr immer noch folgen können und stand auch tatsächlich auf, doch er musste an der Theke vorbei und blieb dort hängen, wie immer.

Es waren schreckliche vierzehn Tage im Leben von Joyce Kibby gewesen.

Der Junge ist so elend und krank von seinem Ausflug nach Birmingham zurückgekommen. Nur eine Nacht ist er geblieben. Für die meiste Zeit seines Urlaubs hatte er im Bett oder stöhnend auf dem Sofa gelegen. Fast zwei Wochen! Jetzt ist es so weit, dass er wieder ins Büro muss, aber er ist einfach nicht in der Verfassung.

Der Junge ist einfach nicht in der Verfassung ...

Am Vorabend des Tags, an dem ihr Sohn auf der Arbeit zurück erwartet wurde, wollte Joyce wieder Dr Graigmyre rufen. Brian bekam kaum Luft. Er lag unter seinem Bettzeug, schwitzte und warf sich herum. – Keinen Arzt, keuchte er seinen dünnen, aber entschiedenen Protest.

Seiner Mutter traten Tränen in die Augen. – Ich werde aber wieder anrufen müssen, Junge, um zu sagen, dass du nicht arbeitsfähig bist.

– Nein ... murmelte Kibby schwach, – ... es wird schon gehen ...

Die Moskitos ...

– Sei nicht albern, Brian, schüttelte Joyce den Kopf, machte auf der Stelle kehrt und ging taub für die Bitten ihres Sohnes zur Tür. Es kam gar nicht infrage, dass er sich wieder zur Arbeit quälen würde, wie schon so oft.

Ihr Sohn, aufgeschwemmt und keuchend, delirierte nun und murmelte vor sich hin. – Skinner und die Moskitos ... Skinner und die Moskitos ... er hat sie nach Birmingham gebracht ...

Birmingham ... Moskitos ... Skinner ...

... ich muss heiraten ... ich muss zu Harvest Moon *... Ann ... Muffy ... das Spiel beenden.*

Joyce ging mit müden Schritten die Treppe herunter, rief bei der Stadtverwaltung an und bat um die Durchwahl zum Amt für Verbraucherschutz und Lebensmittelüberwachung, um schnippisch belehrt zu werden, dass es jetzt Amt für Umwelthygiene und Verbraucherschutz hieß. Brian hatte ihr jedes Mal aufgetragen, Bob Foy anzurufen, doch Joyce hatte mit der Zeit Foys ruppiges Desinteresse am Zustand ihres Sohn hassen gelernt. Aber da gab es ja noch diesen anderen Mann, mit dem sie schon einmal gesprochen hatte und der so freundlich und herzlich gewesen war.

Danny, so hieß er, Danny Skinner.

Brian mochte ihn nicht und hatte Joyce das Versprechen abgenommen, ihn niemals anzurufen, aber sie konnte sich einfach nicht Foys kaltem Sarkasmus aussetzen. Sie nannte der Rezeptionistin Skinners Namen, und die stellte sie zu ihm durch.

Danny Skinner saß an seinem Schreibtisch und las in einem Magazin etwas über eine neue High-Concept-Bar, die gerade in der Innenstadt aufgemacht hatte und angeblich nicht nur die Begriffe Service und Komfort völlig neu definierte, sondern sich zum Ziel gesetzt hatte, unseren Begriff von Gastlichkeit von Grund auf zu verändern. Und um in diese neue Dimension vorzustoßen, brauchte man einfach nur hinzugehen. Natürlich mit entsprechendem Cash oder einer Kreditkarte. Er hatte nicht viel Cash, nur unbezahlte Rechnungen, aber Kredit bekam man heutzutage leicht, daher würde er halt mit seiner Visa-MasterCard zahlen. Aye, da würde er heute Abend hingehen, vielleicht vertrieb das die zunehmend schwermütigen Gedanken, denen er in letzter Zeit nachhing.

Er konnte die Begegnung mit Kay nicht vergessen. Immer wieder kehrten seine Gedanken dazu zurück. Vielleicht sollte er sie anrufen und sich vergewissern, dass sie zurechtkam. Aber er war nicht für sie verantwortlich; dieses kurze Treffen war das erste Mal seit Ewigkeiten, dass sie sich gesehen hatten. Nein, man konnte die Uhr nicht zurückdrehen, man musste loslassen können. Es gab in ihrem Leben nun andere Menschen, die ihr näherstanden. Sollten die sich darum kümmern. Aber was, wenn ... sie ganz alleine war? Nein, da sprach seine Eitelkeit aus ihm. Kay war schon immer temperamentvoll, kontaktfreudig und beliebt gewesen. An Freunden hatte es ihr nie gemangelt. Diese Kelly, diese andere Tänzerin, und Kay, sie waren dicke Freundinnen.

Aber sie tanzt nicht mehr ...

Arbeit. Bring dich durch Arbeit auf andere Gedanken. Manchmal geht's nicht anders.

Er klickte den Monitor an und öffnete einen Abnahmebericht über ein weiteres neues Bar-Restaurant, das auf der George Street aufmachen sollte. Dann wurde er vom Telefon abgelenkt, ein Anruf von draußen und ein bisschen zu früh für Geschäftliches. Irgendwas veranlasste ihn, aufzustehen und den Kopf aus seinem Büro im Zwischenstock zu stecken. Ein bösartiges Lächeln spielte um seine Lippen, als er Brian Kibbys Schreibtisch verwaist sah. Er nahm den Hörer ab. – Daniel Skinner, trällerte er.

Die Stimme von Joyce Kibby schien einen qualvollen Hindernisparcours durch die Leitung zu nehmen, mal klang sie hoch, dann tief, mal dröhnend, dann atemlos. – ... ich bin mit meinem Latein am Ende, Mr Skinner ... er muss seine Stelle doch behalten, er hat so Angst, entlassen zu werden ... meine Tochter studiert, und Brian hat seinem Dad versprochen, dass Caroline die Uni schafft ... er war ganz besessen davon ...

Die Stimme, obwohl abgehackt, nervös und schrill, klang für Skinners Ohren wie Engelszungen. Er bezahlt seiner Schwester das Studium, dachte Skinner mit einer befremdlichen Sympathie, die zwischen komplett geheuchelt und absolut aufrichtig schwankte.

Dann unterbrach er sie, beschwichtigend, aber doch mit dem gebotenen Ernst, wie er dachte: – Immer mit der Ruhe, Mrs Kibby, machen Sie sich darüber mal keine Gedanken. Ich weiß, dass Brian häufig fehlt, aber jeder ist über seine Krankheit im Bilde, und wir drücken ihm alle die Daumen. Brian hat eine Menge Freunde in dieser Behörde.

– Sie sind so freundlich ..., weinte Joyce fast vor Dankbarkeit.

– Wir müssen Brian gegenüber nachsichtig sein, Mrs Kibby. Ich möchte, dass Sie Folgendes tun: Setzen Sie sich erst mal in Ruhe hin und machen Sie dann einen schönen Tee. Ich schaue in etwa einer Stunde persönlich bei Ihnen rein. Sagen Sie Brian um Himmels willen, er soll es sich nicht so schwer machen. Ich weiß, dass er seinen Stolz hat. Und Sie selbst sollten es sich auch nicht so zu Herzen nehmen, sagte er in einem Ausbruch von Mitgefühl.

Für Joyce Kibby klang das Lied, das Skinner anstimmte, ebenfalls wie liebliche Musik. – Haben Sie recht herzlichen Dank, Mr Skinner, aber es ist wirklich nicht nötig, Sie sind sicherlich sehr beschäftigt ...

– Gar kein Problem, Mrs Kibby, beruhigte er sie. – Ich sehe Sie in Kürze. Wiedersehen.

– Auf Wiedersehen …

Skinner legte den Hörer auf die Gabel. Er selbst merkte gar nicht, dass er sich begeistert die Hände rieb, bis Bob Foy in sein Büro kam und meinte: – Da hat aber einer gute Nachrichten gekriegt!

– Hab gestern Abend eine verdammt scharfe Lady kennen gelernt, sagte Skinner, – und gerade hat sie angerufen.

In dem Blick, den Foy ihm zuwarf, lagen zu gleichen Teilen Neid, Geringschätzung und Bewunderung.

Dieser Mr Skinner ist ein wahrer Heiliger, dachte Joyce, als sie den Hörer auflegte.

Wie schön, dass es in diesen selbstsüchtigen, amoralischen Zeiten doch noch ein paar anständige Menschen auf der Welt gibt.

Joyce Kibby befolgte Danny Skinners Ratschlag und ging in die Küche, um Teewasser aufzusetzen.

Was für ein aufrichtig netter, rücksichtsvoller junger Mann. Aber warum ist Brian immer so feindselig ihm gegenüber und zuckt jedes Mal zusammen, wenn sein Name fällt? Das verstehe ich einfach nicht. Brian war sehr verärgert, als Mr Skinner und nicht er befördert wurde, aber warum so einen dummen Groll hegen, wenn der Mann so freundlich zu ihm ist?

Ich besuche meinen alten Kumpel Brian Kibby! Über zwei Wochen ist es her. Der Urlaub auf den Balearen war toll, aye, aber die Auswirkungen auf Kibbys Gesundheit habe ich nicht mitbekommen. Zu wissen, was man gewonnen hatte, war schön, aber zu sehen, was einem erspart geblieben war, war einfach köstlich.

Ich habe eigentlich zwei Betriebsbegehungen, aber die werde ich nun delegieren müssen. Die Personalangelegenheiten im Hause der Kibbys haben Vorrang. Es wird eigenartig sein, einen geschwächten und hinfälligen Kibby in seiner heimischen Umgebung zu erleben. Und geschwächt und hinfällig wird er mit Sicherheit sein, denn ich hab gestern Abend mit Gary Traynor und Alex Shevlane gut was weggestellt. Ein bisschen Koks war auch im Umlauf: Kibbys Nebenhöhlen dürften eine üble Packung abgekriegt haben.

Wie der Zufall es will, ist Shannon sogar froh, mal nach draußen zu kommen und die Begehungen zu übernehmen. Sie trägt ihr Haar jetzt kürzer, und man kann ihre schlanke Nackenpartie sehen. Normalerweise mag ich ja Frauen mit kurzen Haaren nicht, aber ihr steht es. – Neue Frisur. Heißt das etwa neuer Macker?

Sie setzt dieses Ich-krieg's-besorgt-Grinsen auf, als sie die Akte nimmt. Dann legt sie den Finger an die Lippen. – Pssst, macht sie.

Noch mehr Bettgeschichten.

Wenn's einem von uns gut geht, auch schön: Ich kann ein bisschen Aufheiterung gut gebrauchen. Ich hab immer noch nicht den Schock überwunden, Kay wiederzusehen; ihre Offenbarungen von neuen Partnern und Fehlgeburten, die ich zu überhören versucht habe ... aber mir macht Sorgen, was aus Rab McKenzie geworden ist, der einfach wie vom Erdboden verschluckt zu sein scheint. Ich hab nicht die Spur von der fetten Socke in dem Hühnerhof von billigen Clubs und Kneipen gesehen, die normalerweise unser Einsatzgebiet darstellen.

Armer Big Rab, Leberzirrhose bedeutet nie wieder trinken. Was für ein Albtraum. Das ist eben das Problem beim Rausch, er ist etwas Unmittelbares, etwas, das zur Gegenwart gehört. Man kann sein Leben nicht auf die Erinnerung an einstige Vollräusche aufbauen.

Die Vorstellung, dass für Rab Zapfenstreich sein könnte, ist echt zu schräg. Das lässt mich daran denken, dass wir etwa im gleichen Alter sind und die gleiche Größe haben, wenn auch nicht das gleiche Gewicht. Kibby ist ein paar Zentimeter kleiner als ich und so etwa achtzehn Monate jünger. Daher muss er mittlerweile in der gleichen körperlichen Verfassung sein wie Rab oder zumindest rapide darauf zusteuern. Die begrenzte Ressource, die Kibbys Körper darstellte – sein Nervensystem, Leber, Nieren, Pankreas, Herz –, muss mittlerweile ziemlich im Wert gefallen sein. Anfangs war meine große Frage: Was, wenn Kibby stürbe? Nun heißt es: Kibby stirbt mit Sicherheit. Das ist unvermeidlich. Das muss jeder irgendwann, aber dank meiner fleißigen Hilfe läuft seine Zeit auf jeden Fall bald ab. Und ich kann und will meine Art zu leben nicht ändern. Warum auch, wenn doch Kibby mit seiner Gesundheit dafür bezahlt. Ich würde dann ja bloß aufhören, um Kibby am Leben zu halten – eine wahrlich perverse Vorstellung.

Aber …

Aber es ist Mord. Aye, Mord einer bizarren, übernatürlichen und Gott sei Dank nicht nachweisbaren Sorte, aber trotzdem Mord. Und wenn man den Gedanken weiterspinnt: Was passiert, wenn Kibby stirbt? Was wird aus diesem bewundernswerten Arrangement zu meinen Gunsten? Werde ich dann diese Last der Schmerzen jemand anderem aufbürden können?

Vielleicht funktioniert der Fluch dann ja doch bei diesem kleinen Arschloch Busby, wenn Kibby den Löffel abgegeben hat!

Oder werde ich mich dann sofort in ein aufgeschwemmtes, monströses, krankes, keuchendes Wrack verwandeln, das auf der Straße abkratzt, während ein kerngesunder Kibby sich wie Supermann aus seinem Sarg befreit? Dieses Szenario wäre natürlich nur recht und billig, aber dieser Scheiß hat mir schon zu viel Düsternis, zu viel morbide Faszination vor Augen geführt, als dass ich an die Möglichkeit irgendeiner Form von ausgleichender Gerechtigkeit glauben könnte.

Nein.

Das profane und wahrscheinlichere Szenario ist, dass ich von da an einfach mein Kreuz wieder selber tragen muss. Mich mit meiner Sterblichkeit abfinden muss. Dann soll es so sein, ich kann mich nicht beklagen, immerhin hab ich einen guten Vorsprung bekommen.

Aber er darf nicht sterben, nein, auf keinen Fall. Das darf ich nicht zulassen; so war das nie geplant.

Also nehme ich mir einen Dienstwagen aus dem Fuhrpark und heize die Glasgow Road herunter. Ich habe mir nie viel am Steuer eines Autos zugetraut, obwohl ich den Führerschein schon vor Jahren gemacht hab. Aber jetzt ist es total easy. Ich biege ab in die Siedlung, in der die Kibbys wohnen. Sie liegt in einem besseren Viertel der Stadt und besteht aus alten Häusern des sozialen Wohnungsbaus mit guten Folgeeinrichtungen. Es sind viele Bungalows dazwischen, und die Mehrfamilienhäuser sind meistens zwei-, gelegentlich auch dreistöckig. Das Haus der Kibbys habe ich schnell gefunden, es hat eine neue Haustür mit der Hausnummer und einem ziemlich seltsamen, fast schauerromantisch anmutenden Namensschild aus Holz, auf dem die dürren Ästchen der Buchstaben irgendwie hoffnungsvoll den Namen KIBBY bilden. Ich betrachte es einen Moment und spüre, wie meine Schultern in nervöser Vorfreude zittern.

Ich reiße mich zusammen und klingele.

Mrs Kibby, oder Joyce, wie sie sagte, macht mir auf. Sie ist eine spindeldürre Frau, und ihr Gesicht besteht nur aus spitzen Winkeln. Ihre Augen sind wie seine, groß und gehetzt. Ich habe kaum Zeit, die Eindrücke, die Gerüche und Geräusche des Kibby'schen Haushalts in mich aufzunehmen, doch mein erster Eindruck ist der, als wäre ich in einem Gebäude mit Publikumsverkehr, etwa im Lesesaal einer Fachbücherei oder im Wartezimmer eines Zahnarztes. Es ist das typische Wohnhaus aus der Sozialen-Wohnungsbau-Zeit zwischen den Weltkriegen, mit niedrigen Decken und den Türen von dieser Sorte, bei der das Weiß immer leicht zu vergilben scheint, magnolienfarben fast. Die Tapete ist zartblau mit einem gelben Blümchenmuster, das manche gerne »rustikal« nennen. Auf dem Boden liegt ein ausgesprochen geschmackloser blau-grün gemusterter Teppich, aber die Qualität fühlt sich beim Drüberlaufen ganz passabel an.

Mrs Kibby führt mich in die Küche, setzt den Teekessel auf und bittet mich, Platz zu nehmen.

– Wie geht es ihm?, frage ich im Flüsterton.

– Ach ja, natürlich ..., sagt Mrs Kibby. – Springen wir mal kurz rauf. Könnte sein, dass er ein bisschen komisch ist, wissen Sie? Er hat es nicht gerne, wenn Leute ihn so im Bett sehen ...

– Keine Sorge, sage ich gelassen, doch dabei schlägt mein Herz schon höher vor lauter Vorfreude. – Ich rege ihn nur ungern auf, deswegen stecke ich nur mal schnell den Kopf zur Tür rein.

Kibbys Zimmer oben stinkt dermaßen nach Krankheit und Verfall, wie ich es noch nie erlebt habe. Der Geruch ist ebenso künstlich wie animalisch, eine Mischung aus muffigen Chemikalien und verwesendem Fleisch. Ich höre Kibby im Halbdunkel stöhnen, als seine Mutter gurrt: – Mr Skinner ist da ...

Mir wird so übel vor Unbehagen und Aufregung, dass ich gezwungen bin, mich mit aggressiven Gedanken auf Vordermann zu bringen, und denke, wie kann die faule Schwuchtel da einfach in der Pofe liegen, während echte Kerle draußen ihren Mann stehen.

– Ich kann nich reden ... hau ab, bitte, sagt er mit einem Laut zwischen Grunzen und Stöhnen, während ich schadenfroh die Star-Trek-Poster und den Star-Trek-Lampenschirm betrachte. Ein Laptop steht auf dem Bett neben ihm. Da hat sich die Drecksau doch bestimmt gerade Pornoseiten angeguckt!

– Junge, sprich doch nicht so mit Mr Skinner, er ist extra hergekommen, um nach dir zu sehn!, stammelt seine Mutter und guckt mich entschuldigend an.

Wenn er n Hund wär, müssten wir die Fotze wohl erschießen!

– Hau ab ..., keucht Kibby.

Joyce Kibby beginnt vor Aufregung zu blubbern und zu zittern, und ich muss ihre beiden flatternden Hände nehmen und die arme Frau aus dem Schlafzimmer führen. Aber als wir in der Tür sind, drehe ich mich noch mal um und flüstere in gepresster Eindringlichkeit. – Ist schon in Ordnung, Kumpel. Aber wenn es irgendwas gibt, was ich tun kann, egal was ...

Aus dem Bett hört man wieder ein leises Knurren. Jetzt fällt mir wieder ein, wo ich dieses Geräusch schon mal gehört habe. Als Kind hatte ich eine Katze, Macy. Macy wurde von einem Auto angefahren und war mit gebrochenen Hinterbeinen unter einen Strauch im Park auf der anderen Straßenseite gekrochen. Als ich versuchte, das arme, kleine Biest rauszuholen, ist die echt wild geworden; es war nicht das Fauchen einer Katze, sondern eher das dunkle Knurren eines Hunds und hatte mir eine Scheißangst eingejagt.

Ich geleite die erschütterte Joyce Kibby wieder nach unten in die Küche und drücke sie auf einen Stuhl, doch sie springt gleich wieder auf und besteht darauf, frischen Tee zu machen.

– Ich versteh das nicht, Mr Skinner. Er war immer so ein netter Junge. Und jetzt hat er sogar den jungen Ian, der immer sein bester Freund war, irgendwie vergrault. Ich bin dem Jungen neulich beim Einkaufen begegnet, und er ist nicht mal stehen geblieben und hat Hallo gesagt!

– Vielleicht liegt das in der Natur der Erkrankung, meine ich verständnisvoll, – eine Art von Wesensänderung, eine psychische Degeneration, die mit dem physischen Verfall einhergeht. Auf der Arbeit ist auch schon aufgefallen, dass er viel empfindlicher geworden ist als früher.

– Wesensänderung, sagt Joyce Kibby sinnend und stellt mir eine Tasse Tee hin. – Das beschreibt es ganz gut, Mr Skinner.

– Immer noch nichts Neues von den Ärzten?

– Dieser Dr Graigmyre weiß gar nichts, stößt Joyce Kibby verbittert hervor. – Ich meine, er ist ja nur Allgemeinmediziner, aber wir haben auch jeden Spezialisten aufgesucht, den es überhaupt gibt …, erklärt sie, doch in dieser warmen Küche schweifen meine Gedanken ab, bis sie sich wieder meine volle Aufmerksamkeit sichert, indem sie eine Bombe platzen lässt. – Sie alle sind so verständnisvoll gewesen, doch jetzt ist es vorbei. Er kann nicht mehr. Wir müssen zur Personalabteilung gehen und ihn aus gesundheitlichen Gründen in Frührente schicken lassen.

Mir ist sofort ganz schwach und flau. Es ist viel zu viel Milch im Tee. – Aber … er ist doch noch ein junger Kerl … er kann doch nicht in Rente … das geht doch nicht …

Joyce Kibby lächelt und schüttelt traurig den Kopf. Sie sieht mir direkt ins Gesicht, und ich sehe, dass sie glaubt, es machte mir wirklich etwas aus. Als wäre ich auch so aus der Fassung wie sie alle … und die Sache ist … das bin ich verdammt noch mal auch.
– Das ist die einzige Lösung, fürchte ich, erwidert sie ernst.

– Aber wie kommen Sie dann zurecht?, frage ich und höre meine eigene Stimme schon im Voraus ganz dünn und entrückt werden. Ich versuche mich zu etwas mehr Kaltblütigkeit zu zwingen: – Sie erwähnten doch, dass Ihre Tochter studiert … Sie klangen am Telefon so besorgt.

– Tut mir Leid, da war ich wohl etwas hysterisch, entschuldigt sich Joyce mit kläglichem Lächeln.

– Aber gar nicht!, erwidere ich, laut und kläglich.

Aber die Frau redet weiter, vollkommen unempfänglich für meinen Schmerz, in dem morbiden Hochgefühl eines Menschen, der gerade eine schlimme, aber unumgängliche Entscheidung getroffen hat. – Neulich abends haben wir uns alle zusammengesetzt und das vernünftig besprochen. Ich weiß, Caroline studiert, aber sie hat eine Arbeit als Kellnerin für abends gefunden, da kann sie nächste Woche mit ein paar anderen Studentinnen zusammenziehen. Wir haben ein bisschen was zur Seite gelegt, um ihre Studiengebühren zu bezahlen. Ich werde mich um Brian kümmern. Ich gehe diese Woche zum Sozialamt und mir die entsprechenden Broschüren holen, um mich über Pflegezuschüsse und -beihilfen zu informieren.

Ich öffne den Mund und will etwas sagen, bleibe aber stumm: Mir fällt einfach nichts ein, was ich sagen könnte.

– Um ehrlich zu sein, bin ich ganz froh, dass sie auszieht. Hier ist nicht der richtige Ort für ein junges Mädchen. Joyce Kibby schüttelt traurig den Kopf. – Früher ging es hier immer so fröhlich zu. Als mein Keith ... Sie schluckt und tupft sich mit einem Taschentuch die Augen.

Ich fühle ein schreckliches Verlangen, ein schmerzliches Bedürfnis, zu *helfen* ... oder will ich mich ihr nur unentbehrlich machen, damit ich mich an Kibbys Siechtum weiden kann? Doch da bin ich schon an der Seite seiner Mutter, hocke auf der Lehne ihres Stuhls und habe den Arm um ihre schmalen, eingefallenen Schultern gelegt. – Na, na, na, ist ja schon gut ... murmele ich, obwohl mich ihre Körperhaltung irritiert, so total zusammengesackt. Am liebsten würde ich ihr mein Knie in den Rücken stemmen und ihre Schultern nach hinten ziehen. Sie verströmt einen komischen Geruch, und ich frage mich, wie es um ihre körperliche Hygiene bestellt ist, dann stehe ich auf und reiße mich los.

– Sie sind so freundlich, Mr Skinner, schluchzt sie in voller Überzeugung.

Ich muss nun an meine eigene Mum denken, wie fremd wir uns geworden sind, dass mein Bedürfnis, mehr über meinen Vater zu erfahren, uns auseinanderbringt. Aber ich werde nicht noch mal hingehen und sie besuchen, nicht, bevor ich nicht meinen Dad getroffen habe.

– Es tut mir Leid, aber ich sollte nun wirklich wieder zurück ins Büro.

– Selbstverständlich ... Joyce Kibby lässt meine Hand endlich los. – Ich weiß Ihr Kommen wirklich zu schätzen. Haben Sie vielen, vielen Dank, Mr Skinner.

– Danny, bitte, sage ich mit so viel Überzeugung und Nachdruck, dass mir angst und bange wird.

So verlasse ich dann das Häuschen der Kibbys in der Featherhall-Siedlung in Corstorphine verdrießlich und beunruhigt, dabei hatte es die Stunde meines Triumphs werden sollen. Dennoch, Kibby ist Geschichte: Den wird keiner mehr angucken, die verfettete, kranke Fotze, lebt allein zu Haus bei seiner Mutter. Hat noch nie im Leben gefickt und ist komplett arbeitsunfähig. Alles wegen mir! Fall erledigt!

Trotzdem spüre ich eine seltsame Niedergeschlagenheit. Alles verändert sich. Kibby kann mir das nicht antun! Wie soll ich den Kontakt halten, um mitzuerleben, was meine Macht bei ihm bewirkt? Ich … ich kann ihn nicht verlieren. Ich habe doch sonst schon alles verloren, und einen Dad hab ich gar nicht erst gehabt. Aus irgendeinem Grund darf ich Brian Kibby nicht verlieren! Aber er wird das doch bestimmt nicht durchziehen und den Job schmeißen! Das ist doch alles, was er hat! Er ist alles, was ich habe …

Nein, wir wollen hoffen, er überlegt es sich noch mal, und vielleicht helfe ich ein bisschen nach, indem ich mir ein paar ruhige Abende mache. Im Filmhouse startet eine Fellini-Retrospektive, außerdem muss ich mir endlich mal die gesammelten Gedichte von MacDiarmid vorknöpfen, die ich letztes Jahr gekauft hab; eine Schande für einen Schotten, den Scheiß nicht mal in Grundzügen zu kennen. Ich hatte die Lust verloren, als ich rausfand, dass der Junge eigentlich ganz anders hieß. Fotzen, die ihren Namen ändern, haben immer was Dubioses. Aye, und ich hol mir vielleicht ein paar neue DVDs, gönne dem armen Brian Kibby eine Atempause.

24
Private Festivitäten

Der Sommer ist verstrichen, das Festival kam und ging. Wie so viele Einheimische hasste es auch Skinner, wenn es losging. Begeisterte Amateure irritierten ihn; sie stören den professionellen Trinker nur, sie okkupieren Sitzplätze in den Pubs und versperren den Zugang zur Theke. Taxis, die man sonst problemlos stoppen konnte, damit sie einen schnellstens zur nächsten Pinte brachten, rasten vorbei, voll mit Ortsfremden, die zu irgendeiner Aufführung wollten. Dennoch neigte Skinner auch dazu, das Ende des Festivals zu betrauern, da mit den Menschenmassen auch verkürzte Sperrstunden und ungezählte Fickmöglichkeiten kamen.

Aber all das hatte er sich entgehen lassen und allein mit seinen DVDs zu Hause gesessen; der neue *Planet der Affen* hatte ihn veranlasst, sich auch noch die alten Originale in einer Triple-DVD-Box zuzulegen und anzuschauen. Er sah sich die ersten drei Staffeln der *Sopranos* an und war nach einem Fernsehmarathon am Wochenende fast komatös vor Übermüdung; an einem anderen Samstag versuchte er, sich die komplette erste Staffel von *24* in Echtzeit anzusehen, und nickte in der sechzehnten Stunde weg. Abgesehen davon hatte er ja noch die Literatur; besonders bewegten ihn die romantischen Verse von Byron und Shelley. Wenn er nach dem Festival rausging, sagte er sich, würde er auf die angestammten Bastionen und Enklaven der hartgesottenen Kampftrinker zurückgeworfen werden, mit dem üblichen sich daraus ergebenden Kleinkrieg und Gezänk.

Das konnte zu viele neue Narben für Brian Kibby bedeuten.

Das Schlimmste war, dass der Winter unmittelbar vor der Tür stand. Aber Danny Skinner hatte beschlossen, einfach im Haus zu bleiben. Er ernährte sich bewusster, und da er gelesen hatte, dass die Leber ein Organ war, das sich wieder regenerieren konnte, trank er zur Unterstützung dieses Vorgangs nun regelmäßig Mariendistelsaft.

Er hatte vorbildliche Disziplin bewiesen; er hatte es sogar geschafft, in seinem Schlafzimmer einen neuen Kleiderschrank mit Schiebetüren zusammenzubauen. Aber je mehr Tage seit Brian Kibbys erstem Fehlen auf der Arbeit dahingingen, desto mehr beunruhigte es Skinner, dass er nichts mehr von seiner seltsamen Heimsuchung hörte.

Wie ging es dem kleinen Bastard? Mittlerweile müsste er doch wieder fronttauglich sein.

Aber immer noch kein Kibby, obwohl Skinner sich in Enthaltsamkeit geübt und von Pubs, Alkohol und den Drogen Abstand genommen hatte, abgesehen von ein paar lächerlichen Dosen Bier an einem Sonntag, als das Edinburgher Lokalderby im Fußball auf Setanta lief.

Kibby ist bestimmt bald wieder da!

Dann, eines schrecklichen Spätnachmittages, bat Bob Foy Skinner in sein Büro und erklärte ihm, nun sei es offiziell. Die Personalabteilung hatte eine Frühpensionierung aus gesundheitlichen Gründen ausgearbeitet. Brian Kibby würde aus dem Dienst ausscheiden!

Nein!

Das darf doch nicht wahr sein!

Wie kann Kibby mir das nur antun?

Er hatte sich angewöhnt, Kibby als Spiegel seiner selbst zu betrachten, als Road Map seiner Sterblichkeit. Aber die Häme auf Foys Gesicht erzählte ihre eigene Geschichte. Skinner war sprachlos: Er nickte bloß und ging zurück in sein Büro, um von dort aus einen verzweifelten Anruf bei Joyce zu tätigen, die er regelrecht anflehte, Brian möge es sich doch noch mal überlegen.

– Oh ... vielen Dank für Ihre Unterstützung und Hilfe, Mr Skinner ... Danny ... aber unser Entschluss steht. Sich einmal dazu durchgerungen zu haben, macht vieles schon leichter.

Brians Zustand hat sich in den letzten paar Wochen so gebessert, seit er nicht mehr die Arbeit im Kopf hat.

Nein!

NEIN.

Alle in der Abteilung waren perplex, warum gerade Danny Skinner, der Brian Kibby immer so getriezt und gemobbt hatte, nun so betroffen über dessen Pensionierung war. – Danny ist gar nicht so oberflächlich, erklärte Shannon McDowall Liz Franklin, einer neuen Inspektorin. – Nach außen wirkt er wie ein Spaßvogel, aber tief in seinem Innern ist er wirklich betroffen.

Und das war er auf seine eigene seltsame Art tatsächlich, denn Danny Skinner verfiel in tiefe, bittere Niedergeschlagenheit. Seine Welt brach zusammen. Es schien ja nun so, als gäbe es für ihn keine Aussicht mehr, Brian Kibby weiterhin zu sehen.

Ich muss Kibby sehen.

Und bis dahin werd ich ihm zeigen, was es bedeutet, sich mit mir anzulegen! Dem kleinen Warmduscher werde ich richtig Grund zum Jammern geben!

Und so stattete Skinner einem Dealer namens Davie Creed einen Besuch ab und erstand zwei Gramm Kokain. Creedo hatte außerdem ein paar Gramm aufgebacken, also rauchten sie noch was, und Skinner machte sich umfassend frisch. Da er ein exzellenter Kunde war, hatte Creedo am Schluss noch ein paar Smarties gratis obendrauf gegeben. Schon bald schwankte Skinner verstrahlt durch die Stadt, streifte durch ein paar Pubs, bis er einige Bekannte traf und sie alle zusammen in einen Nightclub gingen. Danach gab es noch eine Privatparty oben in Bruntsfield, auf der es so viel Alk gab, wie Skinner noch nie zuvor gesehen hatte.

Wahrscheinlich war das alles Zufall; ich hab mir das alles bloß vorgemacht.

Er schnappte sich eine Flasche Absinth und goß ihn sich unter den ungläubigen Blicken und staunenden Lauten der Umstehenden in großen Zügen hinter die Binde.

Ann. Schon der Name suggerierte Zuverlässigkeit. Loyalität. Jemand, auf den man sich verlassen kann, der einen niemals im Stich lassen würde. Ja, sie lag immer noch ganz weit vorn. Muffy war riskant.

Brian Kibby blieb in seinem Zimmer und saß fast immer an seinem Laptop, spielte oder surfte im Netz. Die Anfälle hatten aufgehört, aber noch immer fühlte er sich kränklich, entkräftet und niedergeschlagen. Auf einen Berg von Kissen gestützt lag er im Bett, das iBook an seiner Seite. Er war nicht in der Verfassung, rauszugehen oder jemanden zu treffen, und hatte sich jeden Besuch verbeten. Fat Gerald ließ sich davon allerdings nicht beeindrucken und rief ihn permanent auf dem Handy an, um schadenfroh Lucys neuste amouröse Abenteuer preiszugeben. Das nahm Brian derartig mit, dass er irgendwann gar nicht mehr abnahm, doch dann ging es weiter per SMS-Botschaften, und er konnte nicht widerstehen, sie zu lesen. Mit roten Augen, die ihm wie glühende Kohlen im Schädel brannten, starrte er auf die aktuelle hämische Nachricht:

Aviemore andres kaliber lucy schluss mit angus aber hat ken rangel. Der alte fuchs! KI nutte gewd, lässt jeden ran mit ihr rumgemacht in disco aber nix weiter – will mir nix fangen! Ken und ich fertig mit hyp-hykers – grampians-führer, schick dir einen!

Kibby zappelte vor Unbehagen in den Kissen, die seinen Rücken stützten, und löschte die Nachricht.

Der Wanderführer war meine Idee! Ken und ich wollten ihn zusammen machen ... und Lucy ... er könnte ja ihr Vater sein! Die dreckige versaute kleine Nutte!

Kibby ging hastig wieder online und suchte auf Pornoseiten so lange herum, bis er ein Mädchen mit Goldrandbrille gefunden hatte, das Lucy ähnlich sah. Sie hieß Helga oder so und hatte einen skandinavischen Akzent. Ihr Stimmchen fiepte dünn aus den Laptoplautsprechern. Kibby drehte schamhaft den Ton runter und masturbierte dann mit aller Heftigkeit, die sein geschwächter Körper zuließ.

Hätte die kleine Dreckssschlampe flachlegen sollen ... die wollte es doch ... alle anderen durften dran ... dreckige kleine Nutte ... argh ...

Mit dem Abspritzen schien noch mehr seiner spärlichen Lebenskraft auszulaufen. Er starrte hoch an die Decke, während sich in ihm eine düstere Leere breitmachte. – Tut mir Leid …, flüsterte er.

Noch ein schwarzes Kreuz …, ich hatte mich doch so gut im Griff … wie konnte ich bloß so schwach sein …

Er griff wieder nach der Krawatte und band seine rechte Hand nach kurzem Zögern fest an den Bettrahmen.

Aber in dieser Nacht ließ ihn jemand für seine Schwäche wirklich büßen. Er erwachte schwitzend und unter den mörderischsten, qualvollsten Schmerzen, die er je im Leben gehabt hatte.

Joyce Kibby, die von den entsetzlichen Schreien wach geworden war, stand auf und warf sich mit pochendem Herzen ihren Morgenmantel über. Sie rannte zum Schlafzimmer ihres Sohnes und schrie: – Brian! Sie knipste die Deckenlampe an, doch nach einem kurzen, schwächlichen Aufflackern erlosch die Glühbirne gleich wieder. – Brian!, schrie Joyce noch einmal.

Aus der Dunkelheit kam keine Antwort, nicht der geringste Laut. Als sie hinlief und die Nachttischlampe anknipste, fand sie ihren Sohn gelb angelaufen und kaum noch atmend. Aus irgendeinem Grund war eine seiner Hände an den Bettrahmen angebunden. – Was ist passiert, Junge, deine Hand …?

Joyce merkte, dass er nicht in der Verfassung war zu antworten, eilte die Treppe hinunter und rief den Rettungswagen, dann hastete sie wieder nach oben. – Halt durch, sie sind schon unterwegs, flehte sie, während Brian leise wimmernd dalag und ihm Schweiß aus jeder Pore drang. Sie knotete seine Hand los, hielt sie dann fest und fühlte seinen schwachen Puls. Sie hatte keine Ahnung, wie lange sie dagesessen hatte, bis die Sanitäter kamen und seinen schweißnassen, massigen Körper auf einer Bahre nach unten und durch den schmalen Vorgarten in den Rettungswagen trugen. Die frische Luft schien Brian Kibby etwas zu beleben, denn er jammerte: – Ich hab das Gefühl, ich hab alle im Stich gelassen …

Joyce umklammerte den aufgedunsenen Körper ihres Sohnes mit ihren dünnen Armen. – Sei nicht albern, Junge, wir lieben dich doch. Wir haben dich immer geliebt … du bist doch mein lieber Kleiner, weinte sie. Seine Haut war so schrecklich gelb, und er klagte über fürchterliche Schmerzen, als schlüge ihm jemand ein Beil in den Rücken.

25
Meat City

Foys Steakmesser glitt durch die kurz gebratene Leber. Er führte seine Gabel zum Mund und ließ sich das zarte Fleisch auf der Zunge zergehen. Geschmack und Konsistenz erinnerten an die Süße von Honig. Foy schloss seine Hand um ein Glas mit einem befriedigend robusten Napa Valley Cabernet Sauvignon und ließ sich die Blume in die Nase steigen. Es waren Momente wie dieser, die dem Abteilungsleiter das Leben lebenswert machten – alle Sinne im Dienste der hohen Kunst, ganz für den Augenblick zu leben. Sie waren ihm unbezahlbar. Aber so gerne er es auch wollte, die Bombe, die sein ihm gegenübersitzender Freund platzen ließ, konnte er nicht ignorieren.

– Ich meine es ernst, Bob, sagte Skinner, etwas in seiner Aktentasche auf den Fußboden suchend.

Foy stellte das Glas wieder ab, seufzte und ließ seine Maske der Zufriedenheit fallen. Gewichtiger Ernst drängte unbarmherzig in das entstandene Vakuum und zog seine Gesichtszüge massiv nach unten. – Danny … genau so geht es mir auch jeden Tag. Schlafen Sie doch wenigstens noch mal eine Nacht drüber.

Als hätte er gar nichts gesagt, fischte Skinner einen Umschlag aus seiner Aktentasche. – Hier steht alles drin.

Foy legte die Stirn in Falten, schob die Unterlippe vor und nahm den beigefarbenen Umschlag auf, den Skinner vor ihm auf den Tisch geworfen hatte. Er machte ihn auf und las den darin befindlichen Brief. – Gott, Sie meinen es wirklich ernst, sagte er schließlich. – Sie kündigen tatsächlich. Ich nehme an, Sie haben Cooper bereits eine Kopie zukommen lassen?

– Heute Morgen, erwiderte Skinner gelassen.

– Aber warum? Foy war fassungslos. – Sie sind doch gerade erst befördert worden.

Was soll ich ihm sagen? Etwa so was wie, ›Es gibt Milliarden von Menschen auf diesem Planeten, und ich bin es etwas leid, immer denselben zwei, drei Dutzend Arschlöchern zu begegnen.‹ Das könnte er persönlich nehmen.

– Um zu reisen. Was von der Welt zu sehen, entgegnete Skinner nüchtern, bevor er konkretisierte: – Ich will nach Amerika. Da wollte ich schon immer hin.

Foy zog die Unterlippe ein und runzelte konzentriert die Stirn. – Nun, Sie sind ein junger Kerl und schon eine ganze Weile hier. Es ist nur natürlich, dass Sie wegwollen. Versuchen Sie Ihr Glück, sagte er und kaute ein weiteres Stück Leber und spülte es mit Cabarnet Sauvignon runter. Wie um sich noch mal zu bestätigen, was er da gerade genoss, las er erneut das Etikett und vergewisserte sich, dass der Wein tatsächlich von dem Weingut Joseph Phelps stammte, nach seinem Dafürhalten eines der besten in Napa Valley. – Dieser Wein ist hervorragend, befand er und nahm die mittlerweile halb leere Flasche hoch: – Nicht doch ein Schlückchen?

– Nein, ich will mich ein bisschen in Form bringen, sagte Skinner und deckte mit der einen Hand sein Weinglas ab, während er mit der anderen sein Glas mit San Pellegrino-Mineralwasser an den Mund führte. – Die Kippen hab ich auch gestrichen.

– Es ist doch ein besonderer Anlass. Na los, kommen Sie, drängte Foy, – das wird Ihnen schon nicht schaden! Sehen Sie sich den kleinen Kibby an, ein Abstinenzler, und jetzt braucht er eine neue Leber. Das beweist doch bloß, dass all dieses Gesundheitsgerede dummes Zeug ist. Es kommt nur auf die Gene an. Wenn Ihr Name draufsteht, steht er nun mal drauf, meinte er und nahm sich eine weitere Gabel mit sautierter Leber.

Skinner sah Foy grimmig an; ihm fielen ein paar Zeilen ein, die er seinem Kollegen genüsslich vortrug: – *Wein lässt die Leber faulen, Fieber lässt die Milz anschwellen, Fleisch lähmt den Magen, Staub rötet das Auge.*

– Was ist denn das für ein Scheiß?

– Aleister Crowley. Und er hat nicht unrecht.

– Man lebt nur einmal, sagte Foy und erhob sein Glas. – Aber ihr Papisten glaubt natürlich, ihr landet später an einem besseren Ort!

– Ja, den nennt man Kalifornien. Skinner prostete Foy mit dem Mineralwasser zu und dachte, dass er unbedingt hier weg und all diese Trinkanlässe hinter sich lassen musste. Sie lauerten überall; diese Erwartung, dass man jedes Mal, wenn man mal das Haus verließ, Alkohol zu sich zu nehmen hatte. Es war so natürlich wie das Atmen.

Und er liegt da, am anderen Ende der Stadt, in Little France in seinem Krankenhausbett, in das ich ihn gebracht habe, und kämpft um sein Leben. Jetzt muss ich an seiner Seite kämpfen. Ich muss ihm beistehen. Das ist das Grausamste überhaupt, das, was sie einem nicht erzählen, dass man bei einem derartigen Fluch untrennbar mit dem anderen verbunden ist. Dass man irgendwann die Verantwortung für den anderen hat. Aus einem echten Feind wird so etwas wie eine Ehefrau, ein Kind oder ein pflegebedürftiger Elternteil. Dann beherrscht er plötzlich dein ganzes beschissenes Leben, man wird die Fotzen nie wieder los.

Die vielen Gelegenheiten, sich zuzudröhnen: Sie brachten Kibby um. Aber hier war man nun mal in Edinburgh, Schottland. Eine kalte Stadt an der Peripherie Europas, wo es die meiste Zeit des Jahres früh dunkel wird, viel regnet und grau ist, dachte er düster. Schimpft sich eine Hauptstadt, doch die wichtigen Entscheidungen für ihre Bewohner werden immer noch viele Meilen entfernt getroffen. Perfekte Rahmenbedingungen für selbstzerstörerische, exzessive Saufgelage, dachte Skinner. Ja, er musste hier weg.

Als er nach Hause kam, setzte er sich an den Küchentisch. Von Emotionen überwältigt, schrieb er einen Brief an seine Mutter:

Liebe Mum,
es tut mir Leid, dass ich betrunken war, als ich Dich nach meinem Vater gefragt habe. Als ich das letzte Mal bei Dir vorbeikam, wollte ich mich eigentlich dafür entschuldigen, aber dann war Busby da, und ich glaube, Du selbst hattest auch etwas getrunken, es war einfach nicht der passende Moment. Zwischen uns hat es in letzter Zeit nicht gestimmt, aber ich möchte, dass Du weißt, wie sehr ich Dich liebe.

Ich habe beschlossen, Dich nicht noch mal nach meinem Vater zu fragen. Ich respektiere, dass Du aus Gründen, die ich wohl nie verstehen werde, entschieden hast, diese Information für Dich zu behalten. Aber Du solltest umgekehrt auch wissen und akzeptieren, dass ich Klarheit haben muss. Ich habe mich damit abgefunden, dass ich dabei nicht auf Deine Hilfe zählen kann.

Ich weiß noch nicht alles, aber ich komme der Sache näher. Ich habe mit De Fretais gesprochen, mit Old Sandy, und versucht, ein paar von den alten Punks aufzuspüren. Jetzt reise ich nach Amerika, um Greg Tomlin zu finden.

Wenn Du mir noch etwas mitteilen möchtest, melde Dich bitte bis nächsten Donnerstag, denn dann fliege ich in die Staaten.

Ich möchte, dass Du weißt, dass Du mehr für mich getan hast als jede Familie mit beiden Elternteilen, und dass mein Wunsch, meinen Vater kennen zu lernen, nicht bedeutet, dass ich Dich und was Du für mich getan hast, nicht zu würdigen weiß. Außerdem kannst Du Dich darauf verlassen, dass, wie auch immer Deine Beziehung zu meinem Vater war, nichts meine Liebe zu Dir schmälern kann.

Für immer Dein Junge,

Danny.

Er steckte den Brief in einen Umschlag und ging hin, um ihn ihr durch den Briefkastenschlitz zu stecken. Aber dann wollte er nicht riskieren, ihr im Treppenhaus zu begegnen, daher ging er zu Bevs Friseursalon und steckte ihn dort in den Kasten. Morgen früh würden sie ihn zwischen den ganzen Rechnungen und Werbezetteln der Takeaways aus der Umgebung finden.

Zwischen scharrenden und protestierend kreischenden Vögeln lief er die Bernard Street entlang: Die Restaurants hatten Berge von Abfällen draußen stehen, und die Müllabfuhr hatte sich verspätet. Dicht neben den nervösen, streitlustigen Möwen hatte eine ölig-blauschwarze Krähe ein großes Stück Leber ergattert und hackte daran herum.

Als er zu einer neuen Café-Bar kam, ging er hinein, setzte sich mit einem Mineralwasser mit Limettensaft in eine Ecke und versuchte, die *Evening News* zu lesen, war jedoch zu sehr mit seinen eigenen Dramen befasst. Seine geheimen Erwägungen befassten sich mit San Francisco, wo die Sonne schien, man gerne im Freien war, bewusst und gesund lebte. Man konnte bestimmt tolle Sachen dort machen, Sachen, bei denen Alkohol keine Rolle spielte. Wie konnte Edinburgh da mithalten? Außerdem war Greg Tomlin in San Francisco, der Spitzenkoch, von dem Skinner allmählich glaubte, er könnte tatsächlich sein Vater sein.

Ich hasse das Krankenhaus: die Schwestern, die Ärzte und die fröhlichen Pfleger mit ihrem Herumgealbere. Ich hasse sie alle. Die haben nichts drauf, keiner von denen. Meinen Dad haben sie hier abnippeln lassen, in diesem neuen topmodernen Krankenhaus, in diesem Laden, der schon für den Arsch war, bevor er überhaupt eröffnet wurde, genau wie unser Parlament oder unser Hogmanay-Straßenfest, die auch nie was geworden sind. Irgendwie schafft es keiner, so zuverlässig und spektakulär zu versagen wie wir. Das ist das Einzige, worin wir uns auszeichnen.

Jetzt liegt mein Bruder hier drin, und sie kriegen wieder nichts auf die Reihe. Ihr ganzes Wissen und ihr Getue und was dabei rauskommt, sind gleich null. Machen wir uns doch nichts vor, unserem Brian geht es dreckig, und jetzt heißt es, sie suchen eine Spenderleber für ihn. Aber bemühen sie sich wirklich? Suchen sie weiträumig genug? Würden sie gründlicher suchen, wenn wir reich wären? In größerem Umkreis? Vielleicht finden sie keine, und selbst wenn, vielleicht verläuft die Transplantation nicht erfolgreich. Und würde diese Krankheit die neue Leber nicht genauso angreifen wie die alte?

Mein großer Bruder wird sterben. Ich schaue ihn an und sehe sein aufgedunsenes, gelbliches Gesicht, höre den dünnen Ton seiner schwachen Stimme. Die Lider gehen auf und zu, Leben-Tod-Leben-Tod-Leben, immer hin und her. Und dann ist da dieser durchdringende Geruch; es stinkt nach Tod. Ich weiß noch, wie dieser düstere Mief aus allen Poren der Haut meines Vaters kam. Ich weiß es, ich spüre es. Und meine Mutter, meine arme Mutter, macht alles noch mal durch, was sie bei Vater durchgemacht hat. Ihre Welt bricht ihr weg.

Beten ist das Einzige, was sie noch tut. Wenigstens scheinen diese unheimlichen amerikanischen Jungs nicht mehr zu kommen. Aber sie geht immer noch jeden Tag in die kleine Kirche auf dem grasbewachsenen Hügel. Dieser Ort, der mich jeden Sonntag meiner Kindheit zu Tode gelangweilt hat, wenn ich wach wurde und mir das Grauen beim Gedanken, dass wir hingehen würden, beinahe die Schädeldecke sprengte. Jetzt rennt sie zusätzlich auch noch zu dieser Presbyterian Free Church in der Stadt, dem Verein, dem sie als junges Mädchen in Lewis angehörte.

Manchmal versuche ich sie daran zu erinnern, dass die Ärzte Brian kaum noch eine Chance geben. Ich weiß auch nicht, warum; es ist, als ob ich mich seelisch auf den großen Crash einstelle und ihr beizubringen versuche, dass sie mit mir im rasenden Auto sitzt. Mit blindem Gottvertrauen ist es für mich einfach nicht mehr getan, war es wahrscheinlich nie. Aber sie will es ja gar nicht hören, weil Gottvertrauen alles ist, was sie will, alles was sie braucht und wahrscheinlich auch alles, was sie hat. Sie scheint zu glauben, dass Brians Güte und Rechtschaffenheit ihn beschützen werden.

Also lasse ich sie im Gebet und Brian in seinem beunruhigenden Schlaf im Krankenzimmer zurück und gehe in die Cafeteria. Sie bemerken mein Weggehen nicht oder vielleicht doch.

Was suchte sie hier, an diesem Ort der Andacht, was redete sie mit diesem Fremden, diesem Mann, der noch nie eine Beziehung zu einer Frau hatte, zumindest nicht offiziell, und erzählte ihm alles? Und nachdem sie mit der ganzen Geschichte herausgeplatzt war und ihn gefragt hatte, was sie tun solle, wusste sie, dass ihr drei Ave Maria genügen würden, ihr ausreichend Stärke geben würden, um das Geheimnis zu bewahren.

Sie verließ die Kirche St Mary's Star of the Sea, die sie als Kind nur widerwillig aufgesucht hatte, in die sie aber in Zeiten großer Belastung doch immer wieder kleinlaut zurückgeschlichen war. Sie ging die Constitution Street und die Bernard Street hinunter und setzte sich dann an den Shore, und während sie die wunderschönen weißen Schwäne betrachtete, die über das schwarze Wasser glitten, fragte sich Beverly Skinner, was für eine Katholikin und was für eine Mutter sie eigentlich war.

Aber sie hatte ihre Geschichte nun dem Pfarrer erzählt. Heute Abend würde Tina vorbeikommen, sie würden Carlsberg Special und Wodka trinken, Dope rauchen und die Pistols, Clash, die

Stranglers und The Jam hören, bis die arme, alte Mrs Carruthers anfing, mit dem Besenstiel gegen ihre Decke, Bevs Fußboden, zu trommeln; dann würde wieder alles im Lot sein.

Abgang

26
Der operierende Arzt

Prof. Dr. med. chir. Raymond Boyce (Edin) spricht an der Universität Edinburgh vor einer Gruppe Medizinstudenten im letzten Semester.

Für jeden, der ernsthaft das Studium der medizinischen Wissenschaft betreibt und sich zum Mediziner berufen fühlt, gehört es zu den aufregendsten Erfahrungen, einem völlig neuen Krankheitsbild zu begegnen. Doch es kann zugleich eine der schrecklichsten sein. Im Fall von Brian, einem jungen Mann aus Edinburgh, haben wir es mit einem solchen außerordentlichen Phänomen zu tun.

Lassen Sie mich kurz zusammenfassen: Brian ist ein junger Mann, der an einer ungeklärten degenerativen Krankheit leidet, die viele seiner lebenswichtigen Organe befallen hat, insbesondere jedoch die Leber. Wir alle wissen um die zentrale Bedeutung dieses Organs. Eine gesunde Leber reinigt unseren Körper von beinahe hundert Prozent aller Toxine und Bakterien. Eine überforderte und geschädigte Leber gilt als zugrunde liegende Ursache vieler Krankheiten; es gilt mittlerweile als wahrscheinlich, dass ein Großteil aller Krebserkrankungen auf gestörte Leberfunktion zurückzuführen ist. Und angesichts der toxischen Chemikalien, die wir über Lebensmittel, Getränke und sogar die Luft, die wir atmen, aufnehmen; durch Alkohol, Nikotin und Medikamentenmissbrauch – hat die Entgiftungsfunktion der Leber heute mehr zu leisten als je zuvor.

Wir wissen, dass die Leber das einzige Organ des Körpers ist, das sich nach einer Schädigung vollständig regenerieren kann. Das wissen wir bereits seit der Antike. Prometheus, eine Gestalt aus der griechischen Mythologie, wurde zur Bestrafung an einen Felsen geschmiedet, wo ihm während des Tages ein Adler die Leber wegpickte. Über Nacht wuchs sie nach, nur um am nächsten Tag wieder einer Teilresektion durch den Adler unterzogen zu werden. Ein frühes Zeugnis unseres intuitiven Wissens um die Selbstheilungskräfte der Leber. Soweit wir wissen, dauerte es bis Ende des neunzehnten Jahrhunderts, ehe Canalis die erste Leberresektion nach wissenschaftlichen Prinzipien durchführte. Noch mehr als ein Jahrhundert später ist uns der genaue Mechanismus, durch den der Regenerationsprozess in Gang gesetzt wird, unklar.

Im Fall von Brian ist das von untergeordnetem, rein akademischem Interesse. Bei ihm haben wir es mit einer stark vernarbten Leber zu tun – fortgeschrittene Zirrhose. Die Leber ist irreparabel geschädigt, und eine Lebertransplantation ist das letzte Mittel, um sein Leben zu retten.

Eine derart weitreichende Schädigung der Leber ist mir bislang nur in Fällen von extremem, langfristigem Alkoholabusus untergekommen. Und hier handelt es sich um einen jungen Mann, der Nichttrinker ist und Alkohol höchstens in verschwindend geringen Mengen zu sich genommen hat. Ich muss dazu sagen, dass ich angesichts der Unwahrscheinlichkeit eines solchen Krankheitsverlaufs bei einem gesund lebenden Menschen zunächst nicht weniger zynisch reagierte als zahlreiche meiner Kollegen und zunächst einmal davon ausging, der junge Mann gebe sich extremem Selbstbetrug hin. Sie alle wissen, dass dies bei Alkoholabhängigen häufig vorkommt.

Nachdem ich sein Verhalten unter kontrollierten Bedingungen überwacht habe, sehe ich mich jedoch in der Lage, seine absolute Alkoholabstinenz zu bestätigen, während ich zugleich Zeuge der bedauerlichen und unerklärlichen Verschlechterung seines körperlichen Zustands über diesen Zeitraum werden musste. Die ungeheure emotionale Belastung, die diese Krankheit für Brian und seine Familie bedeutet, kann ich ebenfalls bezeugen. Alkoholmissbrauch haben wir als Ursache für Brians Verfall also definitiv ausgeschlossen.

Virusinfektionen sind eine weitere häufige Ursache für Leberschädigungen in den westlichen Gesellschaften. Virale Hepatitis führt, wie Sie als angehende Mediziner wissen, zu einer Zersetzung des Lebergewebes. Allerdings ergab sich dafür bei Brian keinerlei Befund. Das können wir also ebenfalls ausschließen.

Dann gibt es die Kategorie sogenannter Autoimmunerkrankungen der Leber, bei der, einfach ausgedrückt, die weißen Blutkörperchen nicht beziehungsweise nicht nur Bakterien und Viren angreifen, sondern aus irgendeinem Grund auch körpereigene Zellen. Wir haben bereits zahlreiche Tests in dieser Richtung unternommen und gehen dem weiter nach.

Wie in jeder anderen Disziplin gibt es auch in der Medizin, wenn wir nicht weiterwissen, eine Art Allzweckkategorie – nämlich das, was wir so schön wie ungenau als kryptogene Zirrhose bezeichnen. Traurigerweise ist diese Gruppe von Erkrankungen nur an ihren Auswirkungen zu erkennen – dem Untergang des Lebergewebes –, und es gibt nicht viel, was wir Erkrankten in Aussicht stellen können.

Wie unsere Tests ergeben haben, ist Brians Körper besonders in der Zeit, in der es dunkel ist, extremen Traumen ausgesetzt, es ist, als müsste er alle Kräfte zusammennehmen, um eine massive Zufuhr von Toxinen abzuwehren. Die Attacken sind faszinierend, wenn auch äußerst beunruhigend, und unsere zahllosen Tests auf diesem Gebiet werden fortgesetzt, solange der Patient sie verkraftet.

Die Degeneration von Brians Leber macht es jedoch notwendig, chirurgisch einzugreifen. Er befindet sich in unmittelbarer Lebensgefahr; wie ich bereits sagte, ist eine Lebertransplantation unumgänglich, wenn sein Leben gerettet werden soll. Sobald wir einen geeigneten Spender haben, werden wir operieren.

Ich habe bereits ausgeführt, dass Brians restliche Organe durch diesen Zustand schwer in Mitleidenschaft gezogen sind. Wie lange seine Nieren dieser permanenten Belastung standhalten werden, können wir nur raten. Wir versuchen daher, für diese Organe ebenfalls Spender zu finden, und natürlich steht die Dialyse bereit. Zum Glück hat sich sein Zustand seit der Einlieferung in dieses Krankenhaus ein wenig stabilisiert. Wir können nur in Brians Interesse hoffen, dass diese Entwicklung anhält.

27
Siechtum

Als er seine fatale Lage überdachte, bekam Brian Kibby zum ersten Mal richtige Angst: blanke, uferlose Angst. Er bebte derart vor Panik, dass er fürchtete, sich die Seele aus dem Leib zu zittern. Zuerst hatte ihn sein Gesundheitszustand zu sehr deprimiert, um ihm wirkliche Angst zu machen. Danny Skinner und dessen irrationale Abneigung gegen ihn hatten ihn abgelenkt. Nun war er alleine und konnte an wenig anderes denken als an das Schicksal, das ihm beschieden war, während sein Haar ihm wie Nadeln in den Nacken pikste.

Kibby betrachtete die anderen Männer auf seiner Station. Sie waren nicht wie er. Sie waren alt und mehrheitlich auf den ersten Blick als notorische Trinker zu erkennen. Es gab sie in zwei verschiedenen Versionen: entweder so erbärmlich dünn und schrumplig, dass sie aussahen wie zu groß geratene Heuschrecken, oder total aufgedunsen, wie Wale mit Gelbsucht. Und zu denen hatten sie ihn reingesteckt. Wodurch hatte er, ein bis dahin kerngesunder, robuster junger Mann, der ein untadeliges Leben geführt hatte, diesen Fluch auf sich gezogen?, haderte Kibby mit seinem jämmerlichen Schicksal.

Warum nur? Und es war ein Fluch, darin hatte diese verrückte Alte Recht gehabt! Aber wer sollte mich mit einem Fluch belegen? Warum sollte mich irgendwer mit einem Fluch belegen wollen?

Seine verzweifelten Gedanken wurden unterbrochen, als Mr Boyce vorbeikam, um ihm den Ablauf für die angesetzte Operation zu erklären. Nackte Todesangst überkam Brian. Seine blasse, bleiche Hand krallte sich in den Hemdsärmel des Chirurgen, als er flehentlich fragte: – Warum, Doktor? Warum ich?

Raymond Boyce berührte leicht den Rücken von Kibbys Hand, das genügte schon, dass dieser beschämt losließ. – Brian, Sie müssen versuchen, stark zu bleiben, sagte er mit fester Stimme. – Um Ihrer Mutter und Schwester willen, fügte Boyce hinzu, verstimmter, als er sich anmerken ließ, weil man ihn als Doktor tituliert hatte. Als Chefchirurg hörte er nach britischer Tradition streng genommen auf »Mister«.

– Wie? Wie kann ich stark bleiben? Ich hab doch gar nichts gemacht, stöhnte Brian Kibby in seinem abgrundtiefen Elend. – Mit einundzwanzig ist mein Leben schon vorbei. Ich bin noch Jungfrau, Doktor, und das mit einundzwanzig! Ich war auch schon vor dieser Geschichte sehr schüchtern gegenüber Mädchen …

Der Chirurg schüttelte ein Prickeln ab, das ihm in die Wangen stieg, plusterte sich auf und sagte: – Man weiß im Leben nie, was hinter der nächsten Ecke auf einen wartet. Sie dürfen nicht aufgeben!

Als Boyce ihn verließ, dachte Kibby an Lucy, im Speziellen daran, wie er ihr die Träger dieses grünen Kleids von den Schultern streifte.

Elder Clinten und Elder Allen mit ihrem dämlichen Traktat konnten ihn doch am Arsch lecken … Ich kratze hier ab, ich verende, verdammte Scheiße noch mal! Ich will nicht als Jungfrau sterben … die alte Spinatwachtel … der hätte ich's besorgen sollen … aber da gibt's noch jemanden, der es nötig gehabt hätte …

Und vor seinem fiebrigen, jedoch lebhaften inneren Auge waren da nur Lucy und er, zu Fuß unterwegs in den Bergen, sie in dem grünen Kleid, mit hochhackigen Schuhen und einem schweren Rucksack auf dem Rücken, mit dem sie sich abmühte …

Das quälende, knüppelnde Gehuste eines alten Säufers zerriss die stickige, mehrfach umgewälzte Luft auf der Station.

Schnauze, du alter Sack, halt die Luft an und kratz ab, hier sind nur Lucy und ich in den Bergen …

… und sie schwitzte von der Anstrengung in der Sonne. Schweißperlen standen auf ihrer Stirn. Heatherhill war –

Nein.

Nicht Heatherhill.

– Verpiss dich, Angus, geh woanders wandern, zischte Kibby arrogant und schickte Heatherhill seiner Wege, der davonschlich wie ein geprügelter Hund und hinterm Horizont verschwand. Er drehte sich zu der schweißnassen Lucy um. – Drei sind einer zu viel. Schön, dass wir jetzt unter uns sind, was, Schlampe?

– Brian ..., fing Lucy an.

– Aber wie ich höre, stehst du auf Rudelbumsen. Wenn ich fertig bin, kommen Heatherhill und Radden und der fette Gerald vielleicht auch noch dran. Das hättest du wohl gern, was? Dass die Jungs Schlange stehen?

Ihre Augen und ihr Mund wurden wieder groß, als Kibby nach den Spaghettiträgern ihres Kleids griff, die praktischerweise außen neben denen ihres Rucksacks saßen. Er zog sie herunter, und da sie keinen BH trug, sprangen ihre Titten ihn an. Kibby begrapschte sie erst grob ein bisschen, dann ließ er sich plötzlich gegen sie fallen und stellte ihr zugleich von hinten ein Bein. Die Schwerkraft und der Rucksack erledigten den Rest, und sie fiel hinterrücks ins nasse Gras. Ihre langen Beine schlugen aus, aber damit schob sie nur ihr Kleid weiter hoch. Sie trug keinen Slip.

– Das Wandern ist des Müllers Lust, Kibby lächelte, als er seine Hose aufknöpfte und –

Ooooohhhh ... oooooohhhhhhh ...

Er fühlte, wie sein klebriger Abgang in seinen Schlafanzug pumpte und in die Krankenhauslaken und die Matratze durchsuppte.

Scheiß auf die Krankenhauslaken.

28
AA

Ein asthmatischer osteuropäischer Portier geht schwerfällig vor zu meinem Zimmer. Als die Tür aufgeht, bestätigen sich meine Vermutungen, dass ich einen schweren Fehler begangen habe und es hier nicht lange ohne Alkohol oder Drogen aushalten werde. Es sind drei Quadratmeter mit einem fadenscheinigen Teppich, der nach Pisse riecht, einem Waschbecken, einer klapprigen Kommode und einem Bett mit waffeldünner Matratze, die auf urinrostigen Bettfedern knarrt.

Aber diese miefende, rattenverseuchte Matratzengruft ist das billigste Hotel, das ich finden kann. Es ist auf der 6th Street Ecke Market, liegt also wenigstens zentral, wenn auch in einer Gegend voll mit Absteigen und miesen Schnapsläden.

Ich lege mich hin und werde vom Schlaf übermannt. Irgendwie trippig, aber auf die fiese Weise: nichts als banale Scheißträume, in denen ich Busse verpasse, auf der Suche nach Klos bin oder Sportergebnisse in Zeitungen zu entziffern versuche, die in Hieroglyphen geschrieben sind.

Aber am nächsten Tag bin ich frischer, früh auf und raus aus diesem Loch, und schlendere durch die Straßen von San Francisco. Horden von Alkis, Junkies und Verrückten hängen hier rum und versuchen verzweifelt, Blickkontakt herzustellen, um dich in ihre Dramen reinzuziehen, zweifellos mit der Absicht, dich erst gegen eine entsprechende Gebühr wieder aus ihren Fängen zu entlassen. Caelum non animum mutant qui trans mare currunt. Scheiß doch auf die ganze Blase; ich hab genug eigenen Mist am Hals.

Ich gehe zum Mission District und frühstücke in einer Crêperie. Dann gehts nach Castro und Haight-Ashbury, ehe ich wieder die Lower Haight runtermarschiere, wo ich in einem Pub im britischen Stil Station mache, um Pasty und Pommes zu mir zu nehmen. Dann wieder raus, um eingedenk von Kibbys Bedürfnissen einen amerikanischen Diner aufzusuchen und eine Portion gegrilltes Huhn und Salat ohne Dressing zu essen.

Ich stöbere in einem modernen Antiquariat, wo ich eine seltene Ausgabe der frühen Gedichten Arnulf Øverlands in englischer Sprache finde. In Edinburgh hab ich so was verschlungen; zahllose verdrossene Abende hab ich bei einer Flasche Whisky diese Scheißer gelesen und wieder und wieder rezitiert, bis ich mich dann aufraffte, raus in die Nacht, die Clubs, mit großen Plänen. Aber hier in der Sonne Kaliforniens erkenne ich sie als das, was sie sind: recht mitreißende, völkische Verse, deutschfreundlich, so auf der Post-Versailles-man-hat-uns-verschaukelt-Schiene. Seltsamer Gedanke, dass der arme Øverlands in einem KZ geendet ist. Hier kommt das vielleicht nicht besonders, aber zu Hause bestimmt, wo ein anderer Depressiver einen Haufen Geld dafür bezahlen wird. Der Hirni verkauft es mir für drei Dollar: könnte sich lohnen, es bei Ebay einzustellen.

Belebt, weil das Glück mir hold war, suche und finde ich ein Internetrestaurant, das sich Click Ass nennt. Es ist ein Japaner, und obwohl der Schotte in mir nach Tempura lechzt, weil sie so schön in Fett ausgebacken ist, entscheide ich mich für den Sashimi-Proteinstoß. Die junge Bedienung wirkt entspannt, hat schulterlanges Haar und trägt eine Brille, ihr Körper ist rank und schlank. Typen lassen sich immer über die Kurven von Mädchen aus, und klar sind die nicht zu verachten, aber was ich mag, ist eine schöne gerade Linienführung; gerader Rücken, wie bei einem Amateurboxer alter Schule. Und dann noch bei einer Japanerin, das wär doch was. Ich lächle sie an, und ihr Gesicht ist schön wie ein Bild, aber leider ebenso unbewegt.

Als ich meine E-Mails checke, habe ich nichts als Spam und registriere leicht desorientiert, dass ich noch gar nicht so lange aus Edinburgh weg bin, auch wenn es mir nach dem Flug und der Zeitumstellung wie eine Ewigkeit vorkommt. Ich informiere mich über AA-Treffen in San Francisco und finde sie gleich seitenweise, jeden Tag überall in der ganzen Stadt! Ich suche mir eins im Yachthafen aus, weil es ein Nobelviertel zu sein scheint, und machte mich auf den Weg. Ich hatte einfach nicht den Nerv, mir die Geschichten von Tenderloin-Alkis anzuhören. Den Scheiß konnte ich auch in der Junction Street haben. Zumindest haben mir meine Streifzüge einen Eindruck von der Stadt und ihren Bewohnern vermittelt. Die Einwohner von San Francisco lassen sich grob in drei Kategorien unterteilen: Da sind einmal die Reichen (praktisch ausschließlich Weiße) mit Freizeit, ausgewogener Ernährung, Mitgliedschaft im Fitnessklub und Personal Trainer, die im Allgemeinen schlank und sportlich sind. Dann hast du die Armen (normalerweise Latinos oder Schwarze), die eher zu abstoßender Fettleibigkeit neigen, weil sie sich nur den billigen, hoch suchterzeugenden und kalorienreichen TV-Dinner-Fraß leisten können. Und drittens gibt es die Obdachlosen, hauptsächlich Schwarze, zwischendurch aber auch ein paar Latinos und Weiße (allerdings nicht allzu viele), die in der Regel wiederum sehr dünn sind, weil sie sich noch nicht mal den Scheiß leisten können, den die Armen fressen.

Das Meeting findet in einem Laden statt, der wie ein altes öffentliches Gebäude aussieht, eine Bücherei vielleicht, aber ohne Bücher. So was wie ein Bürgerzentrum. Älter als die meisten anderen Gebäude in der Gegend, aber gut instand gehalten. Als ich durch den Flur gehe, fühlt er sich nach Betonboden an, ungewöhnlich für San Fran, wo die Gebäude wegen der Erdbeben üblicherweise aus Holz sind. Rechts und links stehen Topfpflanzen. Durch zwei Schwingtüren komme ich in einen holzvertäfelten Saal voller Leute, die ihre Stühle im Halbkreis aufgestellt haben. Ein Knabe, der aussieht wie aus dem Nahen Osten, dunkles Haar und dunkle Augen, mit dunklen Bartstoppeln, nickt mir zu und deutet mit dem Kopf auf einige freie Sitze. Die anderen nehmen kaum Notiz von mir.

Es sind lauter offensichtlich gut situierte Typen hier, jüngere Führungskräfte, allesamt WASPoid. Der Kerl, der den Vorsitz hat, sieht von allen noch am exotischsten aus. Ich setze mich zwischen einen Knaben im Anzug und so ein Mädchen, das ungefähr in meinem Alter ist. Mir entgeht nicht, dass sie ihr rot-weißes T-Shirt ohne BH trägt. Darauf prangt die Aufschrift GALVANIZE.

Sie hat eine markante Nase, die aus ihrer langen schwarzen Mähne lockigen Haars herausguckt. Bei näherem Hinsehen wirkt sie mediterran, vielleicht sogar lateinamerikanisch. Der Typ ist ein Yuppie von der Stange: kurzes Haar, dunkelblauer Anzug, Brille, blank geputzte schwarze Schuhe. Es wäre ein unglaublicher Schock für mich, wenn ich auch nur ein einziges vernünftiges Wort mit ihm wechseln würde, solange wir beide leben.

Einzelne stehen auf und geben die üblichen Jammergeschichten zum Besten, denen ich nur schwer folgen kann, weil meine Ohren dicht sind, aber ich höre das Mädchen gelegentlich verstohlen »Schwachsinn« oder »Erzähl nix« zischen. Als Junge aus Leith und Sprössling einer Punkrock-Mutter bin ich krankhaft empfänglich für ein solches Betragen. Während der Kaffeepause fällt mir auf, dass sie solo ist, also spreche ich sie an. – Das scheint dich alles nicht sehr zu beeindrucken, was?, sage ich lächelnd.

Sie sieht mich erst mal nur an, setzt den Kaffee an die Lippen und zuckt die Achseln. – Billiger als in der Suchtklinik, das muss man sagen, aber dafür muss man diesen ganzen fundamentalistischen Quatsch ertragen.

– Wie meinst du das?

– Einmal dieses Frömmlerische, aber auch dieser Scheiß von wegen lebenslanger Abstinenz. Ich meine, klar, ich geb zu, dass die Trinkerei bei mir ein bisschen überhand genommen hat. Aber ich werd irgendwann wieder was trinken, wenn ich es erst mal im Griff habe. Ein Drink ist nicht das Ende der Welt.

– Für manche schon, erkläre ich.

– Das ist so ätzend, stöhnt sie. Sie hat ein etwas quadratisches, aber nicht unhübsches Gesicht, und mir gefallen ihre grünbraunen Augen und schmalen Lippen. – Liegt dir wirklich so viel daran, Jesus in dein Leben zu holen?

Ich sehe Kibby vor mir, ans Kreuz geschlagen. Dann denke ich an das Pornovideo von Traynor, *Am Kreuz genagelt*, wahrscheinlich, weil die Kleine ein bisschen wie die Schnecke aussieht, die bei dem Dreier die Freundin von Maria Magdalena gespielt hat, und ich muss unfreiwillig leise kichern. – Ich will den Alkohol aus meinem Leben raushaben, erkläre ich und reiß mich zusammen.

– Tja, dann pass auf, dass dich dafür nicht plötzlich Jesus am

Sack hat, denn so funktioniert das bei diesen Freaks: eine Abhängigkeit durch eine andere ersetzen.

Ja, Jesus, den hatten sie allerdings am Sack in dem Streifen. Genau da ging nämlich einer der Kreuznägel durch. Autsch! Ich schürze meine Lippen und atme scharf aus beim Gedanken daran. – Nicht mit mir, sage ich zu ihr.

– Du musst dich vorsehen, sagt sie und sieht sich verstohlen um.

Ich überlege, dass ich hier drüben Freunde brauche, und nüchtern und weiblich würde schon gut ins Programm passen. – Hör mal. Wo wir gerade bei Abhängigkeiten sind, ich schüttle den Styroporbecher, – der Kaffee hier ist Müll. Hättest du Lust, irgendwo einen genießbaren trinken zu gehen, wenn hier Schluss ist?

Sie zieht die Augenbrauen hoch und sieht mich herausfordernd an. – Willst du mich anmachen?

– Äh – ich bin aus Schottland. Da ist so was eigentlich unüblich ... Ich meine, Menschen verschiedenen Geschlechts können in meinem Kulturkreis auch ohne irgendwelche Hintergedanken gesellschaftlichen Umgang miteinander haben, lüge ich.

Sie macht sich kurz Gedanken über diese gequirlte Scheiße und sagt dann: – Okay, das wär cool. Sie lächelt, und es flattert zaghaft in meinem Bauch. Du Zuckerstück! – Dein Akzent ist echt spitze. Ich war selbst noch nie in Schottland, sagt sie.

– Schönes Land, unbedingt eine Reise wert, behaupte ich in einer selbstgefälligen Aufwallung von Vaterlandsliebe, als das Treffen weitergeht. – Ich bin übrigens Danny.

– Dorothy, sagt sie, als wir zu Runde zwei unsere Plätze einnehmen.

Die Geschichten sind immer noch so verstörend, aber Dorothy und ich schneiden uns gegenseitig zwischendurch Gesichter, meistens wenn aus dem Plenum mal wieder ein besonders abgedroschener Kommentar kommt. Ich kriege nur sehr am Rande mit, was im Rest des Saals vorgeht, bis es in meinem Ohr plopp macht, gefolgt von einem warm feuchten Gefühl, als würde ich bluten. Als ich danach taste, spüre ich, wie mir etwas Warmes, Klebriges auf die Finger trieft. Mir rappelt das Herz in der Brust vor Panik, weil ich fürchte, mein Gehirn könnte auslaufen, aber es ist nur Ohrenschmalz. Ich schmiere ihn unauffällig an die Unterseite des Stuhls. Dann entschuldige ich mich und gehe auf die Toilette, um mir die Ohren und die beschmierte Gesichtshälfte zu waschen, bis ich den wächsernen Geruch endlich los bin. Ich gehe pinkeln, und die Farbe und Konsistenz der Pisse sind wie die vom Ohrenschmalz.

Super-GAU!

Ich gehe verstört wieder rein, aber wenigstens höre ich jetzt, was vor sich geht. Anschließend, nach dem Gebet um inneren Frieden, gehen wir gemeinsam nach draußen. Es sieht so aus, als hätte ich eine neue Freundschaft geschlossen, na wunderbar!

– Hast du ein Auto?, fragt sie.

– Nein, ich bin gestern erst angekommen. Ich hab mir ein Zimmer in einer Absteige auf der 6th Street genommen, verrate ich ihr, was möglicherweise unklug war.

– O Gott, schäbiger geht's aber wirklich nicht, sagt sie und zündet sich eine Zigarette an. – Ich steh gleich da drüben, sie zeigt über die Straße auf ein smartes weißes Cabrio. – Los, verschwinden wir aus diesem Viertel.

Wir steigen ins Auto und fahren los. Dorothys Hakennase ragt aus ihrer schwarzen Zottelmähne hervor.

Ich sehe mir die ganzen Bars auf der 16th Street an, während wir zum Mission District fahren. Jede davon scheint mich mit offenen Armen willkommen zu heißen. Scheiße, ein Glück, dass ich eine ebenfalls genesende Alkoholikerin an meiner Seite habe. – In dieser Stadt einen Parkplatz zu suchen ist abartig, sagt sie mit hoch konzentrierter Miene und ist schon irgendwo reingeflutscht, wo gerade jemand herausgefahren ist. Ich hab noch nie eine Frau so rückwärts einparken sehen.

Beim Aussteigen halten uns Leute von der Socialist Workers Party an, die gegen den Krieg im Irak protestieren. Ich wusste nicht mal, dass es in Amerika eine sozialistische Arbeiterpartei gibt. – Bush ist die Achse des Bösen, kreischt ein kleines, zierliches Mädchen uns an. Ein Kerl neben ihr drückt mir mit ernstem Gesicht ein Infoblatt in die Hand.

– Bush geht schon in Ordnung, sag ich zu ihnen und warte ab, bis sich die Gesichter säuerlich zusammenziehen, ehe ich zur

Pointe komme, – bloß diese Fotze im Weißen Haus kann ich nicht ertragen.

Dorothy schüttelt den Kopf und zerrt mich von den verdatterten Flugblattverteilern weg. – So was kannst du hier nicht bringen, sagt sie, als wir weitergehen.

– Klar kann ich. Ich weiß, San Francisco ist eine liberale Stadt, aber es muss doch trotzdem ein paar Leute geben, die Bush mögen. Ich meine, ich tu das natürlich nicht. Ich hasse alle Politiker. Sind alles Fotzen.

– Da ... Du hast schon wieder *dieses* Wort in den Mund genommen.

Hier drüben ist es anscheinend verpönter, *dieses* Wort zu gebrauchen, als sich eine Knarre zuzulegen. Ich denke, dass ich für einen Tag genug Fauxpas begangen habe und versuchen sollte, meine große Klappe zu halten.

Wir betreten ein Café. Es ist dunkel, Parkettboden, eingerichtet mit einem Sortiment von Sesseln und niedrigen Tischen. Etwas baufällig, aber auch leicht dekadent. – Netter Laden, sagte ich.

– Ja, Gavin und ich ... mein Ex, sind hier immer hingegangen, wenn wir in dieser Gegend waren.

Das roch für mich, als hätte sie eine Enttäuschung wegstecken müssen. Zweifellos haftet mir der gleiche Geruch an. Na ja, mit Kay nicht so direkt, immerhin hatten Shannon und ich uns gegenseitig, um den Stoß abzufangen. Genau genommen habe ich in letzter Zeit so einige Stoßdämpfer verschlissen. Ich sehe Dorothy an und denke, wie seltsam es ist, einfach dazusitzen und mit jemandem Kaffee zu trinken. Mit einem Mädchen. Außerhalb der Arbeitszeit! In Edinburgh undenkbar, zumindest in diesem Stadium der Beziehung. Der Kaffee hat ein angenehmes Aroma und schmeckt stark und bitter.

Später gehen wir einen Happen essen, im Puerto Allegrie, einem Mexikaner auf der Valencia. Es ist sehr gut besucht, und das Essen ist toll. Dorothy erzählt mir, dass ihr Nachname Cominsky ist und sie Polin väterlicherseits und Guatemaltekin mütterlicherseits. – Und was ist mit dir?

– Äh, stinknormaler Durchschnittsschotte, soweit ich weiß. Wenn da noch irgendwas anderes mitmischt, ist es wahrscheinlich nichts Exotischeres als Ire oder Engländer. Über den ethnischen Background machen wir uns in Schottland nicht viele Gedanken. Über unseren eigenen jedenfalls nicht. Wenn andere dazukommen, sagen wir mal Asylsuchende, machen wir sie fertig, weil sie anders sind.

Ich muss an Kibby und Leute wie ihn denken. Die machen wir auch fertig, weil sie anders sind; besonders wenn es sich bei uns um depressive, von Selbsthass zerfressene Alkoholiker und Drangsalierer handelt. Aber das Entscheidende ist, dass wir auch noch andere Seiten haben. Wir können uns bessern.

Gott, es ist so scheiß-bizarr, mit einem Mädchen zusammenzusitzen, ganz ohne Alkohol oder Drogen, um Hemmungen abzubauen. Dorothy und ich sitzen übereck voneinander in diesen Sesseln, kein Tisch zwischen uns. Aber es ist auch ein gutes Gefühl, einen klaren Kopf zu haben. Und wie lange ist das schon her, dass ich nicht das widerliche Brennen von Restalkohol von der Gurgel bis in die Gedärme gespürt hab?

– Du siehst so nachdenklich aus, sagt sie.

– Du aber auch.

– Ich sag dir, was ich denke, wenn du mir zuerst sagst, was du denkst.

– Okay, sage ich und glaube zu wissen, worauf es hinausläuft. – Ich musste daran denken, wenn wir in einer Bar wären und ein paar Drinks genommen hätten, um lockerer zu werden, hätte ich wahrscheinlich versucht, dich zu küssen.

– Das ist nett, sagt sie und lehnt sich ein Stückchen näher zu mir. Mehr Einladung brauche ich nicht, um die Lücke zwischen uns zu schließen, und wir knutschen ein bisschen. Fuck, das ging ja leicht. Wie oft musste ich erst halb besoffen werden und mindestens sechs Bacardis blechen, um so weit zu kommen! Alles rausgeschmissenes Geld. Als wir Luft holen müssen, frage ich: – Und woran hast du gedacht?

Sie lächelt und hat dabei etwas Kühles, Abschätzendes in ihrem Blick. – Ich dachte daran, dass ich nichts dagegen hätte, ein bisschen rumzumachen.

Dorothy fährt mit mir über die Golden Gate Bridge in ein Kaff namens Sausalito. Wir halten in einer Parkbucht und sehen uns den Sonnenuntergang an. Wie ich feststelle, ist Rummachen ein Oberbegriff, der Küssen und etwas Fummeln einschließt, aber kurz vor dem Bumsen endet, obwohl ich einen Moment lang schon dachte, ich wär ganz nah dran, so einfach, wie ich an beide Titten kam, die BH-losen. Aber ich hab's nicht so eilig und bin ganz zufrieden mit einem ruhigen Spielaufbau. Ein Gentleman sollte nie versuchen, ihn schon beim ersten Date zu versenken. (Es sei denn, er plant kein zweites.) Das wird wohl eine weltweit geltende kulturelle Konstante sein.

Erst als sie mich an meinem Hotel absetzt, wird mir klar, dass sich mein Blatt zum Besseren gewendet hat. Als ein paar Schnorrer hartnäckig ans Autofenster klopfen und eine Frau mit Ballonbeinen einen Einkaufswagen mit ihren irdischen Gütern an uns vorbeischiebt, dreht sich Dorothy zu mir um und sagt: – Mein Gott, hier kannst du nicht bleiben.

– Ich muss mich morgen nach was Neuem umsehen, ich hatte Jetlag und konnte nicht klar denken. Für heute Nacht reicht's, sage ich zu ihr.

– Kommt gar nicht in Frage. Dorothy schüttelt den Kopf und fährt an, als einer der Schnorrer irgendwas von Vietnam und Yuppieschlampen brüllt. Sie zeigt ihm zum Dank den Mittelfinger. – Dämliches Arschloch. Ist ja nicht so, als hätt ich ihn gebeten, in irgendeinen gottverdammten Krieg zu ziehen, sagt sie sauer, und dann nimmt sie mich mit in ihre Bude in Haight-Ashbury.

Das Haus erinnert mich an die Siedlung, wo Trina, die beste Freundin meiner Mutter, herkommt: die sogenannten Schwedenhäuser in Pilton. Sie sind aus den gleichen Brettern zusammengebaut, und sogar der graue Anstrich ist irgendwie der gleiche wie bei den Buden in Pilton. Funktioniert im sonnigen Kalifornien allerdings weitaus besser als in der alten Heimat. Glücklicherweise hat irgendein Superhirn im zuständigen Amt irgendwann geblickt, dass es auf die Stimmung drückt, wenn jedes Haus in einer schottischen Sozialsiedlung in Einheitsgrau gestrichen ist, und jetzt sind alle in freundlichen Farben angepinselt, wenn ich mich richtig erinnere. Innendrin sieht Dorothys Hütte stark aus: in kräftigen Tönen gestrichene Räume mit hohen Decken, obwohl ich eigentlich nur das Schlafzimmer mit den beeindruckenden Lamellentüren vor den eingebauten Schränken zu sehen bekomme, weil sie mich direkt da reinzerrt und mir die Scheiße aus den Knochen fickt.

Normalerweise bin ich nach einem schönen Fick direkt unterwegs nach Schlummerland und nicht der Typ für postkoitale Manöverkritik, aber wegen dem Jetlag, der Aufregung und dem schweren Hühnchen-Burrito im Magen finde ich keinen Schlaf. Und ich kann mir nicht helfen, als ich sie da fest eingeschlafen sehe, denke ich, das ist doch kein schlechtes Ergebnis für Mr Daniel Skinner, gebürtig im Hafen von Leith und ehemals im gehobenen Verwaltungsdienst der Stadt Edinburgh.

Ich schaue aus dem Fenster ihrer Bude auf der Upper Haight, raus auf Castro und Twin Peaks. Dann stehe ich auf, sehe ein bisschen fern, staune, dass man so viele Sender empfangen kann und sie alle Scheiße senden. Dann übermannt mich doch die Müdigkeit, und ich gehe wieder zu Dorothy ins Bett. Sie rührt sich, und ich küsse sie, dann fühle ich, wie sie sich um mich wickelt. Ich hab das Gefühl, es wäre ihr nicht recht, wenn ich zu bald hier verschwinde, und ich muss sagen, ich hab's nicht eilig.

Am Morgen frühstücken wir, dann fährt Dorothy zur Arbeit in die City. Sie leitet eine Software-Consulting-Agentur, Dot Com Solutions. Ich habe bereits entschieden, dass ich sie sehr nett finde. Sie hat eine typisch amerikanische Zuversicht und begegnet der Welt in einer Weise, die ich gut finde: nicht so gereizt und sarkastisch oder einfach deprimiert wie viele englische Frauen, aber sie lässt sich auch nichts gefallen. Der Stil gefällt mir: keiner Konfrontation abgeneigt, aber eher analytisch als aggressiv. In Großbritannien haben wir den Hang, andere zur Sau zu machen, wenn wir Oberwasser haben. Wir können es uns einfach nicht verkneifen, zu singen, wenn wir gewinnen, wo doch ein bisschen Anstand und Bescheidenheit vielleicht …

Arschlecken.

Ich hoffe, Brian Kibby singt inzwischen wieder wie eine Lerche. Eingedenk des Zeitunterschieds mache ich mich auf und kaufe eine internationale Telefonkarte. Es wäre ja ein bisschen unverschämt, von Dorothys Apparat anzurufen. Es dauert eine Ewigkeit; man muss etwa 900 Ziffern wählen, aber irgendwann erreiche ich unser Büro in Edinburgh und lasse mich zu Shannon durchstellen. – Shan, Danny.

– Danny! Wie ist Kalifornien?

– Toll. Ich fühl mich sauwohl hier. Wie geht's Brian? Irgendwas gehört?

– Soweit ich weiß, liegt er in diesem Moment unterm Messer.

Genau in dem Moment, da ich das höre, fährt mir ein rasender Schmerz in den Rücken. Mir wird schwarz vor Augen, mein Magen dreht sich um, und der Hörer flutscht mir aus der schweißnassen Hand. – Shan … mir gehen die Einheiten aus … ich maile dir … bis dann …

Ich höre noch ihre besorgten Abschiedsworte, als ich auf dem Gehweg zusammenklappe, Körper und Kopf schwer wie Blei. Ich bleibe eine Weile stöhnend liegen, ich kann nicht sprechen, und niemand bleibt stehen, um mir zu helfen. Ich bin total bewegungsunfähig; ich kann nur in die warme Sonne Kaliforniens blinzeln und langsam ein- und ausatmen.

Als ich meine Augen schließe, versinke ich ins Nichts.

Es ist fürchterlich kalt, und ich zittere in meinem Hemdchen, als sie mich auf der Bahre in den Vorraum des OPs rollen. Der Anästhesist sagt mir, ich soll von zehn an rückwärts zählen. Aber anscheinend hat das Zeug keine Wirkung auf mich: Meine Nerven flattern so, dass ich zapple, und das trotz der Medikamente, die mich vor der OP beruhigen sollten. Und es sieht auch nicht so aus, als wäre es der richtige Arzt! Es sieht nicht aus, als wäre das unter der Maske Dr. Boyce! – Doktor …

– Schon gut, sagt er. – Zählen Sie einfach. Zehn.

Neun.

Acht.

Sieben.

Sechs.

Fü –

Ich bin draußen vor unserem Haus in Featherhall, komme am Park vorbei und will gerade ins Treppenhaus gehen, da sehe ich, dass Angela Henderson mich anguckt. Sie sieht aus, als hätte sie geweint. – Ich dachte, wir wären Freunde, sagt sie zu mir.

Du bist kein nettes Mädchen, du bist ein böses Mädchen, und ich hab gesagt bekommen, von deinesgleichen soll ich mich fernhalten.

Aber manchmal wirkt sie so nett.

Angela heult, und sie dreht sich um und lässt mich stehen. Ich sehe ihren hängenden Kopf, und ihre blaue Strickjacke und ihren karierten Rock und die Strumpfhose mit diesem Muster an der Außenseite.

Ich versuche ihr nachzugehen, aber ich höre eine Stimme, die mich stolpern und fallen lässt.

DU BIST EIN NICHTS, KIBBY.

Ich bin kein Nichts …

Ich bin kein …

Ich bin kein …

Aber ich falle rasch ins Leere … Ich habe keine Ahnung, wo ich jetzt bin. Es ist nicht zu Hause, es ist einfach das Nichts, und ich falle immer noch …

… dann scheint sich die Luft um mich herum zu einem Gas zu verdichten, dann zu Feuchtigkeit, dann zu einer Flüssigkeit, aus der eine sirupartige Substanz wird, die meinen Fall abfängt, und dann glaube ich, auf einen Glasboden aufzuschlagen, aber er gibt nach, und mein Fall beschleunigt sich wieder, und wann immer ich die Augen zu schließen versuche, kann ich es nicht, ich sehe weiterhin Gegenstände und Menschen, dann Gesichter, die an mir vorbeiwirbeln, ich werde mit irgendwas zusammenprallen und in tausend Stücke zerspringen …

… und ich wappne mich mit jeder Faser meiner selbst für den Aufschlag, ehe mir bewusst wird, dass ich wieder langsamer werde …

Ich fühle etwas, wovon einem übel werden könnte, überall um mich herum, in mir …

Ich bin weggegangen. Ich weiß es …

So weit weg, dass ich nie zurückfinden werde.

Zu weit draußen. Zu weit weg.

Ich will nach Hause.

Dann erklingt die Stimme. Sie scheint aus dem Inneren meines Kopfs zu kommen, aber es ist nicht meine Stimme, es sind nicht meine Gedanken. Ich … ich will das nicht, nicht hier sein, ich will meine Mum, meine Schwester … meinen Dad, ich will, dass es wieder so ist, wie es war …

Es hört sich an wie mein Dad.

Es sieht nicht aus wie mein Dad, weil es nichts auszusehen

gibt, aber er ist es. Er sagt mir, ich soll durchhalten, dass es mir wieder gut gehen wird und dass Caz und Ma mich brauchen.

Ich halte durch. Ich gebe nicht auf.

Es war eins der drei großen städtischen Krematorien in der Stadt. Wie die anderen beiden hatte es eine Kapelle, einen Erinnerungshain und einen kleinen Friedhof. Die Sonne hatte kräftig geschienen, aber jetzt war sie hinter einer dunklen Wolke verschwunden, und Beverly Skinner war plötzlich kalt. Sie schaute hoch, versuchte die Bahn der Wolke abzuschätzen, weil sie hoffte, die Sonne käme bald wieder zum Vorschein.

Sie legte den Blumenstrauß auf seinem Grab ab, auf den schmucklosen Stein, den sie schon so oft besucht hatte, immer heimlich und allein. Und noch nach so langer Zeit kamen ihr prompt die Tränen. Es war nicht normal, es war nicht richtig; sie war damals doch noch ein junges Mädchen gewesen. Aber er war so ein wahnsinnig netter Kerl, und es war schrecklich, dass es so geendet hatte. Hätte sie ihnen das ganze Leid ersparen können, wenn sie ihm einfach an Ort und Stelle verziehen hätte? Wäre sie nur nicht mit –

Nein.

Jetzt war es zu spät, dachte sie, als sie nach unten auf den Grabstein schaute.

DONALD GEOFFREY ALEXANDER
12. JULI 1962 – 25. DEZEMBER 1981

Sie schaute wieder hoch zu den Wolken und dachte an ihren Sohn. Wo immer er war, sie betete, dass er in Sicherheit war und dass er ihr verzeihen würde. Die Wolke vor der Sonne schien nun aufzureißen und sich aufzulösen, aber als sie nach Norden sah, bemerkte sie, dass dunklere, stürmischere vom Horizont heraufzogen.

Ich schaue nach draußen, auf Potrero Hill, und sehe, dass sich einige dunkle Wolken zusammenballen. Gut möglich, dass es dort drüben kräftige Schauer gibt, während wir hier unten schönsten Sonnenschein haben. Mikroklima. Ich liebe das Licht hier; es ist unruhig, flimmert und fließt, spielt seine Rolle als wichtiger Akteur in dem Reigen der Dramen, die sich in dieser Stadt entfalten.

Nicht dass ich mich daran beteiligen könnte; dafür sehe ich nie genug Licht bei meinen gottverdammten Arbeitszeiten.

Paul sagt immer, dass ich zu viele Stunden abreiße, und ich kann ihn nur immer wieder darauf hinweisen, dass ich schließlich Koch bin. Ein Koch arbeitet, während andere sich amüsieren. Und nun verlässt er mich, und dafür erscheint ein Buch von mir.

Liebhaber oder Buch; Leben oder Karriere.

Man denkt nicht in solchen Alternativen.

Eine Zeit lang lassen sich Entscheidungen vielleicht zurückstellen, aber sie holen einen irgendwann ein. Dann wird dir klar, dass du deine Wahl längst getroffen hast, ohne es zu wollen.

Jetzt muss ich meine Küche Luis anvertrauen, aber nicht, um mit Paul nach Key West zu fahren, sondern um auf Promotour für dieses Buch zu gehen. Na, dann mal los, Greg Tomlin promoten. Aber Greg Tomlin im Fernsehen und Greg Tomlin als Autor haben mich nie sonderlich interessiert, ich hatte doch immer nur Koch sein wollen. Und was mache ich nun? Ich bin Moderator und Autor. Warum reicht es nicht aus, so zu kochen, dass andere Leute gern bei mir essen, und meine eigene Küche zu leiten?

Weil etwas mit dir geschieht, wenn du gefragt bist. Du kannst den Gedanken nicht ertragen, nicht mehr gefragt zu sein. Also spielst du ihr Spiel mit.

Und meine Küche und mein Schlafzimmer: wie sie um mich herum in ihre Bestandteile zerfallen, während mein Lächeln breiter und mein Herz leerer wird.

Ich liege in einem weichen Bett. Dem Bett meiner eigenen Knochen, die aufgeweicht und mit meiner Matratze verschmolzen zu sein scheinen. Ich fühle mich nackt bis auf irgendwas, das meinen Schritt bedeckt. Kay steht über mir, sie trägt diesen grau gestreiften kurzen Rock, den ich immer gemocht habe, und sonst nichts. Sie zieht den Rock hoch, und ihre Scham ist rasiert … nein, gewachst, glatt, wie bei einem Pornostar. – Du hast dich nie rasiert … nicht mal, als ich dich drum gebeten hab, krächze ich, aber sie legt ihren Finger an den Mund und sagt: – Shhh … Geheimnisse … Dann beugt sie sich über mich, und ihr langes schwarzes Haar und ihre kleinen festen Brüste kommen auf mein Gesicht zu wie eine sinnliche Flut ... sie riecht sauber und warm in der Sonne ...

Ich höre Geräusche und mache blinzelnd die Augen auf; goldenes Licht blendet mich.

Ich liege auf dem Gehweg, wo ich geschlafen habe wie ein völlig abgefüllt weggepennter Alki. Ich schaffe es, mich hochzustemmen. Vielleicht war es der Jetlag, vielleicht die Hitze. Noch wahrscheinlicher liegt es daran, dass der Alk-Entzug endlich durchschlägt, oder alles zusammen. Vielleicht kann ich hier drüben nicht den ganzen Dreck auf Kibby abwälzen; vielleicht ist er außer Reichweite.

Trotz der Hitze ist mir kalt, und ich zittere. Ich taumele auf die Hauptstraße, wo ich ein Taxi anhalte und zu Dorothy zurückfahre. Ich fühle mich den Rest des Tages schlapp, liege auf dem Sofa und lese den *San Francisco Chronicle* von vorne bis hinten, zappe durch ungefähr sechshundert Programme mit Scheiß, wo *Changing Rooms* auf BBC America 163 noch das Beste ist, was ich finden kann. Gott sei Dank kommt Dot früh nach Haus, aber sie geht gleich durch in ihr kleines Büro im hinteren Teil der Wohnung. – Ich hab noch Scheiß zu erledigen, Süßer, sagt sie halb entschuldigend, als gehörte ich schon zum festen Inventar dieser Wohnung, was ich definitiv auch zu werden beabsichtige.

– Cool, Baby, sage ich mit einem schmierigen Zwinkern, ungeachtet meiner Übelkeit. Schließlich stehe ich auf und gehe raus auf die Veranda, um Luft zu schnappen. Als ich mir überlege, dass mein Blutzuckerspiegel abgefallen sein könnte, gehe ich wieder rein, nehme mir ein Glas Orangensaft, mache Kaffee und toaste einen Bagel, den ich mit Banane und Erdnussbutter belege. Dann kratze ich einen Teil der Erdnussbutter ab, weil sie einen hohen Fettgehalt hat und im Moment für unseren Mr Kibby nicht gut sein könnte. Plötzlich denke ich auch an das Koffein und trage den Kaffee nach hinten zu Dorothy.

– Das ist so lieb von dir, Honey, sagt sie, – ich lebe von diesem Zeug, informiert sie mich, ehe sie sich wieder ihrem Monitor zuwendet.

Ich kapiere den Wink und verziehe mich, kehre zu meinem Essen zurück und denke an Brian Kibby, dass ich selbst hier, jenseits des großen Teichs, sein Schicksal in der Hand habe. Oder vielleicht auch nicht. Vielleicht ist die zerstörerische Macht dieses Fluchs ja von hier aus tatsächlich schwächer, oder er ist sogar ganz außerhalb meiner Reichweite. Aus den Augen, aus dem Sinn. Vielleicht liegt meine Zukunft hier in San Francisco bei Dot Cominsky.

Ich sitze an dem Tisch mit der Marmorplatte, blättere in der Zeitung und hoffe darauf, dass wieder etwas Leben in meinen Körper zurückkehrt. Als ich zu den Buchbesprechungen komme, bleibt mein Blick an einer prägnanten Karikatur hängen. Ich fass es nicht! Sie zeigt einen Mann, der eine Kochmütze trägt, unter der hervor sich dunkle Locken in seine Stirn schlängeln. Er hat schwarze Augenbrauen, ein spitzes Kinn und den Dick-Dastardly-Schurkenschnäuzer.

Er könnte glatt …

Heilige Scheiße.

Ich bin wie elektrisiert. Es ist Greg Tomlin; das war mir schon klar, bevor ich die Überschrift und die Einleitung zu der ganzseitigen Rezension seines neuen Buches lese. Die Fotze muss mein alter Herr sein! Ich weiß es! Am Ende des Artikels wird erwähnt, dass er morgen Abend zu einer Signierstunde in einem Laden in der Stadt ist. Ich werde da sein!

29
Van Ness

Der Buchladen ist eine hell erleuchtete, L-förmige Angelegenheit in der kleinen, modernen Mall auf der Van Ness Avenue, einer breiten Straße, die mit ihrem Verkehrschaos genau durch die Stadtmitte stößt wie die kalte Nadel durch den Schmetterling. Ich hatte das Gefühl, ich sollte Dorothy gegenüber ehrlich sein, was die Suche nach meinem Vater anging. Sie fand meine Offenbarungen aufregend und interessant und erzählte mir, dass sie mal in Tomlins altem Restaurant gegessen hatte. Sie war ganz scharf darauf, mich zu begleiten, aber ich dachte mir, dass meine erste Begegnung mit Greg Tomlin unter vier Augen stattfinden sollte.

Ehe ich aufbrach, liebten wir uns. Ich leckte sie, bearbeitete erst ihr Loch, dann ihre Läppchen, dann ihre Klitoris; ich ließ mir Zeit, sie ein bisschen zu quälen, bis ich spürte, dass sie ihr Becken in mein Gesicht drückte und den Druck ihrer Hand auf meinen Hinterkopf exponential verstärkte. – Oh, halt mich nicht so hin, du kleine geile Sau, sagte sie, worauf ich, glaub ich, so was wie – Mhmmmmmmh erwiderte, aber ich ließ sie noch ein bisschen vorglühen, ehe ich sie ein paarmal zum Abgehen brachte und ihre Orgasmen auskostete, die kamen wie explodierende Perlen einer Kette. Dann kam ich ein Stück rauf und fickte sie, bis wir irgendwann zusammen einen sich ziehenden, fiebrigen Höhepunkt erreichten, aus dem wir das Letzte rausholten, bis wir nicht mehr konnten und platt auf dem schweißdurchtränkten Bett lagen. Sie war total hin und weg: Ich ließ sie belämmert, lallend wie eine Betrunkene, im Halbdunkel hinter den Fensterläden im spanischen

Kolonialstil zurück. Das Nichtsaufen macht einen viel besser im Bumsen, kein Zweifel. Das hat nicht nur mit der überschüssigen Energie zu tun; weil es das einzige Vergnügen ist, das dir noch bleibt, willst du möglichst lange was davon haben, und das heißt, das Mädchen muss Gott weiß wie oft kommen, ehe du abspritzt.

Ich bin selbst noch leicht benommen, als ich kurz darauf unter einer Horde größtenteils in die Jahre gekommener Dinnerparty-Typen Platz nehme, insgesamt fünfzig. Ein oder zwei gelangweilte Yuppie-Hausfrauen haben sich auch druntergemischt. Ich bin immer noch dabei, Tomlins Buch querzulesen, das ich mir vorhin gekauft hab, und mache mir verdammte Sorgen, weil es mit so viel homosexuellem Scheiß gewürzt ist.

Ich werde aus meinen beunruhigenden Spekulationen gerissen, als Tomlin unter höflichem Applaus reinkommt und sich in einen schweren Ledersessel setzt. Ihm gegenüber nimmt ein anderer Typ in einem identischen Sessel Platz und stellt sich als Besitzer des Buchladens vor. Als ich Tomlin genaustens mustere, bin ich unwillkürlich ein winziges bisschen enttäuscht. Schlimm genug, dass alles an ihm Schwuchtel schreit, aber er sieht auch noch ein bisschen zu kurz geraten aus, um mein alter Herr sein zu können. Das Autorenfoto auf dem Umschlag ist offensichtlich antik, und es ist unverkennbar, dass es die Vorlage für die Karikatur in der Zeitung war. Das einst schwarze, gelockte Haar wird beim aktuellen Tomlin bereits grau, außerdem wird es dünner und weicht zurück. Er hat eine blühende Gesichtsfarbe, die er seinen geplatzten Äderchen verdankt. Entweder ist er der rasende, gestresste Küchenchef mit zu hohem Blutdruck, oder das süße Leben ist ihm nicht fremd. Aber egal was, mein cooler, sonnengebräunter kalifornischer Dad ist er nicht.

Nach einem arschkriecherischen Intro seitens des Buchladenbesitzers tritt Tomlin ans Lesepult, um zu lesen. Anfangs liest er stockend und nicht besonders selbstbewusst, aber er findet bald seinen Rhythmus und erledigt seine Aufgabe recht ansprechend, als das Publikum erst einmal warm mit ihm geworden ist. Er liest viel zu lange für meinen Geschmack, aber als dann das Publikum Fragen stellen darf, zeigt sich Tomlin als die übliche, archetypische, ironische Tunte, die eine Überdosis Oscar Wilde erwischt hat.

Übers Kochen liest man nicht viel in dem Buch. Es ist eher eine Autobiographie mit auffallend vielen, überaus persönlichen Sexerinnerungen; das Pendant zu den Große-Schwänze-meines-Lebens-Ergüssen britischer Seite-drei-Klunten, allerdings aus der Sicht des Arschfickers und in Worten mit mehr als zwei Silben wiedergegeben. Mich interessierte natürlich besonders das, was den Archangel betrifft, namentlich die Zeilen:

> Diese wundervolle Lasterhöhle voller Chaos, Klatsch und Skandal wurde – und ist – meine spirituelle Heimat. Dort lernte ich kochen und noch eine ganze Menge mehr: Ich hatte fleischlichen Umgang mit Küchen- und Servicepersonal beiderlei Geschlechts, jeden Alters und aller Rassen.

Ich könnte mir gut vorstellen, dass eine gewisse grünhaarige Punkette auch darunter gewesen ist. Die Frage ist nur: Kommt es zeitlich hin? Wo war er, und, noch wichtiger, wen fickte er am Sonntag, dem 20. Januar 1980, neun Monate bevor Daniel Joseph Skinner in diese Welt flutschte?

Trotz der Machart des Buchs sind die Publikumsfragen langweilig und beschränken sich auf die paar Alibirezepte und die beste Methode, dies oder das zu kochen, ohne besonderes Interesse an den biographischen Einzelheiten. Tomlin wirkt ein bisschen enttäuscht, aber was zum Teufel erwartet der Schwanzlutscher? Er ist bloß ein Koch; diese Fotzen halten sich immer für Gott weiß was, aber letztendlich wollen wir von ihnen nicht mehr als ein halbwegs genießbares Fresschen. Wir sind auf ihre Kochtipps scharf, nicht auf ihre Bettgeschichten, obwohl ich ja die eine Ausnahme im Publikum bilde. Zu meiner größten Freude geht es nicht zu lange, da Tomlin ein Produkt zu verkaufen hat, und das ist mit fast vierzig Dollar pro Exemplar nicht gerade billig zu haben. Ich schinde erst mal Zeit und stell mich hinten an der Reihe an, dann halte ich ihm mein Exemplar zum Signieren hin. Tomlin sieht aus der Nähe noch zerzauster, älter und kleiner aus. Aber seine Augen funkeln trotzdem munter genug, als er mich betrachtet und das Buch nimmt. Er trägt einen Goldring am Finger, auf dem die Initialen G.W.T. eingraviert sind. – Für wen soll ich die Widmung schreiben?, fragt er, und sein Akzent klingt wie eine schwulere, vornehmere Variante von Bürgermeister Quimby aus *Die Simpsons.*

– Schreiben Sie einfach für Danny, sage ich.

– Wow, sagt er, – das klingt verdammt skaddisch. Edinboro, was?

Mein Akzent bestrickt den alten Spinatstecher, und nachdem ich seine obligatorische peinliche Verkörperung des urigen Schotten über mich habe ergehen lassen, beschließen wir, etwas trinken zu gehen. Er bittet mich, ihn eine Sekunde zu entschuldigen, während er sich eben mit dem Typ kurzschließt, der das Event eingefädelt hat. Ich stöbere ein wenig in den Büchern, blättere in der Autobiographie von Jackie Chan. Dann kommt der Arschgourmet rüber und sagt: – Wie steht's nun mit unserem Drink?

Ich nicke und folge ihm zum Ausgang. Der Eventheini winkt uns zu, ebenso ein anderer Angestellter des Buchladens, ein affektiertes Frettchen erster Güte, und zieht mir beleidigt eine Schnute, als hätte ich gerade seinen Liebsten entführt. Tomlin lächelt und gestikuliert im Weggehen zurück, sagt aber im Flüsterton: – Der Mann ist vielleicht ein serviles Arschloch!

Als wir die Van Ness Avenue entlanggehen, schwirrt mir der Kopf. Ich kann mir nicht vorstellen, dass der Mann mein Vater sein soll, aber ebenso wenig, dass er es nicht ist.

Seit Monaten habe ich jetzt den Tod um mich herum gespürt, mich von ihm eingekreist gefühlt. Ich fürchte, ich werde wie Moira Ormond und die ganzen anderen Mädchen in unserer Klasse, die ich so verabscheut habe. Die Goth-Mädchen, die zu viel Silvia Plath gelesen und zu viel Nick Cave gehört und zu viele schwarze Klamotten getragen haben. Sie waren meine Feindinnen, aber ich frage mich, wie ihr Leben jetzt wohl aussieht. War es nur pubertärer Weltschmerz, oder haben sie schon damals von alldem gewusst, was ich gerade erst kennen lernen muss: dem ganzen Tod und Verfall? Einige Kids werden sicherlich als Heranwachsende Verlusterlebnisse haben, die nicht spurlos an ihnen vorübergehen. Ich wünschte, ich hätte mir die Mühe gemacht, es herauszufinden, ehe ich so abweisend zu ihnen war.

Beim Gedanken an Moira, an die seltsame Schönheit in ihren leuchtenden Augen, die unerschütterliche Entschlossenheit, mit der sie uns ignorierte, wenn wir sie malträtierten, überkommt mich eine scheußliche Beklommenheit, die sich von meinem Magen in die Wirbelsäule fortsetzt und sich meinen Rücken hoch ausbreitet wie ein Ausschlag. Ich verspüre das Bedürfnis, Kontakt mit ihr aufzunehmen, mich zu entschuldigen und ihr zu sagen, dass ich jetzt verstehe, aber sie würde mich wahrscheinlich nur verständnislos anglotzen oder mir ins Gesicht lachen. Und ich hätte es nicht besser verdient.

Zwei Träger stehen am Krankenhauseingang und rauchen. Ein älterer, vierschrötiger Kerl und ein jüngerer, dünner. Als ich mich nähere, lächeln sie breit, aber meine Traurigkeit scheint sich auf sie zu übertragen, und ihre Gesichter werden ernst. Ich verbreite die Seuche der Hoffnungslosigkeit. Elend ist ansteckend, und mir graut davor, meinen Bruder zu sehen.

Als ich gestern vorbeikam, dachte ich, er würde nie wieder aufwachen, nicht mit den ganzen Schläuchen, die in ihn rein- und aus ihm rausgingen, das Gesicht total verwachsen unter dem Heftpflaster und dem monströsen Beatmungsschlauch, der aus ihm hervorbrach wie ein Parasit, der sich an die Oberfläche arbeitet, um sich zu reicheren Nahrungsgründen aufzumachen.

Das Klicken meiner Schuhe klingt fast obszön auf dem Boden der Station, die so still ist wie ein Leichenschauhaus. Als Erstes sehe ich erleichtert, dass mein Bruder noch am Leben ist. Und es geht ihm offensichtlich besser; der Tod scheint seinen Griff ein wenig gelockert zu haben. Als ich an sein Bett trete, sehe ich, dass er die Augen geöffnet hat. Zuerst denke ich, meine würden mich trügen, aber nein, er blickt mich direkt an, fast ein bisschen verschwörerisch, listig. Er steckt immer noch voller Schläuche und kann nicht sprechen, weil die Maske auf seinem Gesicht festgeklebt ist, aber er zwinkert mir zu, und seine Augen sind voller Kraft, Hoffnung und einer Lebendigkeit, die ich lange nicht mehr an ihm gesehen habe. Ich greife nach seiner Hand unter der Decke und drücke sie. Er erwidert den Händedruck. Er ist stark, und vielleicht mache ich mir ja etwas vor, aber das ist nicht der Griff von jemandem, der im Sterben liegt! Jetzt lächle ich und bemerke die Tränen in meinen Augen erst, als sie mir übers Gesicht rollen. Ich grinse ihn an, dann räuspere ich mich und sage: – Hallo, Brian. Willkommen zurück.

30
Schwuchteln

Versteht das nicht falsch, ich hab nichts gegen Schwuchteln, ihr wisst, was ich meine? Zuzusehen, wenn zwei Typen es machen, ist ehrlich cool. Weniger zum Aufgeilen, sondern einfach so total schön, weil diese Schwulen immer so verdammt gute Körper haben.

Danny ist schmal, hat aber eine Superfigur, als ob er ins Fitnessstudio ginge. Und er benutzt Feuchtigkeitscreme und Zahnseide. Und ich muss zugeben, der Junge ist toll im Bett. Weiß, wie er seine Finger und seine Zunge einsetzen muss. – Wo hast du das gelernt, Baby?

– Leith, sagt er. – Das ist eine einzige große Sexakademie. Unser Schulmotto: Beharrlichkeit.

– Die zeigst du wirklich, Honey, versichere ich ihm. Gott, er ist ein Traumtyp. Aber dieser Scheiß mit seinem Dad nervt mich irgendwie. Solche Nachforschungen sind definitiv überbewertet: Ich hab meinen Alten nie gekannt, obwohl ich in einem Haus mit ihm aufgewachsen bin. Er war schon arbeiten, wenn ich aufstand, um zur Schule zu gehen, und arbeitete immer noch, wenn ich ins Bett ging, und auch den größten Teil der Wochenenden. Das Arschloch hat sich von meiner Mutter scheiden lassen, als ich acht war. Jetzt ruft er manchmal an, wenn er geschäftlich in der Stadt ist, und lädt mich zum Mittagessen ein. Beziehungsweise versucht es: Ich beharre immer darauf, dass wir uns die Rechnung teilen, wobei dem Schwachkopf furchtbar unwohl ist. Wir reden über unsere Jobs, seine neue Familie, die Speisekarte und Essen im Allgemeinen. Danny hat also seinen Vater nie gekannt.

Ist vielleicht besser so. Manchmal muss man eben sagen – na ja, was gibt's da schon zu kennen?

Jetzt sind wir also im Restaurant von diesem Tomlin, einem schwulen Koch, der angeblich Dannys Vater sein soll. Oder vielleicht auch nicht. Okay, Tomlin ist eine Schwuchtel, aber dass will ja heute nichts heißen. Gavin, mein Ex, also, der war ein Schwuler, der dann hetero wurde und sich anschließend entschloss, doch wieder Tucke zu werden. Deshalb stehe ich im Moment nicht so auf Ambivalenz.

Sie reden über so eine Bar, in der er und Dannys Mutter mal gearbeitet haben, damals Ende der Siebziger. Danny ist '80 geboren, ein paar Jahre nach mir. Die Zeit stimmt. Aber anstatt die Preisfrage »Hatten Sie irgendwann um den 20. Januar 1980 in Edinboro, Schottland, irgendwelchen unschwulen Verkehr?« zu beantworten, geilt sich dieser Tomlin daran auf, über jedes Arschloch herzuziehen, mit dem er je gearbeitet hat.

Es wird ein bisschen frustrierend für mich, mir diesen Scheiß anzuhören. Tomlin ist einer von den Typen, denen aus allen Poren quillt, dass sie es nötig haben, und Danny merkt es nicht, weil seine eigene Bedürftigkeit ihn blind macht. Offenbar *will* er glauben, dass dieser Saftsack sein Alter ist. Ich bin ungeduldig und gereizt, und ich weiß, es steht mir nicht zu, aber der Champagner, mit dem er uns bewirtet und den Danny dankend abgelehnt hat, steigt mir zu Kopf … Egal, ich komm mal zum Punkt:
– Tja, also, Greg, haben Sie und Dannys Mom – wie heißt sie noch mal, Danny?

– Beverly, sagt Danny kurz angebunden, und er schaut missbilligend auf mein Glas, was ich im Moment echt nicht brauche. Ich erinnere mich, wie Gavin immer gesagt hat: – Warum kannst du nie den Mund halten, wenn du was getrunken hast?

Es hat mich tief befriedigt, ihm zu sagen, dass das Problem nicht Alkohol und mein loser Mund waren, sondern Alkohol und sein allen weit offen stehendes Arschloch.

– Haben Sie mal mit Beverly Skinner eine Nummer geschoben?

Tomlin verdreht die Augen und sieht mich müde an. Er ist eine von diesen verkappt frauenfeindlichen Tunten, die sich gern von Schwulenmuttis verhätscheln lässt, aber nicht mit selbstbewussten Miststücken klarkommt, die ihm seinen Bullshit nicht abkaufen. – Da fällt es mir sehr schwer, Genaues zu sagen, lispelt er. – Es waren aufregende Zeiten, Punkrock war auf dem Höhepunkt, wir waren alle jung, an Aids dachte noch keiner, alles ziemlich ungehemmt. Wir haben viel gesoffen und haben wilde Parties gefeiert.

Ich fühle meine Augenbrauen hochgehen und denke: Ja, du und praktisch jeder andere Idiot in diesem Sonnensystem, Sportsfreund. Ich glaub, man nennt das *Jugend.* Als Tomlin mitkriegt, was in mir vorgeht, sieht er verdammt beunruhigt aus, und seine großen Schwulenaugen wirken, als seien sie aus dem Gesicht eines anderen weggelaufen.

– Ich will damit nur sagen, er räuspert sich, – dass ich damals mit vielen Leuten geschlafen habe, Männern und Frauen, und dass es mehr als wahrscheinlich ist, dass Beverly auch darunter war, sagt er. Es klingt, als hätte er die Story schon oft erzählt.

– Sie könnten also mein Dad sein, sagt Danny nickend.

– Es ist mehr als wahrscheinlich. Tomlin setzt das Fernsehgrinsen des professionellen Schleimers auf. Ich bin sicher, ich hab den Widerling mal auf diesem Kochsender gesehen. Wie er irgendein verschwultes Rezept zubereitet hat, Schweinebraten Hawaii an Macadamianuss-Tempura oder sonst einen Dreck.

Für mich hört sich das wie gequirlte Scheiße an. Eigentlich würde ich gern sagen, ja, dann lass uns doch den DNS-Test machen, Arschloch, aber das steht mir nicht zu, denn Danny muss diesen Penner selbst durchschauen. Aber er scheint es unbedingt glauben zu wollen, und ich will nicht, dass meinem schnuckeligen schottischen Sexspielzeug wehgetan wird, also behalte ich diesen Scheißer Tomlin im Auge.

»Mit vielen Leuten geschlafen.« Was für ein Quatsch! Ich bin zwar nicht so alt wie er, aber wenn man nicht gerade an Alzheimer leidet, weiß man doch wohl immer noch, mit wem man gefickt hat. Außerdem sieht dieser alte Hinterlader kein bisschen aus wie Danny.

31
Tage im Fitnessraum

Dot und ich haben uns toll verstanden, rumgehangen, gebumst und Dope geraucht. Aber die Arbeit scheint sie zurzeit zu frustrieren, und sie ist ein bisschen übellaunig, als wir essen gehen. Im Restaurant passt ihr weder der Tisch noch das Dekor, und man hat den Verdacht, dass ihr das Essen auch nicht gut genug sein wird. – Post-Dotcom, sagt sie in dieser zugegebenermaßen tatsächlich etwas geschmacklosen Yuppie-Bude im Mission District, als hätte sie Zahnschmerzen.

Ja, ja, der Laden hat seine beste Zeit wohl hinter sich. Ein Wasserfleck an der Decke ist nur notdürftig überstrichen. Eine gesprungene Glasscheibe der Trennwand zwischen dem Restaurantbereich und der Küche ist noch nicht ersetzt worden. Ich weise Dorothy auf diese Schönheitsfehler hin. – Eine ziemliche Zumutung, sagt sie missbilligend. – Wenn ein Laden wie dieser die Dinge schleifen lässt ... Dann, als sich ein Kellner nähert, breitet sich ein fast bühnenreifes Lächeln auf ihrem Gesicht aus, und sie trällert: – ... aber das Essen ist so-ho-ho guuuut!

Dorothy ist, vielleicht aufgrund der Erfahrungen in jüngerer Zeit, auf Missbilligung konditioniert, hat aber eine Art eingebauten Selbstregulierungsmechanismus. Fast gegen ihren Willen hat sie Musik im Herzen, und zwar auf voller Lautstärke. – Mit allem aus dem Meer kannst du nichts falsch machen. Probier den warmen Martini-Hummer mit einer Soße von Koriandergrün, Orangen und Champagner.

– Gibt's auch was weniger Hochprozentiges?, frage ich eingedenk meines Freundes in Übersee.

– Mein Gott, ist doch nur wegen der Geschmacksnote, und der Alkohol verdunstet doch sowieso, wenn sie die Soße reduzieren. Sei doch nicht so verbissen, schimpft sie, während ihre Augen unwillkürlich zu der Flasche Rotwein auf dem Nebentisch irren. Der Kellner macht ein unheimliches Tamtam ums Einschenken, und das Pärchen, dem dieser Genuss zuteil wird, reagiert hemmungslos übertrieben; langes, laszives postkoitales Grinsen und heiseres, kennerhaftes Schnurren.

Ich sehe Dorothys Gesicht, ihre grünlich-haselnussbraunen Augen, erwartungsvoll und hungrig, und denke, ich sollte mich vielleicht nicht lumpen lassen.

Als sie es mitbekommt, gibt sie mir einen sanften Schubs mit den Augen, aber da ist der Kellner schon bei uns, und ich hab den richtigen Moment verpasst. Er reicht ihr die Weinkarte, doch sie winkt ab. – Die werden wir nicht brauchen, und der arme Sack macht Augen wie ein geprügelter Hund, der nicht weiß, wofür er bestraft wird.

So viel Kompromisslosigkeit baut mich total auf und zieht mich zugleich runter. Ich werfe noch mal einen Blick auf die Karte, und das Fleisch sieht gut aus, Rinderfilet mit Sojasoße und Auberginen-Paprika-Marmelade, aber das bedeutet Rotwein.

Fluch über dich, Foy, Fluch über dich und deine Erziehung. Rotes Fleisch bedeutet bei mir immer Rotwein. Bei Huhn oder Fisch kann ich der Weißwein-Versuchung widerstehen und mich an perlendes Mineralwasser halten, aber rotes Fleisch …

– Du siehst aus, als würdest du dich nicht wohlfühlen, Danny, sagt Dorothy beinahe vorwurfsvoll.

– Äh, doch, mir geht's prima.

– Du wärst lieber gar nicht rausgegangen, oder?

– Ich …, fange ich an, aber dann bleibe ich stecken. Was kann ich sagen? Ich kann weder ihr noch sonst jemandem von meiner Beziehung zu Kibby und dem Alkohol erzählen. Jeder würde denken, ich hätte einen Dachschaden; Wahnvorstellungen. Hab ich vielleicht auch. Es klingt völlig abwegig, von hier aus noch mehr als vorher.

– Du musst der Versuchung ins Auge sehen. Wir müssen trotzdem vor die Tür gehen. Wir können uns nicht für den Rest unseres Lebens im Haus verkriechen.

Ich lächle bei dem Gedanken. Wird so meine Krankheit aussehen, im Exil in ihrer Bude eingesperrt, um Kibby und seine neue Leber am anderen Ende der Welt zu schützen? Warum nicht bleiben, Dorothy heiraten, eine Green Card bekommen, Staatsbürgerunterricht nehmen, auf die Flagge schwören, vielleicht in eine Kleinstadt in Utah umziehen, sich mit irgendeiner religiösen Vereinigung anfreunden, eine alkfreie Existenz führen. Frau, Kinder, Auto, Kirche, Haus, Garten. Sich vom Bösen da draußen abschotten, vom Teufel in der Flasche, dem Dämon Alkohol.

– Ich weiß, ich weiß, es muss sein, stimme ich ihr zu. – Du bist ein ausgesprochen cooles Mädchen, Dorothy, sage ich zu ihr. Dann füge ich eindringlich hinzu: – Du machst mich stark, machst mich besser, als ich bin.

Sie lehnt sich auf ihrem Stuhl zurück, etwas irritiert. – Du bist ein eigenartiger Kerl, sagt sie, und da hat sie Recht. Ich sehe rüber zu dem Paar neben uns: Wenn ich mir das Glas von ihrem Tisch greifen und in einem Zug austrinken würde, würde ich wahrscheinlich einem armen Arschloch in Edinburgh eine Kugel in den Rücken verpassen.

– Entschuldige. Mein Sozialverhalten ist manchmal ein bisschen daneben, aber ich wollte ja nur, dass du weißt …

– Aber nett eigenartig, sagt sie lächelnd.

Nach dem Essen gehen wir sofort nach Hause und ins Bett. Der Sex ist sehr gut, und die Endorphinausschüttung wird Brian ganz bestimmt nicht schaden. Außerdem kommt der arme Sack so einer guten Nummer näher, als er je war oder in nächster Zukunft sein wird, zumindest mit *dieser* Seite seines Körpers. Als ich bei Dorothy liege, hat Kays Geist sich verflüchtigt, vielleicht verdrängt von einer seltsamen Scham, dass ich zu Shannon und den ganzen namenlosen Mädchen, die ich zu Hause gefühllos verschlissen habe, nicht netter gewesen bin.

Immer ist irgendein Scheiß. Schottland: das Rezept für Katastrophen. Man nehme ein schönes Stück kalvinistische Verdrängung, würze es mit einer Messerspitze katholischer Bußfertigkeit, gieße es mit Unmengen von Alkohol auf und lasse das Ganze für plus/minus dreihundert Jahre in einem kalten, dunklen, grauen Ofen garen. Mit schreienden, grotesken Schottenkaros anrichten und mit bildungsfernen Schichten servieren.

Am nächsten Morgen stehe ich früh auf und checke meine E-Mail, ob's was Neues von Kibby gibt. Nichts dabei, aber Gareth hat sich gemeldet.

An:skinnyboy@hotmail.com
Von:gar.f-o@virgin.net
Betreff: Goodbye Mister McKenzie
Hallo Danny
Ich hoffe, du lässt es dir gut gehen im sonnigen Kalifornien. Es tut mir Leid, dass ich die traurige Nachricht überbringen muss, aber ich muss dir sagen, dass Robert McKenzie ganz unerwartet an den Folgen eines Unfalls auf Teneriffa gestorben ist. Er machte da Ferien mit ein paar von den Jungs. Dempsey, Shevy, Gary T, Johnny Hagen, Bloxo und – ich glaub – Eric der Rote und Peter No Tool waren auch dabei.
Nähere Einzelheiten zu Big Rabs Ableben sind bislang nicht bekannt. Tut mir echt Leid. Abgesehen davon war hier nichts los. Es ist saumäßig kalt. War mit den Kids bei Hibs gegen Alloa Athletic im CIS Cup. 4:0 Hibs. War ein Spaziergang.
Alles Gute, Gareth

Big Rab ... er muss mit den Jungs das Saufen wieder angefangen haben, wie konnte die Fotze so blöd sein ... oder ist vielleicht an einen anderen Mob geraten ... nee ... man muss schon verdammtes Pech haben, um bei Fußballkrawallen ernsthaft verletzt zu werden ... ein Pech wie Brian Kibby ...

Möglich, dass sein Herz nicht mehr mitgemacht hat, aber er war doch jetzt angeblich so gut beisammen ...

Ich entschließe mich, rauszugehen und Gary Traynor anzurufen. Die Verbindung ist ein bisschen kratzig, weil ich ihn auf dem Handy anrufe, aber ich brauche die Einzelheiten.

– Gary, Danny. Hab das von Big Rab gehört.

– Skinny!, krächzt er überschwänglich.

– Aye, Big Rab, erinnere ich ihn.

– Scheißspiel.

– Echt scheiße ... was war los?

– Er war im Fitnessraum vom Hotel, bisschen Eisen pumpen auf dem Multigym. Hat der Große ja rund um die Uhr gemacht, seit er nicht mehr gesoffen hat. Bloxo und Shevy warn dabei, du kennst ja die Türstehertypen, ewig am Stemmen. Na jedenfall kommt so ne Scheißmücke an und sticht den Großen. Er reagiert allergisch und kriegt direkt nen Schock.

– Ach du Scheiße …

– Die Jungs ham das Viech gesehen. So vollgesogen mit seinem Blut, dass es kaum fliegen konnte. Als echte Türsteher haken sie die Fotze unter und schleifen sie vor die Tür …

– Traynor, was redest du da?, sage ich lachend. Die Fotze nimmt aber auch nichts ernst.

– Fuck, nur n kleiner Witz, um zu veranschaulichen, wie fett dieses Mückenbiest war! Na jedenfalls, sie bringen den Großen ins Krankenhaus, aber kurz darauf ist er dann einfach abgekratzt. Extremer allergischer Schock, so was passiert einem von acht Millionen. Armer Rab. Gefällt von nem mickrigen Insekt.

– Hätte schlimmer kommen können, groove ich mich ein, und wir sagen unisono: – hätte ja auch ein Jambo sein können!

Mich überrieselt ein gewisses Schuldgefühl, aber dem Großen hätte das gefallen, da bin ich sicher.

– Kommste denn zur Beerdigung nächste Woche?, fragt Gary.

Nein, so einem potenziellen Saufanlass sollte ich mich lieber nicht aussetzen, und ich muss mehr über Greg Tomlin herausfinden, um zu erfahren, ob er wirklich derjenige ist. – Mal sehen, sage ich, – aber es dürfte schwierig sein, so kurzfristig einen Flug zu kriegen. Schickst du n paar Blumen in meinem Namen?

– Keine Umstände. Ist n weiter Weg. Der Große hätte gewollt, dass du nen schönen Urlaub hast.

– Aye … Tschüs, Gaz, sage ich mit dem letzten Guthaben auf der Telefonkarte.

32
Kalt erwischt

Blendendes, goldenes Licht strömt durch die Schlitze in den Jalousien in Dorothys Wohnzimmer. Mir kommt diese geniale Oasis-Zeile in den Sinn: *Nobody ever mentions the weather can make or break your day.*

Ich stöbere in ihrer umfangreichen CD-Sammlung. Aus Heimweh suche ich nach irgendwas mit skaddischem Einschlag, aber kein Primal Scream, Orange Juice, Aztec Camera, Nectarine No. 9, Beta Band, Mull Historical Society, Franz Ferdinand, Proclaimer, Bay City Rollers, nichts … ich finde nur ein Cover mit Tartanmuster. Der Interpret ist der »skaddisch«-amerikanische Country & Western-Star »Country« George McDonald, und das Album heißt *Saving For Another Rainy Day*. Ich spiele den Titeltrack. Er hat einen eingängigen Refrain:

Ain't expecting nuthin no good's ever gonna come my way,
So I'm just savin for another rainy day.

Danach kommt eine Nummer mit dem Titel »(You could get) A Bottle of Whisky (For the Price of That)«, und dann eine Coverversion von George Harrisons »Taxman«, die, wie ich finde, recht inspiriert ist und Tiefgang hat.

Dorothy kommt in einem grünen Bademantel und Handtuchturban nach vorne, als ich gerade die Linernotes lese. – Oh, du hast das Country-George-Album gefunden. Das hab ich in Texas gekauft. Er ist skaddisch.

– Und was für eine Geschichte steckt dahinter?

– Oh, er kam frisch aus dem Knast. Hatte irgendwas mit der Steuerbehörde zu tun, glaube ich, erklärt sie, während sie sich die Nägel feilt. – Ich brech mir die Biester ständig ab, informiert sie mich, – ist die Tastatur.

Dorothy arbeitet heute, und ich muss los und mich mit Greg zum Lunch treffen. Ich mache mich gemächlich fertig und stoße in einem Café in North Beach zu ihm. Der Laden ist gut besucht, hell ausgeleuchtet, alles unbehandeltes Weichholz und Chrom, eine von diesen Buden, die brechend voll sind mit Yuppies und Studenten mit Laptops und Arbeitsmappen, die allesamt malochen, das ist kein Café, sondern ein verficktes Büro. Diese Fotzen, die immer so wichtig sagen: Ich arbeite von zu Haus. *Einen Scheiß* arbeiten die von zu Haus, sie reiben es einem überall unter die Nase; in den Cafés mit ihren Laptops, auf der Straße oder im Zug, wo sie irgendwas über Aufträge und Absatzanalysen in ihre Handys kläffen und wir alle gezwungenermaßen ihren langweiligen Scheiß zur Kenntnis nehmen müssen. Bald wird es gar keine Trennung zwischen Arbeit und Freizeit mehr geben. Dann hat jedes Scheißhaus ein eingebautes Computerterminal mit Webcam, und man braucht nie mehr offline oder unerreichbar zu sein.

Greg sieht wieder so sonnenbankmäßig orange aus und bestellt ein San Pellegrino. Ich folge seinem Beispiel. – In meinem Kopf geht's drunter und drüber, sage ich zu ihm. – Ich muss das alles erst mal verarbeiten.

– Wem sagst du das, haucht er auf eine Weise, die schwul wie sonst was wirkt, alles an ihm schreit ultraschrille Tucke. Mir fällt schlagartig ein, dass ich bis jetzt nie Bekanntschaft mit Homosexuellen gemacht habe (auch wenn Kibbys Rektum vielleicht ein anderes Lied singt), und jetzt ist es gar nicht so unwahrscheinlich, dass mein alter Herr einer ist. Aber stimmt das auch? Wo ich aufgewachsen bin, gab es wahrscheinlich jede Menge verkappte Arschficker, die eingesehen haben, dass Leith nicht der fruchtbarste Boden für ihre Vorlieben war und sich in irgendeine andere Metropole absetzten, als die hämischen Kommentare die kritische Masse erreichten. Die ganzen Jungs mit der leicht sonderbaren Redeweise, die unter sich blieben und dann auf mysteriöse Weise verschwanden ... – Irgendwie seltsam, dass du schwul bist ...

– Nicht für mich. Ist seltsamer, dass du hetero bist.

Auch noch unverschämt, die alte Spinatstecher-Fotze. Aber es gibt mir für eine Sekunde zu denken. – Nee, im Buch spielst du deine Heteroseite hoch. Da kommst du als totale Fickmaschine rüber, aber jetzt sagst du, dass du zehn Jahre mit diesem Paul zusammen gewesen bist.

Greg macht ein betretenes Gesicht, dann starrt er mich ganz unglücklich an und fährt sich mit einer Hand durch sein schütteres Haar, als wollte er es sich aus den Augen streichen. Ich nehme an, früher war mal genug davon da, um das erforderlich zu machen, und alte Gewohnheiten sterben langsam. – Anfangs wollte ich es nur meiner Familie recht machen. Mein eigener Vater war, *ist,* vermutlich, ein harter irischer Hund aus Süd-Boston, den es anwiderte, Männer am Herd zu sehen. Für ihn war das allein schon genug, um einen zur Schwuchtel zu stempeln. Darum kultivierte ich damals ein ziemlich machomäßiges Hetero-Image, aber das war eine Lüge. Mir ist klar geworden, dass ich mir das Leben versaute, indem ich versuchte, es einem intoleranten Arschloch recht zu machen, den ich nicht mal mochte und mit dem ich nichts gemein hatte. Ich kannte mich selbst nicht wirklich, bis ich hier nach San Francisco kam.

Mich beschleicht hier langsam ein ungutes Gefühl. – Und was ist mit Schottland? Warst du wirklich mit De Fretais befreundet?

Tomlin grinst gelassen. – Nur mit der Einschränkung, dass Alan weniger Freunde als Lieblingsrivalen hat.

Ich nicke zustimmend. De Fretais ist ein Mensch, von dem man sich schwer vorstellen kann, dass ihn irgendjemand aufrichtig gern hat. Zumindest weiß ich, dass die Fotze nicht mein Alter sein kann, nicht mit der Plauze. Ich kann's mir nicht aussuchen, aber eine Kreischtucke als Vater ist mir immer noch jederzeit lieber als eine fette Sau. Immerhin weiß ich, dass ich später im Leben nicht *schwul* werde. Aber hat er meine Ma gebürstet?

– Weißt du, als ich nach Edinburgh kam, wollte ich übers Wochenende bleiben, aber es gefiel mir, und ich bekam einen Job im Archangel. Komisch eigentlich, denn es gibt in der westlichen Welt wahrscheinlich kein ungastlicheres Fleckchen Erde für Homosexuelle, so war's zumindest damals, aber da hatte ich so was wie mein Coming-out. Ich hab im Kenilworth und im Laughing Duck gesoffen.

– Im Januar 1980 warst du also im Archangel?

– O ja, definitiv. Danach bin ich nach Frankreich gegangen, um in Lyon zu arbeiten, und von dort nach Kalifornien …, sagt er abschweifend, dann unterbricht er sich abrupt. – Danny … ich muss dir etwas sagen. Er sieht mich nüchtern an. Ich kenne diesen verfickten Blick, von Foy, als er noch mein Boss war, von Lehrern, die ich in der Schule hatte, von den Bullen, aber besonders von Thekenkräften nach der letzten Runde. Der Blick gefällt mir nicht. Kein bisschen. – Ich hab nichts mit deiner Mutter gehabt. Ich hab während der ganzen Zeit in Edinburgh nie was mit einer Frau gehabt.

Ich fühle mich, als würde mir der Laminatboden unter den Füßen weggezogen, nicht nur der, sondern auch die Balken, auf denen er liegt, und der Erdboden darunter. Ein Gefühl des Fallens und Versinkens. Ich wende den Blick und sehe das Gummigesicht eines tuntigen Kellners lachen und lispeln. Ich schwenke wieder zu Tomlins dummer Visage mit dem etwas zu gesund aussehenden Teint. Es klingelt so in meinen Ohren, dass ich nicht verstehe, was Tomlin als Nächstes sagt, ich sehe nur, wie er seine elastischen Schwulenlippen schürzt. Wie sollte die Fotze mein Vater sein können? – Du bist in Schottland nie mit einer Frau mitgegangen, nicht ein einziges Mal?, sage ich, und meine Stimme klingt für meine eigenen Ohren wie tot.

– Nein, aber ich kannte einige, und es gab eine Frau, mit der ich ganz gut befreundet war. Deine Mutter, Bev.

Meine Ma. Punk und Schwulenmutti. Hätte ich mir denken können.

– Aber sie hatte damals einen Freund. Sie traf sich immer mit ihm, wenn sie beide Feierabend hatten. Er war, glaube ich, im Catering beschäftigt, ich –

– Wer war das?, frage ich mit brennender Ungeduld, während ich in meinen Eingeweiden Geschwüre ausbrechen spüre.

– Er war ein netter Kerl, wie ich mich erinnere, aber sein Name fällt mir nicht ein …

Meine Positur versteift sich jetzt vor Zorn, ehe ich tief Luft hole. – Wie war er?

– Es ist lange her, Danny, sagt Tomlin, der jetzt ehrlich betroffen aussieht, – ich erinnere mich nur, dass er ein wirklich netter junger Mann war … an viel mehr erinnere ich mich nicht –

– Dann gib dir Mühe!

– Ich kann nicht … ich kann mich wirklich nicht erinnern, das ist mehr als fünfundzwanzig Jahre her. Ich hab dich genug an der Nase rumgeführt, ich erfinde nichts mehr. Danny … es tut mir Leid, dass ich nicht der Mensch sein kann, als den du mich gern hättest …, bettelt er beinahe, dann stützt er den Kopf in die Hände. – Weißt du, was das Verrückteste ist?

Ich sage nichts. Er ist das Verrückteste, dieser verfickte Perverse.

– Ich hatte ein Bild, eins von deiner Mum und ihrem Freund, bei mir zu Hause, aber Paul … er hat meine Fotos mit nach Key West genommen … hat sie versehentlich eingepackt, als wir uns trennten und er ausgezogen ist … Als er mich ansieht, steigen ihm Tränen in die Augen. – Mein Gott, das klingt alles so was von dürftig.

– Da hast du verdammt Recht, sage ich im Aufstehen. Beschissene lahme alte Schwuchtel, denke ich, hält mich hin, bloß weil er mir an die Eier will, und für ein paar Sekunden hasse ich Tomlin mehr als jemals einen anderen zuvor. Aber ich weiß, wohin Hass führt, darum nicke ich lediglich nachdenklich und mache einen Abgang; soll dieser affige Spitzenkoch doch allein am Tisch auf zwei bestellte Gerichte warten.

Ich bin draußen und gehe schnell die Straße runter, denn ich habe das Gefühl, es wäre wichtig für mich, dass ich mich nicht von ihm einholen lasse. Täte er das, wär die Fotze fällig. Ich hetze den Hügel runter, die Grant lang, durch Chinatown, sehe mir an, wie die Lieferwagen ihre frischen Waren in die Läden anliefern, sehe all die Chinesen ihren Geschäften nachgehen. Ich wette, die Hälfte davon ist nie in China gewesen, aber *sie* wissen alle, wo sie herkommen. Die Sonne scheint kräftig, und ich latsche und latsche, bis ich irgendwann die Market überquere und den Fehler begehe, von den Hauptstraßen abzugehen, helllichter Tag, aber alles ist verlassen, überall um mich herum alte aufgegebene Lagerhäuser, na ja, so gut wie verlassen, denn ein Junge springt aus einem Hauseingang und bleibt vor mir stehen. – Du! Gib mir dein verficktes Portemonnaie! Zack, zack!

Leck mich, der Junge hat so was wie eine Knarre in der Hand, na na, nicht so was wie, es *ist* ne verfickte Knarre, und er ist in meinem Alter, vielleicht ein bisschen jünger oder älter. Schwer zu sagen. Er ist nicht schlecht angezogen, aber seine Lippen sind aufgesprungen und verschorft. Irgendwie scheint er mir den glupschäugigen, stieren Blick des Crackirren zu haben, aber es könnte auch von der Aufregung kommen. – Portemonnaie hab ich nicht, Kumpel, sage ich selbstgefällig, als wäre es ein privater Joke. Das kann unmöglich ne echte Knarre sein, die kommt mir so winzig vor.

Mein Akzent bringt den Jungen ein bisschen aus dem Konzept, aber er faucht mich an: – Jetzt gib mir einfach dein beschissenes Geld, du Arschloch, oder es wird dir leidtun, dass deine Mutter dich geboren hat!

Ich denke an meine Mutter, Tomlin, und den ganzen Scheiß, den ich mir bieten lassen musste. – Du hast ja meine Mutter nie gesehen. Mir tut's jetzt schon leid, sage ich lachend und fordere ihn dann heraus: – Schieß. Jetzt mach, baller schon los. Ich breitete die Arme weit aus. – Ich lass mir die Kugel geben. Immer her damit, du Fotze!

Der endgültige Test.

– Du verfickter … du …, keucht er, die Augen kaum noch menschlich. Sein Leben steht genauso auf dem Spiel wie meins. Er weiß, wenn er nicht abdrückt, nehme ich ihm die Knarre ab und blas die Fotze weg. Ich weiß, dass er genau das in meinen Augen sieht. Er entsichert die Knarre, und ich denke an Kibby.

Der endgültige Test.

Nichts zu machen … zu viel Verzweiflung, zu viel Verlust.

Nein, nein …

– Nein, nicht … nimm mein Geld, bitte, erschieß ihn nicht. Bring ihn nicht um … Ich falle auf die Knie. Ich schluchze, würgend und trocken, hyperventiliere, und der Atem stockt mir in der Brust, als ich verzweifelt die Scheine aus der Tasche zerre und sie dem Typ mit ausgestrecktem Arm hinhalte; mein gesenkter Kopf starrt dabei auf die Spalten im Gehweg.

Ich warte auf die Kugel und denke an das alte Mädchen, Kay,

Dorothy, warte nur darauf, dass ich sie in mein Gehirn klatschen höre, bei den ganzen Knochensplittern und der rumspritzenden Gehirnmasse sicher ein zu großer Schaden, um durch die verrückte nächtliche Alchemie dieses Zauberbanns je wieder rekonstruiert und auf den armen Kibby übertragen zu werden ... Joyce, die ins Krankenhaus kommt und sein Gehirn übers Kissen verspritzt sieht ...

Ich warte ... Ich warte ... dann fühle ich, wie mir die Scheine aus der Hand gerissen werden.

– Du bist ja vielleicht ein erbärmliches, abgefucktes Arschloch!, brüllt der junge Kerl, schiebt sich das Geld in die Tasche und zischt dann ab, die Straße runter. Einmal sieht er sich noch nach mir um, der ich immer noch knie. Er weiß ja nicht, dass ich bete, für die Seele des Jungen bete. Ich bete für Kibbys Seele und sogar für meine eigene. Ja, für meine eigene. Hüte dich vor einem Mann, der weint. Er weint nur um sich selbst. Ich bete für die Liebe. Nein, ich weine nicht um mich ...

LOVE
LOVE
LOVE
LOVE
Insanity laughs under pressure we're cracking why don't we give love one more chance – Why don't we –

Erst scheint nichts zu passieren, aber die Sonne kommt plötzlich hinter dem Dach des Gebäudes hervor und lässt ihr blendendes Licht hinfallen, wo vorher nur kalter Schatten war. Aufgeregt und euphorisiert komme ich taumelnd auf die Beine und gehe mit wackligen Knien auf die Hauptstraße, die Market Street und dann noch ein Stückchen weiter, bis ich das Click Ass Internetcafe gefunden habe.

An: Skinnyboy@hotmail.com
Von: Shannon4@btclick.com
Danny,
zuerst mal tut es mir unheimlich leid, was ich von deinem Freund Rab gehört habe. Ich hab ihn ja nie richtig gekannt. Ich habe ihn nur das

eine Mal im Café Royal getroffen, aber er schien mir ein lieber, großer, freundlicher Kerl zu sein.

Ich habe mich mit Brians Mum in Verbindung gesetzt, und er scheint die Operation gut überstanden zu haben. Er liegt noch auf der Intensivstation, aber wie es aussieht, war sie erfolgreich, und – klopfen wir auf Holz – der Körper nimmt die neue Leber an.

Ich muss dir sagen, dass ich mich mit jemandem treffe, schon seit einer Weile. Ich habe es dir verschwiegen, weil es jemand ist, den du kennst, und ich befürchtet habe, du könntest sauer werden. Es ist Des, Dessie Kinghorn. Du hast unabsichtlich Amor gespielt, es war an dem Karaoke-Abend im Grapes, wo du so gemein gewesen bist und uns beide rausgeekelt hast! Wir waren beide schlecht drauf und standen allein auf der Straße. Dann kamen wir ins Gespräch und sind noch was trinken gegangen, und ab da hat es sich langsam entwickelt.

Ich möchte mich wirklich nicht in irgendeinen Zwist zwischen dir und Dessie einmischen, denn das geht nur euch etwas an. Aber es ist jetzt wirklich weit genug gegangen, und ihr solltet es beide gut sein lassen. Komischerweise stimmt Des mir zu. Er hat mir einige alte Fotos von euch beiden als kleine Jungs gezeigt, und er hat immer noch unheimlich viel für dich übrig.

Er war außerdem ebenfalls sehr erschüttert über die Sache mit Rab McKenzie.

Ich weiß aus deinen E-Mails, wie viele Gedanken du dir über Brian gemacht hast. Hinter dieser harten, spöttischen Fassade bist du ein wunderbarer Mensch. Ich weiß, das liegt alles an deinem Background, der Sache mit deinem Dad, und ich hoffe, es gelingt dir, eine Lösung zu finden, mit der du leben kannst.

Du weißt, dass du in mir immer eine Freundin hast,
alles Liebe,
Shannon

Allmächtiger verfickter Jesus …

Da kann man nichts anderes tun, als auch in die Tastatur zu hauen. Tippen und glotzen, unser ganzes Leben lang wenden wir uns an den Bildschirm: Inspektionsberichte, Fernsehen, Videokonferenzen, Musik downloaden, E-Mails …

An: Shannon4@btclick.com
Von: skinnyboy@hotmail.com

Shannon

Freut mich zu hören, dass Brian wieder auf die Beine kommt. Wir haben uns nie so besonders verstanden, und ich war wahrscheinlich ein bisschen hart ihm gegenüber, weil ich mit mir selber so viele Probleme hatte. Ich bete wirklich für ihn.

Vielen Dank für deine freundlichen Worte über Rab. Wir alle werden den Großen schmerzlich vermissen.

Was du über mich gesagt hast, war wirklich sehr aufschlussreich und großmütig. Deine Freundschaft ist mir viel wert. Ich muss zugeben, dass ich mir Sorgen gemacht habe, als wir uns näherkamen, und die Befürchtung hatte, es könnte unsere Freundschaft belasten. Ich habe das Gefühl, ich war ein bisschen rücksichtslos damals, als wir beide emotional ziemlich angeschlagen waren. Ich möchte einfach, dass du weißt, dass es nie respektlos dir gegenüber gemeint war. Es war eben so, dass wir beide auf dasselbe genau umgekehrt reagiert haben, und deine Reaktion war die angemessenere.

Es hat mich überrascht, aber nicht unangenehm, was du von dir und Des schreibst. Ich muss jetzt die Hand heben und mich dazu bekennen, dass ich bei der Aufteilung der Entschädigung sehr egoistisch gewesen bin. Ich bleibe immer noch dabei, dass Des seinerseits sehr unrealistisch war, aber das ändert nichts an meinem eigenen Egoismus: Man kann nur die Verantwortung für sein eigenes Verhalten übernehmen. Na, ich will das hier alles nicht noch mal aufrollen. Bitte übermittle Des meine aufrichtige Entschuldigung für mein Verhalten an diesem Abend. Er ist ein ausgezeichneter Kerl, der mal ein sehr guter Freund war, und ich hoffe, er wird es irgendwann wieder werden.

Ich wünsche euch beiden das Beste.

Alles Liebe,

Dan X

Dessie hat mir meine Scheiß-Freundin ausgespannt. Diese Drecksau! Womit schlägt das wohl in seinem Versicherungsheinigehirn zu Buche? Tausend? Zweitausend? Sind wir damit wenigstens quitt? Er würde wahrscheinlich so was sagen wie: »Nee, ihr wart ja eigentlich bloß Fickfreunde, das wird nur mit fünfhundert veranschlagt, außerdem eine Entschädigung für den dadurch entstandenen Ausfall sexueller Freuden, aber soweit ich weiß, hast du noch in derselben Nacht die fette Torte hinter der Theke durchgeklempnert, womit dieser Anspruch verfällt.«

Ach, was soll's, wenigstens wird sie von ihm mehr haben als von mir. Ich war schon ein bisschen sehr arschig zu Shannon, aber sie war ja auch nicht gerade Ms Friede, Freude, Eierkuchen. Bei Dorothy werde ich mich besser benehmen, denn hier bin ich frei von Kibbys Fluch, dem Fluch, mit dem er mich belegt hat, noch bevor ich ihn mit meinem belegte. Hier ist nichts von dem irrationalen, allumfassenden Hass, der mein Leben verzehrt und jeden irgendwann fickt, mit dem ich in Kontakt komme. Hier bin ich erlöst davon, und wir haben beide unseren Frieden.

Aber zuerst habe ich noch ein paar Dinge zu klären. Ich muss wissen, was es mit Kibby und diesem Scheiß, der zwischen uns läuft, auf sich hat. Und ich muss meinen Alten finden, und hier ist er verfickt noch mal nicht. Tomlin ist von der Liste gestrichen, den Weg des alten Sandy gegangen. Ich muss wohl in den sauren Apfel beißen und De Fretais zur Rede stellen; wenn nötig, prügle ich es aus dem schleimigen, fetten Ficker raus.

Ich muss nach Hause, bevor ich irgendwas anderes anfange.

Das Dinner

33
Herbst

Edinburgh im Herbst machte den Eindruck einer Stadt, die alle Ambitionen aufgegeben hat, zurechtgestutzt und auf das Wesentliche reduziert. Die Festival-Touristen waren schon lange weg, und auf Durchreisende übte sie wenig Anziehungskraft aus. Während sie kalt, feucht und dunkel wurde, trippelten die Edinburgher durch die Straßen wie ängstliche Novizen durch einen Boxring – aus jeder Ecke Schläge erwartend, ohne sich dagegen wehren zu können.

Trotzdem fand er die Stadt in dieser Zeit sehr viel entspannter als zu jeder anderen. Befreit von Definitionen, die ihr von außen aufgedrückt wurden, wie »Kunsthauptstadt der Welt« (Festival) oder »Partyhauptstadt der Welt« (Hogmanay), durfte die Einwohnerschaft wieder den prosaischen, aber deswegen keinesfalls belanglosen Verrichtungen des täglichen Lebens in einer nordeuropäischen Stadt nachgehen.

Danny Skinner war desorientierter denn je wieder in seiner Heimatstadt gelandet. Während des gesamten Flugs hatte er an Dorothy gedacht, an die traumatische Tränenflut ihrer Abreise am San Francisco Airport, deren Intensität sie beide geschockt hatte. Durch seine Gedanken tanzten die wundervollen Möglichkeiten und grausamen Unmöglichkeiten einer Langstrecken-Langzeitbeziehung. Aber seine Mission war noch nicht erfüllt. Greg Tomlin war von der Liste gestrichen, aber er wusste, dass seine Mutter damals irgendeine ernsthafte Beziehung gehabt hatte. Während ihm warm ums Herz wurde bei dem Gedanken, er könnte das Produkt einer aufrichtigen, wenn auch flüchtigen Liebe gewesen sein, und nicht das eines Cider-und-Speed-Ficks, brachte er es nicht über sich, ihr erneut entgegenzutreten, zumindest nicht sofort. Jetzt wollte er erst mal De Fretais.

Als er seine kalte Wohnung in Leith betrat, machte er die Heizung an und knockte sich dann mit ein paar Schlaftabletten aus. Am nächsten Tag rief er Bob Foy an und erfuhr, dass De Fretais gerade zu Dreharbeiten in Deutschland war. Sein nächster Anruf galt Joyce Kibby, und der Jetlag machte ihm noch zu schaffen, als er sich mit ihr im St. John's Café in Corstorphine zum Kaffeetrinken traf.

Skinner erfuhr, dass Brian Kibby sich gut erholte, seit die neue Leber ihre Arbeit aufgenommen hatte. Und während er dem munteren Plappern von Joyce lauschte, hätte er ihr am liebsten gesagt, *›Es ist meine Schuld, dass er so im Arsch ist, aber ich hab ihn kuriert, ich trinke nicht mehr‹*, aber das konnte er natürlich nicht machen. Er hatte nur den einen Gedanken: Warum kann ich Joyce Kibby nicht sympathischer finden ? Aber als sie jubelte: – Wir holen ihn nach Hause, Mr Skinner, Brian kommt nächste Woche nach Hause!, teilte er ihre Freude.

Skinner drückte ihr begeistert die Hand und erklärte: – Das ist eine gute Nachricht! Und bitte, zum letzten Mal, ich heiße Danny.

Joyce Kibby wurde rot wie ein Schulmädchen, denn in einer Weise, die sie selbst nicht ganz verstand, konnte sie den jungen Mr Sk-, Danny wirklich gut leiden.

Ich nehme die Linie 12 von Corstorphine zurück nach Leith, und muss feststellen, dass mich die Besserung von Brian Kibbys Gesundheitszustand mit einem wohligen Hochgefühl erfüllt. Es wird so intensiv, dass ich mich entschließe, am West End auszusteigen und mir Gillian McKeiths Buch *Du bist, was du isst* zu kaufen. Es soll mir als Ausgangsbasis dienen, um eine vernünftige Ferndiät für ihn zusammenzustellen. Außerdem kaufe ich bei Boots Mariendistel-Nachschub. Später schreibe ich im Internetcafé am Anfang des Walk eine E-Mail an Dorothy, in der ich ihr eine ganze Reihe unsittlicher Anträge für Fortgeschrittene mache. Ich hoffe, das wird sie auf den Geschmack bringen, und wenn sie später zu kneifen versucht, habe ich es wenigstens schriftlich.

Ich flöhe in gemütlichem Tempo das Netz, ob es was Neues über die hiesigen Punkbands gibt, auf die meine Mum gestanden hat, weil ich mir sage, dass alternde Punks womöglich ein noch besseres Gedächtnis haben als uralte Küchenchefs. Ich stoße auf was über die Old Boys, das mich interessiert.

REUNION GIG DER OLD BOYS

Die Old Boys waren ein Punk-Quartett aus Edinburgh und zwischen 1977 und 1982 eine Institution der hiesigen Liveszene. Während die meisten Punkbands aufsässige Hymnen über die Rebellion der Teenager anstimmten und die Flucht vor der Langeweile des modernen Lebens in einer als korrupt empfundenen Gesellschaft in hemmungslosen Hedonismus und nihilistische Selbstzerstörung propagierten, schlugen die Old Boys mit ihrem charismatischen Sänger Wes Pilton (Kenneth Grant) ganz andere Töne an.

Sie sangen zutiefst reaktionäre Texte über den sozialen Niedergang; sie beklagten sexuelle Freizügigkeit, Drogenkonsum, die hohe Zahl alleinerziehender Eltern und die Verantwortungslosigkeit der Jugend. Sie priesen die Werte, die England in Kriegszeiten stark gemacht hatten: Heldenmut vor dem Feind, Gemeinschaftsgeist und ein Empire, in dem die Sonne nicht unterging. All das gab reichlich Anlass zur Irritation, besonders, da die Band jede Nummer mit stoischer Ernsthaftigkeit zum Besten gab, was sie zu Outcasts, zu einem Dorn im Fleisch der übrigen Punkszene, machte, die sich selbst als so radikal empfand. Einige wenige sahen in ihnen jedoch den wahren Geist des Punkrock: dreist genug, um sich selbst zu verarschen, und widerborstig genug, um ihr eigenes Publikum gegen sich aufzubringen. Sie legten es darauf an, jeden alten Spießer zu übertreffen, der je im Pub neben dir gestanden und sich über dein Äußeres mokiert hat. Sie kleideten sich wie ihre Großväter, die Sorte stolzer alter Männer, die ihren besten Anzug anziehen, wenn sie am Samstag in die Eckkneipe gehen. Wes Pilton gefiel sich mit einem nicht sehr vertrauenerweckenden Schnäuzer und trug das ganze Jahr über eine Schlägermütze und einen Regenmantel mit Remembrance-Day-Klatschmohn im Knopfloch. Zwischen den Songs quatschte er unausgesetzt über seine Tauben.

Mit ihrem ersten Album, *The Old Boys*, machten sie auch außerhalb ihrer Heimatstadt auf sich aufmerksam, allerdings waren die Meinungen zur Band und ihrer Einstellung geteilt. Gaben sie einfach die Generationen vor ihnen auf grausame Weise der Lächerlichkeit preis, oder waren sie das Trojanische Pferd der Reaktion in der Festung des Punkrock?

Die Old Boys selbst deckten ihre Karten niemals auf, obwohl etlichen Kritikern nach der Veröffentlichung der volksverhetzenden und rassistischen Single »Compulsory Repatriation« der Kragen platzte. Als es in Nicky Tam's Tavern beinahe zu Ausschreitungen kam, die angeblich von Mitgliedern der Anti-Nazi-League angezettelt waren, prägte Wes Pilton den unsterblichen Satz: »Hat denn keine Sau in dieser Bude schon mal was von Ironie gehört?«

Damit brachte er die Old Boys auf den Punkt. Sie waren als Band ihrer Zeit voraus: postmoderne Zyniker in einer politischen Ära, die alles bierernst nahm. Vielleicht aus Frustration, dass sie niemand wirklich verstand, begannen sie sich selbst zu parodieren und vergraulten so auch noch den Rest ihres Publikums.

Es sieht so aus, als hätte dieses trübe Kapitel für die Band den Anfang vom Ende eingeläutet. Sie schleppten sich noch mühsam weiter, bis 1982 der unvermeidliche Split kam, als Pilton für geistig verwirrt erklärt und vorübergehend in die psychiatrische Abteilung des Royal Edinburgh Hospital in Morningside eingewiesen wurde. Mike Gibson, der Gitarrist der Band, stieg aus, um am städtischen Napier College Steuerrecht zu studieren. Steve Fotheringay, der Bassist, war der einzige Old Boy, der im Musikgeschäft blieb. Er arbeitet als DJ und Produzent. Pilton meldete sich mit einem Soloalbum, *Craighouse*, zurück, ein Konzeptalbum, das auf seinen Erfahrungen in der Psychiatrie basierte.

Mit ihren Drummern war der Band ein Los beschieden, das sich wie die Vorlage zu *Spinal Tap* anhört, denn beide wählten tragischerweise den Freitod. Donnie Alexander, der ursprüngliche Schlagzeuger, verließ die Band im April 1980 nach einem

Unfall an seinem Arbeitsplatz, der ihn schwer entstellte. Man fand ihn etwa achtzehn Monate später tot in einer nach Gas stinkenden Einzimmerwohnung in Newcastle on Tyne. Sein Nachfolger in der Band, der den etwas unglücklichen Namen Martin Smelt trug, beging im Sommer 1986 Selbstmord, indem er sich von der Dean Bridge stürzte. Als glühender Hearts-Fan soll er nach den fußballerischen Ereignissen des Jahres unter schweren Depressionen gelitten haben.

Über zwanzig Jahre später geben die Old Boys ein Comebackkonzert, bei dem Smelt an den Drums von Chrissie Fotheringham, Steves amerikanischer Ehefrau, ersetzt wird, zumindest die Rhythmusgruppe hat also keine Entschuldigung, hinterherzuhinken.

Da steht, der Gig sei nächste Woche in der Music Box auf der Victoria Street. Da werde ich definitiv mal vorbeischauen, und mir außerdem die Best-of-CD kaufen, die kürzlich erschienen ist.

Ich gehe raus, und nach Kalifornien finde ich es hier bitterkalt, außerdem wird es so schnell dunkel. Trotzdem bin ich immer noch guter Dinge, bis ich auf der Höhe der Duke Street diesen schleimigen kleinen Rattenarsch unbeschwert die Straße langtrippeln sehe.

Busby. Wie sieht wohl sein Konsumverhalten aus? Was trinkt dieser rotgesichtige Kinderficker?

Export. Whisky. Ich überlasse es euch.

Ich drücke mich in einen Geschäftseingang und sehe ihn in eine von den Opa-Tränken gehen, die um jeden Gast kämpfen müssen, seit sie von der riesigen Wetherspoons-Bedürfnisanstalt an der Ecke unterboten werden, in der die Pitcher mit Cocktails zur Happy Hour für dreiundachtzig Pence oder so über die Theke gehen. Sobald die alten Wirte einpacken müssen, werden die Preise dann natürlich ordentlich anziehen, da wird man sich noch umgucken.

Busby.

Ich spinkse durch die langen Fenster des Pubs, vorbei an den Stellen, wo Säufer, die nicht mehr geradeaus gucken konnten, mit ihren speckigen Fish & Chips-Pfoten draufgepatscht haben, um nachzusehen, ob einer drinsitzt, der ihnen vielleicht ein Bier ausgibt.

Der kleine Busby, da sitzt er unter den Lampen einer alten Flohkiste von Pub in Leith, mit seinem Rentnergedeck. Dieser dünne Schweißfilm – oder ist es Fett? – auf seinem Gesicht. Seine Erdbeernase. Seine flinken, spöttischen, feixenden Äuglein, die so gar nicht zu diesem Austernlächeln passen.

Der Versicherungsmann.

Was bietet der Versicherungsmann an? Bei ihm können wir uns dagegen versichern, zu sein, was wir sind. Was so gut wie keine Versicherung ist.

Ich schaue hinein und beobachte Busby, wie er da mit Sammy zusammensitzt. Der Dicke: vierschrötig und benommen, nachdem sein Leben langsam in Alkoholexzesse abgerutscht ist. Die Jahre, die Frau, die Kinder, die Freundinnen, die an ihm vorübergegangen sind, hat er kaum beachtet, und jetzt spürt er ihren Verlust. Geblieben ist ihm nur die loyalste und zugleich tückischste aller Schlampen: wer sonst als die holde Schönheit Alkohol?

Und um es für ihn noch schlimmer zu machen, ist Busby, das zierliche kleine Persönchen, diesem Koloss heute über, einem Mann, dem er wahrscheinlich für einen großen Teil seiner Jugend aus dem Weg zu gehen versucht hat. Aber die Dinge ändern sich, manchmal so unmerklich, dass man es gar nicht mitbekommt, besonders bei alten Säcken wie ihnen. Jemand, der so gewieft ist wie Busby, wird sich einen, der so schwer von Begriff ist wie Sammy, immer untertan machen, sofern er geduldig ist und nicht vergisst, sich immer schön einzuschmeicheln.

Und warum auch nicht? Busby ist keine Bedrohung, er hat nichts, das Sammy haben will, bis auf die gestohlenen Nächte mit gelangweilten oder einsamen alleinstehenden Frauen wie meiner Mutter. Als Sammys Alkoholismus und Verwirrung zunahmen, fand er in Busby einen seltsamen Kumpan. Zuerst rücksichtsvoll und mit dem gebotenen Respekt: *Aye, du kommst im Handumdrehen wieder auf die Beine, Sammy, einen guten Mann kann man nicht lange am Boden halten, und du warst immer einer der Besten, Sammy ...*

Aber jetzt kommt die Geringschätzung durch. Sie zeigt sich in den höhnischen Seitenblicken, die Sammy in seiner Erschlaffung und seinem Alkoholdusel nicht mitbekommt. Oder die gelegentliche bissige Bemerkung, die die wattierten Schichten seines Bewusstseins durchstoßen, weil Busbys Anerkennung für Sammy so wichtig geworden ist, weil hier für ihn die einzige quasifreundliche Musik in der Stadt spielt.

Und an Busby und Sammy sehe ich, wie beschissen es ausgeht, wenn man Verantwortung für irgendeinen anderen übernimmt, wie sehr man sich damit von denjenigen abhängig macht. Für Busby und Sammy kann man Skinner und Kibby lesen. Oder jede andere Fotze in irgendeiner grottigen Kneipe in jeder x-beliebigen Klein- und Großstadt dieses Landes. Alle, deren Zug abgefahren ist und die auf nichts zurückgreifen können als einander und die eigenen jämmerlichen Dramen voller Ekel und Schrecken. Ein höhnisches Tänzchen mit jemandem kann ganz amüsant sein, aber man hängt sich damit einen Klotz ans Bein. Besonders wenn die Musik ausgeht und man sich in seiner Verzweiflung so umklammert, dass man nicht mehr voneinander loskommt.

Noch nicht mal vierundzwanzig, und ich kann schon sehen, dass alles verschissen ist. Das hat mein Zwillingsfluch, Kibby und der Alkoholismus, mich gelehrt. Ist Alkoholismus das Produkt der Vaterlosigkeit oder ist das auch bloß wieder eine blöde Ausrede? *Debattier, debattier, debattier.*

Wie gerne würde ich reingehen und dem alten Busby und Sammy ein Bier ausgeben. Mit den Jungs in Erinnerung an die alten Zeiten schwelgen. Gebannt zuhören, jawohl, gebannt, während Sammy sabbelt und sogar neckisch wird, derweil die Gummilippen vom linken alten Busby im Suff immer mehr ausleiern, während die Geheimnisse ausgespuckt werden.

»Aye, du könntest glatt mein Junge sein. Würde hinkommen mit der Zeit, als ich deine Ma gebumst hab. Kleine Punkette is sie damals gewesen. Die kennste doch noch, Sammy! Süßes Paar Titten! Warste da nich dabei, hä? Aber du warst ja immer mehr für Slade zu haben, äh, Sammy? Noddy Holder. ›Cum On Feel The Noize‹? Kannste dich dadran noch erinnern, Sammy? ›Skweeze Me Pleeze Me‹!«

Nur um mir eine Rechtfertigung zu geben, aufzustehen und meine Faust in dieses Gesicht zu rammen, in diese verzogene Gummifresse, die sich schon aus tausend solcher Kinnhaken rausgeredet hat, nur um zuzusehen, wie die Kronen oder die letzten verbliebenen Zähne wie Geschosse durch die Kneipe fliegen. Aber nein. Denn für die Nummer müsste ich selbst einen mittrinken, und einer ist nie genug, aber tausend sind zu viel.

Ich rette Brian. Ich versage mir selbst alles, um Brian zu retten, und nicht nur aus Angst, es könnte auch umgekehrt kommen, was bereits Grund genug wäre. Es ist mehr als Egoismus oder Selbsterhaltungstrieb. Ich will einfach nicht, dass er stirbt, das wollte ich nie. Weil er es nicht verdient, zu sterben. Er war doch bloß eine winselnde kleine Fotze. Und ich wollte nie was anderes, als ihm einen Arschtritt geben.

Aber der Ruf des Alkohols, o mein Gott, hier im stinkenden alten Edina ist er viel lauter als im sonnigen Ga-li-wor-nien. Eine Dose Lager. Ein einziges Pint kühles Blondes. Ich gehe den Walk rauf und komme jetzt an der Lorne Bar vorbei. Die Alhambra-Bar, die Tür von einem Keil offen gehalten. Duncan Stewart hockt auf einem Barhocker; ich sehe seinen rasierten Hinterkopf. Jede Kneipe, die ich passiere, birgt ein Gesicht: eine Erinnerung, eine Geschichte, das, woraus ein Leben gemacht ist. Mehr als dem Alkohol bin ich diesem Leben verfallen, dieser Kultur, diesen sozialen Beziehungen. Aber ich kann nicht da reingehen und nur ein Wasser oder eine Limonade trinken. Ich kann da nicht reingehen. Ich kann nicht hier bleiben, wo eine unsichtbare Hand mich immer in dieselbe Richtung dirigiert, schiebt, schubst und lockt. Ich hab einen Rückzieher gemacht und gehe den Weg zurück, den ich gekommen bin, dieselbe Straße. Ich bin an der Kreuzung, aber alle Straßen führen zum selben Ort. Es ist überall das Gleiche. Wohin geht man vom Anfang des Walk? Rauf zum Central, Spey et cetera, et cetera oder die Junction Street lang zu Mac's, Tam O'Shanter, Wilkies et cetera, et cetera? Oder vielleicht die Duke Street zum großen Witherspoon's oder dem Marksman et cetera, et cetera? Oder vielleicht die Constitution Street zu Yogi's, obwohl es ihm ja nicht mehr gehört, oder Holmes oder Nobles et cetera, et cetera?

Es ist überall.

Ein schönes Pint. Aye, hier wird ein gepflegtes Pint gezapft, Sohnemann. Mann, ist das ein geiles Pint! Es enthält Zuckercouleur, Maisstärke, Pyrocarbonat, Benzoesäure, Schaumverstärker, Aminoglucosidase, Beta-Glucanase, Alpha-Acetolactat, Decarboxylase, Stabilisatoren und wasserfreies Natriumcarbonat. Und manchmal sogar: Malz, Hopfen, Hefe, Wasser und Weizen. Möglicherweise. Aber wettet nicht drauf.

Und es ist verfickt noch mal überall.

Die Verwandlung war verblüffend. Er saß jetzt aufrecht im Bett und nahm feste Nahrung zu sich. Die neue Leber funktionierte einwandfrei, und was noch wichtiger war, es hatte keine nächtlichen Krampfanfälle mehr gegeben. Niemand vom medizinischen und Pflegepersonal wagte es, das Wort Remission in den Mund zu nehmen, doch Brian Kibbys rasche Fortschritte und die knappen Budgets des NHS ließen den Chirurgen, Mr Boyce, mutmaßen, dass man Kibby noch in dieser Woche nach Hause schicken könnte.

Joyce freute sich wahnsinnig über diese Neuigkeit und wusste gar nicht, wann sie das letzte Mal so glücklich gewesen war. Ihre Gebete waren erhört worden. Ihr Glaube, durch Keiths Tod so schwer erschüttert und durch Brians Krankheit bis an die Grenzen seiner Belastbarkeit strapaziert, hatte es unbeschadet überstanden, ja, war geradezu erneuert daraus hervorgegangen. Aber Ängstlichkeit und Skepsis waren durch Veranlagung und Umstände so tief in ihrer Psyche verwurzelt, dass sie sich ohne sie nackt gefühlt hätte. Brian Kibby kannte seine Mutter gut und sah, dass irgendetwas ihre Freude trübte. – Was ist, Mum? Stimmt irgendwas nicht?

Seine Mutter hatte gemerkt, dass sie bei der Frage ihres Sohns zusammengezuckt war; daher wäre es töricht, so zu tun, als wäre nichts. – Junge … ich weiß, du hast mich gebeten, es nicht anzusprechen, begann sie zögerlich, – aber es geht um Danny … Mr Skinner aus dem Büro. Er möchte dich so gern besuchen.

Brian Kibbys Gesicht verzerrte sich zu einer derart grotesken Grimasse, dass Joyce ihre Offenheit sofort bereute. Starr aufgerichtet im Bett und um Beherrschung ringend, starrte er seine Mutter mit einem Ausdruck an, den sie so bislang noch nie bei ihm gesehen hatte und bei dem es ihr kalt über den Rücken lief. – Ich hasse ihn, sagte er, – ich will nicht, dass er in meine Nähe kommt.

– Aber Brian!, heulte Joyce auf. – Da … Mr Skinner hat die ganze Zeit aus Amerika angerufen, während er drüben war. Er hat dem netten Mädchen in deinem Büro jeden Tag eine E-Mail geschrieben, um sich nach dir zu erkundigen!

Jetzt war es an Brian Kibby, die Reaktion seiner Mutter mit Besorgnis zu verfolgen, so erschrocken war er, wie sehr seine Antwort sie verärgert hatte. – Reden wir nicht über Skinner. Ich will nur nach Hause; nur du, ich und Caroline, sagte er und fragte sich dabei: *Was will Skinner von mir?*

34
Schreck und Ehrfurcht

Der Tag ist rau, arschkalt, aber wenigstens ist er brutal ehrlich, einer ohne Eisregen, der auf das Gemüt drückt, oder Winde, die zur Tortur werden. Der letzte Rest der blassen Sonne schwindet, und der schwefelgelbe Himmel wird malvenfarben. Meine Füße knirschen über vereiste Stellen auf dem Gehweg, sobald ich die breite St. John's Road verlasse und die gewundene Seitenstraße zur Hütte der Kibbys runtergehe.

Ich will Joyce besuchen, die mich angerufen hat und sehr besorgt wegen Brians Verhalten gewesen ist. Sie meinte, das wäre doch nicht nötig, aber ich habe darauf bestanden, weil ich in Kibbys Bude rumschnüffeln wollte, ehe er morgen aus dem Krankenhaus wiederkommt.

Ich klopfe an die Tür, und als sie aufgeht …

Heilge Scheiße …

… kriege ich einen Riesenschock, als ein umwerfend schönes Mädchen von etwa neunzehn, zwanzig vor mir steht.

Was für ein Schuss! Sie hat glatte lange Haare, auf einer Seite mit einer goldenen Spange zurückgesteckt. Ihre großen graublauen Augen sprechen von emotionaler Tiefe. Ihre Zähne sind strahlend weiß, und sie hat die zarteste Haut, die ich je gesehen habe.

Leck mich am Arsch.

Sie trägt ein grünes Top und eine grün-schwarze Camouflage-Hose.

Was zum Henker ist hier los? Ich bin …

Sie zieht fragend ihre Augenbrauen hoch, weil ich nichts sage.

Das kann aber noch dauern, da schon allein ihre Gegenwart mich aus den Socken gehauen hat.

Wow, jetzt leck mich am Arsch ...

In meiner Erregung, die seltsamerweise weniger sexueller als emotionaler Natur ist, ringe ich darum, cool zu bleiben, und zwinge mich zu einem knappen Lächeln. – Ich bin Danny. Ich, ähm, bin ein Kollege von Brian aus der Stadtverwaltung, erkläre ich und bin fast versucht, mich als Freund von ihm auszugeben, aber ich bremse mich gerade noch.

– Komm rein. Ich bin Caroline, sagt sie, dreht sich lässig um und geht vor ins Haus. Ich bin total geplättet, dass das, *das*, Kibbys Schwester sein soll. Ich folge ihr erwartungsvoll; ich will keinen Moment ihre Aura missen und natürlich ihre Kurven en Detail begutachten.

Joyce Kibby, die bereits im Flur neben uns steht, unterbricht meine verzückte Betrachtung. Sie ist so nervös und fahrig wie ihre Tochter gelassen und anmutig. – Mr Skinner ..., sagt sie.

– Danny, bitte, wiederhole ich mich, eher Caroline als ihr zu Gefallen. Die Transuse müsste mittlerweile wirklich so weit sein, auf Formalitäten verzichten zu können. Allerdings kommt darauf keine Reaktion von Caroline, die mit wiegenden Schritten ins Wohnzimmer schlendert, ohne noch etwas zu sagen.

– Wie geht es Brian?, frage ich Joyce und will Caroline folgen, aber ich werde in die Küche dirigiert. Als ich widerstrebend Platz nehme, erhasche ich durch einen Türspalt einen Blick auf ihre Tochter. Sie ist mehr als nur hübsch; ich kann mich nicht erinnern, schon irgendwann zuvor so auf eine Frau reagiert zu haben.

Na ja, Justine Taylor vielleicht – in der zweiten Klasse. Oder Kay. Oder Dorothy. Aber sogar bei denen war es irgendwie anders. Das hier ist total krank. Ich kann doch nicht einfach –

Joyce setzt den Kessel auf. Vermutlich wegen dieser Tochter sehe ich mir das alte Mädchen jetzt etwas eingehender an und versuche vergebens, sie mir als jüngere, ansehnlichere Person vorzustellen. Ich sehe nur die stramm sitzenden, braven Löckchen und diese steife, abrupte Art. – Er ist auf dem Weg der Besserung, aber er scheint psychisch etwas aus dem Gleichgewicht zu sein, erklärt sie mir mit ihrer schrillen Stimme, die perfekt auf das Pfeifen des Wasserkessels abgestimmt ist.

– Oh, das ist nicht so gut. Wie kommt's?

Joyce misst zwei Löffel Tee ab und dann noch eine für die Kanne, wie meine alte Dame. Bei näherem Nachdenken muss sie auch so im Alter von Siouxie Sioux sein, obwohl man in einer Million Jahren nicht darauf kommen würde. Diese Frau ist wahrscheinlich alt auf die Welt gekommen, vielleicht ist es aber auch nur dieses Mäntelchen verkrampfter Beflissenheit, in das sie sich hüllt. – Er ist so seltsam von seinem alten Job besessen, sagt sie. Dann schaut sie mich tief beschämt an und enthüllt mir mit leiser, zugeknöpfter Stimme: – Das ist mir so peinlich ... es ist nur so, dass er ganz abscheulich auf alles reagiert hat, was Sie für ihn zu tun versucht haben. Er scheint einfach nicht zu begreifen, dass Sie nur helfen wollen! Ich kann nicht verstehen, warum er Ihnen gegenüber so feindselig eingestellt ist, wo Sie doch so gut zu uns waren und so besorgt um ihn. Ich weiß nicht, was das soll, nein, wirklich nicht, sagt sie errötend und schüttelt den Kopf, als sie mir eine Tasse hinstellt.

– Joyce, Brian hat Schweres durchgemacht. Da ist es nur zu gut verständlich, dass er etwas verwirrt ist, bringe ich ganz versöhnlich vor. Der Tee ist in einer albernen kleinen Porzellantasse, in die nichts reingeht, und der Henkel ist so winzig, dass man sie kaum hochheben kann.

– Ja, stimmt Joyce Kibby mir energisch zu und sabbelt mich weiter mit tausend Entschuldigungen im Namen ihres Sohns voll. Aber das Einzige, woran ich im Moment denke, ist ihre Tochter. Sie ist hinreißend und übercool, ein Scheiß-Megababe; alles, was Brian Kibby und seine dämliche Mutter nicht sind.

Caroline Kibby.

Brian Kibby.

Und dann kommt mir ein Geistesblitz, der mich beinahe blendet! Es gibt einen Weg, wie ich Brians Fortschritte überwachen kann, einen legitimen Grund, die Kibbys weiterhin zu besuchen! Ich würde zwei Fliegen mit einer Klappe schlagen beziehungsweise mit einer Liebesmühe. Und ich würde außerdem aller Wahrscheinlichkeit nach dem armen Brian tierisch auf den Wecker fallen.

– Er zeigt sich dadurch in so einem schlechten Licht, aber er ist kein böser Mensch, Mr Skinner, er ist ein anständiger junger Mann ...

Caroline.

Dieses göttliche und treffliche Präfix, das für meinen hungrigen, rastlosen Geist nun die Toxizität dieses ehedem widerwärtigen Wortes »Kibby« total neutralisiert. Es ist kein Zucker im Tee, aber ein süßeres Elixier habe ich nie gekostet. Wenn ich Caroline Kibby träfe, mit ihr *gehen* würde, könnte ich herkommen, wann immer ich wollte, und Brian könnte einen Scheiß dagegen tun. Ich könnte mich um ihn kümmern, zumindest bis er wieder auf dem Damm war. Gesund essen, viel Ruhe und ein gesundes Liebesleben, und zusehen, wie er aufblühte. Und währenddessen könnte ich lernen, ihn zu verstehen, herausfinden, warum ich diese seltsame und schreckliche Macht über ihn habe!

– ... hat mir und meinem Ehemann, Gott hab ihn selig, keinen Tag lang Kummer gemacht ...

Caroline Kibby.

Nein, es war gar kein Unwort. Eigentlich geradezu schön: Kibby, Caroline Kibby. Ja, ich konnte Brian stark machen, ehe ich nach Haus zurückkehrte, nach San Francisco ...

Dorothy.

In mancher Hinsicht erscheint es mir nun schon so weit weg, aber es war so real, so gut.

– ... und wie er sich Ihnen gegenüber aufführt ... ich kann es nicht erklären ... schon wenn er wüsste, dass Sie hier sind ...

– Schon gut, sage ich zu Joyce, Schwamm drüber. Brian ist immer noch sehr krank, und das Letzte, was ich will, ist, ihn aufzuregen. Ich gehe jetzt mal, und ich werde von Krankenhausbesuchen absehen. Vorausgesetzt natürlich, Sie halten mich über seine Fortschritte auf dem Laufenden.

– Das mache ich auf jeden Fall, Mr – Danny, und noch einmal vielen Dank, dass Sie so viel Verständnis hatten. Joyce sieht mich mit diesem flehenden Blick an. Und zum ersten Mal kommt mir den Gedanke, hinter diesem eigenartigen Fluch könnte sich irgendein wunderbarer göttlicher Plan verbergen. Ich trinke meinen Tee aus, und als ich mich verabschiede, bleibe ich kurz stehen, um meinen Kopf durch die Tür des Wohnzimmers zu stecken und Caroline ein fröhliches: – Bye! zuzurufen und sie noch einmal anzulächeln.

– Tschüs dann, sagt sie und dreht sich vom Tisch um, an dem sie gesessen hat – zuerst etwas überrascht, aber dann erwidert sie mein Lächeln, und ich denke, wow, das Mädchen ist was ganz Besonderes!

Ich schwebe derart euphorisiert bei Kibbys raus, dass ich das Glucken und Gurren von Joyce kaum mitbekomme. Dann ist mir, als würde ich tausend Fuß durch meinen eigenen Körper fallen, als ich wieder an Dorothy drüben in San Francisco denke. Scheiße, ich weiß echt nicht, was ich machen werde.

35
Der schiefe Turm

Seine Freunde waren ganz schön überrascht; nicht nur, dass Danny Skinner so bald zurückgekommen war, vor allem darüber, dass er in Edinburgh rumhing und immer noch keinen Tropfen Alkohol anrührte. Er schrieb regelmäßig E-Mails an Dorothy, aber mit Joyce telefonierte er jeden zweiten Tag, um sich nach Brian Kibbys Fortschritten zu erkundigen. Die gelegentliche Tasse Kaffee mit Shannon McDowall war seine einzige andere nennenswerte gesellschaftliche Aktivität. Shannon war auf seine alte Stelle befördert worden, aber nur mit einem Zeitvertrag, was sie ärgerte, weil alles nun von einer weiteren Mitarbeiterbeurteilung abhängig war. Abgesehen von ihrer Gifterei über die – wie sie es sah – diskriminierende Einstellungspraxis ihrer Bosse wollte sie offenbar nur über Dessie reden, und das hatte für ihn keinen übermäßigen Reiz. Er fand es verwirrend, dass sein alter Freund und Rivale für die Rolle des neuen Stechers gecastet worden war.

Skinner hatte immer noch keinen Anlauf unternommen, seine Mutter zu besuchen, und hatte auch von ihr nichts gehört. Leute, die er auf dem Leith Walk oder der Junction Street zufällig traf, sagten ihm, es ginge ihr gut, aber er vermied es konsequent, an ihrem Laden vorbeizugehen. Er blieb seinem Vorsatz treu, ihr erst dann wieder gegenüberzutreten, wenn er sie mit dem Namen seines Vaters konfrontieren konnte.

Was er allerdings wieder aufnahm, waren seine Freitags-Soireen mit Bob Foy, auch wenn er sich strikt an Mineralwasser hielt; ein Altstadtrestaurant, der Schiefe Turm, war zurzeit der bevorzugte Treffpunkt.

Foys grenzenloses Ergötzen darüber, dass Kibby mit Sicherheit nicht wieder in ihre Reihen zurückkehren würde, war immer noch unübersehbar. – Dieser Gestank nach Achselschweiß und Gott weiß was noch ist endlich aus dem Büro. Man kann buchstäblich wieder durchatmen, frohlockte er und wedelte theatralisch mit den laminierten Speisekarten.

Skinner hörte sich das nicht an. – Es ist eine beschissene Tragödie, was das arme Schwein durchgemacht hat. Ich bin nur heilfroh darüber, dass er seine OP gut überstanden hat, und wenn es ihm wieder besser geht, könnte Ihnen Schlimmeres passieren, als ihn wiederzubekommen.

Foy schürzte die Lippen und kippte sein Glas Chianti. – Nur über meine Leiche, sagte er abfällig.

Skinner und Foy beendeten ihr Mahl mit einer gewissen Anspannung und gingen dann noch etwas trinken, alkoholfrei, was den Ersteren betraf. Als Foy schließlich in einem Taxi davonfuhr, war er enttäuscht und noch immer ein wenig verwirrt von diesem abstinenten Wiedergänger seines alten Dinnergenossen.

Auch Skinner hatte noch eine weitere Mission. Mochte er auch nichts trinken, so galt es dennoch Kneipen abzuklappern, besonders im Studentenviertel.

Auf dem Grassmarket war viel los. Skinner quetschte sich in eine Café-Bar und trank einen Softdrink, als ihn zwei alte Bekannte anquatschten, Gary Traynor und der bullige junge Mann, den er als Andy McGrillen kannte. Sie waren offensichtlich entschlossen, heute Nacht auf den Putz zu hauen, und nahmen überrascht und angewidert seine Spritauswahl zur Kenntnis.

McGrillen …

Er erinnerte sich an diesen Streit, den McGrillen an Heiligabend vom Zaun gebrochen hatte, als Skinner sich nicht hatte hineinziehen lassen. Er mochte McGrillen nicht. Jetzt flackerten seine Synapsen, als er sich an den Zusammenstoß erinnerte, den sie als Jungen im Zug gehabt hatten, auf dem Rückweg vom Fußball in Dundee. Sie waren noch Kinder gewesen, es war fast zehn Jahre her, aber er hatte den Zwischenfall nie vergessen. McGrillen, mit ein paar Kumpels unterwegs, war ihm gegenüber frech geworden. Skinner war von McKenzie und dem Rest seiner Freude getrennt worden, war allein und hatte klein beigeben müssen. Es war nur eine minder schwere Demütigung, aber eine, die immer noch an ihm nagte, besonders jetzt, wo McGrillen sich mit Traynor rumtrieb. Sobald McGrillen damals geschnallt hatte, dass Skinner gute Verbindungen besaß, war er einigermaßen zivil gewesen und hatte sogar versucht, so was wie eine Freundschaft aufzubauen. Aber sie wussten beide, dass Vergangenes sehr schwer wiegen konnte, und sie hatten sich im Wesentlichen stillschweigend darauf verständigt, sich aus dem Weg zu gehen, ausgenommen dieses eine Mal Weihnachten. Als er jetzt sah, wie McGrillen missbilligend auf sein Glas schaute, war das Salz in Skinners Wunde.

Nee, beschissene Burberry-Basecap. Die Fotze is ja wohl der Vollasi. Wie alt ist der? Einundzwanzig? Zweiundzwanzig? Der denkt wohl, weil McKenzie nicht mehr da ist, könnte er jetzt bei uns andocken!

– Komm, Danny, trink doch n Pint mit, drängte Traynor.

– Nee, Orangensaft reicht mir, blieb Skinner standhaft.

Traynor schien zu spüren, was Skinner von McGrillen hielt, und versuchte die Stimmung zu lockern, indem er von dem neuesten Religionsporno erzählte, der ihm untergekommen war. – *Mein Gott, er spannt schon wieder!*; geiler Scheiß, ihr Fotzen – die totale Sauerei!

Andy McGrillen zuckte mit den Schultern und lächelte Traynor an, dann ging er an die Theke. Er überließ es seiner einigermaßen einschüchternden Erscheinung, eine Bresche zwischen den Trinkenden aufzutun, von denen ihn einige als einen vom Mob und potenziellen Grund zur Beunruhigung kannten. Kurz darauf war er mit den Drinks wieder da und knallte sie auf den Tisch.

– Prost, Jungs, sagte Skinner, – schön, euch mal wieder zu sehen. Er schaffte es sogar, halbwegs glaubhaft auch McGrillen miteinzubeziehen.

Skinner fand es seltsam wohltuend, seinen Orangensaft zu nippen, und hörte sich wieder in Traynors Sprüche rein. Sein alter Kumpel wandte sich an McGrillen. – Ich muss dir ne Superstory von Rab McKenzie erzählen, weißte noch, das eine Mal, Skinny? Er nickte Skinner zu. – Wir zwei und Big Rab gehen mit so zwei feinen Schnepfen, die Pakischnalle, die du dabeihattest, wie hieß die noch ma?

– Vanessa. Und sie ist schottisch-asiatisch. Ihr Dad ist aus Kerala und ihre Mutter aus Edinburgh, korrigierte Skinner.

– Is ja gut, Mr PC. Traynor boxte spielerisch gegen Skinners Arm. – Wir also alle in dieser schicken, riesigen Hütte in Merchy drüben; riesiges Schwimmbad, die Eltern beide weg in Ferien, und wir hüpfen da alle mit dem blanken Arsch rum. Is das erste Mal, dass wir den Großen ohne was an gesehen haben, na ja, kannste dir sicher vorstellen ... Aber die Mädels sind total aufgegeilt, diese dicke Bonzenschnepfe Andrea und Sarah, und alle fangen an rumzumachen ... Du hast dich mit dieser Vanessa verzogen, Skinner, wa?

– Aye, ist aber nichts gelaufen. Wir haben nur geknutscht und geredet, sonst nix.

– Geredet, sagt er! Aye, das glaub ich dir sofort.

– War aber so, protestierte Skinner. – Sie wollte nicht bumsen, ist doch kein Beinbruch. Ich hatte trotzdem nen netten Abend; war ein interessantes Mädchen.

– Red keinen Scheiß, Skinner, lachte Traynor und schubste ihn gegen die Brust. – Na, jedenfalls, während ihr *geredet* habt, bin ich mit dieser Sarah zugange und besorgs ihr auf der Luftmatratze. Und diese Schnöselige, Andrea – ganz hübsch, aber nicht grad die Hellste – Traynor tippte sich an den Schädel, – also, die ist mit dem Großen dran. Ich weiß noch, wie ich ihm vorher mal irgendwann erzählt hab, dass diese reichen Weiber immer für ne Nummer zu haben sind, die total versauten Schlampen, und alles mitmachen. Traynors breites Grinsen wird noch breiter. – Un Big Rab hat sich das offensichtlich zu Herzen genommen. Ich hör den Großen sagen: »Ich würd dich gern in den Arsch ficken«. Und da sagt die Schnöseltante – Traynor schürzt die Lippen und säuselt mit Tearoom-Akzent: – »Was *genau* beinhaltet das?«

McGrillen lachte laut und Skinner ebenfalls, obwohl er die Geschichte schon oft gehört hatte. Er trank noch einen Schluck von seinem Saft. Irgendwas stimmte hier nicht. Er schüffelte daran und probierte ihn noch mal. Es war Alkohol drin.

Wodka!

Als er hochschaute, sah er McGrillens dämliche, höhnisch grinsende Miene und hatte die kurze Befriedigung, über seinen vorschnellenden Arm hinweg zu sehen, wie der Ausdruck sich änderte, als er ihm eine solide Rechte ins Gesicht rammte. Es war ein guter Schlag, in den Skinner sich reindrehte und sein volles Körpergewicht nachschob, und McGillen fiel krachend vom Hocker und auf den Boden.

Gary Traynor guckte zu dem geschockt auf dem Arsch liegenden McGrillen und von ihm zurück zu Skinner. – Also, Scheiße, nee, Danny, was …

Skinner zitterte immer noch vor Zorn. Er schmetterte sein Glas auf den Boden, und es verfehlte McGrillens Gesicht nur um Zentimeter. – Was glaubst du Arschloch eigentlich, was du da machst, willst du … äh … irgendwen vergiften?, dann schaute er sich um und begriff, was für eine Szene er da bot. Er sagte: – Sorry, Leute, und machte hastig seinen Abgang, sich die brennenden Knöchel reibend.

Er trat nach draußen auf die Straße und spürte schon, wie sich die Euphorie des Adrenalinkicks verflüchtigte und das schlechte Gewissen sich bemerkbar machte.

Was für eine verdammte Dreistigkeit. McGrillen weiß nicht, was auf dem Spiel steht. Wie auch? Aber warum schnallen Fotzen wie der nie, dass nein auch nein heißt?

Als er rasch die Straße überquerte und in eine andere Kneipe ging, geriet er in eine Gruppe schnatternder Mädchen, die er vage aus der Stadtverwaltung kannte. Eine ihrer Freundinnen feierte ihren Junggesellinnen-Abschied. Zwei von ihnen waren ausgesprochen redselig, aber er hörte ihnen bald nur noch mit halbem Ohr zu, weil eine der Kellnerinnen seine Aufmerksamkeit beanspruchte.

Caroline Kibby hatte noch etwa eine Viertelstunde zu tun, bis ihre Schicht endete. An einem der Tische sah sie einen Mann mit Wiedererkennungswert, der zu ihr hersah. Ja, sie kannte ihn. Er lächelte, und sie lächelte zurück. Dann kam er auf sie zu und lud sie ein, etwas mit ihm zu trinken, wenn sie Feierabend hatte.

Das ist der Typ, der neulich bei Mum war, der von der Stadtverwaltung. Der, wegen dem sich Brian so komisch anstellt.

Sie nahm dankend an.

Er hatte zwar gerade erst mit Bob Foy ein üppiges italienisches Mahl zu sich genommen, aber nach einigen weiteren Softdrinks war Danny Skinner froh, vorschlagen zu können, Caroline und er sollten eine Kleinigkeit essen gehen, und zwar in einem von ihm gerne als »exzellenten Old-School Chinesen« bezeichneten Restaurant, dem Bamboo Shoots in Tolcross.

Als er ihr im Restaurant gegenübersaß, konnte er noch immer kaum glauben, dass Caroline Brian Kibbys Schwester war. Während sie mit bedachten, sicheren, sparsamen Bewegungen aß, gab es Momente, in denen er ihr am liebsten entgegengeschrien hätte: *Du bist so gottverdammt schön, wie kannst du mit diesem verblödeten kleinen hinterfotzigen Hirni Brian verwandt sein?*

Caroline ihrerseits war von Danny Skinner genauso angetan.

Er sieht ziemlich gut aus, auf eine witzige Weise. Er hat diesen aufgeschreckten Gesichtsausdruck. Aber es sieht mehr so aus, als wäre er fasziniert von der Welt, nicht überfordert. Er muss ein Vermögen für Klamotten ausgeben. Irgendwie komisch, dass er ein paar Jahre älter ist als unser Brian. Er sieht Jahre jünger aus: mit frischem Gesicht und in tadelloser Verfassung. Irgendwas hat er an sich, das mir imponiert; irgendwas, dass mich auf den Gedanken bringt, der wäre was für mich!

Später spazierten sie über die Meadows, durch eine kühle, vom Mondlicht und Neonlampen erhellte Dunkelheit. Sie hatten es überhaupt nicht eilig, ganz unbefangen erzählten sie einander, was ihnen gerade so in den Kopf kam. Caroline spürte, wie die Müdigkeit nach ihrer Schicht nach und nach von ihr abfiel, und ihre Augen, die noch brannten, weil sie einen Aufsatz in den Computer gehackt hatte, gewannen ihren Glanz zurück. Weil sie das Ende des Abends fürchtete, sagte sie: – Ich hab ein bisschen Dope dabei, falls du Lust hast, einen durchzuziehen.

Ich bin ja kein Haschbruder, aber was zu rauchen würde ihrem Bruder guttun, ihn entspannen und vielleicht seinen Appetit anregen.

– Zu dir?, erkundigte sich Skinner, die South Side war in Fußwegweite, und nach Leith musste man ein Taxi nehmen.

– Äh, vielleicht doch lieber zu dir, ich bin gerade erst eingezogen und kenn mich bei meinen Mitbewohnern noch nicht so aus, falls du weißt, was ich meine ..., sagte Caroline unsicher.

Skinner verspürte plötzlich so etwas wie ein beklommenes Stechen in der Brust.

Er hätte komplett aus dem Häuschen darüber sein müssen, dass er dieses Mädchen in sein Liebesnest in Leith abschleppen konnte, aber aus irgendeinem Grunde durchströmte ihn eine Welle des Unbehagens.

Warum bin ich so scharf darauf, mich in ihrer Bude und bei ihrer Mutter umzusehen, empfinde es aber als unangenehm, wenn sie meinen Stützpunkt kennt? Ist doch besser als das Mausoleum, aus dem sie kommt!

Er nickte zustimmend, und sie hielten auf der Forrest Road ein Taxi an, das sie zum Hafen brachte.

– Lebst du schon lange in Leith?, fragte Caroline.

– Schon mein ganzes Leben, antwortete Skinner und dachte dabei an San Francisco und Dorothy und wie liebend gerne er dort leben würde. Es war nicht so, dass er Leith nicht mochte; man hätte fast sagen können, dass er es heiß und innig liebte, aber ihm gefiel die Vorstellung, woanders zu leben und immer noch Leith zu haben, in das er zurückkehren konnte. Vielleicht kann man etwas lieben, ohne ihm jederzeit nahe sein zu wollen, überlegte er.

Caroline trat in Skinners Diele. Sie sah, dass die Wohnung nett eingerichtet und peinlich sauber war.

Fuck. Das nenne ich stubenrein. Hat er eine Putzfrau?

Wegen eventueller Dopekrümelchen auf dem Sofa holte Skinner vorsichtshalber zwei große Pub-Aschenbecher aus der Küche. Caroline folgte ihm und bemerkte die teuren Einbauelemente. – Wohnst du schon lange hier, Danny?

– Vier Jahre.

– Du hast ein paar hübsche Sachen, sagte Caroline, offensichtlich beeindruckt, und warf einen Blick auf seinen schmalen, strammen Arsch in der schwarzen Hose. Sie verspürte ein Zucken im Unterleib, und ihr schwindelte kurz.

Mmmmm-hmmmm.

– Aye, sagte Skinner, als sie wieder ins Wohnzimmer zurückgingen. – Ich hatte vor ein paar Jahren einen üblen Verkehrsunfall. Ein Auto hat mich angefahren, ich war bewusstlos, hab mir einen Arm und ein Bein gebrochen und hatte einen Schädelbruch. Ich hab ganz ordentlich Schmerzensgeld kassiert, und das meiste davon hab ich hier in die Bude gesteckt, erklärte er und dachte mit etwas mehr schlechtem Gewissen an die kläglichen fünfhundert Ocken, mit denen er Dessie Kingholm abgespeist hatte.

Vielleicht wäre ein Tausender ein faireres Ergebnis gewesen. Oder sogar fünfzehnhundert. Zehn Prozent.

Caroline fragte ihn nach Einzelheiten über den Unfall, und er schilderte ihr alles, ließ jedoch die Tatsache aus, dass seine eigene Fahrlässigkeit daran schuld gewesen war. Sie baute derweil einen Joint und ließ dabei den Blick durchs Wohnzimmer schweifen. Die Wände waren in Altgold gestrichen, und der Raum wurde von einem L-förmigen, schwarzen Ledersofa beherrscht, vor dem ein gläserner Couchtisch stand. Ein Flachbildfernseher prunkte neben einem offenen Kamin, über dem ein großer Wandspiegel hing. Zu beiden Seiten waren Einbauschränke; in einem befand sich eine Musikanlage und darüber Regale voll mit Büchern und CDs, der andere beherbergte noch mehr Bücher und Videos. Ein kleines Modell der Freiheitsstatue stand auf dem Kaminabsatz.

Sie nahm einen tiefen Zug am Joint, ehe sie ihn an Skinner weitergab, dann stand Caroline von der Couch auf, um sich die CDs und die Bücher anzusehen. Skinner hatte bereits seine Rap- und Hip-Hop-Präferenzen kundgetan, daher war die Musikabteilung keine Überraschung für sie: Eminem, Dr. Dre, NWA, Public Enemy. Die offene CD auf dem Couchtisch fiel ihr ins Auge. Die Band nannte sich The Old Boys. Ein paar der aufgeführten Titel klangen schwer seltsam für sie: »Compulsory Repatriation«, »Rememberance Day«, »A Penny From the Poor Box« – Wie ist das hier?, fragte sie und wedelte mit der CD-Hülle.

– Totaler Schrott, sagte Skinner. – Ich hab sie neulich gekauft, weil meine Ma ein Riesenfan von denen war. Eine Punkband von hier – ich glaube, meine Ma hat mit denen rumgehangen. Aber ich kann damit überhaupt nichts anfangen.

Als sie zurück zu den Regalen ging, fiel Caroline auf, dass er, abgesehen von zahlreichen Bänden mit Gedichten von Byron, Shelley, Verlaine, Rimbaud, Baudelaire und Burns und einem dicken, offensichtlich noch nie aufgeschlagenen von MacDiaimid, vor allem amerikanische Romane besaß, von Salinger und Faulkner bis zu Chuck Palahniuk und Bret Easton Ellis. – Keine schottischen Romane?, fragte sie.

– Nicht für mich. Wenn ich dreckige Redensarten und Drogenkonsum will, geh ich einfach vor die Tür, da hab ich alles. Aber darüber zu lesen ... Skinner lächelte, für eine Sekunde wirkte er auf sie seltsam unheimlich und clownesk mit seinem langen Unterkiefer.

Dieses seltsame Lächeln, das er hat ... irgendwie hab ich das Gefühl, hier stimmt was nicht, aber scheiß drauf, was kann schon Schlimmes passieren? Ich lass mich von diesem durchtrainierten Jungen in ner netten Wohnung in Leith durchbumsen ...

– Gehen wir ins Bett oder was?, fragte sie ihn.

Skinner war überrumpelt. Vielleicht hatte er Caroline als Joyces Tochter oder Brians Schwester gesehen und fand es darum schwer zu glauben, dass sie ein so unbefangenes Verhältnis zur Sexualität hatte. – Aye ...

Er nahm ihre Hand und sie gingen nach hinten ins Schlafzimmer, beide zu sehr mit ihrem wachsenden Unbehagen beschäftigt, um zu merken, dass sie weniger den Eindruck von Verliebten als den von KZ-Insassen auf dem Weg in die Gaskammer machten.

In Skinners Schlafzimmer hing an der Wand über dem Messingbett ein überdimensioniertes Sternenbanner. Ein oranges Oberbett, das Caroline geradezu exotisch geschmacklos fand, krönte das Bett. Das Zimmer als Ganzes stellte eine seltsame Entgleisung dar, weil es so wenig zum Rest der Wohnung zu passen schien.

Skinner begann methodisch seine Kleidung abzulegen und fragte sich mit zunehmender Beklommenheit, was genau eigentlich in ihm vorging. Mit seiner Erektion war es jetzt wie mit seinem Vater: gerade in ihrer Abwesenheit so schmerzlich präsent.

Caroline schaute raus nach hinten ins Grüne. – Das ist hübsch, sagte sie, jetzt selbst sehr befangen. Sie fluchte innerlich über eine derartige schwache, nichtssagende Bemerkung, die von ihrer Mutter hätte kommen können.

Fuck, was ist bloß los mit mir?

– Bis auf die Taubenscheiße, Skinner lächelte entschuldigend, als er seine Hose und sein Hemd auszog und unter die Decke schlüpfte. Aus irgendeinem Grund behielt er die Unterhose an, möglicherweise, weil sie keine Anstalten machte, ihre Kleidung abzulegen.

– Die hat man überall ..., sagte Caroline, – ... außer in den Tropen. Das würde einem jedes tropische Paradies versauen, wenn die einem um die Füße gurren, während man am Pool seinen Cocktail trinkt.

Skinner lachte darüber, vielleicht etwas zu übertrieben, dachte sie. Sie sah ihn an, wie er da aufrecht im Bett saß. Sein Körper war schlank und muskulös, und er gefiel ihr. Trotzdem hatte sie ein seltsames Problem damit, sich vor ihm auszuziehen. Und sie spürte, dass er es genauso scheute wie sie. Schließlich kickte sie ihre Pumps weg und schälte sich aus ihrer Jeans, behielt aber das T-Shirt an, als sie unter die Decke kam.

– Kalt?, fragte er.

– Ja ... ich glaub, das Dope ist ein bisschen seltsam. Ich bin irgendwie komisch draufgekommen, wenn ich ehrlich bin, erklärte sie mit bedauernder, verwirrter Beschämung.

Weil er selber das unerklärliche Gefühl hatte, neben sich zu stehen, pflichtete er ihr bei. – Ja, ich weiß, was du meinst ... vielleicht ist das hier alles ein bisschen überstürzt ... Ich mag dich wirklich ... wir haben immer noch genug Zeit, um ... du weißt schon ... komm einfach in meinen Arm und wir quatschen noch ein bisschen ...

– Okay. Caroline lächelte etwas verkniffen, als sie näher zu ihm rückte. Er sah sie wieder an; sie erinnerte ihn nicht im Geringsten an Kibby. Sie *war* schön, aber er war verfickt noch mal so schlapp wie bei einem Stufe-eins-Inspektionsbericht.

Bestrebt, sich ein wenig in intime Stimmung zu bringen, strich Skinner ihr das Haar aus dem Gesicht, spürte aber, wie sie sich unter seiner Berührung verkrampfte, als sei die Geste unwillkommen, ein Übergriff. Er beschloss, sich wieder auf ihr altes, ungefährliches Thema Tauben zurückzuziehen, das ihn in seiner Geistlosigkeit zugleich schockierte. Er deutete zum Fenster und sagte: – In Amerika erlauben sie es den Ratten der Lüfte erst gar nicht, auf öffentlichen Gebäuden zu nisten, um von da oben alles vollzuscheißen. Sie haben da so dünne Stacheln, die sie auf allen Vorsprüngen anbringen, um Tauben zu vergrämen.

– Damit haben sie hier auch angefangen, sagte Caroline etwas träumerischer, – aber hier unten werden es ja wohl eher die Möwen sein, die das Problem darstellen ... Sie lag gerne neben diesem Typ; sie stellte sich nur an.

Skinner, dessen Loyalität zum Heimathafen ansprang, fühlte sich merkwürdigerweise genötigt, etwas zur Verteidigung der Seevögel vorzubringen. Aber da sie sich ein wenig zu entspannen schienen, widerstand er der Versuchung.

Caroline dachte an ihre Lieblingsband, die Streets. Dass der Typ von den Streets auch Skinner hieß, Mickey Skinner. Es gab von ihm irgendeine Zeile, dass Frauen dort, wo er herkäme, noch Bräute genannt würden, nicht Bitches. Es ließ die von Männern dominierte Working-Class-Kultur, die ihr oft so frauenfeindlich erschien, schön aussehen. Kam nur darauf an, welche Art von Braut. – Haben dir die amerikanischen Mädchen drüben gefallen?

– Hinreißend, gestand Skinner und dachte an Dorothy. War sie wirklich die Richtige? Konnte er darum nicht mit Caroline schlafen? – Aber die meisten amerikanischen Mädchen können sich nicht anziehen, nicht wie europäische Frauen. Sogar die attraktivsten wissen aus irgendeinem Grund nicht, wie man Klamotten trägt.

Caroline schien darauf einen Mundwinkel ein wenig hochzuziehen; war wahrscheinlich nicht das, was sie hören wollte, dachte er sich.

Aber Danny Skinner hatte ein Gefühl, das er bei Mädchen nicht mehr gehabt hatte, seit er etwa fünfzehn war. Er war linkisch und nervös. Sie küssten sich, und das war okay, dann fielen sie in den Armen des anderen in einen seltsamen, langen Schlaf, der so schön und friedvoll war, als hätte man sie mit etwas wesentlich Kräftigerem als dem bisschen Hasch betäubt.

Es war Skinner, der im Morgenlicht als Erster aufwachte. Sofort bestaunte er wieder Carolines schlafende Anmut, doch unmittelbar darauf befiel ihn erneut ein schreckliches Unbehagen, das ihn zwang, das Bett zu verlassen. Er ging in die Küche und begann Frühstück vorzubereiten, stellte Cereals, Joghurt, Orangensaft und grünen Tee raus. Er war bei aller Enttäuschung doch unterschwellig seltsam erleichtert, dass sie nur ihre Sachen und nicht eines seiner T-Shirts anhatte, als sie rauskam.

Trotzdem plauderten sie das ganze Frühstück über entspannt, und erst als Caroline sich schließlich zum Gehen fertig machte, stellte sich die Verlegenheit wieder ein. Aus irgendeinem Grund konnte Skinner ihr nur einen züchtigen Schmatz auf die Wange geben. – Sehen wir uns mal wieder?, fragte er.

– Ja, gerne, sagte sie lächelnd und fragte sich dabei, warum sie beide so unbeholfen waren.

Lag es an Brian und seiner seltsamen Abneigung gegen diesen Typ?

Skinner wollte schon morgen vorschlagen, aber er brauchte ein bisschen Zeit, um sich über etwas klar zu werden. In seinem Kopf ging es drunter und drüber. – Was ist mit Donnerstag?

Caroline Kibby war genauso versessen auf einen Aufschub wie Danny Skinner. – Donnerstag ist wunderbar.

Sie machte sich auf den Weg zu ihrer neuen Wohnung auf der South Side. Einige Zeit, nachdem sie gegangen war, fiel Skinner wieder ein, dass er am Donnerstag zu den Old Boys ging. Er wollte Caroline nicht schon in diesem Stadium vertrösten, also dachte er, dass sie ja zusammen hingehen könnten. Er bemerkte, dass sie ein bisschen Hasch auf dem Couchtisch liegen gelassen hatte. Er rollte sich einen frischen Joint und merkte, wie sein Kopf blubberte. Das Zeug *war* heftig.

Das ist mindestens so gut wie jedes kalifornische Gras, das ich mit Dorothy geraucht hab. Das wischt aber mit Drecks-Europlatte aus Edinburgh den Boden auf. Bestimmt irgend so 'n selbstgezogener hydroponischer Scheiß oder wie diese Kiffer das nennen.

Er rollte sich noch eine Tüte und zog daran.

36
The Old Boys

Es wird kalt, aber es sieht eher wie ein Sommertag aus. Der Himmel ist fast hell. Ein Star mit einem Zweiglein im Schnabel flattert von der Ecke des Dachs nebenan zu dem Weidenbaum am Ende des Gartens. Er wird sich vor Elementen wie Tarquin, dem Kater von nebenan, in Acht nehmen müssen, der hat schon einige von ihnen erwischt.

Ich werde kräftiger. Ich habe erste kleine Spaziergänge gemacht. Gestern bin ich auf den Drum Brae gestiegen. Heute ziehe ich ein T-Shirt, ein Fleece-Hemd, Turnschuhe und Jogginghose an und gehe raus, die Glasgow Road runter. Ich schaue im PC Welt Computermarkt rein und überlege, ob ich *Harvest Moon* auf die neueste Version upgraden soll oder nicht. Ich entscheide mich dagegen, mir ist nicht wohl dabei, Geld für überflüssigen Schnickschnack auszugeben, wo ich im Moment nicht arbeite.

Draußen steht eins von diesen Mädels mit Clipboard. Sie trägt eine Regenjacke, auf der OXFAM steht. Sie lächelt mich breit an.
– Haben Sie ein paar Minuten Zeit für Oxfam?

– Nein.

– Kein Problem, sagt sie lächelnd.

– Korrekt. Es ist kein Problem. Es ist Teil der Lösung, teile ich ihr mit.

Sie zieht ihre Augenbrauen hoch und grinst verkniffen. Ich fühle beim Weggehen, wie mein Nacken brennt, bin aber zufrieden, dass ich widerstanden habe. Immer wollen sie irgendwas. Immer. Die anderen Abbuchungsermächtigungen hab ich auch widerrufen!

Ich kürze bei der Kirche ab auf die Bolzplätze in Gayle. Aye, ich werde kräftiger, aber ich werde nie wieder derselbe sein. Die Krankheit hat mir so viel genommen. Mir fehlt mein Job, mir fehlen die Leute aus dem Büro. Außer Skinner, aber wie ich höre, ist er nicht mehr da. Soll sich angeblich eine Auszeit genommen haben, um zu reisen. Warum tut er es dann nicht einfach?

Scheiße, ich hab Mum klipp und klar gesagt, sie soll ihn nicht zu uns ins Haus holen! Wenn er noch mal kommt, bin ich nicht da. Was führt der im Schilde, dass er bei mir und meiner Mum rumhängt? Er hat nichts mit mir zu schaffen. Hatte er nie!

Was will der?

Im Gyle Park läuft gerade ein Fußballspiel, zwei Teams rennen rum und treten nach einem Ball. Wie gerne würde ich da mitmachen, auch wenn ich das Spiel nie gemocht hab. Es war mir immer zu rau und zu schnell und zu aggressiv. Sie haben mich immer angebrüllt, weil ich zu langsam war und keinen Ball stoppen konnte. Ich war nur ein bisschen nervös und linkisch. Aber jetzt würd ich gleich voll einsteigen. Immer gleich mitten reingehen, wie mein Dad mir immer gesagt hat. Ich würde mich nicht darum scheren, ob ich mich oder andere verletze. Denn ich weiß jetzt, dass es einem nicht schadet, etwas zu riskieren; man kommt zu Schaden, wenn man versucht, alldem aus dem Weg zu gehen.

Was immer das Leben jetzt für mich bereithält, ich weiß, dass ich mich nicht mehr verstecken werde.

Als ich zu Hause bin, wird es schon dunkel. Mum hat einen Korb schmutzige Wäsche, mit dem sie in die Küche will, und sie schaut mich an, als wollte sie etwas zu mir sagen, überlegt es sich aber anders.

– Was?

– Nichts … Hat dein Spaziergang dir gutgetan?

– Aye … Ich gehe rauf in mein Zimmer und schmeiße *Harvest Moon* an. Heute ist Silvester, und ich geh ohne Umweg zu Muffy, halte mich nicht erst damit auf, nach bescheuerten Hühnern oder Kühen oder Feldfrüchten zu sehen, ich mach ihr den Hof, bringe ihr einen Kuchen und Blumen mit … aber was bekomme ich dafür, Baby? Was bekomme ich von dir?

Zieh dein Kleid aus.

Schieb deinen kleinen weißen Slip runter ... ich weiß, dass du einen anhast ... so ist es richtig ...

Beug dich da über den Zaun ...

... so ist es richtig ...

Ich hab einen großen Schwanz; einen großen, dreckigen Schwanz, wie gemacht für enge Japsenmuschis, finde ich ...

... ja genau so, du verwichste Japsenschlampe ... nimm das, Baby, nimm das ... verfickte Nutten mit euren vollen Puppenlippen und euren engen Muschis ... euren riesigen Augen, ihr ganzen Nutten habt diese verfickten riesigen Rehaugen ... ohhh ... ohhh ... ohhhh ... AH FUCK ...

Oh.

Ich hab mir alles über die Oberschenkel gespritzt ... die ganze Suppe vergeudet, dabei hätte man sie besser dazu verwendet, weiße christliche Babys zu machen. Von wegen! Die Suppe hätte ich Nutten wie dieser Drecksau Lucy Moore oder der versauten Shannon-Schlampe, die mit Skinner gegangen ist, zu schlucken geben sollen.

DAS IST DIE VERFICKTE VERGEUDUNG.

Ich schnaufe, und mein Kopf dreht sich, aber ich werd jede Schlampe auf dieser Drecksfarm ficken. Und morgen geh ich dann noch mal zu PC Welt und kaufe mir *Grand Theft Auto: San Andreas. Der Game Informer* hat ihm nicht ohne Grund zehn von zehn Punkten gegeben.

Hinter der gesprungenen, mit Dreck marmorierten Scheibe überschattete ein drohender Wolkenhimmel in blutunterlaufenen Schichten die Stadt. Skinner schätzte, dass er die Fenster mal putzen lassen sollte. Er konnte gerade noch eine Reihe geborstener Kaminaufsätze auf den Dächern der Mietshäuser gegenüber ausmachen, die einander stützten wie ein Grüppchen feiernder Betrunkener auf dem Weg in die nächste Kneipe. Besser den Regenmantel mitnehmen, dachte er, als er sich fertig machte, um nach draußen zu gehen.

Oben an den Waverley Steps schürzte Skinner säuerlich die Lippen, dann lachte er über seine eigene Dummheit.

Was für ein ausgemachter Trottel muss man sein, um sich mit einer Braut oben an den Waverley Steps zu verabreden? Wenn ich in diesem Scheiß-Windfang ankomme, hat es sie wahrscheinlich schon über den Fife geweht. Skinner, du Schwachkopf!

Als er den Walk hinaufhastete, die große Verkehrsader zügig überquerte, versuchte er sich Caroline in Erinnerung zu bringen, um zu prüfen, ob dieses Bild der Perfektion, das er von ihr heraufbeschwor, mit dem übereinstimmen würde, das ihn in Fleisch und Blut oben an der Treppe erwartete. Oder hatte ihm sein Gedächtnis einen Streich gespielt?

Als er sie dort stehen sah und sich ihrem Profil näherte, erkannte er sofort und mit einem gewissen Gefühl der Enttäuschung, dass es ihn nicht getrogen hatte. Er stand einem Menschen gegenüber, der sich dem Zenit seiner Schönheit näherte, ohne diese Tatsache dadurch zu schmälern, dass er sich dessen auch nur im Entferntesten bewusst war.

Ihr Haar ist weißblond und sieht wie Seide aus. Ihr Hals ist ein schlanker weißer Halm, auf dem das Haar in zartem Flaum ausläuft. Zwei kleine Silberohrringe mit winzigen rubinroten Einlegearbeiten glitzern in ihren wohlgerundeten Ohrläppchen.

Skinner wollte ihr sanft übers Haar streichen und erinnerte sich daran, dass er das auch in jener Nacht hatte tun wollen, in der sie gemeinsam im Bett lagen, es aber nicht gekonnt hatte. Er betrachtete ihre Fingernägel, die so lang waren, dass er sich vorstellte, sie könnte damit Schlösser knacken. Er war sich bewusst, dass er sie mit Blicken verschlang, und er zügelte sich und stellte Augenkontakt her, als sie sich umwandte und ihn näher kommen sah.

Caroline lächelte ihn an, und Skinner kam sich vor wie De Fretais' in der Pfanne angebratenes Thunfischsteak, außen knusprig, innen zart und mürbe.

Er führte sie in eine Cocktailbar, eine vernünftige, im amerikanischen Stil, nicht eine von diesen Billigtreffs für britische Büroangestellte, wie er eine Bar, die sie erwähnte, abschätzig beurteilte. Skinner verspürte eine zunehmende Verhärtung seiner Seele und versuchte sich zu zügeln. Warum benahm er sich so? Versuchte er auf diese Weise sein inneres Ich zu ordnen, weil er vor einem Mädchen stand, das seltsame, undefinierbare Leidenschaften in ihm aufrührte? Für eine kleine Weile zur Hölle mit Brian Kibby und Gillian McKeith: Er bestellte einen Wodka-Martini mit Wermut und Crushed Ice. Skinner kam nicht dahinter, warum er nicht einfach mit diesem wunderschönen Mädchen, an dem ihm etwas lag, schlafen konnte. Wie schwer konnte das schon sein? Er nahm einen Drink, dann noch einen. Dann noch einen mehr, wobei Caroline ihm in Konsum und Stimmung um nichts nachstand. Er ging zum Automaten, warf seine Münzen ein und friemelte eine Packung Zigaretten heraus.

Sie versuchten den Mahlstrom von Emotionen, der sie wie ein Strudel mitriss, zu überwinden. Sie umschifften ihn mit Rollenspielen, gaben sich abwechselnd lieblos, blasiert oder aggressiv kokett. Der Drink war ihr hilfreiches Requisit in diesem Schauerstück.

Der vierte Martini kam; zwei grüne Oliven auf einem Cocktailspieß saßen rittlings auf dem Glas. Er nahm den Cocktailspieß und ließ sich eine Olive in den Mund fallen. Ihre Augen begegneten seinen und erfüllten ihn mit nicht zu rettender Kühnheit. Er zog Caroline an sich und schob die Olive in ihren Mund, spuckte sie beinahe hinein. Sie zuckte eine Spur zurück, weil es sich nicht anfühlte, wie es sollte, wie sie es erwartet hätte, sondern zudringlich, sogar widerlich. Irgendetwas stimmte hier ganz und gar nicht.

Ich empfinde so viel für Danny, aber …

Skinner verfluchte sich innerlich dafür, etwas so Deplatziertes getan zu haben. Er spürte, wie sich zwischen ihnen eine grässliche Kluft auftat.

Reg dich ab, Skinner, du selten bescheuertes Weichei … du beschissener … bleib cool. Komm, es war eine blöde Aktion, aber keine Katastrophe.

Er gab sich damit zufrieden, sie wieder anzusehen, während sie nebeneinander auf ihren Barhockern saßen. Sie schienen sich auf eine entspannte Intimität einzuspielen, die sie allerdings auseinanderscheuchen würde wie schreckhafte Nagetiere, wann immer sie die feine Linie zum Sexuellen überschritten. Es musste ganz langsam vonstattengehen, sagte er sich und brachte sie dazu, ihre Handfläche an seine zu legen. – Fast so groß wie meine, sagte er und bestaunte ihre glänzenden Rehaugen.

Ich frage mich, wie sie wohl aussehen würden, wenn wir uns lieben, ob sie im entscheidenden Moment ganz hinter ihren Augen-

lidern verschwinden, dieser totengleich entrückte und dabei so erregende Effekt, der bei manchen Frauen, Männern vielleicht auch, was weiß ich, beim Höhepunkt eintritt.

Danny Skinner war noch ein junger Mann, jung genug, um nicht zu realisieren, dass das Maß seiner Eitelkeit gelegentlich das seiner Erfahrung übersteigen konnte. Außerdem war er lange genug abstinent gewesen, um zu vergessen, dass dies unter Alkoholeinfluss umso schneller passierte. Und obwohl Caroline Kibby noch jung war, war sie doch eine Frau und darüber hinaus ein von Natur aus reifer Mensch, der durch die Lebensumstände gezwungen gewesen war, früh erwachsen zu werden. Als sie die Victoria Street hinuntergingen, spürte sie, dass irgendetwas zwischen ihnen beiden grundverkehrt lief.

Es war Skinners Idee, weiterzuziehen und sich die Old Boys anzusehen. Sie kamen ziemlich betrunken in den Laden getaumelt, konnten es aber kaum erwarten, ihre Befangenheit in noch mehr Alkohol und in der Musik zu verlieren. Er konnte es kaum fassen, wie das Publikum aussah: lauter Altpunks, die meisten im Alter seiner Mutter. Einige noch immer angezogen wie vor fünfundzwanzig Jahren, während andere recht schick und ordentlich wirkten.

Die Umgebung war spartanisch, und Skinner und Caroline verfrachteten sich zu einem Pfeiler im Hintergrund, in der Nähe der Theke, als die Band unter frenetischem Applaus auf die Bühne kam.

Es ist das Publikum, das so alt aussieht. Sogar die spindeldürren Typen, die ihre blöde Frisur behalten hatten, merkten nicht, dass sie in ihrer Punk-Montur steinalt und lächerlich aussahen, was alte Säcke nun mal nie mitbekommen. Das alte Mädchen hat mir erzählt, sie hätten sich immer über die alten Teds lustig gemacht, aber sie haben mindestens so über deren Alter gelacht wie über ihre Mode, die verfickten heuchlerischen antisexistischen, antirassistischen, anti-gerontophoben alten Wichser!

Das Gute an der Band war allerdings, dass sie *nicht sichtlich gealtert waren. Sie haben damals wie alte Säcke* ausgesehen*; jetzt* sind *sie alte Säcke. Chrissie Fotheringham gibt eine ganz coole Figur ab am Schlagzeug, mit ihrem Kopftuch, ihrem Omamantel, Wollhandschuhen und Brille mit Kassengestell, aber sie ist gut zehn*

Jahre jünger als die anderen. Der Sänger, Wes Pilton, der ist der Star der Show, und er bringt die Menge mit »The War Years« in Schwung.

Days of glory, days of hope
Days without porn and dope
Of discipline by birch and rope
Those were the war years.

Days when we lived without fear
No rampaging yobs on beer
The beat bobby would clip your ear
Back in the war years.

Pilton marschierte mit steifem Kreuz an den Bühnenrand und beugte sich runter, während er den Refrain sang:

Britain stood alone
Fotght against the foe
People shed their tears
For those killed in those years.

Er sprang hoch, ganz schön vital, wie Skinner fand, und fiel dann mit der nächsten Strophe in den bissigen, zähnefletschenden Punkmodus zurück:

Now our country's breaking down
Lawless thugs in every town
National Service would strengthen those clowns
Just like the war years.

Pilton machte seine Verbeugung und grüßte die Menge militärisch. – Meine Tauben sind tot, verkündete er unter dem Johlen und Lachen des Publikums, – aber wir sind noch da, na, jedenfalls die meisten von uns. Das nächste Stück ist für die, die von uns gegangen sind, unsere Ex-Drummer Donnie und Martin. Er zwinkerte, als sie die ersten Takte von »A Penny From the Poor Box« anstimmten.

Skinner zog es an die Theke, um neue Drinks zu holen, und wurde Sandy Cunningham-Blythes ansichtig, der sich dort im Alkoholstupor wiegte. Selbst die totalen Hardliner unter den Altpunks machten einen weiten Bogen um ihn. Der gut abgehangene Küchenchef war der Älteste unter den Anwesenden, und Skinner sah ihm direkt in die Augen, aber Cunningham-Blythe erkannte ihn nicht wieder.

Als er mit Cola-Rums in Plastikbechern zu Caroline zurückkam, war sie verschwitzt und ihr Eyliner verschmiert. Die Unmusikalität der Band machte sie fertig. – Passt irgendwie gar nicht zu dir, Danny, brüllte sie ihm ins Ohr.

– Nee, ich suche auch nur nach meinem Alten.

– Deinem Dad? Wo ist er?

– Weiß der Henker. Wahrscheinlich da oben auf der Bühne, sagte Skinner, und das war auch das, was Caroline verstand, obwohl es kaum stimmen konnte, wie sie überlegte. Vielleicht hatte sie sich bei dem ganzen Radau und durch die dämpfenden Nebel des Alkohols verhört.

37
Der erste Drink

Sie war wieder da. Die Krankheit.

Sie hatte ihre eigene Signatur, das Gefühl, das sie bei ihm hinterließ, war unverkennbar: als sei er innerlich heruntergekommen und dreckig. Sie schien auch den Rest der Welt zu verseuchen und zu einem widerwärtigen Ort voller kalter, gefühlloser und abgestumpfter Menschen zu machen. Angst durchfuhr ihn, hämmerte in krachenden Brechern auf ihn ein. Doch diesmal wollte er nicht hier in seinem Zimmer bleiben und sich damit hinlegen.

Und so schleppte Brian Kibby seinen schwerfälligen, zitternden Leib in die Centurion Bar auf der St. John's Road von Corstorphine. Beim Eintreten schlug ihm ein verqualmter Mief entgegen, der noch durchdringender und undurchdringlicher war als der eisige Nebel, aus dem er kam. Dies und der laute, raue Gesprächston veranlassten Kibby beinahe, auf dem Absatz kehrtzumachen, aber der nervöse junge Mann wich und wankte nicht, als die müden Augen der gut abgehangenen Trinker ihn taxierten und flüchtig als einen der Ihren einordneten.

In Gedanken an den engen Rahmen seiner finanziellen Möglichkeiten trat Kibby nervös an die Theke. Sein gesamtes junges Leben lang war er entweder zur Arbeit, zur Schule oder aufs College gegangen; doch jetzt war ihm nichts mehr geblieben, nur das hier.

Alles ist mir genommen worden, sogar Mum und jetzt ... Caroline. Sie stehen alle unter seinem Bann!

Als er die Theke erreichte, zögerte er nur ein, zwei Sekunden, dann bestellte er: – Ein großes Lager und einen doppelten Whisky bitte.

Der Barmann kannte ihn nicht, erkannte ihn jedoch an Statur und Körpersprache als Trinker und kam der Bestellung lethargisch nach.

Als er seinen Whisky schlürfte und vom Mund bis in den Magen dieses eklige, widerliche Brennen spürte, kam es Kibby beinahe hoch, doch er schluckte einmal schwer und spülte mit einem stark kohlensäurehaltigen Bier nach, das ihm kaum besser mundete. Aber der zweite Whisky war viel besser, und der dritte war wie Nektar, und dann hob Brian Kibby ab. Sein Kopf klingelte, und er umkrallte das Glas so fest, dass die Knöchel weiß wurden. Die Schmerzen waren noch da, er konnte sie fühlen, aber sie taten ihm nicht weh, der Alkohol hatten ihnen den Stachel genommen. Fast schockiert stellte er fest, dass ihn hemmungslose Wut erfasst hatte. Auch früher schon hatte dieser junge Mann von eigentlich ausgeglichenem Temperament gelegentlich Anwandlungen solch hässlicher Emotionen verspürt, aber er hatte sich nie erlaubt, ihnen nachzugeben. Doch jetzt empfand Kibby seine verdrehte Bosheit als köstliche Befreiung.

Caroline. Trifft sich mit ihm.

Seine Schwester traf sich mit Skinner. Dieses schreckliche Bild wollte nicht aus seinem Kopf. Lange genug hatte allein sein einsames Siechtum seine Gedanken beherrscht, nun kreisten sie ganz um dieses neue Grauen. Brian Kibby sann wieder einmal verbiestert über seine Rivalität zu Skinner nach.

Skinner. Sie stehen unter seinem Bann. Sein Fluch ...

Und kraft der schieren, heiligenden Intensität seiner hasserfüllten Gedanken senkte sich eine tiefe, bizarre Wahrheit in den Kern seiner Psyche.

Das war Skinner!

Er hat mir das angetan!

Es war irrational, aber darum seltsamerweise umso überzeugender, profunder und schwerwiegender. Ja, bestätigte er seinem nach dieser Lösung gierenden Verstand, es *war* Skinner.

SKINNER ...

Und vielleicht war Brian Kibby auf gewisse Weise schon immer davon überzeugt gewesen. Auf einer rein emotionalen, intuitiven Ebene hatte er immer Danny Skinner verdächtigt, etwas mit seiner grausamen Heimsuchung zu tun zu haben. Ihm war aufgefallen, wie Skinner ihn ansah, ihn in dieser irritierenden Weise beobachtete, mit diesem süffisanten Ausdruck im Gesicht, als wüsste er alles. Eine Zeit lang hatte er gar geglaubt, dass Skinner ihn vergiftete. Er hatte eine Weile nichts gegessen oder getrunken, was Skinner in die Finger bekommen haben konnte, um es zu manipulieren. Doch der Verdacht hatte sich nicht bestätigt: seinen Verfall hatte es nicht aufgehalten. Und dennoch war ein Teil von ihm nach wie vor überzeugt gewesen, dass Skinner der Verantwortliche war.

Es war Skinner!

Und jetzt geht Caroline mit ihm aus, und meine Mutter könnte sich nicht mehr freuen! Sie ist davon so angetan, dass sie kaum noch über etwas anderes redet, wie ein dummes kleines Mädchen! Und jetzt ist der auch noch nächsten Mittwoch bei mir zu Hause zum Essen eingeladen! Er nistet sich ein, versucht, Teil meiner Familie zu werden!

Nur der Wink nach einer neuen Runde konnte Kibbys verbitterte Meditationen unterbrechen. – Noch mal dasselbe, sagte er in einem pampig hingerotzten Nuscheln.

Dass der Mann die Augenbrauen hochzog, entging ihm, er sah nur die Hand zu den Spirituosenspendern gehen. In seinem Schädel brannte der Whisky, vermischt mit Gewaltphantasien über Skinner.

Ich würd diesen ... diesen Scheißkerl ... wie gern würd ich sehen, wie sie ihn verprügeln und zusammentreten und zu Brei stampfen ...

Dann lief er mit seinem Gedankengang derart heftig vor einen psychischen Laternenpfahl, dass Kibby von der Wucht seiner Erleuchtung durchgerüttelt wurde. Er erinnerte sich, dass Skinner schon einmal zusammengeschlagen worden war, ganz schlimm, und dass das sogar in der Zeitung gestanden hatte.

Das Fußballspiel, und nachher hatte er nicht einen blauen Fleck gehabt!

Einige der Fenster in den angrenzenden Mietshäusern waren noch käsig-gelb erleuchtet, vereinzelte ungepflegte Zähne in einem großen, dunklen, gähnenden Schlund. Als seine schweren Augen, vom monotonen Pochen in seinem Schädel begleitet, langsam scharf stellten, konnte Skinner so gerade eben die verschiedenen Schattierungen von Dunkelheit ausmachen, um die herum er sein Leben zu navigieren gelernt hatte. Während seine zitternden Hände sich über die durchseichten Kippen im McEwans-Lager-Aschenbecher neben seinem Bett hermachten und Fitzel von unverbranntem Tabak auseinanderzupften und zerkrümelten, um sie zusammen in ein Blättchen zu rollen, sann er über die langen Stunden der Finsternis nach, die sich ins Unendliche auszudehnen schien.

Alkohol, überlegte er, als er seine Kippe an die Lippen führte, war das Einzige, was ihn davon abhielt, in die alles umschließende Dunkelheit zu rennen. An solchen frühen Morgen war es die Betrunkenheit der Nacht davor, die ihn verschlafen ließ und davon abhielt, zur Arbeit aufzustehen und in diese kalte, schneidende, trostlose Schwärze hinauszutreten. Und die einzigen Gelegenheiten, bei denen er dem Arbeitsplatz entkommen konnte, ehe die Nacht des Spätnachmittags sich um ihn herabsenkte, waren die, bei denen sein Bedürfnis nach einem Drink ihn dazu trieb, sich früher zu verpissen.

Was gab es denn sonst schon in diesem arschkalten, verregneten Ort?, überlegte er sarkastisch und fühlte den Rauch des billigen, muffigen Tabaks in seine Lungen dringen. Das Wetter hat uns alle zu depressiven Alkis gemacht, die sich griesgrämig unter dem erstickenden Mantel der Dunkelheit ducken. Wo winkte denn die wohlverdiente Pause? Wo sonst gab es das kameradschaftliche, derbe Lachen und, wenn man Glück hatte, das einladende Lächeln eines hübschen Mädchens? Alles unter einem kranken, nikotinvergilbten, alkoholgeschwängerten Dach. Der Ort, an dem selbst das höhnische Grinsen des Widersachers dir immerhin die Gewissheit gab, am Leben zu sein: Alles spielte sich im Public House ab.

Er hatte seit Langem kein solches Lokal mehr aufgesucht. Aber heute hatte sich Danny Skinner beim Aufwachen gefühlt wie seit Ewigkeiten nicht mehr: Ihm war schlecht, und er fühlte sich erschlagen, zittrig, müde und klebrig. Er fühlte es in seinem Körper, seine degenerative, zersetzende Einwirkung. Es musste ein Virus sein. Aber nein, für all das hatte er doch sicher Brian Kibby.

Er zog die Bettdecke weg und gestattete es den Ausdünstungen seines alkoholgeschädigten Körpers aufzusteigen. Ein Zittern setzte in seinem Kreuz ein, als ihm kurz das Bild eines leidenden Brian Kibby durch den Kopf schoss. Es war wie das Blitzlicht des Polizeifotografen am Schauplatz eines Mordes in einem alten Hollywoodfilm.

Nee ... das kann doch nicht ... Fuck ...

Konnte es bedeuten, dass Brian Kibby am Ende doch gestorben war ... tot wie der Morgen draußen; dass sein schwerer Körper und seine gequälte Psyche schließlich doch an der Belastung zugrunde gingen und er sein Leben aushauchte ...?

Nein ... immer mit der Ruhe ... Caroline oder Joyce hätten dann sicher angerufen, um es mir zu sagen.

Durch seinen säuerlichen, pappigen Mund sog Skinner, die Zigarette ausdrückend, einen dünnen, eisigen Atemzug ein, der in seiner heiseren Kehle brannte und seinen blubbernden Mageninhalt revoltieren ließ. Als sein Puls dann zu rasen begann und irgendeinen Zapfhahn öffnete, damit die entsprechenden Drüsen ihn mit kaltem Schweiß überfluten konnten, kam ihm die Erkenntnis wie ein einschießender Schmerz.

Kibby. Die dreckige kleine Fotze ... schlägt zurück.

Ja, Danny Skinner hatte einen Kater. Waren die Kräfte dann also nicht wechselseitiger Natur? Er spürte die Muskeln in seinem müden, aber immer noch trainierten Arm. Sie hatten ganz schön zugelegt, damals, als Kibby sich im Fitnessstudio abrackerte. Er hatte es lachend abgetan und als alterstypische Entwicklung verbucht. Aber nein, es war alles andere als vergebliche Mühe gewesen, Brian Kibby hatte Danny Skinner aktiv aufgepumpt! Jetzt fing Kibby das Saufen an, und er musste leiden! Es war so einleuchtend, wie es nur die Binnenlogik dieses bizarren Verhältnisses möglich machte, und Skinner musste sich eingestehen, dass es sehr für Kibbys tugendhaftes Abstinenzlertum sprach; andere hätte sich schon vor Ewigkeiten dem Alk ergeben.

Skinner bewegte sich zitternd den Walk hoch in die Stadt und setzte sich ins Internetcafé auf der Rose Street, wo er E-Mails schrieb und darum kämpfte, die schmierigen Dämonen zu ignorieren, die ihm Kopf und Körper benagten. Zwischendurch versuchte er, anhand seines Zustands abzuschätzen, wie viel Kibby so weggestellt hatte.

Es hatte keinen Zweck. Er konnte Dorothy nicht schreiben. Skinner fand sich in der alten Situation, in der er auf der Arbeit oft gewesen war: dass er sich um Aufgaben herumdrückte, einfach nur, weil sein nervöses, verkatertes Ich nicht die mentale Stärke aufbrachte, sich auch nur auf die klitzekleinste soziale Interaktion einzulassen. Es überforderte ihn schon, sich Wechselgeld für den Münzeinwurf geben zu lassen, als seine Internetzeit abgelaufen war. Und davor hatte er das gemacht, was er auch bei der Stadt gemacht hätte: sich den ganzen Tag lang an Papier schneiden und sengend heiße Kaffebecher aufheben, um damit zum Schreibtisch zu tänzeln. Eine dominierende Emotion konnte sich gegen seine allgemeine Abgewracktheit durchsetzen: *Wenn Kibby sich mit mir anlegen will – das kann er haben.*

Vom Kampfgeist bestärkt, verließ Skinner das Café und beschritt die North Bridge, die ihn zu den Pubs der Royal Mile führte. Als er den ersten davon verließ, konnte man schon kaum noch zwischen dem Frühabendhimmel und den mittelalterlich anmutenden Steinhäusern auf der anderen Straßenseite unterscheiden.

Als er später am Abend sternhagelvoll aus seiner letzten Herberge trat, schaute er hoch und sah zu, wie die Wetterfahne auf einer Kirchturmspitze den Mond in mehrere Teile schnitt. In die Betrachtung des erleuchteten, leeren Himmels versunken, dessen rankende Wolken einen so prächtigen Schauerroman-Hintergrund für den Kirchturm abgaben, konnte sich Skinner gut vorstellen, dass sich diabolische Mächte jeden Typs und jeder Größenordnung in seinen Tiefen verbergen konnten. Kaltes blaues Kopfsteinpflaster klickte unter den beschlagenen Absätzen seiner ledernen Halbschuhe, als er die Royal Mile von der Burg bis zum Palace runtermäanderte, während sein Drachenatem in Stößen vor ihm gefror. Er blieb gelegentlich an einer Einfahrt stehen, um den Puls der Stadt zur Sperrstunde zu überprüfen, und fühlte sich seltsam bestärkt, wenn er ein Pärchen bei einem Quickie, einen kotzenden Betrunkenen oder Jugendliche zu sehen bekam, die sinnlos auf einen Wildfremden eintraten.

Während er seinen Rausch auskostete und an die Flasche Johnny Walker dachte, die in seiner Wohnung wartete, wurde Skinners Grinsen so breit wie die Straße. Auf diesem Territorium fühlte er sich wieder zu Hause.

Wenn Kibby Streit haben will, soll der kleine Scheißer doch kommen!

Er freute sich auf seinen anstehenden Besuch bei den Kibbys. Wie er den kleinen Showdown genießen würde, lachte er gackernd, als er in den Schatten tanzte, die der kalt leuchtende, silberne Mond warf.

Brian Kibby brauchte einen Drink. Er hatte oben in seinem Zimmer am Computer gesessen. Ungeachtet seiner wahnsinnigen Schmerzen hatte er es doch geschafft, seinen Laptop einzustecken. Diesmal lud er er allerdings nicht *Harvest Moon* oder ein anderes seiner Videospiele. Er ging online zu www.thescotsman.co.uk, loggte sich ein, ging auf die Seite mit den *Evening News* und suchte nach Skinner. Und schließlich wurde er fündig: der Vorfall vor einigen Monaten, als Daniel Skinner nach der Begegnung Hibs gegen Aberdeen ins Krankenhaus eingeliefert worden war. Er war in eine Schlägerei verwickelt gewesen und hatte »ernsthafte Verletzungen« davongetragen. Aber an diesem Montagmorgen, dem Morgen, an dem Brian Kibby nach der Convention in Newcastle aufgewacht war und sich gefühlt hatte, als hätte ihn ein D-Zug überrollt, hatte Skinner nicht eine Schramme gehabt.

Kibby zitterte, während er den Artikel durchlas.

Das kann nich sein ... unmöglich ... aber irgendwie ist es Skinner. Skinner steckt irgendwie hinter alldem! Die verfickte Sau hat mich verflucht!

Er verließ das Haus und machte sich auf den Weg zur Centurion Bar. All die Jahre hatte er nie einen Fuß in diesen Laden gesetzt. Jetzt war es für ihn schon eine ebensolche Zuflucht, wie es sein Dachboden einst gewesen war.

– Kleiner Stützwhisky, hm?, grinste Raymond Galt, der Barmann, als er Brian Skibby noch einen doppelten Scotch ausschenkte.

– Aye, antwortete Kibby in einem barschen Grummeln, das nach jemand ganz anderem klang. Seine Gedanken kreisten zum ersten Mal um das ewige Dilemma des Säufers. Alkohol half, er nahm die Schmerzen, wenn auch nur für eine Weile. Doch wenn das ganze Leben Schmerz war, musste jede vereinzelte Atempause, und sei sie noch so kurz, von ihm wahrgenommen werden. Und diesmal brauchte er den Drink wirklich; Skinner kam zu ihm nach Hause, zum Abendessen.

Er kam mit Caroline. Hatte sie etwa mit ihm ...?

NEIN!

Kibby goss sich den Whisky in den Hals und dann noch ein paar mehr, ehe er aus der Kneipe torkelte, wobei er fast mit einer Frau und einem Baby im Kinderwagen kollidierte. Seine darauf folgende Entschuldigung kam als verrücktes Gelalle heraus, während der wütende, verächtliche Blick der Frau ihn kurz versengte. Aber bald war er wieder in der exklusiven Domäne seines eigenen Selbstekels, als er in dem schwachen Licht auf dem Weg nach Hause war und in einem Off-Licence Zwischenstopp machte, um noch mehr Whisky zu kaufen.

Caroline schlief doch bestimmt nicht mit Skinner ...

Kibby spürte die Auswirkungen des Whiskys in seinem Kopf, hörte als narrende Rückblende Skinners Feixen, mit dem er allen damals in der Kantine von den »Bräuten« erzählte, die er gebumst hatte ... *diese Kay, sie war bezaubernd, und er hat sie wie Scheiße behandelt ... Shannon ... was sind sie für ihn, bloß ... Fickfleisch, ein Wegwerfartikel ... ich wette, er bewertet sie nach einer Skala von eins bis zehn ...*

Halb taumelnd, halb stolpernd, machte sich der verbitterte Brian Kibby entschlossen auf den Weg bergab, zu seiner Siedlung. Kurz vor zu Hause geriet er außer Atem und musste stehen bleiben, um sich auszuruhen. Er befand sich gleich neben einem Spielplatz mit Schaukeln, wo, überwacht von einigen Erwachsenen, mehrere Kinder spielten. Kibby stand da, keuchend und ins Leere starrend. Einer der Erwachsenen, der einzige Mann, ein drahtiger Typ Anfang dreißig, machte ein paar Schritte auf ihn zu. – Du da!, rief er Kibby zu, ehe er mit dem Daumen den Weg runter zeigte. – Geh weiter!

– Was?, sagte Kibby, erst abwesend, dann fast ärgerlich, als ihm die Ungerechtigkeit der Situation bewusst wurde.

Und Kibby fürchtete sich, kämpfte gegen seine Atemlosigkeit

an und ging weiter. Es war nicht der Mann, der ihm Angst machte – dazu war sein eigener Zorn jetzt zu groß –, aber er fürchtete, als Perverser abgestempelt zu werden, seine Mutter und seine Schwester im Viertel in Verruf zu bringen.

Vielleicht bin ich ein Perverser ... diese Wichserei, wie ein Tier, ich widerlicher Mensch ... wie lange wird es noch dauern, bis ich mich an Kindern vergreife ... ? Nein ...

Als Kibby nach Haus kam, war niemand da. Gut möglich, dass seine Mutter einkaufen war. Er schleppte sich ins obere Stockwerk und bunkerte den Whisky unter seinem Bett. Als er wieder unten war, ließ er sich mit seinem ausladenden Körper aufs Sofa plumpsen. Nach einer Weile hörte er ein Scharren, gefolgt von der ächzenden Drehung eines Schlüssels im Schloss. Das Geräusch hatte ihm nie etwas ausgemacht, aber jetzt war es eine deutliche Quelle des Verdrusses. Er musste das Schloss mal ölen.

Dad hätte ...

Kibby saß schwitzend auf der Couch, atmete mühsam und flach und wünschte, er hätte zumindest noch *einen* Whisky mehr intus. Er war versucht, nach oben zu gehen und sich einen zu holen, aber sein schlechtes Gewissen suggerierte ihm, dass Joyce das direkt in seinem Atem riechen würde. Trotzdem konnte er nicht verhindern, dass sich ein trotziger, aggressiver Zug um seinen Mund legte, als die Tür aufging.

Allerdings war es nicht Joyce, es war Caroline. Er erinnerte sich, dass sie gesagt hatte, sie würde ihrer Mutter beim Kochen zur Hand gehen, bevor Skinner vorbeikam. Brian Kibbys Stimmung hob sich. Es war das erste Mal seit Ewigkeiten, dass er mit ihr allein war. Jetzt würde er dazu kommen, seiner Schwester zu sagen, wie Skinner wirklich war, ehe er sie zerstörte, genau wie er es sicher mit ihm gemacht hatte.

– Caroline, keuchte er, um sich bemerkbar zu machen.

Caroline Kibby roch die Fahne ihres Bruders. Musterte kritisch seine Wangen: vergröbert, trockener und geröteter als sonst. – Geht's dir gut?

– Aye ... tut gut, dich zu sehen, schniefte Kibby, erst noch zerknirscht, bevor ein Rinnsal von Alkohol in seinem Gehirn ein abwägendes halbes Grinsen zustande brachte. – Was macht das

Studium?, sagte er mit düsterem Nachdruck, um festen Stand bemüht.

Das Zimmer dreht sich irgendwie, aber so schlimm ist es nicht, es ist als ... wen interessiert's?

– Es ist ein bisschen stressig, um ehrlich zu sein, sagte Caroline achselzuckend, auf der Stelle beruhigt, dass ihr Bruder immer noch dieselben alten Prioritäten hatte. Ein wenig geistesabwesend und zerstreut, setzte sie sich in den großen Lehnstuhl, rollte sich darin zusammen, griff nach der Fernbedienung und knipste den Fernseher an. Er lief ohne Ton, und ein Nachrichtensprecher bewegte die Lippen in stummer Seriosität, anschließend Filmaufnahmen von Frauen und Kindern im Nahen Osten, weinend auf einem Trümmerhaufen. Das nächste Bild zeigte einen bis an die Zähne bewaffneten amerikanischen Soldaten. Dann Schnitt zu einem orientierungslos wirkenden George Bush, der aussah, als hätte er Verstopfung, und einem affektiert lächelnden Tony Blair, umringt von Anzugtypen, bei irgendeinem Empfang.

Kibby fühlte etwas in sich hochsteigen, durch sein wässriges, aufgeschwemmtes Fleisch hindurch, durch die meterbreiten verschlackten Zwischenräume, die zwischen jeder Zelle, jedem Neuron zu bestehen schienen.

Die lassen das andere für sich machen. Die haben das Geld und die Macht, und das Einzige, was sie interessiert, sind sie selbst und ihre Eitelkeiten. Aber sie sind ja nicht diejenigen, es sind nicht ihre Söhne oder Töchter, die irgendwohin müssen, um zu kämpfen und zu morden oder verwundet oder getötet zu werden, um ihre bescheuerten Vorstellungen zu erfüllen. Es sind die Leute, die nichts haben, die, die nicht zurückschlagen können, die gefügig gemacht werden ... und da kann man tausend Harry Potters oder Steven Spielbergs oder Mary-Kate und Ashley Olsen und Britneys und Big Brothers und Bridget Jones gucken, und man kann es ignorieren, indem man der Nächste im Büro sein will, der befördert wird ... ignorieren, dass man machtlos ist, dass man als Bürger keine Rechte hat, dass man ein Sklave ist, ein Sklave dieser egoistischen, scheinheiligen, frömmlerischen, mordenden Schweinehunde und der Welt, die sie geschaffen haben, eine Welt, so selbstsüchtig und feige und eitel wie sie selbst ... wie Skinner ... lassen andere Leute die Scheiße ausbaden, die sie in ihrer eigenen krankhaften Eitelkeit angerichtet haben ...

Dann verengte sich ganz plötzlich der Abstand, und irgendeine Kraft entlud sich knisternd in den Fugen, bis Kibbys Kopf rappelte.

Da ist Caroline, meine Schwester, Teil dieser trägen, selbstgefälligen Dekadenz, verschenkt Möglichkeiten, während mein Dad sich sein Arbeitsleben lang abgerackert und selbst auf alles verzichtet hat, um ihr diese Chancen zu geben ...

– Du hast doch immer gern studiert ..., winselte er.

Caroline schüttelte schnell den Kopf, ihr Mopp von blondem Haar schwirrte und wirbelte und fiel wieder an seinen Platz wie Nylonfasern, nur ein paar Strähnchen lagen nicht an ihrem angestammten Platz. – Ich studiere noch immer gern, es geht mir nur manchmal auf die Nerven. Immer nur Arbeit, Arbeit, Arbeit, sagte sie achselzuckend und gab ihrem Gesicht erst einen spekulativen, dann einen verruchten Ausdruck. – Ich hab einfach das Gefühl, ich muss mich auch mal ein bisschen verhätscheln lassen, sagte sie lächelnd.

– Und da kommt *er* wohl ins Spiel, was?

Caroline schaute ihn auf eine Weise an, wie sie ihn noch nie angesehen hatte, ihre Lippen kräuselnd, und Brian Kibby sah sich schlagartig mit ihren Augen. Was er sah, war ein Freak: ein übergewichtiger, trübseliger, krankhaft eifersüchtiger Versager, der seine gescheiterte Existenz hinter sich herzog wie die Schleimspur einer Schnecke.

Da draußen am Spielplatz dachten sie, ich wär ein dreckiger Kinderschänder.

Kibby spürte, wie seine verräterischen Poren wie aufs Stichwort noch mehr eiskalten, toxischen Schweiß ausstießen.

Aber nicht Caroline. Nich Caz. Schwesterchen.

Wie nahe sie sich in einer stillen, undemonstrativen und unaufdringlichen Weise immer gewesen waren. Mitunter verdichtete sich diese süßliche Innigkeit zu einer eigentümlichen Geste, die sie beide beschämte: wie schottisch-nahe sie einander einmal gewesen waren.

Caroline. Schwesterchen.

Brian blieb nichts anderes übrig, als seine Schwester anzustarren, die sich abwandte und demonstrativ auf den Fernseher konzentrierte. Die amerikanischen Streitkräfte bereiteten sich im Vorfeld der US-Wahlen auf die Erstürmung von Falludscha vor, gleichzeitig wurde bekannt gegeben, dass die Aktivitäten der Koalition der Willigen bisher insgesamt einhunderttausend Opfer unter der irakischen Zivilbevölkerung gefordert hatten. Er wollte mit ihr darüber reden; normalerweise sprach er nie über Politik mit ihr, weil er immer fand, es verwirre nur, und dass die Leute glücklich über ihr Los sein sollten, anstatt sich dauernd zu beklagen und Dinge ändern zu wollen. Aber er hatte Unrecht gehabt; er wollte ihr sagen, dass er Unrecht gehabt hatte und sie Recht.

Doch dann sah er ein, dass er keine Brücke bauen konnte, keine Beziehung herstellen konnte, weil sein Hass auf Skinner ein Eigenleben hatte, das mit Intellekt, mit Vernunft nichts mehr zu tun hatte. Der Hass verzerrte seine Gesichtszüge, fügte jeden Satz zusammen und diktierte, um genau zu sein, jedwede mögliche Erwiderung. Ehe er etwas dagegen tun konnte, sprach diese Kraft für ihn, sprach aus ihm. – Er ist schlecht ... er ist ..., Kibby wimmerte atemlos.

Caroline wandte ihren prüfenden Blick wieder Brian zu, schüttelte dann langsam den Kopf.

Jetzt ist er endgültig übergeschnappt.

Wir haben gemeinsam so viel durchgemacht, als Familie, und jetzt fordert es seinen Tribut. Ich bin heilfroh, aus diesem Irrenhaus raus zu sein, diesem Hexenkessel von Angst und Trauer; dass ich mich endlich abgenabelt und losgelassen habe. Mein Gott, was muss Danny von ihnen denken, was muss er von mir denken? Ein Glück, dass er so verständnisvoll ist, dass er unsere Trauer nachvollziehen kann.

– Du bist krank, Brian, befand Caroline bewusst unbeteiligt. – Danny hat immer nur versucht, dir zu helfen, versucht, dir ein Freund zu sein. Es war Danny, der dafür gesorgt hat, dass du die ganze Zeit deinen Job behalten hast, nur weil er meinte, dass du das brauchst. Dass wir das brauchen, sagte sie, sich für ihr Thema erwärmend. – Weil er eben so ein Mensch ist!

– Du weißt gar nichts! Du weißt nich, was für ein Mensch er ist, quäkte Brian Kibby in seiner Wut und seinem Entsetzen.

Carolines Gesicht verzerrte sich zu einer dämonischen Fratze. Kibby hatte ihren Unmut miterlebt, vom trotzigen Baby zu pubertären Wutanfällen, aber hätte sich nie vorstellen können, seine hübsche und gelassene Schwester könne je so grotesk aussehen. – Ich ertrage es nicht, Brian, ich kann deine kindische Eifersucht auf Danny einfach nicht ertragen!

– Aber er ist nicht so, wie du denkst!, heulte Kibby, den Blick zur Decke gerichtet, himmelwärts, als erwarte er von dort Beistand.

Aber es kam keiner, während Caroline an der trockenen Haut um ihren Fingernagel zupfte. Sich zur Ordnung rief. Damit musste sie aufhören.

– Ich kenne Danny, Brian. Aye, er geht gern aus, ist kein Kind von Traurigkeit. Und er hat viele Freunde. Das macht manche Leute eifersüchtig, dann fangen sie an, irgendeinen Quatsch zu erfinden.

Brian Kibbys Pumpe arbeitete schneller, und seine Schweißdrüsen liefen wieder auf Hochtouren. Er verzog das Gesicht, als er die eigenen widerlichen Ausdünstungen roch. Skinner machte es schon wieder, griff ihn an, schwächte ihn irgendwie. – Er benutzt dich, Caz, er benutzt dich nur …

Caroline funkelte ihren Bruder grimmig an. – Ich hatte schon die ein oder andere richtige Beziehung, Brian. Ich weiß ein bisschen was über diese Seite des Lebens. Maß dir nicht an, mir was darüber zu erzählen, schnauzte sie ihn mit unverhohlener Abneigung an. Sie brauchte nichts über Kibbys eigenen ausgeprägten Mangel an Erfahrung im Emotionalen oder Sinnlichen hinzuzufügen; das war ja offenkundig. – Und mach heute keine Szene, warnte sie ihn mit drohend gesenkter Stimme und finsterem Blick. – Wenn du dich Danny und mir gegenüber nicht halbwegs anständig benehmen kannst, denk wenigstens an Mum.

– Er ist es doch, der kein An-

– Halt den Mund, zischte Caroline mit einer Kopfbewegung zur Tür, als der Schlüssel ihrer Mutter sich im Schloss drehte.

Joyce Kibby stellte zwei große Tüten im Flur ab und öffnete die Tür zum Wohnzimmer, wo sie ihre Kinder zusammen vor dem Fernseher sitzen sah. Es war wie in alten Zeiten.

Danny Skinner traf kurz danach ein, eine Flasche bei Valvona &

Crolla erstandenen vollmundigen, erstklassigen Bordeaux und einen Blumenstrauß in der Hand, die er Joyce überreichte, als sie ihn mit beinahe orgastischer Begeisterung willkommen hieß.

Es war das dritte Mal, dass Skinner ins Haus kam, auch wenn die ersten beiden Male nur Kurzbesuche gewesen waren und er jetzt zum ersten Mal ins Wohnzimmer geführt wurde, wie es sich gehörte. Er nahm seine Umgebung in sich auf. Das Mobiliar war alt, aber tipptopp. Es sagte ihm, was er bereits hätte erraten können: dass die Kibbys nichts davon hielten, Geld für Luxusartikel zu verschwenden, und außerdem nicht die Angewohnheit hatten, wilde Partys zu feiern. Eine große, gemusterte Couchgarnitur beherrschte das Zimmer, war allerdings ein wenig zu wuchtig dafür, wodurch der Raum etwas vollgestellt wirkte.

Sein vorherrschender Eindruck war allerdings der, sich in einem Geisterhaus zu befinden. Der prominenteste Geist war jedoch nicht der von Kibbys Vater; die meisten Bilder von ihm waren verschossen, weil sie in einer Ära der minderwertigen Abzüge aufgenommen waren. Nein, es war der Geist des vergangenen Brian Kibby. Auf Skinner wirkten die Porträts des jungen, schlaksigen, eifrigen, viel gehassten Kibby allgegenwärtig.

Hat er wirklich jemals so ausgesehen?

Skinner warf einen verstohlenen Seitenblick auf seinen erbitterten, verfetteten Widersacher, der gerade schnaufend ins Zimmer gekommen war und den Gast anstarrte, als sei der nur hier, um das Familiensilber zu entwenden, und betrachtete dann wieder das Bild. Skinner überkam ein ungutes Gefühl, das er gerade noch in ein dünnes Lächeln umwandeln konnte.

Joyce hatte den Tisch festlich im Wohnzimmer gedeckt und eine Flasche Wein hingestellt. Jetzt stellte sie die, die Danny mitgebracht hatte, daneben, worauf Kibby, dessen Verhalten abwechselnd aggressiv und mürrisch war, zunächst missbilligend über diesen Akt der Verschwendung aufschreckte, dann jedoch angesichts der Aussicht auf einen schmerzlindernden Schluck Alkohol etwas bessere Laune bekam.

– Ich weiß, das sollten wir nicht, sagte sie mit einem heimlichen Blick zum Bild ihres verstorbenen Ehemanns, – aber wie du selbst manchmal sagst, Brian: ab und zu seinen Gelüsten nachzugeben, tut einem nicht weh? Ich meine, zum Essen …

– Ja, bestätigte Kibby durch zusammengebissene Zähne. – Darauf trinke ich, sagte Skinner zustimmend.

– Ich auch, sagte Kibby langsam und entschlossen.

– Brian …, appellierte Joyce an ihn.

– Einer wird nicht schaden. Ich hab eine neue Leber, sagte er und rollte unvermittelt seinen Pullover hoch, um eine große Narbe vorzuzeigen, die sich in seine Fettrollen hinein und wieder herausschlängelte, was Skinner faszinierte, – so gut wie neu, fügte er drohend hinzu.

– Brian! Joyces Augen quollen kurz entsetzt hervor, sie war jedoch erleichtert, als ihr Sohn seinen Pulli schnell wieder herunterzog. Trotz ihrer nervösen, spastischen Zuckungen gelang es ihr, die Gläser einzuschenken, unter den Augen von Caroline, die sich extrem unwohl zu fühlen schien und sich erst etwas entspannte, als Skinner nachsichtig ihre Hand drückte.

Sie setzten sich zum Abendessen hin. Obwohl das Essen – Spaghetti Carbonara à la Joyce – für seinen verwöhnten Gaumen fade schmeckte, zwang sich Skinner zu angemessen positiven Kommentaren. – Gutes Essen, Joyce. Bri, Caroline, eure Mutter versteht was vom Kochen.

– Ihre Mutter doch sicher auch, Danny, gurrte Joyce zuvorkommend.

Skinner musste überlegen, was er hierauf erwidern sollte. Er wusste, dass er selbst besser kochte, als seine Mutter es je gekonnt hatte. Es war einfach eine Frage der Verfügbarkeit unterschiedlicher Zutaten und eines umfassenderen Wissens über Ernährung, eine Generationsfrage. – Sie hat ihre Momente, sagte er und dachte mit einem etwas schlechten Gewissen an Beverly. Das Gefühl von Beklommenheit, das schwer über dem Tisch lastete, hatte sich durch den Alkohol etwas gelegt und war, was Kibby anbelangte, einer nervösen, dann feindseligen Irritation gewichen. – So, Amerika war also nichts für dich, Danny?

Skinner weigerte sich, den Köder zu schlucken. – Oh, ich fand es wunderbar. Hab vor, zurückzugehen. Aber, er wandte sich zu Caroline um und lächelte, – … du weißt ja, wie es manchmal geht.

Kibby saß da und kochte in stummem Zorn über diese Antwort. Er brauchte einige Minuten, ehe er sich entschließen konnte, wieder mit etwas herauszuplatzen. Er setzte auf ein anderes Pferd und fragte spitz: – Und, wie geht's Shannon so, Danny, ermutigt, weil Caroline Skinner jetzt fragend ansah.

– Oh, bestens ... aber ich hab sie nicht oft zu sehen bekommen; er dachte an Dessie Kinghorn. – Wie auch, ich war ja in Amerika.

– Shannon arbeitet, ich sollte besser sagen, arbeitete mit uns, zischte Kibby abfällig.

– Ja, sagte Joyce angespannt. – Ich habe ein paarmal mit ihr telefoniert, während du im Krankenhaus warst. Sie wirkte wie ein sehr nettes Mädchen.

– Sie und Danny waren ziemlich dicke Freunde, hm, Danny?

Skinner sah Kibby ungerührt an. – Irre ich mich, Brian, oder hast *du* nicht dauernd mit Shannon zusammengesteckt? Habt ihr nicht regelmäßig zusammen Mittagspause gemacht?

– Nur in der Kantine ... sie war eine Kollegin ...

– Du warst immer ein stilles Wasser, Bri, sagte Danny augenzwinkernd, beinahe liebevoll, und war sogar zuversichtlich genug, sich grinsend in der Runde umzusehen.

Kibby war so frustriert und angetrunken, dass er sich anstrengen musste, nicht ins Hyperventilieren zu geraten.

Joyce bekam kaum mit, wie er sich aufführte, so glücklich war sie, den freien Stuhl am Tisch, der so lange verwaist geblieben war, wieder besetzt zu sehen. Sie fand Danny Skinner charmant, er gab sich so freundlich und ehrenwert, und dass er und Caroline zusammen ein nettes Bild abgaben.

Caroline Kibby sann über die schnaufende, schwitzende Masse nach, die aus ihrem Bruder geworden war. Sie dachte an die ständige Peinlichkeit, die er über die Jahre hinweg für sie bedeutet hatte, wenn sie ihre Freunde von der Schule oder dem College mitbrachte. Damals hatte er zumindest versucht, freundlich zu sein, auf seine unbeholfene Art, aber der Verdruss damals war nichts verglichen mit dem Widerwillen, das sein Benehmen heute hervorrief. An diesen ätzenden Kommentaren und verbitterten Zwischenbemerkungen sah sie, wie sehr ihr Bruder sich verändert hatte.

Skinner fiel es schwer, die Augen nicht ständig durch den Raum schweifen zu lassen. Er kam sich vor wie ein Anthropologe, der versuchte, hinter das soziale Gefüge einer seltsamen

Stammesgesellschaft zu kommen. Dennoch war ihm in der Nähe von Brian Kibby unwohl. Es war beunruhigend, diesem miefenden, wabbelnden Fleisch so nahe zu sein, und er war es, der einen Widerwillen dagegen verspürte, Augenkontakt mit seinem alten Feind herzustellen.

Das war nicht ganz einfach dank Kibbys Omnipräsenz, besonders auf dem gekachelten Art-déco-Kaminabsatz aus den Fünfzigern, auf dem sich ein Porträt von ihm ans andere reihte. Während die schweren Vorhänge an den Fenstern einen Großteil des Lichts schluckten, wie in Anerkennung der Tatsache, dass Kibby am besten im Schatten zur Geltung kam, dominierte ein Bild, das Skinners Blick immer wieder anzuziehen schien. Es war ebenfalls eins der großen Porträts des Kibby von früher; die dünne Leichnamhaftigkeit seines Teints kontrastierte mit den großen, feuchten Augen von fast unvergleichlicher Leuchtkraft – tatsächlich genau wie die von Caroline just in diesem Moment – und die dünnen, zarten Züge von Mund und Nase. Die aktuelle Version ertappte ihn gefesselt von diesem Bild vergangener Tage und warf ihm einen höhnischen Blick zu, der so wissend war, dass Skinner sich erst verunsichert und dann bloßgestellt fühlte. Echte Schuldgefühle nagten an ihm, als er daran dachte, was Kibby wegen seiner Schikanen hatte durchmachen müssen. Er begriff, dass er ihm auch schon beträchtlichen Schmerz zugefügt hatte, bevor dieser eigenartige, verheerende Fluch hinzugekommen war.

Ja, dieses Ding da vor mir ist sicherlich eine andere verdammte Spezies als der junge Mann auf diesem Foto dort. Es ist ein Frankensteinmonster, eins, das ich allein mit meinen eigenen Exzessen geschaffen habe. Manchmal kann ich jedoch die Gegenwart dieses anderen Kibby spüren, der jungen Fotze, der mein Arbeitskollege war, mit dem ich zur Fortbildung gegangen bin und in der Mensa gegessen habe. Der Kerl, der rot geworden ist und sich verschluckt hat, wenn ich die angehenden Sekretärinnen und Friseusen von der Berufsschule anquatschte. Die Lusche, die sich in Grund und Boden schämte, wenn ich mich beiläufig zu den unzweideutigen Details irgendeiner sexuellen Begegnung geäußert habe, was in anderer Gesellschaft gar nicht meine Art war, aber die Wirkung, die es bei dem bedauernswerten Kibby erzielte, machte es unwiderstehlich. Allerdings fühlte ich mich anschließend total widerlich, was mir

Kibby wiederum noch verhasster machte. Ich erinnere mich, was ich zu Big Rab McKenzie mal über den jungen Kibby gesagt habe: dass ich ihn hasse, weil er den Fiesling in mir weckte, eine Seite an mir, die mich anwidert und anekelt.

Rab, Gott sei seiner schlichten Seele gnädig, hatte sofort eine Lösung parat: »Dann hau der Fotze doch die Fresse zu Brei.«

Hätte ich nur auf den Rat des Großen gehört. Ich hab was viel Schlimmeres getan: Ich hab seine Seele zu Brei gehauen.

Skinner beschloss, das Bild, das ihn verfolgte, zu ignorieren und sich wieder auf den realen Kibby aus Fleisch und Blut zu konzentrieren. Denn das stechende Unbehagen, das Kibbys bissige Bemerkungen und Blicke in ihm auslösten, war immer nur eine momentane Irritation, die nicht wirklich wehtat. Joyces Dankbarkeit über seine schlichte Würdigung des Essens und Carolines wohlwollendes Lächeln hingegen, vom Wein ganz zu schweigen, hatten eine berauschende Wirkung auf ihn.

Tatsächlich schnappte er in diese eklig-wundervolle verschlagene Betriebsart zurück, der zu widerstehen er, wie er mit bittersüßer Traurigkeit wusste, zu schwach war. – Ich sag dir was, Bri, soweit ich höre, wirst du im Büro schmerzlich vermisst.

Brian Kibby hob langsam seinen großen Kopf mit seinen vorquellenden Augen. Sein Mund stand offen, umrahmt von seinen schlaffen Gummilippen. Und doch war da etwas in seinen Augen, das nicht dazu passen wollte: ein resignierter, verrohter Schmerz, der über Zorn weit hinausging. Skinner sah darin das letzte Rinnsal von Widerstand aus Kibbys getretener Seele, das tröpfchenweise in die übel riechende Atmosphäre des Zimmers sickerte.

Aye, Glück für Caroline, dass sie hier raus ist, dachte Skinner mit einem Blick auf sie und fühlte sich wie der Ritter in strahlender Rüstung.

Kibby schnaufte leise. Die geringste Helligkeit quälte seine Augen. Das alltäglichste Geräusch von draußen ließ ihn auffahren, wie einen Hund, den eine Hundepfeife aufschreckt. Vom süßen Duft der frischen Schnittblumen, die Skinner Joyce mitgebracht hatte, wurde ihm übel, während die Gerüche seines eigenen Körpers ihm den Magen umdrehten. In dem morbiden empfindlichen Zustand seiner Sinneswahrnehmungen konnte er nur gänzlich fade und geschmacksneutrale Kost ertragen. Und hier saß Danny Skinner, an diesem Tisch, und quälte ihn wie ein Matador einen geschwächten, verwundeten Stier. Und seine eigene Mutter und Schwester schrien »Olé« zu jeder schwungvollen Geste, feuerten diesen arroganten Poseur auch noch an. Das war zu viel für Brian Kibby. – Aye, he, ich hätte gedacht, du hättest mittlerweile einen anderen gefunden, den du verarschen kannst, spuckte er giftig.

– Brian!, schalt ihn Joyce und schaute Skinner entschuldigend an.

Doch Danny Skinner warf den Kopf zurück und tat den Vorwurf lachend ab. – Achten Sie nicht darauf, Joyce, das ist nur der gute alte Brian-Kibby-Humor, den wir alle so lieben. Für uns ist das nichts Neues mehr. Er kann ein richtiger Brummbär sein!

Joyce lachte gekünstelt auf, während Brian wieder auf seinem unbequemen, harten Stuhl erzitterte, der sich tückisch dort einschnitt, wo Kibbys monströse Arschbacken über die harten Kanten quollen.

Skinner ist in meinem Zuhause, fickt meine Schwester, isst am Tisch meiner Mutter, und der Dreckskerl besitzt auch noch die Frechheit, eine Kumpelhaftigkeit zu erfinden, die bestenfalls verlogener Nonsens ist und schlimmstenfalls der unverfrorene Versuch, einen Fall von systematischem Mobbing und Beleidigung zu vertuschen ... und ... und ...

– Also, ich halte das für deplatziert, streitsüchtig und rüpelhaft, rümpfte Caroline zänkisch die Nase.

Kibby sah sie mit schwerem Herzen an. Sie war eine Frau; gereift, aufgeweckt, lebendig, cool, und er ... tja, er war nie zum Mann geworden, hatte nie zum Mann werden dürfen.

Aber vielleicht kann ich es noch.

Nach dem Abendessen entschuldigte sich Brian Kibby mit Müdigkeit und ging nach oben in sein Zimmer. Er fischte die Whiskyflasche unter dem Bett heraus. Er setzte sie sich an den Hals. Das goldene Elixier brannte ölig, stark und fies in seinem Blut. Es machte ihn hart. Machte ihn schroff, abstoßend, arrogant, und, soweit er es beurteilen konnte, so unsterblich und zeitlos wie diese Eigenschaften.

38
Schlussakkord

Die Erfolgreichen, die Semi-Erfolgreichen und die schamlosen Hochstapler der Stadt hatten sich in ihrem gewohnt wackligen Bündnis beim Eröffnungsabend des Muso, Alan De Fretais' neuestem Bar-Restaurant-Projekt, eingefunden. De Fretais selbst war mit übler Laune eingetroffen, der eben erst mit einem exzellenten Chablis abgeholfen wurde. Die Bauleute hatten ihm zugesagt, er würde das Unternehmen während des Edinburgh Festivals groß eröffnen können, und eine Horde angereister Prominenz und die landesweite Presse hatten bei Fuß gestanden. Jetzt war es wesentlich später, mitten in der toten Saison im Herbst, sodass er sich mit der lokalen B-Prominenz zufriedengeben musste, und in ihm brannte erbitterter Groll, weil er wusste, dass schon der schwer erreichbare 3. Michelin-Stern nötig wäre, ihm das Medienecho zu sichern, von dem er träumte. – Mein eigenes kleines Holyrood, bemerkte er säuerlich zu einem Gastrokritiker des *Daily Record*, der ebenso enttäuscht aussah wie er.

Aber die fruchtige Traube, die ihren unverwechselbaren Charakter dem tonhaltigen, nur sehr begrenzt vorkommenden Kimmeridge-Boden verdankte, entfaltete bereits ihre beträchtliche magische Wirkung bei De Fretais. Bald gab er sich dem tröstlichen Gedanken hin, dass das Publikumsinteresse gar nicht so übel war für diese Zeit des Jahres, in der ein Großteil des Kennerpublikums sich noch immer vom Festival-Burnout erholte oder sich bereits auf den Weihnachtskater vorbereitete.

Skinner trat mit Bob Foy zusammen ein, der ihm die Nachricht überbracht hatte, der Spitzenkoch sei von seiner Exkursion durch Deutschland zurückgekehrt. Sie hatten in Rick's Bar einen Cocktail getrunken und trafen daher respektable zwanzig Minuten zu spät ein, wenn auch nicht so spät, sich die kostenlosen Getränke im Ausschank entgehen zu lassen. Sein fragiles Nervensystem verriet Danny, dass sich Brian Kibby gestern Abend zweifellos heimlich einen oder zwei hinter die Binde gekippt hatte, denn es war ein anständiger Drink nötig gewesen, um seinen Kater zu lindern. Skinner hatte fast schon vergessen, wie schädlich und schwächend sich Alkohol auswirken konnte. Zumindest war es hier drin einigermaßen dunkel, überlegte er und betrachtete die angenehm gedämpfte Beleuchtung mit Dankbarkeit.

Der kleine Ficker muss irgendwo in seinem Saustall von Zimmer ein Schnapslager haben. Ich werde Caroline darauf ansetzen … oder sogar Joyce. Ich werd diesem Schwanzgesicht schon den Hahn abdrehen! Der kleine Blödmann weiß doch gar nicht, was er tut, wie gefährlich das ist!

Der Barbereich war auf eine minimalistische Art durchaus imponierend. Obwohl die Wände in uninspiriertem Hellblau gehalten waren, besaß die alte Theke eine schöne Marmorplatte, und der hintere Thekenbereich hatte eine Eichenverkleidung. Ein beeindruckender, abgezogener und glanzversiegelter Holzboden und indirekte Beleuchtung hier und da rundeten das Bild ab.

Skinner sah sich in der Gesellschaft um und dachte: so weit, so öde. Er checkte gewohnheitsmäßig die Frauen und versuchte, nicht an Dorothy in San Francisco oder – näher zu Hause – an Caroline zu denken. Ohne Erfolg.

Es ist schon scheißseltsam mit Caroline und mir. Irgendwie schaffen wir es einfach nicht, zur Sache zu kommen. Wahrscheinlich, weil sie mich an Kibby erinnert. Wenn ich ihn erst wieder im Krankenbett habe, wo er mir nicht mehr schaden kann, gibt es kein Halten mehr; dann fick ich seine Schwester wie ein Weltmeister. Wenn sich rausstellt, dass es nur was Sexuelles ist, zische ich sofort wieder ab nach Kalifornien. Erst muss ich mich mal zulöten, und das Scheißhaus hier ist so gut wie jedes andere, um sich die Kante zu geben.

Mal wieder ficken wäre auch nicht schlecht. Keine Spur von Graeme oder sonst wem aus dieser Blase. Vielleicht würde es Kibby ja etwas bremsen, wenn er mal einen in den Arsch verlötet bekäme, ohne Gleitcreme und bis zum Anschlag!

Mit den rhythmischen Schluckbewegungen der eingefleischten Schnapsdrossel machte er kurzen Prozess mit dem ersten Glas Champagner. Gestört von einem Ellbogen, der sich in seine Seite bohrte, drehte er sich um und sah Foy, der seine Aufmerksamkeit auf die hohe Decke lenkte, von der eine Reihe von Musikinstrumenten hing. Es gab eine elektrische Gitarre (irgendeine legendäre Gibson Les Paul, vermutete Skinner), eine große Harfe, ein Saxophon, ein Kontrabass und ein Schlagzeug, alle in aufeinander abgestimmter Höhe, als könnte jederzeit ein Trupp Musiker, die der Schwerkraft trotzten, einfach dort hinaufschweben und etwas zum Besten geben. Am eindrucksvollsten war jedoch ein weißer Konzertflügel, der etwa fünfzehn Fuß über der Bar hing, am Dach befestigt mit vier Stahlseilen, die zu einem einzigen riesigen Haken liefen, der, wie er vermutete, von einem der Deckenträger gehalten wurde.

Gegen seinen Willen war Skinner dann doch ein bisschen beeindruckt.

Plötzlich drang eine Stimme an sein Ohr, so nah, dass er den heißen Atem ihres Urhebers fühlte. – Jetzt fragst du dich bestimmt: Wie haben die das bloß da raufgekriegt?

– Das tue ich allerdings, gestand er seinem Gastgeber, dem Spitzenkoch Alan De Fretais.

De Fretais setzte ein mattes, demütiges Lächeln auf. – Die Antwort ist: unter großen Schwierigkeiten, sagte er versonnen, schüttelte den Kopf über seinen eigenen spritzigen Humor und tauchte wieder in die Menge unter.

Wichser, dachte Skinner, aber ohne echte Feindseligkeit, während er dem Koch auf seinen verschlungenen Pfaden nachsah. Nur eine totale Flasche, und auch dann nur eine völlig zugekokste, konnte den Scheiß witzig finden. Was kurz zusammengefasst genau das war, wofür er De Fretais hielt. Es war wirklich unmöglich, dass eine solche Witzfigur sein Erzeuger sein sollte. Er sann darüber nach, wie Leute dieses Schlages bei derartigen Anlässen immer eine intime Tiefsinnigkeit zur Schau stellten, wenn sie mit Freunden redeten, während sie nichts sagten, das aber mit diesem Air höchster Gravitas, wie sie Connerys Bond perfektioniert hatte. Vor allem sich keine Information entreißen lassen, sei sie noch so trivial. Geheimnisträger. Wie alle diese verschissenen Köche, dachte er, als er sich fortbewegte, um die Runde zu machen und beiläufig mit vage bekannten Nasen zu plaudern.

Er hatte schnell festgestellt, dass es sich hier um eine Sorte Fete handelte, bei der es nicht als unhöflich, sondern als geradezu obligatorisch empfunden wurde, sich nicht wirklich seinem Gegenüber zu widmen. Es galt nahezu als verdienstvoll, sich anmerken zu lassen, wie sehr man sich in der Gesellschaft eines flüchtigen Bekannten langweilte. Der Mund sonderte noch einen Bestand an Standardfloskeln ab, der in irgendeiner Gehirnregion gelagert war, die noch funkte, während die Augen bereits die Menge scannten, ob ein Upgrade in puncto Gesellschaft verfügbar war.

Es ist reines, hässliches Statusdenken, das Überleben der Beschissensten.

Er hielt es selbst gerade nicht anders, denn er verfolgte immer noch De Fretais' Wege. Er sah den fetten Koch mit Roger und Clarissa reden, ergriff seine Chance und tänzelte zu ihnen hin. – Entschuldigt uns für eine Sekunde ..., nickte er den anderen zu. – Alan, auf ein kurzes Wort?

– Wenn das nicht unser junger unionistischer Freund ist, schnurrte Clarissa und verdichtete ihre Augen und Lippen zu bloßen Einschnitten in ihrem Gesicht. – Haben Sie Ihren kleinen ... *Zusammenschluss* bei unserem letzten Treffen genossen?

– Ich bin gerade schrecklich beschäftigt, Mr Skinner, ich fürchte, das wird warten müssen, sagte De Fretais und schoss plötzlich davon in Richtung Bar.

– Es ist wichtig, es geht um meine Mutt-, hob Skinner an.

De Fretais hörte ihn allerdings nicht, und Skinner wollte schon wütend hinter ihm her, als er plötzlich wie angewurzelt stehenblieb. Das Herz schlug ihm bis zum Hals, denn er hatte einen vertrauten schwarzen Haarschopf entdeckt. Die Frau trug eine traditionelle schwarz-weiße Kellnerintracht, aber mit einem kurzen Rock, der sich straff über einem Arsch spannte, den er nur zu gut kannte. Komplettiert wurde der Look von schwarzen Strumpfhosen oder Strümpfen. Während sie ein paar Köstlichkeiten von einem Tablett anbot, wandte sie ihm ihr Profil zu, und Skinner schnappte ein strahlendes, blendend weißes Lächeln auf.

Roger machte irgendeine Bemerkung, die er durch das Rauschen des Bluts in seinen Ohren nicht hören konnte, aber Clarissas spöttisches Lachen legte nahe, dass es etwas Sarkastisches gewesen sein musste.

Skinner wandte sich entnervt zu ihr um. – Sie müssen früher mal umwerfend ausgesehen haben, sagte er, und ihr implodierendes Gesicht verriet ihm, dass er genau das richtige Maß an Bedauern in seinen Ausdruck gelegt hatte. – Ja, das war einmal, hm, fügte er hinzu. Er entfernte sich von ihnen, der Kellnerin nach, die Rundungen ihrer Pobacken unter dem engen Rock betrachtend, und plötzlich erwachte etwas in ihm.

Kay ... fuck, was macht sie hier?

Und was noch schlimmer war, er sah De Fretais mit breitem Lächeln im Gesicht auf sie zustreben. Der Koch schob seine Arme um ihre Taille. Sie lächelte zurückhaltend und versuchte, ihm zu entschlüpfen, aber ohne Erfolg, da sie ihr Tablett nicht loslassen konnte.

Er betatscht sie überall mit seinen Fettfingern!

Nein ...

Sie steht scheißnochmal einfach da ... lässt sich von diesem fetten Sack einfach angrabschen!

Ihm stieg die Gallensäure in den Eingeweiden hoch, während er das Glas in seiner Hand umklammerte. Er sah sich das Glas wie einen Dolch in den Nacken des fetten Kochs stoßen und zusehen, wie er blutend am Boden lag; die leeren, verständnislosen Rinderaugen, während er im Todeskampf strampelte. Skinner konnte sein eigenes Blut warm in den Venen blubbern fühlen, aber seine Gedanken waren noch immer abstrakt und beherrscht. Glücklicherweise bestand einer dieser Gedanken darin, sich zu fragen, wie viele vormals sozial unauffällige Männer unter solchen Umständen gemordet hatten, und das genügte, um ihn abrupt die Bar verlassen zu lassen.

Die Straße war voller Menschengrüppchen auf dem Weg von einer Lokalität zur anderen. Als er seine Lungen mit der kalten Nachtluft füllte, merkte er, dass er noch das Champagnerglas in der Hand hatte. Er schleuderte es auf den Boden, sein Fluch lauter als das Klirren, als es zersprang, und hielt ein Taxi an, blind für die nervösen, verstohlenen Blicke der Passanten.

Der Junge ist ein typischer Alki, dachte Mark Pryce, der Verkäufer bei Victoria Wine, als Brian Kibby in den Laden geschlurft kam, mittlerweile so verzweifelt, dass ihm seine normale Heimlichtuerei gleichgültig geworden war. Er verlangte zwei Flaschen Whisky: eine Johnny Walker Red Label und eine The Famous Grouse.

Mark war Psychologiestudent im zweiten Semester. Er machte sich gründliche Gedanken über einige seiner Stammkunden. In einer geistig gesunden Gesellschaft hätte er viele von ihnen an die örtlichen Gesundheits- und Sozialdienste verwiesen, anstatt ihnen Alkohol zu verkaufen.

Der Junge macht es nicht mehr lange, war seine düstere Prognose, als er die Flaschen eintütete und sie einem bereits dahinwelkenden, zitternden Kibby aushändigte. Die gedämpfte, aber durchdringende Trostlosigkeit dieses speziellen Kunden bewegte ihn so eigenartig, dass er beinahe etwas gesagt hätte. Aber als er Augenkontakt mit Kibby herstellte, sah er nichts, nur eine dunkle Leere, die einst von einer menschlichen Seele bewohnt gewesen war.

Pryce nahm das Geld, tippte den Kauf ein und tat es in die Kasse, wobei er im Hinterkopf eine Notiz ablegte, sich einen neuen Teilzeitjob zu suchen. *Irgendwo, wo man sich um die Gesellschaft verdienter machte, etwa bei McDonald's oder Philip Morris.*

Zu Hause angekommen, schlich Brian Kibby sich heimlich hinein, weil ihm sehr daran lag, seiner Mutter und einer möglichen Auseinandersetzung wegen seiner Trinkerei aus dem Weg zu gehen. Glücklicherweise war niemand zu Hause. Er versuchte, seine Körperfülle die Aluminiumtrittleiter zu seinem alten Versteck hochzuziehen, aber nach wenigen Schritten wurde ihm schwindlig, weil ihm pochend das Blut in den Kopf stieg. Er sah ein, dass er es nicht schaffen würde, stieg langsam wieder hinab und ging in sein Zimmer, wo er entmutigt eine Flasche Whisky leerte und respektable Fortschritte bei der zweiten machte, ehe er das Bewusstsein verlor.

Der Morgen rollte an, unter dem Krächzen der Möwen in dem marmorierten Licht, das langsam über Leith heraufzog. Danny Skinner ging es bereits ziemlich dreckig, und er verdächtigte Kibby, aber sein Unbehagen steigerte sich massiv, als das Telefon klingelte und Shannon McDowell ihn mit einer erschütternden Nachricht begrüßte. – Bob ist im Krankenhaus …

Das ließ Skinner schlagartig aktiv werden, und er machte sich, seine Katerübelkeit niederkämpfend, auf den Weg zu Foy. Im Bus hätte er beinahe gekotzt, was ihm missbilligende Blicke von einer Frau mit einem kleinen Jungen eintrug, der das neue grüne Trikot mit der Whisky-Werbung von Whyte & Wacay anhatte, die Carlsberg Lager als Sponsor abgelöst hatten.

Als es bloß Bier war, hätte der arme kleine Scheißer wenigstens noch eine faire Chance gehabt …

Als er im Krankenhaus ankam und auf die Station ging, sah er Foys reglose Gestalt hingestreckt, bewusstlos in einem Bett liegen, ans EKG angeschlossen, einen Schlauch in der Nase. Nicht gut, dachte Skinner.

Amelia, Foys zweite Frau, stand schluchzend am Krankenbett, zusammen mit Barry, seinem Sohn aus erster Ehe, mittlerweile Teenager. – Danny …, blubberte Amelia, stand auf und umarmte ihn fest. Ihr Geruch und ihre Nähe brachten einem verlegenen Skinner eine Szene in Erinnerung, als er nach einem alkoholgeschwängerten Abend vor einigen Monaten im Foy'schen Haushalt gelandet war.

Foy war nach einer formidablen Saufleistung auf dem Sofa kollabiert, und Amelia hatte sich auf Skinner gestürzt und ihn beinahe gewaltsam dazu bringen wollen, sie auf der Küchenarbeitsplatte zu ficken. Skinner hatte sie weggeschoben und sie mit Foys entschlafener Gestalt alleingelassen. Sie hatten seitdem nicht wieder miteinander geredet.

Ob sie wohl immer noch scharf drauf ist? Wahrscheinlich jetzt erst recht. Wenigstens eine, die ich ficken kann …

Amelie schien irgendetwas an ihm zu spüren, eine Ahnung von Kloake, und rückte schnell wieder ab. Mit einem schnellen, gereizten Blick auf den deprimiert aussehenden Barry erklärte sie aufgelöst: – Als ich in den Garten kam, lag er da. Er hatte Laub zusammengeharkt. Ich hab versucht, seine Ernährung umzustellen, der Doktor sagte, seine Cholesterinwerte wären viel zu hoch ... er wollte nichts davon hören, Danny, jammerte sie, er wollte einfach nicht hören!

Skinner drückte ihre Hand, fing über ihre Schulter Barrys Blick auf und nickte ihm bekümmert zu. Dann betrachtete er Bob Foy, daliegend – aber wo war er? Im Bett? Nein, eher gefangen in irgendeinem seltsamen Zwischengeschoss zwischen Leben und Tod.

Er fragte sich, ob Foy ihn hören konnte, ob er etwas sagen sollte, ob die Ärzte gesagt hatten, dass er hören könne. Skinner dachte an den alten alten Witz in der Behörde: *Er fand sich auf jeder Speisekarte auf Französisch zurecht ... Sicherlich harte Kost für die Arterien. Aber Bob hatte ja auch nie einen Brian Kibby.*

Dann spürte er den Schmerz in seinen Nieren. Wie es schien, realisierte Brian Kibby gerade, dass *er* einen Danny Skinner hatte.

Fuck, der Drecksack weiß Bescheid.

39
Alaska

Sein Kopf pochte, und sein Magen krampfte sich zusammen, als er sich bückte, um die Post aufzuheben. Ein Brief vom Amtsgericht teilte ihm mit, dass er mit einem Besuch des Gerichtsvollziehers zu rechnen habe, der berechtigt sei, sein Eigentum zu pfänden, um damit seine horrenden Außenstände zu begleichen. Er konnte den Gedanken nicht ertragen, dass seine teuren Besitztümer so billig verscherbelt würden und seine Schulden damit noch nicht mal ansatzweise gedeckt wären.

Die wollen mir nur zeigen, dass sie am längeren Hebel sitzen ...

Wie das Schicksal es fügte, hatte man ihn gebeten, für die Dauer von Bob Foys krankheitsbedingter Abwesenheit ins Amt zurückzukehren. Sein Arbeitsverhältnis wieder aufzunehmen, war eigentlich das Letzte, was Danny Skinner gewollt hatte, aber sie hatten ihm die Pistole auf die Brust gesetzt. Er beschloss, dass er wieder einsteigen und einen Teil der rückständigen Zahlungen ableisten würde, um sich den Gerichtsvollzieher vom Hals zu schaffen. Dann würde er verkaufen, was er konnte, und seine berufliche Auszeit in Kalifornien fortsetzen.

Und sie werden mich hier so bald nicht wiedersehen.

Es war eine Weile her, erinnerte er sich mit schlechtem Gewissen, seit er auf Dorothys letzte E-Mail reagiert hatte. Das lag fast ausschließlich an Caroline und der Faszination, die sie und die Kibbys auf ihn ausübten. Da er Dorothy aber nicht von ihnen erzählen konnte, sonst aber wenig erlebt hatte, gab es einfach nichts, was er ihr zu berichten gehabt hätte. Aber jetzt verspürte er das überwältigende Bedürfnis, sie zu sehen.

Obwohl Carolines Attraktivität ihm ebenso direkt ins Auge sprang wie dem Rest der Welt, fand er sie seltsam asexuell. Er bekam nicht mal einen Steifen, wenn er an sie dachte, brauchte aber nur an das Haar und die Nase von Dorothy zu denken, um das Gefühl zu haben, sein Schwanz würde explodieren. Sein Kopf ratterte und klopfte. Er dachte an Kay, wie es ihn geärgert hatte, dass De Fretais sie berührte. Lag es daran, dass sie es war, oder lag es daran, dass er es war?

Auf dem Weg ins Büro an seinem ersten Tag zurück im Amt machte er kurz halt im Internetcafé.

An: dotcom@dotcom.com
Von: skinnyboy@hotmailcom
Hi Ami-Dotty
Sorry dass ich mich eine Zeit lang nicht gemeldet hab. Ich hab was gegen Internetcafés – die in Edinburgh sind alle so versifft und verschmuddelt gegen die in Frisco. In Leith ist rein gar nichts passiert. Null zu berichten, außer, dass ich noch immer trocken bin (was der Grund ist, warum es nichts zu berichten gibt – traurig aber wahr). Ich war gezwungen, vorübergehend wieder in den Job zurückzugehen, um ein paar Außenstände zu begleichen. Ich vermisse dich und Kalifornien natürlich. Hier drüben ist es so dunkel und kalt und trübe. Freut mich zu hören, dass du immer noch vorhast rüberzukommen. Ich bin sicher, mir fällt was ein, um uns warmzuhalten!
Wo wir gerade beim Thema sind, was du da gesagt hast, mit den Ficks. Die alten Eier sind ja sehr empfindlich, aber ich bin stets zu allem bereit. Bin mir mit dir einig, dass wir in diesem Stadium noch nicht daran denken sollten, andere einzubeziehen. Dot, um ehrlich zu sein, will ich einfach schön langsam mit dir Liebe machen, diesen lockigen Mopp zurückschieben und dir »mein Liebling Juden Fräulein« oder so was ins Ohr flüstern. Skinner: krank oder sexy? – du entscheidest.
Liebe,
Danny XXX
PS: Ich ruf später an.
PPS: Polen: haben die es schwer oder haben die es schwer? Russland auf der einen Seite, Deutschland auf der anderen Seite. Als säße man im Zugabteil zwischen einem Jambo und einem Hunnen.

PPPS: Die Polen spielten eine weitgehend unbekannte Rolle in der Geschichte des schottischen Fußballs und waren bekannt dafür, dass sie immer tipptopp angezogen waren: Felix Staroscik beim mittlerweile aufgelösten Third Lanark, Darius »Jackie« Dziekanowski bei jenem multinationalen Brauchtumspflegeunternehmen der irischen Diaspora, vormals »Glasgow« Celtic.

Ich erinnere mich, dass wir uns, als wir das letzte Mal Liebe gemacht haben, gegenseitig beinah den Atem aus dem Leib gesaugt haben.

Aye, mit Dorothy und Kalifornien bin ich besser dran, weit weg von diesen ganzen grässlichen Obsessionen, die mein Leben hier bestimmen; Alkohol, die Identität meines Vaters und ganz oben auf der Liste die verschissenen Kibbys.

Oja, verfickt noch mal.

Es war ein komisches Gefühl, wieder das Büro zu betreten. Es waren nur ein paar Wochen gewesen, aber ihm kam es wie eine Ewigkeit vor. Es war gleichzeitig anheimelnd und entmutigend. Shannon machte weiterhin vorübergehend seinen Job, und er hatte denselben Status wie Bob Foy. Cooper war ein klein bisschen früher als erwartet in den Ruhestand gegangen, und der neue Boss von Skinner und Shannon war ein zuvorkommender, bebrillter Mann namens Gloag, der fair und umgänglich zu sein schien, wenn auch ein wenig langweilig. Skinner stürzte sich in die Arbeit zurück, nahm an seinem ersten Tag mehrere Aufgaben in Angriff, hauptsächlich, den Papierkram aufzuarbeiten. Ihm wurde bewusst, wie wenig Foy eigentlich getan hatte, und ihm schwante, dass er selbst im Endeffekt die Abteilung am Laufen gehalten hatte. Dieses Päckchen würde nun an Shannon weitergereicht werden.

Nach einem späten Feierabend und ein paar Bieren war es Zeit für ihn, sich mit Caroline zu irgendwas Italienischem im Leaning Tower zu treffen, einem alten Lieblingsrestaurant von Foy. Sie teilten sich eine Flasche Wein, er bestand darauf, einen körperreichen Chardonnay aus dem kalifornischen Sonoma County zu wählen. Skinner hatte das Gefühl, dass er einen guten Tropfen gebrauchen konnte.

Gillian McKeith soll sich selber ficken.

Während er da saß und Caroline betrachtete, sah er drei rote

Pickel, die wie ein Halbmond auf ihrem Kinn angeordnet waren. Sie knibbelte an der Haut um ihre Fingernägel und strahlte so eine Mischung aus zunehmender Verzweiflung und Erwartung aus. Im Grunde, dachte er, wollte sie wohl bloß gefickt werden, und er wollte, nein, konnte den Job nicht übernehmen. Und sie suchte die Schuld bei sich. Es würde natürlich nicht lange so bleiben, sie würde bald das Na-dann-leck-mich-Stadium erreichen. Um auf Dauer so weiterzumachen, war ihr Selbstwertgefühl nicht gering genug, obwohl er keinen Grund hatte, die Aufrichtigkeit ihrer Gefühle anzuzweifeln, als sie ihm sagte, was sie für ihn empfand.

Aber liebe ich sie? Irgendwie ja. Aber da ist noch Dorothy, und sie liebe ich so, wie es sein soll, auf nichtabgefuckte Art.

– Alles okay, Danny? Du siehst ein bisschen mitgenommen aus, sagte Caroline.

– Ich fühle mich, als würde ich irgendwas ausbrüten. Ne Grippe oder so was, murmelte er. Dann fragte ihn Paolo, der Restaurantbesitzer, nach Bob Foys Befinden, und er war gezwungen, beiden die Geschichte zu erzählen. Sie hörten mitfühlend zu und schoben Skinners mangelnde Empathie auf den Schock.

Der restliche Tropfen Weißwein, der sich am Boden von Carolines Glas häuslich eingerichtet hat, sieht für mich aus wie die Pissepfütze in einer Latrine. Alles wird schäbig ... nein, es war schon immer so. Mir fällt es jetzt nur auf, weil die Schäbigkeit eine neue Schattierung angenommen hat. Jetzt hat mich mein Schwanz im Stich gelassen. Beinah vierundzwanzig, und ich kann ein wundervolles Mädchen, das verrückt nach mir ist, nicht ficken.

Ist es das, ist das die Antwort auf diese verfickte Scheiße? Kann ich Kraft nur aus Hass beziehen? Nein. Ich habe Kay nicht gehasst, oder Shannon. Und Dorothy hasse ich ganz bestimmt nicht.

Skinner dachte, dass er sich unmöglich wieder auf Caroline einlassen konnte, während Dorothy, Kay und De Fretais ihm im Kopf herumschwirrten. Er konnte weder ihr noch sich selbst noch mehr von dieser verkrampften, perversen Psychose zumuten. Er brauchte Abstand, Raum, um seine Gedanken zu ordnen, also entschuldigte er sich und ging allein nach Haus. Beziehungsweise wollte allein nach Haus.

Die Straßen der Stadt waren um diese Zeit wie ausgestorben.

Er sah gelegentlich versprengte Grüppchen von Betrunkenen, aber er kam sich verloren vor und von seiner Heimatstadt alleingelassen wie von seinem Vater, den er nie gekannt hatte.

So einsam wie ein Bastard am Vatertag.

Ein Teil von ihm wollte wieder zu Haus in seiner Wohnung sein, aber dann spürte er eine diffuse Entschlossenheit in sich reifen, die sich durch seinen Weltekel fraß, während er durch die Stadt lief. Er ertappte sich dabei, wie er flüsternd rezitierte:

The Devil went out a walking one day
Being tired of staying in Hell
He dressed himself in his Sunday array
And the reason that he was drest so gay
as to cunningly pry, whether under the sky
The affairs of earth went well

Was ihn antrieb, blieb im Dunkeln, bis er am Muso vorbeikam. Ein Licht brannte noch. Ohne darüber nachzudenken, was er tat, ging er hinten herum und drückte gegen die Küchentür. Sie war offen. Er hörte Geräusche; langsame, keuchende Laute, durchsetzt mit dem ein oder anderen kurzen, jähen Schrei, und folgte ihnen, behutsam auf Zehenspitzen in den Restaurantbereich schleichend. Die Geräusche kamen aus der Bar.

Es ist De Fretais. Er bumst irgendwen. Liegt auf wem drauf, auf der Theke. Irgendwer ist unter seiner schwitzenden Masse, auf die Theke gepresst.

Ich weiß, wer das ist. Kay. Er bumst sie. Ihr Kopf ist von ihm abgewandt, zur Seite gedreht, aber dieses lange rabenschwarze Haar ist unverkennbar …

Er bumst verfickt noch mal meine Kay …

Fuck, was …

Instinkt schien seine Bewegungen zu lenken. Er trat wieder zurück in die Schatten und stieg eine Treppe hoch, die auf den Dachboden des Gebäudes führte. Er fühlte, wie sein Herz klopfte und seine Lungen die Luft in seinen Körper pressten, als er die Stufen hochging.

Der Dachstuhl war teilweise mit groben Sperrholzplatten ausgelegt. Er war kaum genutzt, noch nicht einmal als Stellraum, und bis auf einen Staubfilm und ein paar Spinnweben leer. Der Halbmond schien schlierenhaft durch ein Velux-Dachfenster und warf sein Licht auf eine Werkzeugtasche. Auf der Tasche lag eine Taschenlampe. Er hob sie auf und machte sie an. Im Licht sah man ein paar krumm eingeschlagene Nägel im Boden und einige Deckenbalken, denen man ausweichen musste. An der Außenwand lehnte ein mannshoher Spiegel. Er sah zwei große Bolzen, die durch einen Querträger am Boden kamen.

Natürlich, der Flügel. Er hängt direkt über ihnen. Diese dreckige, widerliche Fotze ... und Kay, meine Kay ...

Er bewegte sich durch die Dunkelheit, sah einen Lichtstreif, der von unten durch die Schlitze einer Lüftung sickerte. Als er durchsah, konnte er sie sehen, genauer gesagt De Fretais, dessen massige Gestalt sie unter sich begrub, seine Exverlobte. Alles, was er von ihr ausmachen konnte, war ihr Kopf. Er versuchte zu erkennen, was für ein Gesicht sie machte. Ekel oder Verzückung? Er konnte es nicht erkennen.

Und De Fretais' Finger in ihrem Mund ... um sie am Schreien zu hindern ...

Der verfickte Drecksack, Vergewaltiger ... genau wie er es mit meiner verfickten Ma gemacht hat vor all den Jahren, darum hasst sie diese Fotze ...

... um ihr wollüstiges Stöhnen zu verhindern ...

Die dreckige verfickte Hure ... konnte verfickt noch mal Verlockungen des Showbiz nicht widerstehen, dem Ruhm, nach dem sie sich so sehr sehnte, aber den zu erreichen sie nicht gut genug war, also denkt sie, so kommt sie auf Umwegen dran, wenn sie sich von einem Fettmonster durchnudeln lässt ...

Danny Skinner konnte nichts erkennen. Er richtete die Taschenlampe auf die Werkzeugtasche und suchte nach etwas, womit er diese Bolzen lösen konnte.

Es ist so seltsam mit Danny und mir. Er sah beim Abendessen wirklich angeschlagen aus; er hat schlechte Neuigkeiten über seinen Freund erfahren. Wir quälen uns beide mit diesem Sex-Ding zwischen uns rum. Es ist doch nur Bumsen, aber es scheint uns irgendwie zu belasten. Ich will ihn unbedingt, ich denke die ganze Zeit an ihn, aber wenn wir zusammen sind, wird mir irgendwie so ... so komisch, wenn ich an Sex denke. Als wär ich eine dumme kleine Jungfrau.

Manchmal kommt es mir vor, als trüge Danny das Gewicht der ganzen Welt auf den Schultern. Als er mir und diesem Typ aus dem italienischen Restaurant von seinem Freund erzählt hat, kam das so widerstrebend, er bekam die Zähne kaum auseinander. Er sollte über seine Probleme sprechen, anstatt alles für sich zu behalten.

Mein Abend ist früher beendet, als ich gedacht hatte, darum beschließe ich, nach Hause zu gehen und nach ein paar alten Büchern zu suchen, die ich für die Uni brauche, welche, die ich auf Brians Dachboden verstaut habe beziehungsweise was wir Brians Dachboden nennen.

Als ich reinkomme, sitzt Mum da und guckt Fernsehen. Sie hat geweint, erzählt mir, dass sie Brian betrunken oben gefunden hat, mit zwei Flaschen Whisky. Ich sage ihr, dass ich glaube, das sei schon die ganze Zeit zumindest ein Teil des Problems gewesen, dass er es irgendwie geschafft hat, es vor den Ärzten und vor uns zu verbergen. Sie argumentiert schwächlich dagegen, aber ich merke, dass auch sie einiges anders zu sehen beginnt.

Ich lasse sie allein und gehe nach oben, um nach ihm zu sehen. Er liegt auf seinem Bett, vollständig angezogen, mit offenem Mund, sein Atem stoßweise und dumpf. Das Zimmer stinkt schlimmer denn je. Ich kann in dem Ding auf dem Bett kaum meinen Bruder erkennen.

Ich gehe auf den Flur, ziehe die Luke und die Aluminiumleiter herunter und klettere hinauf. Alles ist verstaubt und vernachlässigt seit Brians Krankheit. Es ist Ewigkeiten her, seit zuletzt jemand hier oben war. Als ich das Licht anmache, sehe ich die riesige Modelllandschaft, die sich vor mir erstreckt. Die Züge, den Bahnhof, die Hochhausblöcke, die Stadt, die um die Hügel herumwächst. Schon eindrucksvoll, wenn man so etwas mag. Und auch wenn nicht, schätze ich.

Ein Leben vorbei, das andere langsam schwindend, und das ist die Hinterlassenschaft. Dads Berge. Er hat an Edinburgh immer die Berge gemocht, er sagte, es wären die Berge, die die Stadt in einzelne Sektoren trennten, uns anhielten, uns um unseren eigenen Scheiß zu kümmern, unsere kleinen Geheimnisse zu bewahren.

Er hat mich auf alle mitgenommen; Arthur's Seat, Calton Hill, die Braids, und der Zoo auf dem Corstorphine Hill, die Pentlands.

Danny hat was Ähnliches über San Francisco gesagt. Er hat mir erzählt, wie sehr er es liebt, dort zu Fuß unterwegs zu sein; die steilen Hügel rauf und runter und jedes Mal einen anderen Blick auf die Stadt zu haben. Er hat sogar einen großen Stadtplan auf dem Tisch ausgebreitet und ist alle einzeln mit mir durchgegangen; Twin Peaks, Nob Hill, Potrero Hill, Bernal Heights, Telegraph Hill, Pacific Heights. Bei ihm klang es klasse, er hat sogar gesagt, wir würden vielleicht eines Tages mal zusammen hinfahren.

Aber wir können uns nicht lieben. Wir wollen beide, aber in der Gegenwart des anderen scheinen wir uns zu verkrampfen. Ich liebe ihn. Irgendwie hab ich immer dieses totale Bedürfnis, bei ihm zu sein, ihn um mich zu haben. Bei ihm bin ich genau das bemitleidenswerte kleine Mädchen, das ich nie werden wollte. Ich will ihn ficken – denke ich zumindest. Aber was will er, frage ich mich immer, denn er ist genauso verklemmt mir gegenüber, wenn es intim wird, wie ich ihm gegenüber. Ist es diese Amerikanerin, die er erwähnt hat, liebt er sie? Ist er jedes Mal in Gedanken bei ihr, wenn wir loslegen wollen?

Ich finde die Bücher ordentlich gestapelt in einem Winkel, suche einige heraus und gehe nach unten. Mum ist im Sessel eingenickt, ihr Mund steht offen wie der von Brian. Es gibt keinen Grund, sie zu wecken. Ich gehe hinaus in die Kälte und warte Ewigkeiten auf einen Bus, denn als ich das Kleingeld in meiner Hand zähle, habe ich nur vier Pfundmünzen und kann mir nicht mal ein popeliges Taxi leisten.

Seine Hand fest um den Schraubenschlüssel geschlossen, drehte er die große Mutter, die sofort nachgab. Er schraubte sie nicht ganz los, sondern löste auch die andere noch. Er spürte ein Rucken im Dachbalken, konnte den Flügel schaukeln hören.

Ich schaue wieder zu den Lamellen der Lüftung, aber aus diesem Winkel kann ich ihre Reaktion nicht sehen, ihre und die dieses Tiers auf ihr drauf, das sie fickt.

Aber sehen sie es, sehen sie den Flügel schaukeln, hören sie, wie sich die Schrauben lösen?

Als Skinner seine Bemühungen wieder aufnahm, konnte er

sie zwar nicht sehen, aber er sah sich selbst im spärlichen Licht der Taschenlampe, sein Spiegelbild in dem mannshohen Spiegel. Sein Gesichtsausdruck war diabolisch, aber gelassen, wie ein steinerner Wasserspeier an einem mittelalterlichen Bauwerk, der plötzlich zum Leben erwacht war und sich jetzt langsam, mit der Kälte eines Insekts, am Fleisch eines eben erbeuteten warmblütigen Tiers gütlich tat.

Er sah sich selbst beim Lösen der Schrauben zu, und es gab einen einzigen grässlichen Moment, ein Herzstolpern, in dem er es abbrechen wollte, aber das war der wirkungslose Sekundenbruchteil, bevor er das Gewicht des Klaviers abgleiten fühlte, als es sich wie mit zwei knallenden Peitschenhieben von seiner Aufhängung losriss.

Es schien eine Ewigkeit zwischen dem Moment, in dem sich das Instrument von seinem Platz an der Decke löste, und dem ungeheuerlichen Krachen und grauenvollen, animalischen Aufstöhnen zu vergehen, das für Danny Skinner selbst durch die Decke zum Dachboden quälend deutlich zu hören war.

Skinner erstarrte, betrachtete sein schuldbeladenes Abbild im Spiegel. Dann dachte er an Kay und die Liebe, die sie einmal füreinander empfunden hatten, und ihm gefror das Blut in den Adern.

WAS HABE ICH GETAN?

Vielleicht habe ich Kay verfehlt beziehungsweise sie beide. Sicher.

Sie hätten es doch gehört, gesehen, wie es sich lockerte, wären ausgewichen. Sie hätte es gesehen. Aber …

Aber seine Hand war in ihrem Mund, erstickte ihre Schreie, ihr Stöhnen, sein dicker, fetter, schwitziger Kadaver auf ihr … mein Dad, nein, nicht mein Dad … aber, aye, das ergibt genauso viel Sinn wie irgendwas anderes, dann soll es eben so sein, verdammt noch mal, so musste es enden …

Skinner rannte die Treppe hinunter, und er drehte sich nicht wieder um, schaute nicht rein, nach ihnen oder dem Flügel. Aber dann bemerkte er etwas, eine weiße Elfenbeintaste, die bei dem Aufprall davongeschossen und über Bande um die Ecke gelandet war. Nichts war zu hören; kein Stöhnen kam aus dem Raum. Aus irgendeinem Grund hob er die Klaviertaste auf und steckte sie in die Tasche. Er stieß die Hintertür des Restaurants auf und trat hinaus in die dunkle Nacht. Als er hastig die Straße hinunterging, hätte er sich beinahe verführen lassen loszurennen. Er mied die North Bridge und hastete die New Street entlang, am menschenleeren Busdepot vorbei, weiter auf die verlassen daliegende Carlton Road, die am Bahndamm entlangverlief. Sein Rückgrat war fast starr vor Furcht, während er sich selbst vorwärtstrieb und darauf wartete, von einem Polizeiauto verfolgt zu werden, das niemals kam. Er drosselte sein Tempo zu einem geschäftigen Schreiten und passierte das neue Parlament, das endlich doch noch seine Arbeit aufgenommen hatte.

Unser Legoland-Parlament: als ob man einen Vater sucht und einen Vormund vom Jugendamt vorgesetzt bekommt.

Als er Leith näher kam, hielt er sich abseits des Walk und der Easter Road und geisterte im Zickzackkurs durch die dazwischen liegenden Seitenstraßen. Er hatte die Strecke außen rum, über die Links genommen und war unten am Shore, als er für eine Weile stehen blieb und auf das stille Water of Leith schaute, das in den Forth überging. Er fühlte die Klaviertaste in seiner Tasche. Er zog sie heraus und stellte erschrocken fest, dass sein Gehirn ihm einen Streich gespielt hatte, denn die Taste war nicht elfenbeinweiß, sondern schwarz wie Ebenholz. Er schmiss sie ins Wasser, ging nach Hause und saß psychotisch vor Erschöpfung und Angst wach, zermarterte sich das Gehirn, was genau er eigentlich getan hatte.

Ellie Marlowe kam ein bisschen zu spät zur Arbeit, und sie hoffte, dass Abercrombie der Zombie, wie sie einen der Linienmanager nannten, der nie zu schlafen schien, nicht früh aufgestanden war, um sie zu kontrollieren. Oder noch schlimmer, der fette Kerl aus dem Fernsehen, der, dem der Laden gehörte, hatte die Angewohnheit, manchmal vorbeizukommen, weil es ja sein Unternehmen war.

Irgendetwas stimmte nicht ... die Tür. Sie war nicht abgeschlossen. Es war jemand drin. Ellie begann sich Entschuldigungen zurechtzulegen, wegen Bus und so. Von einem Putzfrauengehalt konnte sie sich kein Auto leisten, das wussten sie bestimmt, schließlich waren sie es, die sie bezahlten. Sie bezweifelte, dass

Abercrombie oder De Fretais jemals in ihrem Leben einen Busfahrplan gesehen hatten.

Ellie schob sich furchtsam um die Ecke und ging in die Hauptbar. Stechender Uringeruch stieg ihr in die Nase, und sie begriff erst gar nicht, was sie da sah. Dann dachte sie daran, vielleicht zu schreien oder nach draußen auf die Straße zu rennen, auf der mittlerweise sicher das morgendliche Leben erwachen würde. Stattdessen zündete sie sich ruhig eine Zigarette an, dann nahm sie den Telefonhörer ab und wählte den Notruf. Als die Vermittlung fragte, welchen Dienst sie benötige, zog Ellie noch einmal an ihrer Embassy Regal, überlegte für eine Sekunde, dann sagte sie: – Ich glaub, Sie schicken wohl am besten alles, was Sie haben.

Ein Rinnsal Schweiß mäanderte langsam und widerwärtig seinen Nacken hinunter und ließ seinen Körper erzittern. Brian Kibby erhob sich langsam und sah das kalte Glänzen der Flaschen an seinem Bett. Er wusste sofort, dass sie seiner Mutter nicht entgangen sein konnten. Die stechenden Aromen von abgestandenem Alkohol und muffigen Ausdünstungen stiegen ihm in den Kopf, den er in mutloser Verzweiflung in die Hände sinken ließ.

Alles geht vor die Hunde. Er hat gewonnen. Er wird uns alle vernichten.

Sein schwerer Körper stapfte nach unten, wo er seine Mutter mit einer Kanne Tee und einem Maeve-Binchy-Roman am Küchentisch sitzen sah. Kibby blökte auf der Stelle eine Entschuldigung: – Mum … tut mir Leid wegen dem Trinken … ich war deprimiert … ich mache es nie … Joyce schaute auf, aber ohne ihm in die Augen zu sehen. Sie starrte vor sich hin und sagte dann: – Caroline war gestern Abend hier. Hast du sie gesehen?

Warum konnten sie den Tatsachen nicht ins Auge sehen?, klang es wie ein Aufschrei aus Brians Seele. Allerdings war er genauso blind gewesen, er hatte betäubt dagelegen, zu betrunken, um überhaupt mitzubekommen, dass seine Schwester im Haus war. – Mum, meine Trinkerei, es tut mir Leid, es wird nicht …

– Möchtest du eine Tasse Tee?, fragte Joyce und sah ihn plötzlich direkt an. – Ich hab den Neuen von Maeve Binchy fast durch. Sie zeigte ihm den Einband des Romans. – Ich finde, es ist bis jetzt ihr bester. Zu schade, dass du Caroline verpasst hast.

Kibby nickte langsam, in kraftloser Resignation, und walzte müde zum Küchenschrank, aus dem er sich einen Becher mit der Aufschrift »Hyp Hykers Do It Wetter« herausnahm. Ken Radden hatte diese Becher machen lassen. Damals hatte Kibby es bloß darauf bezogen, dass sie auf ihren Wanderausflügen gerne schon mal vom Highland-Regen triefnass wurden, weiter nichts. Jetzt schienen ihm die Worte eine schlüpfrige, gewagte Doppeldeutigkeit zu haben.

Er goss sich eine Tasse lauwarmen Tee ein und nippte daran. Der Tee löste seine Lippen, indem er den pappigen Film darauf zergehen ließ.

Warum bin ich nur so dumm gewesen? Warum konnte ich es nicht als das erkennen, was es war? So viele von ihnen waren nur des Sex wegens dabei. Wie Radden und Lucy ... wie ...

Caroline war wahrscheinlich mit Skinner weggegangen. Gut möglich, dass sie gerade jetzt in seinem Bett lag.

Plötzlich empfand Kibby eine schreckliche Abneigung gegen seine Schwester, die solche Ausmaße hatte, dass frühere geschwisterliche Rivalitäten nur eine blasse Andeutung gewesen waren. Sie war wie ihre Freundinnen, wie all diese Mädchen, die er in diesem unfassbaren, hilflosen Glanz ihrer Jugend und Schönheit gesehen hatte. Mit ihrer sahnigen Haut und ihrer scharfen Kinnlinie, ihren schwellenden harten Brüsten und ihrer schmalen Taille erschien sie ihm wie eine Beleidigung auf zwei Beinen, sie und ihre Freundinnen. Schon seine Anwesenheit brachte sie in Verlegenheit und war ihnen peinlich, als würde er einen unangenehmen Geruch verströmen. Dennoch stand ihm grausam vor Augen, wie entspannt Skinner im Umgang mit ihnen sein würde, mit welcher Leichtigkeit er diesen ekstatischen, verwirrenden Drang befriedigen konnte, solche Schönheit an sich zu ziehen, sie zu öffnen, zu penetrieren und zu versuchen, ihr innerstes Wesen hervorzulocken.

Brian Kibby sah mit einer grässlichen, durch seinen eigenen schrecklichen Niedergang gewonnenen Einsicht, dass zwischen Carolines alabasterner, in Stein gemeißelter Schönheit und der erschlaffenden, verhärmten Erscheinung seiner Mutter keineswegs jene Zeitalter lagen, die er veranschlagt hatte. Es war ein Tunnel, der in seiner Kürze so grässlich war und an dessen anderem Ende man mit einer verwirrten Tanzeinlage in einer kaum noch wahrnehmbaren Geschwindigkeit herausgeschossen kam.

Die Zeit wird knapp, verfliegt …

Er ging nach oben und machte seinen Computer an.

Der Chatroom … ob diese geile kleine Schlampe im verfickten Chatroom war …?

Ja … da ist sie … wie viele Punkte von zehn soll ich der versauten kleinen Nutte geben …?

07-11-2004, 3.05 am
Jenni Ninja
Eine himmlische Göttin
Ich hab den Sprung gewagt und mit dem neuen Spiel angefangen. Fabelhaft! Hat mein Leben verändert. Habe beschlossen, Ann zu heiraten.

07-11-2004, 3.17 am
Smart Boy
Mann vom Fach
Ann ist in der neuen Edition wirklich ganz süß, aber mir ist Muffy trotzdem lieber. Sie ist die Schärfste!

07-11-2004, 3.18 am
Über-Priest
King of the Cool
Ich finde, du bist die schärfste, Jenni Babe. Wo treibst du dich rum?

07-11-2004, 3.26 am
Jenni Ninja
Eine himmlische Göttin
Na so was, Über-priest, hätte nicht gedacht, dass es dich interessiert. Ich lebe in Huddersfield, und ich mag Skaten und Schwimmen.

07-11-2004, 3.29 am
Über-Priest
King of the Cool
Wir sollten uns mal treffen und was zusammen machen. Stört mich

nicht, dass du auf andere Mädchen stehst, denn ich gucke gerne zu – bevor ich mit einsteige natürlich. Wie siehst du aus?

Seinen steif werdenden Schwanz in der Hand, wartete er begierig auf eine Rückmeldung. Es kam keine. Als er dann die Benachrichtigung vom Board-Monitor erhielt, dass er für den Chatroom gesperrt sei, verfiel die Erektion in seiner schweißnassen Hand.

Ellie Marlowes Einschätzung hatte sich als gar nicht so wirklichkeitsfremd erwiesen: Man hatte im Bar-Restaurant Muso tatsächlich die vereinten Dienste von Feuerwehr, Rettungsdienst und Polizei benötigt. Der Flügel war fast genau auf den Spitzenkoch und die Kellnerin gefallen und hatte sie während des Geschlechtsakts auf die Theke genagelt.

Alan De Fretais war bei dem Aufprall augenblicklich tot gewesen. Zuerst ging man davon aus, dass Kay Ballantine dasselbe Schicksal erlitten hatte, aber dann spürten sie einen schwachen Puls bei ihr. Kay war entkräftet, aber durchaus lebendig, weil die beträchtliche Leibesfülle des Kochs die Wucht des Aufpralls des fallenden Flügels abgefedert hatte.

Die Feuerwehr entfernte mit schwerem Gerät die Beine des Instruments, und dann hoben mehrere starke, durchtrainierte Feuerwehrmänner es mit vereinten Kräften von De Fretais herunter. Fast genauso viele waren erforderlich, um den Leichnam des Kochs von Kay Ballantines bewusstlosem Körper zu wuchten. Blutrann aus seinem Mund auf ihr Gewicht; er hatte sich die Zunge abgebissen, und sie hing beinahe vollständig abgetrennt auf ihrer Wange. Als sie den Leichnam mit seinen obszön hervorquellenden Augen von ihr wegziehen wollten, bemerkten sie, dass Kay zu sich zu kommen schien und wie delirierend murmelte. Es war einer der anwesenden Ärzte, der sah, dass die Bewegung von De Fretais' Leiche sie erregte, schließlich steckte sein Glied noch in ihr und hatte sich durch die Totenstarre wahrscheinlich versteift.

Als Kay Ballantine keuchend zu Bewusstsein kam, drehte sich ein respektloser Feuerwehrmann zu einem Kollegen um und sagte: – Eins muss man dem fetten Sack von De Fretais lassen. Ein Fickgott bis in den Tod.

40
Beharrlichkeit

Er saß da und starrte aus seinem Schlafzimmerfenster über den Garten hinterm Haus zu den nackten, dürren Bäumen, deren rußig-graue Borke mit Moos begrünt war und von einem milchigen Streifen Morgenlicht erhellt wurde. Dahinter lagen fünfstöckige Mietshäuser, an denen sich das Licht der aufgehenden Sonne brach und ihrem braunen Backstein einen rustikalen, mediterranen Terrakottaton verlieh.

Die Kirchturmuhr verriet ihm die Uhrzeit, sein einziger Bezugspunkt zur Realität. Davon abgesehen fühlte sich Danny Skinner so entwurzelt wie das tote Herbstlaub, das ziellos durch seinen Garten trieb. Er hatte fast die ganze Nacht wach gesessen, Kokain aus einem alten Briefchen, das er in seinem Nachttisch gefunden hatte, gesnieft und Radio Forth gehört, immer ängstlich aufhorchend, wenn Nachrichten aus der Region kamen.

Gegen neun Uhr hörte Skinner dann von den beiden Personen, die bei einem bizarren Unfall in einem Restaurant wahrscheinlich schwer verletzt worden waren. Er hatte nicht die Absicht, zur Arbeit zu gehen, die er gerade erst wieder aufgenommen hatte, und hockte von Seelenqual und Reue zerfressen herum, bis er irgendwann nach unten zu dem bengalischen Kioskbesitzer an der Ecke ging und die Vormittagsausgabe der *Evening News* kaufte. Der grausige Tod des aus dem Fernsehen bekannten Spitzenkochs Alan De Fretais beherrschte die Schlagzeilen. Skinner zuckte kurz zusammen, war aber nicht weiter überrascht, als er hörte, dass der Koch eigentlich Alan Frazer hieß und aus Gilmerton stammte.

Ich habe ihn umgebracht. Meinen eigenen Vater umgebracht. Er war Koch, er hat rumgebumst; uns verband sogar der Hass auf Kibby. Meine Ma mochte ihn nicht, aber er war ja auch kein sympathischer Typ gewesen. Ich kapiere es jetzt, sie hat ihn nicht verabscheut, weil er sie gehasst hat; sie konnte ihn nicht ausstehen, weil er ihr gegenüber so gleichgültig war, mir gegenüber so gleichgültig war. Sie war auch bloß eine von vielen dummen kleinen Torten, die keine Vorkehrungen getroffen haben und von ihm angebumst worden sind, sollte sie sehen, wie sie damit klarkam. Wahrscheinlich hat er sie genauso rumgekriegt wie die arme Kay …

Er hat nicht auf mich reagiert, als sei ich der verlorene Sohn. Wir hatten keinen Draht zueinander, abgesehen von ein bisschen morbider Faszination seinerseits, die befriedigt war, nachdem er sich ein paarmal mit mir getroffen hatte. Er wusste von Anfang an, wer ich war, aber wir fanden keinen Draht zueinander, weil er so eine selbstsüchtige Fotze war …

… aber …

… aber als ich die Beförderung bekam und in sein Restaurant ging, und er brachte mir den Champagner rüber, vielleicht hat er das gemacht, weil er stolz auf mich war …

Er holte sich einen alten Notizblock und einen Stift und übte die Unterschrift:

Danny Frazer

Die Zeitung berichtete, der Zustand von Kay, deren Identität erst in späteren Ausgaben bekannt gegeben wurde, sei stabil. Sobald sie bei Radio Forth namentlich genannt wurde, erkundigte sich Skinner telefonisch im Krankenhaus und gab sich als ihr Verlobter aus. Eine teilnahmsvolle Krankenschwester sagte ihm, sie sei okay.

Er hatte Tränen in den Augen, als er die enthusiastischen Würdigungen von Lebensleistung und Charakter seines Opfers las. Seine weinerliche Trägheit abschüttelnd, nahm Skinner ein Taxi zum Krankenhaus, nachdem er überzeugt war, dass genug Zeit vergangen war, um ihn unverdächtig erscheinen zu lassen. In der Zeitung hatte nichts über ein mögliches Verbrechen gestanden, aber die Polizei musste wissen, dass Schrauben sich nicht von selbst lösten. Aber vielleicht taten sie es ja doch, er wusste es nicht.

Als er auf die Station kam, wäre er beinahe an Kays Bett vorbeigegangen. Sie sah so lädiert aus, als hätte sie einen schlimmen Autounfall gehabt. Ihr Gesicht und ihre Augen waren geschwollen, und sie hatte eine Bandage über dem Nasenrücken.

De Fretais muss ihr eine Kopfnuss versetzt haben, als der Flügel sie traf.

Dennoch wirkte sie überaus erfreut, ihn zu sehen, und er war heilfroh festzustellen, dass sie wieder in Ordnung kommen würde. Ihm wurde schlagartig mit beinahe schwindelerregender Deutlichkeit bewusst, dass er sie immer noch liebte, möglicherweise immer lieben würde. Diese Liebe war natürlich zum Scheitern verurteilt, wurde aber dadurch nicht geringer. Er wollte ihr alles sagen, aber wie das Schicksal es wollte, sprach sie zuerst.

– Danny ... ich bin so froh, dass du hier bist ...

– Ich hab es auf Radio Forth gehört. Als sie deinen Namen erwähnten, war ich total geschockt, ich musste einfach kommen und mich vergewissern, dass es dir gut geht, stieß Skinner hervor, jetzt erleichtert, dass der Moment unbedachter Geständnisse vorüber war. – Was ist passiert?

– Ein Klavier ist auf uns gefallen ... mich und Alan. Er ... Ich hatte so ein Glück ... Ihr traten Tränen in die Augen. – Ich war so dumm, Danny ... wir waren ... wir hatten Sex ... stotterte sie heraus. – Was habe ich mir nur gedacht?

– Ist schon gut, schon gut ..., gurrte Skinner atemlos, dem vor Schuldgefühlen beinahe die Worte im Hals stecken blieben. Ihre Nase war gebrochen, genauso wie zwei ihrer Rippen, und er hatte das angerichtet. Hatte es jemandem angetan, den er liebte.

Es war der Hass.

Es war der Alkohol ... die Köche.

Es ist nicht Kibbys Fluch, dieser Fluch trifft jeden, und er verzehrt mich und jeden einzelnen Menschen, mit dem ich in Berührung komme. Ich muss weg hier, ich muss zurück zu Dorothy und nach San Francisco ...

Skinner blieb ein Weilchen sitzen, bis Kays Mutter hereinkam. Sie war eine elegante Frau, sehr gepflegte Erscheinung, die offensichtlich auf sich geachtet hatte. Der Typ, der gut alterte, hatte er immer gefunden. Sie wirkte überrascht, ihn zu sehen. Wahrscheinlich deshalb, weil ich relativ nüchtern bin, überlegte er mit Bitterkeit.

Er entschuldigte sich, war jedoch nicht in der Verfassung, zur Arbeit zu gehen. Er fand ein Internetcafé, von dem aus er eine E-Mail an Dorothy schrieb und sich dann online über billige Flugtickets nach San Francisco informierte.

Fuck, ich verpisse mich hier. Die Kibbys, Brian Kibby und Caroline Kibby, das is nicht richtig, das ist so abgefuckt. Ich bring sie noch alle um, wenn ich hier Scheiße noch mal nicht abhaue. Das liegt an diesem Ort; hier entwickelt man destruktive Zwangsvorstellungen über seine Mitmenschen, und du vergisst, dein eigenes Leben zu leben.

Nee, ich werd keinem mehr wehtun.

Er sann über den Fluch nach, der alles infizierte. Er dachte an die alte Binsenweisheit »Sei vorsichtig mit deinen Wünschen« und überlegte, ob er, *compos voti,* damit noch zufrieden sein konnte.

Als er die *Evening News* durchgeblättert hatte, war Skinner ein größerer Artikel über eine Weiße Hexe aufgefallen, Mary McClintock. Sie war zwar im Ruhestand, galt jedoch immer noch als Autorität auf dem Gebiet der Verwünschungen. Er brauchte lange, ehe er sie in Tranet in der betreuten Wohnanlage aufgespürt hatte. Er rief sie an, und nachdem sie sein Alter erfragt hatte, war sie einverstanden, ihn zu empfangen.

Es war unangenehm warm in Marys Wohnung, aber Skinner nahm der fetten alten Frau gegenüber Platz. – Können Sie mir helfen?, fragte er ernst.

– Was ist Ihr Problem?

Er erzählte ihr, dass er glaube, jemanden mit einem Zauberbann belegt zu haben. Er wollte wissen, ob das möglich sei, wie er das getan haben und wie man es rückgängig machen könne.

– Aye, ja, so was ist möglich. Mary betrachtete ihn mit durchtriebenem Blick. – Ich kann dir helfen, aber da geht's erst ans Bezahlen, Söhnchen. Mit Geld kann ich in meinem Alter nix mehr anfangen. Sie legte ihre Augen in Fältchen. Du bist ein gut aussehendes Bürschchen, sagte sie schroff. – Ein ordentlicher

Schwanz, Söhnchen, das ist die Sorte Bezahlung, die ich brauchen kann!

Skinner sah sie an und schüttelte den Kopf. Dann brach er in breites Grinsen aus. – Das *ist* doch ein Witz, oder?

– Da ist die Tür. Mary hob langsam die Hand und deutete an ihm vorbei.

Skinner behielt sie im Blick, mit einem Gesicht, als hätte er Zahnschmerzen. Er presste Luft durch seine zusammengekniffenen Lippen. Dann dachte er an Caroline, seine schauderhafte Impotenz bei ihr. – Meinetwegen, sagte er.

Mary wirkte leicht überrumpelt, dann stand sie begierig auf und wuchtete ihr volles Gewicht auf die Gehhilfe. Sie humpelte langsam nach hinten ins Schlafzimmer und winkte Skinner, ihr zu folgen. Er zögerte eine Sekunde und lächelte leicht resigniert, bevor er ihr nachging.

Das spärlich möblierte Schlafzimmer, im Zentrum ein altes Messingbett, war feuchtkalt und modrig. – Dann raus aus den Klamotten, lass ma sehen, waste zu bieten hast, krächzte Mary mit geiler Vorfreude.

Als Skinner sich auszog, legte die alte Frau ihre Jacke ab und begann sich umständlich aus einer Reihe von Strickjacken, Kitteln und Leibchen zu schälen. Auf dem Bett liegend, sah sie kleiner, jedoch immer noch monströs aus, und ihre runzligen Speckrollen flossen auf der Matratze auseinander. Aus den Fleischtaschen, in denen sich Schweiß und tote Hautschüppchen angesammelt hatten, stiegen ekle Gerüche auf. – Ich hätte dich größer geschätzt, sagte Mary und verzog den Mund, als Skinner seinen Calvin-Klein-Slip auszog.

Na, die alte Pottsau hat vielleicht Nerven ...

– Nächstes Mal hab ich nen Dildo dabei, sagte er verbittert.

Mary ignorierte ihn, streckte sich auf dem Bett aus und zerrte an den überhängenden Körperlappen, bis sie ihr Geschlecht gefunden hatte. – Ich hab nix zum Anfeuchten. Musste wohl Spucke nehmen. Spuck's aus, kommandierte sie.

Skinner näherte sich dem Bett. Mary lüftete mit knochigen Fingern ihre Falten, und da sah er es zwischen ihren überraschend spindeligen Beinen, die so dünn und spitz waren, dass es wirkte, als würde der Oberschenkelknochen durch die gelbe, blau gefleckte Pergamenthaut stoßen. Erstaunlicherweise war das Haar dort noch immer so rabenschwarz wie das Haar auf dem Kopf der Frau wahrscheinlich seit vielen Jahrzehnten nicht mehr. Die Haut um ihre Schamgegend war rot entzündet und geschwollen, wahrscheinlich irgendeine Infektion, wodurch ihre Genitalien ihm wie der deformierte, neugeborene Sprössling einer noch unvorstellbaren Lebensform erschienen.

Fasziniert fragte sich Skinner, wie viele frustrierende, sexlose Jahre sie erduldet hatte, wahrend eine biolologische Uhr, die sich weigerte, abzulaufen, ihr unbarmherzig zusetzte. Zur Bestätigung warf er einen Blick auf ihren auf das Kissen drapierten Kopf, und sie erwiderte seinen Blick mit einem neckischen Augenaufschlag, in dem er kurz etwas von der jungen Frau in ihr aufblitzen sah, was sie in seinen Augen noch grotesker machte. Seine Knie sanken in die Matratze, während der Dunst von Urin und schleimigem, goldbraunem Kot, mit denen die Inkontinenzunterlage unter ihr gesättigt war, die kalte Luft zu erfüllen begann.

Der Gestank war widerlich, aber er war dankbar, dass vom Kokain seine Nase dicht war. Er zog Auswurf aus seiner Brust hoch und Schleim aus seiner Nase runter und mixte das zu einem ätzenden Cocktail, den er dann mit Schmackes auf ihren Schambereich rotzte. – Massier es ein, drängte Mary, als Skinner seinen zähen grünen Rotz auf ihr verstrich wie ein Bäcker Glasur auf einem Kuchen und sich forschend vorarbeitete. Eine lächerlich aufgetriebene Klitoris ploppte ihm aus dem Nichts entgegen wie ein Springteufel, von der Größe eines Kleinjungenpenis; beunruhigend ersticktes Stöhnen aus den Tiefen des Bettes verriet Skinner, dass er an der richtigen Stelle war. Nach einer Weile japste sie: – Jetzt steck ihn rein ... steck ihn rein ...

Skinner war so vertieft in die makabre Pantomime, an der er sich hier beteiligte, dass er an seinen Penis noch gar nicht gedacht hatte, aber er war steinhart, selbst nach dem halben Gramm Koks, das er zuvor konsumiert hatte. Ohne sich dessen bewusst zu sein, formulierte er mal wieder eine neue Hypothese zur Erklärung seines Alkoholkonsums: Sein Sexualtrieb müsse wohl derart zügellos sein, dass er ihn mit der Flasche zu neutralisieren versuchte, damit er nicht permanent in Situationen wie diese gerade geriete. Er rieb sich vom Überschuss ein bisschen was auf die Spitze und dann auf den Schaft seines Schwanzes und drang langsam in sie ein, wobei ihm äußerst unwohl war.

– Is so lange her, dass sie wahrscheinlich zugewachsen ist, sagte sie mit schwerer Stimme, als läse sie seine Gedanken, während er sich reinzwängte.

Er musste sie ficken, bis er schwarz wurde; das Verlangen war vielleicht intakt, aber wenn sie irgendwo einen Höhepunkt in sich hatte, schien er gut versteckt zu sein.

Leck mich am Arsch, dafür müsste ich die Lottozahlen von morgen und die Rennergebnisse von nächste Woche bekommen!

Es gab Momente, in denen sie kurz davorstand, aber dann flaute es wieder ab, und Skinner hatte gute Lust, aufzugeben, als ihm das Widerwärtige der Situation zu Bewusstsein kam. Er beobachtete, wie die Zeiger des alten Weckers neben dem Bett von sieben Uhr zwanzig auf sieben Uhr vierzig wanderten. Während er spürte, wie das Schmatzen ihrer nassen Haut auf seinem Bauch, seinen Oberschenkeln und seinen Testikeln erst zum Scheuern von grobem Schmirgelpapier und dann zum Knirschen brüchiger alter Knochen wurde, kam ihm gezwungenermaßen der alte Schlachtruf von Leith in den Sinn: Beharrlichkeit!

Als sie kam, wurde das von einem langen, nachtschwarzen, wolfsartigen Heulen begleitet, und ihre knochigen Finger gruben sich wie Fleischerhaken in das knackige Fleisch seiner Arschbacken.

Ohne selbst zu kommen, zog Skinner raus und stieg von Mary und vom Bett. Er sammelte mit spitzen Fingern seine Kleidungsstücke ein und hielt sie auf Armeslänge von sich weg, dann ging er zur Toilette, wobei ihm klar war, dass er, wenn er nur einen Blick auf das warf, was auf seine Genitalien, seinen Unterleib und seine Oberschenkel verschmiert war, seinen Mageninhalt nicht bei sich behalten würde. In einer Ecke des Bads war eine kleine Dusche, mit einer Alarmschnur, um im Notfall einen Betreuer zu rufen. Es war keine Seife in der Seifenschale, sie lag an der Badewannenarmatur. Skinner hatte den Verdacht, dass Mary einer Generation angehörte, in der man unter Sauberkeit verstand, jeden Sonntag in einen Bottich voll eigener Abfallprodukte zu steigen. Das Wasser war lauwarm, aber er sah zu, wie Fäden aus

Schleim, Fäkalien und anderen Ausscheidungen Ringelreihen um den Abfluss tanzten, ehe sie verschwanden.

Er trocknete sich ab, zog sich an und ging zurück ins Wohnzimmer. Dort war von Mary nichts zu sehen, aber er sagte sich, dass sie nur erst ihre vielen Schichten übereinanderziehen musste; dann fürchtete er doch, die alte Frau könnte tot daliegen, so sehr beherrschten seine destruktiven Kräfte sein Denken. Dann hörte er sie endlich im Flur und war erleichtert, als er sie ins Zimmer kommen sah. Als die Alte sich in den Sessel fallen ließ, mit einem breiten Lächeln, das ihren Gesichtsausdruck so radikal veränderte, als hätte sie ein Facelifting hinter sich, sagte sie:
– Dann ma zum Geschäft. Was ist das Problem?

Skinner brauchte eine Weile, um sich warmzuerzählen, er war sich bewusst, wie lächerlich seine Geschichte klang. Allerdings stellte er erstaunt fest, dass das, was sich gerade zwischen ihnen abgespielt hatte, es ihm irgendwie einfacher machte.

Und Mary hörte aufmerksam zu und unterbrach ihn nicht ein einziges Mal, bis er ausgeredet hatte. Nachdem er seine Geschichte losgeworden war, fühlte sich Skinner irgendwie geläutert.

Mary hatte keinen Zweifel daran, wo das Problem lag. – Absichten, Söhnchen ... nenn es Wünsche, wenn du willst, die können bei manchen Leuten so stark werden, dass sie sich in Flüche verwandeln, in Verwünschungen. Ja, du hast diesen jungen Mann eindeutig verhext.

Nachdem er so viele Monate mit diesem seltsamen Phänomen gelebt hatte, akzeptierte Skinner das als Gegebenheit und hielt es nicht bloß für eine absurde Spinnerei. – Aber warum habe *ich* diese Kraft, und warum nur bei *Kibby*? Ich meine, ich habe schon anderen Leuten andere Sachen an den Hals gewünscht, aber es ist nie was draus geworden, erklärte er und musste an Busby denken, während er unbarmherzig an seiner Nagelhaut knibbelte.

Dann spürte Skinner ein Frösteln; die Zimmertemperatur schien dramatisch zu fallen, während Mary langsam nickte. Zum ersten Mal spürte er, dass von dieser alten Frau eine gewisse Kraft ausging. – Es liegt entweder in der Natur der Sache, die du dir wünschst, oder es liegt an der Person, der du's gewünscht hast. Was bedeutet der Fluch für dich? Was bedeutet dir dieses Jüngelchen?

Er schüttelte langsam den Kopf, stand auf und machte sich bereit, sich zu verabschieden. – Vielen herzlichen Dank, aber diese Fragen habe ich mir bereits selbst gestellt, sagte er, und seine Stimme triefte vor Sarkasmus.

Mary drehte ihren Kopf herum und sagte: – Je mehr Dinge in deinem Leben ungelöst sind, desto mächtiger ist dein Zorn, und desto stärker ist deine Fähigkeit, solche Schäden anzurichten.

Skinner blieb stehen. – Kibby war ein . . ., begann er und stockte dann, als er eine abscheuliche, wenn auch noch unklare Gewissheit verspürte. Es war ausgeprägt, aber irgendwie nicht greifbar. Er hatte das Gefühl, dass er irgendwo ganz tief drinnen die Antwort kannte, aber nie fähig sein würde, sie ins Reich des bewussten Denkens heraufzuholen.

Aber . . . ich weiß noch, da war einmal dieser Typ, der uns immer beim Fußballspielen zugesehen hat. Inverleith Park, auf dem Platz. Hielt aber immer Distanz. Eines Tages sagte er zu mir »Schön gespielt, Sohn.« Er war . . .

– Ich bin besorgt um dich, sagte sie warnend, – besorgt, dass dir was zustößt. Dann griff ihre Hand nach ihm und umklammerte sein Handgelenk.

Skinner flog das Herz bis in den Hals, so geschockt war er von der plötzlichen Bewegung, den blitzschnellen Reflexen der Alten und ihrem eisernen Griff. Trotzdem fasste er sich und wand seinen Arm aus ihren Klauen. – Um den anderen Jungen solltest du dir Sorgen machen, sagte er höhnisch.

– Ich fürchte um dich, sagte sie zu ihm.

Skinner hatte wieder nur Hohn für sie, aber als er ging, konnte er seine Besorgnis nicht verhehlen. Vielleicht gönnte er sich tatsächlich den Drink, den er jetzt so bitter nötig hatte.

41
Zugunglück

Der Whisky half. Er hatte ihm die erforderliche Kraft und Entschlossenheit gegeben, sich an die beschwerliche Aufgabe zu machen, seinen schweren, ramponierten Leib die Trittleiter hochzuwuchten. Die erschlafften Muskeln in seinen Armen und Beinen glühten wie Kohlen, als die Aluminiumstufen unter seinem Gewicht ächzten, ploppten und knarrten. Ein belegtes Rasseln zog sich durch seine Lungen, die Schwerstarbeit leisteten, um genug Sauerstoff für diese Strapazen aufzunehmen, die seinen Puls beschleunigten. Auf einer Stufe wurde ihm so schwindlig, dass er dachte, er würde von der Leiter rutschen und hinstürzen. Dann trat er, mit einem letzten Kraftakt, der ihm alles abverlangte, zitternd in seinen alten Dachboden. Es fühlte sich an, als sei er durch eine erstickende Membran in eine andere Welt durchgestoßen, während sich ihm vom Alkohol und der Anstrengung des Aufstiegs der Kopf drehte. Er schnaufte, um wieder zu Atem und zur Besinnung zu kommen, und zog an der Schnur des Lichtschalters. Die blanken Neonleuchten gingen flackernd an und konfrontierten ihn mit seiner Modelleisenbahnlandschaft.

Ihre zarte Detailliertheit und Präzision waren wie ein Affront. Er stand da, behaust in der weichen Maschine seines zerrütteten, armseligen Körpers, und zürnte dieser makellosen, unnützen Kreation.

Was ist das hier? Es ist alles, was ich mit meinem verfickten Leben angefangen habe. Es ist alles, was ich besitze, um zu beweisen, dass ich je auf diesem Planeten existiert habe. Dieses beschissene Kinderspielzeug!

Ich werd keinen anderen Job kriegen.

Ich werde nie eine Freundin kriegen, nie jemanden finden, den ich lieben kann.

Das ist alles, was ich habe. Das!

Das ist nicht genug!

– DAS IST NICHT GENUG!, kreischte er, mit einer Stimme, die aus einem verborgenen, gequälten Teil seiner Seele hervorbrach und in den Tiefen des Dachbodens widerhallte.

Die Berge, die sein Vater gemacht hatte, die Häuser, die er gebaut hatte, die Schienen, die er verlegt hatte, die Eisenbahnen, die er gekauft hatte, das alles glotzte ihn mit starrsinnigem, verächtlichem Schweigen an. – DAS IST NICHTS! ES IST GAR NIX! Und er schwankte auf die Stadt zu und fand sich dabei, Kleinholz aus ihr zu machen; er zertrat und zerriss und zerschlug sie mit einer Energie und Kraft, die er längst nicht mehr in sich zu haben geglaubt hatte. Brian Kibby schlug die Häuser in Stücke, zerfetzte die Berge aus Pappmaschee, riss die Schienen ab und schleuderte die Lokomotiven durch den Raum, fiel über die Stadt her wie ein rasendes Untier in einem alten Horrorfilm.

Aber der Adrenalinschub verebbte so mysteriös, wie er gekommen war, und plötzlich übermannte ihn Erschöpfung. Er schlug lang auf den Dielenboden hin und lag leise wimmernd im Trümmerfeld, das er geschaffen hatte. Nach einer Weile wanderte sein glasiger Blick über den Fußboden zu der glänzenden kastanienbraun-schwarzen Lokomotive, die zertrümmert und in ihren Einzelteilen in den Ruinen lag. Auf der Seite sah er die schwarzgoldene Plakette mit den Worten CITY OF NOTTINGHAM.

Die R2383 BR Princess Class *City of Nottingham.* Die Achse war gebrochen. Er hob sie auf, wiegte sie liebevoll in den Armen wie ein erstgeborenes Kind, das von einem vorbeikommenden Auto totgefahren worden war. Leise weinend, hob er seinen Kopf und betrachtete die einst prachtvollen Berge seines Vaters, die nun eingeebnet und nur noch Müll waren.

Die Berge, die Dad gebaut hat …

NEIN …

Was habe ich getan?

Und er stieg die Aluminiumleiter wieder hinunter, diesmal, ohne sich um das Zittern und den dumpfen Aufschlag zu scheren, mit dem seine Beine Stufe für Stufe herunterkrachten, und sah jetzt den Moment gekommen, in dem er zu sterben bereit war.

Es wäre für alle das Beste.

Aber vielleicht ist da noch einer, der zuerst sterben muss.

Es war, als hätten Caroline Kibby und Danny Skinner beide erkannt, dass es eine Liebe gab, deren Beschaffenheit so himmlisch war, dass sich das Fenster für die tatsächliche, körperliche Vereinigung nur für einen kurzen Moment auftat. Wenn man aus irgendeinem Grund nicht hindurchspringen konnte, wurde es für immer zugeschlagen.

Der Geruch ihres Haars. Ihre wunderschönen haselnussbraunen Augen. Diese wunderbare Haut, wie sich das alles unter meiner Berührung zu verändern schien, wie besudelt durch meine Nähe. Ich kann nicht mit ihr zusammen sein: nicht auf diese Weise.

Und welche andere Weise konnte es wohl geben?, fragte er sich, als sie, steif untergehakt, in dem verwirrten, niedergeschlagenen Schweigen eines verhinderten Liebespaars die Constitution Street hinunterwanderten.

Caroline wühlte in ihrem Schminktäschchen, holte einen goldenen Lippenstift heraus und drehte ihn auf. Als vorne scharlachrot ein Stück herausguckte, stellte sich Skinner vor, wie seine Cherry genauso vorne aus seiner Vorhaut herausguckte.

Wenn bloß …

Es war der Fluch, der auf ihrem Bruder lag; das war es, was ihnen alles durcheinanderbrachte. Er brannte so darauf, es ihr zu sagen, einfach herauszuschreien: *Ich bringe deinen Bruder um, ich hab ihn verhext. Ich habe es getan, weil ich mich an seiner Mittelmäßigkeit, seiner nichtssagenden Art gestoßen habe, daran, dass er mich einzig und allein deshalb überholen würde, weil ihm nicht dieselben Dämonen wie mir im Weg standen. Ich werde dich nicht anfassen können, bis dieser Fluch von ihm genommen ist …*

Was konnte sie darauf erwidern ?

Aber was für eine seltsame und dabei so stinknormale Familie ist das? Die Tochter Studentin, aufgeweckt und vor Leben sprühend; der leidende, etwas wunderliche, bergwandernde Bruder und die verrückte, gottesfürchtige, unter Angstzuständen leidende Ma-

triarchin? Wer im Namen des verfickten Wasweißichs sind diese Leute? Wie war der Scheißvater gewesen?

Skinner dachte über den abwesenden Kibby nach, der einen so langen Schatten über die anderen zu werfen schien.

– Caroline, was ist aus deinem Dad geworden?

Caroline blieb abrupt unter einer orangen Straßenbeleuchtung stehen und sah ihn fragend an, mit demselben verwirrenden Gefühl, eine Grenze sei überschritten worden, das sie befallen hatte, als er sie anzufassen versuchte. Das bewog Skinner dazu, seine Motive darzulegen. – Nee; ich meine nur, weil Brians Krankheit so kurz, nachdem euer Dad gestorben war, auftrat. Hatte er so was Ähnliches?

– Aye, es war grauenhaft … seine Organe fingen einfach an, sich von innen her zu zersetzen. Es war eigenartig, weil er nie ein Trinker war, genau wie Brian.

Danny Skinner nickte. Nach allem, was er mit Brian Kibby erlebt hatte, neigte er fast zu der Annahme, dass es womöglich gar keine Verwünschung gab, vielleicht war alles nur ein besonders frappierender Zufall. Vielleicht hatte Kibby dieselbe seltene degenerative Erkrankung, die schon sein alter Herr gehabt hatte. Wer war er denn, dass er sich einbildete, er hätte die Macht, irgendwen mit einem Fluch zu belegen. Vielleicht war es alles nur seine eigene, krankhafte Eitelkeit, die seinen Blick auf alles um ihn herum verzerrte.

Nein, er musste weg von ihnen, er würde sie alle umbringen, wie er wahrscheinlich seinen eigenen Vater getötet hatte. Nur dass Alan De Fretais jetzt lebendiger denn je zu sein schien: Es wurde berichtet, dass die Verkäufe von *Bettgeschichten der Meisterköche* in der letzten Woche dramatisch angezogen und sein aphrodisisches Kochbuch zurück an die Spitze der Bestsellerlisten katapultiert hatten. *Scotland on Sunday*, der *Herald*, die *Mail on Sunday*, der *Observer* und die *Times* brachten große Artikel über ihn. Stephen Jardine präsentierte eine Fernsehdokumentation über das Leben von »Schottlands größtem kulinarischem Talent«. In dieser Sendung behauptete so ein Scherzkeks, De Fretais habe uns gelehrt, Essen anders zu sehen – ganzheitlich – und es unter kulturellen und sozialen Gesichtspunkten zu erfassen. Sie bezeichneten ihn als den »Paten der Generation Kochkunst«.

Er war schlicht und einfach eine Fotze, dachte Skinner, und ihm fiel der alte Witz ein:

Wer hat behauptet, der Koch wär ne Fotze?
Der, der behauptet hat, die Fotze wär ein Koch!

Die Lichter des Shore kamen funkelnd in Sicht, tanzend über dem Water of Leith. Skinner hatte darauf bestanden, sich zu revanchieren, indem er die Kibbys zum Dinner in sein Lieblingsfischrestaurant ausführte. Joyce war hingerissen, aber sie war besorgt, wie Brian es aufnehmen würde. Seltsamerweise hatte er keine Einwände gehabt, wenn er auch alles andere als begeistert war. – Ich hoffe, du hast einen schönen Abend, sagte er, allerdings mit distanzierter, hohler Stimme.

– Aber Brian, du bist auch eingeladen, hatte Joyce ungläubig aufgeschrien.

– Ich komme mit, wenn ich mich danach fühle, sagte Kibby, dessen Kampfgeist noch mehr geschwächt war, seit er die Modelleisenbahn und die Stadt zerstört hatte, was er inzwischen tief bedauerte. Aber während er noch protestierte, erkannte er, dass er nie im Leben wegbleiben würde, um dann Gegenstand von Skinners Feindpropaganda zu werden. Nur ein Gedanke brannte in seinem Gehirn: Ich muss sie vor diesem Scheißkerl beschützen.

Als sie das Kopfsteinpflaster überquerten, sah Skinner, dass sich in einer Gasse etwas bewegte. Es war eine Möwe, und ihr Kopf und ihre Brust schienen blutbedeckt zu sein. Sie versteckte sich zwischen den Müllsäcken der Restaurants. – Seht euch das an ... armes Vieh, sagte Skinner.

– Ist doch bloß eine Möwe, schnaubte Caroline.

– Nee, sie ist voll Blut ... eine Katze muss sie erwischt haben, als sie hier rumstöberte ... Ist schon gut, Kumpel. Skinner kauerte sich hin, ging näher an den verstörten Vogel heran.

Die Möwe kreischte, stieg plötzlich auf und flatterte an ihm vorbei in den Himmel.

– Es war Tomatensoße, Danny, erklärte Caroline. – Sie hat nach Fressen gesucht und hat die Müllbeutel aufgerissen.

– Richtig, sagte er und hielt sein Gesicht abgewandt, damit sie seine Tränen nicht sah, diese befremdlichen Tränen für die einsame Möwe.

Als sie Skipper's Bistro erreichten, bemerkten sie sofort Joyce, die draußen im Eingang des Restaurants stand, zu nervös, um ohne Begleitung hineinzugehen.

– Hi, Mum …, Caroline drückte Joyce ein flüchtiges Küsschen auf die Wange, und Skinner folgte ihrem Beispiel. – Kein Brian?

– Ich hab ihn heute gar nicht gesehen, er ist in die Stadt gegangen … Er sagte, er würde möglicherweise dazustoßen.

– Da ist er ja schon, Skinner nickte knapp und schaute über Joyces Schulter. Sie und Caroline drehten sich um, um seinem Blick zu folgen.

Durch Nacht und Nebel kam eine beinahe formlose Gestalt zum Vorschein und bewegte sich langsam auf sie zu. Er schien weniger ein menschliches Wesen zu sein als ein zum Leben erwachtes Stück der öden Dunkelheit.

– Der große Mann persönlich! Du hast es also geschafft, sagte Skinner argwöhnisch lächelnd, als Brian Kibby sich näherte.

– Sieht fast so aus, gab Kibby barsch zurück.

Skinner öffnete die Tür zum Restaurant und ließ Caroline und Joyce eintreten. Er hielt sie auch für Kibby auf und äußerte ein forsches, bühnenreifes: – Nach dir!

– Du zuerst, blaffte Kibby wieder.

– Ich bestehe darauf, sagte Skinner, dessen noch breiter werdendes Lächeln Kibby aus dem Konzept brachte. Es war kalt, und er konnte es kaum abwarten, nach drinnen ins Warme zu kommen, also stolperte er zur Tür herein, und Skinner kam hinterher.

Ein Mädchen nahm ihnen die Mäntel ab, und sie tranken etwas an der Bar, Kibby unter Joyces billigendem Blick einen Tomatensaft. – Alles klar, Charlie, begrüßte Skinner enthusiastisch den Koch, der extra aus der Küche gekommen war, und sie tauschten ein paar Nettigkeiten aus.

– Sie müssen von Ihrer Arbeit ja viele Köche kennen, Danny, merkte Joyce an, offensichtlich beeindruckt.

– Ein oder zwei … wenn auch nicht so viele, wie ich gern würde, sagte er, aber seine Worte hatten eine traurigen Beiklang.

In ihrer Aufregung entging ihr sein kummervoller Tonfall. Sie wandte sich zu ihrem Sohn, dessen Augen das Spirituosenregal fixierten. – Ich wette, du kennst auch einige Köche aus deinen Tagen bei der Stadtverwaltung, oder, Brian?

– Nicht auf meiner Ebene, sagte Kibby tonlos.

Sie wurden an einen Tisch gebracht, wo sie auf Joyces Veranlassung Wein bestellten. Skinner zögerte zunächst, dann sah er rüber zu Kibby und sagte: – Ich bin zurzeit nicht so wild auf Alkohol, aber ein Glas vielleicht. Wie sagt man noch: Eine Mahlzeit ohne Wein ist wie ein Tag ohne Sonnenschein?

Brian Kibby sah Joyce hoffnungsvoll an, die das Gesicht verzog. So füllte er denn sein Glas mit Mineralwasser.

Immer noch ein armseliges beschissenes Muttersöhnchen, dachte Skinner grausam. Er sah, dass im Fernseher in der Ecke Nachrichtenbilder von der Invasion im Irak flackerten, und brachte einen Toast aus: – *A buon vino non bisogna fasca.*

Nicht einer der Kibbys hatte eine Vorstellung, was er da redete, aber es klang eindrucksvoll genug, besonders für Joyces Ohren. Sie war vom Essen völlig hin und weg; sie hatte Wolfsbarsch wie den, der ihr serviert wurde, noch nie gesehen oder gekostet. Caroline nahm, auf Skinners Empfehlung, wie Skinner selbst den Petersfisch, was Brian Kibby nicht entging. Brian wählte die Seezunge. Der Fisch war exzellent, und der Abend war ein Hochgenuss für Joyce, die sich nur selten nach Einbruch der Dunkelheit vor die Tür wagte. – Der Fisch ist sehr frisch, sagte sie anerkennend. – Ist Ihrer auch schön frisch, Danny?

– Frisch? Als ich meine Zitrone draufgespritzt habe, hat er noch geblinzelt, scherzte Skinner.

Alles lachte, außer Brian Kibby, obwohl Joyce erfreut feststellte, dass er, wenn auch reichlich kurz angebunden, nicht offen feindselig gegenüber Danny war. – Kochen Sie denn selbst ein bisschen, Danny?, fragte sie.

– Ich schmücke mich schamlos mit fremden Federn, Joyce. Ich kaufe mir die Bücher sämtlicher Fernsehköche – Rhodes, Ramsay, Harriott, Smith, Nairn, Oliver, Floyd, Lawson, Worrall-Thompson – und versuche ihren Vorschlägen getreu nachzukommen, vorausgesetzt, das Angebot an frischen ...

– Was ist mit deinem alten Kumpel De Fretais?, forderte ihn Kibby plötzlich heraus. Skinner spürte, wie seine Pulsfrequenz stieg. Sein Körper war plötzlich bewegungsunfähig vor Schreck.

– Der, dessen Küche ein Schweinestall war! Weißte noch, Danny?

Was zum Henker ...

– Das war eine furchtbare Sache, sagte Joyce, – ein Mann auf dem Gipfel seiner Karriere und ein großer Koch.

De Fretais ...

– Ich fand, er wirkte wie ein echter Widerling, sagte Caroline.

Mein Alter ... ich hab ihn umgebracht ...

Joyce sah ihre Tochter an und schürzte die Lippen. – So redet man nicht über Verstorbene.

... er war eine Sexbestie, ein Ausbeuter ...

– Was dachtest du, Danny?, drängte ihn Kibby.

Kay. Sie ist so ein bezauberndes Mädchen. Alles, was sie wollte, war tanzen. Und gut darin zu sein. Fuck, was fand ich denn daran so schlimm? Ich hätte sie unterstützen sollen. Ich hätte ...

Skinner dachte an seine Exverlobte in ihrem Krankenbett. – Es war sehr traurig, sagte er bekümmert, dann spürte er, wie der Zorn zurückkam, als er sich an das Bild von De Fretais auf ihr drauf erinnerte. – Ich hatte an seiner Küche einiges auszusetzen, daraus habe ich keinen Hehl gemacht und du ebenfalls nicht, Bri. Unglücklicherweise bekamen wir nie die notwendige Rückendeckung seitens unserer Vorgesetzten. Wie dir bewusst ist, habe ich mich lange Zeit dafür starkgemacht, das Berichtsverfahren zu ändern, damit es gewissen Beamten erschwert wird, unangemessene Beziehungen zu den De Fretais' dieser Welt zu unterhalten ... Er sah zu, wie Kibby sich wand und rot wurde. – ... aber ich fand keine Unterstützung. Persönlich allerdings muss ich zugeben, er war ein Wahnsinnskoch. Also, ja, ich füge ihn vorbehaltlos der Liste von Leuten hinzu, deren Gerichte ich schamlos nachzukochen versucht habe.

Kibby hielt den Kopf nun gesenkt.

Skinner wandte sich wieder Joyce zu. – Doch, ach, ohne viel Aplomb. Ich tue also mein Bestes, Joyce, bin aber nicht ganz in Ihrer Liga.

Joyce legte ihre Hand an die Brust und flatterte mit den Augenlidern wie ein Schulmädchen. – Oh, Sie sind zu freundlich, Danny, aber ich bin wirklich keine große –

– Deine Suppen sind gut, blaffte ihr Sohn renitent.

– Deine Vorliebe für rotes Fleisch geht mir ein klitzekleines bisschen zu weit, warf Caroline ein.

Den Fisch auf Carolines Teller vor Augen, konterte Joyce: – Du bist mir vielleicht eine Vegetarierin, Madam!

Caroline rutschte unbehaglich auf ihrem Stuhl herum.

– Den ganzen Unsinn treib ich ihr aus, neckte Skinner, während Caroline ihm aus Protest einen scherzhaften Knuff versetzte. Beide fragten sich erneut verdrießlich, wie es sein konnte, dass sie nach außen hin die Intimität eines Liebespaars an den Tag legen konnten, während sie diese Liebe noch immer nicht vollzogen hatten.

Ihr Schamhaar wird so blond sein wie ihr Kopf, so süß und köstlich, und wie gerne würde ich darin grasen wie ein Frühlingslamm an den ersten grünen Halmen des Jahres, aber ich werde sie nie kennen lernen, im Gegensatz zum verschwitzten Busch der alten Mary ...

– Aye, sicher. Da kannst du lange warten, schalt Caroline zurück.

Brian Kibby versuchte seiner Schwester einen glühenden Blick zuzuwerfen, aber sie hatte nicht einmal Augen für ihn.

Scheiße, er kontrolliert dich!

Joyce unterhielt sich gut und trank schnell, nicht an den Wein gewöhnt, den Skinner ihr immer wieder nachschenkte.

– Gehen Sie in die Kirche, Danny?, fragte sie ihn ganz im Ernst.

– Ich mache sogar eine Religion daraus, sagte Skinner, was ihm einen Lacher von Caroline und ein reuiges Grinsen von Joyce einbrachte. Kibby bewahrte eine steinerne Miene. – Nein, ich muss bekennen, das tue ich nicht, Joyce, fuhr er fort, der Leichtfertigkeit ein Ende machend, – aber wie ich höre, sind Sie regelmäßige Kirchgängerin.

– Oja. Es war mir ein so großer Trost, als mein Keith ... Sie verkniff sich eine Träne und sah hinüber zu ihrem Sohn. – ... und natürlich als seine Gnaden hier so schwer krank war.

Als Reaktion auf die herablassende Art seiner Mutter erwachte der Dreizehnjährige in Kibby. Er kippte das Mineralwasser und schenkte sich ein Glas von dem weißen Burgunder ein. – Eins kann nicht schaden, sagte er zu Joyce, als sie missbilligend die

Lippen spitzte, wandte sich dann sardonisch an Skinner und setzte hinzu: – Ein bisschen was nach deinem Geschmack, was, Danny?

Skinner schaute zwischen ihm und der missbilligenden Joyce hin und her und hob dann in einer scherzhaften Geste der Kapitulation die Hände in die Luft. – Also, bei dem halte ich mich raus!

Aber es blieb nicht bei dem einen, als eine weitere Flasche ihren Weg an den Tisch fand.

Der Alkohol machte Kibby Mut. Er sah zu Skinner hinüber. – Die Leute kritisieren die Polizei, bis sie selbst mal ausgeraubt oder zusammengeschlagen werden, hm, Danny?

Skinner zuckte die Achseln und fragte sich, worauf Kibby damit hinauswollte.

– Na, ich dachte bloß an das eine Mal, wo du beim Fußball so zusammengeschlagen wurdest. Da wärst du über ihr Eingreifen froh gewesen.

– Es wäre eine große Erleichterung gewesen ... für einen gewissen Jemand jedenfalls, grinste Skinner süffisant.

– Polizei?, fragte Joyce betroffen und ängstlich. – Wie kommt ihr auf Polizei?

– The Police. »Walking on the moon«?, Skinner zwinkerte, und Joyce grinste, ohne zu wissen, wovon er überhaupt redete.

Nachdem sie noch ein paar weiteren Flaschen Wein den Hals gebrochen hatten, war nicht mehr zu übersehen, dass Joyce Kibby in sehr ausgelassener Stimmung war. – Ich muss zugeben ... ich fühl mich ein bisschen beduselt, kicherte sie, entspannt, nachdem sie mitbekommen hatte, dass Brian und Danny sich etwas besser zu vertragen schienen. Dann begann der Raum sich zu drehen, und Joyce musste aufstoßen und wurde ganz rot. – Ojemine ...

– Mum, geht es dir gut?, wollte Caroline wissen, der die bizarre, aber willkommene Beschwipstheit ihrer Mutter und die, wenngleich gequälte, Verträglichkeit zwischen ihrem Freund und ihrem Bruder nicht entgangen war. Obwohl sie angeheitert war, machte sich ihr Pflichtgefühl bemerkbar. – Ich werd Mum nach Hause bringen, sagte sie und stand auf.

– Aye, es wird Zeit fürs Bett, stimmte Skinner zu und winkte nach der Rechnung.

Kibby kippte sich seinen doppelten Verdauungsbrandy hinter die Binde und bestellte noch einen. – Die Nacht ist noch jung, lächelte er irgendwie unheilvoll. Seine Augen mit ihren schweren Lidern lagen von Skinner aus gesehen zwar im Schatten, glitzerten aber dennoch im Kerzenlicht. – Was ist, Danny, Kumpel, kannste nicht mehr mithalten?

Nur Danny Skinner spürte etwas Dunkles, Ätherisches in dieser leisen Bemerkung, etwas, das über das halb betrunkene Geplänkel zwischen zwei Exkollegen hinausging.

Und der frohe Tag, er geht mit Gesang ...

– Nehmt ihr zwei ruhig noch einen Absacker, sagte Caroline, die versuchte, ihrer wackligen und beduselten Mutter auf die Beine zu helfen.

Während Skinner Joyce milde tadelte, weil sie betrunken war, wandte sich Brian Kibby an seine Schwester und zerrte an ihrem Arm. Sie wappnete sich für eine weitere seiner Attacken gegen ihren Beau, aber er sah sie nur traurig an und winselte leise: – Ich hab sie kaputt gemacht, Schwesterchen. Die Eisenbahn. Kurz und klein geschlagen. Daddys Eisenbahn. Ich war deprimiert, ich bin einfach durchgedreht, und ich fühle mich so furchtbar ...

Caroline sah das entsetzliche Leiden in seinen Augen. – O Brian, vielleicht kannst du sie noch reparieren ...

– Es gibt Sachen, die kann man nicht reparieren. Die bleiben einfach kaputt, stöhnte Kibby leidend und drehte sich um, damit er die anderen Gäste im Raum ins Auge fassen konnte. Bei Skinner verharrte sein Blick, der die Bemerkung aufgeschnappt hatte und seinen Blick erwiderte.

Als die Kellnerin mit den Mänteln kam, spürte Caroline die Spannung hochgehen wie eine Rakete und verabschiedete sich nur widerstrebend. Aber Skinner sah nur, wie sich ihre Lippen bewegten, denn dieser Blick und die vermeintlich so harmlose Bemerkung bestätigten seine Vermutung, dass Kibby irgendwie von dem Fluch wusste.

Er weiß Bescheid. Und jetzt bringt er uns mit seiner Sauferei beide um.

Für ein, zwei Sekunden geriet er in Panik, aber Danny Skinner akzeptierte das Angebot, weiterzutrinken, weil er das Gefühl hatte, es bliebe ihm jetzt kaum etwas anderes übrig. Er wirbelte in einem Mahlstrom an Sinneseindrücken, aber ein Gedanke beherrschte alles: Sie zerstörten sich gegenseitig, und Brian Kibby musste dazu gebracht werden, das einzusehen.

Also wünschten die beiden seltsamen Trinkkumpane den Frauen Lebwohl und zogen sich in den angrenzenden Pub zurück. Skinner sah Kibby an. Er schien sich auf mehr als ein großes Saufgelage vorzubereiten; er nahm mit der inneren Anspannung eines Gladiators auf dem Barhocker Platz.

Skinners Gedanken überschlugen sich, als er zu seinem Gegenspieler hinübersah. – Bri... das ist doch bescheuert. Diese Sauferei ist für keinen von uns beiden gut. Vertrau mir, ich kenn das.

– Mach du, was dir verfickt noch mal passt, Skinner, ich besauf mich und mir isses scheißegal, sagte Kibby und winkte der Thekenfrau.

– Pass mal auf, Bri... begann Skinner, aber Kibby hatte bereits ein Pint und einen doppelten Whisky bei sich stehen, also gebot ihm der Selbsterhaltungstrieb, es ihm nachzutun.

Kibby kann unmöglich noch lange durchhalten; noch so eine Megasession, und er ist so krank, dass er bettlägerig ist und keine Gelegenheit hat, in die Nähe von Pubs oder Büros zu kommen, und mich daher nicht schädigen kann. Dann werde ich ihn überzeugen können, dass er sich ins eigene Fleisch schneidet.

– Du wirst nicht mit mir mithalten können, Brian, sagte Skinner, hob sein Glas und fügte dann abschreckend hinzu: – Du hast keine Chance zu gewinnen.

– Aber ich werd mir die größte Mühe geben, Skinner, fauchte Brian Kibby zurück. – Und du brauchst dich jetzt nicht mehr einzuschleimen, meine Mum und meine Schwester sind weg!

Damit hob er ein Glas Absinth, das Skinner ihn nicht mal hatte bestellen sehen, an seine aufgesprungenen Lippen.

Na los dann, Skinner, bringen wir's hinter uns. Bringen wir's doch verfickt noch mal hinter uns. Absinth, Whisky, Bier Wodka, Gin, fuck, meinetwegen Meth, alles, was du willst. Immer her damit. Immer her damit, du bösartige, ölige Bastardmutantenausgeburt Satans!

Hilf mir, lieber Gott.

Hilf mir.

Skinner musterte Kibby von oben bis unten. Es klang nicht

mal mehr nach ihm. Aber trotzdem scheiß auf ihn, dachte er, als er den alten Kibby vor sich sah, das berufsmäßige Opfer, dem er die Hand zur Freundschaft gereicht hatte, der jedoch, verängstigt vom Leben, in sein kümmerliches Schneckenhaus zurückgehuscht war. – Soll mir recht sein, sagte er. – Oh, und wo wir gerade dabei sind: Was immer du glaubst, was ich dir angetan hätte, es war nicht mal annähernd genug, sagte er höhnisch und schlabberte seinen Drink.

Noch als er seine Beschimpfung zischte, erkannte er plötzlich, dass er paradoxerweise gar nichts mehr gegen Kibby hatte.

Kibby is nich mehr die übereifrige, lästige kleine Arschkrampe von früher. Er ist sarkastisch und verbittert und rachsüchtig genau wie ... nein ... nein ...

Nein ...

Fick dich doch, Kibby, ich hab ein Flugzeug zu erwischen.

42
Das Tagebuch

Als wir aus dem Taxi gestiegen und wieder im Haus sind, lasse ich Mum angeschickert vor dem Fernseher sitzen. Ich hab sie noch nie so gesehen. Sie labert und labert von meinem Vater, erzählt mir, was er für ein guter Mann war, dann redet sie über Danny, dass er ein guter Junge sei, und wie toll es ist, dass er und Brian jetzt Freunde sind.

Das bezweifle ich sehr, und es war mir gar nicht recht, sie zusammen allein zu lassen, weil da irgendwas am Kochen war, aber sie haben darauf bestanden, und ich musste Mum wirklich nach Hause schaffen.

Jetzt ist sie wieder von meinem Dad dran: wie sehr sie ihn geliebt hat. Dann dreht sie sich zu mir um und hat beinahe etwas Wütendes in der Stimme, als sie sagt: – Du warst natürlich immer sein Liebling. Väter und Töchter, Mütter und Söhne, wie sie immer sagen. Sie hustet, und ihre Augen weiten sich in fanatischem Eifer. – Aber ich liebe dich, Caroline, ich liebe dich so sehr. Das weißt du doch, oder?

– Mum, natürlich weiß ich das …

Sie steht auf, kommt herübergewankt und nimmt mich in den Arm. Ihr Griff ist erstaunlich kräftig, und sie klammert sich verzweifelt an mich, lässt gar nicht mehr los. – Mein kleines Mädchen, mein süßes kleines Mädchen, sagt sie tränenerstickt. Ihre Zuckungen schütteln mich. Ich streichle die colorierten Locken ihres Haars und sehe mit mürrischer Faszination über den Schläfen das Grau am Haaransatz nachwachsen.

Aber es wird mir unangenehm, und ich flüstere ihr ins Ohr: –

Mum, ich muss mal kurz nach oben. Ich hab versprochen, mir da was anzusehen. Sie glotzt mich für eine Sekunde ganz gespannt an, also ergänze ich: – Für Brian, was sie zu beschwichtigen scheint, und sie lockert ihren Griff.

– Brian …, wiederholt sie leise, und beginnt irgendwas zu murmeln, ein Gebet oder irgendeinen Bibelvers, als ich das Zimmer verlasse.

Ich gehe nach oben und ziehe kräftig an dem Stock mit dem Haken dran, der die Falltür öffnet und die Aluminiumleiter herauslässt. Ich ziehe sie nach unten und steige hoch. Die Schraube, mit der sie befestigt ist, hat sich gelockert, und sie klappert gefährlich unter meinem Gewicht. Ich bin erleichtert, als ich oben angekommen bin und auf den Dachboden trete.

Ich schalte das Licht ein, und dann sehe ich, dass Brian hier wirklich alles zerstört hat. Es sieht aus, als wäre die Modellstadt zerbombt worden. Ich weiß nicht, ob sie wieder aufgebaut werden kann; ich würde ja sagen, alles, was mal gebaut wurde, kann auch wieder aufgebaut werden, aber es wird eine Heidenarbeit. Ich bezweifle, dass Brian dem im Moment gewachsen ist. Ein Teil von mir denkt, ich sollte ihm meine Hilfe anbieten, dann überlege ich mir, wie lächerlich das ist. Ich würde nicht wissen, wo ich anfangen soll.

Ich sichte das Chaos, sehe mir die kaputten Berge an, die Dad aus dem vielen Pappmaschee gemacht hat. Ich erinnere mich, wie ich ihm geholfen habe, es zusammenzurühren, in dieser großen orangen Waschschüssel, die immer unter der Spüle stand. Also habe ich doch an alldem mitgewirkt, mehr, als mir bewusst war. Wenn ich jetzt darüber nachdenke, haben wir es alle zusammen gemacht. Ich war noch ein kleines Mädchen, aber ich erinnere mich, wie begeistert ich war, dass ich mithelfen durfte. Wann habe ich angefangen, all die guten Dinge in unserem Leben wegzustreichen? Wann hatten diese schönen Erinnerungen an familiäre Gemeinsamkeiten und freudige Momente angefangen, für mich uncool und peinlich zu werden?

Ich versuche, zwei Teile eines durchgebrochenen Bergs wieder zusammenzupappen. Irgendwas im Inneren fällt raus und plumpst auf den Boden. Ich halte es zuerst für eine hölzerne Verstrebung oder so, irgendeinen Teil des Unterbaus, aber dann sehe ich so was wie einen dicken Schreibtischkalender auf dem Boden liegen. Aber es ist kein Kalender – es ist ein Notizbuch, und alles, was drinsteht, ist in der Handschrift von Dad. Auf der Innenseite des Deckblatts ist ein Zettel befestigt.

Eines Tages wird jemand dieses Notizbuch finden. Meine Frau und meine Kinder werden die Wahrheit erfahren, mit der ich so viele Jahre gelebt habe. Joyce, Caroline, Brian, bitte glaubt mir zwei Dinge. Erstens, die Person, die ich war, bevor ihr alle in mein Leben tratet, unterschied sich sehr von dem Menschen, der ich jetzt bin. Zweitens, wo immer ich jetzt sein sollte, ich liebe euch alle mehr denn je.

Gott segne euch alle.

Ich beginne zu lesen. Das Heft zittert in meiner Hand so stark, dass ich es auf den Boden legen muss. Bei einer Passage gefriert mir das Blut in den Adern.

Ich kann es kaum glauben, dass er nichts gesagt hat. Ein Arbeitsunfall, so haben sie es genannt. Wir wussten es beide besser, und ich denke, sie wusste es auch.

Ich konnte nicht anders; ich war von Sinnen vor Wut und vom Alkohol. Es ist wichtig für mich, das aufzuschreiben.

Mein Name ist Keith Kibby, und ich bin Alkoholiker. Ich weiß nicht, wann das angefangen hat. Ich habe immer getrunken. Meine Freunde haben immer getrunken. Meine Familie hat immer getrunken. Mein Dad war bei der Handelsmarine, und er war oft von zu Hause weg. Jetzt kann ich mir vorstellen, was für ein großartiges Leben es für einen Alkoholiker war, zur See zu fahren. Auf See kann man trockenbleiben; es ist der einzige Ort, an dem man nicht verleitet wird, Alkohol zu kaufen. Keine Pubs, keine Werbung, kein Alkohol. Aber keiner säuft wie ein Seemann, und wenn er nach Haus kam, trank und trank er. Ich habe nur sehr wenige und flüchtige Erinnerungen an ihn in nüchternem Zustand.

Ich wurde hauptsächlich von meiner Mutter großgezogen. Ich hatte einen jüngeren Bruder, aber er starb als Baby. Eines Tages kam ich von der Schule nach Hause und fand meine

Mutter weinend mit meiner Tante Gillian vor, und das Kinderbettchen war leer. Krippentod, nannten sie es. Die Leute sagen auch, mein Vater und meine Mutter seien danach nie wieder dieselben gewesen. Sie sagten, seitdem habe Dad noch mehr getrunken.

Als ich größer wurde, begann ich mich mit einigen Jungs aus der Nachbarschaft herumzutreiben. Als wir zu Teenagern heranwuchsen, wurden wir ziemlich rauflustig, wie das so ist, wenn Jungs sich zusammenrotten. Einige von uns waren harte Burschen, andere taten nur so. Wir nannten uns Tolcross Rebels. Wir waren stolz darauf, wer wir waren. Wir kämpften mit anderen Gangs und tranken viel. Ich trank mehr als die meisten.

Mit sechzehn ging ich von der Darroch School ab. Als ich mich mit meinem Berufsberater traf, las er mir gehörig die Leviten und drückte mir einen Wisch in die Hand, mit der ich zur Eisenbahn ging. Ich machte eine Kochlehre bei der Eisenbahn, bei British Rail. Tageweise wurde ich freigestellt, um beim City and Guilds of London Institute den schulischen Teil der Ausbildung zu absolvieren.

Es hat mir nie, nicht eine Minute Spaß gemacht, Koch zu sein. Ich hatte keine Begabung dafür, und es kotzte mich an, eingesperrt zu sein und in einer heißen Küche zu schwitzen. Ich arbeitete auf der Strecke Edinburgh-London, im Speisewagen. Ich wär gerne ganz vorne gewesen und hätte den Zug gefahren, anstatt in einer engen Küche eingepfercht zu sein und für Geschäftsreisende vorgekochtes Essen aufzuwärmen. Wie so viele Kids an meiner Schule bekam ich eine beschissene Berufsberatung.

Die Tories waren unter Thatcher an die Macht gekommen, und sie machten alles dicht. Ich engagierte mich in der Gewerkschaft, wurde ein politischer Mensch, oder zumindest bekam ich ein gewisses Klassenbewusstsein, wie wir damals sagten. Ich ging zu Gewerkschaftstreffen, nahm an Märschen und Demonstrationen teil, stand Streikposten. Ich habe viel über Geschichte gelesen; viel über den Sozialismus und dass er arbeitenden Menschen die Chance auf ein besseres Leben bot.

Aber mir war klar, dass so vieles davon Luftschlösser waren. Das System würde immer gewinnen, würde immer genug Brosamen vom Tisch der Reichen abfallen lassen, auf dass sich die einfachen Leute im Kampf darum gegenseitig niedertrampeln. Es desillusionierte mich, dass die Welt niemals so sein würde, wie ich sie mir wünschte, fair und gerecht für alle. Also trank ich noch mehr. Wenigstens sah ich das damals so. Wahrscheinlich war es nur eine Ausrede.

Ich brauchte Ausreden, denn ich wollte nicht sein wie mein Vater. Wenn er getrunken hatte, wurde er gewalttätig. Ich habe mich als junger Mann gegen ihn behauptet, als er meine Mutter geschlagen hat. Wir bekämpften uns, richtig körperlich – und im Trinken. Mein Vater war ein brutaler Mann, und ich schätze, ich lernte, auch so zu sein, um ihm Paroli zu bieten. Einmal landeten wir nach einem Kampf beide in der Notaufnahme. Meine Mutter verließ ihn einige Male, kam aber immer zurück.

Liebe habe ich damals in meinem Leben nicht viel bekommen, aber ich hatte die Musik. Das war neben der Politik meine große Leidenschaft, besonders Punk Rock; als der aufkam, war ich in meinem Element, weil es sozusagen beides verband. Das Zeug wurde von normalen jungen Typen gemacht, die daher kamen, wo wir auch herkamen, nicht irgendwelche verwöhnten Superstars, die irgendwo weit weg auf Landsitzen in Surrey residierten. Es gab damals in Edinburgh eine Reihe toller einheimischer Bands: die Valves, Rezillos, Scars, Skids, die Old Boys und Matt Vinyl and the Decorators.

Es war seltsam, dass Punk in den Medien als gewalttätig dargestellt wurde, denn gerade, dass ich zu Punkkonzerten ging, brachte mich damals von der Straßengewalt der Gangszene von Edinburgh weg. Durch Punk verliebte ich mich in ein Mädchen, ich lernte sie auf einem Clash-Konzert kennen. Ihr Name war Beverly; sie war eine echte Punkette. Sie hatte grünes Haar und sie trug öfter eine Sicherheitsnadel in der Nase. Ein echt wildes Mädchen, obwohl sie auch eine sanfte Seite hatte. Sie fiel schon deshalb auf, weil sie ein Mädchen war, denn um ehrlich zu sein, es gab damals nicht viele attraktive Mädchen, die auf Punk standen. Verglichen mit ihr war ich wahrscheinlich nur ein Poser: Freitags war ich Punk, und dann warf ich mich am Samstag in Discoklamotten und ging zu Buster's oder Annabel's, um Mädchen aufzureißen.

Aber ich habe in diesen Läden nie ein Mädchen wie sie kennen gelernt.

Beverly hasste das; sie bezeichnete mich immer als Plastikpunk. Sie arbeitete als Kellnerin in der Archangel Tavern, wo sie durch ihre grünen Haare berühmt wurde. Sie sagten, dort hätte sich die Boheme getroffen. Ich mochte die Leute da trotzdem nicht; sie waren zu hochgestochen für meinesgleichen.

Nicht dass sie mich irgendwie interessierten. Ich war zum ersten Mal in meinem Leben verliebt.

Beverly war mit einigen der Köche da befreundet. Das waren Restaurantköche, und die blickten auf einen, der wie ich bei der Eisenbahn schuftete, herab. Dieser De Fretais war einer davon, nur dass er damals nicht De Fretais hieß. Er war damals in meiner Klasse am Telford.

Meine Trinkerei war immer ein Problem gewesen. Das zusammen mit Beverlys Temperament ergab eine explosive Mischung. Sie machte ihr eigenes Ding und war zur selben Zeit wie mit mir noch mit einem anderen Typen zusammen. Er war auch Koch und arbeitete im Northern Hotel. Ich kannte ihn nicht persönlich, aber ich wusste von ihm. Hotel- und Restaurantarbeiter hatten oft untereinander Kontakt, wegen der Arbeitszeiten.

Beverly wurde schwanger, kaum dass wir zusammen waren, und sie wollte mir nicht sagen, ob es von mir oder von dem anderen Kerl war. Er war auch noch Schlagzeuger; er spielte bei den Old Boys. Ich kannte den Kerl gar nicht, aber ich hasste ihn. Warum auch nicht? Er war Koch und hatte einen viel besseren Arbeitsplatz als ich, ein richtiger Punk, der in einer richtigen Punkband spielte, und Bev, nach der ich verrückt war, liebte ihn mehr als mich. Das konnte ich nicht hinnehmen.

In einer Nacht eskalierte dann alles. Ich war betrunken und ich war wahnsinnig wütend über die Situation, und ich machte das Allerdümmste, was ich je in meinem Leben gemacht habe. Ich ging zu dem anderen Jungen und wollte die Sache klären. Es war grauenhaft. Ich ging zu seiner Arbeitsstelle und stritt mich mit dem Typ in seiner Küche. Es war gerade sonst niemand da. Er nahm mich nicht ernst, ignorierte mich einfach. Als ich ging und ihn noch mal anbrüllte, hob er zwei Finger zum V-Zeichen und sagte: »Verpiss dich, du Arschloch.« Er sagte es so wegwerfend. Natürlich, wenn ich jetzt darüber nachdenke, wer kann es dem Jungen verdenken; ein Besoffener kommt zu ihm auf die Arbeit und brüllt rum, wie sollte er sonst reagieren? Aber im Suff und verrückt vor Eifersucht bin ich total wütend geworden und einfach ausgerastet.

Der Junge hatte sich schon von mir weggedreht, und ich bin zu ihm zurückgerannt, hab ihn hinten am Kopf gepackt und ihn in einen Kessel Suppe gedrückt, wie ich in meinem benebelten Zustand dachte. War es aber nicht. Wie sich herausstellte, war es Frittierfett. Er schrie: Ich habe nie wieder so etwas wie diesen Schrei gehört, aber ich denke, ich habe auch geschrien, weil es mir die Hände verbrannte. Der Kessel kippte um, und ich rannte aus der Küche, ohne mich noch mal umzusehen. Ein Portier sah mich, ich stieß ihn beiseite und murmelte irgendwas von einem Unfall. Ich wusste damals noch nicht mal den richtigen Namen des Jungen. Ich habe danach erfahren, dass er Donnie Alexander hieß. Ich ging nach Hause, und als ich aufwachte, kam es mir wie ein Traum vor. Aber meine verbrannten Hände sagten mir, dass es keiner war. Der Junge hatte schreckliche Verbrennungen im Gesicht und war schwer entstellt. Aus irgendeinem Grund hat er mich nie verpfiffen, hat gesagt, es wäre ein Unfall gewesen. Ich konnte mit meinen Händen nicht zum Arzt gehen. Ich hatte wochenlang Schmerzen; Gott weiß, wie es für den armen Donnie gewesen ist.

Er verriet nichts, aber Bev wusste, dass ich es gewesen war. Man musste kein Genie sein, um darauf zu kommen. Sie wollte mich nicht sehen, auch nicht, als der Geburtstermin kam. Hat mir gedroht, der Polizei zu sagen, was ich getan hatte, falls ich je in ihre Nähe käme. Und das war kein Witz. Beverly war ein sehr stures Mädchen. Ich liebte sie, aber sie liebte Donnie. Wer konnte es ihr verdenken? Ich war ewig betrunken, und mit Säufern ist es eben so, dass man sie irgendwann sattbekommt. Sie war vor mir mit ihm zusammen; sie hatten sich nur furchtbar gestritten. Manchmal denke ich, sie hat mich nur benutzt, um es ihm heimzuzahlen. Ich hätte alles für sie getan.

Dann kam das Kleine. Ein Junge. Ich weiß, dass er mein Sohn war, ich weiß es einfach.

Aber am schlimmsten war es, als ich von Donnie Alexanders Tod hörte. Ich hatte ihn entstellt. Er zog nach Newcastle, um dort in einem kleinen Hotel zu arbeiten. Dann hörte ich, dass er tot war. Er hatte sich in seinem möblierten Zimmer das Leben genommen. Es war alles meine Schuld; ich habe den Mann praktisch ermordet.

Es ist wichtig für mich, das alles so ehrlich wie nur möglich niederzuschreiben.

Ich ging zu den Anonymen Alkoholikern und wurde trocken, durch sie fing ich auch an, zur Kirche zu gehen. Ich war nie religiös, eigentlich das Gegenteil, und um ehrlich zu sein, bin ich immer noch skeptisch, aber es gab mir die Stärke, ohne Alkohol mit dem Leben fertig zu werden. Ich engagierte mich nicht mehr politisch, obwohl ich Gewerkschaftsmitglied blieb. Ich brach den Kontakt zu allen Kumpels von früher ab. Dann machte ich eine Umschulung bei British Rail, erst zum Stellwärter, dann zum Lokomotivführer. Ich liebte den Job, die Einsamkeit und ganz besonders die Schönheit der West-Highland-Strecke.

Über die Kirchengemeinde lernte ich Joyce kennen und baute mir mit ihr ein neues Leben auf. Wir bekamen zwei wundervolle Kinder. Danach habe ich nur noch bei einigen wenigen Gelegenheiten Alkohol angerührt. Bei diesen Rückfällen sah ich mein altes Selbst: verbittert, sarkastisch, aggressiv und brutal. Unter Alkoholeinfluss war ich ein Psychopath.

Ich fühlte mich furchtbar wegen Beverlys Jungen, aber ich sagte mir, dass er ohne mich besser dran war. Sie hatte einen Friseursalon aufgemacht, und er schien gut zu laufen. Ich habe sie einmal, Jahre später, in ihrem Laden besucht. Ich wollte sehen, ob ich etwas für den Jungen tun konnte. Aber Bev sagte mir, sie wollte nichts mit mir zu tun haben, und ich sollte niemals auch nur in die Nähe des Jungen kommen; Daniel nannte sie ihn.

Ich musste ihre Wünsche respektieren. Ich sah ihm manchmal beim Fußballspielen zu, passte aber auf, dass sie mich nicht entdeckte. Es brach mir jedes Mal beinahe das Herz, wenn ich sah, wie die anderen Väter Wirbel um ihre Söhne machten. Vielleicht war es nur eine Projektion meines eigenen Schmerzes, aber es kam mir oft so vor, als wäre er ein einsamer, orientierungsloser kleiner Junge. Ich erinnere mich, wie er einmal in einem Spiel ein Tor schoss, als sie nicht mit war – da ging ich anschließend zu ihm hin und sagte: »Gut gespielt, Junge.« Ich hatte einen dicken Kloß im Hals, als er mir in die Augen sah, ich konnte kaum die Tränen zurückhalten. Ich musste mich umdrehen und gehen. Es waren die einzigen Worte, die ich je zu ihm gesagt habe, obwohl es in meinen Gedanken Tausende waren. Aber am Ende musste ich loslassen, weil ich an meinen Brian und meine Caroline denken musste und an Joyce natürlich. Ich musste versuchen, mich ihnen zu widmen, so gut ich konnte.

Ich erzählte alles Joyce. Ich glaube, dass das ein Fehler war. Man sagt, die Wahrheit macht einen frei, aber ich weiß jetzt, dass man sich damit nur selbst was vormacht. Man selbst mag sich danach befreit fühlen, aber es kann für die Menschen um einen herum verheerend sein. Es hat Joyce so schwer getroffen, dass sie einen Nervenzusammenbruch hatte, und ich glaube nicht, dass sie seither je wieder ganz dieselbe geworden ist.

Was ich jetzt tue, ist wahrscheinlich wieder dasselbe. Ich werfe hemmungslos mit Geständnissen um mich, weil ich selbst mich dann besser fühle, obwohl ich weiß, dass ich die, die ich am meisten liebe, damit vielleicht verletze. Ich finde eigentlich, man sollte stark genug sein, es runterzuschlucken und für sich zu behalten. Aber wenn ich das tue, spüre ich den Brand in mir, den Drang, rauszugehen und mich zu betrinken. Das kann ich nicht tun, und es niederzuschreiben ist das Einzige, was hilft. Ich hoffe nur, wenn ihr das seht, ist es zu einer Zeit in eurem Leben, in der ihr es verstehen könnt. Ich kann einfach nur sagen, es gibt Fehler, für die man sein Leben lang bezahlt, und die Menschen, die einem nahestehen, ebenfalls.

Brian, Caroline, aller Wahrscheinlichkeit nach werdet ihr das lesen. Vielleicht sogar du, Danny. Wenn es so ist, du hast mir sehr gefehlt, glaub mir. Es ist kein Tag in meinem Leben vergangen, an dem ich nicht an dich gedacht habe. Ich hoffe aufrichtig, ohne mich groß zu werden, hat dir absolut nichts ausgemacht.

Joyce, ich liebe dich und kann mich in einer Million Jahren nicht für den vielen Schmerz entschuldigen, den ich verursacht habe. Ich liebe euch alle und hoffe, dass ihr die innere Größe aufbringt, mir meine Dummheit und Schwäche zu vergeben.

Gott segne euch alle.

43
Leith Calling

Eine kalte Regenwand stand jetzt vor dem dunklen Himmel, und es pladderte draußen bedrohlich an die Fensterscheiben. Caroline huschte wie ein Geist ins Zimmer, das nur vom Leuchten des Fernsehers erhellt wurde. Sie konnte schwach die in den großen Fernsehsessel geknautschten Umrisse ihrer Mutter ausmachen.

Auf dem Kaminabsatz sah sie im Flackerlicht periodisch das Bild ihres Vaters als junger Mann aufleuchten. Sie ging zu dem gerahmten Schwarzweißporträt und sah es sich so genau an wie nie zuvor. Es *war* etwas anders an ihm; in den Augen stand eine bisher unbemerkte manische Rastlosigkeit, der Mund war zu einem unbeherrschten Schmollen verzogen. Es schien ihn nicht als den stillen Mann zu zeigen, der immer dort in diesem Sessel gesessen hatte, den aufrechten, nüchternen Kirchgänger, sondern jemanden, den starke und manchmal schreckliche Triebe beherrschten, die er täglich mühsam unterdrücken musste.

Sie ging zu dem zweiten Sessel; das unverfänglich aussehende Notizbuch, das diese unglaublichen Bekenntnisse enthielt, fest an ihren Oberschenkel gedrückt. – Mum, wie war Dad, als du ihn kennen lerntest?

Joyce schaute auf, aus der stetigen anästhesierenden Tropfinfusion der Kathodenstrahlröhre herausgerissen. Der Energieträger Alkohol war abgebaut und hinterließ sie dumpf und desorientiert. In ihrem weinerlichen Schuldbewusstsein bildete sie sich jetzt ein, dass sie Keiths Andenken entweiht hatte, indem sie trank. Und jetzt war da etwas im Tonfall ihrer Tochter, etwas

Drohendes ... – Ich weiß nicht, was du meinst, er war einfach nur dein Dad, er war –

– Nein! Er war Alkoholiker! Er hatte ein Kind mit einer anderen Frau! Sie stand auf und warf ihrer Mutter das Notizbuch in den Schoß.

Mit weit aufgerissenen, gequälten Augen sah Joyce zwischen dem Block und ihrer Tochter hin und her und brach dann unkontrolliert weinend zusammen, während der Block auf den Boden fiel. Caroline erschien sie mehr denn je als dunkle, formlose Masse. – Er hat sie nie geliebt ... er liebte mich! Er liebte uns!, sagte Joyce, deren desperates Timbre sich irgendwo zwischen flehendem Appell und Proklamation bewegte. – Er war ein guter Christ ... ein guter Mann ...

Carolines Magen, ohnehin vom Essen und Trinken belastet, zog sich nervös zusammen. Sie ging hinaus in die Diele, wo ein Telefon an der Wand hing; das Telefonbuch und die Gelben Seiten lagen auf einem Bord darunter. Sie hatte die Nummer von Beverlys Laden schnell gefunden und hoffte einfach, dass Bev Skinner unter diesem Namen auch im normalen Telefonbuch stand.

Es gab einige B. Skinners, aber nur eine im Postbezirk Leith EH6: Skinner, B.F. Sie wählte die Nummer mit zitternder Sorgfalt, und eine Frauenstimme meldete sich am anderen Ende. – Hallo?

– Ist dort Beverly Skinner?

– Aye. Und wer will das wissen?, kam prompt die aggressive Antwort.

– Sind Sie Danny Skinners Mutter?, fragte Caroline, deren eigener Unwille durch den Ärger der Frau neue Nahrung bekam, was ihr Kraft gab.

Durch das Telefon kam ein scharfes Ausatmen. – Was hat er jetzt wieder angestellt?

– Mrs Skinner, ich glaube, ich könnte Dannys Halbschwester sein. Mein Name ist Caroline, Caroline Kibby. Ich bin Keith Kibbys Tochter. Ich muss Sie sehen, mit Ihnen reden.

Es folgte ein so langes, ohrenbetäubendes Schweigen, dass Caroline am liebsten im Zorn dagegen angeschrien hätte. Gerade, als sie den Verdacht bekam, Beverly Skinner hätte vielleicht im

Schock den Hörer aufgelegt, hörte sie die Stimme wieder, kampflustig wie eh und je. – Woher haben Sie diese Nummer?

– Aus dem Telefonbuch. Ich muss Sie sehen, wiederholte Caroline.

Es folgte ein weiteres Schweigen, ehe eine etwas schicksalsergebenere Stimme sagte: – Na, wenn sie im Telefonbuch steht, wissen Sie ja, wo ich wohne.

Caroline Kibby ging noch nicht einmal zurück ins Zimmer, um sich von ihrer Mutter zu verabschieden. Joyce saß wie betäubt da, das Notizbuch zu ihren Füßen. Als die Haustür zuschlug, zuckte sie kaum merklich zusammen.

Beverly Skinner legte den Telefonhörer auf und lehnte sich in ihrem Sessel zurück. Cous-Cous, die Katze, sprang auf ihren Schoß, und Beverly streichelte unwillkürlich das Tier, das zu schnurren begann, ein lautes, schnarchendes Geräusch, und sie dann vollspeichelte.

Sie hatte so lange mit einem seltsamen, quälenden Grausen auf diesen Tag gewartet. Sie hatte erwartet, dass es, wenn es dazu kam, extrem werden würde: traumatisch oder vielleicht sogar irgendwie kathartisch. Jetzt, wo der Fall tatsächlich eintrat, war es eine Enttäuschung. Beverly fühlte sich betrogen. Sie hatte Keith Kibbys schädlichen Einfluss so lange wie möglich von Danny fernhalten wollen. Aber Danny hatte es selbst fertiggebracht, sich alles zu versauen, ohne die Hilfe dieses Schwanzgesichts. Die Sauferei, das Rumprügeln ... na ja, sie hatte ihr Bestes versucht.

Das Mädchen am Telefon war die Tochter des Schwanzgesichts. Von ihm, diesem gewalttätigen, saufenden Psycho! Dem, der den Kopf ihres wunderschönen Donnie ins Frittenfett gedrückt hatte. Ihn entstellt hatte. Das war sein Ende gewesen; er hatte die Band verlassen, sein Zuhause, sie verlassen ... und dann hatten sie ihn tot aufgefunden. Und jetzt kam die Tochter dieses Schwanzgesichts auch noch hierher, um sie zu treffen! Und Beverly ging auf, dass das Mädchen sich gepflegt ausgedrückt hatte, anders als Schwanzgesicht, obwohl er nüchtern ganz vernünftig klingen konnte. Aber das war er nur zu sehr seltenen Gelegenheiten gewesen.

Wahrscheinlich hatte er noch ein paar anderen Frauen das Leben zur Hölle gemacht. Wahrscheinlich können wir Notizen vergleichen. Aber es würde so schlimm für Danny werden, wenn er von seinem Vater wüsste, wenn er wüsste, dass er …

Beverly hörte ein Auto vor ihrem Haus anhalten. An dem fetten, rumpelnden Motorgeräusch erkannte sie sofort ein Taxi. Wusste, wer damit kam.

Sie stand auf und öffnete die Tür und sah ein blondes junges Mädchen auf die Treppenstufen zugehen und vom Absatz zu ihr hochsehen.

Aus ihrer Sicht sah Caroline auf den ersten Blick Danny in Beverly, um die Augen und die Nase herum. – Mrs Skinner?

– Aye … kommen Sie rein, sagte Beverly. Ihr erster Eindruck von Caroline war, dass sie ein ausgesprochen hübsches Mädchen war. Aber man musste sagen, Schwanzgesicht war auch ein gut aussehender Mann gewesen, als sie sich kennen gelernt hatten. Aber schon damals war nicht zu übersehen, dass der Alkohol sein Äußeres zerstörte.

– Sie sind also Keith Kibbys Mädchen?, sagte Beverly, konnte sich jedoch nicht daran hindern, es wie eine Herausforderung klingen zu lassen.

– Ja, das bin ich, sagte Caroline neutral.

– Wie geht es ihm? Beverly versuchte sich zu einem ungekünstelt gleichmütigen Tonfall zu zwingen. Wieder einmal glaubte sie fast, versagt zu haben.

– Er ist tot, sagte Caroline ungerührt. – Er ist direkt nach Weihnachten gestorben.

Aus Gründen, deren sie sich selbst zuerst nicht sicher war, gab diese Information Beverly innerlich ein seltsam wundes Gefühl. Schließlich hatte sie jahrelang, wenn auch nur rein theoretisch, daran gedacht, auf Keith Kibbys Grab zu tanzen. Doch in der Realität hatte sie sich ihn nie als tot vorgestellt.

Seine Tochter schien jedoch über diesen Stand der Dinge aufrichtig traurig zu sein. Und Beverly Skinner sah plötzlich, was sie wirklich so unangenehm überraschte; es war die Vorstellung, dass dieser schreckliche Mann irgendwie fähig gewesen sein sollte, sich reinzuwaschen. Dass sie die ganzen Jahre jemanden gehasst haben könnte, der im eigentlichen Sinne schon lange nicht mehr existierte.

Und als sie mit dieser jungen Fremden sprach, sah Beverly Skinner den Beweis für diese Läuterung mit eigenen Augen, in der schönen, selbstsicheren und anmutigen jungen Frau, die ihr gegenübersaß.

Es war die Besucherin, die schließlich ein Fazit zog. – In ihm scheinen zwei Männer gelebt zu haben, Mrs Skinner, der Mann, den Sie kannten, und der Mann, den ich kannte. Er hat niemals getrunken, er war ein sehr sanfter und liebevoller Vater. Aber ich habe in seinen Aufzeichnungen Dinge gelesen ... Dinge, die ich nicht glauben konnte ... Zu ... mir war er nie so.

Caroline hatte »uns« sagen wollen, aber etwas hielt sie zurück. Brian. Hatte er es anders erlebt, eine andere Seite ihres Vaters gesehen?

Beverly verdaute die Worte erst einmal. Durchkämmte ihr Gedächtnis nach einem anderen Keith Kibby und war sogar halbwegs erfolgreich. – Aye, wir hatten zuerst eine gute Phase. Das Clash-Konzert im Odeon; da haben wir uns kennen gelernt. Ein paar von uns hüpften total durchgeknallt zusammen rum. Ich hab ihn angerempelt und seinen Cider verschüttet. Er lachte und hat mich mit einem Rest davon bespritzt. Und dann leckten wir uns auch schon gegenseitig das Gesicht ab ...

Beverly unterbrach sich, als sie merkte, dass Caroline bei dem Gedanken schluckte. Dann errötete die ältere Frau, weil sie unabsichtlich ein jüngeres, ungehemmtes Ich hatte sehen lassen.

– Aye ... aber Keith war so eifersüchtig, so besitzergreifend ...

Caroline zuckte wieder zusammen, denn ihr war bewusst, dass ihr Vater ihrer Mutter gegenüber nie solche Leidenschaft an den Tag gelegt hatte. Es war eine stille Liebe, zwischen einem starken, ernsten und nüchternen Mann und einem nervösen Hausmütterchen gewesen, und sie fußte auf gemeinsamen Werten wie Pflichtgefühl und Familiensinn. Aber Leidenschaft ... nein.

Als Beverly davon sprach, dass sie zusammen schwimmen gewesen waren, fiel Caroline so vieles wieder ein. Ihr Vater hatte sie im Schwimmbad manchmal hochgehoben, sie angesehen und mit einer wilden Eindringlichkeit, die ihr beinahe Angst machte, als spräche ein anderer aus ihm, gesagt: *Du wirst in deinem Leben Großes erreichen, Mädchen.*

Am Ende war fast so etwas wie ein unausgesprochenes »*an-*

dernfalls ...« angehängt, jedenfalls die Andeutung, dass Scheitern gar nicht infrage kam. Hatte Brian das stärker als sie gespürt? Hatte ihr Vater ihn das spüren lassen?

– Wer war Dannys Vater, Mrs Skinner?

Beverly rutschte in ihrem Sessel ganz nach hinten und betrachtete diese junge Frau. Eine Fremde, die ihr eine so intime Frage stellte, in ihrem eigenen Zuhause. Wie viele Menschen, die in ihrem äußeren Erscheinungsbild und Auftreten ausgesprochen exotisch ausgefallen sind, war Beverly Skinner ständig auf der Flucht vor dem geisttötend konventionell veranlagten Anteil ihrer Persönlichkeit. Jetzt gab es kein Entkommen mehr. Sie verbat sich das. Sie war nicht wütend, nur beleidigt.

– War es der Mann mit dem verbrannten Gesicht, oder war es mein Vater?

Jetzt war der Zorn da. Er schoss so schnell hoch, dass er Beverly beinahe übermannte und sie zwang, sich abzuwenden. Hätte sie es nicht getan, hätte sie mit beiden Fäusten auf das Mädchen eingeprügelt. Stattdessen klammerte sie sich am Sessel fest.

Der Mann mit dem verbrannten Gesicht. Das ist mein Donnie, von dem sie da redet. Wir waren gerade erst wieder zusammen, hatten alles zwischen uns gekittet, und dann kommt diese dreckige Ratte Keith Kibby ...

– Bitte, Mrs Skinner. Danny ist gerade mit meinem Bruder Brian zusammen. Sie können sich nicht leiden, und sie haben beide ziemlich viel getrunken. Ich glaube, sie könnten vorhaben, sich gegenseitig irgendwas anzutun.

Beverly holte scharf Luft, und Panik schnürte ihr die Brust ab, als sie an Keith Kibbys Wut dachte.

Was dieser Kibby meinem Donnie im besoffenen Kopf angetan hat ...

... und mein Danny. Mein Kleiner. Er war immer schon unbeherrscht.

Und was den anderen angeht, den Kibby-Jungen, Gott weiß, wozu der fähig ist.

Beverly grapschte nach dem Telefon auf dem Tisch neben ihr und wählte die Handynummer ihres Sohns. Es war abgeschaltet. Sie hinterließ ihm eine Nachricht. – Danny, ich bin es, Mum. Ich sitze hier mit Caroline, Caroline Kibby; und wir müssen mit dir reden. Es ist sehr wichtig. Ruf mich an, wenn du diese Nachricht abgehört hast, sagte sie und fügte dann etwas außer Atem eindringlich hinzu: – Ich liebe dich, Schatz. In ihrer Besorgnis wandte sie sich an Caroline: – Geh und such sie, Süße. Sag Danny, er soll mich anrufen.

Caroline war schon dabei, aufzustehen, aber als sie stand, zögerte sie und sah Beverly in die Augen. – Ist er mein Bruder?

– Was denkst du denn?, fuhr Beverly sie an. – Los, geh und such sie!

Caroline hatte keine Zeit für weitere Umschweife. Sie verließ hastig das Haus, rannte die Treppe hinunter und in die Nacht, in Richtung Shore.

Beverly betrachtete das Plattencover von *London Calling* an der Wand, die Unterschrift und das Datum, und erinnerte sich gern, wenn auch mit schlechtem Gewissen, dass sie im Verlauf dieses bizarren Abends nicht einen oder zwei, sondern gleich drei Liebhaber gehabt hatte.

44
Stranger On the Shore

Das Brennen des harten Alkohols weckte seine Lebensgeister, und außerdem hatte er auf dem Klo husch-husch eine fette Line Koks weggezogen. So pervers es war, Danny Skinner war der Gedanke gekommen, sie mit Brian Kibby zu teilen, ehe ihm bewusst wurde, wie saudumm das gewesen wäre.

Sein Herz dröhnte monoton in seiner Brust, dumpf wie die Buschtrommeln wilder Stämme, die einen Krieg vorbereiten. Aber trotz der Muntermacher begann ihn die schwachsinnige Situation langsam zu nerven. Was hatte er hier mit Kibby verloren? Was konnten sie sich zu sagen haben? Als er dann zu seinem Hocker zurückkam, fiel Kibby das Pulver in seinen Nasenhaaren auf. – Hast du Drogen genommen?

– Nur ein Näschen Koks, sagte Skinner nonchalant. – Auch was?

– Ja, antwortete Kibby und zitterte, so abrupt war seine Antwort gekommen. Er war begierig, das Pulver auszuprobieren; es erschien ihm wichtig, diese Erfahrung zu machen, wichtig, mit Skinner mitzuhalten.

Skinner bewegte sich schon wieder Richtung Klo und überließ es Kibby, ihm zu folgen. Sie gingen in eine der Kabinen, Skinner schloss die Tür, hackte ihnen eine ordentliche Line und rollte dann einen 20-Pfund-Schein zusammen. Die beiden Männer klebten unangenehm nah aufeinander. Das hier war Irrsinn, dachte Skinner beklommen, als er zusah, wie Kibby alles wegzog; das werden wir später noch bereuen.

– Wow ... scheiße, das ist ja ein geiles Gefühl!, schnaufte Kibby, dessen Augen tränten, als der Kick sein Rückgrat kerzengerade einschnappen ließ. Er fühlte sich so stark, als sei er aus Stahl.

Seine Reaktion entging Skinner nicht. – Die Leute kritisieren Kriminelle ... bis sie selber harte Drogen in die Finger kriegen wollen, sagte er mit affektierter Dünkelhaftigkeit.

Brian Kibby hatte Mühe, ein Kichern zu unterdrücken, als sie die Toiletten verließen und zurück an die Theke gingen.

Skinner machte die junge Thekenfrau mit einem Lächeln auf sich aufmerksam und bekam ein Lächeln zurück. Kibby sah das, und etwas in ihm begann zu kochen. – Dir fliegt wohl alles zu, hm?, sagte er gallig und deutete mit dem Kopf auf das Mädchen.

Skinner dachte darüber nach. Wenn er früher mit seinen Kumpels ausging, war – meistens – er derjenige gewesen, der eine abschleppte. Seit er sechzehn war, war er mehr oder weniger ununterbrochen sexuell aktiv gewesen, entweder mit einer festen Freundin oder schnelle Nummern zwischendurch. Aus der Sicht von einem wie Kibby, überlegte er, *war* er wahrscheinlich unheimlich erfolgreich bei Frauen.

Aber das eigentliche Problem sind Beziehungen, was so bescheuerte, sozial Unterbelichtete wie Kibby einfach nicht schnallen wollen, weil sie so besessen davon sind, endlich mal einen wegzustecken.

Skinner ging auf, dass er Frauen fast nie unter rein sexuellen Aspekten betrachtete. Selbst wenn eine das Objekt seiner Begierde war, ertappte er sich dabei, dass er über ihren Intelligenzgrad nachsann, darüber, welche Musik, welche Klamotten, welche Filme und Bücher sie interessierten, was sie für Freunde hatte, wie ihre gesellschaftlichen und politischen Vorstellungen aussehen mochten und wovon ihre Eltern wohl lebten. Ja, er hatte ein paar One-Night-Stands gehabt, aber unverbindliche Beziehungen waren für ihn immer unbefriedigend. Er sah Kibby prüfend an.
– Ich interessiere mich einfach für Frauen, Brian.

– Ich doch auch, beschwerte sich Kibby mit verzweifeltem Quengeln.

– Das denkst du, aber das stimmt nicht! Du liest Science-Fiction-Magazine, Scheiße noch mal.

– Na und? Das hat doch nix damit zu tun, was ich lese!, blökte Kibby.

Skinner schüttelte den Kopf. – Du interessierst dich nicht für Mädchen, nur für den Sex. Ich weiß, dass du auf Sharon stehst, aber du hast nicht einmal über irgendwas geredet, was *sie* möglicherweise interessiert, du hast sie bloß zugelabert mit deinem Scheiß über Computerspiele und Bergwandervereine. Du versteckst dich, Bri, sagte Skinner, bei dem das Koks seine Wirkung tat, und spülte die Kehle mit einem Schluck Bier, – versteckst dich hinter Modelleisenbahnen und *Star Trek*-Conventions …

– Star Trek interessiert mich nicht mal. Kibby dachte verbittert an Ian, und sein Kopf flog hin und her. – Ich bin nur schüchtern, ich war immer schon schüchtern. Das ist wie ne verdammte Krankheit! Du verstehst das nicht, brüllte er, – du und Leute wie du, ihr werdet das nie verstehen, die tägliche Demütigung, die Leute wie ich auszuhalten haben, WEIL WIR VERFICKT NOCH MAL SCHÜCHTERN SIND!

Einige Trinker drehten den Kopf nach ihm. Kibby nickte semientschuldigend, mit Zähneknirschen. – Du *fürchtest* die Demütigung nicht, Brian, sagte Skinner, – du *lädst* sie *ein*.

– Ich hab nur kein Glück bei Mädchen …

Skinner nickte, und er konnte nicht verhindern, dass sich ein boshafter Gedanke in seinem Kopf einnistete.

– Was?, sagte Kibby, dem sein nachdenkliches Grinsen nicht entgangen war.

– Ich hab nur gerade gedacht, wenn du in einen Bottich mit nackten Corrs fällst, endet es sicher damit, dass der Gitarrist an deinem Schwanz lutscht, Skinner bepisste sich fast vor Lachen.

Kibby funkelte ihn böse an, fühlte, wie dieser Zorn wieder in seinen Venen kochte. Dann schien er sich zu etwas Kälterem, Grausamerem zu setzen. – Und wie viele Punkte gibst du Shannon auf ner Skala von eins bis zehn … gegenüber dieser Kay, mit der du verlobt warst …

Er sah, wie Skinners Gesichts erstarrte.

– … oder meiner verfickten Schwester!, fauchte er.

Skinner fühlte seine eigene Wut durchschlagen und drängte sie zurück. Er sah Kibby einen Lidschlag lang kühl an. – Das sind Frauen, Brian, keine Scheiß-Videospiele. Wenn ich du wär, würde ich ein bisschen Geld einstecken, zu ner Prostituierten gehen und endlich mal einen wegstecken. Sobald du erst mal das Stigma der Unberührtheit los bist und dich ein bisschen entspannt hast, gelingt es dir vielleicht, Leute aus einer etwas realistischeren Perspektive zu sehen.

Als Skinner sich zur Theke umdrehte, verspürte Kibby wieder diese befreienden Gedanken an Gewalt, die ihn durchströmten wie Elektrizität und mit der Droge zusammenwirkten. Wann legst du los, fragte er sich, wie schlimm kann das schon werden? Er wagte sich in unbekannte Gewässer, und er fand es großartig. Er sehnte sich danach, endlich loszulegen.

Dieser Dreckskerl von Skinner: der kriegt sein Fett weg. Vielleicht nicht gerade jetzt. Aber der kriegt es noch.

Genauso wie McGrillen oder Radden, dieser Perverse, oder selbst diese dreckige Schwuchtel Ian, all die miesen Wichser, die mir mal blöd oder herablassend gekommen sind und mich nich haben wollten. Und dann diese Nutte von Lucy, die hätte ich nageln sollen, als ich die Gelegenheit dazu hatte. Hab ich nicht gesehen, dass die dreckige kleine Schlampe doch nur scharf drauf ist! Und Shannon, wenn die schon Typen wie Skinner über sich drüberrutschen lässt ...

Er sah Skinner an, der sich nun mit der Bedienung unterhielt. Sie war attraktiv und lachte über etwas, dass er zu ihr sagte. Und jetzt ist er auch noch mit Caroline zusammen, dachte er in mordlüsternem Hass.

Meine eigene verdammte Schwester ... Skinner, du beschissenes Tier ...

– Pass auf, wenn du meiner Schwester wehtust ..., zischte er Skinner ins Ohr.

Skinner wandte sich ihm zu, während die Kellnerin seine Bestellung holen ging. – Ich würde niemals etwas tun, das Caroline verletzen könnte, sagte er mit solcher Nachdrücklichkeit und Überzeugungskraft, dass Kibby fast beschämt war.

– Baggerst direkt andere an, kaum dass sie zur Tür raus ist ...

– Ich habe nur mit dem Mädchen *geredet*, uns noch eine Runde bestellt. Skinner schüttelte den Kopf. – Scheiße, jetzt reg dich ab, Kibby, ranzte er ihn an, aber sein Lächeln kehrte zurück, als er die Thekenfrau mit ihren Drinks kommen sah.

Gerade als er erwog, mit aller Kraft, die er aufbrachte, auf Skinner loszugehen, erwischte Brian Kibby einen Blick auf seinen

Widersacher im Profil und war wie vor den Kopf geschlagen von einem seltsamen Halb-Wiedererkennen. Er hörte eine vertraute Stimme in seinem Kopf:

Ich schneid dir deinen Scheißschwanz ab. Das mach ich, denn der wird sowieso wegfaulen und abfallen, wenn du damit in die Nähe von den dreckigen Schlampen kommst ...

Diese entmenschte Stimme, die bösartige Einfachheit der Aussage, die sich aus einem vergifteten, gehässigen Mund ergossen hatte, es war so einfach, sie aus dem von Skinner kommen zu sehen. Aber sie kam nicht aus Skinners Mund.

Es hatte sich unauslöschlich in sein Gehirn eingebrannt. Das eine Mal, wo sein Dad ihn mit Angela Henderson und Dionne McInnes gesehen hatte. Sie hatten nur geredet und gelacht, mehr nicht. Sein Vater war die Straße entlanggekommen, mit hochgezogenen Schultern, schlurfend, und hatte ihm diesen schrecklichen Blick zugeworfen; ein satanisches Funkeln, bei dem seine Seele erstarrt war. Als er nach Haus kam, war sein Vater wütend, faselte vor sich hin und war kaum zu verstehen. Dann hatte Keith Kibby ihn mit diesen Klauen gepackt und nicht mehr losgelassen. Brian konnte an seinem Atem riechen, dass er getrunken hatte, sah den brennend roten Zorn in den Augen seines Vaters, spürte die feuchte Aussprache auf seinem Gesicht, als Keith Kibby ihn davor warnte, sich mit diesen dreckigen kleinen Nutten rumzutreiben, dass sie Aids verbreiteten oder sich absichtlich anbumsen ließen, dass sie einem Jungen das ganze Leben versauen konnten, und wenn er ihn je wieder mit diesem Abfall verkehren sähe, würde er ...

Nein. Da war er nicht gesund. Das hat er selber gesagt.

Am nächsten Tag war sein Vater zu ihm gekommen, in schrecklichem, ernüchtertem Bewusstsein seiner Schuld, sein normales Selbst wiederhergestellt, der grässliche Dämon, von dem er besessen gewesen war, ausgetrieben. – Ich war dumm gestern Abend ... als ich auf dich losgegangen bin. Ich war nicht ganz auf dem Damm, mir war nicht so wohl, Brian. Du bist ein guter Junge, und ich will nicht, dass du die gleichen Fehler machst, die ich ... die andere Leute machen. Es tut mir trotzdem Leid, Junge. Sind wir noch Freunde, eh, Kumpel?

Er wusste noch, wie memmenhaft und kleinlaut sein Dad war,

wie er erbärmlich versucht hatte, alles wiedergutzumachen. Als sie *Star Trek* sahen, pflichtete Keith Kibby seinem Sohn bei, dass *Next Generation* in jeder Beziehung dem Original weit überlegen sei: tiefschürfender; interessantere und philosophischere Storylines, bessere Charaktere und überlegene Special Effects. Während er dort auf der Couch saß, krümmte sich Brian wieder innerlich, diesmal mehr wegen seines Vaters, und wollte erneut nur, dass dieser gequälte Mann endlich aufhörte.

Sein Vater war schwach gewesen und er genauso, aber es blieb keine Zeit mehr, schwach zu sein. – Auf die Moskitos in Birmingham!, lächelte er einer plötzlichen Eingebung folgend und prostete Skinner mit seinem Glas zu.

Skinner erschauderte kurz, und Kibbys verschlagenes Grinsen machte ihm zum ersten Mal richtig Angst. Trotzdem hob er schnell sein Glas. – Börmingham Muskietos, sagte er in einem aufgesetzten West-Midlands-Akzent und hängte dann knapp an, – und nicht zu vergessen die Sci-Fi-Nerds auf Ibiza!

Das brachte den erwünschten Effekt: Kibby wurde abrupt gestoppt und sah Skinner mit verwirrter Ehrfurcht an.

Sie war in langen Sprints gerannt, die Henderson Street runter, bis das Water of Leith in Sicht kam, auf dem das Mondlicht tanzte, und sie der Atemlosigkeit und der Schwere von Essen und Trinken in ihrem Magen nachgeben musste. Sie hielt sich an einem Geländer fest und holte tief Luft. Zwei Jungs, die an ihr vorbeigingen, blieben stehen und sagten irgendwas, aber Caroline hörte nur weißes Rauschen, weil das, was im Tagebuch ihres Vaters gestanden hatte, und Beverlys Enthüllungen beziehungsweise Nichtenthüllungen ihr Bewusstsein überfluteten.

Ihr Vater: ein brutaler Alkoholiker. Es erschien ihr unmöglich, ging weit über ihre Vorstellungskraft, dass eine Droge einen Menschen derart verändern konnte. Aber es kamen einige Dinge wieder an die Oberfläche, Fragmente lange verdrängter Kindheitserinnerungen. Das eine Mal, als sie Schreie von unten gehört hatte, und das Weinen ihrer Mutter. Sie war beunruhigt gewesen und hatte nachsehen wollen, was los war. Brian hatte sie aufgehalten; er war in ihr Zimmer gekommen, hatte sie in den Arm genommen und daran gehindert, nach unten zu gehen. Am nächsten Morgen war ihre Mutter ganz angespannt gewesen und ihr Vater schweigsam, wahrscheinlich aus verkatertem Schuldgefühl.

Brian. Wie viel hatte er gewusst, vor was allem hatte er sie bewahrt? Ihre Hände zitterten, ihr Magen flatterte unaufhörlich, und einmal hätte sie das üppige Abendessen fast wieder von sich gegeben.

Mit einer so plötzlichen Eingebung, dass es sie beinahe zerriss, begriff Caroline, dass ihr Bruder als kleiner Junge Zeuge von zumindest einem Teil dieser bösen Geschichte geworden sein musste, etwas, dass ihr völlig entgangen war.

Der dicke Nebel, der vom Meer hereinkam, war mittlerweile von den Sturmböen weggefegt worden, aber der Regen prasselte in stechenden Schauern auf sie herunter. Sie zog das Mobiltelefon aus einer Tasche ihrer schon klatschnassen Jeans, nur um festzustellen, dass ihr Guthaben erschöpft war.

Nachtanken ... Fuck!

Caroline machte sich wieder auf die Socken, mit eiskalten, nassen, aufgeweichten Füßen, aber als sie schneller wurde, bereute sie, dass sie nicht in ein Paar Turnschuhe geschlüpft war, weil ihr schmatzender Fuß auf den nassen Steinen ausglitt und sie sich den Fuß verknackste. Sie humpelte weiter, unter Tränen, die ebenso von der Frustration wie von den Schmerzen kamen.

Ein Trupp Mädchen torkelte direkt vor ihr aus einem Restaurant, ihr betrunkenes Lachen grölte durch den Sturm. – Beehren Sie uns nicht wieder, sagte ein Gastronom im Anzug, der die Tür offen hielt, bis die Letzte auf die Straße getaumelt war.

– Magst du nen Knutschfleck auf den Schwanz?, schnarrte ihn ein Mädchen mit glänzendem Gesicht und langen braunen Haaren an, und ihre Freundinnen sekundierten ihr mit kreischenden Lachsalven.

Der Mann schüttelte den Kopf und ging wieder hinein.

Caroline trat mit einer Bitte an die Mädchen heran. – Habt ihr vielleicht ein Handy, das ich benutzen könnte? Es ist ein Notfall ... ich muss wirklich ganz dringend jemanden anrufen!

Ein dickliches Mädchen mit kurzen Ponyfransen gab ihr ein Handy. Caroline schnappte es sich hektisch und wählte Dannys Nummer. Sein Handy war immer noch aus.

So wie die Drinks an- und vorbeirollten, schien auch ihre Streitlust an- und abzuschwellen. Wenn sie sich gegenseitig in die Augen sahen, dann in hochnäsigem Abscheu, der aus einer wechselseitigen Enttäuschung geboren zu sein schien. Tatsächlich wirkten sie für unbeteiligte Zuschauer eher wie leidenschaftlich Verliebte, die gerade einen dummen, betrunkenen Krach gehabt hatten, der ihnen jetzt schon peinlich war, sich aber nicht ganz sicher waren, wie sie sich wieder vertragen konnten, ohne das Gesicht zu verlieren. Bei beiden Männern war der Drang, sich zu betrinken, plötzlich verflogen. Es war, als hätten sie begriffen, dass es wenig zu gewinnen gab, wenn sie einander zu vergiften versuchten.

Mit Schaudern dämmerte es Skinner in seinem angespannten, feindseligen Zustand, dass seine Beziehung zu Kibby jetzt beinahe genauso geartet war wie die zu seinen Kampftrinkerkumpels.

Wir haben versucht, uns gegenseitig zu vergiften. Wir waren wie Lemminge, aber statt uns einfach alle zusammen von einer Klippe zu stürzen, haben wir aus unserem Selbstmordpakt eine lange und pathetische Geschichte gemacht. Wir haben den Bastard unmerklich in unser Sozialverhalten eingeflochten.

Sie schauten auf den Fernseher über der Theke, auf das gerissene Gesicht des amerikanischen Präsidenten, der wiedergewählt worden war, ganz, wie es Skinner erwartet hatte, obwohl er Dorothy viel Glück gewünscht hatte, als sie ihre Stimme dem anderen gab, dessen Namen er schon nicht mehr wusste. Danny Skinner und Brian Kibby überlegten beide in privater Einmütigkeit, wo wohl der nächste Krieg stattfinden würde. Skinner wollte allerdings keine Kriege mehr. Er war müde: sehr, sehr müde.

Mein leidenschaftlicher Hass auf Kibby und mein brennendes Bedürfnis, weiter auf die Kacke zu hauen, haben irgendwie bewirkt, dass ich ihn mit einem parapsychologischen Bann belegen konnte, der so mächtig war, dass ich die Konsequenzen meines Konsums auf ihn abwälzen konnte.

Ich hab jemand anderen gefunden, der meine Schlachten für mich schlägt.

Ich schaue hoch zu Bush, während die US-Streitkräfte Fallud-

scha stürmen, die Verlierertypen; Kanonenfutter aus deindustrialisierten Ecken wie Ohio mit seinen steigenden Arbeitslosenzahlen. Sie haben ihn wieder ins Amt gewählt, und am Ende werden sie dann als abgebrannte Penner stranden, genau wie ihre betrogenen Vorväter, die nach Vietnam gingen und einen jetzt im Tenderloin District anschnorren. Ihre Rolle besteht darin, für die Träume und Machenschaften anderer den Kopf hinzuhalten. Die Leichen irakischer Kinder off-camera während des Wahlkampfs, die Reihen von Särgen, auf denen die amerikanische Flagge drapiert ist, die in der angeblich größten Demokratie der Welt nicht gezeigt werden dürfen.

Du kommst damit durch, wenn du die Macht hast, und wenn du sie nicht hast, bist du gefickt. Aber es ist alles Scheiße: Wer braucht das?

– Ich geh nach Hause, sagte Skinner unvermittelt und stieg von seinem Barhocker. Kibby dachte an eine Erwiderung, aber ihm war nicht nach Streiten zumute, er fühlte sich nicht als Sieger. Er brauchte alle Kraft, die ihm geblieben war, weil er Skinner etwas antun würde. Er wusste nicht, was, aber irgendetwas würde er tun, um ihn zahlen zu lassen, um ihn daran zu hindern, sich seiner Familie zu nähern. Wut hatte er hinter sich; jetzt empfand er nur noch kalte Gewissheit.

Sie taumelten nach draußen, beide sehr betrunken, aber immer noch auf Distanz zueinander bleibend. Das Wetter war noch schlimmer geworden, und ein Sturm mit peitschenden Böen und kalten Regenschauern empfing sie. Die Schockwirkung des frostigen Empfangs schien Kibbys Organismus wieder anspringen zu lassen, und frustrierte Wut wurde durch seine Adern gepumpt. Er musste es wissen. Gar nicht mal wie, aber warum. – WER BIST DU, SKINNER?, schrie er gegen den Wind an. – WAS WILLST DU VON MIR, SCHEISSE NOCH MAL? WER BIST DU?

Skinner blieb sofort stehen und entspannte seine Schulterpartie, die er in dem Sturm hochgezogen hatte. – Ich bin ... ich bin ... Er konnte die Frage nicht beantworten. Sie brannte in seinem Kopf, trotz des Alkoholnebels und des peitschenden Winds, der um ihn herumwirbelte.

Brian Kibby kochte.

Dieses ... Etwas ... dieser Bastard, der mich praktisch kaputt gemacht hat und mit Sicherheit meine Familie kaputt machen wird…

Kibby ging plötzlich auf Skinner los und versuchte einen Schwinger zu landen. Skinner drehte sich schnell weg und machte einen kleinen Ausfallschritt, wie er es als Junge im Boxclub Leith Victoria gelernt hatte. Frustriert warf Kibby sich wieder nach vorne, rannte aber genau in einen schnellen, soliden Schlag, der in sein Gesicht krachte.

– Jetzt reg dich ab, Brian, Scheiße noch mal, sagte Skinner; es war irgendwo zwischen Drohung und Gutzureden gelagert.

Kibby fühlte, wie seine aufgeplatzte Lippe anschwoll, und er wich geschockt zurück. Dann packte ihn wieder unbändiger Zorn und ließ ihn erneut auf Skinner losgehen. – ICH REISS DIR DEIN BESCHISSENES GESICHT AUF, SKINNER!!

Aber Skinner tunkte ihm wieder eine, die ihn auf der Stelle stoppte, dann verpasste er ihm eine harte Rechte, die Kibbys Kiefer rappeln ließ und seinen Kopf herumwirbelte. Ehe Kibby reagieren konnte, nahm ihm ein Körpertreffer den Atem, und er klappte zusammen wie ein Messer. Er krümmte sich und kotzte das opulente Abendessen in kompakten, ruckhaften Würgeanfällen auf die Straße.

– Das reicht. Ich will dich nicht verletzen, sagte Skinner, und ihm war klar, dass das der Wahrheit entsprach. Er machte sich Sorgen um Brian Kibbys neue Leber, seine Wunde.

Scheiße, was boxe ich der armen Sau auch auf den Körper!

Skinner war beinahe so übel wie Kibby, als sei er das Opfer seiner eigenen Schläge geworden. Er trat näher und legte mit einer Armlänge Abstand eine Hand auf die Schulter seines Rivalen. – Atme tief durch, das wird schon wieder.

Kibby atmete schwer, wie ein schnaubendes, verwundetes Rindvieh in einer Stierkampfarena. Während ihm der Regen die Haare an den Schädel kleisterte, wurde ihm bewusst, dass ihm schon fast die Blase platzte. Also trottete er mit weichen Knien schlingernd zu einer großen Mauer an den alten Docktoren und pinkelte dagegen, eine lange, befreiende Reinigung von der dampfenden, heißen, gelben Flüssigkeit, die sich in seiner Blase gesammelt hatte.

Skinner nahm kaum zur Kenntnis, dass ein paar Meter weiter

ein anderer Mann genau dasselbe machte. Es war ein Lkw-Fahrer namens Tommy Pugh, der einen langen Tag hinter sich hatte, mit seiner Ladung von Rouen in Frankreich kommend auf dem Weg nach Aberdeen. Er war einen guten Schnitt gefahren, aber jetzt war Pugh erschöpft. Er hatte an den alten Docktoren geparkt und freute sich auf ein schönes Päuschen im Führerhaus seines Trucks, was ihm einiges von seinem Übernachtungsgeld einsparen würde.

Kibby japste und hob den Kopf, wartete, dass er seine Umgebung durch den Regenschleier wieder klar erkennen konnte. Er sah den Truck und den riesigen silbernen Erdöltank, den er transportierte. Er sah Skinner pinkeln. Ja, das Führerhaus war leer, stellte er fest, nachdem er hingeschlurft war und nachgesehen hatte. Als er hineinschaute, entdeckte er, dass die Tür offen stand und die Schlüssel im Zündschloss steckten. Und da strullte auch der Lkw-Fahrer an die Wand, wenige Meter in Windrichtung daneben.

Es war ein Zeichen, das musste es sein, es konnte nichts anderes bedeuten. Und wenn Brian Kibby diese Gelegenheit jetzt nicht ergriff, das wusste er im Herzen, würden die Schicksalsgöttinnen ihm keine zweite geben.

– Kenn ich dich von irgendwoher?, fragte eins der betrunkenen Mädchen, die mit dem glänzenden Gesicht, als Caroline auf das Handy starrte. In ihrer zunehmenden Verzweiflung tippte sie eine SMS:

DAN HAB DADS TAGEBUCH GEF. ER IST AUCH DEIN UND BRIS VATER. TUT EUCH NICHTS C XXXXX

Sie schickte sie ab, als das andere Mädchen, die freche, die ihr das Handy gegeben hatte, sagte: – Kennste Fiona Caldwell?

– Nein ... ich muss noch ne SMS wegschicken.

– Nee, gib mein Handy her, verlangte das Mädchen.

– Lass sie die SMS schicken, sagte ein anderes Mädchen, das etwas nüchterner war als die übrigen. – Du bist Caroline, oder? Als Caroline darauf nickte, sagte sie: – Caroline Kibby, sie war mit mir auf der Craigmont.

Caroline ging auf, dass sie das Mädchen, Moira Ormond, aus der Schule kannte. Damals war sie ein schüchternes Goth-Mädchen gewesen, aber das war vorbei. Caroline nickte ihr mit mehr Dankbarkeit zu, als sie je zuvor jemanden gegenüber empfunden hatte, und tippte eine weitere SMS, diesmal an ihren Bruder.

Das Anstrengendste war, seinen schwerfälligen, schwitzenden Körper ins Führerhaus zu wuchten. Wieder einmal half der Alkohol, der die furchtbaren, mörderischen Schmerzen seines Fleisches dämpfte.

Er startete schnell den Lkw und fuhr auf sein in seliger Unkenntnis wartendes Zielobjekt zu, das sich immer noch an der Mauer erleichterte.

Tommy Pugh hörte den vertrauten Klang seines startenden Motors.

Scheiße, was …?

Tommy schaute sich entsetzt um, als der LKW beschleunigte und auf die Mauer zusteuerte, wenige Meter neben ihm. Er verfrachtete sich schleunigst in die andere Richtung, und sein untersetzter Körper entfaltete eine Athletik, die aus schierer Verzweiflung geboren war.

45
E-Mail aus Amerika

An: skinnyboy@hotmail.com
Von: dotcom@dotcom.com
Betreff: Liebe und so
Okay, Skinner
Ich freu mich so, dass du wieder hier rüberkommst. Warum? Ich leg die Karten auf den Tisch. Ich bin auch verrückt nach dir. Ich vermisse dich schrecklich. Ich weiß, das könnte alles so ein Cyberromanzen-Quatsch sein, aber ich sehe immer wieder dein Gesicht, dieses Sprungschanzenkinn, das vorsteht und im Profil ein bisschen aussieht wie ein Halbmond, und diese dicken schwarzen Brauen, als müsstest du eigentlich bei Oasis sein.
Ich weiß nicht, wo uns das hinführt, Danny, mein süßer Schatz, aber ich weiß, dass wir verrückt wären, wenn wir es nicht versuchen würden. Und es fühlt sich einfach so richtig an, und ich kann es kaum erwarten, meinen lieben Jungen wiederzusehen.
Ich liebe dich so wahnsinnig,
Dorothy xxxxxxxx

46
Flame grilled

Caroline zwang sich durch den strömenden Regen über das Kopfsteinpflaster des alten Leith. Beinahe wäre sie wieder weggerutscht, und sie hatte jetzt echte Schmerzen. Es waren sehr wenige Leute unterwegs, die meisten hatten sich mittlerweile auf den Heimweg gemacht, einige hockten noch gemütlich in den lärmenden Bars und Restaurants, die den Shore am Water of Leith säumten.

Wo werden Brian und Danny sein? In welchem Laden? Im Restaurant?

Als sie gerade in die Bar gehen wollte, die zu dem Restaurant gehörte, in dem sie zu Abend gegessen hatten, verschlug es Caroline den Atem, denn eine Explosion dröhnte in ihren Ohren und der Widerschein von Flammen tanzte auf dem blauschwarzen Kopfsteinpflaster um sie herum. So schnell sie konnte, humpelte sie zum Ort des Geschehens, zu den alten Docktoren.

Beverly Skinner drehte das Thermostat in ihrem Wohnzimmer hoch. Es schien plötzlich viel kälter geworden zu sein. Sie hob Cous-Cous hoch und spürte die Wärme des Tiers auf ihrem Schoß. Sie warf noch einmal einen Blick auf *London Calling* und rief sich die Erinnerung an diese winterlich kalte Sonntagnacht damals 1980 ins Gedächnis.

Erst, wie sie und Keith Kibby zusammen auf diese Party in Cannongate gegangen waren und betrunkenen, ungeschützten Sex auf dem Flur gehabt hatten. Dann hatte er sich richtig zugeschüttet – so blau, dass es widerlich war – und war umgekippt.

Sie wollte nicht nach Hause und Donnie gegenübertreten, also wanderte sie die dreckigen Straßen rauf zur Royal Mile. Die Gegend war noch nicht ganz so touristisch, und sie kam an einigen übel aussehenden Kaschemmen vorbei, hörte zwei junge Männer sich gegenseitig bedrohen, während ein ganzer Pulk aus einem Mietshaus auf die Straße strömte. Selbst als sie klirrendes Glas und Schreie hörte, schaute sie nicht zurück. Sie ging am World's End Pub vorbei, der letzte bekannte Aufenthaltsort von zwei Mädchen, die später erwürgt auf einem nahen Strandabschnitt gefunden wurden; zwei Jahre war das jetzt her. Ein Doppelmord, der nie aufgeklärt wurde. Dann änderte sich die Piste, ab hier dominierten die Läden mit Tartan-Kitsch für Touristen. Als sie an dem neuen Hotel im skandinavischen Stil vorbeikam, sah sie drei von ihnen aus einem Auto steigen. Da hatte sie ihn angesprochen, ihm gesagt, wie sehr ihr das Konzert gefallen hatte und wie toll sie die Band fand. Er war ein Gentleman und lud sie noch auf einen Drink ein. Sie gingen auf sein Zimmer, und er war sehr nett zu ihr, wurde ihr dritter Liebhaber an diesem Abend. Am Morgen, als sie auseinandergingen, stieg er wieder in den Tourbus und sie bereitete sich auf ihre Mittagsschicht im Restaurant vor; keiner von beiden hatte etwas zu bereuen.

Neun Monate später wurde ihr Sohn geboren, am 20. Oktober 1980. Ihr Herz sagte ihr, dass der Erste sein Vater war, ihr Verstand vermutete, der Zweite. Und manchmal, nur dann, wenn sie eine bestimmte Platte auflegte, machte ihre Seele leise Andeutungen, es könnte der Dritte gewesen sein.

Während er mit einer Hand seinen Penis abschüttelte, fischte Danny Skinner mit der anderen sein Handy aus der Tasche und schaltete es an. Es zeigte ihm drei verpasste Anrufe an. Er wollte es gerade wieder in die Tasche stecken, als ein Klingelton eine eingehende SMS ankündigte. Die Nummer sagte ihm nichts, aber die Nachricht las er trotzdem.

Dann hörte er etwas, und als er sich umwandte, sah er das manische Gesicht von Brian Kibby oben im Führerhaus eines Lkws auf sich zudonnern. Ihre Blicke trafen sich, und Brian Kibby sah etwas in Skinner, der einfach da stand und sein Handy in die Luft hielt, die Schultern zuckte und lachte. Irgendetwas in seinem

Blick und seinem Verhalten entschärfte sofort Kibbys Mordgelüste. Er stieg in die Bremsen, aber das brachte den Lkw nur ins Schleudern.

Der HGV krachte in hohem Tempo auf Skinner und quetschte ihn gegen die Mauer. Dann scherte das hintere Ende des Trucks auf dem rutschigen Straßenbelag aus, sodass der gigantische Erdöltank gegen die Mauer geschleudert wurde und sofort leckschlug. Kurz bevor er explodierte und Skinners Leiche beinahe zur Unkenntlichkeit entstellte, entstieg ein unbeholfener Mann dem Führerhaus und machte, dass er wegkam, ehe die Flammen ihn ebenfalls erfassten.

Tommy Pugh, der einzige Zeuge des Ganzen, sagte, es sei ein abstoßend fetter Mann mit tiefen, dunklen Augenringen gewesen. Er habe sich langsam und keuchend von dem brennenden Schrotthaufen entfernt, während andere, die aus den Bars gekommen waren, um nach der Explosion zu schauen, die sie gehört hatten, sagten, sie hätten ihn zurück Richtung Shore gehen sehen. Man vermutete, er sei in eine der vielen Bars am Hafen verschwunden.

Als die Polizei eintraf und die Gegend durchkämmte, war der einzige Alleintrinker in der Nähe ein großer, schlanker Mann. Er sah absolut durchtrainiert aus; gute zehn Jahre jünger als die Person, die Zeugen vom Tatort hatten weggehen sehen, beziehungsweise, wie die Gerichtsmediziner später feststellten, die aufgedunsene Leiche, die so verbrannt war, dass man sie nicht mehr identifizieren konnte.

Der besagte Mann war sehr betrunken, starrte jedoch mit glasigem Blick unentwegt auf sein Mobiltelefon. Er stand mit dem Rücken zu einem verzweifelten, aufgelösten Mädchen, das die Explosion gehört hatte und, wie die anderen vor ihr, in die Bar gekommen war, um nach einem Mann zu suchen, der er war, jedoch keinerlei Ähnlichkeit mit ihm hatte. Aber er trank unmäßig: Oja, Brian Kibby trank, als gäbe es kein Morgen.